Weitere Titel der Autorin:

Dein perfektes Jahr

Titel auch als Hörbuch und E-Book erhältlich

Über die Autorin:

Charlotte Lucas ist das Pseudonym von Wiebke Lorenz. Geboren und aufgewachsen in Düsseldorf, studierte sie in Trier Germanistik, Anglistik und Medienwissenschaft und lebt heute in Hamburg. Gemeinsam mit ihrer Schwester schreibt sie unter dem Pseudonym Anne Hertz Bestseller mit Millionenauflage. Mit DEIN PERFEKTES JAHR eroberte sie auf Anhieb die Spiegel-Bestsellerliste, schon vor Erscheinen wurden die Übersetzungsrechte in zehn Länder verkauft. WIR SEHEN UNS BEIM HAPPY END ist der zweite Roman aus der Feder von Charlotte Lucas.

Charlotte Lucas
Wir sehen uns beim Happy End

Roman

BASTEI LÜBBE TASCHENBUCH
Band 17744

Dieser Titel ist auch als E-Book erschienen.

Vollständige Taschenbuchausgabe
der bei Lübbe Ehrenwirth erschienenen Hardcoverausgabe

Copyright © 2018 by Bastei Lübbe AG, Köln

Umschlaggestaltung: © Bürosüd, München, www.buerosued.de
Satz: hanseatenSatz-bremen, Bremen
Gesetzt aus der Minion Pro
Druck und Verarbeitung: CPI books GmbH, Leck – Germany
ISBN 978-3-404-17744-8

2 4 5 3 1

Sie finden uns im Internet unter
www.luebbe.de
Bitte beachten Sie auch: www.lesejury.de

Ein verlagsneues Buch kostet in Deutschland und Österreich jeweils überall dasselbe.
Damit die kulturelle Vielfalt erhalten und für die Leser bezahlbar bleibt,
gibt es die gesetzliche Buchpreisbindung. Ob im Internet, in der
Großbuchhandlung, beim lokalen Buchhändler, im Dorf oder in der Großstadt –
überall bekommen Sie Ihre verlagsneuen Bücher zum selben Preis.

Für meine Schwester Frauke Scheunemann

Danke für all die Geschichten,
die du früher für mich erfunden hast.

Am Ende wird alles gut.
Wenn es nicht gut ist, ist es nicht das Ende.
(Emilia Faust, geklaut bei Oscar Wilde)

Über mich | Ellas Geschichten | Ellas Leben | Ellas Hamburg

Donnerstag, 3. Oktober, 04:23 Uhr

Unterwegs nach Cold Mountain. Oder: Ich glaube, ich spinne!

Liebe Netzgemeinde,
zu nachtschlafender Zeit noch ein Text von mir, aber ich habe mich heute – beziehungsweise gestern – Abend so dermaßen aufgeregt, dass ich sofort einen neuen Beitrag für Better Endings verfassen musste.

P. hat einen Film mit nach Hause gebracht, den er sich mit mir ansehen wollte. *Unterwegs nach Cold Mountain* mit Jude Law, Nicole Kidman und Renée Zellweger, und er hat Stein und Bein geschworen, dass die Geschichte gut ausgeht. Im Gegenteil, mein lieber Verlobter hat sogar behauptet, *Cold Mountain* wäre für eine Romantikerin wie mich genau das Richtige, ganz großes Kino mit noch größeren Gefühlen.

Tja, was soll ich sagen? Ich war entsetzt! Diejenigen von euch, die den Film kennen, wissen, warum: Da kämpft man sich zweieinhalb Stunden durch eine Story voller Angst, Elend, Trauer und Krieg – und kurz vor Schluss wird Jude Law nach nur einer einzigen Liebesnacht mit Nicole Kidman erschossen!

Ich meine, ERSCHOSSEN! Der Love Interest, knall, bumm, peng, tot. Viel schlechter kann ein Film doch gar nicht ausgehen!

Natürlich hat P. sich wortreich bei mir entschuldigt und erklärt, er hätte da in seiner Erinnerung etwas durcheinandergebracht. Davon hatte ich aber auch nichts mehr, dieses schreckliche Ende war und ist in meinem Kopf.

Und so sitze ich seit drei Stunden an meinem Rechner, um mir für *Unterwegs nach Cold Mountain* ein Happy End auszudenken. Das Ergebnis lade ich *hier* hoch und wünsche wieder gute – und vor allem schöne! – Unterhaltung damit.

Jetzt gehe ich ins Bett und hoffe, dass ich einigermaßen schlafen kann. Wenigstens ist morgen (heute) Feiertag, so dass ich nicht so früh rausmuss. Übrigens: Nächste Woche schreibe ich wieder mehr zu den Hochzeitsvorbereitungen. So langsam wird es ja ernst, und wir müssen uns demnächst entscheiden, wo wir feiern wollen, sonst ist bald alles ausgebucht. Ein paar schöne Locations hier oben im Norden habe ich bereits entdeckt, die werde ich euch dann alle vorstellen. Aber jetzt war *Cold Mountain* erst einmal wichtiger.

Euch allen eine gute Nacht! Und immer daran denken:

Am Ende wird alles gut.

Wenn es nicht gut ist, ist es nicht das Ende.

In diesem Sinne alles Liebe von eurer
Ella Cinderella

Kommentare (256)

Sweet Mondträumerin, 07:33 Uhr

Oh Mann, Cold Mountain! Der hat mir damals auch wahre Albträume beschert, sooo furchtbar fand ich das Ende. Nein, eigentlich war der ganze Film furchtbar. Was hat P. sich dabei nur gedacht? Er ist doch sonst immer so aufmerksam und lieb!
Fühl dich ganz fest geknuddelt, liebe Ella. Und vielen Dank für dein Better End, das werde ich jetzt sofort mal lesen ☺

Glitzer-Elfe XXL, 07:38 Uhr

Schluck! Ich habe den Film nie gesehen, aber nach dem, was du hier schreibst, bin ich auch echt froh darüber. Wirklich blöd von P., da ist aber morgen mal ein fetter Blumenstrauß fällig! Schlaf gut und träum hoffentlich was Schönes. Du hast es dir verdient!

Loveisallaround_82, 07:41 Uhr

Danke, danke, DAAAAAANKE! Dieser Film spukt mir seit Jahren im Kopf herum, und nun gibt es dank dir ein neues Ende. Ella, du bist einfach spitze!

BLOXXX BUSTER, 08:11 Uhr

Was soll der Mist? Unterwegs nach Cold Mountain *ist ein Jahrhundertwerk, und wer daran herumpfuscht, hat sie nicht mehr alle. Und außerdem viel zu viel Zeit. Echter Weiberkram eben.*

Little_Miss_Sunshine_and_Princess, 08:17 Uhr

Halt die Klappe, Bloxxx! Wenn dir Ellas Seite nicht gefällt, musst du hier ja nicht mitlesen. Also verzieh dich gefälligst zu irgendeinem Action-Spiel auf deiner Playstation und pöbel den Fernseher an!

Ella Cinderella, 08:23 Uhr:
Danke, Miss Sunshine! ♥

Little_Miss_Sunshine_and_Princess, 08:24 Uhr

Du bist schon wieder wach? Musst doch tooodmüde sein!

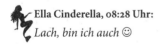

Ella Cinderella, 08:28 Uhr:
Lach, bin ich auch ☺

Alle weiteren 248 Kommentare lesen

1

Wenn es eine Sache gab, die Emilia Faust, genannt »Ella«, mit absoluter Sicherheit wusste, dann die, dass eine Geschichte immer nur so gut ist wie ihr Ende.

Philip kannte diese Ansicht. Natürlich kannte er die, sie waren ja schon seit über sechs Jahren ein Paar, und er wusste, dass Ella es nicht ertrug, wenn ein Buch oder ein Film schlecht ausging. Deshalb war sie jetzt, während sie mit seinem Trenchcoat in der Reinigung in der Ottenser Hauptstraße stand und darauf wartete, dass die Kundin vor ihr endlich sämtliche Teile aus ihrem sehr großen Wäschesack herausgeholt und auf den Tresen gelegt hätte, immer noch ziemlich wütend auf ihn.

Die ältere Dame verrichtete ihre Aufgabe extrem umständlich. Jedes Hemd, jede Bluse und jede Hose kramte sie einzeln hervor, setzte ihre Lesebrille auf – die sie für die Suche nach dem nächsten Stück aus dem Beutel selbstverständlich zuerst wieder abnahm – und zeigte der Frau von der Reinigung mit unerbittlicher Akribie den jeweils zu entfernenden Fleck. Die Angestellte von *Super & Sauber* legte dabei eine Engelsgeduld an den Tag und beugte sich gemeinsam mit der Kundin über das betreffende Corpus Delicti.

Es war zum aus der Haut fahren. Jedenfalls für Ella, die die unschönen Rotweinspritzer auf Brusthöhe von Philips Mantel bereits zu Hause gut sichtbar mit auswaschbarem Markierstift angezeichnet hatte. So wie sie es auf der Hauswirtschaftsschule von ihrer Lehrerin Margarethe Schlommers, Gott hab sie selig, mal gelernt hatte.

Ella blickte unauffällig auf ihre Armbanduhr, um weder die betagte Dame noch die Angestellte zu brüskieren. Seit geschlagenen zehn Minuten stand sie nun schon hier herum, und das nur, weil sie schnell Philips Trench hatte abgeben wollen, bevor sie sich an die restlichen Erledigungen des heutigen Tages machte.

»Und sehen Sie hier«, erklärte die Kundin vor ihr nun empört. »Dieser Gulaschfleck, der ist selbst bei sechzig Grad nicht rausgegangen. Nie will mein Mann sich eine Serviette umbinden, dabei habe ich ihm schon tausendmal gesagt ...«

Ella überlegte, ob sie den Laden einfach wortlos verlassen sollte. Nur hätte sie die zwei Damen dann *doch* brüskiert und darüber hinaus die bereits verstrichenen zehn Minuten sinnlos vergeudet. Außerdem brauchte Philip seinen beigefarbenen Mantel gerade jetzt so bald wie möglich zurück. Sie schrieben schließlich den 4. Oktober, und der Übergangsmantel hatte vor allem in Herbst und Frühjahr seinen Zweck zu erfüllen.

Um sich ein wenig die Zeit zu vertreiben, begann Ella darüber nachzusinnen, was genau eigentlich ein Übergangsbekleidungsstück auszeichnete und von welchem Übergang dabei die Rede war. Von der Zeit vom Sommer zum Winter und vom Winter zurück zum Sommer, demnach Herbst und Frühling, so viel war nach gängiger Meinung klar. Aber galten dafür feste Termine? Waren der 22./23. September beziehungsweise der 20./21. März unumstößlich definierte Daten, zu denen die Übergangsjacken und -mäntel aus den Mottenkisten hervorzuholen waren?

Diese Gesetzmäßigkeit schien nicht ernsthaft zu greifen, denn Philip trug seinen Trench bis auf im Winter fast das gesamte Jahr hindurch, zuletzt erst gestern Abend, als er darin zu einem Essen mit einem Mandanten entschwunden war. Trotz Feiertag hatte er das getan, und Ella hatte dieser Umstand (das Entschwinden, nicht das Tragen des Mantels) einigermaßen erzürnt, mehr noch als das *Cold-Mountain*-Debakel von vorgestern.

Sie lenkte ihre Gedanken zurück zum Thema der Übergangsbekleidung, denn sie verspürte nur wenig Lust, sich über ihren Verlobten aufzuregen. Sie würden nächstes Jahr heiraten, am 21. August. Eindeutig ein Datum für ein luftiges Sommerkleid. Jedenfalls hoffte Ella das, im regnerischen Hamburg konnte man da nie ganz sicher sein.

»Ja, bitte?«

Ella zuckte zusammen und blickte in das auffordernde Gesicht der Frau hinterm Annahmetresen. Kurz konnte sie ihr Glück kaum fassen, die alte Dame hatte unbemerkt von ihr die Reinigung verlassen, und nun war Ella an der Reihe.

»Der Mantel hat einen Rotweinfleck«, erklärte sie und händigte den Trenchcoat aus. »Ich habe die Stelle bereits markiert.«

»Sehr gut«, sagte die Frau. »Dann bekomme ich 14 Euro.«

»Stimmt so.« Ella reichte ihr Zehner und Fünfer, die sie in der Hand hielt, rüber. »Wann kann ich ihn abholen?«

»Nächsten Dienstag.«

»Geht's auch schneller? Wir bräuchten ihn dringend.«

Die Frau nickte mit dem Kopf Richtung Schaufenster, draußen regnete es in Strömen, die Tropfen klatschten in Sturzbächen aufs Pflaster. »Bei dem Wetter empfehle ich eher was anderes.«

»Ab heute Nachmittag soll's wieder besser werden«, erwiderte Ella, entschlossen, nicht kampflos aufzugeben. Und schob hinterher: »Wir wollen ein paar Tage verreisen.« Was nicht stimmte, aber theoretisch sein könnte. Ein kleiner Trip ans Meer, geplant von Philip als romantische Überraschung, nur er und sie in einer reetgedeckten Kate an der Lübecker Bucht … *Wenn jetzt gleich ein neuer Kunde reinkommt, klappt es,* dachte Ella und blinzelte dreimal fest mit beiden Augen.

Die Ladenglocke bimmelte, sie drehte sich um und er blickte einen Teenager, der mit einer Plastiktüte unterm Arm die Reinigung betreten hatte. Dann wandte sie sich wieder dem Tresen zu.

»Na gut.« Die Angestellte lächelte sie an. »Ich nehme ihn noch kurz dazwischen, Sie können ihn morgen Vormittag abholen.«

»Das ist toll, da wird sich mein Mann freuen!« Das »Mann« ging ihr mühelos über die Lippen, denn sie nannte Philip schon lange so. Mit zweiunddreißig Jahren noch von »Freund« zu sprechen, erlaubte sie sich höchstens in Gedanken, nach außen hin käme ihr das kindisch und unwürdig vor. »Verlobter« schien ihr zu antiquiert, so bezeichnete sie ihn nur in ihrem Weblog *Better Endings.* Seit Philips Antrag vor einem halben Jahr fieberte die Netzgemeinde Woche um Woche bei ihren Berichten über die Hochzeitsvorbereitungen mit, worum Ella ihre Fans natürlich nicht betrügen wollte. Und so schrieb sie über ihren Verlobten P. oder nannte ihn auch mal GöGa, die national anerkannte Abkürzung für »Göttergatte«, auch, wenn er das ja erst werden sollte.

»Prima«, sagte die Frau und reichte Ella den grünen Abholschein, »dann sehen wir uns morgen früh ab zehn.«

»Danke.« Ella wandte sich zum Gehen. »Einen schönen Tag Ihnen noch!«

Sie hatte ihre Hand schon auf der Klinke der Eingangstür liegen, als die Frau sie noch einmal rief.

»Warten Sie! Da steckte was in der Innentasche.«

Ella drehte sich überrascht zu ihr um und ging zurück. »Ach ja? Ich dachte, ich hätte alles herausgenommen.«

»Das hier haben Sie übersehen.« Sie wedelte mit einem zusammengefalteten Stück Papier.

»Vielen Dank«, sagte Ella und nahm es entgegen. »Da hab ich wohl nicht gründlich genug nachgeschaut.«

»Ist ja kein Problem.« Sie lächelten sich an, von Frau zu Frau. Dann ließ Ella das Briefchen in der Tasche ihres eigenen Übergangsmantels verschwinden, wünschte erneut einen schönen Tag und verabschiedete sich.

Draußen, unter der Markise der Reinigung, spannte Ella ihren Knirps auf und eilte durch den Regen rüber zur Sparkasse, wo sie ein paar Überweisungen einwerfen und am Automaten die Kontoauszüge vom September ausdrucken wollte.

In Bankangelegenheiten war sie altmodisch und hegte ein tiefes Misstrauen gegenüber jeglicher Form der Onlinegeschäfte. Trotz des Umstandes, dass sie seit der Gründung ihres Blogs vor vier Jahren mittlerweile ein ziemlicher Internet-Profi war, fühlte sie sich bei dem Gedanken, so empfindliche Daten wie Bankverbindung und Kontostand ins World Wide Web zu pusten, einfach nicht wohl. Philip machte sich oft lustig darüber und nannte sie paranoid. Aber da es ausschließlich Ellas Aufgabe war, sich um ihre gemeinsamen Finanzen und das gesamte tägliche Leben zu kümmern, ließ er sie machen, wie sie es für richtig hielt.

So hatten er und sie sich überhaupt erst kennengelernt: Nach Abschluss ihrer Ausbildung zur Hauswirtschafterin und ein paar Jahren Berufserfahrung in einem Krankenhaus, einer Tagungsstätte und zum Schluss in einem Privathaushalt mit drei Kindern hatte Ella mit ihrer vormals besten Freundin Cora eine Agentur namens *Die gute Fee* gegründet. Ziel war es, zahlungswilligen und vom Leben gestressten Kunden den kompletten Haushalt zu managen. Vom täglichen Einkauf über die Verwaltung aller Privatangelegenheiten (Rechnungen überprüfen und anweisen, Strom-, Gas- und Wasserzähler ablesen, Auto in die Werkstatt bringen, Urlaube buchen und, und, und) bis hin zur Organisation, Einarbeitung und Überwachung von Kinderbetreuern oder Reinigungskräften – Cora und Ella boten als »gute Feen« ihre professionellen Dienste an, damit ihre Auftraggeber sich voll und ganz auf ihren Job konzentrieren konnten und nicht mehr gezwungen waren, an so lästige Dinge wie den achtzigsten Geburtstag von Tante Inge oder das anstehende Hockey-Turnier der Jüngsten denken zu müssen.

Die gute Fee – Agentur für ein zauberhaftes Leben, hatten sie in geschwungenen Lettern oben auf ihr neu entworfenes Firmenbriefpapier drucken lassen. In der festen

Überzeugung, damit in einer Stadt wie Hamburg, einer Metropole mit jeder Menge gestressten Unternehmern, einen immensen Erfolg zu haben.

So jedenfalls der Plan. Philip Drechsler, als Partner einer großen Anwaltskanzlei genau so ein Kandidat, wie sie ihn sich vorgestellt hatten, war einer ihrer ersten Kunden gewesen. Und hatte die junge Partnerschaft der zwei Feen beendet, bevor sie auch nur richtig hatte beginnen können. Denn er hatte sich in Ella verliebt und sie sich in ihn, so dass sie binnen sechs Wochen zu ihm in sein schönes Häuschen im Othmarschener Philosophenweg gezogen war, um dort fürderhin exklusiv und privat für ihn all die Dinge zu erledigen, die sie und Cora erst drei Monate zuvor als Angebotsportfolio für ihre eigens erstellte Firmenhomepage zusammengeschrieben hatten. Ella hatte noch versucht, Philip zu überzeugen, dass sie trotzdem weiterhin mit ihrer Freundin die Agentur aufbauen könnte, aber er hatte sie quasi auf Knien angefleht, ab sofort seine ureigene Alltagsmanagerin zu werden. Wie hätte sie da nein sagen können? Zumal Ella, wenn sie ganz ehrlich war, die Vorstellung, sich nur noch um ihr gemeinsames Leben zu kümmern, sehr schön fand. Romantisch, irgendwie.

Cora war sauer gewesen. Ziemlich sauer. Fuchsteufelswild. »Verräterin« hatte sie Ella genannt. »Treulose blöde Kuh« und derlei Beschimpfungen waren noch viele mehr gefallen, als Ella ihrer Freundin hatte mitteilen müssen, dass sie bei der *Guten Fee* zugunsten der Liebe aussteigen würde.

Sie hatte Cora verstehen können, natürlich hatte sie das, aber so weit, dass sie ihr persönliches Lebensglück opfern wollte, um sich nicht den Zorn ihrer Geschäftspartnerin zuzuziehen, war Ellas Verständnis eben doch nicht gegangen.

Gleichzeitig war sie von Coras Entsetzen auch enttäuscht gewesen, wusste ihre beste und tatsächlich einzige Freundin doch, dass Ella schon immer von der großen, von der allumfassenden Liebe geträumt hatte. Dass sie ihr mit Philip begegnet war, hätte Cora wenigstens ein kleines bisschen freuen können, bei aller Verärgerung. Doch im Gegenteil, von Empathie keine Spur, Cora hatte die Verbindung sogar in den Schmutz gezogen.

»Wie kannst du nur so bescheuert sein, dich von einem einzigen Menschen abhängig zu machen und alles aufzugeben, für das wir so sehr gekämpft haben?«, hatte Cora Ella bei ihrer letzten Unterredung fast schon resigniert gefragt. »Das ist doch verrückt! Wenn du mich jetzt echt für einen blöden Kerl im Stich lässt, bist du die Enttäuschung meines Lebens.«

»Ich weiß, dass du das nicht verstehst«, hatte sie erwidert. »Aber ich bin sicher, dass er der Richtige für mich ist. Und ich möchte nun mal ganz für ihn da sein.«

»Wart's nur ab!«, hatte ihre Freundin gesagt, »jetzt denkst du vielleicht, du hast deinen Traumprinzen gefunden – aber das Schicksal wird sich irgendwann fürchterlich rächen und dir beweisen, dass Philip Drechsler in Wahrheit nur ein quakender Frosch ist.«

Das war ihr letztes Gespräch gewesen. So klar und deutlich wie unerfreulich. Ella hatte sofort gewusst, dass es kein Zurück mehr gab; sie war daraufhin wieder in ihre bis zu diesem Zeitpunkt längst überwunden geglaubte Angewohnheit zurückgefallen, auf dem Bürgersteig niemals auf eine Fuge zwischen zwei Steinen zu treten. Sie hatte es nicht verhindern können, dass eine innere Stimme sie dazu zwang, peinlich genau darauf zu achten, ihre Füße stets nur noch mittig auf eine Gehwegplatte zu setzen, weil damit der »Fluch der bösen Fee« wirkungslos verpuffen würde. Unsinnig, das wusste sie selbst, aber ein paar Wochen lang war sie gegen diese Marotte aus Kindheitstagen machtlos gewesen.

Heute konnte sie über diesen Rückfall in alte Verhaltensmuster nur lachen, denn Cora hatte mit ihrer düsteren Prophezeiung absolut falschgelegen. Das Leben an der Seite von Philip war alles, was Ella sich nur wünschen konnte, und in noch nicht einmal einem Jahr würden sie in einer feierlichen Zeremonie den Bund fürs Leben besiegeln. Für immer und ewig glücklich, bis ans Ende ihrer Tage. Jedes Mal, wenn sie daran dachte, trat Ella jetzt sogar mit voller Absicht auf eine dieser früher unheilvollen Rillen, denn an Flüche von bösen Feen glaubte sie schon lange nicht mehr: Sie hatte ihr Leben und ihr Schicksal selbst in der Hand! Und für Cora, das konnte Ella dank Internet aus der Ferne beobachten, hatte sich letztlich auch alles zum Positiven gewendet, denn die Agentur lief ausgezeichnet und beschäftigte mehrere Angestellte. So stand ihre zukünftige Ehe mit Philip also in jeder Hinsicht unter einem guten Stern.

Als Ella jetzt vor dem Kontoauszugdrucker wartete und in angenehmer Trance dabei zusah, wie das Gerät unter monotonem Rattern Seite um Seite ausspuckte, ließ sie Philips und ihr Kennenlernen noch einmal Revue passieren. In der Mensa der Universität Hamburg war es passiert. Während sie und Cora aus monetären Gründen –

ihr neu gegründeter Firmensitz mit einem kleinen Büro in der Schlüterstraße war teuer genug – zu Mittag stets in der Studentenkantine direkt nebenan aßen, hatte Philip den Tag in der Bibliothek verbracht, um sich für einen besonders komplizierten Fall schlauzulesen. Damals hatten sie ihr Essen miteinander vertauscht. Genauer gesagt hatte Ella vor lauter Gedanken über die Agentur aus Versehen Philips Tablett mit Currywurst und Pommes anstelle ihres Griechischen Salats mitgenommen (eine Verwechslung, über die Philip sich bis heute königlich amüsierte), und als er an ihrem und Coras Tisch aufgetaucht war und sie in gespielter Empörung gefragt hatte, ob sie eigentlich immer so abwesend sei, hatte es bei beiden sofort »Klick« gemacht.

Ella hatte schon den ersten großen Bissen von der Currywurst im Mund gehabt, Philip schuldbewusst angesehen und sich noch kauend in seine blauen Augen, den blonden Lockenkopf, die eine Million Sommersprossen auf seiner Nase und sein spöttisch-jungenhaftes Grinsen verliebt.

Und als er sich dann auch noch achselzuckend zwischen sie und Cora gequetscht und mit einem »Na ja, was soll's, das hier ist eh viel gesünder« über ihren Salat hergemacht hatte, war es um sie komplett geschehen gewesen, sie war ihm tatsächlich wie im Märchen auf den ersten Blick verfallen. Ihm war es, wie er ihr später offenbart hatte, nicht anders ergangen. »Eine Frau, die den Unterschied zwischen Junkfood und Grünzeug nicht bemerkt, ist überaus faszinierend«, hatte er erklärt.

Damals, bei ihrem Kennenlernen, waren sie sofort miteinander ins Plaudern geraten, als würden sie sich schon seit Ewigkeiten kennen. Cora hatte nur sprachlos danebengesessen, zur Statistin degradiert, und dabei zugehört, wie ihre Freundin diesem vollkommen fremden Mann begeistert von ihrer frisch gegründeten Agentur erzählt hatte – wohingegen besagter Mann spontan einen Auftrag erteilt hatte, denn als Partner einer großen Kanzlei für Familienrecht fehle ihm die Zeit, sich um seinen »Privatkram« zu kümmern. Keine Viertelstunde später waren Telefonnummern ausgetauscht worden, kurze Zeit darauf war Ella in sein Haus gezogen, und vor einem halben Jahr hatte es den Heiratsantrag gegeben. Und das, obwohl Ella Philip mittlerweile längst gestanden hatte, dass sie im Gegensatz zu ihm keine Kinder wollte. Das hatte sie ihm in der anfänglichen Verliebtheit, als er noch von »kleinen Philips und Ellas« geschwärmt hatte, zunächst vorenthalten, ihm irgendwann aber die Wahrheit gesagt. Zu schäbig wäre sie sich vorgekommen, ihm das zu verheimlichen.

Er hatte ihr das zuerst nicht geglaubt, vor allem, weil Ella selbst so oft von ihrer glücklichen Kindheit und ihrer starken Bindung zu ihrer leider bereits verstorbenen Mutter Selma Faust sprach (ihren Vater hatte sie nie kennengelernt, aber er hatte ihr auch nicht gefehlt). Und weil sie darüber hinaus von ihrer Zeit als Haushälterin bei einer Familie mit zwei kleinen Töchtern und einem Jungen regelmäßig ins Schwärmen geriet, von ihren »hübschen Mäusen« erzählte und ihm sogar Fotos gezeigt hatte, auf denen sie mit den dreien ausgelassen rumtobte und die der sichtbare Beweis dafür waren, wie sehr sie Kinder liebte. Da hatte er noch ein paar Mal nachgehakt, weshalb sie dieses Glück für sich selbst so kategorisch ausschloss, sich letztlich aber mit ihrem »Ich kann's mir halt für mich nicht vorstellen« zufriedengegeben. Und es dann mit ihrem Hinweis auf einen »Hund, den wir uns ja irgendwann mal kaufen können« akzeptiert.

So waren sie glücklich zu zweit, gingen Hand in Hand durchs Leben, ein eingespieltes Team. Sein Heiratsantrag war für Ella dennoch überraschend gekommen, besser gesagt die Art und Weise, wie er vorgebracht worden war: Am Morgen nach dem Frühjahrsfest von Philips Kanzlei war es passiert. Verkatert hatte ihr Freund am Frühstückstisch gesessen und zwischen »Kann ich bitte mal die Butter haben?« und »Willst du noch einen Tee?« die alles entscheidende Frage gestellt. Nicht gerade Romantik pur (auf *Better Endings* hatte Ella den Sachverhalt dann auch ein kleines bisschen anders dargestellt und kurzerhand von einer nächtlichen Kanufahrt über die Alster mit feierlicher Ring-Überreichung berichtet), aber trotzdem hatte sie sofort ja gesagt. Manchmal konnte sie kaum fassen, wie viel Glück ihr das Leben bescherte.

Sie betrachtete ihr Spiegelbild in der großen Fensterscheibe der Bank und lächelte sich versonnen zu. Ja, Philip und sie waren das perfekte Paar, sogar optisch passten sie zusammen wie Jorinde und Joringel, Schneeweißchen und Rosenrot, Aristo und Cats. Er: großgewachsen, aber mit jungenhaftem Charme. Ella: nur knapp 1,60 Meter, schlank, kugelrunde braune Rehaugen und flachsblonde Haare, die sie oft in zwei geflochtenen Zöpfen trug, so dass sie selbst jenseits der Dreißig gelegentlich nach ihrem Ausweis gefragt wurde. Meist von Menschen mit Sehschwäche, aber immerhin.

Selma Faust hatte von jeher steif und fest behauptet, man könne ihrer Tochter den Krebs-Aszendenten ansehen, weil kindliche Gesichtszüge für dieses Sternzeichen so typisch seien. Das allerdings hielt Ella aus zweierlei Gründen für ausgemachten Unsinn: Erstens, weil Astrologie in ihren Augen per se Unsinn war, nur etwas für Leute mit drohendem Realitätsverlust. Und zweitens hatte ihre Mutter diese Feststellung zum ersten Mal getätigt, als Ella vielleicht acht oder neun Jahre alt – demnach also durchaus noch Kind! – gewesen war.

Ob nun Unsinn oder nicht, Ella betrachtete ihr Spiegelbild und konnte den tiefen Seufzer, der ihr dabei entfuhr, nicht verhindern. Kurz überkam sie Traurigkeit darüber, dass ihre Mutter den schönsten Tag ihres Lebens, wenn sie und Philip heirateten, nicht miterleben würde. Dass sie nicht dabei sein konnte, wenn ihre »Cinderella« endlich den Prinzen bekam, von dem sie beide so oft gesprochen hatten. Ja, diese Vorstellung brachte Ella beinahe zum Weinen, und es gab nicht viel, was bei ihr diese Reaktion auslöste. Warum auch? Sie lebte ja in ihrem persönlichen Happy End!

Gut, auch der Gedanke an Cora, das unschöne Ende ihrer Freundschaft und der Umstand, dass sie seither nie mehr jemanden gefunden hatte, der ihrer besten Freundin auch nur ansatzweise das Wasser hätte reichen können, betrübte sie bis heute. Aber dafür hatte sie Philip, er war das Zentrum ihres Universums, und sie war seins. *Die Liebe hört niemals auf ...*

Ella straffte die Schultern, nahm die gedruckten Kontoauszüge und ging zum Ausgang. Jetzt würde sie noch schnell rüber ins Mercado flitzen, wo sie ein paar Einkäufe erledigen wollte: Neue Boxershorts für Philip, Waschpulver, Reinigungsmittel und Entkalker für den Kaffeeautomaten, Briefumschläge und Tesafilm bei Budnikowsky, Obst und Gemüse an den Marktständen, Biohuhn fürs Abendessen und noch ein paar weitere Besorgungen standen auf der Liste, die sie am Morgen nach dem Frühstück und nach Inventur der Bestände geschrieben hatte. Sie zog die große Glastür der Sparkasse auf, spannte den Regenschirm und patschte dann mit einem Fuß aufs nasse Pflaster, direkt auf eine Fuge zwischen zwei Platten.

Drei Minuten später hatte sie den Stand vom Bio-Geflügelhof erreicht und holte ihre Liste hervor, um nachzusehen, ob sie vierhundert oder dreihundert Gramm Hähnchenbrust brauchte.

Lieber Philip,
du darfst Ella nicht heiraten!

Das war sie gar nicht, Ellas Einkaufsliste. Es war der Zettel, den ihr die Frau aus der Reinigung aus Philips Mantel gegeben hatte.

Better Endings

Über mich | Ellas Geschichten | Ellas Leben | Ellas Hamburg

Freitag, 4. Oktober, 18:06 Uhr

Ist Heimat ein Ort?

Liebe Netzgemeinde,
ja, heute gibt's einen nachdenklichen Eintrag von mir, aber mir ist gerade danach. Ich habe den halben Nachmittag damit verbracht, im Netz nach einer passenden Location für P.s und meine Hochzeitsfeier zu suchen. Dabei kam mir ein seltsamer Gedanke: Ist Heimat ein Ort? Oder nicht vielmehr ein Mensch?
Klingt jetzt verwirrend, ich weiß, deshalb will ich es erklären. Während ich so über die Seiten surfte und viele Veranstaltungsorte entdeckte, von denen einer schöner als der andere war (die Links zu meinen drei Favoriten findet ihr <u>hier</u> – ihr dürft gern abstimmen!), habe ich mir bei jedem einzelnen vorgestellt, wie unsere Feier dort sein würde. Und mich dann unweigerlich gefragt, ob es nicht egal ist, WO man heiratet, weil es doch nur darum geht, WEN man heiratet. Das ist vermutlich keine besonders tiefschürfende Erkenntnis, aber der Gedanke ging mir trotzdem nicht mehr aus dem Kopf.
Wenn es der Richtige ist, stört einen auch das Standesamt in einem runtergerockten Plattenbau mitten im sozialen Brennpunkt nicht, mit anschließender Feier am Bahnhofskiosk bei Würstchen, Kartoffelsalat und Jägermeister. Auch ohne einen einzigen Gast und nur zu zweit, wenn man der Liebe seines Lebens das Jawort gibt, spielen die Umstände keine Rolle.
Weil NICHTS eine Rolle spielt, wenn man seinen Lebensmenschen an seiner Seite weiß. Auch nicht, wo man mit diesem Menschen dann,

genau!, lebt. Das kann im abgelegensten Winkel von Kirgisistan sein, mit sieben Kindern in einer Jurte und einer klapprigen Ziege als Haustier. Andererseits sind weder das schönste Schloss noch unendliche Reichtümer nur das Geringste wert, wenn die Person, neben der du abends einschläfst und morgens wieder aufwachst, nicht der Partner ist, der wirklich zu dir gehört – selbst, wenn es in der besten aller Welten abends wie morgens derselbe ist. Ihr seht, ich habe bei aller Nachdenklichkeit meinen Humor noch nicht verloren.

Heimat. Das war das Wort, das mir bei meinen pseudophilosophischen Betrachtungen als Nächstes einfiel. Wenn man den Richtigen gefunden hat, fühlt es sich an, als wäre man in der Heimat. Wo auch immer die dann ist.

Ich hoffe, jetzt versteht ihr, wie es zu der Frage oben über meinem Beitrag kam. Heimat ist für mich kein Ort, sondern ein Mensch. Und diesen Menschen habe ich mit P. getroffen, er ist derjenige, mit dem ich alt werden möchte, ob in einer Jurte oder sonstwo. Natürlich freue ich mich RIESIG auf unsere Hochzeit. Und auch, wenn es nach der Logik meines heutigen Posts ja egal sein müsste, wo sie stattfindet – eure Meinungen in Sachen Location würde ich trotzdem gern lesen ☺ Was P. zu meiner Auswahl meint, werde ich euch später berichten, versprochen!

Als kleines Vorab-Dankeschön für eure Votes habe ich heute noch ein ganz besonderes Happy End für euch. Hoch exklusiv und nur bei *Better Endings* hier ein neues Finale von Jojo Moyes' *Ein ganzes halbes Jahr*!

Ihr habt mich ja schon öfter darum gebeten, die Geschichte von Louisa und Will neu zu schreiben, aber lange Zeit habe ich mich da nicht herangetraut (aus vermutlich nachvollziehbaren Gründen, denn das ist einfach ein wunderbarer Roman; bis auf das traurige Ende, versteht sich).

Nun ist es so weit: Ich habe in den vergangenen Wochen allen Mut zu-

sammengenommen und für euch aufgeschrieben, was mein Herz so hergibt. Ich wünsche euch damit gute und vor allem romantische Unterhaltung! Meinem GöGa in spe hat es jedenfalls ziemlich gut gefallen ☺
Wie immer verabschiede ich mich mit meinem Leitspruch, und ja, auch der ist wie ein Stück Heimat:
Am Ende wird alles gut.
Wenn es nicht gut ist, ist es auch nicht das Ende.

Eure Ella Cinderella

Kommentare (422)

Loveisallaround_82, 18:10 Uhr
Nehmt auf jeden Fall das Ahrensburger Schloss! Mal ehrlich, wo sollte Cinderella denn sonst heiraten? Ich weiß zwar nicht, wie du aussiehst, aber ich kann mir dich ganz wunderbar in einem märchenhaften Kleid vorstellen, mit deinem P. (P. wie Prinz? Hi, hi! ☺) an deiner Seite. Also: das Schloss, das Schloss, das Schloss! AUF JEDEN FALL DAS SCHLOSS!

Glitzer-Elfe XXL, 18:15 Uhr
Sehe ich anders, Lovi, mir gefällt das Kai 10 am besten, das ist mal eine total stylishe Location! Ein Schloss ist mir zu ... altbacken irgendwie. Außerdem voll unpraktisch, wenn die Gäste von Hamburg aus erst alle nach Ahrensburg gurken müssen. Neee, ich bin für den gläsernen Ponton auf der Elbe!
Und das neue Ende von Ein ganzes halbes Jahr ist wieder nur ... seufz! Danke, liebe Ella!

BLOXXX BUSTER, 18:23 Uhr
Oh Mann, ich krieg hier noch die Krise. Feier von mir aus, wo du willst, aber lass bitte die Finger von bereits geschriebenen Büchern! Dein gesamter Blog ist nicht nur respektlos gegenüber jedem Autor – er ist auch komplett sinnlos. Und wenn ich dann noch dein Geschwafel über »Heimat ist kein Ort, sondern ein Mensch« lese, wird mir echt schlecht.

Little_Miss_Sunshine_and_Princess, 18:26 Uhr
Sag mal, Bloxxx, schreibst du vielleicht selbst? Oder warum regt dich das hier immer so auf?

BLOXXX BUSTER, 18:27 Uhr
Nein, liebe Miss Dummschein, tue ich nicht. Ich bin nur Realist und halte es mit dem Motto: »Wir sind hier nicht bei ›Wünsch dir was‹, wir sind hier bei ›So isses‹.«

Little_Miss_Sunshine_and_Princess, 18:29 Uhr
Lass stecken! Nur, weil Ella glücklich ist und du offenbar echt unzufrieden, musst du hier nicht rumpöbeln. Ich wiederhole es noch einmal: Meld dich doch einfach ab und lass uns andere in Ruhe.

BLOXXX BUSTER, 18:32 Uhr
Ein frustrierter Haufen Happy-End-süchtiger Hausfrauen, die in rosarotem Heititei leben wollen? Das stellst du dir unter »glücklich« vor? Na denn: gute Nacht!

Alle weiteren 415 Kommentare lesen

2

Um kurz nach zehn saß Emilia Faust noch immer vor ihrem Notebook und las zum etwa hundertsten Mal die Kommentare von Bloxxx. Philip hatte ihr am Mittag per SMS mitgeteilt, dass er erst spät von einem Geschäftstermin zurückkehren würde. Die Vorbereitungen fürs Abendessen fielen also aus, ihr selbst reichte ein Toast mit Hüttenkäse. Zum Glück, denn sie hatte im ersten Schreck über den Zettel total vergessen, das Biohuhn zu kaufen und auch die anderen Besorgungen schlicht Besorgungen sein lassen; zu Hause angekommen hatte sie über ihre panische Reaktion gelacht: darüber, wie sie auf einen unsinnigen Wisch hereingefallen war.

Sie hatte den Brief – besser gesagt, diesen *schlechten Scherz* – auf Philips Schreibtisch deponiert, schnell die restliche Hausarbeit erledigt und sich dann mit ihrem Laptop und einer guten Tasse Tee aufs Sofa im Wohnzimmer verzogen. Dort hatte sie den freien Nachmittag dazu nutzen wollen, nach passenden Veranstaltungsorten für ihre Hochzeit zu gucken.

Doch als Ellas Gedanken auch bei der Recherche wieder und wieder zu diesem dämlichen Brief und der Frage abgewandert waren, wer um Himmels willen ihrem Verlobten (ja, an dieser Stelle hatte sie »Verlobter« gedacht) eine derartige Geschmacklosigkeit zugesteckt haben konnte (Ein Kollege? Der Anwalt einer gegnerischen Partei? Ein Mandant? Aber warum?), hatte sie die Location-Suche nach einer Weile aufgegeben und sich stattdessen einer Tätigkeit gewidmet, die sie immer und mit hundertprozentiger Sicherheit voll und ganz absorbierte und keinen Platz für irgendwelche Grübeleien ließ: ihr Weblog.

Sie hatte die Datei mit dem neuen Ende von *Ein ganzes halbes Jahr* geöffnet, an dem sie bereits seit Wochen schrieb, und beschlossen, den Text nun zu vollenden. Was keine leichte Arbeit war, denn die Logik der Geschichte durfte dabei keinen Schaden nehmen. Gleichzeitig musste der Stil der Original-Autorin erhalten bleiben, das war entscheidend, nur dann würden Ellas Leser ihre Schlussversion des Buches auch akzeptieren. Und gerade bei einem so erfolgreichen Roman war das natürlich immens wichtig, wollte sie sich damit nicht in die Nesseln setzen.

Beschwingt hatte sie vor sich hin getippt und das Geräusch der klackernden Tasten genossen, das sich mit dem Heulen des Sturmes draußen vor dem Haus vermischt hatte. Hin und wieder hatte eine Böe einen Schwung Regenwasser gegen die Fensterscheiben gefegt, die unter der Salve prasselnd erzittert waren, als wollte der Oktoberbeginn unter Beweis stellen, was er so draufhatte. Tatsächlich: kein Wetter für eine Übergangsjacke.

Ella mochte die heimelige Geborgenheit hier in ihren vier Wänden, während die Außenwelt anscheinend unterging. Eine Philosophin im Philosophenweg, so kam sie sich dann vor: Den Laptop auf den Knien, eine brennende Kerze und eine Tasse heißen Tee auf dem Couchtisch, vor der Tür der tosende Sturm – so fühlte sie sich ganz besonders wohl, lebendig.

Seit jeher war sie mehr für Herbst oder das stürmische Frühjahr zu begeistern gewesen. Der Sommer mit seiner unausgesprochenen Aufforderung, sich lachend mit Freunden im Freien vergnügen zu müssen (ob man wollte oder nicht), ging ihr immer ein wenig auf die Nerven. Den Winter fand sie mit all seiner weihnachtlichen Gefühlsduseligkeit recht überbewertet, außerdem hatte sie nichts übrig für Schnee. Herbst und Frühjahr waren ehrlich, voller Energie und meist angenehm temperiert. Genau wie ihr Freund Philip, wie sie oft dachte, das traf seinen Charakter ziemlich genau; wenn man »angenehm temperiert« mit »ausgeglichen« ersetzte.

Nachdem sie mit ihrem Romanende fertig und zufrieden gewesen war, hatte sie noch einen Blogeintrag verfasst, der ihrer Meinung nach außerordentlich gut gelungen war, und ihn dann zusammen mit dem neuen Ende eingestellt. Die Zeit, die sie benötigt hatte, um sich aus der Küche einen neuen Tee zu holen und wieder vor ihrem Notebook Platz zu nehmen, hatte ausgereicht, um die ersten User zu einem Kommentar zu bewegen. Ella hatte sich gefreut, *Better Endings* fand beinahe täglich neue Fans.

Und jetzt das? UND JETZT DAS! Sie war erbost. *Sehr* erbost. Und es juckte sie in den Fingern, den Eintrag zu löschen und Bloxxx zu sperren – nur betrieb sie auf *Better Endings* prinzipiell keine Zensur, das widersprach ihrer Auffassung von Meinungsfreiheit.

Aber sie könnte diesem Idioten eine Antwort tippen, die sich gewaschen hatte. Doch auch das ließ sie bleiben, denn selbst der blutigste Blog-Anfänger sollte mittlerweile das wichtigste Gesetz des Internets kennen: »Don't feed the trolls!«

Es brachte nichts, sich mit solchen Leuten, die ganz offensichtlich auf Krawall gebürstet unterwegs waren, auf Diskussionen einzulassen. Denn eine Einsicht konnte man dabei mit keinem noch so guten Argument erzwingen, so etwas führte nur zu einem endlos langen Thread, in dem sich zum Schluss alle User gegenseitig beschimpften und nicht wenige sogar virtuelle Türen knallend für immer den Weblog verließen. Schon jetzt prügelten sich Bloxxx, Miss Sunshine und ein paar andere, die Wellen schlugen hoch. Wenn Ella da nun auch noch mitmischte, würde der Server bald zusammenbrechen.

Dabei hätte sie diesem Bloxxx durchaus etwas zu sagen, eine ganze Menge sogar. Nämlich, dass sie ihren Blog nicht ins Leben gerufen hatte, damit die Leute sich hier streiten konnten. Im Gegenteil, *Better Endings* sollte die Welt ein bisschen schöner, ein wenig besser machen.

Sie hatte einen Ort erschaffen wollen, an dem sie mit Gleichgesinnten ihre größte Leidenschaft teilen konnte: Seit frühester Kindheit hatte Ella die Angewohnheit – manche Menschen würden es »Macke« nennen –, Erzählungen, Büchern, Filmen oder Serien mit unglücklichem Ausgang ein eigenes Happy End zu verpassen.

Dr. Schiwago, Die Brücken am Fluss, Vom Winde verweht, Jenseits von Afrika, Sturmhöhe, Bambi, Moulin Rouge, Die Dornenvögel, Salz auf unserer Haut, Legenden der Leidenschaft – das waren die *echten* Horrorstorys, der Stoff, aus dem Albträume gemacht sind. Ersonnen von sadistischen Autoren, die ihre Leserinnen und Leser ohne Not in tiefe Verzweiflung stürzten, denn bei ausgedachten Storys gab es ja überhaupt keinen Grund, sie schlecht enden zu lassen. Das war das Gegenteil von »so isses«, Bücher und Filme waren fiktional, da musste man sich im Gegensatz zum wahren Leben *nicht* mit einem *Bad End* abfinden. Und eben solche gemeinen Geschichten ließen Ella keine Ruhe, wühlten sie so dermaßen auf, beschäftigen sie Tag und Nacht, so dass sie gar nicht anders *konnte*, als ein neues, ein besseres Ende zu ersinnen und zu Papier zu bringen.

Wie bei einer Melodie, die abrupt endet, mitten im Takt, unaufgelöst. Ein Missklang, der uns im Kopf herumspukt und fast in den Wahnsinn treibt, bis wir ihn zumindest gedanklich zu einem harmonischen Schlussakkord gebracht haben.

Romeo und Julia: flitterten bei Ella in Venedig. Titanic: In der Version von Ella retteten Jack und Rose im Alleingang das Schiff und bekamen fünf Kinder, zwei Mädchen, drei Jungs. Casablanca: Selbstverständlich entschied sich Ilsa Lund für Rick und ließ ihren Gatten Victor allein in die USA reisen, wo er sich an der Seite seiner neuen Frau in der Bürgerrechtsbewegung engagierte. So war Ellas Welt: schön und heiter. Und vor allen Dingen übersichtlich.

Schon möglich, dass, wie Hermann Hesse dereinst geschrieben hatte, jedem Anfang ein Zauber innewohnt – aber Ella war der festen Überzeugung, dass es einzig auf das Ende ankam. Da konnte der Anfang noch so zauberhaft sein, ein schlechter Ausgang ruinierte alles. Um bezüglich dieses Missstandes Abhilfe zu schaffen, hatte sie vor vier Jahren *Better Endings* ins Leben gerufen.

Philip hatte auf ihre Ankündigung, ab sofort eine Internet-Community an ihren Geschichten teilhaben zu lassen, zunächst verhalten reagiert und angeregt, sie solle doch lieber ein Studium beginnen, wenn sie sich langweile, wozu habe sie »schließlich Abitur«? Aber das war nicht das, was Ella wollte. Nachdem die Idee zu ihrem Weblog erst einmal geboren war, brannte sie darauf herauszufinden, ob es da draußen noch mehr Menschen gab wie sie, die tragische Enden regelrecht quälten. »Okay, meine kleine Cinderella«, hatte Philip irgendwann gesagt, »dann wünsche ich gutes Gelingen!«

Also schrieb sie alles um, was ihr in die Finger kam; sie schrieb und schrieb und schrieb, tippte an gegen all die Traurigkeit, die andere in unsere Köpfe setzen. Wie ein begnadeter Chirurg, der im Operationssaal stundenlang um das Leben eines bereits Verlorenen ringt, der all sein Können, all seine Fertigkeiten, sein Herz und seinen Verstand zum Einsatz bringt, um der Nulllinie zu entgehen; um dem gnadenlosen Punkt, der am Ende eines jeden Daseins steht, der da nun mal stehen *muss*, ein Semikolon abzutrotzen, hinter dem es noch ein bisschen weitergeht. Dem Tod ein Schnippchen schlagen, hinaus aus der Sackgasse der Verzweiflung, das war Ellas einzige Aufgabe im Reich der Fantasie und Fiktion; sie führte den schier aussichtslosen Kampf wie ein Schiffbrüchiger mit Eierbecher gegen die einbrechenden Wassermassen in den leckgeschlagenen Bug, ließ nicht ab von einer Geschichte, ehe Held und Heldin davonritten in den Sonnenuntergang, Hand in Hand und bis in alle Ewigkeit glücklich miteinander vereint. Puh!

Die vielen Page Impressions, die *Better Endings* mittlerweile zu verzeichnen hatte – es waren etwa dreißigtausend pro Monat, dazu gab es zweihundert sehr regelmäßige Leser und Kommentatoren – gaben ihr recht. Die

Menschen da draußen sehnten sich nach jemandem, der ihnen ein gutes Gefühl vermittelte. Was Bloxxx so abfällig als »rosarotes Heititei« bezeichnete, war nichts Geringeres als Ellas Versuch, so viel schlechtes Gedankengut wie möglich aus dem kollektiven Unbewussten zu entfernen. Mochten User wie er auch noch so sehr ätzen – für Ella gab es keinen vernünftigen Grund, der dagegensprach, sich die Welt ein wenig schönzureden. Im Gegenteil: Konsequentes Schönreden führte ihrer Meinung nach dazu, dass irgendwann dann auch alles schön *wurde*. Auf dieser Theorie fußte letztlich die gesamte Idee zu *Better Endings*, sie empfand das, was sie tat, als eine Art Gedankenhygiene. Immerhin hatten Neurowissenschaftler längst herausgefunden, dass das menschliche Gehirn nicht zwischen Fiktion und Realität unterscheiden kann. Anders gesagt: Es ist egal, ob wir eine schlimme Geschichte selbst erleben oder nur darüber lesen, in unserem Kopf startet sofort ein Stressprogramm, das sich gegen negative Gefühle wehren will, ob sie nun Dichtung oder Wahrheit sind.

Und genau deshalb hielt Ella ihre Aufgabe für groß und wichtig. So wichtig, dass sie bisher nicht einmal der Versuchung erlegen war, den Erfolg ihres Blogs in bare Münze umzuwandeln, was Philip schon öfter angeregt hatte. Denn hatte Walt Disney nicht bereits vor Jahren gezeigt, wie so etwas geht? Und zwar mit *Arielle, die Meerjungfrau*: Der Film war ein Mega-Hit gewesen und hatte das Studio nach mehreren Flops wieder auf Gewinnkurs gebracht – und das nur, weil die Leute von Disney der kleinen Seejungfrau von Hans Christian Andersen genialerweise ein gutes Ende verpasst hatten. Zerschellte sie in der Originalversion zum Schluss nämlich zu Schaum auf dem Meer, konnte Arielle im Finale die Meerhexe besiegen und ihren Prinzen Eric heiraten. Ende gut, alles gut – das liebten die Leute.

Somit hätte Ella also gute Chancen gehabt, quasi der Walt Disney des Internets zu werden. Doch das wollte sie gar nicht. Nein, keine Werbung, keine bezahlten Links, keine Gebühren für einen Premiumzugang à la *Better Endings Plus*, nichts davon sollte sich auf ihrem Blog breitmachen.

Das hier war für Emilia Faust eine Frage des Karmas. Und der Ehre.

»Liebling, ich bin da!« Philips Stimme ließ sie aus ihren Überlegungen hochschrecken. Sie legte das Notebook beiseite und sprang vom Sofa auf. Auf dem Weg zum Flur fuhr sie sich mit beiden Händen über den Kopf, um ihre Frisur zu richten, denn inzwischen hatte sie ihre Zöpfe gelöst, so dass ihr blondes Haar – hoffentlich! – schimmernd über ihre Schultern fiel.

Zu dumm, dass sie Philips Auto nicht schon in der Auffahrt oder das Surren des Garagentors gehört hatte, sonst hätte sie schnell noch Lipgloss aufgetupft, ein wenig Rouge und Wimperntusche nachgelegt. So aber konnte sie sich nur noch in beide Wangen kneifen und ihre Lippen mit der Zunge benetzen. Nicht, dass sie jeden Abend für ihren Freund so einen Aufwand betrieb, dafür waren sie schon zu lange zusammen. Aber nachdem sie den ganzen Tag gedanklich mit ihm, ihrer Hochzeit und nicht zuletzt mit diesem blöden Zettel aus seinem Mantel verbracht hatte, war es Ella ein Bedürfnis, heute besonders gut für ihn auszusehen.

Philip stand im Flur, den Blick nachdenklich auf die Garderobe gerichtet, in der rechten Hand baumelte seine braune Aktentasche, in der linken seine grüne Winterjacke. Die sonst so wilden Locken klebten ihm am Kopf, an seiner Nasenspitze hing ein dicker Wassertropfen, und sein Anzug sah aus, als hätte er darin gebadet.

»Hallo, Schatz!«, begrüßte sie ihn und hätte ihn umarmt, wäre er nicht so pitschnass. »Warte, ich hol dir ein Handtuch«, sagte sie und war im Begriff, sich umzudrehen.

»Wo ist denn mein Trenchcoat?«, hielt er sie zurück.

»In der Reinigung«, erwiderte sie. »Da waren Rotweinflecken drauf.«

»Ich weiß«, sagte er und starrte noch immer auf den leeren Bügel, auf dem der Mantel sonst hing. »Aber ...« Er unterbrach sich und sah Ella nun an, sein Gesichtsausdruck war seltsam ... seltsam.

»Aber was?«

»Ich hatte die Taschen noch nicht leergeräumt«, erklärte er.

»Warum auch?«, fragte sie verwundert. »Das mache ich doch sowieso immer.«

»Natürlich, sicher.« Noch immer wirkte er eigenartig. Verspannt. Nervös.

»Stimmt etwas nicht?«

»Doch, doch«, kam es gedehnt zurück. »Ich wollte nur ... ich hatte ... Wo sind denn die Sachen aus dem Mantel?«

»Auf deinem Schreibtisch«, sagte sie. Und fügte hinzu: »Aber es war bloß ein einziger Zettel.«

Bei diesen Worten stürzte Philip an ihr vorbei und

rannte Richtung Arbeitszimmer, sodass Ella ihm nur noch ein »Darüber wollte ich eh mit dir reden!«, hinterherrufen konnte.

Mit dem Brief in der Hand kam er zwei Sekunden später zu ihr zurück. »Hast du den hier gelesen?«

Sie nickte. »Ja, hab ich. Aus Versehen, hab's für meine Einkaufsliste gehalten.«

»Ella ...«, sagte er.

»Das ist ja wohl echt ein Ding!«, unterbrach sie ihn.

»Ding?«

»Dass dir jemand sowas zusteckt! Was soll der Unsinn?«

»Hm«, murmelte Philip und schlug die Augen nieder. Als er wieder aufblickte; als er sie aus seinen großen blauen Jungsaugen ansah, den Mund zu einem traurigen Lächeln verzogen; als er seufzte und die Hand mit dem Brief sinken ließ; als er sie bat, mit ihm ins Wohnzimmer zu kommen, weil er mit ihr reden müsse – da stieg in Ella ein Gefühl auf, von dem sie geglaubt hatte, dass sie es nicht mehr in sich trug. Schon seit langer, sehr langer Zeit nicht mehr.

»Ich wollte es dir von mir aus erzählen, das schwöre ich«, sagte er, nachdem sie sich hingesetzt hatten. Sie auf der Couch, er in dem Sessel gegenüber. Das taten sie sonst nie, ihre Plätze waren auf dem Sofa, nebeneinander. Philip drehte das zusammengefaltete Blatt Papier in einer Hand hin und her.

»Du warst gestern Abend nicht mit einem Mandanten essen.« Eine Feststellung, keine Frage.

»Nein. Das war *sie*. Sie wollte reden, ich nicht, da hat sie mir diesen Brief in die Hand gedrückt. Damit bin ich dann stundenlang durch die Stadt gerannt.«

»Warum ...« Sie suchte nach den richtigen Worten. »Warum bist du denn nicht nach Hause gekommen? Zu mir?«

»Fragst du das ernsthaft?« Er sah sie unglücklich an.

Sie schüttelte den Kopf, kam sich selbst dumm vor. »Und heute Abend? War das wirklich ein geschäftlicher Termin? Oder hast du da auch sie gesehen?«

»Nein. Ich war bei einem Kumpel. Ich musste mit jemandem reden.«

»Kumpel? Reden?« Sie geriet einen Moment in Aufruhr. »Für wie blöd hältst du mich?«

»Ich war bei Bernd, okay? Er findet, dass ich mit dir sprechen muss. Reinen Tisch machen und alles klären, so was in der Art. Dass du den Brief allein findest, wollte ich nicht.«

»Habe ich aber.«

»Es tut mir leid.«

»Und dabei«, sie schluckte schwer und sprach dann tonlos weiter, »war ich überzeugt davon, dass das nur ein sehr übler Scherz sein kann. Ein sehr, sehr übler. Mir ist beim Lesen richtig schlecht geworden, und hätte ich auch nur geahnt ... Hätte ich mir auch nur ansatzweise vorstellen können, dass du tatsächlich ...« Sie konnte den Satz nicht vollenden.

Erneut senkte Philip den Blick. »Es tut mir leid«, wiederholte er.

Ella atmete ein paar Mal tief ein und aus. Und sagte dann sehr ruhig: »Gib ihn mir bitte.«

»Was denn?«

»Was schon? Den Brief!« Sie streckte fordernd die Hand danach aus. Und als Philip sich nicht rührte, fuhr sie ihn fast an: »Gib mir sofort diesen verdammten Brief!«

»Nein, Ella, bitte ... Warum willst du dir das antun und es noch einmal lesen?«

»Her damit!«

Er reichte Ella das Blatt Papier, sie faltete es auseinander und begann erneut zu lesen.

Lieber Philip,

du darfst Ella nicht heiraten! Nicht nach allem, was zwischen uns war. Bitte, tu das nicht aus falsch verstandenem Pflichtgefühl, es geht doch um den Rest deines Lebens! Seit unserer Nacht nach dem Frühjahrsfest geht mir nicht mehr aus dem Kopf, was du über sie gesagt hast: Dass sie so eine Träumerin ist und du nicht sicher bist, ob ihr auf Dauer wirklich gut zueinander passt, dass du so gern Kinder hättest und sie nicht, dass du dir wünschst, sie wäre eigenständiger, selbstbewusster, und dass dir immer irgendwas fehlt, dass du gar nicht richtig an sie herankommst. Natürlich, du warst sehr betrunken, als du mir das alles erzählt hast – aber du weißt ja, was man über Kinder und Betrunkene sagt, oder? Bis heute kann ich nicht begreifen, warum du sie dann trotzdem gebeten hast, deine Frau zu werden – und ich werde es auch nie verstehen. Und dabei sehe ich doch jeden Tag, wie unglücklich du wirkst, so, als würdest du diese Entscheidung bereuen. Deswegen, lieber Philip: Sag diese Hochzeit ab! Nicht für mich, darum geht es mir nicht, und ich habe auch schon verstanden, dass du mich vermutlich nicht willst. Aber, bitte, tu es für dich!
Deine C.

Ella ließ den Zettel sinken und zu Boden fallen.

»Das ist«, setzte sie an, kam aber nicht weiter, weil ihr die Stimme versagte. Sie beugte sich vor und nahm einen Schluck von ihrem mittlerweile lauwarmen Tee. »Das ist also gar kein Versuch, dich reinzulegen? Das ist alles wahr?«

Er nickte und sah sie verzweifelt an.

»An dem Morgen, an dem du mich gefragt hast, ob ich dich heiraten will, hast du in der Nacht zuvor ...« Wieder blieb ihr die Stimme weg.

»Mit einer anderen Frau geschlafen«, bestätigte er, was sie nicht hören wollte.

»Warum?«

»Ich war betrunken, im totalen Rausch, und sie hat ...«

»Das meine ich nicht«, unterbrach sie ihn. »Warum du am nächsten Tag um meine Hand angehalten hast, das will ich wissen.«

»Weil ich«, er machte eine Pause, rang mit sich, »durcheinander war. Komplett durch den Wind, orientierungslos. Und beschämt.«

Sie zuckte bei seinen Worten zusammen. Denn ein »Weil ich dich liebe« war nicht dabei.

»Was ist mit den Dingen, die sie hier schreibt? Hast du das alles über mich gesagt?«

»Ich weiß es nicht«, gab er zu. »Daran kann ich mich nicht mehr erinnern.«

»Ist es denn das, was du denkst?«

»Nein«, gab er eilig zurück. »Auf gar keinen Fall! Natürlich nicht!«

»Und warum sollte ich dir das glauben? Offenbar

hast du mich ja schon eine ziemlich lange Zeit belogen.« Sie schluckte, merkte, wie sich ihre Kehle zusammenschnürte. »Selbst dein Heiratsantrag war nur eine Lüge. Das Ergebnis eines moralischen Katers.«

»Nein!«, widersprach er heftig, gestikulierte dabei mit den Händen. »Das stimmt so nicht, es war ...«

»Was war es?«

Statt einer Antwort ließ er die Hände wieder sinken.

Wortlos beugte Ella sich vor, klaubte den Brief vom Boden, um ihn auf den Couchtisch zu legen und sich dann vom Sofa zu erheben.

Philip sah sie überrascht an. »Wo willst du denn hin?«

»Weg«, sagte Ella. »Einfach nur weg.«

Er folgte ihr nicht, als sie draußen im Flur ihren Regenmantel überzog, in ein paar wetterfeste Stiefel schlüpfte und nach ihrem Schlüsselbund griff. Er rief ihr auch nicht hinterher, nicht einmal das.

Aber es ist gut so, dachte Emilia Faust. Sie würde nun allein sein und nachdenken müssen. Allein. Und zwar ziemlich lange.

3

Ihr Auto sprang nicht an. Natürlich nicht. Wie sollte es auch an solch einem Abend – draußen strömender Regen, in Ellas Herz ein Gemisch aus Lava und Eis – anspringen können?

Sie saß hinterm Steuer ihres VW Touareg, trommelte mit den Fingern auf dem Lenkrad herum, drehte den Schlüssel wieder und wieder, aber nicht mal ein müdes Stottern des Motors ertönte. Noch nie hatte sie dieses protzige Auto gemocht, hatte Philip um etwas Kleines, Wendiges gebeten. Und vor allem um etwas, das *fuhr*! Und in diesem Moment, in der Garage neben Philips und ihrem Haus, dem Haus im Othmarscher Philosophenweg (!) und auf dem Fahrersitz eines Wagens, den sie nie hatte haben wollen – da mochte sie den VW nicht nur nicht, nein, da *hasste* sie ihn. Weil er sie gefangen hielt. Gefangen in einer Situation, der sie unbedingt entkommen wollte, entkommen *musste*.

Was sollte Emilia Faust nun tun? Zurück ins Haus gehen und Philip noch einmal begegnen kam nicht in Frage. Die Nacht in der Garage verbringen ebenfalls nicht. Irgendwann würde ihr Freund, ihr *Verlobter*, sie hier finden, und sie sah sich außerstande, mit ihm zu reden.

Sie wollte dringend zu ihrem »geheimen Ort«. Dorthin, wo sie früher, vor Philip, so oft gewesen war, wenn sie ihre Gedanken hatte ordnen müssen. Ein Taxi schied aus, denn in der Eile hatte sie ihre Tasche mit Portemonnaie und Handy im Haus vergessen, und zurück konnte sie aus besagten Gründen nicht. Bis zur nächsten S-Bahn-Station nach Bahrenfeld waren es knapp zwei Kilometer, und ob um diese Uhrzeit, um kurz vor elf, noch ein Bus von der näher gelegenen Haltestelle abfuhr, wusste sie nicht. Aber selbst wenn, hätte sie in jedem Fall schwarzfahren müssen, wobei sie dies in Anbetracht der Umstände als lässliche Sünde, als einen Akt der Notwehr erachten würde.

Dann eben zu Fuß, dachte sie, öffnete die Autotür und stülpte sich grimmig die Kapuze ihres Regenmantels über. Sie betätigte die Fernbedienung für das automatische Rolltor der Garage, als ihr Blick auf Philips Rennrad fiel. Sein sehr schnelles, sehr großes und vor allem sehr teures Fahrrad, mit dem er im Frühjahr immer für den Triathlon im Sommer trainierte. Es war nicht abgeschlossen, warum auch, es stand ja hier sicher verwahrt.

Das waren sie, Ellas Siebenmeilenstiefel. Mit dem Rad würde sie ihr Ziel zwar immer noch nass, aber dafür vor Anbruch der Morgendämmerung erreichen. Sie schnappte es sich, wartete darauf, dass der Weg nach draußen frei wurde – und als wäre das alles nicht schon Zeichen genug, hörte der Regen, kaum dass Ella unter dem Tor hindurchgeschlüpft war, schlagartig auf. Zum ersten Mal seit einer halben Stunde wurde ihr das Herz wieder etwas leichter, sie blinzelte zum Dank dreimal fest mit den Augen – und stieg dann in die Pedale.

Es fühlte sich zwar etwas wackelig an, und sie musste wegen der Größe des Rads und der Mittelstange im Stehen fahren, aber sie würde die knapp fünf Kilometer trotzdem ganz radeln und nicht zwischendurch in die

S-Bahn umsteigen. Die frische Luft würde ihr guttun, ihr helfen, einen klaren Kopf zu bekommen – und ihr außerdem das Schwarzfahren ersparen. Vorsichtig holperte sie über das Kopfsteinpflaster des Philosophenwegs runter zur Hauptstraße, die sie entlang der Elbe auf dem kürzesten Weg zu ihrem Ziel bringen würde. Sie ließ die gediegenen Häuser zu ihrer Rechten, den Tennisclub Rolandsmühle zu ihrer Linken hinter sich zurück, sog die feuchte Luft tief in ihre Lunge ein und strampelte dann los, als ginge es um ihr Leben.

Eine weitere halbe Stunde später stand Ella direkt hinterm Hotel Hafen Hamburg und sah hinunter auf die Landungsbrücken. Mittlerweile hatte wieder ein leichter Regen eingesetzt, aber das machte ihr nichts aus. Sie liebte die Aussicht, die man von hier oben aus hatte: Elbe, Schiffe und Löschkräne, die *Cap San Diego* und die *Rickmer Rickmers*, die berühmte gelbe Musical-Muschel vom *König der Löwen* und die Elbphilharmonie. Die Tuffsteingebäude der alten Landungsbrücken lagen zu ihren Füßen, majestätisch und erhaben, von warm-gelbem Licht illuminiert. Die Uhr des Pegelturms zu Ellas Linken zeigte Viertel vor zwölf, dementsprechend hatte sie diesen Ort ganz für sich allein. Zumal das Wetter auch nicht gerade Spaziergänger dazu einlud, sich hier zu tummeln.

Bei der Erholung – so hieß der Weg, der unterhalb der Reeperbahn die gesamte St. Pauli Hafenstraße entlangführte. »Ein hübscher Name, nicht wahr?«, hatte ihre Mutter Selma vor Jahrzehnten zu ihr gesagt, als sie ihr als kleines Mädchen bei einem Ausflug in die große Stadt diesen »geheimen Ort« gezeigt hatte. »Hier habe ich früher oft gestanden und meinen Gedanken nachgegangen.

Habe davon geträumt, wie es wäre, mit einem der Schiffe wegzufahren.«

»Wo wolltest du denn hin, Mami?«, hatte Ella damals wissen wollen.

Selma Faust hatte mit den Schultern gezuckt. »Egal wohin. Einfach nur fort, ganz weit fort.«

»Aber warum denn? Es ist doch so schön hier!«

Ihre Mama hatte sich vor sie hingekniet, sie ganz fest in den Arm genommen und sie an sich gedrückt. »Seit ich dich habe, Cinderella«, hatte sie ihr ins Ohr geflüstert, »ist jeder Ort der schönste auf der Welt, wenn du nur bei mir bist.«

Aus der Ferne wehte das Tuten eines Schiffshorns zu Ella herüber. Gedankenverloren strich sie sich mit Zeige- und Ringfinger über die Tätowierung an ihrem linken Handgelenk, ertastete die kaum merklich erhabene Stelle mit dem Semikolon, das dort seit über fünfzehn Jahren prangte. Gestochen nach einer durchheulten Nacht, in der sie mit sich selbst und ihrem Schicksal gehadert hatte. Als Erinnerung daran, dass der Satz nach einem Semikolon noch nicht zu Ende ist, sondern dass er weitergeht. Weiter und weiter. Auf Philips Frage zu Beginn ihrer Beziehung, was ihr Tattoo bedeuten sollte, hatte sie damals nur lapidar erwidert, das Semikolon sei ein vom Aussterben bedrohtes Satzzeichen, weshalb sie es bewahren wollte. Natürlich war das gelogen gewesen. Es war mehr als das. Viel mehr. Aber das hatte sie ihm nicht verraten wollen. Einzig Cora hatte sie einmal beschwipst erzählt, wofür das Zeichen stand. Als sie wieder nüchtern gewesen war, hatte sie sich dafür ein wenig geschämt und die Freundin darum gebeten, diese etwas gefühlsduselige Erklärung zum Strichpunkt und seinem »weiter, weiter« am besten zu vergessen.

Heimat, ging es ihr nun durch den Kopf. *Heimat ist kein Ort, sondern ein Mensch.* Sie schloss die Augen. Und als sie sie wieder öffnete, fiel ihr Blick erneut auf die Uhr des Pegelturms. Sie stand jetzt auf drei Minuten vor zwölf. Mitternacht, die Stunde, in der Zauber und Fluch enden. In diesem Moment ging Emilia Faust mit sich selbst eine Wette ein: *Wenn ich es schaffe, bis zum letzten Glockenschlag die Mauer des Turms zu berühren, kommt das mit Philip und mir wieder in Ordnung. Ich weiß noch nicht, wie – aber irgendwas wird passieren, damit alles wieder gut wird.*

Kaum hatte sie das gedacht, schulterte sie Philips Rad und lief hinüber zur Willi-Bartels-Treppe, die auf kürzestem Weg runter zur Hafenstraße führt. Natürlich wäre es einfacher ohne das Rennrad, aber sie hatte keinen Schlüssel für den Sicherungsbügel und wollte nicht riskieren, dass es hier auf St. Pauli gestohlen würde.

Sie behielt die Zeiger der Uhr fest im Blick, während sie so schnell und gleichzeitig vorsichtig wie möglich die regennassen Treppenstufen hinunterstieg. Noch zwei Minuten, das konnte sie schaffen. Sie *musste* es schaffen, ihr weiteres Leben hing davon ab. Mit Beginn ihres Wettlaufs hatte der Himmel erneut seine Schleusen geöffnet, aus dem Regen war eine wahre Sintflut geworden, aber das empfand Ella als eine Herausforderung, die sie in ihrem Willen nur noch bestärkte. »Der Ruf des Helden« hieß so etwas in Märchen, Erzählungen, Romanen und Filmen; eine Prüfung, die die Hauptfigur überstehen muss, ehe sie ihr Ziel erreicht. Den Drachen töten, die drei Rätsel lösen, Rumpelstilzchens Namen erraten – oder eben bei orkanartigem Sturm rechtzeitig eine verdammte Turmuhr erreichen. Ellas Atem ging schwer, Schweiß mischte sich mit Regenwasser, zwei- oder dreimal rutschte sie in ihren Stiefeln auf den glatten Stufen ab, hätte das Rad beinahe fallen lassen.

Sie war fast am Fuß der Treppe angelangt, als wie aus dem Nichts direkt vor ihr eine dunkle Gestalt auftauchte. Das erschrockene Gesicht eines Mannes starrte sie an, ein Schrei erklang – ob von ihm oder ihr vermochte Ella nicht zu sagen –, und im nächsten Moment verlor sie jeglichen Halt, stürzte kopfüber und mit geschultertem Rad auf ihr Gegenüber hinunter und nahm im Fallen noch seine nackten Füße wahr.

Barfuß?, war das Letzte, was Emilia Faust dachte, bevor sie von Dunkelheit umfangen wurde. *Warum ist der Kerl barfuß?*

Das Erste, was Ella bemerkte, als sie wieder zu sich kam, war, dass der Regen aufgehört hatte. Das Zweite ein immenser Kopfschmerz, der sich pochend von ihrer linken Schläfe bis zur Mitte ihrer Stirn hinzog. Das Dritte, nachdem sie sich aufgesetzt hatte und hinüber zur Turmuhr sah, dass der große Zeiger auf fünf Minuten nach zwölf stand. Resigniert ließ sie die Schultern sinken. Sie hatte es nicht geschafft.

Eine Sekunde später kam ihr in Erinnerung, was gerade passiert war, und wie überaus unsinnig es war, sich um die Uhrzeit zu sorgen. Ein Mann! Da war ein Mann gewesen, auf den sie mitsamt Fahrrad gestürzt war. Hektisch blickte sie sich um, ihr Kopf quittierte die schnelle

Bewegung mit stechenden Schmerzen. Aber das war ihr egal. Sie hatte einen Passanten verletzt! Sie war mit voller Wucht und Philips Rad auf einen Menschen gefallen, bestimmt hatte er sich alle Knochen gebrochen und lag hier irgendwo hilflos auf den nassen Steinen.

Doch nirgends war jemand zu entdecken, sosehr sie sich auch den Hals verrenkte. Ella saß allein und verlassen am unteren Ende der Treppe, nichts zeugte davon, dass hier soeben ein Unfall geschehen war. Bis auf das Rad ihres Freundes, das zwei Meter entfernt von ihr halb auf die Straße gerutscht war. Ein LKW donnerte in diesem Moment vorüber und verfehlte nur knapp das Hinterrad.

Mühsam rappelte sie sich hoch in die Senkrechte, auch ihr Steißbein tat höllisch weh. Stöhnend hinkte sie zu Philips Vehikel und zog es aus der Gefahrenzone, doch selbst im diffusen Licht des Halbdunkels konnte sie sofort erkennen, dass für das Rad jede Hilfe zu spät kam: Der Rahmen war verbogen, mehrere Speichen waren entzwei, der vordere Reifen ähnelte einer seltenen Amöbenart.

»So ein Mist!«, fluchte sie leise und zerrte das demolierte Rad zu einem Busch neben der Treppe, unter dem sie es zumindest halb verstecken konnte. Darum würde sie sich später kümmern, jetzt musste sie zuerst das Opfer ihres Sturzes finden, um ihm zu helfen. »Hallo!«, schrie Ella laut in die Nacht hinein. »Sind Sie hier irgendwo?«

Keine Antwort.

Ihr wurde heiß und kalt. Wo war er hin? War er, *O mein Gott! O mein Gott!*, wie das Rad auf die Straße gerutscht, danach von einem Auto oder Schlimmerem mitgeschleift worden? Oder schwer verletzt auf allen vieren irgendwohin gekrochen?

Angst stieg in ihr auf, sie musste den armen Kerl finden, musste sich davon überzeugen, dass er okay war. Und wenn nicht, sofort einen Krankenwagen rufen.

»Wo sind Sie?«, brüllte sie nun aus voller Kehle. »Antworten Sie mir bitte!« Ihre Angst schlug in Panik um, kopflos rannte sie die gesamte Treppe hoch und wieder runter. »Hallo! Wo sind Sie? Es tut mir leid!«

»Hier drüben!«, erklang es endlich von der anderen Seite der Hafenstraße. Dicht gefolgt von lautstarkem Gegröle.

Ellas Herz machte einen Hüpfer, zumindest war der Mann am Leben. So schnell es ihr schmerzendes Steißbein erlaubte, eilte sie an der blinkenden Fußgängerampel vorbei rüber zu den Landungsbrücken, erkannte aber schon im Lauf, wer ihr da geantwortet hatte: Eine Gruppe von acht bis zehn Männern stand winkend und johlend am Straßenrand, einer der Kerle steckte in einem weißen Hasenkostüm und trug einen Bauchladen vollgestellt mit kleinen Schnapsflaschen vor sich her.

Ella verlangsamte ihre Schritte. Nein, das war nicht ihr Unfallopfer, so viel war klar. Ein fröhlicher Junggesellenabschied – das hatte ihr heute Abend noch gefehlt! Und wenn sie so in die grinsenden Gesichter blickte, waren alle bereits eifrige Kunden des Bräutigams gewesen. Außerdem höchst erfreut darüber, dass eine fremde Frau auf sie zugerannt kam, sie sahen sie ohne Ausnahme so an, als sei sie die für den Abend gebuchte Stripperin. Am liebsten hätte Ella auf der Stelle beigedreht und das Weite gesucht, quasi im fliegenden Wechsel, aber es bestand immerhin eine geringe Chance, dass die Männer den Unfall sowie den weiteren Hergang beobachtet hatten und ihr sagen konnten, wohin der Kerl von der Treppe entschwunden war.

»Haben Sie«, wollte sie deshalb wissen, als sie schwer atmend vor der Gruppe zum Stehen kam, »gerade meinen Sturz da drüben«, sie deutete Richtung Hamburger Berg, »mitbekommen?«

»Ein Sturz?« Der Hase glotzte sie blödsinnig an. »Nö, keine Ahnung, was du meinst.«

»Und ihr?«, fragte Ella die anderen und pfiff ebenfalls auf das Höflichkeits-Sie. »Habt ihr was gesehen?«

Allseits bedauerndes Kopfschütteln.

»Scheiße«, entfuhr es ihr. Sie nickte der Bande zu und wollte wieder gehen, da hielt sie der kleinste der Männer am Ärmel ihres Mantels zurück.

»He«, lallte er. »Komm doch mit! Wir ziehen noch weiter hoch auf'n Kiez.«

»Danke, nein«, bellte Ella ihn an und befreite sich mit einem Ruck von seinem Griff. »Ich hab leider keine Zeit.«

»Schade«, stellte der Hase fest. »Wird bestimmt lustig mit uns.«

»Da bin ich sicher.« Keiner von ihnen machte den Eindruck, als hätte er in seinem Zustand noch Sinn für feine Ironie. Also schob sie etwas versöhnlicher hinterher: »Ich suche nur jemanden, das ist alles.«

»Ja, mich!«, behauptete der Kleine und fing an zu hicksen.

Anstelle einer Antwort drehte Ella sich wortlos zum Gehen, das hier wurde ihr zu blöd.

»Warte mal«, rief der angehende Bräutigam im Hasenkostüm. »Du meinst aber nicht diesen Typen, der hier vorhin barfuß durch die Gegend gelaufen ist, oder?«

Sie fuhr zu ihm herum. »Den hast du gesehen?«

»Haben wir alle.« Seine Entourage nickte geschlossen. »Wir haben uns da drüben«, er zeigte zum Torbogen der Brücke 4, »vor dem Regen untergestellt. Waren im Hard Rock Café und ...«

»Wo ist er?«, würgte sie ihn ab. So spannend der Verlauf ihrer bisherigen Kneipentour auch sein mochte, sie war einzig und allein am Verbleib des Mannes ohne Schuhe interessiert.

»Keine Ahnung«, meldete sich wieder der Kleine zu Wort und hickste noch immer. »Wir haben den nur gesehen, als er unter der Brücke an uns vorbeigelaufen ist. Kam irgendwo vom Wasser her, aber wohin er dann gegangen ist, wiss'n wir nicht. Barfuß«, er zeigte grinsend einen Vogel, »bei *dem* Regen und im *Oktober*!«

»Habt ihr ihn nicht angesprochen?«

»Warum sollten wir?«

»Na ja, ein Mann ohne Schuhe und mitten in der Nacht – hätte ja sein können, dass er Hilfe braucht.«

Allgemeines Gelächter, einzig der Hase blickte betroffen drein. »Wir haben uns nichts dabei gedacht. Ich meine, das hier ist Hamburg, da laufen doch sicher jede Menge seltsame Typen rum.«

»Klar«, gab sie zurück. »Das Tor zur Welt, bekannt für seine Spinner und Freigeister.« Zwar hatte sie diesmal nicht mit sich gewettet, aber ihr hätte klar sein müssen, dass die Herren nicht aus der Hansestadt waren, sondern eigens für ihren besinnlichen Abend aus irgendeinem Kaff angereist. Nicht dass sie sich abfällig zum Thema Dorf äußern durfte, sie selbst war ebenfalls nur ein zugereister »Quiddje«, wie die Hamburger es nannten, und dort aufgewachsen, wo Fuchs und Hase sich gute Nacht sagten. Doch darum ging es ja gerade nicht.

»Auf jeden Fall vielen Dank«, sagte sie deshalb. »Ihr habt mir sehr geholfen.«

»Und du willst wirklich nicht mit?«, hakte der Kleine noch einmal hicksend nach.

»Nein, echt nicht.«

»Okay«, gab er sich geschlagen. Vor Enttäuschung war sein Schluckauf verschwunden. »Dann noch viel Erfolg bei deiner Suche!«

Der Junggesellenabschied setzte seinen Weg Richtung Reeperbahn fort, Ella sah der Gruppe um den weißen Hasen noch kurz nach. Mit einem Mal musste sie an *Alice im Wunderland* denken. Und an »Folge dem weißen Kaninchen« aus *Matrix*, Teil 1. Hatte das etwas zu bedeuten? Sollte sie dem weißen Kaninchen folgen und mit den Jungs durch St. Pauli ziehen? Wohl kaum. Sie konnte sich nicht vorstellen, dass sie das auf irgendeine Weise weiterbringen würde, weder bei ihrem Dilemma in Sachen Philip noch bei der Suche nach dem unauffindbaren Mann. Von daher eilte sie nun zum Torbogen der Brücke 4. Möglicherweise hatte sie Glück, und er war dorthin zurückgekehrt, woher er gekommen war. Warum auch immer.

»Hallo?«, rief sie wieder, ihre Stimme hallte im hohen Steingewölbe. »Ist hier jemand?« Sie hoffte inständig, es würde sich nicht gleich der nächste Junggesellenabschied melden. Aber diesmal blieb es still, Ella sah sich nach links und rechts um, weit und breit war niemand zu sehen.

Als sie den überdachten Steg entlanglief, der runter zu den Schiffsanlegern am Elbufer führte, breitete sich ein mulmiges Gefühl in ihr aus. Wie eine ungute Vorahnung. Sie verlangsamte ihre Schritte, kämpfte gegen den Drang an, sich umzudrehen und zurückzugehen.

Nur wenige Meter von ihr entfernt waren die massiven Poller für die Festmacherleinen in den Betonboden der Pontonanlage eingelassen. Und neben einem davon stand ein Paar Schuhe, knöchelhohe Bergsteigerstiefel. Auf dem Boden lag etwas, eine Jacke oder Decke. Sie sah noch genauer hin, kauerte etwa jemand darunter?

Vorsichtig näherte sie sich dem unheimlichen Stillleben, stieß sachte mit einem Fuß gegen die dicke Daunenjacke, die sie jetzt darin erkannte, und stellte erleichtert und enttäuscht zugleich fest, dass sie niemanden bedeckte. Sie hob die Jacke auf, die wie die Schuhe dem Mann von der Treppe gehören musste, klopfte sie suchend ab, fand in den Taschen einen Schlüsselbund und ein ledernes Portemonnaie. Ihre Hände zitterten, als sie es durch den Reißverschluss hervornestelte, den Druckknopf öffnete und einen Blick ins Innere warf. Einige Geldscheine steckten darin, in separaten Fächern Kredit- und andere Plastikkarten. Und, das Glück war Ella hold, ein Personalausweis!

Oscar de Witt. Ein Mann zwischen Mitte dreißig und Mitte vierzig, schwer zu sagen, starrte sie ausdruckslos an. Das typische biometrische Verbrecherbild mit dem Charme eines Hannibal Lecter. Schwarze Haare, stechend dunkle Augen, weder Brille noch Bart. Aber mit Grübchen im Kinn, so markant wie eine geschlagene Kerbe. Ellas Blick wanderte zu der Zeile mit dem Geburtsdatum, kurz überschlug sie im Kopf, dass der Mann neununddreißig war, sie hatte also gut geschätzt. Sie drehte den

Ausweis um, studierte die angegebene Adresse. Elbchaussee – ein nobler Wohnsitz, hier waren meist wohlbegüterte Hanseaten zu Hause.

Noch einmal rief sie laut »Hallo!«, horchte in die windige Nacht hinein, erhielt aber auch diesmal keine Antwort außer dem leisen Plätschern des Elbwassers, das gegen die Kaimauer schlug. Sie nahm Jacke und Stiefel, machte sich damit auf den Weg zurück zur Hafenstraße und fragte sich unterwegs, was sie nun tun sollte. Und natürlich grübelte sie darüber nach, weshalb jemand hier seine Sachen abgelegt hatte, um dann barfuß die Treppe zum Hamburger Berg zu besteigen. Ein geistig verwirrter Mensch musste das sein, der ziellos durch die Gegend irrte und der noch dazu jetzt gerade, in diesem Moment, vermutlich verletzt war.

Hätte sie ihr Handy dabeigehabt, hätte sie als Nächstes die Polizei gerufen, auch wenn ihr die Vorstellung, den Beamten ihren Zusammenstoß gestehen zu müssen, und der Umstand, dass ihr Opfer seitdem verschwunden war, ein unangenehmes Grummeln im Bauch bescherte. Was würden die Hüter von Recht und Ordnung daraufhin tun? Einen Suchtrupp losschicken, eine Hundestaffel? Oder würde Ella stundenlang auf einer Wache hocken, ehe ein gelangweilter Uniformierter ihre Aussage aufnehmen und im Anschluss rein gar nichts unternehmen würde, weil weder jemand vermisst wurde noch Gefahr im Verzuge sei? Und weil jeder, der über achtzehn ist, so lange mit nackten Füßen durch den Regen spazieren darf, wie er lustig ist? Oder – auch das ein Gedanke – bekäme Ella sogar eine Anzeige wegen Körperverletzung? Sie wusste es nicht, sie hatte zum ersten Mal mitten in der

Nacht einen barfüßigen Flüchtigen über den Haufen gerannt.

Dennoch – wieder schien das Schicksal ihr einen Wink geben zu wollen, denn kaum trat sie unter dem Torbogen der Brücke 4 hervor, fiel ihr Blick auf das blauweiße Schild einer Polizeistation. Es gab eine Wache, direkt hier vor Ort, in den Tuffsteingebäuden der Landungsbrücken. Ergeben, also schicksalsergeben, ging Ella auf die Eingangstür zu, fand den Klingelknopf des Reviers und betätigte ihn. Wartete. Nichts. Läutete noch einmal und wartete weiter. Niemand meldete sich, die Wache schien nachts nicht besetzt zu sein. Sie klingelte ein drittes Mal und nahm sich vor, danach bis fünf zu zählen. Würde dann noch immer nichts passieren, wäre das ein Zeichen für sie für ... für ... das würde sie sich dann überlegen.

Eins.
Zwei.
Drei.
Vier.
Fünf.
»Hallo?«

4

Ella zuckte zusammen. Aber nicht, weil aus der Gegensprechanlage eine Stimme erklang, sondern, weil sich von hinten eine Hand auf ihre Schulter legte. Sie wirbelte erschrocken herum. Vor ihr stand – der weiße Hase.

Folge dem weißen Kaninchen …

»Bist du verrückt?«, schnauzte Ella den zukünftigen Bräutigam an. »Ich hab fast einen Herzinfarkt bekommen!«

»Tut mir leid«, entschuldigte er sich. »Ich hab nur gedacht, ich komme noch einmal her.« Er wirkte verlegen. »Meine Kumpels und ich waren eben ziemlich blöd. Wie das so ist an einem Abend wie heute …« Er deutete auf sein Kostüm. »Du weißt schon.«

»Klar«, gab Ella freundlicher zurück. »Ist ja nichts passiert.«

»Wir sind eigentlich ganz nett«, behauptete er und grinste sie schief an.

»Eh! Was ist denn jetzt mir dir?«, schallte es von der anderen Straßenseite zu ihnen herüber. Der Kleine stand drüben an der Ampel, winkte und gestikulierte wild. »Wir warten hier alle!«

»Geht schon mal vor, ich komm dann nach«, rief die Hauptperson des Abends. »Wir treffen uns im Molly Malone!« Dann wandte er sich wieder Ella zu. »Also«, sagte er, trat von einem Fuß auf den anderen, »wo waren wir?«

»Dass ihr eigentlich ganz nett seid«, half Ella ihm auf die Sprünge.

»Richtig.« Er lächelte sie an. »Ich wollte deshalb noch einmal nach dir sehen, weil du vorhin so einen verlorenen Eindruck gemacht hast.«

»Verloren?«

Er nickte.

Und ehe Ella wusste, wie ihr geschah, brach sie in Tränen aus. Vollkommen unvermittelt und ohne jede Vorwarnung wurde sie von einem Heulkrampf geschüttelt, der in Ansätzen schon hysterisch zu nennen war. Für den Bruchteil einer Sekunde starrte der weiße Hase sie wortlos an – im nächsten Moment hängte er seinen albernen Bauchladen ab und riss sie in seine Arme, drückte ihren Kopf an seine fellbesetzte Brust und strich ihr mit einer Hand übers Haar. Ella weinte und weinte und weinte. Es war zu viel gewesen, einfach viel zu viel. Der Schock über den Brief und Philips Seitensprung, der Unfall auf der Willi-Bartels-Treppe, die Angst, dass sie jemanden schlimm verletzt haben könnte, die Angst vor einer ungewissen Zukunft und dem Leben überhaupt, die Ahnungslosigkeit, was sie jetzt tun sollte.

»Schsch«, murmelte der Hase sanft. Und wieder: »Schsch.«

Eine ganze Weile standen sie schweigend so da, Ella und das weiße Kaninchen, bis sie sich so weit im Griff hatte, dass sie sich von ihm lösen konnte. Sie setzten sich nebeneinander auf eine Bank vor einem Schild mit der Aufschrift »Käpt'n Prüsse – Hafenrundfahrten«, bevor Ella sich verstohlen mit einem Jackenärmel über die Nase wischte.

Dort, auf dieser Bank, erzählte sie ihm, einem wildfremden Mann im Hasenkostüm, was in den vergangenen vierundzwanzig Stunden in ihrem Leben passiert war.

»Okay«, sagte der Hase, nachdem sie geendet hatte. »Klingt alles nicht so gut.«

»Nein«, gab sie ihm recht und kickte mit der linken Fußspitze ein Steinchen weg.

»Aber auch nicht katastrophal.«

Sie sah ihn groß an. »Findest du nicht?«

»Also, das mit deinem Freund kann ich schon verstehen. Ist bei Männern nicht selten, dass sie vor der Hochzeit kalte Füße kriegen und dann ziemlichen Mist bauen.« Er grinste. »Ich weiß schließlich, wie man sich da so fühlt.«

»Nur dass dir da ein kleiner Denkfehler unterläuft«, korrigierte sie ihn. »Denn er hat ja *zuerst* Mist gebaut und mir *dann* einen Antrag gemacht. Und ob die Tatsache, dass er mit einer anderen Frau geschlafen hat, überhaupt unter so einer niedlichen Bezeichnung wie ›Mist bauen‹ läuft, möchte ich doch stark bezweifeln.«

»Das ist natürlich eine Frage des Prinzips.«

»Des Prinzips?«

»Ja. Ob ein Seitensprung für einen persönlich ein Dealbreaker ist oder nicht. Gehört man zu der Sorte Mensch, die so etwas verzeihen kann – oder nicht?«

Ella dachte einen Moment lang nach. Zu welcher Sorte gehörte sie? Sie wusste es nicht. Sie wusste nur, dass sie sich lieber nicht vorstellen wollte, wie ihr Philip mit dieser C. … Energisch schüttelte sie den Kopf. Nein, besser nicht mal dran denken.

»Man muss die Dinge in Relation setzen, finde ich«, sprach der Hase weiter. »Was bedeutet das alles aufs große Ganze gesehen? Wenn du und dein Freund heiratet und die nächsten zwanzig, dreißig, vierzig oder fünfzig Jahre miteinander glücklich seid, ist es dann wichtig, dass er *einen* Fehler begangen hat?«

»Keine Ahnung«, gab sie zu. »Vermutlich nicht.«

»Siehst du? Es ist gar nicht so katastrophal.«

»Hm.«

»Und was den Mann von der Treppe betrifft: Wenn du mich fragst, war der wahrscheinlich sturzbetrunken und ist gerade auf dem Weg nach Hause.«

»Kann natürlich sein.«

»Davon würde ich mal ausgehen. Jedenfalls liegt hier niemand tot in der Gegend rum.«

Ella lachte auf. »Wenigstens etwas.«

»Damit ist ja auch klar, was du tun kannst.«

»Nämlich?«

»Du hast seine Jacke, sein Portemonnaie und seine Schlüssel – da ist es am einfachsten, du fährst zu ihm nach Hause und guckst nach, ob er da ist und wie es ihm geht.«

Hätte sie nicht solche Kopfschmerzen, hätte sie sich mit der flachen Hand vor die Stirn geschlagen. So aber stellte sie nur seufzend fest: »Schon erstaunlich, wie blöd man manchmal ist.«

»Wie heißt du eigentlich?«, wollte er wissen.

»Ella«, erwiderte sie. »Ich bin Ella. Und du?«

»Philip.«

Sie musste lachen. Das war ja klar gewesen.

Folge dem weißen Kaninchen, dachte Ella erneut, als sie zehn Minuten später auf der Rückbank eines Taxis saß, unterwegs in Richtung Elbchaussee. Sie hatte den Fahrer gefragt, was die Strecke in etwa kosten würde, und ihn dann von den geforderten dreißig Euro auf zwanzig heruntergehandelt, wenn er das Taxameter nicht einschaltete. Ohnehin musste sie sich aus Oscar de Witts Portemonnaie bedienen, was ihr ziemlich unangenehm war. Natürlich würde sie ihm das Geld zurückzahlen, selbstverständlich würde sie das. Aber im Moment ging es halt nicht anders, besondere Umstände erfordern besondere Maßnahmen, nachts sind alle Katzen grau, und es gibt nichts Gutes, außer man tut es. Und wenigstens ging sie mit den Ressourcen von Oscar de Witt verantwortungsvoll um, versuchte sie sich weiter zu beruhigen.

Bei dieser Überlegung schlich sich, ohne, dass sie es hätte verhindern können, ein nächster Gedanke ein. Ein recht profaner, nichtsdestotrotz aber auch wichtiger: Geld. Ella selbst verfügte über keinerlei finanzielle Mittel. Es hatte sich mit den Jahren so ergeben, dass sie ihr eigenes Konto aufgelöst und das von Philip mitgenutzt hatte, sie hatte die dazugehörigen Zweit- und Kreditkarten. Wieso auch nicht? Schließlich war sie für die privaten Bankgeschäfte zuständig, und auch, wenn sie nicht offiziell bei ihm angestellt war, war sie ja dennoch für ihn tätig und verdiente somit ein Gehalt. Rechtlich – sie kannte sich da nicht so aus – hatte sie vermutlich keinen Anspruch auf irgendwas und stünde im Fall der Fälle auf einmal ziemlich ... schlecht da.

Wie kannst du nur so bescheuert sein, dich von einem einzigen Menschen abhängig zu machen?, hallten ihr ungebeten Coras mahnende Worte durch den Kopf. *Das Schicksal wird sich irgendwann fürchterlich rächen und dir beweisen, dass Philip Drechsler in Wahrheit nur ein quakender Frosch ist.*

»Stopp«, flüsterte sie leise, krallte die Finger ihrer Hände fest ins Sitzpolster und blinzelte dreimal nacheinander. »Stopp«, wiederholte sie, »sowas darfst du nicht denken!« Zum einen würde Philip sie nie im Regen stehen lassen, zum anderen war Ella nach wie vor überzeugt davon, dass es mit ihnen beiden schon wieder in Ordnung kommen würde. Irgendwie. Das musste es. Und, ja, sie war jemand, der verzeihen konnte. Mit Blick auf das große Ganze konnte sie das.

Sie starrte nach draußen auf die Straße, kniff angestrengt die Augen zusammen, ließ die dunklen Silhouetten von Bäumen und Sträuchern vorüberfliegen. Halb hoffte sie, einen barfüßigen Mann zu entdecken: Oscar de Witt auf seinem Weg nach Hause.

Auch den nächsten Gedanken konnte Emilia Faust nicht verhindern. Egal, wie unsinnig er erscheinen mochte: *Wenn ich ihn gleich antreffe und es ihm gut geht, renkt es sich mit Philip und mir noch vor Ende des Monats wieder ein.*

Ella hatte gewusst, dass allein die Adresse in der Elbchaussee ein Hinweis auf eine gediegene Bleibe war. Allerdings – als das Taxi nun vor einem großen schmiedeeisernen Tor zum Stehen kam (»Portal« wäre vermutlich der passendere Begriff), blieb ihr im ersten Moment die Spucke weg. Das war das Entree eines Anwesens, hinter dem Prominente lebten oder auch die berühmten »Hamburger Pfeffersäcke«, traditionsreiche Kaufmannsfamilien. Geld, altes Geld. Und zwar jede Menge davon.

Sie stieg aus und warf einen Blick auf das in eine kleine Mauer eingelassene beleuchtete Namensschild, direkt unterhalb einer Sicherheitskamera. »de Witt« war dort zu lesen, die Adresse war demnach die richtige. Nachdem sie die Klingel betätigt hatte, wartete sie einen Moment oder auch zwei, aber nichts geschah. Prüfend drückte sie die Klinke des Tors hinunter, das aber, wie zu erwarten, verschlossen war. Sie holte den Schlüsselbund des Fremden hervor, betrachtete ihn eingehend und entdeckte einen schwarzen Kasten mit grünem Knopf. Kaum hatte sie darauf gedrückt, schwang das Portal nach innen auf. Sie stieg wieder in den Wagen, der knirschend über die lange Kiesauffahrt fuhr. Es ging durch einen kleinen Nadelwald, ein verschlungener Pfad, der links und rechts von Bodenlampen erhellt wurde, die sich eingeschaltet hatten, kaum, dass das Taxi auf den Weg gerollt war. Hier und da schien einer der Strahler defekt zu sein, wie Ella registrierte, der regelmäßige Abstand wurde an einigen Stellen durchbrochen.

Hinter der fünften Kurve kam ein Haus in Sicht. Ella zog scharf die Luft ein, denn es war eine weiße Villa, nein, ein regelrechtes Schloss! Bezeichnete Philip ihr Haus im Philosophenweg, eine »Hamburger Kaffeemühle« aus dunkelrotem Klinker, auch gern mal als ein solches – das hier war ein Bau, der diesen Namen mit Recht verdiente. Das herrschaftliche Anwesen aus der Gründerzeit hatte bodentiefe Fenster, erstreckte sich über zwei hohe Etagen und war mit Sicherheit zwanzig bis dreißig Meter breit. Auf der rechten Seite befand sich ein kleiner Giebelturm, die perfekte Unterkunft für Rapunzel und ihr langes Haar. Eine geschwungene Freitreppe – vermutlich aus Marmor – führte hoch zu einer massiven Doppeltür aus dunkelgrünem Holz. Hinter den Fenstern war alles hell erleuchtet, es schien also jemand zu Hause zu sein. Oder Oscar de Witt brauchte sich nicht um seine Stromrechnung zu scheren.

»Danke«, sagte Ella zum Fahrer und drückte ihm einen Zwanziger in die Hand. Er nahm ihn entgegen und bedachte sie mit einem Blick, den sie als unwirsch interpretierte. Angesichts dieses Prachtbaus stellte er sich bestimmt gerade die Frage, ob es richtig gewesen war, sich auf einen Dumping-Preis herunterhandeln zu lassen. Sie lächelte ihn an und dachte an eine weitere Weisheit von Frau Schlommers: *Wir haben es nicht vom Ausgeben – wir haben es vom Behalten.*

Nachdem das Taxi davongefahren war, stieg Ella die Treppe zum Eingang empor. Mit jeder Stufe, die sie erklomm, fühlte sie sich feierlicher – und auch ängstlicher. Wen hatte sie da nur umgerannt? Einen Prominenten? Einen einflussreichen Mann? Sprich: Jemanden, der sie richtig fertigmachen konnte, wenn er wollte? Sie schickte ein Stoßgebet gen Himmel, dass sie schon bald einem unversehrten und bestens gelaunten Oscar de Witt gegenüberstehen würde. Oder – die Frage stellte sie sich kurz – wäre es nicht das Schlaueste, unverrichteter Dinge wieder abzuhauen? Ihr Unfallopfer wusste ja nicht, wer sie war, zu einer gegenseitigen Vorstellung war es nicht gekommen. Sie hätte also durchaus noch die Möglichkeit, Schlüssel, Jacke, Schuhe und Portemonnaie hier vor der Tür abzulegen und dann zuzusehen, dass sie Land gewann.

Aber so etwas tat eine Emilia Faust selbstverständlich nicht. Nein, sie hatte sich in die Sache hineingeritten, nun würde sie auch die Konsequenzen tragen. Erst wenn sie sich davon überzeugt hätte, dass Oscar de Witt wohlauf war, würde sie wieder zur Ruhe kommen. Denn auch das hier war im Grunde genommen eine Geschichte, die nach einem Happy End verlangte. Und außerdem gab es da ja noch die Sache mit Philip. Würde sie nun einfach weglaufen, stünde das mit Sicherheit ihrer beider Versöhnung im Weg. Selbst wenn das Schicksal, das Karma oder wie auch immer man es nennen wollte, nicht höchstpersönlich eingreifen würde – wie sollte es Ella möglich sein, ein glückliches Leben an der Seite ihres Mannes zu führen, wenn sie sich bis ans Ende ihrer Tage mit der Frage quälen musste, ob es jemanden gab, den sie auf dem Gewissen hatte? Von daher gab es kein Zurück. Entschlossen nahm sie die letzten zwei Stufen.

Oben angelangt sah sie sich nach einem Türklopfer um. Allerdings wurde sie nicht fündig, entdeckte stattdessen eine hochmoderne Gegensprechanlage mit einem weiteren Schild »de Witt«. Sie drückte auf den Knopf daneben, aus dem Innern der Villa erklang ein melodiöser Gong. Nur die Tür, die wurde nicht geöffnet. Auch nicht nach dem zweiten oder dritten Schellen, das Haus lag stumm und schweigend in der Nacht. Also hatten die Bewohner entweder trotz Abwesenheit das Licht angelassen, schlummerten bei Festtagsbeleuchtung – oder hatten schlicht keine Zeit oder Lust zu öffnen.

Erneut holte Ella den Schlüsselbund hervor. Zögerte, ob sie es tun sollte, entschied sich aber dafür. Es gab keine wirkliche Alternative, außer hier draußen im anhaltenden Regen zu verharren in der Hoffnung, dass Oscar de Witt zeitnah auftauchen würde. Falls er, was Ella annahm, seinen Heimweg zu Fuß angetreten hatte, konnte es noch ein paar Stunden dauern, bis er sein Anwesen erreichte. Vielleicht hatte er aber auch ebenfalls ein Taxi genommen oder war von jemandem abgeholt worden, so dass er bereits in der gut beleuchteten Stube saß. Wenn Ella Glück hatte. Mit Pech hockte er gerade in der Unfallambulanz eines Krankenhauses. Wie dem auch sei, vieles war möglich, und Ella hätte keine Ruhe, bevor sie nicht wusste, was los war. Von daher würde sie sich selbst ein Bild von der Lage machen. Immerhin hatte ihr das Schicksal Oscar de Witts Sachen in die Hände gespielt, und nun war sie so weit hier herausgefahren, jetzt würde sie auch nachsehen, wie es dem Bewohner dieses Anwesens ging. Nacheinander probierte sie die Schlüssel durch. Beim dritten hatte sie Glück – das Gesetz der magischen Drei! –, klickend gab der Schnapper nach, die Tür der Villa öffnete sich.

»Hallo?«, rief sie, während sie vorsichtig ihren Kopf hineinsteckte. »Ist jemand zu Hause?«

Nichts zu vernehmen. Allerdings war da ein seltsamer Geruch, der ihr in die Nase stieg, sobald sie einen Fuß durch den Spalt setzte. Irgendwie ... muffig, abgestanden. Wie ein Kellerraum oder ein ungenutzter Speicher, ein Lager voller alter Dinge, durchsetzt mit einer leicht süßlichen Note. Ella hielt den Atem an, schob sich ganz ins Haus hinein und stand wie zu erwarten in einer riesigen Eingangshalle. Direkt über ihr prangte ein großer Kronleuchter und tauchte die Szene in gleißendes Licht. Und »Szene« – das war die richtige Bezeichnung für den Anblick, der sich ihr bot, denn er war erschreckend. Erschreckend – und eine Erklärung für die schlechte Luft.

Entsetzt schlug sie sich mit der flachen Hand vor den Mund und betrachtete mit weit aufgerissenen Augen den Eingangsbereich der Villa. »Chaos« wäre noch maßlos untertrieben, die Halle sah aus wie eine Müllhalde. Direkt neben der Tür stapelte sich meterhoch die Post, offenbar durch den Briefkastenschlitz geworfen und dann achtlos zur Seite geschoben. Vollgestopfte Tüten mit Abfall, leere Flaschen und Dosen, mittendrin lag ein Fahrrad herum, Verpackungen von Pizza-Diensten und China-Taxen, dazwischen Klamotten, Schuhe, Teller, Töpfe sowie der reichlich abgenutzte Kratzbaum einer Katze (lebte in diesem Durcheinander etwa auch ein Tier?), Pappkartons, Stapel von alten Zeitungen und, und, und. Nur eine schmale Schneise verlief vom Eingang hinüber zu einer Treppe, die ins nächste Stockwerk führte. Die Stufen selbst waren nur zu erahnen, auch sie lagen blickdicht unter Krempel begraben.

Ein angeekelter Schauer ging Ella durch und durch. Sie hatte im Verlauf der Jahre, in denen sie als Hauswirtschafterin tätig gewesen war, schon einiges gesehen und erlebt. Gerade die Familie mit drei Kindern war für sie Tag für Tag eine Herausforderung in Sachen Ordnung gewesen, die Zimmer der Kids hatten oft dem Zeltplatz nach einem Rockfestival geglichen. Aber das hier? Das war der Vorhof zur Hölle, und wer immer in diesem Dreckstall hauste, musste massive Probleme haben. Viel, viel schlimmere als nur den Verlust seiner Bergsteigerstiefel. Ein Messie-Haus wie aus dem Lehrbuch, so etwas hatte Ella ihr Lebtag noch nicht gesehen. Sicher, sie hatte darüber gelesen und auch von Kollegen von solchen Fällen erzählt bekommen – aber live und in Technicolor in einem derartigen Chaos zu stehen nahm ihr fast die Luft zum Atmen.

Bloß weg hier!, war alles, was sie noch dachte. Raus aus diesem Horrorfilm, ab zur Polizei, dort berichten, was passiert war und dass da ganz offensichtlich jemand Hilfe benötigt. Hilfe, die sie, Emilia Faust, nicht würde geben können. Das hier war eindeutig eine Nummer zu groß für sie. Wen auch immer sie auf der Willi-Bartels-Treppe umgenietet hatte – es würde wesentlich mehr brauchen, diesen Mann wieder aufzurichten, als einen Blumenstrauß, eine Packung Schokolade und einen Händedruck des Bedauerns.

Rückwärts, jederzeit mit einem Angriff einer Katze rechnend, tastete Ella sich auf den Ausgang zu. Griff hinter sich nach der Klinke, öffnete die Tür, quetschte sich durch den schmalen Spalt hindurch nach draußen und warf noch einen letzten Blick auf das Trümmerfeld, ehe sie am Außenknauf zog und hörte, wie das Schloss mit einem Klicken einrastete. Sie stieß einen Seufzer des Aufatmens aus. Geschafft, sie war dem Horrorhaus entkommen.

Erleichtert drehte sie sich um, doch sofort fuhr ihr der nächste Schreck in die Glieder: Direkt vor ihr auf der Treppe stand – der Mann von der Elbe.

Im Reflex (und sie würde später bei Gott schwören, dass es nur ein Reflex gewesen war, weiter nichts) stieß sie beide Handflächen nach vorn, erwischte Oscar de Witt an den Schultern, der daraufhin ins Taumeln geriet.

Und fiel.

Stufe für Stufe polterte er die breite Freitreppe hinab, um an deren Fuß nach einem dumpfen Aufprall liegen zu bleiben.

Entsetzt starrte Ella auf die reglose Gestalt, die noch immer keine Schuhe trug. Hatte sie das gerade wirklich getan? Hatte sie, verdammt, etwa zum zweiten Mal in Folge denselben Mann eine Treppe hinuntergeschubst?

Sie flog mehr zu ihm, als dass sie lief, kniete sich neben ihm hin, nahm sein Gesicht in beide Hände.

»Können Sie mich hören?«, rief sie und bemerkte, wie sich ihre Stimme bei dieser verzweifelten Frage überschlug. »Hören Sie mich?«

Doch Oscar de Witt blieb stumm, lag einfach nur da, die Augen geschlossen. Ella beugte ihr Gesicht seitlich über ihn, lauschte und nahm Atemgeräusche wahr. Sie setzte sich auf und betrachtete ihn. Auch sein Brustkorb hob und senkte sich regelmäßig, tot schien er also nicht zu sein, wenigstens etwas. Vorsichtig tastete sie bei ihm Kopf und Oberkörper ab, suchte nach äußeren Verletzungen, konnte aber nichts entdecken, nichts, bis auf eine blutende Schramme auf seiner Stirn, ob von diesem Sturz oder vom ersten oder von etwas ganz anderem, war nicht auszumachen. Gut, nur eine kleine Blessur, das war bisher alles gut.

Im Lichtschein der Außenbeleuchtung studierte sie seine Züge genauer. Er sah so aus wie auf dem Foto seines Persos, wenn auch in einer älteren, wesentlich müderen Version. Das mochte am stoppeligen Bart liegen, auf seinem Bild war er glattrasiert. Allerdings wirkte er schmaler, trotz Bart, irgendwie eingefallen, verhärmt. Gern hätte Ella ihm in die Augen geschaut, nicht nur, weil er dann wach gewesen wäre, sondern auch, weil Augen nun einmal die Fenster zur Seele sind und man das Wesen eines Menschen erst »erkennt«, wenn man einander angeblickt hat. Wenn das, was sie soeben in seinem Haus entdeckt hatte, auch nur in Ansätzen seinem Innenleben entsprach, dann lag hier vor ihr ein furchtbar unglücklicher, ja, hilfloser Mann.

Gedankenverloren strich sie erneut mit einer Hand über seine bärtige Wange. Fühlte die Wärme, die seine Haut abstrahlte und wischte ihm ein paar Regentropfen aus den Augenwinkeln.

»Wer bist du, Oscar de Witt?«, fragte sie leise. »Was ist mit dir passiert?« Sie erhielt keine Antwort, natürlich nicht, und so blieb sie noch einen Moment bei ihm sitzen und streichelte sein Gesicht, wachte über seinen unfreiwilligen Schlaf. Ein Bild stieg in ihr auf, ein kitschiges und doch auch schönes zugleich. Es war, als würde ein fremder und geheimnisvoller Prinz hier ruhen, ein vom Leben Verfluchter, ein Verlorener, einer, der …

»Emilia Faust!«, rief sie sich selbst streng zur Ordnung. Sie musste wieder ins Haus und in dem Chaos ein Telefon suchen. Denn jetzt war nicht der richtige Moment für eine Märchenstunde – es war der Moment für einen Krankenwagen.

Zehn Minuten später kam der Rettungsdienst angerauscht, dicht gefolgt von einem Notarzt, den man nach Ellas Schilderung des Unfalls sofort mitgeschickt hatte. Zum Glück hatte sie direkt neben der Eingangstür eine kleine Kommode entdeckt, auf der ein funktionierendes Telefon gestanden hatte, das hatte ihr eine umfangreichere Exkursion durch das Messie-Haus erspart.

Nun stand sie vor dem Notarzt, der sie eingehend nach dem Vorfall befragte, und erklärte, wie es zu dem Sturz auf der Treppe vorm Haus gekommen war. Die vorangegangene Kollision bei den Landungsbrücken behielt sie, etwas verschämt, für sich. Nachdem Oscar de Witt noch aufrecht und aus eigener Kraft sein Zuhause erreicht hatte, wollte sie die Retter in der Not nicht mit Nebensächlichkeiten von ihrer Arbeit abhalten und außerdem … außerdem … außerdem: Wer sollte ihr das, bitte schön, glauben? Dass sie Oscar de Witt erst aus Versehen auf der Willi-Bartels-Treppe über den Haufen gerannt hatte, dann zu ihm nach Hause gefahren war, um ihn dort erneut ein paar Stufen hinunterzustoßen? Das klang selbst für den wohlwollendsten Zuhörer eher nach Vorsatz als nach tragischem Unfall, da müsste sie sich ihre Schilderung des Hergangs ganz genau und in Ruhe überlegen. Ella würde die Ereignisse nicht für sich behalten, selbstverständlich nicht – aber jetzt und in diesem Augenblick musste ihre Aussage, Oscar de Witt sei auf der großen Freitreppe ins Stolpern geraten und dann gefallen, ausreichend sein.

»Gut«, sagte der Notarzt zu ihr. »Frau …«

»Faust«, vervollständigte sie.

»Herr de Witt scheint fürs Erste stabil zu sein, wir bringen ihn ins Stadtkrankenhaus West.«

»Kann ich mitfahren?«, fragte sie.

»Nein«, erwiderte der Arzt, »leider nicht.«

»Bitte!«, sagte sie. »Ich möchte doch wissen, was mit ihm passiert und wie es ihm geht.«

Ihr Gegenüber schüttelte rigide den Kopf. »Wir sind kein Taxiunternehmen, und es ist schon aus Versicherungsgründen nicht möglich, Sie mitzunehmen.« Dann wandelte sich sein Gedichtsausdruck ins Freundlichere. »Kommen Sie einfach in Ruhe nach. Es wird eine Weile dauern, bis der Patient aufgenommen und versorgt ist, vorher wird man Ihnen auch gar nichts sagen können.«

Ella ließ nicht locker. »Aber ich habe nicht mal ein Auto hier!«

»Die Klinik ist gut mit öffentlichen Verkehrsmitteln zu erreichen«, teilte er ihr mit.

»Haben Sie mal auf die Uhr geschaut?« Der Satz rutschte ihr pampiger heraus als geplant, sofort verschloss sich die Miene des Arztes.

»Sie sind seine Frau, nehme ich an?«, fragte er im Behördenton.

»Frau?«, rief Ella überrascht und hätte beinahe ein »Ich kenne den Mann nicht einmal!« hinterhergeschoben. Aber sie beschränkte sich auf ein schlichtes »Nein«.

»Und in welchem Verhältnis stehen Sie zu Herrn de Witt?«

»Verhältnis?«

»Der Patient ist nicht bei Bewusstsein, da erhalten generell nur Verwandte Auskunft. Wenn das bei Ihnen nicht der Fall ist ...«

»Doch, ist!«, unterbrach Ella ihn. »Ich bin seine Schwester.«

»Dann rate ich Ihnen Folgendes: Versuchen Sie, ein bisschen zu schlafen und zur Ruhe zu kommen. Und morgen früh, wenn Sie erholt sind, fahren Sie ins Krankenhaus und sehen nach ihm. Das wird für alle Beteiligten das Beste sein.«

»Wenn Sie meinen«, gab Ella widerwillig nach.

»Heute Nacht können Sie sowieso nichts mehr bewirken. Außer vielleicht ...«

»Ja?«

»Wir bräuchten für die Aufnahme später noch Herrn de Witts Versichertenkarte. Habe Sie die zufälligerweise zur Hand?«

»Da muss ich mal nachsehen.« Ella kramte in den Taschen ihres Regenmantels, holte Oscar de Witts Brieftasche hervor und inspizierte sie. Mastercard und American Express, Führerschein, ADAC-Mitgliedschaft, zwei EC-Karten und eine Bahncard 100. Dann hielt sie ein kleines Foto in der Hand. Oscar de Witt an der Seite einer schönen blonden Frau, die lächelte, während er selbst ähnlich grimmig dreinblickte wie auf seinem Personalausweis. An der rechten Seite des Bildes war ein Stück abgetrennt, hier verlief eine etwas schiefe Kante.

Ella betrachtete das Paar interessiert. Die Frau war wirklich schön. Klassisch schön. Strahlend blaue Augen, die Gesichtszüge ebenmäßig und fein, perfekte Symmetrie.

»Und?«, riss der Notarzt Ella aus ihren Gedanken.

»Moment, ich suche noch.« Sie zog weiter Karte um Karte hervor, Oscar de Witt hatte einige davon. Metro-Ausweis und die Business-Card von Staples, Ikea Family, Miles & More, DriveNow und Car2Go, Mitgliedskarte eines Golfclubs (klar), Taucherausweis (nicht ganz so klar) sowie Windsurfschein (oha!) – seine Brieftasche war ähnlich vollgestopft wie die Eingangshalle seines Hauses. Dann endlich, ganz hinten, bekam Ella die blaue Gesundheitskarte einer Versicherung zu fassen. Privat natürlich, alles andere hätte sie auch gewundert.

»Bitte schön.« Sie reichte dem Arzt das Geforderte.

»Danke«, sagte er. »Wir fahren dann los zum Stadtkrankenhaus. Wenn Sie morgen kommen, fragen Sie einfach an der Information am Haupteingang nach ihm, dort wird man Ihnen sagen können, auf welcher Station er liegt.«

»Vielen Dank.«

Ella blickte Rettungswagen und Notarzt nach, als sie langsam Richtung Tor davonrollten. Dann nahm sie das Telefon, das sie zwischenzeitlich auf den Stufen der Freitreppe deponiert hatte, wählte die Nummer der Taxizentrale und bestellte für sich selbst ein Fahrzeug. Oscar de Witts Barschaft würde ein weiteres Mal herhalten müssen, um Ella nach Hause zu bringen. Denn das war der Ort, wohin sie sich nun ganz dringend sehnte.

Nachdem sie ihre Order durchgegeben hatte, schloss sie die Tür der Villa auf und legte das Mobilteil eilig zurück auf seine Station. Kurz war sie versucht, nach einem Lichtschalter zu suchen und die Festbeleuchtung auszuknipsen. Und dabei noch nachzusehen, ob es hier wirklich eine Katze gab, ein armes Tier, das einsam und verängstigt in irgendeiner Ecke hockte. Aber dann ließ sie es. Sie würde sich morgen darum kümmern, so viel Zeit musste sein. Denn für sie stand fest, dass sie Oscar de Witt auf jeden Fall im Krankenhaus besuchen und ihn fragen würde, ob sie ihm irgendwie helfen konnte. Egal, wie groß diese Nummer hier auch war – in ihr regte sich etwas, das ihr sagte, dass sie ihm zumindest ein kleines bisschen Unterstützung schuldete.

Aber nun zählte erst einmal nur eines: Zuhause. Heimat.

5

Er stand nicht in der Tür, um sie sofort an seine Brust zu reißen; um verzweifelt sein Gesicht in ihrem Haar zu vergraben und sie mit rauer Stimme zu fragen, wo um Himmels willen sie nur so lange gewesen war.

Nein. Als Ella um kurz nach drei die Tür zu ihrem Haus im Philosophenweg aufschloss, vollkommen erschöpft und erschlagen von den Ereignissen der vergangenen Stunden, wirkte alles friedlich und still. Niemand saß mit zerwühlten Haaren, zerfurchter Stirn und in verknittertem Hemd auf dem Sofa im Wohnzimmer herum, in der einen Hand ein Whiskeyglas, in der anderen das Handy, um sich bei der Suche nach Emilia Faust von Pontius nach Pilatus zu telefonieren. Das einzige Geräusch im Innern des Hauses war das beständige Ticken der antiken Standuhr im Flur. Tick, tack, tick, tack. Hier war nichts aus dem Rhythmus geraten, zumindest dem ersten Anschein nach nicht.

Ella spürte einen Anflug von Enttäuschung. Natürlich hatte sie nicht gehofft, bei ihrer Ankunft drei Streifenwagen vor der Tür und ein Dutzend hektisch durcheinanderschreiender Ermittler vorzufinden, ganz bestimmt nicht. Aber ein *bisschen* mehr Aufhebens um ihre Person beziehungsweise das Entschwinden selbiger ... Nun ja, das hätte sie schon erwartet.

Aber so war Philip Drechsler eben nicht. Philip Drechsler lag, wohltemperiert wie immer, schlafend in ihrem gemeinsamen Bett. Ella stand im Türrahmen und betrachtete ihren Verlobten, wie er selig schlummerte, einen Arm um ihr Kissen geschlungen, als wäre sie es, die dort lag. Ihr großer blonder Junge, der Mann ihres Lebens, Philip, mit dem sie alt werden wollte. Immer noch und nach wie vor.

Sie setzte sich ans Fußende der Matratze, unschlüssig, was sie nun tun sollte. Ein Gefühl von Zärtlichkeit wallte in ihr auf – dicht gefolgt von einer unbändigen Wut. Und ehe sie begriff, was sie da tat, beugte sie sich vor und versetzte ihm eine schallende Ohrfeige.

Philip schrie auf und fuhr im Bett hoch. »W... was«, stotterte er und sah sich irritiert um, »was ist denn los?«

»Hallo, Schatz.« Sie lächelte ihn an. »Tut mir leid, wenn ich dich geweckt habe.«

Er rieb sich mit einer Hand über die gerötete Wange, sein Gesicht war schmerzverzerrt. »Bist du verrückt geworden?«

»Nein«, antwortete sie. »Aber das musste einfach sein.«

»Okay«, sagte Philip und setzte ein schiefes Grinsen auf. »Schätze, das hab ich verdient.«

»Ja, hast du.« Sie rückte ein Stück höher direkt neben ihn.

»Wo warst du denn? Ich hab auf dem Handy angerufen, aber da hat nur deine Tasche im Flur geklingelt.«

»Unterwegs«, erklärte sie. »Hab meine Gedanken sortiert.«

»Dein Auto stand in der Garage.«

»Ich hab dein Fahrrad genommen.«

»Mein Rad?« Für einen kurzen Moment wirkte Philip

alarmiert, doch dann machte er eine wegwerfende Handbewegung. »Ach, ist ja auch egal.«

»Na ja«, erwiderte Ella gedehnt. »Ich fürchte, dein Rad ist jetzt Schrott.«

»Schrott?!«

»Tut mir leid«, sagte sie, »ich hatte einen Unfall.«

»Einen Unfall?« Er musterte sie besorgt. »Hast du dich verletzt?«

»Nein. Aber einen anderen.«

»Einen anderen?«

Ella seufzte. »Ist eine längere Geschichte. Bin hinterm Hotel Hafen Hamburg auf einer Treppe gestolpert und auf einen Mann gefallen. Dabei ist das Rad kaputtgegangen, und ich hab es dort unter einem Gebüsch versteckt.«

»Was?«, rief er aus. »Was für ein Mann?«

»Der war auf einmal da, direkt vor mir, ich weiß auch nicht...« Urplötzlich ging es ihr wieder wie bei ihrem Gespräch mit Philip, dem anderen, dem weißen Kaninchen von den Landungsbrücken. Erneut wurde sie von ihren Gefühlen übermannt, und sie fing an zu schluchzen. »Ach, Philip«, brachte sie stockend hervor, »das war heute Abend alles so schrecklich.«

Ohne ein weiteres Wort zu sagen, schlang er beide Arme um sie, zog sie an sich, strich ihr mit derselben tröstenden Geste wie vor Stunden der Mann im Hasenkostüm übers Haar. »Schatz«, sagte er, »du bist ja vollkommen aufgelöst.«

»Es geht schon«, nuschelte sie gegen seine warme Brust, selig darüber, wie er sie gerade hielt. Nun würde alles gut werden, alles, alles, alles. »Du hast mir ganz furchtbar gefehlt.«

»Ich bin doch da«, sagte er leise. »Ich bin immer für dich da.«

»Weißt du«, brachte sie weiterhin schluchzend hervor, »bei dem Unfall, da habe ich gemerkt, wie schnell das Leben vorbei sein kann. Da ist mir klar geworden, dass du und ich – dass wir zusammengehören.« Sie rückte ein Stück von ihm ab und wischte sich mit einer Hand die Tränen fort.

»Schatz«, begann Philip, unterbrach sich aber und richtete den Blick nach oben in eine Ecke des Zimmers. Als er sie wieder ansah, war da ein seltsamer Ausdruck auf seinem Gesicht. Einer, der Ella unwillkürlich Angst einjagte.

»Ich habe hin und her überlegt«, sprach sie eilig weiter und nahm Philips Hand. »Und ich möchte dir sagen, dass ich dir verzeihe.«

Nun sah er überrascht aus. Oder sogar schockiert, jedenfalls entzog er ihr seine Hand.

»Natürlich bin ich verletzt«, fuhr Ella fort, »das ist doch klar. Aber ich liebe dich und will mein Leben mit dir verbringen. Aufs große Ganze gesehen spielt dein Seitensprung für mich keine Rolle.«

»Hm«, nun strich er nervös die Bettdecke glatt. »Ich habe auch sehr lange nachgedacht«, sagte er dann. »Und ich glaube, wir sollten uns trennen.«

Sie brauchte drei Sekunden, ehe sie die Bedeutung seiner Worte begriff. Von jetzt auf gleich sackte ihr sämtliches Blut in den Magen, ihr wurde regelrecht schwindelig. »Trennen?«, wiederholte sie fassungslos. »Du willst, dass wir uns trennen?«

Er nickte. »Ich denke, dass es für uns das Beste ist.«

»Aber du hast doch gerade gesagt, dass du für mich da bist. Immer!«

»Bin ich ja auch. Als Freund. Nur als Paar haben wir wohl keine Zukunft mehr.«

»Entschuldige.« Ella starrte ihn an, ihre Stimme zitterte. »Ich begreife nicht so ganz, was hier gerade passiert. Ich habe dir gesagt, dass ich dir deinen Fehltritt verzeihe – und du sagst mir, dass du mit mir Schluss machen willst?«

»Ella«, er rang die Hände, »ich habe den ganzen Abend hier gesessen und darüber nachgegrübelt, was eigentlich los ist. Und wenn ich ehrlich bin, glaube ich, dass es zwischen uns beiden schon eine ganze Weile nicht mehr stimmt.«

»Was redest du denn da?«, blaffte sie ihn aufgebracht an. »Wir wollen doch nächstes Jahr heiraten!«

»Nein«, gab er zurück. »Ich will das nicht mehr. Es war ein Fehler, dir überhaupt einen Antrag zu machen.« Leise fügte er hinzu: »Du hattest ganz recht, das war nur mein moralischer Kater.«

»Du hast Gefühle für sie, oder?«, schleuderte Ella ihm entgegen. »Du empfindest etwas für diese C.! Wer ist das überhaupt?«

»Ist doch nicht wichtig.«

»Ich finde absolut, dass das wichtig ist.«

»Du kennst sie nicht.«

»Eine Kollegin von dir? Eine Mandantin?«

»Bitte, Ella, lass das jetzt.«

Sie atmete tief ein und aus, gab sich jede erdenkliche Mühe, ruhig zu bleiben. »Also gut«, sagte sie. »Beantworte mir wenigstens die Frage, ob du verliebt in sie bist oder nicht.«

»Keine Ahnung.« Er klatschte sich mit beiden Händen in einer hilflosen Geste auf die Oberschenkel. »Das ist aber auch nicht weiter von Belang. Für uns beide, meine ich.«

»Nicht weiter von Belang?«

»Ich meine, unabhängig davon, ob ich etwas für sie empfinde oder nicht, denke ich, dass du und ich uns trennen sollten.«

»Du willst einfach alles aufgeben?«, fragte sie panisch. »Hast du vielleicht nur kalte Füße? Es steht eine große Veränderung an, wir wollen einen wichtigen Schritt miteinander wagen – da ist es doch verständlich, wenn du zögerst. Mir geht es ja auch so!«

Er sah sie nachdenklich an. »Ich war mit einer anderen Frau im Bett – und du glaubst, ich hätte nur kalte Füße?«

Sie nickte heftig, ihre Gedanken gingen wild durcheinander. »Du sagst doch selbst, es ist nicht weiter von Belang. Und das ist es auch nicht! Weil es keine Rolle spielt, wenn man sich wirklich liebt, weil ...«

»Ich denke nicht, dass ...«

Sie sprach einfach weiter, ließ ihn gar nicht zu Wort kommen: »Weil es bei jeder Geschichte nun mal so ist: Bevor es ein Happy End gibt, sieht immer alles katastrophal aus. Da scheint für Held und Heldin alles verloren, und erst ganz zum Schluss kommen sie wieder zusammen und werden für immer miteinander glücklich.«

Philip schüttelte langsam den Kopf, seine Miene zeigte eine Mischung aus Wehmut – und Belustigung? »Ella«, sagte er, »das hier ist das Leben und keines deiner Märchen.«

»Philip, ich ...«

»Bitte hör mir zu«, unterbrach er sie und ließ erneut beide Hände auf die Oberschenkel klatschen. »Deine Geschichten, die sind zum Beispiel ein wichtiger Punkt.«

»Meine *Geschichten*?«

»Ja«, bestätigte er. »Deine Sucht nach Happy Ends, die ist … die ist … das, was du da auf *Better Endings* schreibst …« Er schien nicht die richtigen Worte zu finden.

»Was hat denn mein Blog mit uns zu tun?«

»Alles!«, platzte es nun aus ihm heraus.

»Das verstehe ich nicht.« Vor Überraschung blieben Ella die Tränen weg.

»Du lebst in einer Art Paralleluniversum«, erklärte Philip. »Und ich habe das Gefühl, dich überhaupt nicht zu erreichen, du bist ständig … *abwesend*.«

Ella schluckte schwer. »Das hat dir mal gefallen.« Sie musste an ihre erste Begegnung denken, damals in der Mensa. *Bist du immer so abwesend?*, hatte er sie mit Blick auf seine Currywurst gefragt. Und ihr später gestanden, dass es genau dieser Moment gewesen war, der ihn verzaubert hatte.

»Was soll ich sagen?«, fragte er leise. »Ich bin einfach nicht mehr glücklich.«

»Was … was kann ich denn tun, um das zu ändern?«

»Nichts«, erwiderte er und knetete mit beiden Händen das Oberbett. »Du bist, wie du bist. Das ist ja auch gut so.« Sein Blick wurde traurig, wie ein Häufchen Elend saß er da. »Aber das, was in dem Brief stand, den du gefunden hast – das habe ich vielleicht tatsächlich so gesagt.«

»Hast du?« Ihre Stimme bebte, und die Tränen kamen zurück.

»Genau weiß ich es nicht, ich kann mich einfach nicht erinnern. Doch wenn ich ehrlich bin, ist es das, was ich denke.«

Dass sie so eine Träumerin ist, hallten Ella die Worte aus dem Brief durch den Kopf, *und du nicht sicher bist, ob ihr auf Dauer wirklich gut zueinander passt, dass du so gern Kinder hättest und sie nicht, dass du dir wünschst, sie wäre eigenständiger, selbstbewusster, und dass dir immer irgendwas fehlt, dass du gar nicht richtig an sie herankommst.*

»Und das mit den Kindern?«, wollte sie wissen. »Stimmt das auch?«

Er nickte stumm.

»Du hast gesagt, dass es okay für dich ist, wenn ich keine will.«

»Ja«, gab er zu. »Das habe ich. Wenn man verliebt ist, denkt man halt, es wäre nicht so wichtig. Glaubt, dass man solche Differenzen schon überwinden wird. Aber jetzt ...« Er ließ den Satz unvollendet in der Luft hängen.

»Jetzt«, stellte sie fest, »bist du nicht mehr verliebt.« Sie konnte nicht umhin, noch ein verbittertes »Jedenfalls nicht in mich« hinzuzufügen.

»Das weiß ich nicht«, wiederholte er und seufzte. »Ich wünsche mir eben eine Partnerin, die in der Wirklichkeit lebt und nicht in einem Wolkenkuckucksheim.«

»Ich lebe nicht im *Wolkenkuckucksheim*!«

»Doch, Ella, das tust du.«

»Wo denn? Wie denn?«

»Na ja, zum Beispiel in deinem Blog. Nimm doch nur mal vor drei Tagen, als wir *Unterwegs nach Cold Mountain* geguckt haben.«

»Erinnere mich bloß nicht daran!«

»Aber genau darum geht es mir.«

»Um *Cold Mountain*?«

»Darum, wie du mit so etwas umgehst. Du siehst es nicht einfach als das, was es ist. Als einen Film, als Fiktion. Für dich scheint das alles wirklich zu passieren oder ... Ach, was weiß ich, wie das für dich ist. Aber statt dich hinterher an mich zu kuscheln und bei mir zu sein, verkriechst du dich stundenlang vor deinem Computer und schreibst die ganze Nacht durch, während ich allein im Bett liege.«

Empörung überkam sie. »Tut mir leid, Philip! Mir ist eben nicht nach Zärtlichkeiten, wenn ich mit ansehen muss, wie ein Held *erschossen* wird!«

Er wurde ebenfalls heftiger. »Da ist nicht *wirklich* jemand erschossen worden, das war ein *Film*!«

»Richtig«, gab sie zurück. »Umso unverständlicher, dass sich irgendjemand so etwas ausdenkt, das muss schließlich nicht sein.«

»Ich kenne deine Ansichten zu diesem Thema.«

»Und was ist denn, bitte, schlimm daran?«

»Überhaupt nichts. Allerdings finde ich es bedenklich, dass du auch im *echten* Leben ständig vor der Realität flüchtest.«

»Das tue ich gar nicht!«

»Ella! Du hast mir vor ein paar Minuten erklärt, dass du meinen One-Night-Stand ignorieren und zur Tagesordnung übergehen willst. Das ist bestimmt nicht *normal*!«

»Was soll ich denn deiner Meinung nach tun? Hysterisch rumschreien? Mit Tellern schmeißen?«

»Ganz ehrlich? Ja!«

Das war ja absurd und verkehrte Welt: *Er* hatte *sie* betrogen – und jetzt machte *er* Schluss und warf ihr auch noch vor, dass sie nicht ausgeflippt war? Dabei wäre es eigentlich an Ella, Philip die Hölle heißzumachen und ihn zu verlassen. Sie war fast versucht, sich im Zimmer umzusehen, ob es hier irgendwo eine versteckte Kamera gab.

»Ich hab dir eine geknallt!«

»Das stimmt. Und danach bist du sofort wieder zurückgerudert und hast mir stattdessen diese krude Story über einen Unfall aufgetischt.«

Erschrocken schnappte sie nach Luft. »Das war keine krude Story!«

»Mag sein. Aber so richtig schlimm verletzt siehst du jetzt auch nicht aus.« Er bedachte sie mit einem wütenden, fast feindseligen Blick.

»Das ist ja echt das Letzte! Wie kannst du so etwas sagen?«

Schlagartig veränderte sich sein Gesichtsausdruck, wurde schuldbewusst, nahezu beschämt. »Tut mir leid, das war daneben. Ich weiß halt nicht mehr, was ich denken soll. Du bist für mich komplett unberechenbar.«

»Weil ich jemanden über den Haufen gerannt habe?«

»Nein, wegen deiner Art, dir alles so hinzubiegen, wie es dir in deiner rosaroten Emilia-Faust-Welt gefällt. Was nicht passt, wird passend gemacht.«

Bei diesen Worten zuckte sie fast noch mehr zusammen als bei seiner Unterstellung, sie hätte den Unfall nur erfunden oder dramatischer dargestellt, als er war.

»Während du weg warst, hab ich deinen letzten Eintrag auf *Better Endings* gelesen«, sprach er weiter. »Und dabei ist mir erst so richtig klar geworden, dass wir so nicht weitermachen können. Dass ich so nicht weitermachen *will*.«

»Du liest meinen Blog?«, fragte sie leise. Das hatte sie nicht gewusst. Anfangs hatte er hin und wieder mal vorbeigeschaut und ihr das auch gesagt – aber schon seit Ewigkeiten hatten sie nicht mehr darüber gesprochen, und Ella war davon ausgegangen, dass ihn ihr Hobby schlicht nicht interessierte.

»Natürlich lese ich das«, sagte er. »Immer. Das ist für mich ja die einzige Möglichkeit zu erfahren, was in deinem Kopf vor sich geht. Aber selbst da bist du nicht ehrlich, sondern erzählst deinen Lesern nach einem Vorfall wie heute Abend was von ›Heimat‹ und Locations für unsere Hochzeit.«

»Du kannst doch kaum erwarten, dass ich vor wildfremden Menschen mein Innerstes nach außen kehre!«

»Nein«, erwiderte er. »Aber vor *mir*. *Ich* muss wissen, wer Emilia Faust – die Frau, die ich heiraten soll – eigentlich ist.«

»Heiraten *soll*?«

»Will, möchte, wollte …« Er seufzte. »Versteh mich doch bitte! Du kommst mir oft so verdreht vor, und ich frage mich, ob es eventuell daran liegt, dass deine Mutter …«

»Jetzt komm mir nicht mit meiner Mutter!«, ging Ella empört dazwischen. »Die ist tot und kann sich nicht mehr wehren.«

»Ja, leider. Ich hätte sie gern mal kennengelernt und sie gefragt, weshalb sie ihrer Tochter diese Flausen in den

Kopf gesetzt hat, dass nur ein gutes Ende ein richtiges Ende ist.«

»Das waren keine ›Flausen‹ wie du es nennst. Ich habe ihre Geschichten als Kind geliebt und war glücklich.«

»Da scheint es deiner Mutter anders ergangen zu sein. Warum sonst lässt man seine Teenager-Tochter im Stich und setzt sich mit seiner neuen großen Liebe ans andere Ende der Welt ab?«

»Weil *ich* es so wollte!« Mittlerweile schrie sie. »*Ich* habe ihr gesagt, dass sie ihre Chancen nicht meinetwegen verpassen darf. Und dass ich aufs Internat gehen *will*.«

»Klar«, sagte Philip trocken. »Das darf eine Mutter ihrem zwölfjährigen *Kind* auch unbedingt glauben.«

»Sie hat sich ihr Leben lang für mich aufgeopfert, hat uns ganz allein durchgebracht. Wer bist du mit deinen gutbürgerlichen und spießigen Eltern im Rahlstedter Reihenhaus, dass du dir darüber ein Urteil erlauben darfst?«

Er holte tief Luft, setzte zu einer Erwiderung an – doch dann senkte er schweigend den Blick, um die malträtierte Bettdecke wieder glattzustreichen. »Es tut mir leid«, sagte er nach einer Weile. »Ich bin zu weit gegangen, das wollte ich nicht.«

Nun war es an Ella, Falten in die Bettwäsche zu kneten. »Du hast sie eben nicht gekannt. Sie war toll«, sagte sie leise. »Und ich vermisse sie bis heute.«

»Es tut mir wirklich leid«, wiederholte er. »Ich wollte dich nicht verletzen. Du hast recht, es steht mir überhaupt nicht zu, über deine Mutter zu urteilen.«

Sie sah ihn nachdenklich an. »Ist schon okay«, lenkte sie dann ein, bereit, ihm auch das zu verzeihen.

»Nein, ist es nicht. Gar nichts ist okay.«

»Wir sind wohl beide ziemlich aufgewühlt.«

»Ja.«

»Du hast mir«, formulierte sie einen neuen Gedanken, der ihr eine Sekunde später kam und der ihre Traurigkeit sofort in neue Wut umschlagen ließ, sie befand sich auf einer emotionalen Achterbahnfahrt, »vorhin nicht die Wahrheit sagen wollen, oder?«

»Welche Wahrheit meinst du?«

»Das mit der Trennung hast du dir doch nicht erst überlegt, während ich weg war, oder? Und auch nicht, weil du *Better Endings* gelesen hast. Ich glaube, das stand für dich schon vorher fest.«

»Nein«, widersprach er. »So war es nicht. So ist es nicht.«

»Das kann glauben, wer will.« Ella erhob sich vom Bett, sie musste sich dringend bewegen. Also ging sie ein paar Schritte im Zimmer auf und ab, kehrte dann zu Philip zurück, baute sich mit verschränkten Armen vor ihm auf und sah ihn wütend an.

»Vielleicht hast du ja sogar *gewollt*, dass ich den Brief finde«, stellte sie – mehr für sich selbst als für ihn – eine Mutmaßung an.

»Auf gar keinen Fall!«, gab er heftig zurück. »Warum sollte ich?«

»Tja«, sie lachte auf, »wäre das hier eine meiner *Geschichten*, wie du es nennst, würde der miese und feige Antiheld es *genau so* machen. Er würde den Brief so platzieren, dass sie ihn finden *muss*. Beispielsweise in seinem Mantel mit Rotweinflecken, von dem er *weiß*, dass sie ihn in die Reinigung bringen und dafür die Taschen ausleeren wird.« Sie nickte geistesabwesend. »Ja, doch, exakt so würde er es machen, damit er nicht aktiv auf sie zugehen muss. Weil ihm dazu der Mumm fehlt.«

Nun sah Philip sie ebenfalls wütend an. »Diese Behauptung ist jetzt ähnlich daneben wie meine über deinen Unfall. Ich verstehe nicht, wie du so etwas auch nur denken kannst.«

»Keine Ahnung. Bis vor wenigen Stunden hätte ich auch nicht gedacht, dass du mit einer anderen Frau ins Bett hüpfst.«

»Es ist eben einfach so passiert.«

»Nein, Philip«, widersprach sie ihm. »So etwas passiert nicht ›einfach so‹. Von daher muss ich dir recht geben: Mit uns scheint etwas nicht zu stimmen.«

»Das ist es, was ich meine«, nahm er den Faden zu ihrem Entsetzen bereitwillig auf. »Nur das wollte ich sagen. Nicht mehr und nicht weniger.«

»Was schlägst du also vor?« Es kostete sie übermenschliche Kraft, diese Frage ruhig und sachlich vorzubringen.

»Ich habe ein paar Sachen zusammengepackt«, sagte er und deutete zur Tür. Erst jetzt bemerkte Ella die zwei Koffer, die dort standen. Sofort wurde ihr heiß und kalt. »Für die nächsten vier Wochen werde ich zu Bernd ziehen«, sprach er Ellas schlimmste Befürchtungen aus. »Glaubst du, das reicht für dich, um eine neue Wohnung zu finden? Sonst kann ich auch länger wegbleiben, kein Problem.«

»Ich … ich …« Sie wusste nicht, was sie dazu sagen sollte, ihr fehlten schlicht die Worte.

»Ums Finanzielle musst du dir keine Gedanken machen«, fügte Philip hinzu. »Natürlich unterstütze ich dich, bis du wieder sicher auf eigenen Beinen stehst, das ist ja klar! Und du hast es dir ja auch irgendwie verdient.«

Auf *eigenen* Beinen? *Irgendwie* verdient? Ella war versucht, ihm um die Ohren zu hauen, dass sie sehr wohl auf eigenen Beinen gestanden hatte, bevor sie für *ihn* alles aufgegeben hatte. Und dass sie gearbeitet hatte, die gesamten sechs Jahre ihrer Beziehung. Für ihn. Für Philip Drechsler. Aber sie sagte es nicht. Wozu noch große Worte machen? Ihr »Verlobter« schien ja fest entschlossen zu sein.

»Bemüh dich nicht«, erklärte sie deshalb. »Du musst nicht zu *Bernd*«, den Namen betonte sie so, damit er verstand, dass sie C. meinte, obwohl sie ihm durchaus glaubte, dass er sich bei seinem Freund einquartieren wollte. Doch sie war so verstört, so verletzt, dass sie nach jeder Spitze griff, die sie gegen ihn richten konnte. Und nur deshalb sagte sie dann: »Ich räume freiwillig das Feld.« Mit diesen Worten ging sie zum Kleiderschrank, holte eine Reisetasche aus dem untersten Regal und fing an, betont gelassen ein paar Klamotten einzupacken.

»Das musst du nicht«, rief ihr Philip vom Bett aus zu.

»Ich möchte es aber.«

»Wo willst du denn hin?«

Sie hielt in der Bewegung inne. Dachte einen Moment lang nach und drehte sich dann lächelnd zu ihm um. »Ich ziehe zu Oscar.«

Philip sah sie vollkommen perplex an. »Wer ist Oscar?«

»Ist nicht wichtig, nicht weiter von Belang.« *Seine* Worte, ausgesprochen vor erst wenigen Minuten.

»Aber Ella, ich ...«

Sie hörte ihm schon gar nicht mehr zu, sondern verließ mit ihrer Tasche das Zimmer. Unten im Wohnzimmer packte sie noch ihr Notebook ein und nahm im Flur ihre Handtasche. Ihren Schlüsselbund deponierte sie auf dem Sideboard neben der Eingangstür. Dann legte sie die Zweitkarten für Philips Konten und ihre Kreditkarte hinzu, die brauchte sie nicht mehr. Für das Taxi, das sie sich rief, würde sie erneut Oscar de Witt anpumpen müssen. Aber das war besser, als auch nur noch einen einzigen Cent von Philip Drechsler anzunehmen.

Fünf Minuten später klingelte der Fahrer des Wagens. Sie verließ das Haus, zog mit einem energischen Knall die Tür hinter sich ins Schloss. Auch dieses Mal kam Philip ihr nicht nachgerannt. Er blieb oben. In ihrem vormals gemeinsamen Bett. Vielleicht schlummerte er auch schon wieder selig, das war leider sehr gut vorstellbar.

Als sie auf der Rückbank des Taxis Platz genommen hatte und es von der Einfahrt rollte, drehte sie sich noch ein Mal um, zu ihrem schönen Haus im Philosophenweg. Hinter diesen Mauern hatte sie mit Philip alt werden wollen.

Ihr Blick blieb oben am Schlafzimmerfenster hängen. Da stand er. Und sah ihr nach. Sie konnte nicht verhindern, dass ihr Herz einen klitzekleinen Hüpfer machte – bevor es zerbrach, sobald der Wagen auf die Straße abbog und Philip damit außerhalb ihres Sichtfelds entschwand.

Better Endings

Über mich | Ellas Geschichten | Ellas Leben | Ellas Hamburg

Samstag, 5. Oktober, 06:12 Uhr

Das Leben ist ein langer ruhiger Fluss

Liebe Netzgemeinde,
kurzes Update zu früher Stunde: P. hat sich für den Ponton entschieden. Nicht, weil das »Kai 10« so stylish ist – sondern, weil er es symbolisch schön findet, wenn wir quasi AUF der Elbe heiraten. »Das ist dann unser gemeinsamer Lebensfluss, auf dem wir bis zur Mündung miteinander segeln werden.« Mal ehrlich, ist mein Zukünftiger nicht ein unfassbarer Schatz?
Ich habe dem Laden schon eine Anfrage für unseren Termin im August geschickt, drückt also bitte alle die Daumen, dass er dann noch frei ist! Wenn nicht, können wir auch noch um eine oder zwei Wochen schieben, denn jetzt bin ich FEST entschlossen: Es MUSS für uns der Fluss sein! ☺
Ansonsten habe ich heute Nacht extrem schlecht geschlafen (man sieht's ja an der Uhrzeit) und frage mich, ob wir gerade Vollmond haben. Moment, ich muss mal aus dem Fenster gucken …
Hm, kein Mond zu sehen, mal wieder dichter Wolkenteppich über Hamburg. Aber mir ist das egal – ich habe die Sonne im Herzen!

Und deshalb gilt auch heute:
Am Ende wird alles gut.
Wenn es nicht gut ist, ist es nicht das Ende.

Eure
Ella Cinderella

P.S.: Mit einer neuen Geschichte wird es jetzt erst einmal eine Weile dauern, denn ich bin im Hochzeitsvorbereitungswahn ☺ Nächste Woche beginne ich mit der Suche nach dem Brautkleid, ich bin schon so unfassbar aufgeregt deswegen! Wobei: Ich will ja bis zum großen Tag noch mindestens fünf Kilo abnehmen, ich glaube, ich gucke erst einmal nur nach Schuhen und Schleier ;-)

Kommentare (581)

Sweet Mondträumerin, 06:43 Uhr
Liebe Ella, echt, du auch? Ich habe heute Nacht ebenfalls kein Auge zugetan. Habe gerade mal nachgeguckt, Vollmond hatten wir jedenfalls nicht. Bei dir war es bestimmt nur die Aufregung wegen der Hochzeitsfeier ☺ Das mit dem Fluss ist sooooo süß! Seufz, so einen wie P. hätte ich auch gern!

Loveisallaround_82, 06:50 Uhr
Ohhh, DOCH nicht das Schloss? Wie schaaaade! Aber, okay, das mit dem Fluss ist wirklich eine tolle Idee! ☺ Habe übrigens auch schlecht geschlafen. Wir sind scheinbar Schwestern im Geiste!

BLOXXX BUSTER, 07:08 Uhr
Ja, ja, das Leben ist ein langer ruhiger Fluss ... Das ist ein hervorragender Film des französischen Regisseurs Étienne Chatiliez aus dem Jahr 1988, ausgezeichnet mit 4 Césars. Aber in diesem Blog wird ja eh geklaut ohne Ende, was macht da schon ein Titel aus fremden Federn? Jedenfalls klingt das, was du hier so erzählst, liebe Ella, eher nach einer öden Kahnfahrt durch trübe Gewässer. Da wünsche ich dir fast, dass ihr auf eurem Weg in die eine oder andere Stromschnelle geratet, denn sonst werdet ihr euch vermutlich gelangweilt zu Tode dümpeln. Lieben Gruß an euch Schwestern im Geiste!

Ella Cinderella, 07:15 Uhr
Lieber Bloxxx, mal ehrlich: Was soll das? WAS SOLL DAS? Kennen wir uns? Hab ich dir irgendwas getan? Hab ich dir vielleicht mal einen Parkplatz vor der Nase weggeschnappt? Oder bist du im Alter von drei Jahren vom Töpfchen gefallen und kannst dieses Trauma nur verarbeiten, indem du im Internet rumpestest? Ganz ehrlich? Ich finde, du bist ziemlich arm dran!

Little_Miss_Sunshine_and_Princess, 07:18 Uhr
»Ich finde, du bist ziemlich arm dran!« DAS finde ich allerdings auch!!!

BLOXXX BUSTER, 07:20 Uhr
Uiii, liebe Cindy, jetzt hast du es mir aber gegeben! Da muss ich doch glatt mal meinen Therapeuten anrufen …

Alle weiteren 575 Kommentare lesen

6

Es war ja Unsinn. Natürlich war es Unsinn, und zwar in gleich mehrfacher Hinsicht: Sie war gar nicht zu dick, wollte auch nicht abnehmen, wusste aber, dass das Thema Gewicht immer auf Interesse stieß. Der nächste Unsinn war, dass Ella sich dazu hatte hinreißen lassen, auf eine von Bloxxx' Unverschämtheiten zu reagieren, um damit – wie ja zu erwarten gewesen war – binnen kürzester Zeit einen Thread mit sich gegenseitig beschimpfenden Usern zu generieren, der von Flensburg bis nach Konstanz reichte. Und der allergrößte Unsinn war, dass sie diesen Beitrag überhaupt bei *Better Endings* eingestellt hatte. Aber ihr war einfach danach gewesen.

Einsam und verlassen in einem fremden, zugemüllten Haus, in dem sie kaum zu atmen wagte aus Sorge, dann irgendwelche Keime oder Ungeziefer zu inhalieren; zusammengekauert auf einer behelfsmäßig freigeräumten Couch in einem Trümmerfeld von Wohnzimmer; in latenter Angst vor einer räudigen, halb verhungerten Katze, die sie aus einer Ecke heraus anfallen könnte (die Mieze schien allerdings aushäusig zu sein, in der ebenfalls chaotischen Küche gab es eine Terrassentür mit Katzenklappe); mit der bangen Frage im Kopf, wie ihr Leben denn nun weitergehen sollte – da hatte Emilia Faust in der Tat kein Auge zugetan. Nein, das hatte nichts mit dem nicht vorhandenen Vollmond zu tun. Sondern mit den äußeren Umständen ihrer Notunterkunft. Und noch mehr mit den inneren Zuständen ihres Herzens.

An ihrem Herzen konnte sie nichts ändern, das lag nun einmal zerschunden und zertrampelt am Boden und blutete wie eine klaffende Wunde. Und wenn sie nicht auf einer nassen Parkbank in Planten un Blomen nächtigen wollte, blieb ihr leider auch keine Alternative zu Oscar de Witts Haus. Sie hatte sich – sie, Emilia Faust, die unfassbar blöde Kuh! – so sehr auf Philip eingeschossen, dass ihr niemand eingefallen war, bei dem sie hätte ihr Lager aufschlagen können. Alle ihre Bekannten waren im Grunde *seine* Freunde, und Cora schied aus naheliegenden Gründen aus (»Hallo, ich bin's, Ella! Ich weiß, wir haben seit sechs Jahren nicht mehr miteinander gesprochen – aber könnte ich übergangsweise für ein paar Wochen bei dir einziehen? Nein? Warum denn nicht?«). Ein Hotel ebenfalls, denn auch, wenn sie nun wieder in Besitz von Handtasche und Portemonnaie war, würde sie mit einer Barschaft von insgesamt 23,76 Euro vermutlich nicht weit kommen. Natürlich, in Oscar de Witts Brieftasche befand sich Geld, mehrere hundert Euro sogar, doch daran wollte sie sich nicht bedienen. Das wäre ja sowieso keine dauerhafte Lösung, sondern höchstens eine für ein paar Nächte.

Wo, um Himmels willen, sollte sie dann ab morgen hin? Wo könnte sie hin? Und wie sollte sie sich finanzieren? Klar, sie müsste sich einen Job suchen, am besten wieder als Haushälterin. Bloß würde sie so schnell etwas finden? Immerhin bräuchte sie eine Stelle, bei der man sie sofort und im Voraus bezahlen würde. Welchen Anspruch hatte sie auf staatliche Hilfe, wenigstens für kurze

Zeit? Sie würde sich beim Amt erkundigen müssen, ob man dort für solche überraschenden Notfälle irgendwelche Möglichkeiten hatte. Da gab es doch sicher etwas, oder? Nur: Was, wenn nicht?

War es ein Fehler gewesen, mit hocherhobenem Haupt, aber total pleite aus Philips Haus zu stolzieren? Hätte sie von ihm eine Art Abfindung fordern sollen? Nein, das hätte ihr schon allein ihr Stolz verboten. Schlimm genug, dass er das mit den »eigenen Beinen« gesagt hatte, lieber würde sie sich bei McDonalds hinter den Tresen stellen, als sich von diesem Arschloch, Arschloch, *Arschloch (!)* helfen zu lassen.

Mit solchen und ähnlich düsteren Gedanken hatte Ella eine grauenhafte Stunde im Haus von Oscar de Witt verbracht, hatte schließlich ihr Notebook aufgeklappt und diesen neuen Blogeintrag für *Better Endings* verfasst und eingestellt, nachdem sie hinter der Kommode mit dem Telefon einen WLAN-Router mit darunter geklebtem Zugangscode entdeckt hatte. Zum einen hatte sie den Beitrag geschrieben und veröffentlicht, um sich von den Schreckensszenarien in ihrem Kopf abzulenken. Zum anderen, wie sie sich selbst eingestehen musste, um darüber mit Philip in Kontakt zu treten. Sie wusste ja nun, dass er ihren Blog las, also hatte sie in die Tasten gehauen und dabei abwechselnd gelacht und geweint. Was genau sie ihm mit der Behauptung, sie hätten sich für eine Location entschieden und sie würde nun ein Brautkleid suchen, sagen wollte, wusste sie gar nicht. Vermutlich überhaupt nichts. Oder aber, dass sie zumindest noch auf eine diffuse Art an sie beide glaubte. Doch wenn sie ehrlich war, hoffte sie wohl einfach nur, damit eine wie auch immer geartete

Reaktion bei diesem Arschloch, Arschloch, *Arschloch (!)* hervorzurufen.

Die war bisher aber leider ausgeblieben. Stattdessen hatte Bloxxx, das *andere* Arschloch, reagiert. Wie ein Heckenschütze schien er regelrecht auf der Lauer zu liegen, um bei jeder passenden und unpassenden Gelegenheit auf sie zu feuern. Verbarg sich dabei hinter einem dämlichen Nickname, versteckte sich feige in der Anonymität des Internets. Während sie auf dem Sofa gelegen und mit wachsendem Unmut die im Minutentakt eingehenden User-Kommentare beobachtet hatte, hatte sie sich wieder und wieder gefragt, wer dieser Kerl war. Warum er auf ihr und ihren Lesern herumhackte, weshalb er sich so dermaßen an ihrem Blog abarbeitete. Das musste doch etwas Persönliches sein, anders konnte sich Ella das nicht erklären. Irgendjemand, dem sie auf den Schlips getreten sein musste – allerdings konnte sie sich beim besten Willen an keinen Vorfall erinnern, der eine solche Feindschaft hervorgerufen haben könnte.

Dann, um halb acht, als sie gerade unten in der Gästetoilette gestanden und sich für ihren Krankenhausbesuch bei Oscar de Witt einigermaßen hergerichtet hatte, war ihr eine Idee gekommen, bei der ihr regelrecht heiß geworden war: Philip. Philip?!? War es denkbar, dass *er* dahintersteckte? Er las *Better Endings*, und er hatte Ella gestern um die Ohren gehauen, dass er überhaupt nichts davon hielt. »Deine Sucht nach Happy Ends«, hatte er gesagt. Waren das nicht genau dieselben Worte, die Bloxxx verwendet hatte? Sie war zu ihrem Notebook gerannt, hatte ihre Seite geöffnet und nach seinem Kommentar von vorgestern gesucht. *Ein frustrierter Haufen Happy-*

End-süchtiger Hausfrauen, die in rosarotem Heititei leben wollen? Ihr war beinahe schlecht geworden, weil das tatsächlich verdächtig nach ihrem Exverlobten klang. Sogar von ihrer »rosaroten Emilia-Faust-Welt« hatte Philip gesprochen. Konnte es also sein? Konnte es *wirklich* sein?

Nein. Während sie nun, um kurz nach acht, wieder einmal auf der Rückbank eines Taxis saß, das sie ins Stadtkrankenhaus West bringen sollte (für den öffentlichen Personennahverkehr fühlte sie sich seelisch nicht stabil genug), schüttelte sie über sich selbst und ihre Mutmaßung den Kopf. Selbst, wenn Philip ihr Hobby nicht nachvollziehen konnte – so weit, sich ein Pseudonym zuzulegen und sie in ihrem Blog anzugreifen, würde er nie im Leben gehen, das passte ganz und gar nicht zu ihm, das war vollkommen ausgeschlossen. So viel Fantasie hatte er gar nicht, dachte sie, auch wenn sie sich im nächsten Moment schon wieder für diesen kleinen fiesen Gedanken schämte.

Versonnen betrachtete Ella das Semikolon auf ihrem Handgelenk und strich darüber. Wieder einmal stiegen ihr die Tränen in die Augen, und sie stieß einen tiefen Seufzer aus. Gerade vermisste sie ihre Mutter sehr. Ihre wunderbare, schöne Mama, die ihr diese »Flausen« mit den umgeschriebenen Enden in den Kopf gesetzt hatte. Ihre Vorliebe dafür hatte Ella tatsächlich von ihr geerbt. Denn während andere Kinder schon vor Beginn der Schulzeit von ihren Eltern oder Großeltern mit grausamen Märchen wie *Der Suppenkaspar* oder *Das Mädchen mit den Schwefelhölzern* traktiert wurden, hatte Selma Faust es vorgezogen, ihrer Tochter solche Geschichten stets mit gewissermaßen *optimiertem* Ausgang zu erzählen.

Auch vor Märchen wie *Dornröschen*, *Rumpelstilzchen* und *Aschenputtel* mit vermeintlich gutem Ende – das Gute siegt, das Böse wird vernichtet – hatte sie nicht Halt gemacht und ihre eigene Selma-Faust-Fassung kreiert. Sie hatte es ihrem Kind nicht zumuten wollen, sich mit bösen Feen, verzweifelten Töchtern oder herzlosen Stiefmüttern herumschlagen zu müssen.

Und erst recht nicht hatte sie Ella von Eltern berichten wollen, die ihr eigen Fleisch und Blut in einem Wald aussetzen, weil das Essen nicht für die gesamte Familie reicht. Oder von bösen Königinnen, die zur Strafe auf der Hochzeit des Prinzenpaares bis zum Erschöpfungstod durchtanzen müssen. Nein, so etwas hatte es bei Selma Faust nicht gegeben. Bei ihr hatte am Ende immer alles gut sein müssen – und zwar wirklich ALLES.

Für Ella war es ein Schock gewesen, im Alter von sechs Jahren während einer Vorlesestunde in der 1. Klasse zu erfahren, dass ein Großteil der Geschichten, die ihre Mama aus einem großen roten Buch vorgelesen hatte, *so* nicht ganz stimmten. Es hatte sie im ersten Moment tief getroffen, von ihren Mitschülern ausgelacht zu werden, weil sie das »richtige« Ende von *Rotkäppchen* nicht kannte.

Sie hatte bis dahin immer geglaubt, der böse Wolf sei ein verzauberter Prinz gewesen, der nach seiner Erlösung von einem schlimmen Fluch Rotkäppchen geheiratet und sie mit ihrer Großmutter auf sein Schloss geholt hatte, wo sie bis ans Ende aller Tage zusammen auf der Terrasse gesessen und gemeinsam Erdbeerkuchen (Ellas Lieblingssorte) gegessen hatten.

Natürlich hatte Selma Faust es nur gut gemeint. Hatte ihr einziges Kind beschützen, es so lange wie möglich vor allem Unbill in der Welt bewahren wollen. Und so hatte Ella ihrer Mutter für deren kreative Neuinterpretation von Grimms und Andersens Schauergeschichten auch nie einen Vorwurf gemacht. Zumindest nicht, nachdem sie am Abend nach besagter Vorlesestunde aufmerksam den Klagen ihrer Tochter zugehört und sie anschließend tröstend in den Arm genommen hatte, bis Ella wieder ganz ruhig geworden war. Denn schon damals hatte ihr die Begründung ihrer Mutter, weshalb sie die Märchen ein wenig anders erzählt hätte, sofort eingeleuchtet: »Es gibt doch schon genug Unglück in der Welt. Warum sollte ich dir dann noch furchtbar traurige Ereignisse erzählen, die nicht einmal wahr sind?«

Genau so hatte Ella es bei der nächsten Vorlesestunde einem staunenden Publikum erklärt. Hatte mit hoch erhobenem Haupt und nicht wenig Stolz in der Brust vorgetragen, dass jeder Mensch ein Recht auf ein Happy End hätte, wenigstens in erdachten Geschichten, wenn er es selbst bestimmen kann. Dann hatte sie ihren Klassenkameraden und der Lehrerin erzählt, wie all die bekannten Märchen so viel besser, so viel *schöner* enden könnten.

Die Tatsache, dass Mutter und Tochter Faust daraufhin viele Jahre als Sonderlinge gegolten hatten, war Ella ziemlich egal gewesen. Die anderen Kinder, die nicht einmal so etwas Simples kapierten wie die Sache mit den Happy Ends, waren einfach nicht der richtige Umgang für sie; deren Verachtung hielten die Fausts locker aus.

Sobald Ella die ersten Buchstaben lesen und kritzeln konnte, hatten sie und ihre Mutter sich gemeinsam Geschichten rausgesucht, die sie umschreiben wollten, und Selma Faust hatte jede einzelne davon in dem großen roten Buch notiert, aus dem sie ihrer Tochter weiterhin Abend für Abend vorgelesen hatte.

»Egal was kommt, wir haben uns und halten zusammen«, hatte ihre Mutter ihr beim letzten Gutenachtkuss stets ins Ohr geflüstert und sie dabei ganz fest im Arm gehalten. »Für immer und ewig, hörst du, mein Schatz?«

»Und was ist, wenn du irgendwann nicht mehr da bist?«, hatte Ella einmal ängstlich wissen wollen.

»Ich werde dich nie verlassen.«

»Wirklich nicht?«

»Natürlich nicht, mein Schatz. Aber wenn du erwachsen bist, wirst du dein eigenes Leben führen und weggehen wollen.«

»Nein! Ganz bestimmt nicht, ich bleibe für immer bei dir!«

Ihre Mutter hatte ein warmes Lachen erklingen lassen. »Eines Tages findest du deinen Prinzen, meine kleine Cinderella. Dann bekommt ihr Kinder und lebt glücklich miteinander bis ans Ende aller Tage.«

Nun liefen Ella die Tränen ungebremst über die Wangen, die Erinnerungen an ihre Mutter schmerzten auch nach so vielen Jahren noch. Mit einer energischen Handbewegung wischte sie sich über die Augen und richtete ihren Blick dann nach draußen auf die vorüberfliegenden Bäume. Sie hatte keine Lust, jetzt darüber nachzudenken, wie ihr Leben in Wolfrade – für die einen der Inbegriff der Idylle, für manch andere ein Ort, an dem sie »nicht tot überm Zaun hängen« wollten – später verlaufen war. Ella hatte es nie verstanden, warum ihre Mama ausgerechnet dieses norddeutsche Kaff »fernab der Welt Getümmel«, wie Selma gern zu sagen pflegte, nach ihrer Geburt zum

Wohnsitz auserkoren hatte. Sie selbst war sofort nach Beendigung der Schule nach Hamburg gezogen, hatte es genossen, in der Anonymität der Großstadt unterzutauchen und sich neu erfinden zu können.

»Da sind wir.« Der Taxifahrer riss Ella aus ihren Gedanken. Sie hatten das Hochhaus in der Innenstadt erreicht, in dem sich die Klinik befand. Sie bezahlte den Fahrer und stieg aus.

Als sie auf die große Drehtür des Eingangs zuging, war sie überaus nervös. Sie hoffte inständig, sie würde einen bestens gelaunten und nicht allzu schwer verletzten Patienten antreffen. Wenigstens eine einzige Sache musste doch bitte mal gut sein! Sicherheitshalber drehte sie in der gläsernen Tür eine Extrarunde. Und noch eine, weil ihr einfach danach war.

An der Information fragte sie den Pförtner nach Oscar de Witt und wurde in den siebten Stock zur Unfallchirurgie geschickt. Auf dem Weg kaufte sie einen kleinen Strauß in einem Blumenladen im Erdgeschoss, dann setzte sie ihren Gang nach Canossa fort. Oben angelangt klopfte sie beim Stationszimmer und erklärte einem Pfleger, Herr de Witt sei ihr Bruder, woraufhin der sie aufforderte, ihm zu folgen. Vorerst blieb sie bei dieser Notlüge, um sicherzugehen, dass man sie auch zu ihm ließ. Sie würde Oscar de Witt einfach erklären, weshalb sie sich als seine Schwester ausgegeben hatte, sobald sie mit ihm allein wäre. Dann würde sie sich formvollendet entschuldigen, ihm die Blumen, sein Portemonnaie und den Schlüsselbund überreichen sowie seine Schuhe, die sie in eine Plastiktüte gesteckt und mitgenommen hatte – und sich dann mit den besten Wünschen verabschieden. Natürlich würde sie NICHTS über den Zustand seines Hauses verlauten lassen. Nach genauerer Überlegung war sie der Meinung, dass sie das nichts anging und sie außerdem nun alle Hände voll zu tun hatte, ihr eigenes Leben zu ordnen, da konnte sie sich nicht auch noch dem Chaos eines Fremden widmen.

Einhundert Euro hatte sie sich von Oscar de Witt dann doch noch »geliehen«, die würde sie ihm später zurückzahlen, genauso wie das Geld, das sie bisher bei ihren Taxifahrten verpulvert hatte. Es war nicht anders gegangen, es war Samstagmorgen, und vor Montag würde sie in Sachen neuer Job oder staatlicher Unterstützung mit Sicherheit nichts bewirken können. Eine weitere Nacht in der »Villa Messie« war ausgeschlossen, sie würde sich in irgendein billiges Hostel einmieten, für das das Geld hoffentlich eine kurze Weile reichte. Und sei es nur für eine Pritsche im Achtbettzimmer, drei, vier oder fünf Nächte lang würde sie das schon ertragen.

Der Pfleger klopfte an eine der weißen Zimmertüren, öffnete sie und ging hinein. Ella folgte ihm, den Blumenstrauß mit der linken Hand fest umklammert, in der rechten die Tüte mit den Schuhen. Oscar de Witt saß in seinem Bett, wirkte ziemlich blass aber ansonsten wohlauf – wenn man von dem Gips an seinem rechten Unterarm absah und dem Tropf, an dem er hing. Vor seinem Bett stand ein Ärztetriumvirat: ein älterer Herr mit randloser Brille, ein junger Mann und eine sehr junge Frau, vermutlich Studenten, denn sie hielten beide Clipboards und jeweils einen gezückten Kugelschreiber in der Hand. Alle drei drehten sich zu Ella und dem Pfleger um, als sie eintraten, Oscar de Witt zog fragend die Brauen in die Höhe.

»Herr de Witt«, sagte Ellas Begleiter. »Ihre Schwester ist da.«

Der Mann im Bett blickte irritiert und schüttelte den Kopf. »Ich kenne die Frau nicht.«

»Ja, also ...«, setzte Ella an, um sich zu erklären, wurde aber von dem ältesten der drei Ärzte unterbrochen.

»Sehen Sie, Herr de Witt«, sagte er, »es geht Ihnen noch nicht so gut, dass wir Sie entlassen könnten. Sie erkennen ja nicht einmal Ihre eigene Schwester.«

7

Oscar de Witt blickte nicht sonderlich glücklich drein. Was aber in Anbetracht seiner Lage verständlich war. Nun zuckte er mit den Schultern und stellte resigniert fest: »Tut mir leid, ich kann mich an meine Schwester tatsächlich nicht erinnern.«

»Das ist es ja, was ich gerade versucht habe, Ihnen zu erklären«, antwortete der Arzt mit randloser Brille freundlich. »Sie haben bei Ihrem Sturz ein Schädel-Hirn-Trauma erlitten sowie rechts eine distale Radiusfraktur, also einen Handgelenksbruch, und darüber hinaus sind drei Finger geprellt. Die Fraktur haben wir bereits heute früh operiert und mit einer Titanplatte fixiert, die angelegte Gipsschiene dient der Ruhigstellung, und die nächsten drei Tage sollten Sie den Arm zusätzlich mit einer Schlinge entlasten. Der Gips kann bereits nach gut einer Woche entfernt werden, so dass Sie mit einer Physiotherapie beginnen können. Sobald die Schwellungen an Ihrer Hand zurückgehen, sollten Sie mit Daumen und Langfingern Bewegungsübungen durchführen.« Er machte eine kurze Pause, vielleicht, um den beiden Studenten die Chance zu geben, mit ihren Notizen hinterherzukommen. »Wie gesagt«, fuhr er schließlich fort, »der Bruch ist lästig, aber unproblematisch. Größere Sorgen hingegen macht uns Ihr Kopf. Wir haben ein MRT gemacht, physisch ist alle in Ordnung, keinerlei Blutungen oder andere Verletzungen. Allerdings: Der Neurologe, mit dem Sie vorhin gesprochen haben, vermutet eine Amnesie, vermutlich dissoziativ retrograd bis zum Kindesalter.«

»Dissoziativ retrograd?«, fragte Oscar de Witt und sprach damit die Frage aus, die Ella ebenfalls auf der Zunge lag. Aber sie schaffte es, sich zurückzuhalten, ohnehin war ihr die Rolle als Zaungast, der quasi ohne jede Berechtigung der Krankengeschichte eines fremden Bruders lauschte, unangenehm. Allerdings nicht so unangenehm, dass sie das Zimmer verlassen hätte, dafür war sie zu neugierig.

»Sie kannten weder Ihren Namen noch Ihren Beruf oder Ihre Adresse und konnten uns auch nicht sagen, ob Sie Familie haben«, führte der Arzt genauer aus.

»Und was bedeutet das?«

»Dass Ihr biografisches Gedächtnis derzeit gelöscht ist. Das ist nicht weiter tragisch, die Erinnerungen werden zurückkommen. Aber so etwas kann unter Umständen eine Weile dauern. Deshalb möchte ich Sie gern für die nächsten Tage auf unsere psychiatrische Station verlegen, damit wir Sie beobachten und noch weitere Untersuchungen vornehmen können.«

»In die Psychiatrie?«, rief Oscar de Witt fassungslos aus, und auch Ella sog erschrocken die Luft ein. »Das kommt ja überhaupt nicht infrage! Ich bin doch nicht bekloppt!«

»Nein, Herr de Witt, natürlich nicht«, beruhigte ihn der Arzt.

»Dann möchte ich auf der Stelle entlassen werden!«

»Das geht in Ihrem Zustand nicht. Sie sind derzeit

nicht in der Lage, Ihren Alltag allein zu bewältigen. Und außerdem möchten wir wirklich gern noch ein paar Untersuchungen …«

»Auf gar keinen Fall gehe ich in die Klapse!«, wurde er von Oscar unterbrochen, der ihn kämpferisch musterte. So kämpferisch jedenfalls, wie es von einem Krankenhausbett aus mit Tropf im Arm und ziemlich blasser Nase möglich war. »Ich brauche keinen Seelenklempner, die sind doch selbst alle verrückt!« Da musste Ella ihm innerlich irgendwie … zustimmen.

Seufzend wandte der Arzt sich an die zwei Studenten, die noch immer eifrig auf ihre Clipboards schrieben. Sein Blick sprach Bände: *Wieder so ein renitenter Patient, der nicht auf mich – den Halbgott in Weiß – hören will!* »Nun gut«, sagte er. »Wenn Herr de Witt auf seiner Entlassung besteht, schlage ich vor, wir beantragen für ihn bei Gericht eine Betreuung.«

»Betreuung?«, entfuhr es Ella nun doch. Aber bei dem Ausdruck konnte sie nicht ruhig bleiben.

»Ja.« Der Arzt wandte sich ihr zu. »Es muss sichergestellt werden, dass Herr de Witt gut versorgt ist. In die Psychiatrie will er ja nicht, und für eine Kurzzeitpflege ist er zu jung. Von daher kommt für die Übergangszeit nur eine Betreuung infrage.«

»Das heißt«, schaltete der Patient sich nun wieder ein. »Dass ich eine Art Vormund bekomme? Ich werde entmündigt?«

»Nein, das heißt es ganz und gar nicht. Außerdem wäre es, wie gesagt, nur übergangsweise. Bis es Ihnen wieder besser geht.«

»Nein. Ich sage: NEIN!« Jetzt wollte Oscar de Witt die

Arme vor der Brust verschränken, was aber wegen Gips und Tropf nicht funktionierte. Stattdessen zuckte er mit schmerzerfüllter Miene zusammen, der Bruch schien ihm zu schaffen zu machen. »Ich bin ein erwachsener Mann und brauche keinen Babysitter!«, stellte er fest. Die Umstände, in denen er sich gerade befand, führten seine Worte ad absurdum.

»Es tut mir leid, Herr de Witt.« Der Arzt lächelte ihn an. »Ich kann verstehen, dass das für Sie eine unangenehme Situation ist, aber die Entscheidung, ob Sie eine Betreuung brauchen oder nicht, wird letztlich der Sachverständige nach einer Anhörung fällen.«

»Anhörung?«, ging Ella wieder dazwischen. Sie war empört. Was war das hier, ging man so mit Menschen um? Oscar de Witts Bruch hatte man geflickt, jetzt wollte man ihn entweder einkasernieren oder entmündigen? Das durfte doch nicht wahr sein! »Das heißt, es kommt ein fremder Mensch, der über das Schicksal meines Bruders bestimmt? Der sich in sein Leben einmischt, ohne ihn überhaupt zu kennen?« Oscar de Witt warf ihr einen dankbaren Blick zu.

»Uns sind da die Hände gebunden«, erwiderte der Arzt mit einem bedauernden Schulterzucken. »So sind nun einmal die Richtlinien, und ich weiß gerade keinen anderen Ausweg.«

»Ich kann mich doch um ihn kümmern!«, schlug Ella vor. »Schließlich bin ich seine *Schwester*.«

»Tja«, sagte der Arzt mit einem erneuten Schulterzucken, »das ginge natürlich auch, wenn Herr de Witt ...« Alle Anwesenden sahen den Patienten an, der wie ein kleines Häufchen Elend in seiner weißen Krankenhausbettwäsche hockte, in sich zusammengesackt, aber immerhin noch mit streitlustiger Miene.

»Das wäre doch eine Idee, oder?«, fragte Ella und versuchte gleichzeitig, ihm via Telepathie mitzuteilen, dass sie es nur gut mit ihm meinte. *Ich weiß, Sie kennen mich nicht, aber ich bin die bessere Alternative zur Betreuung. Sagen Sie einfach ja!*

Oscar de Witt zögerte einen Moment, schien das Für und Wider von Ellas Vorschlag abzuwägen, ehe er – wenig begeistert – murmelte: »In Ordnung. Soll sich meine Schwester kümmern.« Dann schob er hinterher: »Wie heißen Sie eigentlich?«

»Ella«, antwortete sie und unterdrückte den Impuls eines Freudenhüpfers. Sie wusste selbst nicht, weshalb sie so glücklich darüber war, diesem fremden Mann helfen zu können – aber bei den Worten »Psychiatrie« und »Betreuung« war ihr ganz übel geworden. »Emilia Faust, geborene de Witt«, konkretisierte sie. Und dann, weil ihr das irgendwie passend erschien: »Wir können ruhig du zueinander sagen.«

»Prima!« Auch der Arzt schien hocherfreut, ein weiteres Häkchen, das er hinter eine Akte machen konnte. »Dann sparen wir uns das mit der Betreuung, und ich bereite die Entlassungspapiere vor. Von unserer Seite aus können Sie danach sofort gehen.«

»Wenigstens etwas«, kommentierte Oscar de Witt, jetzt nicht mehr in sich zusammengesunken, aber erneut mürrisch.

»Gut«, sagte Ella. Und spürte ein flaues Gefühl in der Magengegend. Ob das hier gerade ein Fehler war? Aber ob Fehler oder nicht, es gab sowieso kein Zurück. Sie konnte ja nur schlecht behaupten, sie hätte sich im Affekt vertan, Oscar de Witt sei gar nicht ihr Bruder. Nein, das war nicht möglich, wenn sie nicht *selbst* mit einem amtlichen Betreuer hier hinausspazieren wollte. Also lächelte sie tapfer.

»Dann können Sie sich schon mal anziehen, Herr de Witt«, sagte der Arzt. »Helfen Sie Ihrem Bruder dabei?«, wollte er von Ella wissen. »Er ist noch ein wenig gehandicapt.«

»Ich? Äh, oh nein … Ich …«

»Das mache ich«, schaltete sich der Pfleger ein, der in den vergangenen Minuten ebenfalls fasziniert dem Gespräch gelauscht hatte. Ein Patient mit Amnesie kam sicher nicht alle Tage vor. »Für Herrn de Witt ist Frau Faust ja noch eine Fremde, da ist es wohl besser …«

»Ja, natürlich«, bestätigte der Arzt, »Sie haben recht, Entschuldigung, das war gedankenlos von mir.«

Er und seine zwei Studenten sowie Ella verließen das Zimmer. Draußen im Flur nahm er sie beiseite. »Auf ein Wort, Frau Faust?«

»Natürlich.«

»Ihr Bruder wird in nächster Zeit ziemlich verwirrt sein. Es ist nicht leicht, sich damit abzufinden, sich an nichts mehr erinnern zu können.«

»Natürlich nicht.«

»Es ist schade, dass er nicht auf unsere psychiatrische Station möchte, da könnte man ihm sicher besser helfen.«

»Hm«, gab Ella nur zurück, weil sie nicht wusste, was sie dazu sagen sollte. Außer, dass sie Oscar de Witt in diesem Punkt voll und ganz verstehen konnte, sie selbst hätte man auch nur mit Waffengewalt in seine solche Einrichtung gebracht.

»Ich rate Ihnen deshalb, mit ihm einen niedergelassenen Psychiater aufzusuchen, der Sie unterstützt.«

»Hm«, machte sie erneut. Und dachte: *Im Leben nicht!*

»Ich bin kein Experte auf diesem Gebiet, aber unser Neurologe geht von einer Trauma bedingten Amnesie aus.«

»Schädel-Hirn-Trauma, Sie sagten es ja vorhin.«

»Das allein kann es nach Ansicht des Kollegen nicht sein«, erklärte er mit besorgter Miene, »ein Sturz hätte nur dazu geführt, dass Ihr Bruder den Unfall selbst und vielleicht die Stunden davor und danach vergisst. Aber dass ihm alles fehlt …« Er wiegte den Kopf hin und her. »Das spricht eher für einen weiteren Auslöser, zum Beispiel eine posttraumatische Belastungsstörung. Die Amnesie ist wie eine Art Notfallprogramm, verstehen Sie? Offenbar gibt es etwas, mit dem Ihr Bruder nicht fertigwird und an das er sich nicht erinnern *will*. Fällt Ihnen da etwas ein?«

»Nein«, erwiderte sie. Obwohl vor ihrem inneren Auge sofort die Bilder von Oscar de Witts Messie-Haus auftauchten. Ja, es gab eindeutig etwas, mit dem er nicht fertigwurde, der Zustand seines Heims war ein sichtbares Zeichen dafür.

»Wie dem auch sei«, sprach der Arzt weiter. »Ich möchte Ihnen raten, mit Ihrem Bruder sehr behutsam umzugehen. Helfen Sie ihm dabei, seine Erinnerung zurückzugewinnen, aber bringen Sie ihm Umstände, die für ihn erschütternd sein könnten, möglichst schonend bei.«

»Klar. Das mache ich.« Wie, zum Teufel, brachte man jemandem *schonend* bei, dass er auf einer Müllhalde lebt?

»Hilfreich sind so genannte ›Trigger‹«, sagte er. »Also vertraute Situationen, sie können das Gedächtnis anregen.«

»Vertraute Situationen?«

»Ein Film, den er mal gesehen hat. Musik. Menschen, mit denen er zu tun hatte. Einen Ort, den er kennt. Fahren Sie mit ihm dorthin, wo Sie als Kinder waren, sowas in der Art.«

»Aha. Gut, dann weiß ich jetzt Bescheid.« Sie wusste Bescheid, dass sie absolut *nicht* Bescheid wusste, über gar nichts. Oscar de Witt war für sie ein vollkommen Fremder, wie sollte sie da wissen, welche Filme oder Musik er kannte oder wo er als kleiner Junge sein schönstes Ferienerlebnis gehabt hatte?

Der Arzt verabschiedete sich, Ella nahm auf einem der Stühle im Flur Platz und wartete auf »ihren« Patienten. Kurz überlegte sie, dass sie *noch* die Chance hätte abzuhauen. Einfach heimlich, still und leise auf Zehenspitzen den Krankenhausflur hinunterschleichen, den Aufzug ins Erdgeschoss nehmen und dann durch die Tür nach einmaliger Drehung hinaus ... Aber das wäre gemein gewesen. Oscar de Witt brauchte sie, und nachdem sie ihn ja erst in diese Lage gebracht hatte, war es das Mindeste, was sie für ihn tun konnte. Tun *musste*.

Wenige Minuten später kam er mit dem Pfleger aus seinem Zimmer, natürlich barfuß. Ella stand auf und reichte ihm die Tüte mit seinen Schuhen. Und die Blumen, die sie noch immer in der Hand hielt. Die allerdings konnte er nicht nehmen, denn sein eingegipster Arm steckte in einer Schlinge, so dass er bis auf die Tüte mit den Schuhen nichts mehr halten konnte.

»Setz dich mal«, forderte Ella ihn auf und nahm ihm die Stiefel wieder ab. Er tat, wie ihm geheißen, sie kniete sich vor ihn hin. In Ermangelung von Socken stülpte sie ihm die Schuhe einfach so über, nicht, ohne zu registrieren, wie schmutzig seine Füße waren. Wenigstens die hätte man ihm hier im Krankenhaus ja mal waschen können! Am besten sogar gleich den ganzen Mann, denn während sie ihm jetzt so nah war und dabei nicht unter Schock bedingter Adrenalinausschüttung wie zuvor auf der Treppe stand, stieg ihr ein unangenehmer Geruch in die Nase. Ja, Oscar de Witt müffelte, das ließ sich nicht verleugnen. Tapfer atmete sie durch den geöffneten Mund und band ihm erst den einen, dann den anderen Schnürsenkel zu. Eine seltsame Situation war das. Noch nie zuvor hatte sie einem erwachsenen Mann die Schuhe angezogen wie einem Kleinkind.

»Warum war ich denn barfuß?«, wollte er wissen.

»Das kann ich Ihnen ... dir nicht sagen.«

»Die haben mir erklärt, dass du den Krankenwagen gerufen hast, nachdem ich zu Hause auf der Treppe gestolpert bin«, fuhr er fort. »Wie genau ist das denn passiert?«

»Das, ähm, besprechen wir später in Ruhe.« Sie erhob sich und klopfte sich in einer »So, das hätten wir«-Geste die Hände an ihrer Hose ab.

»Okay.« Er stand ebenfalls auf. Jetzt, mit Schuhen und aufgerichtet, schätzte Ella ihn auf gut und gern 1,90 Meter. Neben ihm kam sie sich ziemlich mickrig vor. »Wollen wir dann?«

»Ja. Los geht's.«

Zum vierten Mal innerhalb weniger Stunden rief Ella

über Handy ein Taxi, half Oscar beim Einsteigen und nannte dem Fahrer die Adresse.

»Sagt dir das was?«, wollte sie von Oscar wissen, sobald sie auf der Rückbank neben ihm saß. Jetzt konnte sie wieder durch die Nase atmen. Entweder, das Müffeln war doch gar nicht so schlimm – oder sie hatte sich inzwischen daran gewöhnt.

»Nein«, er schüttelte den Kopf. »Also, ich weiß, dass die Elbchaussee eine teure Straße ist und wo sie ungefähr liegt, das schon. Aber dass ich da wohne? Nein, keine Ahnung.«

»Das wird alles.« Wie im Reflex griff sie nach seiner Hand und tätschelte sie, zuckte aber sofort zurück, als sie von ihm einen ungnädigen Blick auffing.

Eine Weile saßen sie einfach nur schweigend nebeneinander, jeder von ihnen sah stumm aus dem Seitenfenster und hing seinen Gedanken nach. Doch dann fasste Ella sich ein Herz. Besser, sie brachte es gleich hinter sich, bevor sie sich noch mehr in ein Lügenkonstrukt verstrickte.

»Ich muss Ihnen noch etwas sagen.«

»Du«, erwiderte er und schaute dabei weiterhin nach draußen.

»Nein«, widersprach sie. »Ihnen. Die Sache ist nämlich die: Ich bin gar nicht Ihre Schwester.«

Nun fuhr sein Kopf zu ihr herum, er sah sie überrascht an. »Bist du nicht?«

»Nein«, bestätigte sie. »Das habe ich nur als Notlüge gesagt, damit mir niemand einen Besuch bei Ihnen verweigern konnte. Aber ich wollte unbedingt wissen, wie es Ihnen geht.«

»Verstehe.« Zwischen seinen Augen entstand eine steile

Zornesfalte. »Und wer sind Sie, bitte schön, dann? Was hatten Sie bei mir zu Hause zu suchen? Und warum wollen Sie eigentlich wissen, wie es mir geht?«

»Ich bin … ich bin …« Sie dachte angestrengt nach. Ja, wer war sie? Eine Verrückte? Eine Verzweifelte? »Ich bin Ihre Haushälterin«, entschied sie sich schließlich, kurzfristig entzückt von ihrem eigenen Geistesblitz.

»Ich habe eine Haushälterin?«

»Seit gestern«, behauptete sie, damit sie nicht in die Bredouille geriet, Dinge über ihn wissen zu müssen, von denen sie schlicht keine Ahnung hatte. »Ich hatte mich gerade erst vorgestellt, da ist das mit dem Sturz passiert.«

»Mitten in der Nacht?«

»Was meinen Sie?«

»Na ja, soweit ich erfahren habe, wurde ich heute Nacht gegen zwei Uhr ins Krankenhaus eingeliefert – demnach hatten wir unser Vorstellungsgespräch nachts?«

»Ach, so, nein!«, sie lachte nervös. Das war ein Punkt, verdammt, das war ein Punkt. Und obwohl sie sich ja vorgenommen hatte, kein Lügenkonstrukt aufzubauen – tat sie als Nächstes genau das: »Das Vorstellungsgespräch hatten wir schon letzte Woche. Ich hab gestern den Job angetreten und bin bei Ihnen eingezogen.«

»Sie wohnen bei mir?«

»Ja, Sie wollten das Rundum-Sorglos-Paket. Jemanden, der immer für Sie da ist.«

Nun huschte so etwas wie ein Lächeln über sein Gesicht. »Mir scheint es ja ziemlich gut zu gehen, wenn ich mir so etwas leisten kann.«

»In der Tat«, gab sie zurück. Und dachte: *Das genaue Gegenteil ist der Fall.*

»Na gut, dann ist das wohl so.« Der Anflug eines Lächelns hatte nicht mal zwei Sekunden angehalten. »Hatte mich auch schon gewundert, dass meine Schwester blond und nur so hoch wie eine Parkuhr ist.«

Dazu sagte Ella nichts. Was auch?

Als sie zehn Minuten später die Einfahrt zu der Villa erreichten und Ella den Knopf der Fernbedienung drückte, so dass das Portal nach innen aufschwang, entfuhr Oscar de Witt ein erstaunter Pfiff. »Hier wohne ich? Mir scheint es ja *wirklich* sehr gut zu gehen.«

»Hm«, war alles, was Ella zurückgab. Denn sie wusste ja, was ihn gleich, hinter der Eingangstür, erwarten würde. *Bringen Sie ihm Umstände, die für ihn erschütternd sein könnten, möglichst schonend bei,* hallten die Worte des Arztes in ihr nach. Ja, wie denn? WIE DENN? Schon holte sie tief Luft und wollte Oscar de Witt reinen Wein einschenken, damit ihn der Schock im Innern seines Hauses nicht komplett unvorbereitet traf – aber da sprach er weiter.

»Wissen Sie, es ist ein sehr seltsames Gefühl«, sagte er, »nicht zu wissen, wer man ist und woher man kommt. Oder wohin man gehen wollte. Ich bin wie ein unbeschriebenes Blatt, ein leeres Buch, da steht nicht ein einziger Satz auf meinen Seiten.«

Doch, dachte Ella, *da steht jede Menge. Du weißt es nur nicht. Noch nicht.*

»Wer bin ich denn ohne mein Gedächtnis, ohne meine Erinnerung?«, fragte er und sah sie nachdenklich an. »Bin ich dann trotzdem noch ich, Oscar de Witt? Oder bin ich ein neuer Mensch, der quasi ganz bei null anfängt?«

Bei diesem Satz machte es bei Ella klick. Ja, er fing bei

Und wenn es mir gelingt, ihm ein Happy End zu schenken, dachte *sie, dann kommt Philip zu mir zurück.*

Sie drehte den Schlüssel im Schloss und trat ein. In ihr neues Leben als Haushälterin von Oscar de Witt.

8

Erst, als Ella die schwere Haustür hinter sich ins Schloss gedrückt hatte, sich erschöpft dagegen lehnte und ihren Blick über das vor ihr liegende Chaos wandern ließ, wurde ihr bewusst, was sie getan hatte. Sie hatte Oscar de Witt über den Haufen gerannt (gleich zwei Mal!) und seinen Gedächtnisverlust dann nicht nur genutzt, um ihn über die genauen Umstände des Unfalls im Dunkeln zu lassen – ihren ersten Zusammenstoß am Hafen hatte sie ja einfach verschwiegen, und dass er auf der Treppe gestürzt war, entsprach ebenfalls nicht *ganz* der Wahrheit, weil sie ihn genau genommen geschubst hatte –, sondern auch, um sich als seine Haushälterin quasi selbst anzustellen und bei ihm einzuziehen. Ella wollte ihm helfen, natürlich. Aber wenn sie ganz ehrlich war, handelte es sich dabei um keine rein selbstlose Tat. Ihr kam die Situation durchaus, nun ja, gelegen.

Trotzdem, mit einem Mal verspürte sie riesige Skrupel. War das richtig? Sich mithilfe einer massiven Lüge in das Leben eines fremden Menschen einzumischen? Ihn – so hart musste man das formulieren – auszunutzen? Sein Vertrauen, seine Ohnmacht zu missbrauchen? Sich unter dem fadenscheinigen Vorwand, ihn »retten« zu wollen, selbst aus dem Schlamassel zu ziehen? Oscar de Witt war in seinem Zustand komplett hilflos, war es da fair, wenn Ella ihm die Wahrheit vorenthielt und null an. Besser gesagt, er *könnte* bei null anfangen. Oscar de Witt war tatsächlich ein leeres Buch – und sie, sie war doch eine *Erzählerin*! Tat seit Jahren nichts anderes, als Geschichten zu einem besseren Ende zu führen. Sollte sie also nicht *genau das* für Oscar tun? Ihm und seinem Leben, das aus den Fugen geraten war, wieder auf die Sprünge helfen?

»Kehren Sie bitte um«, rief sie dem Fahrer zu, der gerade vor dem Haus gehalten hatte.

»Umkehren?«, wollten er und Oscar de Witt wie aus einem Mund wissen.

»Ja«, bestätigte sie, »ich habe eine Idee.«

»Klären Sie mich auf, was das wird?«, fragte Oscar de Witt, während das Taxi wendete.

»Die Sache ist die … Ich sollte heute bei Ihnen klar Schiff machen, aber dazu bin ich natürlich wegen des Unfalls noch nicht gekommen. Sie hatten mir gesagt, Sie wollten dann ein, zwei Tage woanders verbringen, damit Sie mir nicht im Weg rumstehen. Und ich denke, es ist eine gute Idee, wenn wir bei diesem ursprünglichen Plan bleiben und Sie erst nach Hause kommen, wenn ich fertig bin.«

»Also, ich weiß nicht …«

»Bitte«, sie sah ihn flehend an. »Vertrauen Sie mir!«

Er zögerte einen Moment, dann nickte er langsam. »Na gut, wenn Sie es sagen. Offenbar hab ich Sie ja eingestellt und hatte dafür meine Gründe.«

»Exakt.« Ella klatschte erfreut in die Hände, womit sie sich einen weiteren missbilligenden Blick von Oscar de Witt einhandelte.

»Und wo wollte ich die Zeit dann verbringen?«

»Das weiß ich nicht«, gab Ella zu. »Aber da es weder mit Tennis noch mit Golfplatz etwas werden wird«, sie deutete auf seinen Gips, »schlage ich ein nettes Hotel vor. Am besten mit Video on demand.«

»In Ordnung, dann suchen Sie was aus.«

Eine halbe Stunde später hatte Ella ihn in einem Nobelhotel direkt an der Elbe abgeliefert und nicht schlecht gestaunt, als man für ein simples Einzelzimmer dort knapp zweihundert Euro verlangte. Sie zahlte den Betrag mit den letzten zwei großen Scheinen aus seinem Portemonnaie. Die Brieftasche selbst würde sie ihm erst später zurückgeben. Zuerst würde sie herausfinden müssen, was in Oscar de Witts Leben los war, bevor sie ihn mit irgendwelchen Informationen darüber konfrontierte. Und dazu gehörte zum Beispiel auch das Foto von ihm und der blonden Frau. Ella wusste schlicht nicht, ob es gut war, wenn Oscar das schon jetzt entdeckte. Bestimmt war ein kleiner Wissensvorsprung ihrerseits momentan eine gute Sache.

Mit der Versicherung, sie würde ihn spätestens übermorgen nach dem Frühstück wieder abholen, und nachdem sie ihm ihre Handynummer aufgeschrieben und die seines Hotelzimmers in ihrem Telefon gespeichert hatte, war sie wieder weggefahren. Unterwegs hatte sie noch bei einem Drogeriemarkt gehalten und zwei Rollen Müllbeutel sowie Putzutensilien besorgt. Nun aber stand sie erneut vor Oscar de Witts Villa und war im Begriff, die Tür aufzusperren.

Ella atmete tief ein und aus, blinzelte dreimal und zählte dabei im Geiste mit. Sie würde es tun. Würde dafür sorgen, dass Oscar de Witts Leben wieder schön wurde.

ihm stattdessen das Märchen von *Mary Poppins* auftischte?

Sie schüttelte den Kopf und seufzte. Nein, das war es nicht. Fair wäre, wenn sie auf dem Absatz kehrtmachen, zu ihm ins Hotel fahren und ihm alles beichten würde. Dass sie ihn bereits bei den Landungsbrücken umgerannt hatte, dass es nie ein Vorstellungsgespräch gegeben und dass sie, Emilia Faust, ihm einen ziemlich fetten Bären aufgebunden hatte. Aus der Situation heraus und im Affekt, das schon, aber das machte den Bären nicht schlanker. *Das* wäre das Richtige, ihm reinen Wein einzuschenken, keine Frage.

Aber wäre es auch das *Beste* für Oscar de Witt? Er bekäme eine Betreuung, die sich um alles Weitere kümmern würde. Und wenn Ella sich hier so umblickte – allein die Halle sah aus, als wäre sie jahrelang von diversen Hausbesetzern verwüstet worden –, hielt sie es für nicht unwahrscheinlich, dass man ihn zunächst doch in der Psychiatrie unterbringen würde, und zwar in der geschlossenen Abteilung. Und das ... und DAS würde sie auf gar keinen Fall zulassen. *Ich möchte Ihnen raten, mit Ihrem Bruder sehr behutsam umzugehen*, erinnerte sie sich an die Worte des Arztes im Krankenhaus. *Helfen Sie ihm dabei, seine Erinnerung zurückzugewinnen, aber bringen Sie ihm Umstände, die für ihn erschütternd sein könnten, möglichst schonend bei.*

Mit einem Ruck löste sie sich von der Tür, zog ihren Regenmantel aus und hängte ihn über die Klinke. Dann schob sie die Ärmel ihres Pullovers hoch, holte die Rolle mit den Müllsäcken aus ihrer Tasche, riss einen ab und schlug ihn energisch auf. Das Mindeste, was sie tun würde, war, hier aufzuräumen, damit man wieder auf den Boden treten konnte. Wie es danach weiterging, wusste sie noch nicht, aber diesem verwahrlosten Zustand würde sie auf jeden Fall ein Ende bereiten!

Sollte sie sich dann doch für die Wahrheit entscheiden und Oscar de Witt eine Betreuung erhalten, käme er wenigstens nicht wegen absoluter Lebensunfähigkeit sofort in die Klapse.

Sieben Stunden später lag Emilia Faust vollkommen erschöpft auf dem hellgrauen Ecksofa im Wohnzimmer. Sie hatte die Beine ausgestreckt, jeder einzelne Muskel schmerzte, denn sie hatte geackert und geräumt wie noch niemals zuvor. Und war trotzdem noch lange nicht fertig, es war ihr gerade mal gelungen, im Erdgeschoss von Oscar de Witts Villa einigermaßen Ordnung zu schaffen. Die erste Rolle mit Müllbeuteln war bereits verbraucht, der Container, den sie rechts neben der Garage entdeckt hatte, war fast voll, der Behälter fürs Altpapier und die Gelbe Tonne ebenfalls. Ein Wahnsinn, das hier war echter Wahnsinn!

Zuerst hatte sie zaghaft begonnen. Hatte nur ganz offensichtlichen Abfall wie Pizzakartons, den demolierten Kratzbaum (von einer Katze noch immer keine Spur), verstorbene Grünpflanzen, mit Müll vollgestopfte Plastiktüten, abgelaufene Lebensmittel aus der Küche (bis auf zwei Whiskas-Dosen sowie ein Glas Ragout fin und ein paar Frankfurter Würstchen waren das alle gewesen; die letzten beiden hatte sie sich im Laufe des Tages dann kurzerhand einverleibt) oder leere Einwegflaschen und Tetrapacks weggeschmissen.

Dann allerdings, als ihr klar geworden war, dass hier mit einem minimal-invasiven Eingriff kaum etwas zu richten wäre, hatte sie alle ihre Bedenken über Bord geworfen und richtig losgelegt. Mochte es auch übergriffig sein, Oscar de Witts Haus war nun mal ein Fall für das Entrümpeln per Machete. Und so hatte Ella ihr Handy gezückt und ihre Kopfhörer eingestöpselt, hatte im Mediaplayer *Atemlos durch die Nacht* von Helene Fischer auf Endlosschleife gestellt – und war singend und schwitzend durchs Erdgeschoss getobt. Sie liebte es, solche Arbeiten zum stampfenden 4/4-Takt zu verrichten, Schlager brachten sie in den nötigen Drive, damit ging ihr alles viel leichter und schneller von der Hand. Dabei fühlte sie sich, als würde sie durch ihr eigenes Musikvideo tanzen: schwungvoll, energiegeladen – einfach gut. Auch ein Trick der alten Schlommers, die allerdings mehr auf Evergreens wie *Für mich soll's rote Rosen regnen* oder *Wenn der weiße Flieder wieder blüht* gesetzt hatte. »Aber«, so hatte Margarethe Schlommers ihren Eleven eingeschärft, »bitte nur, wenn niemand zugegen ist. Nicht jeder Auftraggeber hat Verständnis für eine Haushaltshilfe, die sich für Marlene Dietrich hält.« Nun, ein Zeuge war hier weit und breit nicht in Sicht, Ellas »Auftraggeber« saß in einem Hotel an der Elbe, starrte vielleicht in diesem Moment aufs Wasser und fragte sich: »Wer bin ich – und wenn ja, wie viele?«

Wir zieh'n durch die Straßen und die Clubs dieser Stadt ...

Ella hatte sich die Post neben der Tür geschnappt und durchgesehen, Werbung sofort weggeschmissen, die Umschläge nach Eingangsdatum sortiert, die Abholscheine für nicht angenommene Pakete zur Seite gelegt (bei fast allen Sendungen war die Aufbewahrungsfrist von einer Woche bereits weit überschritten) und die fünf dicken Packen, die dabei entstanden waren, zunächst auf dem Boden neben der Kommode mit dem Telefon geparkt. Dabei waren ihr nicht nur die vielen, vielen, VIELEN gelben Kuverts aufgefallen, sondern auch, dass einige der Briefe an »Francine de Witt« adressiert waren. Francine. Die blonde Frau auf dem Foto in Oscar des Witts Portemonnaie hieß also Francine.

Das ist uns're Nacht, wie für uns beide gemacht, oho, oho ...

Eine ganze Stunde hatte es gedauert, sämtliche Zeitungen (die meisten davon waren einige Monate alt), sowie Prospekte und Werbeflyer ins Altpapier zu befördern.

Ich schließe meine Augen, lösche jedes Tabu ...

Ella hatte in einer Kammer in der Küche Waschmaschine und Trockner entdeckt und alle Klamotten, die kreuz und quer verteilt in Wohnzimmer und Eingangshalle herumgelegen hatten, eingesammelt. Insgesamt waren vier Ladungen zusammengekommen, ein Teil der sauberen Sachen hatte sie auf den Klappständer, der ebenfalls in der Kammer zu finden gewesen war, befördert, einen zweiten in den Trockner, einen dritten in einen Müllbeutel, den sie zur Reinigung bringen würde, denn er enthielt Sakkos, Anzughosen und andere Kleidung, die sie nicht waschen konnte. Ein Blick auf die verschiedenen Etiketten hatte ihr verraten, dass Oscar de Witt über einen erlesenen und nicht gerade günstigen Geschmack verfügte, es handelte sich hauptsächlich um Markenware. Was aber auch nichts nützte, wenn sie so miefend und zerknittert war.

Küsse auf der Haut, so wie ein Liebes-Tattoo, oho, oho ...
Immerhin – und das hatte Ella ein wenig Hoffnung gegeben – war sie bei ihrer Aktion nicht über *wirklich* eklige Dinge wie verschimmelte Essensreste, überquellende Aschenbecher, halbvolle Schnapsflaschen oder – Gott behüte! – irgendwelche gebrauchten und nicht entsorgten Hygieneartikel gestolpert. Ein *bisschen* schien Oscar de Witt also noch zu funktionieren – und an dieses bisschen wollte sie nun anknüpfen.

Sie hatte geräumt, geräumt und geräumt. Und dabei gesungen, gesungen, gesungen, bis ihr fast die Stimme versagt hatte.

Und nun lag sie eben auf dem Sofa und konnte nicht mehr. Sie war stolz auf sich, sogar sehr – aber wenn sie daran dachte, was sie im oberen Stockwerk noch erwarten könnte, wurde ihr beinahe schlecht. Trotzdem gönnte sie sich nur eine kleine Ruhepause, gerade so lange, wie ihr Handy brauchte, um sich am Ladekabel aus ihrer Handtasche ebenfalls ein wenig zu regenerieren. Nach dreißig Minuten erhob sie sich stöhnend und schaltete den Mediaplayer wieder ein.

Was das zwischen uns auch ist, Bilder die man nie vergisst ...

Nach Halle, Küche, Gästebad und dem geräumigen Wohnbereich blieb im Erdgeschoss nur noch ein einziges Zimmer übrig, das Ella als Büro identifizierte. Hier sah es nicht allzu dramatisch aus, jedenfalls war der Boden nicht über und über mit Krempel bedeckt, man konnte sogar die Holzdielen sehen und nicht nur erahnen. Auf dem Schreibtisch standen ein Notebook, eine altmodische grüne Tischlampe, wie man sie aus Bibliotheken kennt, ein Kästchen mit diversen Stiften sowie eine durchsichtige Plexiglas-Schütte, in der ein Stapel Papier lag. Im Regal an der rechten Wand befanden sich zahlreiche Ordner und Bücher (beim flüchtigen Betrachten stellte Ella fest, dass es sich größtenteils um Fachliteratur aus dem Bereich Steuerrecht handelte – nicht gerade ihr Lieblingsfach), daneben war eine Art Besprechungsecke mit einem runden Tisch und zwei bequemen, teuer aussehenden Sesseln. Auch in diesem Zimmer hatte Oscar de Witt ein paar Kleidungsstücke und alte Zeitungen verteilt, Ella sammelte alles ein, brachte es zur Waschmaschine oder warf es weg. Dann saugte sie das Zimmer einmal durch, danach war das Büro in einem einigermaßen vorzeigbaren Zustand. Zufrieden sah sie sich um, schnelle Resultate waren ihr die liebsten.

Und dein Blick hat mir gezeigt, das ist uns're Zeit ...

Sie trat an das Regal heran und inspizierte seinen Inhalt etwas genauer. »Privat« stand auf mehreren Ordnerrücken, mit Unterverzeichnissen wie »KFZ«, »Krankenkasse« und »Telefon, Strom, Wasser, Gas«. Alles sehr akkurat und fein säuberlich per Hand geschrieben, ob Oscar de Witt das getan hatte? Sein Haus ließ es nicht vermuten, aber der Umstand, dass er *überhaupt* in so einer großen Villa lebte, deutete darauf hin, dass es auch mal bessere Zeiten gegeben haben musste.

Ella widerstand der Versuchung, einen der Ordner zur Hand zu nehmen und durchzublättern, das ging sie nun wirklich nichts an. Das wäre *eindeutig* übergriffig.

Sie betrachtete die Fachbücher, tatsächlich drehten sie sich ausschließlich um das Thema Steuern. Ella kam sich vor wie eine Detektivin, die versuchte, Puzzleteil um

Puzzleteil zusammenzusetzen. Sie nahm sich vor, Oscar de Witt zu googeln, bevor sie ihn aus dem Hotel abholte, um so viel wie möglich über ihn zu erfahren. Vielleicht würde das World Wide Web ja etwas über ihn ausspucken, so dass sie nicht in seinen Unterlagen schnüffeln musste, wenn sie ihn besser kennenlernen wollte. Bisher wusste sie, dass er wohlhabend oder es zumindest mal gewesen war, so viel stand fest. Er hatte etwas mit Steuern zu tun oder mal etwas damit zu tun gehabt. Es gab eine Francine de Witt, vermutlich seine Frau, doch bis auf das Foto in seinem Portemonnaie und die an sie adressierten Briefe hatte Ella noch keinen weiteren Hinweis auf sie finden können. Bei dem Gedanken an die Post beschloss sie, sie aus der Halle zu holen und hier auf dem Schreibtisch zu deponieren, das wäre der richtige Platz dafür.

Nachdem sie sämtliche Sendungen ins Büro gebracht hatte, verschwand nicht nur der Tisch unter einem Berg von Umschlägen, Ella hatte auch noch die beiden Sessel der Besprechungsecke als Ablagefläche nutzen müssen. Das widersprach zwar ihrem Ordnungssinn, unerledigte Posten machten sie von jeher nervös, aber mehr konnte sie jetzt gerade nicht tun. Leider, denn vor allem die gelben Kuverts verursachten ihr regelrechtes Herzrasen, stand diese Farbe doch in der Regel für das unschöne Wort »Mahnbescheid«. Doch sie konnte sich ja wohl kaum daranmachen, die Briefe zu öffnen und zu bearbeiten. Dazu müsste sie Oscar de Witt um Erlaubnis bitten. Aber dass er ihr, einer Fremden, in dieser Angelegenheit freie Hand lassen würde, damit war nicht zu rechnen.

Andererseits: Was würde denn ein vom Gericht entsandter Betreuer tun? Wäre es nicht seine Aufgabe, sich um genau solche Dinge zu kümmern und sie für sein »Mündel« zu regeln? Ella wusste es nicht, nahm aber an, dass es so war. Dann wiederum wäre sie auch nicht schlechter als irgendein Vormund oder Fräulein vom Amt. Nicht schlechter – und auch nicht fremder für Oscar de Witt. Denn im Moment war ihm ja *jeder* fremd, sogar er sich selbst. Von daher: Wenn er Ella erlaubte, dass sie für ihn übernahm, könnten er und sie gemeinsam herausfinden, wer er überhaupt war.

Atemlos durch die Nacht, bis ein neuer Tag erwacht ...

Gerade, als Helene Fischer den Refrain ihres Gassenhauers schmetterte, fiel Ellas Blick noch einmal auf die Plexiglas-Schütte auf Oscars Schreibtisch. Das oberste Blatt war dicht beschrieben, die Schrift dieselbe wie die auf den Ordnerrücken. Sie nahm den Zettel zur Hand und las.

Warum hast du mich verlassen? Warum hast du mich verlassen?

Wieder und wieder, nur dieser eine Satz. Und das nicht nur auf der Vorder-, sondern auch auf der Rückseite, mit engem Zeilenabstand zu Papier gebracht, den Kugelschreiber dabei so fest aufgedrückt, dass die Buchstaben beim Darüberstreichen mit dem Zeigefinger spürbar waren.

Ella ließ sich auf den Bürostuhl vorm Schreibtisch sinken und betrachtete nachdenklich dieses Dokument der Verzweiflung. Je länger sie auf die Seite starrte, desto schwerer wurde ihr ums Herz.

Warum hast du mich verlassen?

War es tatsächlich so banal? Oscar de Witts Frau hatte sich von ihm getrennt, danach war er in ein tiefes Loch gefallen und hatte jeglichen Halt verloren? War das möglich?

Sie legte das beschriebene Papier wieder oben auf den Stapel in der Ablage, lehnte sich auf dem Stuhl zurück und schloss die Augen.

Warum hast du mich verlassen?

Ihre Gedanken wanderten zu Philip. Sie sah ihn, wie er oben am Schlafzimmerfenster gestanden und ihr nachgeschaut hatte. In ihrem Hals bildete sich ein dicker Kloß.

Warum hast du mich verlassen?
Warum hast du mich verlassen?
Warum hast du mich verlassen?
Atemlos durch die Nacht, spür was Liebe mit uns macht!

Ella öffnete die Augen und sprang vom Stuhl hoch. Sie war hier noch lange nicht fertig, als Nächstes war der erste Stock dran. Immerhin hatte sie sich selbst ein Versprechen gegeben – und ihre Arbeit hatte gerade erst begonnen!

Oben sah es nicht so schlimm aus wie im Erdgeschoss. Sie ging von Raum zu Raum und stellte fest, dass zwar auch hier überall Kleidungsstücke, Zeitungen und irgendwelcher Krempel herumlagen, aber wenigstens gab es weder volle Mülltüten noch Essensverpackungen. Bei ihrem Rundgang entdeckte sie zwei Bäder – ein großes mit Dusche, Badewanne und Doppelwaschtisch, sehr edel eingerichtet in italienischem Design und mit hellem Marmor ausgelegt, ein kleineres mit Toilette, Waschbecken und einer weiteren Dusche, mit demselben Marmor wie im großen Bad.

Kosmetika standen nicht herum, einzig im großen Bad lagen vor dem Spiegel eine Zahnbürste und eine Tube Zahnpasta, daneben ein Einwegrasierer und ein Föhn, in der Dusche befanden sich Herrenshampoo und Waschgel. Überaus spartanisch, auf die Anwesenheit einer Frau ließ hier nichts schließen.

Eine Verbindungstür vom kleinen Bad führte in ein Schlafzimmer mit einem 160 x 200er Bett, über dem eine helle Tagesdecke mit hübschem Paisleymuster lag. Dieser Raum war im Gegensatz zu allen anderen Zimmern, die Ella bisher gesehen hatte, aufgeräumt. Ein weiß lasierter Eichenschrank stand an der Wand gegenüber vom Bett, unter dem Giebelfenster befand sich ein Schreibtisch im Shabby-Chic-Stil mit dem dazu passenden Stuhl. Das Zimmer ließ Ella den Atem stocken. Nicht, weil es so ordentlich war – bei näherer Betrachtung lag auf sämtlichen Möbeln eine dicke Staubschicht, also war dieser Raum nicht gepflegt, sondern wurde einfach nur nicht genutzt –, sondern, weil direkt über dem Bett ein riesiges Wand-Tattoo prangte:

Sorge dafür, dass das kommt, was du liebst.
Andernfalls musst du lieben, was kommt.

Erhard F. Freitag

Dieser Satz stand dort in schwarzen Lettern geschrieben, und Ella musste sich in den Arm kneifen, um sich zu vergewissern, dass sie nicht träumte. Aber nein, sie stand in Oscar de Witts Villa, mitten in einem Zimmer, das vermutlich für Gäste vorgesehen war, und sah sich mit dem Leitspruch ihrer Mutter konfrontiert. Genau diese Worte hatte sie oft und gern zitiert, hatte dieses Motto wie einen Schutzschild vor sich hergetragen. Wenn auch leider nicht danach gelebt, aber das war eine andere Geschichte.

Doch in diesem Moment, als Ella den Sinnspruch betrachtete, kam es ihr wie eine Bestätigung vor: Das, was sie hier tat, war gut. Sie befand sich auf dem richtigen Weg, das Schicksal oder das Universum oder welche höhere Macht auch immer billigte es, nein, *forderte* es, dass sie, Emilia Faust, die Dinge in die Hand nahm. Sie schloss die Augen, ließ sich rückwärts auf das Bett fallen (ignorierte dabei den Staub, der aus den Laken hochwirbelte) und blieb einen Moment lang so liegen. Das hier würde ihr Zimmer sein. Ihre neue Bleibe, ihre Zuflucht, die Schaltzentrale, von der aus sie Oscar de Witts Leben steuern würde. Es war perfekt, einfach nur perfekt – und sobald sie mit dem Aufräumen fertig war, würde sie in den Philosophenweg fahren und ihre Sachen holen. Schließlich hatte sie Oscar gegenüber ja behauptet, dass sie bei ihm eingezogen war, dann sollte sie es sich hier nun auch wohnlich machen, nicht wahr?

Nach ein paar Minuten der inneren Einkehr setzte Ella ihre Erkundungstour fort. Wie zu erwarten, lag neben dem großen Badezimmer ein weiteres Schlafzimmer, der so genannte »Master Bedroom«. Hier wieder ein wildes Durcheinander aus Klamotten, Zeitungen, Büchern, Taschentüchern, Nasentropfen, Kopfschmerztabletten, Kaugummi, Chipstüten, einer Zehnerpackung Glühbirnen (???), Kopfhörern und, und, und.

Das große Doppelbett in der Mitte des Raums war nur auf einer Seite bezogen, Decke und Kissen zu einem unordentlichen Haufen zusammengeknäuelt. Die Matratze daneben war unbezogen, stattdessen türmten sich auch dort Kleidungsstücke und diverse andere Dinge. In den cappuccinofarbenen Wänden steckten einige Haken, wahrscheinlich hatten hier früher Fotos gehangen. Ella tippte auf Bilder von Oscar de Witt und seiner Frau, die er vermutlich abgehängt und weggeräumt hatte. Oder rituell verbrannt, falls er zum Drama neigte.

Ella öffnete eine verspiegelte Schrankwand. Eine Seite war vollgestopft mit Männerkleidung, die andere begrüßte sie mit gähnender Leere und ein paar sachte hin- und herschaukelnden Bügeln. Man musste über kein detektivisches Gespür verfügen, um zu wissen, dass diese Seite einst Frau de Witt gehört hatte. Ein deprimierender Anblick, einer, der Ella das Herz sinken und sie wieder an ihr Zuhause mit Philip denken ließ. In der Nacht hatte sie eilig nur das Nötigste zusammengepackt, aber nachdem sie vor wenigen Minuten beschlossen hatte, ihr Lager in Oscar de Witts Haus aufzuschlagen, würde Philips Kleiderschrank nun bald so aussehen wie das Exemplar hier oben. Zur Hälfte leergeräumt. Eine Halbwaise, im übertragenen Sinne.

Bevor Ella erneut traurig werden konnte, machte sie weiter mit ihrer Inspektion. Dabei entdeckte sie ein Musikzimmer, denn in der Mitte des sechseckig geschnittenen Raums, der in dem hübschen Giebelturm lag, thronte ein schwarzer Steinway-Flügel. Hinten links in der Ecke lehnte ein Cello an der Wand, auf dem Notenständer daneben lag eine große Holzblockflöte vor einem aufgeschlagenen Notenheft. Vor ihrem geistigen Auge sah Ella Oscar und seine Frau bei Anbruch der Dämmerung in diesem Turm gemeinsam musizieren. Sie schluckte schwer, so einträchtig und rührend war dieses Bild.

Ella trat näher an den Flügel heran, strich mit einem Finger über die glatte Oberfläche des geschlossenen Deckels und ließ so eine Spur in der dicken Staubschicht entstehen. Darunter lag glänzender Klavierlack, auch dieses Instrument war schon seit Ewigkeiten nicht mehr gereinigt worden. Sie betrachtete das Notenblatt auf der Ablage direkt vor ihrer Nase. *Mia & Sebastian's Theme* aus dem Film *La La Land*. Den hatte Ella *geliebt!* Alles daran! Die Musik, die Tänze, die Schauspieler Emma Stone und Ryan Gosling, ja, ein kleiner Winkel ihres Herzens war dem Darsteller des Sebastian seitdem sogar verfallen. Aber das *Ende. Dieses Ende!* Da hatte der Drehbuchautor Damien Chazelle – sie hatte den Namen damals sofort gegoogelt, weil sie sich nach dem Kinobesuch so dermaßen über ihn aufgeregt hatte, dass er umgehend in die Top Ten ihrer *Schwarzen Liste der schlimmsten Schreib-Sadisten aller Zeiten* eingestiegen war – doch tatsächlich die Dreistigkeit besessen, in den letzten fünfzehn Minuten alles kaputt zu machen! Indem er Mia einen anderen als Sebastian heiraten und mit ihm ein Kind bekommen ließ. Und indem er dann auch noch – genau genommen führte Damien Chazelle Ellas Schwarze Liste mit einigem Abstand *an*! – den Zuschauern in einer Traumsequenz kurz vor Schluss vor Augen führte, was aus Mia und Sebastian hätte werden *können*, nämlich ein für immer ineinander verliebtes Paar mit kleinem Söhnchen und märchenhaftem Anwesen direkt am Meer. Ha! Was für eine Frechheit war das Ende dieses Films gewesen!

Allerdings: *Mia & Sebastian's Theme* – das war in ihren Augen, nein, Ohren, eines der schönsten Klavierstücke, die je komponiert worden waren. So viel Gefühl, so viel Liebe und Sehnsucht lagen darin, dass ihr allein bei der Erinnerung daran ganz warm ums Herz wurde. Ella summte das Stück leise vor sich hin und fragte sich, ob es wohl von Oscar oder von seiner Frau gespielt worden war. Leider konnte sie selbst weder Noten lesen noch hatte sie je ein Instrument erlernt, aber sie hatte es sich als Mädchen sehr gewünscht, und ihre Mutter hatte oft versprochen, ihr irgendwann ein Klavier zu kaufen. Gekommen war es dazu nie.

Seufzend stand Ella auf. Bis auf ein Zimmer hatte sie in jedes hier oben einen Blick geworfen, also ging sie zu der letzten Tür am Ende des Gangs und drückte die Klinke herunter. Sie war abgesperrt. Ella rüttelte ein bisschen daran, aber die Tür ging nicht auf. Suchend sah sie sich nach einem Schlüssel um, stellte sich auf die Zehenspitzen und tastete die Oberseite des Rahmens ab, ob er hier vielleicht lag. Fehlanzeige. Sie beugte sich hinunter und linste durchs Schlüsselloch, konnte aber nichts entdecken, also musste Ella sich damit abfinden, das Geheimnis dieses Raums vorerst nicht lüften zu können.

Musste sie?

Eilig lief sie nach unten ins Erdgeschoss, schnappte sich ihre Handtasche und stand dreißig Sekunden später schwer atmend wieder vor der zugesperrten Tür. Sie kramte ihr Portemonnaie heraus, entnahm ihm eine Plastikkarte (auch *sie* hatte einen Ikea-Family-Ausweis!) und machte sich daran, sie auf Höhe des Schlosses in den Spalt zwischen Tür und Rahmen zu schieben. Oft genug hatte sie in Filmen schon gesehen, wie jemand sich auf diese Weise Zutritt zu einem Zimmer verschaffte. Und da sah es immer ganz einfach aus, da gelang es stets, den Schnapper mit einem eleganten Klacken zurückzuschieben.

Zehn Minuten später musste Ella allerdings einsehen, dass es einen Unterschied zwischen Fiktion und Wirklichkeit gab. Denn während die Tür blieb, was sie war, nämlich verschlossen, hielt sie lediglich eine in der Mitte zerbrochene Ikea-Family-Card in Händen. Da war nichts zu machen, jedenfalls, wenn sie nicht rohe Gewalt anwenden wollte.

Was mochte sich hier befinden? Warum war dieses Zimmer das einzige im gesamten Haus, das nicht offen war? Erneut tauchten Bilder vor Ellas geistigem Auge auf. Solche, die sie erschauern ließen, denn sie musste unwillkürlich an das Märchen *Blaubart* denken.

»Ich muss eine große Reise machen«, sagte König Blaubart eines Tages zu seiner jungen Gemahlin. »Da hast du die Schlüssel zu dem ganzen Schloss, du kannst überall aufschließen und alles besehen, nur die Kammer, wozu dieser

kleine goldene Schlüssel gehört, verbiet ich dir; schließt du die auf, so ist dein Leben verfallen.«

Die junge Gemahlin versprach's, aber kaum war Blaubart fort, da schloss sie auf, und wie die Türe aufging, schwamm ihr ein Strom Blut entgegen, und an den Wänden herum sah sie tote Weiber hängen, und von einigen waren nur noch die Gerippe übrig. Sie erschrak so heftig, dass sie die Türe gleich wieder zuschlug, aber der Schlüssel sprang dabei heraus und fiel in das Blut. Und Blaubart kehrte heim und sah das Blut an dem kleinen Schlüssel, und nun war auch ihr Leben verwirkt. Doch ihre Brüder eilten ihr zur Hilfe und erstachen Blaubart und hängten ihn in der Kammer neben seinen toten Frauen auf.

Ella schüttelte sich und beäugte die Gänsehaut, die sich auf ihren Armen gebildet hatte. Was für eine widerliche Geschichte!

Dudeldi-dudeldi-daaaa. Dudeldi-dudeldi-daaaa.

Sie zuckte zusammen, weil ihre Handtasche klingelte. Sie bückte sich, holte ihr Mobiltelefon heraus und warf einen Blick aufs Display.

Blaubart.

Mit zitternden Händen nahm sie den Anruf entgegen.

9

»Herr de Witt?«

»Was machen Sie gerade?«

»Nichts.« Ella betrachtete die zweigeteilte Ikea-Karte, die zu ihren Füßen auf dem Boden vor der verschlossenen Tür lag.

»Wie, nichts? Ich denke, Sie räumen auf!«

»Ja, natürlich.« Sie lachte nervös. »Natürlich räume ich auf.«

»Gut«, sagte er. »Können Sie mir bitte noch einmal meine Adresse nennen?«

»Wieso?«

»Weil mit meinem Kurzzeitgedächtnis auch irgendwas nicht stimmt. Ich kann mich beim besten Willen nicht daran erinnern, wo wir heute früh mit dem Taxi hingefahren sind. Elbchaussee, das weiß ich noch, aber nicht mehr die Hausnummer, und die Straße ist ja ewig lang.«

»Ich meinte eigentlich, warum Sie Ihre Adresse wissen möchten?«

»Na, weil ich nach Hause will.«

»Das geht aber nicht!«, rief Ella panisch aus.

»Natürlich geht das«, widersprach er ihr. »Ich langweile mich hier zu Tode.«

»Warum gehen Sie nicht schwimmen? Das Hotel hat doch ein Hallenbad und einen Wellnessbereich«, schlug Ella vor.

»Weil mein Handgelenk in einem Gips steckt.«

»Wie wäre es mit einer Massage?«

»Keine Ahnung, ob ich so etwas überhaupt mag.«

»Bestimmt! Das mag doch jeder.«

Er schien einen Moment lang zu überlegen. »Nein«, sagte er dann, »ich glaube, das ist nichts für mich.«

»Oder Sie machen einen schönen Spaziergang entlang der Elbe.«

»Da bin ich mir sogar sicher, dass ich so etwas nicht mag.«

Ella fluchte innerlich, Oscar de Witt war ein harter Brocken.

»Frau Faust«, sagte er, »was ich wirklich will, ist ein Taxi rufen und nach Hause fahren. Also geben Sie mir bitte die Adresse! Oder aber, besser noch: Sie holen mich auf der Stelle ab!«

»Das ist doch Unsinn«, widersprach sie ihm lahm. »Ich komme morgen, und dann ...«

»Entweder schwingen Sie Ihren Hintern hierher oder Sie sagen mir, wo ich hin muss«, unterbrach er sie unwirsch. »Ich bin Ihr Chef, vergessen Sie das nicht!«

»Moment«, erwiderte sie und dachte fieberhaft darüber nach, was sie tun konnte, um Oscar de Witt von seinem Vorhaben abzubringen. Zwar hatte sie ja schon etwas Ordnung ins Chaos gebracht, aber ein bisschen Zeit brauchte sie noch, um ihrem neuen Auftraggeber sein Heim präsentieren zu können. Sicher noch drei oder vier Stunden, denn bisher hatte sie lediglich aufgeräumt und einmal grob durchgesaugt, aber noch gar nicht geputzt. Außerdem wollte sie ihre Sachen bei Philip abholen, weil sie bisher ja nur das Nötigste dabeihatte und damit sie sich das Gästezimmer schön gemütlich einrichten konnte, um Oscar ihren Einzug glaubhaft zu machen. Und dann war da noch das Geheimnis um diese verschlossene Tür, das ihr keine Ruhe ließ – aber gut, das würde warten können und war jetzt nicht so wichtig.

»Frau Faust? Sind Sie noch dran?«

Ella kniff dreimal nacheinander fest die Augen zusammen und betete dabei stumm für eine Eingebung. Und sie kam. »Hallo?«, rief sie in den Hörer. »Hallo? Können Sie mich hören?« Sie rieb mit den Fingerknöcheln über das Mikrofon ihres Handys und hoffte, dass es am anderen Ende der Leitung nach Störgeräuschen klang. »Herr de Witt? Hallo?«, fragte sie erneut und hielt sich jetzt eine Hand halb vor den Mund. »Ich verstehe Sie nicht mehr, die Verbindung ist irgendwie …« Dann legte sie auf. Und schaltete ihr Handy sofort aus, damit er sie nicht mehr erreichen konnte. Einen Moment lang starrte sie ungläubig auf das Mobiltelefon in ihrer Hand, fassungslos über ihre eigene Tat. Aber hatte sie eine andere Wahl gehabt? *Der Zweck heiligt die Mittel*, hatte Margarethe Schlommers immer gesagt. Damit hatte sich Ellas alte Hauswirtschaftslehrerin zwar auf etwas anderes bezogen – nämlich auf ungewöhnliche Hausmittel wie Zahnpasta gegen angelaufenes Tafelsilber oder Backpulver gegen unangenehme Gerüche –, aber Ella fand, dass der Spruch hier ebenfalls gut passte. Sie war ja auf einer Art heiligen Mission, bei näherer Betrachtung jedenfalls.

Sie schnappte sich ihre Handtasche und eilte hinunter ins Erdgeschoss. Mittlerweile war es kurz nach sieben, mit etwas Glück würde sie Philip zu Hause antreffen und könnte ihre Sachen rausholen. Sollte er nicht da sein, hätten die Nachbarn zu ihrer Linken – Susanne und Georg Hansen – einen Zweitschlüssel. Bei genauerer Überlegung hoffte Ella sogar, dass Philip nicht daheim war. Auf eine Konfrontation mit ihm legte sie im Moment nun wirklich keinen Wert.

Da sie heute früh dem Taxifahrer das letzte Geld aus ihrem und Oscar de Witts Portemonnaie gegeben hatte, waren nur noch acht Euro übrig. Sie würde also auf Bus und Bahn umsatteln müssen, was kein größeres Problem darstellte. Allerdings fragte sie sich, wie sie ihre Besitztümer vom Philosophenweg zur Elbchaussee transportieren sollte. Möbel hatte sie nicht, die gesamte Einrichtung des Hauses gehörte Philip. Aber die eine oder andere blaue Ikea-Tüte würde trotzdem zusammenkommen, wenn sie ihre Kleidung, ihre Kosmetika und private Dinge wie Bücher und CDs einpackte.

Sie brauchte also Geld. Oder – ein nächster Geistesblitz – ein Auto! Ob sie in Oscar de Witts Garage fündig werden würde? Sie riss die Eingangstür auf, flog über die Freitreppe nach unten und eilte auf den flachen Anbau zu. Dann fluchte sie leise. Die Garage war genau wie Philips und ihre in Othmarschen mit einem elektrischen Rolltor verschlossen. Wo könnte sie die Fernbedienung zum Öffnen finden?

Sie ging zurück ins Haus, sah sich in der Halle um und überlegte. Der einzig halbwegs logische Ort schien ihr die schon wohlbekannte Kommode zu sein. Sie ging zu dem zierlichen Möbelstück und zog die oberste Schublade auf.

»Yeah!« Ella entfuhr ein lauter Triumphschrei, denn vor ihr lag nicht nur die Fernbedienung, sondern auch ein schwarzer Autoschlüssel mit einem silbernen Stern in der Mitte. Mercedes. Natürlich Mercedes, was sonst? Sie nahm beides an sich, hüpfte gut gelaunt nach draußen zur Garage und drückte auf den grünen Knopf des kleinen Schaltkastens. Surrend setzte sich das Rolltor in Bewegung und gab nur wenige Augenblicke später die Sicht auf einen großen dunkelgrauen Geländewagen frei.

Das Auto war riesig! Zwar war Ellas Touareg ebenfalls nicht gerade klein, aber mit dem VW hatte sie sich ja auch nie richtig anfreunden können. Schon immer hatte sie Menschen, die hier oben in Hamburg so ein Auto fuhren, mit leichtem Spott betrachtet. Wozu brauchte man in einer Stadt, deren höchste Erhebung der Hasselbrack in Harburg mit gerade mal 116,2 Metern war, eine solche Potenzschleuder mit Allradantrieb und Anhängerkupplung? Die meisten Geländewagenfahrer, die Ella kannte, nutzten ihr Auto lediglich, um damit andere Verkehrsteilnehmer vor sich her zu scheuchen.

Bevor ihre Gedanken wieder wilde Kapriolen schlagen konnten, zielte sie mit dem Schlüssel auf den Wagen und drückte auf das Symbol für »Öffnen«. Die Blinker des Mercedes leuchteten einmal auf, ein leises Klicken verriet ihr, dass die Türen entriegelt waren, kurz darauf rollte sie im Wagen rückwärts aus der Garage. Schon nach wenigen Metern stellte sie fest, dass das Auto trotz seiner Größe sehr wendig war, es machte richtig Spaß, über den gewundenen Kiesweg zu kurven. Die Sicht war hervorragend und bescherte ihr eine Art Hochsitz-Feeling.

Als sie das Tor erreichte, ließ Ella es per Knopfdruck

aufschwingen, dann bog sie rechts auf die Elbchaussee ab. Und während sie Richtung alte Heimat fuhr, dachte sie, dass es doch ganz schön wäre, Philip zu Hause anzutreffen. Bei einem solchen Auto würde er mit Sicherheit Augen machen. Mit einem Mal konnte sie der Vorstellung, ein paar Kleinwagen vor sich her zu schubsen, durchaus etwas abgewinnen. Und dabei vielleicht – total aus Versehen – den Motor aufheulen zu lassen.

Philip machte Augen, ziemlich große sogar. Als Ella zwanzig Minuten später den Mercedes vor dem Haus parkte, kam er gerade aus der Tür. In Anzug und Wintermantel, sein Trench war ja noch in der Reinigung und harrte seiner Abholung. Ella stieg aus und ging mit federnden Schritten auf ihn zu und bemerkte, wie fassungslos er sie und das Auto anstarrte.

»Hallo, Philip!«, rief sie ihm lächelnd zu.

»Ell... Ella«, erwiderte er stotternd. »Was ist denn das für ein Wagen?«

Sie zuckte mit den Schultern. »Gehört Oscar.«

»Der fährt eine G-Klasse?«

»Keine Ahnung, was das ist«, gab sie zu. »Damit kenne ich mich nicht aus.« Nun stand sie direkt vor ihm und stellte mit einer gewissen Genugtuung fest, dass Philip nicht nur total neben der Spur wirkte, sondern auch, dass unter seinen Augen tiefschwarze Schatten lagen. Er war blass und unrasiert, und selbst seine Locken ließen sich heute hängen, der ganze Mann machte einen stumpfen und matten Eindruck. War da etwa jemand um seinen Schlaf der Gerechten gebracht worden? Das hatte Philip verdient, mehr als das. »Du siehst schlecht aus«, stellte sie rundheraus fest und gab sich nicht einmal Mühe, besonders mitleidig zu klingen. »Geht's dir nicht gut?«

»Ach, Cinde… Ella!« Er seufzte. »Was ist das für eine Frage?«

»Eine ehrlich gemeinte.«

»Dann lautet meine ehrliche Antwort, dass es mir wirklich nicht sonderlich gut geht.«

»Du wolltest gerade gehen?«

»Ja. Aber das kann warten.«

»Lass dich nicht aufhalten. Ich will nur meine Sachen holen.«

»Deine Sachen?«

»Ich hab heute Nacht ja nur ein bisschen was zusammengeworfen. Aber jetzt«, sie deutete auf den Geländewagen, »kann ich alles mitnehmen.«

»Hat das nicht noch Zeit?«, fragte er und klang wie ein kleiner Junge, der wissen wollte, warum er schon wieder nicht die heißersehnte Carrera-Bahn unterm Weihnachtsbaum gefunden hatte. »Ich denke, wir sollten noch einmal in Ruhe über alles reden, oder?«

»Tatsächlich?«

Er nickte.

»Tut mir leid, Philip«, erwiderte sie, obwohl alles in ihrem Herzen nach dem genauen Gegenteil schrie. Dass sie gern mit ihm reden würde, SO gern. Dass sie das, was passiert war, am liebsten vergessen und zur Tagesordnung übergehen würde. Aber solange Philip nicht weinend vor ihr kniete; solange er sie nicht verzweifelt um Verzeihung bat und ihr versicherte, dass sie die Liebe seines Lebens war, für immer und alle Ewigkeit – solange würde sie nun hart bleiben. Das schrieben die dramaturgischen Gesetzmäßigkeiten nun mal zwingend vor, zum Happy End konnte es erst kommen, wenn der Held die Heldin in einem großen Akt der Selbstaufgabe und unter Tränen anflehte, zu ihm zurückzukehren. Von daher: *Keine Carrera-Bahn. Nicht in diesem Jahr und im nächsten auch nicht.* »Gestern wollte ich reden, aber du nicht. Und mittlerweile finde ich, dass du recht hast. Es ist gut, wenn wir uns zumindest mal eine Weile trennen. Außerdem bin ich gerade ziemlich beschäftigt und habe gar nicht den Kopf frei für ein klärendes Gespräch.«

»Aber, Ella ... Wenn du das so siehst ... Also, dein letzter Blogeintrag, der mit dem Lebensfluss, dem Brautkleid und der Sonne im Herzen und so, der ...«

»Ach, Philip«, unterbrach sie ihn. »Ich hab dir doch schon gestern gesagt, dass ich auf *Better Endings* nicht gerade mein Innerstes nach außen kehre.« Im Geheimen freute sie sich, Philip las also noch weiter. Und das machte etwas mit ihm, es ließ ihn nicht kalt. Umso cooler musste sie jetzt reagieren. »Wie hast du es genannt? *Flausen*, glaube ich. Reine Fiktion, die nichts mit der Wirklichkeit zu tun hat, ich schreibe in einem Paralleluniversum.«

»Ja, aber doch nicht ausgerechnet über unsere Hochzeit! Wie kannst du das in dieser Situation tun?«

Ella zuckte mit den Schultern. »Keine Ahnung. Eine Übersprunghandlung? Eine Art Katharsis.«

»Denkst du dabei auch mal daran, wie das auf mich wirkt?«

»Dann lies es halt nicht.« *Doch, doch, bitte, bitte, lies weiter!*

Er musterte sie irritiert. »Was ist eigentlich seit gestern mit dir passiert?«

»Was soll denn mit mir passiert sein?«

»Es hat was mit diesem Oscar zu tun, oder?«

»Wie bitte?«

»Dieser Kerl, bei dem du jetzt wohnst. Ist er der Grund dafür, dass du nicht mehr mit mir reden willst und plötzlich so kaltschnäuzig bist?«

Es gelang ihr nicht, ein Lachen zu unterdrücken. »Ist das dein Ernst?«, brachte sie prustend hervor.

»Was soll ich denn sonst denken?«

»Was du *sonst* denken sollst?« Sie kriegte sich kaum noch ein vor Lachen.

»Ella, bitte! Was ist daran so lustig?«

»*Du* bist lustig«, erwiderte sie japsend. Dann gelang es ihr, ihr Zwerchfell wieder unter Kontrolle zu bringen. »Nein, Philip«, brachte sie schnaufend hervor, »Oscar hat nichts damit zu tun. Der Grund ist eine gewisse C., mit der du geschlafen hast. Und die dich schriftlich aufgefordert hat, mich nicht zu heiraten, okay?« Augenblicklich stieg die Wut wieder in ihr hoch, und sie sah ihn so böse an, dass er den Blick senken musste.

»Du hast recht«, sagte er leise. »Ich hab Mist gebaut, nicht du.«

»Da bin ich aber froh, dass wir einer Meinung sind.« Ella straffte die Schultern. »Und jetzt wäre ich dir dankbar, wenn du mich ins Haus lässt, damit ich meine Sachen packen kann.«

»Ja, sicher, natürlich.« Er nahm seinen Schlüssel und sperrte die Tür auf.

»Vielen Dank.« Sie trat ein, Philip folgte ihr auf dem

Fuße. »Du kannst ruhig zu deiner Verabredung gehen«, teilte sie ihm mit und blieb so abrupt stehen, dass er gegen sie lief. »Ich kenne mich ja aus.«

»Ich könnte dir doch helfen.« Er wirkte überaus erbärmlich, wie er da so vor ihr stand und verlegen von einem Bein auf das andere trat. Erbärmlich. Und unfassbar niedlich.

»Das ist nicht nötig«, lehnte sie freundlich, aber bestimmt ab, so schwer es ihr auch fiel. »Das hier mache ich lieber allein.«

»Aber ich ...« Philips Handy klingelte, doch er ignorierte es.

»Willst du nicht rangehen?«

»Ist nicht wichtig.«

»Woher willst du das wissen? Du siehst ja nicht mal nach, wer anruft.«

»Was Geschäftliches.«

»Abends um halb acht? Das bezweifele ich stark.« Nein, nicht niedlich, erbärmlich. Ellas Gefühle schlugen im Sekundentakt hin und her wie ein außer Kontrolle geratenes Metronom.

»*Mir* ist es nicht wichtig, meinte ich«, erklärte er. Das Klingeln verstummte. Um zehn Sekunden später wieder einzusetzen.

»Das sieht der Anrufer offensichtlich anders. Also geh schon ran.«

Schicksalsergeben holte Philip das Handy aus seiner Manteltasche, warf einen Blick auf das Display und drückte das Gespräch dann weg, ohne es anzunehmen.

»Nicht wichtig«, bekräftigte er. Erneut fing das Mobiltelefon an zu läuten.

»Langsam wird es albern«, kommentierte Ella bissig.

»Okay, einen Moment.« Er wandte sich ab. »Hallo?«, sprach er leise in sein Telefon. »Was gibt's? … Ja, ja, bin unterwegs … Wird ein kleines bisschen später … Bis gleich!«

»Und?«, fragte Ella, nachdem Philip aufgelegt und sich wieder zu ihr umgedreht hatte. »Was Geschäftliches?«

»Nein«, antwortete er, und sie fühlte, wie ihr Herz von einer kalten Faust umklammert wurde. Eisige Finger, die so fest zudrückten, dass es beinahe nicht mehr schlagen konnte.

»Dann sieh mal zu, dass du nicht zu spät kommst. Ich schaffe das hier wirklich gut allein.« Dann fügte sie hinzu: »Ist vermutlich angenehmer für uns beide.«

Er zögerte noch einen Moment. »Bist du sicher? Ich kann meinen Termin auch absagen.« Termin. Er hatte tatsächlich den Nerv, *Termin* zu sagen und nicht Verabredung.

»Das ist nicht nötig, wirklich nicht.«

»Okay.« Trotzdem machte er keine Anstalten zu gehen.

»Dann wünsche ich dir einen schönen Abend«, sagte Ella. »Ich beeile mich und bin hoffentlich schon wieder weg, wenn du nach Hause kommst.«

»Gut.« Erneut trat er von einem Fuß auf den anderen.

»Ich zieh hinter mir zu, wenn ich gehe.«

»Ja, mach das.«

Sie blieben weiterhin voreinander stehen, keiner von ihnen bewegte sich auch nur einen Millimeter. Ella betrachtete sein jungenhaftes und betrübtes Gesicht, vermisste sein verschmitztes Grinsen und konnte nur schwer an sich halten, ihm nicht tröstend über die sommersprossigen Wangen zu streicheln. *Bitte geh endlich!*, flehte sie stumm. *Wenn du das hier noch quälender in die Länge ziehst, werde gleich ich diejenige sein, die weinend vor dir kniet!*

Als hätte Philip ihr lautloses Gebet gehört, löste er sich aus seiner Starre und nickte ihr zu. »In Ordnung, dann mache ich mich mal auf den Weg. Wenn doch irgendwas ist, kannst du mich ja auf dem Handy erreichen.«

»Ist gut.«

Er drehte sich um, ging langsam zur Haustür. Als er die Klinke schon in der Hand hatte, hielt er ein weiteres Mal inne und sah sie an. »Es tut mir wirklich leid, Ella«, sagte er. »Vielleicht können wir bald in Ruhe reden.«

Sie zuckte unbestimmt mit den Schultern. »Ja, sicher.«

Philip drehte sich zur Tür. Nur, um eine Sekunde später erneut zu Ella zurückzukommen. »Ich weiß, dass das jetzt ziemlich seltsam klingt. Und ich habe auch kein Recht, es zu sagen – aber du hast mir heute Nacht gefehlt.«

Ehe sie darauf noch etwas erwidern konnte, hatte er das Haus verlassen und die Tür hinter sich ins Schloss gezogen. Nicht mit einem lauten Knall der Wut – sondern mit dem leisen Klicken der Traurigkeit.

Nachdenklich ging Ella die Treppen hoch zum Schlafzimmer. Auf dem Weg holte sie drei große Ikea-Tüten aus der Abstellkammer, die für die wichtigsten Habseligkeiten ausreichen dürften. In ihr tobten die widerstreitendsten Gefühle. Was war das gerade gewesen? Hätte sie doch mit Philip reden sollen? Immerhin hatte er zugegeben, dass er sie vermisst hatte. Aber reichte das schon? War das genug in Anbetracht der Umstände? Angesichts dessen, was er ihr, was er *ihnen* und ihrer Liebe angetan hatte? Und was war das für eine Verabredung, zu der er fuhr, in Anzug und Wintermantel? Ella ballte ihre Hände zu Fäusten, sie war sich zu nahezu hundert Prozent sicher, dass Philip sich heute Abend mit C. traf. Nicht mal vierundzwanzig Stunden war sie fort – und schon hatte er ein Date mit dieser anderen Frau.

Nein, sagte sie sich, während sie die Türen des Kleiderschranks aufriss, ihre Klamotten von den Bügeln und aus den Regalen fegte, um sie in eine der großen blauen Tüten zu stopfen, sie hatte sich genau richtig verhalten. Es wäre ein Fehler gewesen, ihm sofort wieder in die Arme zu sinken und ihm alles zu vergeben. Wenn er das denn überhaupt gewollt hätte, so *ganz* eindeutig hatte er nicht zum Ausdruck gebracht, dass er sich ihrer beider Versöhnung wünschte. Ein »Du hast mir heute Nacht gefehlt« reichte nicht aus, da musste sich der Prinz schon etwas mehr einfallen lassen, um seine Prinzessin neu zu erobern. Unter einem getöteten Drachen würde Ella nicht mit sich reden lassen. Alles andere würde ihr höchstens einen kurzlebigen Pyrrhussieg bescheren, und wenn sie Philip wirklich zurückhaben wollte, musste sie jetzt gegen sich und ihre eigenen Gefühle handeln. *Willst du gelten, mach dich selten* – so hätte es die gute Frau Schlommers formuliert.

Die Situation gerade eben war doch der beste Beweis dafür, dass ihre Strategie aufging, denn Philip hatte recht aufgewühlt gewirkt. Sie würde sich nun erst einmal um Oscar de Witt und dessen Leben kümmern – und ihr Verlobter oder Exverlobter oder hoffentlich Bald-wieder-

Verlobter würde mit der Zeit schon merken, was er an ihr verloren hatte. Würde sein Schwert zücken und sich auf die Suche nach dem nächsten Drachen begeben.

Als sie im Badezimmer Kosmetika und Waschsachen einpackte, war Ellas Laune wieder besser. Philips Eifersucht, nachdem sie in Oscars Wagen hier aufgetaucht war, war nicht zu übersehen gewesen. Es wurmte ihn, und zwar so *richtig*. Von daher tat sie gut daran, sich an ihren Plan zu halten und dem Schicksal freie Hand zu lassen, wenn es um ihre und Philips Zukunft ging.

Zwei Stunden später warf Ella die vollgepackten Tüten mit ihrem gesamten Hab und Gut in den Kofferraum von Oscars Auto. Sie hatte im Verlauf von über sechs Jahren bei Philip nicht mehr Spuren hinterlassen als den Inhalt von drei Ikea-Säcken. Diese Erkenntnis hatte sie kurzfristig erschüttert, denn bis zu diesem Moment war ihr gar nicht bewusst gewesen, dass sie damals einfach nur in *sein* Leben hineingeschlüpft war und aus ihrem eigenen so gut wie nichts mitgenommen hatte. Wozu auch? Philip hatte alles gehabt: die schöneren Möbel, den besseren Fernseher, die hochwertigeren Küchenutensilien. Also hatte sie ihre komplette eigene Einrichtung ihrer damaligen Mitbewohnerin überlassen, hatte ein paar Dinge auf dem Flohmarkt verkauft und war zu ihm in den Philosophenweg übergesiedelt. Hatte sich quasi ins gemachte Nest gesetzt – das passte überhaupt nicht zu dem Bild, das sie von sich selbst hatte. Sie, Emilia Faust, war doch schon immer eine unabhängige, selbstständige Frau gewesen!

Bevor sie darüber hatte tiefsinnig werden können, hatte sie schnell noch das gerahmte Lieblingsfoto von sich und Philip, das auf dem Kaminsims im Wohnzimmer stand – es zeigte sie auf dem Tafelberg bei einer Südafrikareise vor zwei Jahren –, eingepackt und sich dann mit Sack und Pack zum Auto begeben.

Nun war es kurz vor zehn, Philip noch nicht wieder zurück und Ella todmüde und erschossen. Die vergangene Nacht, die Aufräumaktion bei Oscar und nicht zuletzt das Packen ihrer Sachen steckten ihr in den Knochen. Physisch wie psychisch, auf der Fahrt zurück zur de Wittschen Villa fielen ihr beinahe die Augen zu, und sie freute sich darauf, in ihrem neuen Zimmer aufs Bett zu sinken und mindestens zehn Stunden zu schlafen. Morgen früh würde sie weiter aufräumen und ihr Zimmer einrichten, wenigstens flüchtig durchputzen und dann Oscar abholen. Sie hoffte nur, dass ihr neuer Kunde nicht allzu erbost über die Sache mit der gestörten Handyverbindung war. Aber selbst wenn, konnte sie das nicht ändern. Sie nahm sich vor, ihm gegenüber besonders reizend und umsichtig zu sein, bisher war noch jeder ihrer Arbeitgeber hochzufrieden mit ihr gewesen.

Als sie die letzte Kurve der Elbchaussee nahm, hinter der die Villa lag, kam sie mit sich darin überein, dass sie mit dem Verlauf des heutigen Tages ebenfalls hochzufrieden sein konnte. Sie hatte einen Mann vor Klapse und Entmündigung bewahrt, hatte einen veritablen Saustall in zumindest wieder betretbar verwandelt – und Philip schien über ihren Auszug überaus geknickt zu sein. Was wollte sie mehr?

Sie ließ den Motor einmal aufheulen, obwohl weit und breit weder ein Kleinwagen noch ein Fußgänger in Sicht waren, legte sich mit Schwung in die letzte Linksbiegung – und stieg vor der Toreinfahrt zum Haus abrupt und mit voller Kraft in die Eisen. Denn direkt davor saß, auf dem Boden zusammengekauert: Oscar de Witt. Und er sah nicht amüsiert aus. Nicht im Geringsten.

10

Sobald er sie bemerkte, sprang er auf – soweit er in seinem Zustand überhaupt »springen« konnte – und kam auf den Wagen zugehumpelt. Er sah recht mitgenommen und lädiert aus, was nicht nur an seinem Gipsarm lag. Irgendwie … verwahrlost. Wie nach einer durchzechten Nacht auf dem Kiez, alles an ihm wirkte zerknittert, die Jacke hing schief und auf halbmast über seiner linken Schulter, denn sein rechter Arm steckte ja in einer Schlinge. Alles in allem erinnerte sein Anblick an eine der verwirrten Gestalten, die auf dem Vorplatz des Hauptbahnhofs rumlungerten, mit einem Tetrapack Fusel zu ihren Füßen. Nur nicht Oscars Gesichtsausdruck, der war glasklar – glasklar wütend. Ellas Hand zitterte, als sie auf den Fensteröffner drückte und die Scheibe herunterließ.

»Herr de Witt«, begrüßte sie ihn. Auch ihre Stimme bebte. »Was machen Sie denn hier?«

»Frau Faust.« Ein Tonfall wie geschnittene Eiswürfel. »Sind Sie eigentlich noch ganz bei Trost?«

»Wieso?«

Er ging wortlos zur Beifahrerseite, riss mit dem unverletzten Arm die Tür auf und hievte sich umständlich auf den Sitz. »Fahren Sie!«, bellte er.

Sie öffnete das automatische Tor, rollte mit dem Mercedes auf die Kiesauffahrt. So unauffällig wie möglich hielt sie erst die Luft an, um dann durch den leicht geöffneten Mund zu atmen, Oscars Odeur war erneut nur schwer zu ertragen.

»Jetzt hören Sie mir mal gut zu«, kam er ohne Umschweife auf den Punkt. »Sie können Ihre Sachen packen und dahin verschwinden, wo Sie hergekommen sind.«

Ellas Kopf fuhr zu ihm herum, sie starrte ihn entsetzt an. »Verschwinden? Sie schmeißen mich raus?«

Er nickte. »Exakt. Für jemanden wie Sie habe ich keine Verwendung.«

»Aber ... aber ...« Sie suchte nach Worten. »Es tut mir leid, Herr de Witt, mein Handy ...«

»Für wie bescheuert halten Sie mich eigentlich?«, herrschte er sie an.

»Gar nicht«, behauptete sie, »ich wollte doch nur ...«

»Was fällt Ihnen überhaupt ein, mich in diesem Hotel zu parken und dann auf Tauchstation zu gehen?«

»Wie gesagt, ich wollte nur ...«

»Ist mir scheißegal, was Sie wollten!«, schnitt er ihr das Wort ab. »Ich habe da rumgesessen wie ein falscher Fuffziger! Mit dem hier«, er hob in anklagender Manier seinen eingegipsten Arm in der Schlinge an, »kann ich ja nicht mal allein auf die Toilette gehen!«

»Es tut mir leid«, stotterte sie, »das hatte ich nicht bedacht, ich ...«

»Mir scheint, Sie haben so einiges nicht bedacht!«

»Hat man Ihnen im Hotel denn nicht helfen können?«

»Im Hotel?« Er sah sie empört an, zwischen seinen Augen hatte sich eine steile Zornesfalte gebildet. »Sie glauben nicht im Ernst, dass ich eine Hotelangestellte bitte, mir die Hose runterzulassen!«

»Nein, Herr de Witt«, gab sie zurück und spürte, wie

ihr allein bei der Vorstellung sämtliche Farbe aus dem Gesicht wich, »natürlich nicht.«

»Ich hätte Sie gebraucht, Frau Faust! Sie haben mich in eine unmögliche und überaus demütigende Lage gebracht.«

»Es tut mir leid«, sagte sie zum gefühlt hundertsten Mal. »Das wollte ich nicht. Aber Sie haben am Telefon ja auch nur gesagt, dass Ihnen langweilig ist, und da ...«

»Ja, was hätte ich denn *sonst* sagen sollen? Kommen Sie bitte her, ich pinkele mir bald in die Hose?«

»Äh ...«

»Sehen Sie, Frau Faust?« Noch immer musterte er sie mit vorwurfsvollen Blicken. »Aber keine Sorge, ich habe das Problem lösen können. Hat zwar ein wenig gedauert und war etwas umständlich, aber dann ging es. Von daher denke ich, dass ich auch allein bestens zurechtkomme.«

»Ich glaube nicht, dass Sie ...«

»Wie gesagt, es interessiert mich nicht, was Sie glauben!«

Ella holte tief Luft, stieß dann einen nicht minder tiefen Seufzer aus – und beschloss, dass es das Beste wäre, sich bei Oscar de Witt zu entschuldigen. Und zwar so aufrichtig und ehrlich wie sie nur konnte.

»Bitte verzeihen Sie mir, Herr de Witt.« Sie warf ihm ein – wie sie hoffte – entwaffnendes Lächeln zu. »Sie haben vollkommen recht, das war unmöglich von mir, und Sie haben allen Grund, auf mich wütend zu sein.«

»In der Tat.«

»Alles, was ich sagen kann, ist, dass es keine böse Absicht war. Und dass es mir, wie ich Ihnen bereits mehrfach versichert habe, sehr leidtut.«

»Gut.« Nun richtete er den Blick nach vorn, starrte auf den Kiesweg und hüllte sich in Schweigen. Seine Miene war unergründlich, schwer zu sagen, ob er sich wieder etwas beruhigte oder nicht. Meinte er das wirklich ernst? Sollte sie ihre Sachen zusammenpacken und gehen? In diesem Fall hatte er Glück, denn ihre Sachen *waren* bereits gepackt und lagen im Kofferraum, ha, ha!

»Sagen Sie«, startete Ella nach ein paar Minuten den zaghaften Versuch einer normalen Unterhaltung, »wie sind Sie denn jetzt nach Hause gekommen?«

Abrupt drehte er sich zu ihr um. Okay, noch nicht beruhigt, die steile Zornesfalte war sofort wieder da. »Zu Fuß«, schleuderte er ihr entgegen. »Ich hatte weder ein Portemonnaie noch Bargeld dabei, also bin ich Ihrem Vorschlag gefolgt und habe einen *schönen Spaziergang* an der Elbe gemacht.« Den schönen Spaziergang betonte er ironisch. »Hat fast zwei Stunden gedauert. Kein Spaß in meiner Verfassung, das kann ich Ihnen sagen!«

»Ich meinte eigentlich eher, wie Sie Ihre Adresse herausgefunden haben, weil Sie doch sagten, dass Sie ...« Sie tippte sich mit dem Zeigefinger gegen die Stirn.

»Ach so, ja.« Nun trat ein zufriedenes Grinsen auf sein Gesicht. »Ich habe zwar mein Gedächtnis verloren, aber nicht meinen Verstand. Irgendwann bin ich auf die Idee gekommen, mich bei der Rezeption zu erkundigen, welche Adresse Sie auf dem Meldeschein angegeben haben.«

»Das war ja sehr schlau von Ihnen«, erwiderte Ella und grinste nun ebenfalls.

»Danke«, sagte er – und erneut verfinsterte sich seine Miene. »Können Sie sich vorstellen, wie es ist, wenn man nichts, aber auch *rein gar nichts* über sich weiß?«

Ella dachte einen Moment nach, dann schüttelte sie den Kopf. »Nein, das kann ich, ehrlich gesagt, nicht.«

»Ein grauenhaftes Gefühl ist das«, erklärte er. »Als würde man sich im freien Fall befinden. Vollkommen halt- und orientierungslos. Wie ein Schwebezustand, allerdings kein angenehmer.«

»Hm«, machte sie, weil sie nicht wusste, was sie darauf sagen sollte.

»Was ich jetzt brauche, Frau Faust, ist jemand, auf den ich mich tausendprozentig verlassen kann. Eine Vertrauensperson, verstehen Sie? Einen *Partner in Crime*, jemanden, der über jeden Zweifel erhaben ist.«

»Ja«, erwiderte sie gedehnt.

»Und als solcher haben Sie sich komplett disqualifiziert.«

Wieder gab Ella ein »Hm« von sich.

»Aber in Ermangelung einer Alternative bin ich bereit, Ihnen noch eine letzte Chance einzuräumen.«

»Ja?« Überrascht sah sie ihn an, mit dieser Wendung hatte sie nun absolut nicht gerechnet.

»Ja, Frau Faust. Allerdings muss ich Ihnen nicht erklären, dass Sie beim nächsten Fehltritt sofort Ihre Sachen packen können. Also versauen Sie es nicht, haben wir uns da verstanden?«

Sie nickte energisch. »Ja, haben wir!«

»In Ordnung.« Nun war es an ihm, einen lauten Seufzer auszustoßen. Mittlerweile hatten sie das Haus erreicht, und Ella parkte den Wagen.

»Ach so«, warf sie wie beiläufig ein. »Ihre Geldbörse habe übrigens ich.«

»Dann bitte her damit!«

»Natürlich.« Ella drehte sich um und klaubte dienstbeflissen ihre Handtasche von der Rückbank. Sie suchte das Portemonnaie heraus und reichte es Oscar, der sofort danach schnappte und hineinsah.

»Kein Bargeld«, stellte er fest.

»Nein«, pflichtete Ella ihm bedauernd bei. Und auch das Foto von ihm und seiner Frau war nicht mehr darin, das hatte sie vorsichtshalber herausgenommen und verwahrte es nun in einem Seitenfach ihrer Tasche, bis sie sicher sein konnte, dass das Bild für ihn kein schlechter Trigger wäre. »Ich musste ja das Hotel bezahlen und so ...« Sie ließ den Satz in der Luft hängen.

»Wie sind Sie überhaupt daran gekommen?«

»Sie haben es bei Ihrem Sturz fallen gelassen.«

Er wiegte verwundert den Kopf hin und her. »So ganz verstehe ich das alles immer noch nicht. Also, wie das überhaupt passiert ist.«

»Genau kann ich Ihnen das auch nicht sagen.«

»Dann lassen Sie uns rekapitulieren«, schlug er vor.

»Jetzt und hier im Auto? Ich finde, wir sollten ...«

»Sie waren in meinem Haus«, redete er unbeirrt weiter, »und ich kam die Treppe hoch und bin einfach so gestürzt?«

»So in der Art«, antwortete sie ausweichend.

»Aber was habe ich mitten in der Nacht draußen gemacht? Woher kam ich überhaupt? Und warum hatte ich keine Schuhe an? Das entbehrt doch jeder Logik!«

»Es tut mir leid, Herr de Witt, aber die genauen Hintergründe kenne ich nicht.« Ella schwitzte Blut und Schweiß und schickte ein kurzes Stoßgebet gen Himmel, dass sie für ihre kreative Auslegung der Wahrheit nicht in die Hölle kommen würde. Oder wenigstens nicht allzu lange.

»Mir kommt das alles überaus seltsam vor.«

»Hm, ja.« Erneut nickte sie.

»Ob ich je herausfinden werde, was genau gestern Abend passiert ist?«

»Mit Sicherheit«, stellte sie im Brustton der Überzeugung fest. Und hoffte zur selben Zeit, dass das nie der Fall sein würde.

»Nun, es nützt ja nichts«, gab Oscar das Thema seines rätselhaften Unfalls glücklicherweise wieder auf. »Es stimmt schon, hier und jetzt im Auto werden wir darauf keine Antworten finden.«

»Genau«, bestätigte sie munter und löste ihren Sicherheitsgurt. »Dann wollen wir mal!«

Sie stiegen aus, Ella ging zum Kofferraum und schnappte sich zwei der drei schweren Tüten. »Nur noch ein paar Sachen von mir«, erklärte sie auf seinen fragenden Blick.

»Ihr Umzug ist aber eigentlich Ihr Privatvergnügen«, kam es prompt. »Das sollten Sie nicht während Ihrer Arbeitszeit erledigen.«

»Natürlich«, erwiderte sie so liebenswürdig wie möglich. Wer auch immer Oscar de Witt vor seinem Gedächtnisverlust gewesen war – ein sonderlich freundlicher Zeitgenosse mit Sicherheit nicht. »Allerdings ist es schon nach zehn Uhr, da bin ich davon ausgegangen, dass es sich um meine freie Zeit handelt.«

»Verstehe«, gab er grummelnd zurück, es war ihm deutlich anzumerken, wie wenig ihm die Antwort passte.

»Außerdem«, fügte sie im Zuge ihrer soeben beschlossenen Charme-Offensive hinzu, »hatte ich die Taschen nur noch im Auto, weil ich bis jetzt gearbeitet habe und sie deshalb noch nicht in mein Zimmer bringen konnte.«

»Verstehe«, wiederholte er. Dann schlich sich ein Ausdruck auf sein Gesicht, den Ella am ehesten mit »maliziös« beschreiben würde. »Und was haben Sie, wenn ich fragen darf, um diese Uhrzeit noch gearbeitet? Also, warum waren Sie mit dem Auto unterwegs? Einkäufe kann ich jedenfalls nicht entdecken.«

»Ich«, Ella dachte blitzschnell nach, dann versuchte sie sich ebenfalls an einem maliziösen Lächeln, »war im Hotel, um Sie dort wie gewünscht schon heute abzuholen. Und war sehr irritiert, als man mir sagte, Sie hätten ausgecheckt, man wisse aber leider nicht, wohin Sie sind.« Das war hoch gepokert, aber so, wie Ella Oscar de Witt nach dieser kurzen Zeit einschätzte, war er nicht der Typ, der einem Hotelangestellten Auskunft über seine Destination erteilte.

»Verstehe.« Nun sackte er kaum merklich in sich zusammen, ihre Antwort schien ihm den Wind aus den Segeln zu nehmen. Ella freute sich. Sie hatte gar nicht gewusst, wie schlagfertig und gerissen sie sein konnte, das hier machte fast schon Spaß, auch, wenn es ein ziemlicher Drahtseilakt war. Allerdings ein aufregender. Auch Oscar schien an dem Pingpong zwischen ihnen Freude zu haben, denn prompt verengten sich seine Augen zu zwei Schlitzen, und er legte nach: »Ich frage mich nur, warum Sie das eben nicht gleich gesagt haben?«

»Weil ich zu überrascht war, Sie hier anzutreffen. Und weil Sie mich ja sofort angegriffen haben.« Ella klopfte das Herz bis zum Hals, das war nun wirklich ein Ritt auf der Rasierklinge, würde er ihr das abnehmen? Um ihrer Behauptung größeren Nachdruck zu verleihen, fügte sie ein betrübt klingendes »Ich habe mir riesige Sorgen gemacht und war total durcheinander« hinzu. »Hätten Sie nicht hier vor dem Tor gesessen, hätte ich als Nächstes die Polizei alarmiert.«

Einen Moment lang musterte Oscar sie prüfend, als würde er abschätzen wollen, ob sie vertrauenswürdig oder eine pathologische Lügnerin war – aber wie sollte Ella auch reagieren, wenn die Situation sie zu ein paar Korrekturen der Wahrheit zwang?

»Gut«, er räusperte sich, »dann lassen Sie uns mal reingehen.« Er trat zum Kofferraum und schnappte sich mit dem heilen Arm die letzte Tüte.

»Lassen Sie, Herr de Witt!«, rief Ella aus. »Das mache ich schon allein.«

»Kommt nicht in Frage. Schlimm genug, dass ich nur so wenig helfen kann – aber ich bin immerhin noch ein Mann.«

Das ist er, dachte Ella, als sie seiner hochgewachsenen Gestalt zur Freitreppe folgte. Und ein ziemlich attraktiver noch dazu, das musste sie zugeben. Wenn er jetzt noch ein bisschen freundlicher wäre, könnte er glatt ein Frauentyp sein. So allerdings kam er ihr eher wie der *Der Schöne, aber ein Biest* vor.

»Schicker Wagen übrigens«, stellte er fest, während Ella die Haustür aufschloss. Er ließ seinen Blick bewundernd über das Fahrzeug wandern. »Verstehen Sie mich nicht falsch, aber ich hätte nicht gedacht, dass man sich als Haushälterin so ein Auto leisten kann.«

»Kann ich auch nicht«, gab Ella zu. »Das ist nicht mein Mercedes – es ist Ihrer.«

»Meiner?«

Ella nickte.

»Und ich habe Ihnen erlaubt, ihn zu benutzen?«

»Haben Sie«, behauptete Ella.

»Warum haben Sie mich dann heute früh mit dem Taxi abgeholt?«

»Ich musste erst den Schlüssel finden – und Sie konnte ich ja leider nicht fragen.« Diese kleine Schwindelei ging ihr mühelos über die Lippen. Allerdings wurde ihr deutlich, dass sie in nächster Zeit höllisch aufpassen musste, wenn sie sich nicht in ihrem eigenen Märchenwald verlaufen wollte. So langsam wurde das Dickicht undurchdringlich.

»Hier wohne ich also«, stellte Oscar fest, nachdem sie die Halle betreten hatten. Er ließ seinen Blick schweifen. »Imposant.«

»Können Sie sich an etwas erinnern?« Sie stellte die schweren Taschen ab.

»Nein, an rein gar nichts. Es ist, als stünde ich in einem fremden Haus.« Er wandte sich ihr zu und trug dabei ein schiefes Grinsen zur Schau, das so eins zu eins von Philip stammen könnte. Ellas Magen zog sich zusammen. »Aber ich denke, es könnte schlimmer sein. Ich könnte zum Beispiel in einer Ein-Zimmer-Wohnung in irgendeiner miesen Gegend hausen.«

»Stimmt«, erwiderte Ella. Und dachte gleichzeitig, dass er keine Ahnung hatte, *wie* schlimm die Lage bei ihm zu Hause tatsächlich gewesen war.

»Es ist doch wirklich verrückt«, sagte er. »Ich kann lesen und schreiben und rechnen. Im Großen und Ganzen weiß ich alles, zum Beispiel, dass Angela Merkel unsere Bundeskanzlerin ist. Ist sie doch, oder?«

»Als ich vorhin im Auto Nachrichten gehört habe, war sie's jedenfalls noch.« Dann wurde sie von einem kleinen Teufelchen geritten: »Und Hillary Clinton die erste Präsidentin der Vereinigten Staaten.«

Sein Kopf fuhr zu ihr herum, er starrte sie entsetzt an. »Ist nicht Ihr Ernst!«

»Doch, natürlich.« Ella musste sich schwer zusammenreißen, um nicht in lautes Gejohle auszubrechen.

»Aber ... ich ...«, stammelte er und wirkte verwirrt, »ich dachte ... also ...«

»Das war ein Spaß, Herr de Witt«, erlöste sie ihn aus seiner Konfusion. »Leider ist es Donald Trump.«

Kurz breitete sich ein Ausdruck von Erleichterung auf seinem Gesicht aus. Um eine Sekunde später in Verärgerung umzuschlagen. »Das ist überhaupt nicht witzig, Frau Faust!«, fuhr er sie scharf an. »Wie können Sie es wagen, sich auf meine Kosten einen Scherz zu erlauben?«

»Tut mir leid«, gab sie kleinlaut zurück und betrachtete ihre Schuhspitzen. »Es war stärker als ich.«

»Es?«

»Also, äh, ich wollte Ihnen nur aufzeigen, dass so ein Gedächtnisverlust auch seine Vorteile haben kann.«

»Wie bitte?«

Sie sah ihn wieder an. »Na ja, für einen kurzen Moment dachten Sie, Trump wäre *nicht* Präsident der USA. Das war doch ganz schön, oder?« Schon während sie den Satz formulierte, war ihr klar, dass sie gerade kompletten Unsinn redete.

Dementsprechend fiel Oscars Reaktion aus. Er ging einen Schritt auf sie zu, kam ihr bedrohlich nahe und knurrte leise: »Ich habe Ihnen gesagt, dass ich Sie beim nächsten Fauxpas rausschmeiße.«

Ängstlich wich sie vor ihm zurück, bis sie eine Wand in ihrem Rücken stoppte. »Es tut mir leid«, wiederholte sie unsicher, »das war eine blöde Idee von mir.«

Einen Moment lang sah er sie noch finster an – dann wechselte sein Gesichtsausdruck erneut in resigniert.

»Sehen Sie, Frau Faust«, sagte er und ließ die Schultern sinken. »Ich begreife es einfach nicht. Wie kann es sein, dass ich alle diese alltäglichen Dinge weiß – aber was mich persönlich betrifft, ist da nur ein großes schwarzes Loch? Ein Nichts.« Erneut ein Kopfschütteln. »So etwas gibt es doch nur in Filmen oder Romanen!«

»Lassen Sie sich Zeit, Herr de Witt, seien Sie geduldig!« Nun hatte Ella den Mut, sich von der Wand zu lösen und auf ihn zuzugehen. Zaghaft berührte sie mit einer Hand seinen Arm, woraufhin er kurz zusammenzuckte. »Der Arzt hat gesagt, dass Ihr Gedächtnis zurückkommen wird. Und ich helfe Ihnen dabei.«

Ein schwaches Lächeln stahl sich auf sein Gesicht. »Indem Sie mir erzählen, dass Elvis noch lebt?«

Ella schmunzelte ebenfalls. »Genau. Der sitzt zusammen mit James Dean, Marylin Monroe und Humphrey Bogart in einer Bar und wartet darauf, dass endlich einer die nächste Runde ausgibt.«

Oscar warf ihr einen verständnislosen Blick zu.

»Sie wissen schon«, erklärte sie. »Wie auf diesem Bild, *Boulevard of Broken Dreams*.«

»Das kenne ich nicht.«

»Meine Mutter hatte das früher in ihrem Schlafzimmer hängen.«

»*Boulevard of Broken Dreams*, sagen Sie?«

»Ja, genau.«

»Nicht gerade der beste Slogan fürs Schlafzimmer«

»Hm.« Während sie noch überlegte, was sie darauf erwidern sollte, entfuhr ihm ein herzhaftes Gähnen. »Was halten Sie davon«, schlug Ella eilig vor, »wenn Sie direkt ins Bett gehen und sich bis morgen früh so richtig ausschlafen? Die letzten Stunden waren strapaziös genug.«

»Auf gar keinen Fall!«, widersprach er und klang schlagartig wieder total wach. »Zuerst möchte ich mich hier genau umsehen. Außerdem sehne ich mich nach einer heißen Dusche.«

»Okay«, sagte Ella widerstrebend. Das mit der Dusche konnte sie verstehen. Und auch sie selbst hätte nichts dagegen, wenn er sich dem Thema Hygiene widmete, obwohl sie sich in der Zwischenzeit schon wieder an sein Müffeln gewöhnt hatte und kaum noch etwas roch. Seinen Rundgang durchs Haus hätte sie allerdings vorerst gern verhindert. Doch ehe sie noch etwas einwenden konnte, war er schon Richtung Wohn- und Esszimmer losspaziert. Ergeben folgte sie ihm.

11

»Tja«, sagte Oscar, während er die Einrichtung inspizierte. Das teure Ecksofa mit einem afrikanisch anmutenden Couchtisch davor, die lange Tafel aus Teak und acht mit hellgrauem Filz bezogene Designerstühle, darüber ein imposanter Kronleuchter, an der Wand ein großer LED-Fernseher, ein paar merkwürdige Objekte, die Ella nach einigem Grübeln als drahtlose Lautsprecher identifiziert hatte, die cremefarbenen Vorhänge an den großen Fenstern waren mit Sicherheit Maßanfertigungen und konnten per Zugband bis ganz nach oben gerafft werden, ein antikes Sideboard (jedenfalls sah es so aus), hinter dessen gläsernen Türen edles Kristall und silbernes Geschirr blitzte … Mit einer Ein-Zimmer-Wohnung in einer miesen Gegend hatte das hier wirklich nicht das Geringste zu tun. »Ich scheine ein bisschen Geld zu haben.«

»Sieht so aus«, antwortete Ella. Und dachte als Nächstes an den Stapel gelber Umschläge auf dem Schreibtisch in seinem Büro.

»Was ist mir nur passiert?«, fragte er. Doch er richtete die Frage nicht an Ella, sondern an sich selbst. Dann ging er zu dem Sideboard und strich darüber. Mit tadelndem Blick drehte er sich zu Ella um und hielt ihr seine staubbedeckten Finger entgegen. »Das allerdings stelle ich mir ein bisschen anders vor«, sagte er in strengem Tonfall.

Ella zuckte zusammen. »Dazu bin ich noch nicht gekommen«, teilte sie ihm wahrheitsgemäß mit.

»Aber Sie waren doch heute den ganzen Tag im Haus! Ich finde, es sieht so aus, als wäre schon länger nicht mehr saubergemacht worden.« Nun marschierte er zum Esstisch und strich mit einer Hand über das dunkle Holz. Hier gab es zwar keinen Staub, denn bis vor wenigen Stunden war der Tisch noch über und über mit Zeitungen und Müllbeuteln bedeckt gewesen – aber Oscar de Witt schien eine klebrige Stelle erwischt zu haben und zog etwas angewidert seine Hand zurück.

»Ich weiß«, erwiderte Ella so ruhig wie möglich. Sie musste sich schwer zusammenreißen, um ihm nicht entgegenzuschleudern, dass er ja keine Ahnung hatte, wie *sehr* sie bereits gewirbelt hatte und dass er seine Bleibe mal heute früh hätte sehen sollen! Und sie konnte sich gerade noch beherrschen, ihn nicht nach draußen zur Garage zu zerren und ihm zu zeigen, wie viel unnützen Krempel sie in den vergangenen Stunden bereits in den dort befindlichen Mülltonnen entsorgt hatte. »Wir waren allerdings dahingehend übereingekommen, dass ich eine notwendige Grundreinigung des Hauses einer professionellen Firma übertrage, die am Wochenende natürlich nicht buchbar ist. Schließlich bin ich keine Putzfrau.«

»Sind Sie nicht?«

»Nein. Bin ich nicht.«

»Dann bleibt trotzdem noch die Frage offen, was Sie in den vielen Stunden, die Sie ohne mich hier waren, gemacht haben.«

Ella war kurz davor, trotzig mit dem Fuß aufzustampfen. Da sie aber kein Kind mehr war, beschloss sie, stattdessen lieber in den Angriff-Modus überzugehen. »Sagen Sie, Herr de Witt«, konterte sie, »bevor wir dieses Kreuzverhör fortsetzen – soll ich Ihnen nun helfen oder nicht?«

Er fixierte sie derart intensiv mit seinen dunklen Augen, dass ihr ganz anders wurde. Dann nickte er langsam. »Doch«, sagte er, »natürlich möchte ich, dass Sie mir helfen. Und ich will auch nicht ungerecht sein.«

»Da bin ich aber froh.«

Als Nächstes gingen sie zu Oscars Büro, und Ella war überaus erleichtert, dass er nur einen kurzen Blick hineinwarf und sich nicht die Mühe machte, die Unterlagen auf seinem Schreibtisch durchzugehen. Die Küche sah er sich ebenfalls nur flüchtig an, dann wollte er die obere Etage inspizieren.

Dieses Mal lief Ella vorweg, denn ihr war gerade noch rechtzeitig siedend heiß eingefallen, dass sie in Oscar de Witts Schlafzimmer noch überhaupt nicht Hand angelegt hatte. Wenn er nun dieses Chaos entdeckte – das würde ihn garantiert mehr irritieren als ein paar Staubkörnchen. Zielstrebig führte sie ihn deshalb zunächst zu ihrem Reich mit dem kleinen Bad.

»Uiuiui!«, rief er aus, als er Ellas Bett betrachtete.

»Was denn?«, wollte sie wissen und folgte seinem Blick. Einen Grund für sein »Ui« konnte sie hier nirgends erkennen, alles war ordentlich und aufgeräumt, die Tagesdecke war straff und glattgestrichen, und die Ikea-Tüten mit ihrem gesammelten Kram standen noch unten in der Halle.

»Sorge dafür, dass das kommt, was du liebst«, zitierte er mit betont getragener Stimme den Text des Wand-

Tattoos. »Andernfalls musst du lieben, was kommt.« Er schmunzelte abfällig. »Wie überaus tiefsinnig!«

»Ich finde das sehr hübsch.«

»Klar«, entgegnete er, »Sie sind ja auch eine Frau.«

»Was soll das denn heißen?«

»Nichts.« Nun grinste er breit.

Ein »Idiot« rutschte ihr heraus, ehe sie es verhindern konnte.

Tadelnd hob Oscar de Witt den Zeigefinger seiner linken Hand und fuchtelte damit vor ihrer Nase herum. »Na, na, na, Frau Faust!«

Sie senkte den Blick, leise ein »Ist doch wahr!« vor sich hin brummelnd.

»Dann gehen wir mal weiter«, sagte er. Dabei klang er nicht im Geringsten verärgert, sondern vielmehr heiter und beschwingt.

Als Nächstes kam das große Bad, das zwar nicht sehr sauber war, sich aber ansonsten in einem unauffälligen Zustand befand, denn es stand ja fast nichts darin herum. Aber nur eine Tür entfernt lag der Casus knacksus, die Büchse der Pandora, anders gesagt: der *Master Bedroom*. Hier baute Ella sich vor dem glücklicherweise verschlossenen Zimmer auf und lächelte Oscar betont verschämt an.

»Hier schlafen Sie«, sagte sie, »aber das würde ich Ihnen, äh, gern erst später zeigen.«

»Warum? Liegt da noch jemand drin?« Er kicherte albern.

»Nein.«

»Na dann!« Er macht Anstalten, an ihr vorbei mit links nach der Klinke zu greifen, doch sie beugte ihren

Oberkörper flink nach rechts und versperrte ihm so den Weg.

»Lassen Sie es mich so formulieren«, trat sie die Flucht nach vorn an. »Hier oben habe ich tatsächlich noch gar nichts gemacht, und Sie könnten an meinen Qualitäten als Haushälterin zweifeln, wenn Sie ...«

»Unsinn!«, ging er dazwischen, schob sie zur Seite und drückte den Griff herunter.

»Bitte!«, rief sie, griff nach seinem Arm und umklammerte ihn so energisch, dass sie dabei ein leichtes Britzeln verspürte.

Überrascht sah er sie an, hob dann aber ergeben eine Hand. »Ist ja schon gut, Frau Faust, ist ja schon gut!« Er ließ die Klinke los und trat einen Schritt zurück. »Wenn es Ihnen *so* wichtig ist, können Sie zuerst noch ein bisschen aufräumen.«

»Danke, Herr de Witt«, sagte sie und meinte das absolut ernst. »Ich kümmere mich sofort um das Zimmer.«

»Dann also weiter.« Während er den Gang hinunter bis zum Ende entlangschritt, fing sie einen irritierten Seitenblick von ihm auf. Sie konnte es verstehen, natürlich konnte sie das, denn in seinen Augen musste sie sich ein wenig seltsam aufführen. Aber besser, er hielt sie für seltsam, als dass er besagte Büchse der Pandora öffnete.

Problematisch wurde es allerdings, als er auch in den nächsten Raum keinen Blick werfen konnte. Nicht weil Ella sich ihm erneut in den Weg stellte – sondern, weil es sich dabei um das verschlossene Zimmer handelte.

»Und was ist hier?«, wollte Oscar wissen, nachdem er die Tür auch nicht öffnen konnte.

Ella zuckte mit den Schultern. »Keine Ahnung«, gab sie zu. »Da war ich auch noch nicht drin.«

»Wo ist denn der Schlüssel?«

»Das weiß ich leider nicht.«

»Langsam wird's ein wenig eigenartig, finden Sie nicht, Frau Faust?«

»Tja ...« Sie sah ihn entschuldigend an.

»In das eine Zimmer *soll* ich nicht – ins nächste *kann* ich nicht. Sie müssen zugeben ...«

»Ich habe auch schon nach dem Schlüssel gesucht«, unterbrach sie ihn. »Wir werden ihn sicher noch finden.«

Etwas ratlos blieb Oscar vor der Tür stehen, drückte noch zweimal den Griff herunter, ohne dass sich etwas tat, dann wandte er sich ab. »Wenn nicht, besorgen Sie bitte einen Schlosser. Ja, Frau Faust? Als Herr des Hauses sollte ich Zutritt zu allen Räumlichkeiten haben, und ich will wissen, was sich hinter dieser Tür befindet!«

»Gut«, gab sie zurück, »natürlich, ich werde mich gleich Anfang der Woche darum kümmern.«

Nun übernahm der Herr des Hauses wieder die Führung, und sie erreichten als Nächstes das Musikzimmer in dem kleinen Giebelturm. Oscar blieb im Türrahmen stehen, betrachtete versonnen den Flügel und das Cello in der Ecke. Er löste sich mit einem Ruck, ging auf das große Instrument zu und nahm auf der Klavierbank Platz. Eine Weile saß er nur so da, schwieg und hing mit geschlossenen Augen offenbar seinen Gedanken nach. Dann klappte er den Deckel hoch, legte die linke Hand auf die Tasten und begann, langsam, fast suchend ein paar Noten aus *Mia & Sebastian's Theme* zu spielen.

»Sie können das ja!«, rief Ella aus. Ein Schauer lief ihr

über den Rücken, dieses wohlig-warme Gefühl, das die Melodie dieses Stücks zwangsläufig bei ihr auslöste.

Oscar öffnete die Augen und lächelte sie verlegen an. »Na ja, *können* ...«, sagte er, während er weiterspielte.

»Haben Sie den Film gesehen?«

»Das weiß ich leider nicht.«

»Aber es ist doch anzunehmen, oder? Warum hätten Sie sonst die Noten?«

»Tja«, er seufzte, »eine weitere von vielen, vielen Fragen, auf die ich keine Antwort habe. Das Lied stößt etwas in mir an. Aber ich kann nicht sagen, ob das eine Erinnerung ist oder nicht. Oder nur etwas, das ich geträumt habe? Träume ich vielleicht gerade jetzt?« Er schüttelte den Kopf. »Alles in mir ist so durcheinander. Ich habe keine Ahnung, ob ich je einen Joint geraucht habe, aber so stelle ich mir Bekifftsein vor.«

Sie musste lachen. »Was stößt das Stück denn an?«, wollte sie wissen. »Woran erinnert es Sie?«

Erneut schloss er die Augen, ließ sich ganz in die zarte Melodie sinken, wiegte den Kopf hin und her. »Ja«, sagte er nach einer Weile, und Ella hielt gespannt den Atem an. Gespannt und ein bisschen ängstlich, denn eigentlich hatte sie ja noch gar nicht vorgehabt, ihn mit irgendwelchen Triggern zu konfrontieren, ehe sie nicht mehr Klarheit über die Gesamtsituation hatte. Aber nun war es halt passiert, Oscar spielte *Mia & Sebastian's Theme*, was in seiner Erinnerung etwas zum Klingen brachte.

»Was ist es?«, fragte sie deshalb noch einmal nach.

Abrupt hörte er mit dem Klimpern auf, nahm seine Finger von den Tasten und betrachtete sie amüsiert. »Es erinnert mich daran«, erklärte er, »dass diese Stimme von der rechten Hand gespielt werden müsste. Und dass ich ja dank Ihnen gerade etwas gehandicapt bin und auch noch eine Weile bleiben werde.«

»Ach so«, sagte sie, erst dann fiel ihr das »dank Ihnen« auf. »Herr de Witt, das war ein Unfall, wirklich, ich wollte nicht …«

»Frau Faust«, unterbrach er sie lachend und stand auf. »Jetzt machen Sie sich mal locker! Verstehen Sie denn gar keinen Spaß?«

»Äh …« Sie räusperte sich. »Doch, natürlich verstehe ich Spaß!« Wie zum Beweis warf sie ihm ein verkrampftes Lächeln zu. »Außerdem hat der Arzt im Krankenhaus ja gesagt, dass Sie schon in einer Woche anfangen sollen, Ihre Finger zu trainieren, da wäre Klavierspielen doch genau das Richtige.«

»Na ja«, er zuckte mit den Schultern, »keine Ahnung, wie gut ich das überhaupt kann. Immerhin gut genug, um ein bisschen vom Blatt zu spielen. Aber bis zum abendfüllenden Konzert dürfte es mit meiner Verletzung trotzdem noch etwas dauern.«

»Seien Sie mal nicht zu pessimistisch.« Sie kicherte unbeholfen.

»Ist ja auch erst einmal egal, gerade habe ich größere Probleme«, stellte er fest, während er an ihr vorbeiging und ihren Arm tätschelte. »Jetzt möchte ich gern eine Dusche nehmen. Ich kann diesen widerlichen Krankenhausgeruch an mir nicht länger ertragen.«

»Alles klar«, sagte sie, ohne darauf hinzuweisen, dass es nicht der *Krankenhausgeruch* war, der ihn möglicherweise in der Nase kitzelte. »Ich hab schon Handtücher gewaschen und ein paar frische ins Bad gelegt.«

»Gut«, sagte er. »Dann kommen Sie.« Er verließ das Musikzimmer, Ella verharrte unschlüssig. »Wo bleiben Sie denn?«, rief er ihr vom Flur aus zu.

»Ich, äh«, rief sie zurück. »Ich werde in der Zwischenzeit Ihr Zimmer aufräumen und unten ein bisschen Staub wischen!«

Eine Sekunde später steckte er wieder den Kopf durch die Tür. »Aber ich brauche Sie doch!«

»Mich?«

Erneut deutete er auf seinen Arm. »Ich habe Ihnen doch gesagt, dass ich mich kaum bewegen kann, da werden Sie mir schon zur Hand gehen müssen.«

»Ich, äh …« Nun wurde sie nicht blass, sondern rot.

Oscar de Witt lachte auf. »Ach, kommen Sie, Frau Faust! Ich beiße Sie ja nicht, und wir sind doch beide erwachsen.«

Er wartete ihre Antwort erst gar nicht ab, sondern marschierte schnurstracks von dannen.

»Weder bin ich Putzfrau noch Krankenpflegerin!«, schrie sie ihm hinterher. Als er darauf nichts erwiderte, seufzte sie ergeben und folgte ihm. Sie sah ja ein, dass er gerade Hilfe benötigte – und tatsächlich waren sie beide erwachsen.

Zehn Minuten später stand Oscar de Witt hinter der Milchglasscheibe seiner Dusche und hielt den verletzten Arm nach draußen, damit sein Gips nicht nass wurde. Ella hatte ihm die Stiefel ausgezogen, ihn unter Mühen von Pullover und Unterhemd befreit (ebenfalls keine schöne Sache, denn als sie ihm dabei *so* nahe kam … nun ja, er duftete nicht gerade nach frischer Meeresbrise) und zuletzt den Reißverschluss seiner Jeans geöffnet – das alles hatte sie, bis auf den Teil mit den Schuhen, mit geschlossenen Augen bewerkstelligt, worüber Oscar sich prompt mit einem »wie anständig von Ihnen!« lustig gemacht hatte. Na gut, einmal hatte sie geblinzelt, aber nur ganz kurz, und der Anblick seines glatten und sehnigen Oberkörpers hatte sie ein wenig aus dem Konzept gebracht. Schnell hatte sie Oscar im Bad allein gelassen, damit er den Rest ohne ihre Hilfe erledigen konnte.

Es hatte allerdings nur zwei Minuten gedauert – Ella machte gerade notdürftig etwas Ordnung in seinem Schlafzimmer –, ehe er wieder laut rufend nach ihr verlangt hatte, weil es ihm nicht gelang, die Duschgelflasche mit nur einer Hand aufzudrehen. Also hatte er sie Ella durch einen Spalt der Scheibe gereicht, sie hatte den Verschluss geöffnet und ihm wieder hingehalten.

»Uhhh!«, hatte er kurz darauf gestöhnt. »Das stinkt ja widerlich süß – das soll meins sein?«

»Ich nehme es an«, hatte Ella gegen das Prasseln des Wassers angebrüllt, »es sei denn, Sie wohnen doch nicht hier, sondern in der miesen Gegend.«

»Sehr witzig!«

Nun also saß Ella auf dem Toilettendeckel und wartete darauf, dass Oscar fertig wurde, damit sie ihm ein Handtuch und den Bademantel, den sie in seinem Schrank gefunden hatte, reichen konnte. Sein Schlafzimmer war nun halbwegs vorzeigbar, den Klamottenberg hatte Ella kurzerhand vom Bett gefegt und vorerst in eine Nische hinter ihrer eigenen Zimmertür gestopft. Dann hatte sie im Akkordtempo sämtlichen Müll beseitigt, seine Decke und das Kissen frisch bezogen, denn das Bettzeug, in

dem er bisher geschlafen hatte und das ... das ... das ....
Jedenfalls hatte sie die Bezüge in einem der letzten Müllbeutel entsorgt und war zurück ins Badezimmer geflitzt, wo noch immer Oscars Gipsarm aus der Dusche geragt hatte.

Während sie jetzt seine schemenhafte Gestalt hinter der Milchglasscheibe betrachtete, fiel ihr auf, dass er leise vor sich hin summte. Sie mochte sich irren, aber es klang ihr verdächtig nach *Mit einem Taxi nach Paris*. Emilia Faust grinste. Die *wesentlichen* Dinge hatte Oscar de Witt also nicht vergessen. In seinem Kopf war nicht nur Platz für musikalische Hochkultur, sondern auch für Handfesteres.

Leise, ganz, ganz leise – so, dass er es unmöglich hören konnte – stimmte sie in die Melodie mit ein.

Mit einem Taxi nach Paris
Nur für einen Tag
Mit einem Taxi nach Paris
Weil ich Paris nun mal so mag
Mit einem Taxi nach Paris
Und vielleicht ein kleines Rendezvous

Das Wasser wurde abgestellt, Oscar steckte seinen Kopf nach draußen, umwölkt von einer dicken Wasserdampfschwade.

»Ahhh«, sagte er. »Das hat gutgetan!« Dann schnüffelte er übertrieben an seiner gesunden Hand und blickte verächtlich drein. »Aber warum ich so ein Puff-Duschgel benutze, ist mir schleierhaft. Besorgen Sie bitte sofort ein neues, ja?«

»Das mache ich gleich nach dem Schlüsseldienst«, erwiderte sie. Allerdings schien ihm der Hauch von Ironie, den sie mit in diesen Satz legte, zu entgehen, denn er reagierte lediglich mit einem »Ich bitte Sie darum!«

Ella reichte ihm das Handtuch, hängte den Bademantel an einen Haken neben der Dusche und kehrte ihm diskret den Rücken zu. Ein Fehler: Hinter ihr an der Wand hing ein mannshoher Spiegel, sodass sie nun sich beide in voller Pracht bewundern konnte. Zum Glück nur für den Bruchteil einer Sekunde, das Glas beschlug sofort, als Oscar die Tür der Kabine ganz öffnete. »Ich glaube aber, es wird besser sein, wenn Sie mich dabei begleiten«, sagte sie und richtete den Blick zu Boden, obwohl es gar nichts mehr zu sehen gab. »Bin mir nicht sicher, ob mein Geschmack weniger *puffig* ist.«

»Kaufen Sie halt irgendwas Herbes, Maskulines.«

»Okay«, sagte sie mit belegter Stimme. Die Gegenwart eines nackten Mannes in Kombination mit den Begriffen »herb« und »maskulin« machte sie nervös. Sie konnte hören, wie er sich hinter ihr trocken rubbelte und war machtlos gegen die Bilder, die in ihrem Kopf entstanden. Wenn Philip wüsste, wo und wie und vor allem mit *wem* sie gerade hier war, er würde vor Eifersucht gelb anlaufen!

»In Ordnung«, wurde sie von Oscars Stimme aus ihren Gedanken gerissen, »Sie können mich wieder ansehen, ich habe mich bedeckt.«

Sie drehte sich zu ihm um. Sein marineblauer Bademantel betonte seine große und schlanke Gestalt, seine dunklen Augen wirkten nicht mehr ganz so stechend, was allerdings auch am Dampf im Bad liegen mochte. Mit beiden Händen fuhr er sich durch sein nasses schwarzes

Haar und kämmte es nach hinten. Oscar de Witts Gesicht war tatsächlich überaus markant. Wenn nur der scheußliche Bart nicht wäre – man könnte von sehr attraktiv sprechen. Prompt fielen Ella wieder das verschlossene Zimmer und *König Blaubart* ein.

»Was denken Sie?«

»Wie bitte?«

»Sie haben mich gerade mit offenem Mund angestarrt, da hat mich nur interessiert, was Ihnen gerade durch den Kopf geht.«

»Was? Ach, so, nein, nichts.« Ella kicherte verlegen, die Situation war ihr peinlich. *Mit offenem Mund? Wirklich?*

»Gut«, sagte Oscar, »dann nur noch etwas essen und ab ins Bett, was mich betrifft. Was haben wir denn da?«

»Da?«

»Ich rede von Essbarem«, erklärte er.

»Oh.« Mit schlechtem Gewissen erinnerte Ella sich an das Ragout fin und die Würstchen, die sie sich hatte schmecken lassen. »Ich fürchte, gar nichts.«

»Nichts?«

»Nein.«

»Nicht mal ein paar Kartoffeln? Nudeln? Reis?«

Sie schüttelte bedauernd den Kopf. »Ich musste in Ihrer Küche ziemlich viele Sachen wegwerfen, da ist scheinbar schon länger nicht mehr ausgemistet worden.«

»Verstehe«, sagte er wie schon so oft am heutigen Tag. »Wovon habe ich mich dann bisher ernährt?«

»Ihren Altpapierbeständen nach zu urteilen im Wesentlichen vom Pizza-Taxi.«

»Pizza-Taxi?« Allein, wie Oscar de Witt das Wort betonte, sprach Bände. So viel Ekel und Abscheu konnte nur jemand darin mitschwingen lassen, der Fast Food in jeglicher Form ablehnte. Umso unverständlicher, wie es in seinem Haus zu dieser Ansammlung an Kartons von diversen Bringdiensten hatte kommen können. Das Rätsel, das Oscar umgab, wurde für Ella immer größer, und sie fragte sich, ob sie sich mit dieser ganzen Geschichte nicht übernahm. Und zwar deutlich.

12

»Liebe geht durch den Magen«, war Margarethe Schlommers vor Jahren nicht müde geworden, ihren Schülerinnen und Schülern während ihrer Kochkurse immer wieder zu erklären. »Ich weiß genau, was Sie jetzt denken«, hatte sie dann weiterreferiert. »Nur eine Plattitüde. Ein alter Hut, ein dämlicher Kalenderspruch. Aber ich sage Ihnen was: Wenn Sie später in der Lage sind, Ihrem Arbeitgeber eine wohlschmeckende Mahlzeit zuzubereiten – dann wird er Ihnen kleinere Schwächen in allen anderen Bereichen verzeihen.«

Margarethe Schlommers, die Gute, hatte in Ellas Fall absolut recht gehabt: Sie *hatte* das für eine Plattitüde und einen abgedroschenen Kalenderspruch gehalten, für eine Weisheit, über die schon ihre Ururgroßmutter nur noch müde gelächelt hätte. Doch jetzt, in diesem Moment, in dem sich in Oscar de Witts Miene eine derart große Enttäuschung abzeichnete, als hätte man ihm mitgeteilt, dass sein komplettes Aktiendepot fünfundneunzig Prozent seines Wertes eingebüßt hatte – da wurde ihr klar, dass Frau Schlommers zwar alt gewesen war, aber trotzdem gewusst hatte, wovon sie sprach. Ella fühlte sich elend. Wie eine Versagerin auf ganzer Linie.

»Ich hatte gedacht, Sie kochen mir was Schönes«, streute Oscar de Witt noch mehr Salz in die offene Wunde.

»Das würde ich auch gern tun«, erklärte sie und wand sich unter seinem niedergeschlagenen Blick. »Nur ist eben leider nichts zum Kochen da.«

»Haben Sie denn überhaupt nichts eingekauft?«

»Ich, ja, also … nein.«

»Und morgen ist Sonntag«, stellte er betrübt fest.

»Das macht nichts«, warf sie eilig ein und strahlte ihn betont aufmunternd an. »Am Bahnhof Altona ist ein Supermarkt, der auch sonntags geöffnet hat.«

»Wenigstens etwas«, erwiderte er und seufzte. »Dann muss es heute Abend noch einmal ein Lieferservice sein. Oder ist es dafür schon zu spät?«

»Nein«, sagte sie, »die meisten fahren am Wochenende bis weit nach Mitternacht.«

»Na, also!«

»Allerdings haben wir noch ein anderes Problem.«

»Das da wäre?«

»Wir haben nur noch acht Euro Bargeld.«

»Dann ziehen Sie was am Automaten, Sie dürfen gern mein Auto nehmen. Oder kann man beim Bringdienst auch mit EC-Karte zahlen?«

»Soweit ich weiß, geht das nur mit Geheimnummer.«

»Dann machen wir halt das.«

»Dann müssten Sie mir Ihre PIN verraten.«

»Das ist ja wieder extrem witzig!«

»Es war gar nicht witzig gemeint«, sagte Ella. »Ich kenne die Geheimnummer Ihrer Karte nämlich nicht.«

»Dann zahlen eben Sie. Sie bekommen es auch wieder, irgendwelches Vermögen scheine ich ja zu haben.«

»Ganz im Gegensatz zu mir«, rutschte es ihr heraus, wofür sie sich am liebsten die Zunge abgebissen hätte.

»Wie meinen Sie das schon wieder?«

»Ich wollte damit sagen, dass ich keine EC-Karte besitze und deshalb nur während der Öffnungszeiten meiner Bank an Geld komme.«

»Wo gibt es denn so etwas noch? Also, dass jemand keine Karte hat?«

»Bei mir«, erwiderte sie lapidar. »Ich bin da eher Old School.« Damit blieb Ella zumindest bei einer Teilwahrheit, weil sie Bankgeschäfte immer in einer Filiale vor Ort erledigte. Und sie besaß tatsächlich keine EC-Karte. Jedenfalls nicht mehr, denn ihre hatte sie ja trotzig im Philosophenweg zurückgelassen. Von daher: alles wahr. Alles, alles.

»Ach, egal.« Oscar gab schulterzuckend auf. »Dann geht's heute wohl hungrig ins Bett, ich kann eh kaum noch aus den Augen gucken.«

»Es tut mir wirklich sehr leid.«

»Ja, ja, schon gut«, brummelte er. »Da habe ich mir ja echt eine tolle Haushälterin eingehandelt. Sie putzt nicht, übernimmt keine Krankenpflege, und zu essen gibt es auch nichts.«

»Wir müssen uns eben erst einmal aufeinander eingrooven«, gab Ella etwas hilflos zurück. Sie konnte Oscars Unmut zwar verstehen, fühlte sich aber gleichzeitig ungerecht behandelt. Zu blöd, dass sie ihm nicht sagen konnte, weshalb hier alles noch so provisorisch war.

Oscar sah an ihr vorbei, betrachtete sich in dem großen Spiegel, der mittlerweile nicht mehr beschlagen war, und trat nachdenklich ein paar Schritte näher heran. Ella folgte seinem Beispiel und stellte sich neben ihn.

»Wer ist dieser Mann?«, wollte er wissen und kratzte

sich mit den Fingern der linken Hand am Kinn. Ehe Ella etwas darauf erwidern konnte, fügte er hinzu: »Und warum trägt er diesen schrecklich juckenden Bart?«

»Das habe ich mich auch schon gefragt.«

»Dann tun Sie mir doch bitte den Gefallen und rasieren mich noch schnell, bevor ich schlafen gehe.«

»Ich?«

»Genau. Oder können Sie das etwa auch nicht?«

Sein beleidigender Ton ließ Ella zusammenzucken, und sie fuhr zu ihm herum. »Also wirklich!«, brauste sie auf. »Das gehört ja nun wirklich nicht zu meinen ...«

»Frau Faust!«, ging er lachend dazwischen. »Das war ein Scherherz!«

»Toller Scherz!«

»Kennen Sie diesen Spruch nicht? Den mit dem Frühstück?«

»Welchen Spruch mit dem Frühstück denn?«

»Na, diesen ...« Er hielt inne. Und mit einem Mal erhellte sich seine Miene, ein regelrechtes Strahlen breitete sich auf seinem Gesicht aus.

»Was ist denn?«, wollte Ella wissen.

»Kommen Sie!« Mit diesen Worten griff er nach ihrer Hand und schleifte sie raus in den Flur. Ella war viel zu überrumpelt, um sich von ihm loszumachen, also stolperte sie hinter Oscar her und fragte sich, was in ihn gefahren war.

Zwar immer noch humpelnd, aber erstaunlich schnell eilte er mit ihr zur Treppe, sprang dann die Stufen hinunter, ohne dabei ihre Hand loszulassen, und zog sie hinter sich in die Küche. Erst hier blieb er stehen, ließ sie los und riss die Klappe eines Oberschranks auf.

»Können Sie mir mal erklären, was das hier wird?«

»Gleich«, gab Oscar zurück und schob klirrend eine Sammlung aus Vasen und Gläsern hin und her, die Ella bei ihrer Erkundungstour zwar auch schon entdeckt, aber natürlich noch nicht sortiert hatte. »Die muss hier irgendwo sein«, murmelte er halblaut vor sich hin.

»Wenn Sie mir sagen, was Sie suchen, kann ich vielleicht helfen und für Sie nachsehen.« Oscar drehte sich zu ihr um und musterte sie belustigt. Er musste gar nichts sagen, Ella war auch so klar, dass er auf die gut und gern dreißig Zentimeter Größenunterschied zwischen ihnen anspielte. »Beim Ausmisten habe ich mich für die oberen Regale auf einen Küchenstuhl gestellt«, erklärte sie.

»Dabei hatten Sie hoffentlich keine Schuhe an«, sagte er und kehrte ihr wieder den Rücken zu.

»Selbstverständlich nicht«, erwiderte sie patzig, denn ihr war selbst klar gewesen, dass sie mit ihren Straßentretern nichts auf dem hellgrauen Filz, mit dem die Stühle in der Küche genau wie die im Wohnzimmer bezogen waren, verloren hatte. Nicht ganz so klar war ihr allerdings, weshalb jemand so ein unpraktisches Material auswählte. Filz! In der Küche! Schon allein aus hygienischen Erwägungen war das ...

»Dann ist es ja gut«, durchschnitt Oscar ihre Gedanken, ehe sie sich auf Wanderschaft begeben konnten.

»Ich ...«

»Ha! Ich *wusste* es!« Als er sich ihr wieder zuwandte, grinste er triumphierend. Mit einem lauten »Tadaaaaa!« streckte er ihr eine Geschenktasse entgegen, wie man sie in jedem gut sortierten Ein-Euro-Laden findet. »Sensationell, oder?«

Ella studierte den Spruch, der in roten Lettern auf weißem Grund darauf prangte:

**Gibt's noch Frühstück, oder
kannst du das auch nicht?**

»Oookaaay«, kommentierte sie Oscar de Witts *sensationelle* Entdeckung gedehnt. »Wirklich urkomisch. Ich verstehe gerade nur nicht ...« Sie schlug sich mit der flachen Hand gegen die Stirn, denn in *genau diesem Moment* verstand sie es. »Sie haben sich an etwas erinnert!«, rief sie aus.

»Exakt!«, pflichtete er ihr bei und wippte auf den Fußballen vor und zurück. »Als ich das gerade im Bad zu Ihnen gesagt habe – da hatte ich plötzlich das deutliche Bild dieser Tasse vor Augen und wusste einfach, dass ich sie im Küchenschrank finden würde!«

»Das ist ja toll!«, sagte Ella. Was es ja auch war, keine Frage. Andererseits war es auch nicht so toll, denn wenn Oscar de Witt nun so schnell sein Gedächtnis wiederlangen würde, würde es sich für Ella vermutlich doch nicht lohnen, ihre Ikea-Tüten auszupacken. Und das nicht nur, weil Oscar im Vollbesitz seiner geistigen Kräfte gar keine Hilfe mehr bräuchte – sondern auch, weil er dann mit Fug und Recht am Vollbesitz *ihrer* geistigen Kräfte zweifeln dürfte. Schließlich war ihr durchaus bewusst, was für Märchen sie ihm gerade auftischte. »Was wissen Sie denn noch über die Tasse?«, fragte sie trotzdem tapfer.

Er beäugte den Becher in seiner Hand und drehte ihn von links nach rechts. »Nichts«, erklärte er dann. »Ich wusste nur, dass ich eine habe und wo sie steht.«

»Nicht, wer Ihnen die Tasse geschenkt hat? Und wann?«

»Keine Ahnung.« Der triumphierende Gesichtsausdruck wich betrübter Resignation. »Oder habe ich sie mir selbst gekauft?«

»Das glaube ich kaum. So etwas kauft man sich nicht selbst. Das ist ein Verlegenheitsgeschenk.«

»Verlegenheitsgeschenk?«

»Irgendein Unsinn halt, den man mitbringt, wenn einem nichts Besseres einfällt.«

»Hm.« Erneut drehte er die Tasse hin und her. »Umso erstaunlicher, dass der Becher als erste Erinnerung bei mir hochkommt. Scheint mir ja etwas bedeutet zu haben.«

»Entweder das – oder Sie haben sich wahnsinnig geärgert, als Sie ihn geschenkt bekommen haben.«

»Oder das«, pflichtete Oscar ihr bei und stellte das Verlegenheitsgeschenk auf der Arbeitsplatte ab. Dabei fiel sein Blick auf die Whiskas-Dosen, die Ella links in eine Ecke gestellt hatte. »Was ist das?«, wollte er wissen.

»Katzenfutter, würde ich sagen.«

Er sah sie erstaunt an. »Ich habe eine Katze?«

»Auf alle Fälle haben Sie etwas zu fressen für sie.«

»Aber darüber müssen wir doch bei Ihrem Vorstellungsgespräch geredet haben! Also, ob es hier Haustiere gibt.«

Mist. Mist. MIST!

»Wir haben auch darüber gesprochen«, log Ella schnell.

»Ja, und was jetzt?«

»Sie sagten ...«, sie flehte stumm um eine Eingebung

und blinzelte dreimal nacheinander, »dass es da einen Streuner gibt, der Sie manchmal besucht, und von dem Sie nicht wissen, wo er eigentlich zu Hause ist und der ...«

»Und deshalb habe ich sogar eine Katzenklappe einbauen lassen?«, fiel er ihr ins Wort, denn nun hatte er auch die kleine Luke neben der Tür entdeckt, die von der Küche aus auf die Terrasse führte. »Für einen Streuner, der hin und wieder vorbeischaut?«

»Nein!«, widersprach Ella heftig. Am liebsten würde sie ihn mit einem »Ja, ich weiß es doch auch nicht, Herrgottnochmal! Ich habe nach dem Viech bereits gesucht, es aber nicht gefunden!« zum Schweigen bringen. Aber das ging natürlich nicht, zumal sie erst vor einer Sekunde behauptet hatte, dass sie darüber gesprochen hätten. »Die Klappe ist für eine Katze«, versuchte sie, sich irgendwie aus der Situation herauszulavieren, »die Sie einmal *hatten.*« Ihr brach der Schweiß aus. Wenn sie bereits am ersten Tag als Oscar de Witts Haushälterin so häufig ins Schlingern geriet, fragte sie sich, wie sie das hier auf Dauer überstehen sollte.

»Eine, die ich mal *hatte?*«

»Also«, Ella räusperte sich und rang um Fassung. »Sie haben es mir so erklärt: Es gab da mal Maunzi, eine ganz gewöhnliche Hauskatze.« *Maunzi?* Wie kam sie nur auf Maunzi? »Und die haben Sie sehr geliebt. Nachdem Maunzi gestorben ist, wollten Sie sich kein neues Haustier zulegen. Tja«, sie lachte nervös auf, »und eines Tages ist dann Kater aufgetaucht.«

»Kater.« Eine Feststellung, keine Frage.

»So haben Sie ihn genannt. Weil doch in diesem Film, Sie wissen schon, *Frühstück bei Tiffany*, da gibt es auch eine Katze ohne Namen. Und Audrey Hepburn gibt ihr keinen, weil ...«

»Stopp!« Oscar de Witt hatte sich die linke Hand an die Schläfe gelegt und massierte sie, seine Augen waren geschlossen. »Frau Faust, davon bekomme ich Kopfschmerzen, bitte hören Sie auf!«

»Ja, sorry, natürlich.«

»Danke.« Er sah sie wieder an. »Ich hab bei dem Sturz offenbar ganz schön was abbekommen. Solche Erklärungen überfordern mich.«

»Sie hatten ja nur danach gefragt.«

»Ich weiß«, sagte er. »Aber gerade denke ich, dass ich es so genau gar nicht wissen will.«

»Okay.«

»Trotzdem«, er schüttelte ungläubig den Kopf. »Es fällt mir schwer, mir vorzustellen, dass ich ein großer Tierfreund bin.« *Mir auch*, schoss es Ella durch den Kopf. Aber sie sagte nichts dazu. »Lassen Sie uns wieder nach oben gehen, der Tag war lang und anstrengend genug.«

»Das stimmt.«

Gemeinsam machten sie sich auf den Weg zurück in den ersten Stock.

»Aber Sie haben mir meine Frage noch gar nicht beantwortet«, stellte Oscar auf der Treppe fest.

»Welche Frage?«

»Die nach dem Rasieren. Und ob Sie das etwa auch nicht können.«

»Keine Ahnung«, erwiderte sie ehrlich. »Ich habe noch nie einen Mann rasiert.«

»Eine Frau schon?«

»Klar. Mich selbst. Jeden Morgen.«

»Interessant.« Sie blieben einen Moment auf der Treppe stehen und grinsten sich an. Dann nahm Oscar die nächste Stufe und sagte über seine Schulter hinweg. »Also bitte befreien Sie mich vorm Schlafen von diesem schrecklichen Bart. Der juckt so dermaßen, dass ich sonst kein Auge zubekomme.«

»Aber nur auf Ihr eigenes Risiko.«

»Natürlich.« Erneut drehte er sich zu ihr um. »Sie kennen doch sicher die Geschichte von dem Barbierjungen.«

Ella schüttelte den Kopf. »Nein, leider nicht.«

»Ist ein Märchen oder so, genau weiß ich das nicht mehr.«

»Lassen Sie hören! Mit Märchen kenne ich mich ziemlich gut aus.«

Oscar zögerte einen Moment. Dann sagte er: »Lieber nicht.«

»Warum nicht?«

»Das«, er lachte kurz auf, »erzähle ich Ihnen lieber *nach* der Rasur.«

Wenige Minuten später lag Oscar hingestreckt auf dem gemütlichen Stressless-Sessel mit ausklappbarem Fußteil, der unten im Wohnzimmer vor dem Fernseher stand. Ella hatte beschlossen, ihren »Salon« hier zu eröffnen, weil sie annahm, Oscars Bart so am besten zu Leibe rücken zu können. Er in diesem Sessel, sie hinter ihm am Kopfteil sitzend, wie in einem professionellen Kosmetikstudio. Und es klappte ganz gut, sie hatte Barbarossa bereits mithilfe eines elektrischen Langhaarschneiders, den sie im Badezimmerschrank gefunden hatte, in einen verwegenen 5-Tage-Bart-Träger verwandelt. Nun allerdings kam der heikle Teil: die Nassrasur.

»Sind Sie sicher, dass ich Sie mit einer Klinge bearbeiten soll?«, fragte Ella ein letztes Mal. Einwegrasierer und Schaum, eine Schüssel mit warmem Wasser, Handtücher, Küchenrolle, Pflaster aus ihrer Handtasche – auf einem kleinen Tisch lag alles bereit für den bevorstehenden Eingriff.

»Natürlich bin ich sicher«, antwortete er mit geschlossenen Augen.

»Und wenn ich Sie dabei verletze?«

»Sie meinen, noch mehr, als ich eh schon bin?«

»Herr de Witt, das war ein Unfa…«

»Jetzt machen Sie sich mal nicht ins Hemd«, unterbrach er sie. »Legen Sie einfach los, es wird schon nichts passieren.« Dann kicherte er albern.

»Was ist daran so lustig?«

»Das werden Sie verstehen, wenn ich Ihnen die Geschichte von dem Barbierjungen erzähle.«

»Überaus kryptisch.«

»Los jetzt!«

Ella nahm den Rasierschaum, füllte sich etwas davon in die Hand und begann, Oscars Gesicht einzuseifen. Ein seltsames Gefühl, ihre Hände über die bärtige Haut dieses nahezu fremden Mannes gleiten zu lassen. Das erzeugte eine Nähe, eine Intimität, wie sie zwischen ihnen überhaupt nicht bestand. Sie bemerkte, dass sich auf ihren Armen eine feine Gänsehaut bildete und es in ihrem Magen spürbar flatterte. Als Oscar dann auch noch ein genussvolles Stöhnen von sich gab und sich in seinem Sessel hin und her rekelte, bekam diese an sich komplett harmlose Situation beinahe etwas Anzügliches. Erneut musste Ella an Philip denken. Und daran, was er nach der Duschszene von dieser hier halten würde: Ein attraktiver Mann in Bademantel lag ihr – quasi – zu Füßen, gab mit geschlossenen Augen wohlige Laute von sich, während sie ihm über die Wangen strich – ein Schelm, wer Böses dabei denkt! Nun, es diente der Sache, dem höheren Zweck, denn all das hier tat Ella nur, um ihr Versprechen mit sich selbst einzulösen und ihre und Philips Liebe zu retten. Ebenfalls quasi.

Allerdings musste sie sich eingestehen, dass sie es auch genoss. Nicht weil sie Oscar de Witt berührte, das nicht. So ausgehungert nach Zärtlichkeit, dass sie das hier schon in Ekstase versetzte, war sie nicht. Und außerdem hätte dann *er* eher *sie* eincremen müssen. Nein, sie genoss diesen Moment der Ruhe nach den hektischen Stunden, die hinter ihr lagen. Dieses Innehalten, diese Zäsur in Raum und Zeit, dieses …

Sie zuckte zusammen. Betrachtete ungläubig Oscars eingeseiftes Gesicht mit den geschlossenen Lidern. Sein *schnarchendes* eingeseiftes Gesicht.

Lächelnd nahm sie den Rasierer zur Hand und machte sich daran, ihn vorsichtig, *ganz* vorsichtig, von seinen juckenden Barthaaren zu erlösen. Jetzt, da er im Land der Träume war, würde er immerhin schön stillhalten, während sie Bahn für Bahn seines Gesichts freilegte und der Mann, den Ella schon von seinem Ausweis kannte, zum Vorschein kam. Und der jetzt – im Schlaf – überhaupt nicht mehr mürrisch und grimmig wirkte. Eher weich. Jungenhaft. Verletzlich. Wie jemand, der etwas verloren hatte. Etwas, das größer war als »nur« sein Gedächtnis.

Während sie konzentriert wieder und wieder die Klinge über seine Haut führte, sie zwischendurch in die

Schüssel tauchte und an einem Stück Küchenrolle abstrich, summte sie leise vor sich hin.

Moon river, wider than a mile
I'm crossin' you in style some day
Old dream maker, you heartbreaker
Wherever you're goin', I'm goin' your way

Two drifters, off to see the world
There's such a lot of world to see
We're after the same rainbow's end, waitin' 'round
   the bend
My huckleberry friend, Moon River, and me

Sie dachte an *Frühstück bei Tiffany*. Und an Kater. Und wie schade es war, dass sie Oscars Katze – so es sie denn wirklich gab – bisher nicht gefunden hatte. Sie hatte diesen Film *geliebt*, seit sie ihn als Mädchen zum ersten Mal gesehen hatte. *Das* war ein Happy End voll und ganz nach ihrem Geschmack, wenn Holly Golightly, Paul Varjak und der Kater sich zu den Klängen von *Moon River* in die Arme sanken. Zusammen mit ihrer Mutter hatte sie dieses Meisterwerk sicher an die fünfzigmal angeschaut, unter einer Decke auf der Wohnzimmercouch dicht aneinandergekuschelt, beide während der letzten Minuten des Films schluchzend und seufzend, weil diese Geschichte einfach so, *sooo* schön war. Allein bei der Erinnerung daran kamen Ella die Tränen, die sie versuchte wegzublinzeln.

»Was für eine grässliche Schnulze, da bekommt man ja Diabetes«, war Philips einziger Kommentar gewesen, als Ella ihn an einem ihrer ersten gemeinsamen Abende dazu überredet hatte, sich mit ihr die DVD anzusehen. Er bevorzugte von jeher Thriller, mit denen sie wiederum rein gar nichts anfangen konnte. Ihr zuliebe hatte er sich mit den Jahren auf ihren Geschmack eingelassen, hatte die Vorzüge von *Tatsächlich ... Liebe*, *P.S.: Ich liebe dich* oder *Wie ein einziger Tag* zu schätzen gelernt. Oder hatte wenigstens so getan als ob, was ja auch als Liebesbeweis zu werten gewesen war.

Erneut musste sie an *Unterwegs nach Cold Mountain* denken und daran, dass die Katastrophe damit erst ihren Lauf genommen hatte. Zumindest hatte Ella das an diesem Abend gedacht, in Wahrheit lief sie ohne ihr Wissen schon wesentlich länger. C. Wer war diese C.? Und war Philip gerade bei ihr? Was machten sie? Liebte er sie? Nein, den Eindruck hatte er Ella nicht vermittelt, eher den, dass es wirklich nur eine einmalige Sache mit ein paar Nachwehen auf C.s Seite gewesen war. Oder hatte er sie da nur schonen wollen? Schlief er gerade mit C.? Sie zog scharf die Luft ein und riss ruckartig die Rasierklinge hoch, brachte sie außerhalb der Gefahrenzone von Oscars Gesicht, bevor sie ihn im Zuge einer zittrig aufwallenden Emotion doch noch schnitt.

Ein paar Mal atmete sie tief ein und aus, dann setzte sie ihre Arbeit fort. Gut. Vielleicht schlief Philip gerade sogar mit dieser C. Sollte er doch, das bedeutete nichts. Ihn und sie – sie beide verband so viel mehr als das rein Körperliche. Und außerdem ... außerdem tat sie, Emilia Faust, gerade auch etwas, was Philip überhaupt nicht schmecken dürfte.

Als sie wenige Minuten später fertig war, betrachtete

sie zufrieden ihr Werk. Oscar de Witt lag glatt rasiert in seinem Sessel und schlummerte selig. Kurz überlegte sie, ob sie ihn wecken sollte, damit er sich in sein Schlafzimmer legen konnte. Aber dann holte sie nur eine weiche Decke vom Sofa, breitete sie über ihm aus und schlich auf leisen Sohlen davon, um die erste Nacht in ihrem neuen Bett zu verbringen.

Better Endings

| Über mich | Ellas Geschichten | Ellas Leben | Ellas Hamburg |

Sonntag, 6. Oktober, 08:21 Uhr

Träume werden Wirklichkeit?!

Liebe Netzgemeinde,
man sagt ja gemeinhin, dass das, was man in der ersten Nacht in einer neuen Wohnung träumt, Wirklichkeit wird. Sollte das tatsächlich stimmen, ist die Glücksfee mir in Zukunft überaus hold!
Zur Erklärung: Nein, P. und ich habe keine neue Wohnung. Aber mein zukünftiger GöGa hat mich gestern Abend überrascht und zu einem romantischen Candle-Light-Dinner in einem 5-Sterne-Hotel direkt an der Elbe entführt. Es war sensationell!
Zuerst gab es eine Consommé von der Strauchtomate, dann ein Tartelette vom Thunfisch auf Senfsalat, Lammfilet in der Salzkruste an Fenchelgemüse und Rosmarinblinis und als Dessert eine unfassbar gute Mousse aus der Tonkabohne auf Orangenragout mit frittiertem Karamell. Dazu haben P. und ich nach dem Aperitif (trockener Martini) einen vorzüglichen Regaliali und zum Hauptgang einen Bordeaux genossen. Ich kann euch sagen, das war ein kulinarischer Höhenflug! So wird das mit meiner Hochzeitsdiät zwar nichts, aber solche Köstlichkeiten konnte ich mir nicht entgegen lassen.
Aber – und jetzt haltet euch fest – das Beste kam erst noch! Als ich nämlich wissen wollte, wie wir das mit unserem Auto machen, weil nach dem Essen keiner von uns noch fahrtauglich war, sagte P. zu mir:
»Gar nichts machen wir damit.«
»Dann nehmen wir ein Taxi, lassen den Wagen stehen und holen ihn

morgen ab«, habe ich geschlussfolgert und als Antwort ein »Nein« erhalten.

Zuerst habe ich es nicht verstanden, aber dann hat er grinsend eine Hotelkarte hervorgezaubert und mir gesagt, dass er für uns die Flitterwochensuite gebucht hat, um sie schon mal für den Ernstfall zu testen. Für den Ernstfall, genau so hat er es formuliert! »Wir müssen doch ausprobieren, ob wir hier im nächsten Jahr unsere Hochzeitsnacht verbringen wollen.«

Ihr könnt euch denken, dass ich ihm vor Freude um den Hals gefallen bin. Und dass die anschließende Nacht, nun ja … die Lady genießt und schweigt ☺

Jedenfalls habe ich später himmlisch geschlafen – und noch viel himmlischer geträumt. Ich bin zum leisen Tuten der Containerschiffe auf der Elbe weggedämmert und habe mich sofort im Paradies wiedergefunden, in meinem zukünftigen Leben mit P.: Wir wohnten in einem schönen Haus etwas außerhalb der Stadt, im englischen Landhaus-Stil eingerichtet, mit direktem Blick auf die Elbe und einem riesigen Garten. P. und ich waren irgendwas in unseren Vierzigern und saßen lachend auf der Terrasse, die Sonne schien vom knallblauen und wolkenlosen Himmel auf uns herab, und durch den Garten tobten ein Golden Retriever und zwei kleine Mädchen … Aber das Allerallerschönste an diesem Traum war, wie P. mich darin angesehen hat. Immer noch so zärtlich und verliebt wie am ersten Tag!

Jetzt ist er gerade im Wellnessbereich des Hotels, wo ich mich gleich ebenfalls in die Fluten stürzen, einen Saunagang und vielleicht sogar eine Massage genießen werde. Aber ich musste euch das hier unbedingt schnell erzählen, denn wenn die Sache mit den Träumen, die Wirklichkeit werden, stimmt – dann schreibt euch heute eine sehr, sehr glückliche und vom Schicksal beschenkte

Ella Cinderella

P.S.: Auch heute wird es nicht vergessen:
Am Ende wird alles gut.
Wenn es nicht gut ist, ist es nicht das Ende.

13

Dieses Mal hatte Ella ihr Notebook sofort zugeklappt, nachdem sie den neuen Eintrag auf *Better Endings* eingestellt hatte. Sie wollte erst gar keine Kommentare lesen. Weder von Bloxxx (»Du isst Thunfisch? Ohhhh, die armen Delphinchen!«) noch von ihren wohlwollenden Followern (»Wow, Ella, das klingt ja echt wie ein Traum! Fühl dich geknuddelt und gedrückt! XOXO«). Nein, diesen Text hatte sie *ausschließlich* für Philip verfasst. Sie wusste selbst nicht, warum. Quatsch. Sie wusste ganz genau, warum.

Und während sie auf ihrem neuen Bett saß, den Rücken gegen das Kopfteil gelehnt, beim Blick aus dem Fenster tatsächlich ein kleines Stück der Elbe erhaschend, musste sie der Versuchung widerstehen, den neuen Beitrag wieder zu löschen. Weil es eine Sache war, Philip mit ihrem Blog ein wenig zu piksen. Eine andere, ihm zu suggerieren, sie träume nun doch von einem Familienleben mit ihm, zwei Kindern und Hund. Das tat sie nach wie vor nicht – und trotzdem hielt sie es ihm mit dieser Geschichte wie eine Karotte vor die Nase.

Aber, Himmelherrgottnochmal, sie war einfach so verletzt! Außerdem hatte sie nichts von »Töchtern« geschrieben, sondern lediglich über »Mädchen«, und die konnten ja zu sonst wem gehören. Darüber hinaus – und bei diesem Gedanken verschränkte sie in selbstgerechter Manier die Arme vor der Brust – hatte sie Philip sehr deutlich erklärt, dass das, was sie auf *Better Endings* schrieb, reine Fiktion war. Und so war es ja auch, nichts an diesem Eintrag stimmte. Bis auf das Tuten der Container-Schiffe, das hatte sie in der Nacht wirklich gehört. Geträumt hatte sie ebenfalls – allerdings etwas vollkommen anderes: Es war ein wenig wirr gewesen, aber wenn sie sich recht erinnerte, war es darin um König Blaubart gegangen – verkörpert von Oscar de Witt mit blauem Bart –, der sie mit einem erhobenen Einwegrasierer kreuz und quer durch seine Villa gejagt hatte, bis sie vor dem geheimnisvollen verschlossenen Zimmer gelandet war. In Panik hatte Ella an der Klinke gerüttelt, denn Blaubart hatte sie mit seinem Mordinstrument – wobei ein Plastikrasierer aus dem Drogeriemarkt nicht ganz so furchteinflößend aussah wie eine richtige Klinge – beinahe eingeholt. Diesmal war die Tür nach innen aufgeschwungen, Ella hatte sich keuchend durch sie hindurch gerettet, um Sekunden später …

Dummerweise war sie in diesem Moment hochgeschreckt, so dass sie nicht mehr erfahren hatte, was sich denn nun in dem Raum befand. Ob tatsächlich die niedergemetzelten Frauen von Osc… Blaubart oder nur ein paar Umzugskisten vollgestopft mit alten Akten oder nutzlosem Krempel. Mit einem verärgerten Laut hatte sie sich auf die Seite geworfen, wie gern hätte sie dieses Geheimnis gelüftet! Auch wenn ihr natürlich klar war, dass sie darauf lediglich die Antwort erhalten hätte, die sich ihr Unterbewusstsein zusammenspann, denn das alles war nur einem Traum entsprungen. Trotzdem, neugierig auf die Vermutung ihres siebten Sinnes, was sich hinter der Zimmertür versteckte, war sie allemal.

Die Uhr ihres Handys zeigte Viertel nach neun, und so reckte und streckte sie sich ein letztes Mal, denn für ihre Verhältnisse hatte sie bis in die Puppen geschlafen, normalerweise erhob sie sich um halb acht. Sie horchte konzentriert, ob sie Oscar de Witt bereits durchs Haus irren hörte, aber es war mucksmäuschenstill. Bestimmt lag er noch in seinem Stressless-Sessel und schlief sich die Strapazen aus den Knochen. Gut so, denn Schlaf – keine Weisheit von Frau Schlommers, obwohl sie es hätte sein können – war tatsächlich die allerbeste Medizin.

Ella ging in ihr kleines Badezimmer, nahm eine schnelle Dusche, fischte Wäsche, Socken, eine Jeans und einen bordeauxfarbenen Pullover aus Ikea-Tüte Nummer 1 und zog sich an, ehe sie sich daranmachte, für ihre Sachen den jeweils passenden Platz in ihrem neuen Reich zu finden. Das hätte sie normalerweise schon gestern Abend erledigt, aber *normal* war im Moment ja gar nichts mehr, und nach ihrem Debüt als *Der Barbier von der Villa* war sie einfach nur tot ins Bett getaumelt.

Während sie nun ihre Kleidung in den leeren Schrank räumte, im Bad ihre Kosmetikartikel auf der Ablage unterm Spiegel in Reih und Glied aufstellte, ein paar Bücher, ihr Notebook sowie zwei Aktenordner mit privaten Unterlagen ins Regal schob, stieg erneut die Traurigkeit in ihr auf. Sie kam sich vor wie eine Studentin, die ihr WG-Zimmer in einer fremden Stadt bezog. Wie jemand, der gerade erst anfing, nicht wie jemand, der sich bereits als angekommen gewähnt hatte. Von daher saßen sie und Oscar de Witt im selben Boot, wenn auch in entgegengesetzten Richtungen: Er hatte eine ungewisse

Vergangenheit, sie eine ungewisse Zukunft. Die unter Umständen zu einer ziemlichen Schlingerfahrt geraten konnte.

Doch im nächsten Moment schalt Ella sich für diesen negativen Gedanken, der sich da in ihren Kopf geschlichen hatte. Was war nur los mit ihr? Sie hatte es doch selbst in der Hand! Sie musste hier nur alles wieder ins rechte Lot bringen, dann wäre sie schnell wieder zu Hause im Philosophenweg. Jawohl, genau so würde es sein!

Am Boden der letzten Ikea-Tüte fand Ella das rote Buch ihrer Mutter. An den Kanten abgestoßen, die Seiten darin vom vielen Lesen wellig, aufgeplustert.

Sie schlug es nicht auf, das tat sie nie, schon seit Jahren nicht mehr. Stattdessen hielt sie es fest in beiden Händen, schloss die Augen und strich mit den Fingern über den rauen und verschlissenen Stoffeinband. Nie im Leben würde sie dieses Buch weggeben, und könnte sie bei einem Brand nur eine einzige Sache retten, wäre es diese hier. Trotzdem las sie nicht mehr darin. Das musste sie nicht, denn sie kannte jeden einzelnen Satz in- und auswendig, wusste, auf welcher Seite, in welcher Zeile welches Wort, ja, welches Komma stand. Es war ihr Manifest, ihr Vermächtnis, das sie hütete wie einen kostbaren Schatz (denn es *war* ein kostbarer Schatz) und das außer ihr – und ihrer Mutter – noch nie jemand zu Gesicht bekommen hatte und es auch nie würde.

Das Semikolon an ihrem Handgelenk begann zu jucken, sie öffnete die Augen und betrachtete ihre Tätowierung. Wenn man ganz, ganz genau hinsah, konnte man die Arterie darunter pulsieren sehen. Oder sie zumindest erahnen. Ihren Lebensfluss, den Weg ihres Herzens, den ...

»Ahhhhhhh!« Der markerschütternde Schrei ließ Ella zusammenzucken, das Buch glitt ihr aus den Händen, fiel zu Boden und klappte in der Mitte auf. Nur kurz erhaschte sie einen Blick auf die Seiten, auf die eng beschriebenen Blätter, dann hob sie es eilig hoch, schlug es zu und verstaute es in der obersten Schublade ihres Nachttischs.

Eine Sekunde später rannte sie die Treppe nach unten, um nachzusehen, was passiert war.

Der Sessel im Wohnzimmer war leer, die Decke lag achtlos zusammengeknüllt darauf. Ellas Blick sprang hektisch durch den gesamten Raum, von Oscar de Witt weit und breit keine Spur. Doch dann hörte sie ihn, vernahm deutliche Klagelaute, ein Wimmern und ein »Aua, Autsch«. Es kam aus der Küche, sie lief rüber und fand Oscar sofort, er lag malerisch hingegossen auf dem Boden neben einem umgekippten Stuhl. Rücklings und immer noch im Bademantel hielt er sich mit Schmerz verzerrter Miene das gebrochene Handgelenk.

»Was machen Sie denn da?«, rief Ella, stürzte zu ihm, packte ihn bei den Schultern, um ihn aufzurichten.

»Aua!«, schrie er und wehrte sie ab. »Nicht anfassen, das tut höllisch weh!«

Sofort ließ sie ihn los und betrachtete ihn unschlüssig, wie er da zusammengekrümmt in Embryonalstellung auf dem polierten Beton lag. Was sollte sie tun? Was *konnte* sie tun? Und was, zum Teufel, hatte Oscar de Witt auf diesem Stuhl gewollt?

»Was haben Sie denn gemacht?«, wiederholte sie ihre Frage.

»Ich dachte«, brachte er stockend hervor, unterbrach sich aber, weil ihn offenbar eine Schmerzattacke niederwalzte. Er verdrehte die Augen und hyperventilierte, und sie befürchtete schon, erneut einen Krankenwagen rufen zu müssen, um schlussendlich dem Arzt des Stadtkrankenhauses gegenüber einzuräumen, dass eine von Amts wegen angeordnete Betreuung möglicherweise die bessere Wahl gewesen wäre als *Schwester Ella*. Doch dann rang Oscar de Witt erneut nach Luft und presste immerhin einen vollständigen Satz hervor. Einen ziemlich langen sogar: »Ich hatte Hunger und wollte nachsehen, ob ich ganz oben in den Schränken vielleicht doch etwas Essbares finde.«

»Frage Nummer eins«, gab Ella zurück. »Warum rufen Sie mich nicht? Frage Nummer zwei: Warum glauben Sie mir nicht, wenn ich Ihnen sage, dass nichts im Haus ist?«

»Antwort Nummer eins«, er lächelte gequält, sah aber wenigstens nicht mehr so aus, als stünde er kurz vor seinem Ableben, »weil ich nicht wüsste, wie Sie mir hätten helfen können. Ich bin ein Meter neunzig und musste auf einen Stuhl steigen, um in die obersten Fächer schauen zu können. Sie mit Ihren ein Meter und vierzig ...«

»Ein Meter und achtundfünfzig«, korrigierte sie ihn.

»... wie Sie mir mit Ihren ein Meter und Furz hätten behilflich sein können. Antwort Nummer zwei: siehe Antwort Nummer eins. Sie *können* ja gar nicht wissen, ob da oben was ist.«

Ella sah ihn einen Moment lang wortlos an – dann machte sie auf dem Absatz kehrt und marschierte aus der Küche.

»He!«, hörte sie ihn rufen. »Wo wollen Sie denn hin?«

Sie antwortete ihm nicht, darauf würde der liebe Oscar de Witt mit Sicherheit von ganz allein kommen. »Sie können mich doch hier nicht so liegen lassen!«

Ella stand mit verschränkten Armen direkt hinter der Tür draußen im Flur und musste ein Kichern unterdrücken.

»Frau Faust, bitte kommen Sie wieder zu mir!«

Sie schwieg eisern und ließ ihn schmoren. Sollte er ruhig hilflos wie ein Käfer auf dem Rücken liegen und alle viere von sich strecken, das hatte er sich verdient. Wenn sein Unfall und die unschönen Folgen ihn schon nicht hatten demütig werden lassen – dann würde Emilia Faust ihm eben zeigen, dass es manchmal von Vorteil war, sich ein wenig zurückzuhalten.

»Frau Fauhauuust?« Nun klang er weinerlich. »Ich bitte Sie!«

Das ging doch schon mal in die richtige Richtung.

»Bitte, Emilia!«

Emilia. Oh.

Eine Weile hörte sie gar nichts mehr, und sie war schon versucht, den Kopf durch die Tür zu stecken, um nachzusehen, ob alles in Ordnung war. Doch dann erklang erneut seine Stimme.

»Also gut, Frau Faust«, rief er. »Ich entschuldige mich und nehme den Furz zurück.«

Breit lächelnd ging sie wieder hinein.

»Sehen Sie, Herr de Witt, es geht doch.«

»Ja, natürlich, *gehen* tut es schon«, schnappte er. »Konnte ja nicht ahnen, wie humorlos Sie sind.«

»Da geben wir uns vermutlich nichts.«

»Sieht ganz danach aus.« Dann machte er mit dem

Kopf eine nickende Bewegung. »Könnten Sie mir also bitte hochhelfen? Ich kann mich nur schlecht abstützen.«

Ella kniete sich neben ihn. »Wo soll ich denn am besten anfassen?«

»Keine Ahnung, Schmerzen habe ich überall. Bin bei meinem Sturz erst auf den Steiß, dann auf die Schulter geknallt.«

Sie überlegte einen Moment, dann nahm sie – wie schon beim Rasieren – auf Höhe seines Kopfes hinter ihm Platz und schob beide Arme unter seinen Rücken. Unter Mühen und seinem Stöhnen gelang es ihr, ihn in eine Sitzposition zu wuchten, dann schlang sie ihre Arme unter seine Achseln und schaffte es so, ihn in die – wenn auch etwas kippelige – Senkrechte zu befördern. Jetzt, da sie ihm körperlich so nahe war, war sie extrem froh darüber, dass er nach seiner Dusche gestern angenehm duftete. Wenn auch etwas puffig, da hatte er recht.

»Danke, Emilia«, sagte er und beäugte sein Handgelenk, als würde er befürchten, einen aus dem Gips ragenden Knochen zu entdecken.

»Ella«, sagte sie. »Sagen Sie bitte Ella.«

»Und Sie einfach Oscar.«

»In Ordnung, Oscar.« Zum ersten Mal musste sie in diesem Moment an *Oskar aus der Mülltonne*, das schmutzig-grüne Monster der *Sesamstraße*, denken, unterließ es aber, diese Assoziation mit ihm zu teilen. Nur für sich, im Geheimen, stellte sie fest, dass der Name für ihn sehr passend war. *Oscar von der Müllhalde.*

»Wo sind Sie schon wieder?«

»Wie bitte?«

»Es kommt mir vor, als würde bei Ihnen jemand hin und wieder das Licht ausknipsen.« Mit seiner gesunden Hand ahmte er auf Höhe seiner Schläfe das Drehen eines Schalters nach. »Klick! Und Sie sind weg.«

»Nein«, widersprach sie ihm. »Ich bin voll da. Und ich möchte Sie bitten, auf solche Alleingänge wie diesen hier«, sie deutete auf den umgekippten Stuhl, »in Zukunft zu verzichten. Ich habe ja keine ruhige Minute, wenn ich Sie nicht mal kurz aus den Augen lassen kann, ohne dass Sie versuchen ...« Sie ließ den Satz unvollendet.

»Ohne dass ich versuche, mich umzubringen, meinen Sie?«

Ella nickte stumm.

»Keine Sorge, *ein* Prager Fenstersturz reicht mir.«

»Dann ist es ja gut.«

»Bleibt aber immer noch die Frage, wie wir herausfinden, was da in den Schränken ist. Räuberleiter scheidet ja leider aus.« Er grinste schief.

»Da müssen wir gar nicht reingucken«, erklärte sie ihm. »Wir werden dort nichts Essbares finden.«

»Woher wollen Sie das wissen? Sie möchten doch nicht behaupten, dass Sie Fu... fulminante Haushälterin reingesehen hätten?«

»Nein«, gab sie ihm recht. »Habe ich nicht. Aber meine langjährige Erfahrung als *fulminante Haushälterin* sagt mir, dass dort oben keine Lebensmittel stehen. Weil nur ein absoluter Schwachkopf einen so schwer zugänglichen Platz für Vorräte nutzen würde. Wenn überhaupt, dann sind da Dinge wie ein Fonduetopf oder ein Raclettegrill drin. Sachen halt, die man nur alle Jubeljahre braucht.«

»Und wer«, er bedachte sie mit einem gespielt ernsten Blick, »sagt Ihnen, dass ich nicht am liebsten jeden Tag Fondue esse?«

»Die leeren Pizzakartons, die ich entsorgen musste, sagen mir das.«

»Und woher wollen Sie wissen, dass ich kein absoluter Schwachkopf bin?«

Ella überlegte einen Moment. »Okay, Oscar«, teilte sie ihm dann breit lächelnd mit, »schauen wir nach!«

»Frechheit!«

»Selber.«

Sie sahen sich an – und fingen dann beide an zu lachen. Oscar allerdings nur zwei Sekunden lang, bevor er zusammenzuckte und sich mit einem weiteren »Aua!« hinten ans Steißbein griff.

»Dabei sagt man doch, Lachen ist gesund«, stieß er zwischen zusammengepressten Lippen hervor.

»Tja«, gab Ella lapidar zurück, »was man so sagt. Sind halt nur leere Sprüche.«

»Den Verdacht habe ich auch.« Mit diesen Worten bückte er sich umständlich nach dem umgekippten Stuhl, doch Ella schubste ihn zur Seite, woraufhin er erneut aufjaulte.

»Lassen Sie mich das machen«, tadelte sie ihren Chef und stellte den Stuhl auf seine vier Beine.

»Gut, dann rücken Sie ihn bitte an die Schränke ran.«

»Falls Sie vorhaben, da noch einmal hochzuklettern: Das verbiete ich Ihnen.«

»Sie verbieten es mir?« Seine Augenbrauen wanderten in die Höhe.

»Als Ihr Vormund sogar ausdrücklich.«

»Pffff, Vormund! Eher Vorlautmund.«

»Wie immer Sie meinen.«

»Dann finden wir aber nie heraus, wer von uns beiden recht hat.«

»Damit kann ich gut leben.«

»Aber ich nicht«, gab er zurück. »Ich will jetzt sofort wissen, was in diesem Schrank ist.« Trotzig schwang er einen Fuß auf die Sitzfläche des Stuhls, stöhnte aber gleich wieder laut auf und setzte ihn zurück auf den Boden.

»Sind Sie immer so dickköpfig?«

Er sah sie belämmert an. »Das weiß ich nicht«, erwiderte er frustriert. »Ich habe ja keine Ahnung, wer ich bin. Oder wie.«

»Tut mir leid«, sagte Ella. »Gar nicht so einfach, die Fettnäpfchen zu umgehen.«

Oscar winkte ab. »Machen Sie sich keine Gedanken. Überlegen Sie lieber, wie ein Vollinvalide und ein Zwerg dieses Problem lösen können.«

»Sie scheinen mir wirklich ein Dickkopf zu sein.«

»Auf jeden Fall bin ich wohl jemand, der, wenn er etwas will, nicht lockerlässt, ehe er es hat. Und in diesem Fall will ich oben in den Schrank gucken. Ich bin mir sicher, dass da alles steht, was wir für ein leckeres Frühstück brauchen.«

»Garantiert«, pflichtete Ella ihm bei. »Vermutlich sogar schon fertig angerichtet. Rührei mit Bacon, Kirschtomaten und Toast, Krabbensalat, Porridge, frisch gepresster Orangensaft ...«

»Hören Sie auf! Mein Magen dreht durch.«

»Jetzt hab ich eine Idee!«, rief sie aus.

»Die da wäre?«

»In Ihrer Garage ist eine Leiter. Habe ich gestern gesehen, als ich das Auto genommen habe. Die hole ich.« Sie wandte sich zum Gehen.

»Normalerweise würde ich ja anbieten, das zu übernehmen, aber ...«

»Machen Sie sich keine Gedanken«, wiederholte sie die Worte, die er erst eine Minute zuvor zu ihr gesagt hatte, »das schafft der Zwerg schon allein.« Sie machte sich auf den Weg nach draußen in die Halle.

»Ach, Ella?«, rief Oscar ihr nach.

»Was ist denn?«, rief sie zurück.

»Dann fahren Sie doch bitte auch gleich den Wagen in die Garage, ja? Ich weiß zwar nicht, wie und wer ich bin. Aber ich bin garantiert niemand, der seinen Mercedes G-Klasse draußen vorm Haus stehen lässt, wenn er einen Carport hat.«

Und ich bin garantiert nicht vom Chaletparking, dachte Ella, als sie die Haustür aufriss und Richtung Garage eilte.

Kurze Zeit später – das Auto stand noch immer in der Auffahrt – schleppte Ella die lange Malerleiter in die Küche. Ein Monstrum aus Aluminium, das sich auf mehrere Meter ausfahren ließ. »Dann wollen wir mal nachsehen.« Sie stellte die Leiter hochkant und kippte sie gegen die Schränke, im Anschluss ruckelte sie ein wenig daran, um zu prüfen, ob sie sicher stand. »So müsste es gehen«, meinte sie.

»Ich hoffe nur, Sie sind gut versichert.«

»Hoffen Sie lieber mal, dass *Sie* gut versichert sind.«

»Ich? Wieso ich?«

»Wenn ich mir das Genick breche, zählt das als Arbeitsunfall.« Noch während sie das sagte, wurde ihr bewusst, dass sie und Oscar gar kein Arbeitsverhältnis miteinander hatten, es gab nicht mal einen Vertrag. Das würden sie noch irgendwie nachholen müssen. Über das »wie« in dem »irgend« würde sie sich allerdings erst später Gedanken machen.

»Wenn Sie sich das Genick brechen, ist das nicht schlimm«, teilte Oscar ihr mit. »Denn dann sind Sie tot, und es fallen für mich nur noch die Beerdigungskosten an.«

»Auch wieder wahr.«

»Ich halte trotzdem lieber mit einer Hand fest, wenn Sie da hochkraxeln.«

»Da wäre ich Ihnen sehr verbunden.« Sie setzte einen Fuß auf die unterste Sprosse, umfasste mit beiden Händen die Leiter und begann ihren Aufstieg, während Oscar wie angekündigt für mehr Stabilität sorgte.

Oben angelangt öffnete Ella die Klappe und spähte hinein. Dann lachte sie. Laut. Und hämisch.

»Was ist?«, wollte Oscar von unten wissen.

»Das werden Sie mir nicht glauben.«

»Nun sagen Sie schon!«

»Okay«, sie machte eine Kunstpause, um die Spannung zu erhöhen. »Ein Fonduetopf«, teilte sie ihm dann mit. »*Und* ein Raclettegrill.«

»Zeigen Sie mal!«

»Sie glauben mir nicht?«

»Haben Sie ja selbst gesagt. Also, dass ich es Ihnen nicht glauben werde.«

»Das war eher Rhetorik.«

»Aber durchaus ins Schwarze getroffen.«

»Jetzt bin ich beleidigt.«

»Warum? Gestern haben Sie mir noch erzählt, Hillary Clinton sei US-Präsidentin.«

»Bei so einer ernsten Angelegenheit wie einem Fonduetopf würde ich nicht schwindeln.«

»Zeigen!«, forderte Oscar.

»Okay.« Ella seufzte, griff nach dem Topf und holte ihn heraus. »Zufrieden?«, fragte sie, als sie ihn Oscar entgegenstreckte.

»Fast«, erwiderte er. »Jetzt noch der Raclettegrill, Frau Faust!«

»Herr de Witt«, protestierte sie, ebenfalls zu seinem Nachnamen zurückkehrend. »Das ist doch nun wirklich …«

»Ich will ihn sehen!«

Ella zögerte einen Moment, dann zuckte sie ergeben mit den Schultern. »Na gut«, gab sie zu, »das war geschwindelt.«

»Gelogen.«

»Von mir aus auch das.« Sie spürte, wie sie rot anlief, so ertappt fühlte sie sich. »Aber dafür steht hier eine Nudelmaschine – also quasi ein Raclettegrill für Fortgeschrittene«, setzte sie zu einer lahmen Verteidigung an.

»Eine Nudelmaschine ist kein Raclettegrill«, stellte er unerbittlich fest.

»Seien Sie nicht so kleinlich.« Sie schloss die Klappe vom Schrank und stieg von der Leiter hinunter. »Jedenfalls hatte ich mit meiner Vermutung, dass da keine Lebensmittel zu finden sind, recht«, sagte sie, als sie wieder auf sicherem Betonboden vor ihm stand.

»Ja«, pflichtete er ihr bei und musterte sie streng. »Das zählt aber nicht, denn Sie haben sich durch Ihre Lüge ins Unrecht gesetzt. Und damit ist Ihr *Sieg* nichts wert.«

»Jetzt machen Sie aber mal einen Punkt, Oscar!«, gab sie empört zurück. »Lüge ... das ist so ... so ...«

»Weshalb sollte ich einen Punkt machen?«, unterbrach er sie. Sein Blick war undurchdringlich, und Ella fragte sich, ob er gerade scherzte oder tatsächlich so ernst war, wie er wirkte. Letzteres schien der Fall zu sein, denn er fügte leise hinzu. »Ich erkläre das nur noch ein einziges Mal, Frau Faust: Meine Lage ist mehr als unerfreulich. Und wenn Sie und ich, wenn wir gut miteinander auskommen wollen, dann sagen Sie mir die Wahrheit. Immer. Auch, wenn es Ihnen noch so unwichtig erscheint. Erwische ich Sie noch einmal bei der kleinsten Schwindelei, können Sie Ihren Kram packen und gehen, haben wir uns da verstanden?«

Ella senkte den Blick zu Boden, schluckte den Kloß in ihrem Hals hinunter und nickte. »Ja«, erwiderte sie krächzend, »haben wir.« Sie hob den Kopf und sah ihn unsicher an.

»Gut.« Erstaunlicherweise grinste Oscar nun schon wieder von einem Ohr zum anderen, der Mann war wirklich ein Phänomen. »Dann helfen Sie mir bitte beim Anziehen. Und danach lassen Sie uns einkaufen fahren, damit wir etwas in den Bauch bekommen.«

»Wir müssen zuerst noch die Sache mit dem Geld klären.«

»Kann man in diesem Sonntagssupermarkt nicht mit Karte und Unterschrift zahlen?«

»Keine Ahnung«, gab Ella zu. »Wäre nur blöd, wenn

wir erst an der Kasse feststellen, dass es nicht geht. Außerdem wäre ein bisschen Bargeld schon ganz gut, wir sollten also am Automaten etwas abheben.«

»Dann brauchen wir meine Geheimnummer. Haben Sie eine Idee?«

»Nein. Die Banken haben heute geschlossen, wir können also niemanden fragen ... Wir könnten höchstens in Ihrem Büro nachsehen, ob wir da etwas finden.«

»Lassen Sie uns das tun.« Mit diesen Worten marschierte er schon los Richtung Arbeitszimmer.

»Oscar!«, rief Ella und eilte ihm nach. Sie dachte an die gelben Umschläge auf seinem Schreibtisch. Und nicht zuletzt – wenn nicht gar zuerst – an das Blatt Papier, auf das er wieder und immer wieder *Warum hast du mich verlassen? Warum hast du mich verlassen?* geschrieben hatte. Auch, wenn er einen recht stabilen Eindruck machte – Ella war sich nicht sicher, ob Oscar schon bereit für die Konfrontation mit solchen Informationen war. »Oscar«, wiederholte sie deshalb, als sie ihn kurz vor der Tür zu seinem Büro eingeholt hatte, und legte ihm eine Hand auf die Schulter. Er drehte sich zu ihr um. »Mit *wir* meinte ich eigentlich mich. Also, *ich* könnte nachsehen.«

»Es ist aber *mein* Arbeitszimmer.«

»Ja, sicher, nur ...« Sie zögerte. Doch dann sagte sie es frei heraus: »Bitte, glaube Sie mit jetzt, wenn ich Ihnen sagen, dass ich beim Aufräumen ein paar Dinge entdeckt habe, auf die ich Sie lieber schonend vorbereiten möchte.«

»Dinge? Was denn für *Dinge*?«

Warum hast du mich verlassen? Warum hast du mich verlassen?

»Unbezahlte Rechnungen zum Beispiel«, sagte sie.

»Damit komme ich schon klar.« Er wandte sich wieder der Tür zu und legte eine Hand auf die Klinke.

»Bitte!« Diesmal hielt sie ihn am Arm zurück. Er drehte sich erneut zu ihr um und sah sie fragend an. »Es tut mir leid, wenn ich Sie angeschwindelt oder von mir aus auch belogen habe. Aber ich denke wirklich, es ist besser, Sie warten noch, bevor Sie sich eingehender mit Ihrer Vergangenheit beschäftigen.« Sie warf ihm einen flehenden Blick zu.

Er betrachtete sie lange. Nachdenklich. Und nickte dann kaum merklich. »Na gut«, willigte er widerstrebend ein, trat einen Schritt zur Seite, um Ella den Weg ins Büro frei zu geben. »Wobei Sie mich damit natürlich umso neugieriger machen, vor was *genau* Sie mich schützen wollen.«

»Es ist nichts Wildes«, behauptete sie mit einer wegwerfenden Handbewegung. »Wie gesagt, ein paar unbezahlte Rechnungen und Mahnungen. Unangenehme Angelegenheiten, mit denen Sie sich meiner Meinung nach erst in ein paar Tagen auseinandersetzen sollten. Oder die Sie, besser noch, einfach mir überlassen.«

»Ihnen?«

»Ja, natürlich. Sie wollten mich doch für den Rundum-Sorglos-Service.« Sie zwinkerte ihm zu. »Und den sollen Sie auch haben!«

»In Ordnung, Ella. Dann walten Sie Ihres Amtes.«

Sie öffnete die Tür zum Arbeitszimmer und schloss sie sofort wieder hinter sich. Als Erstes ging sie zum Schreibtisch, nahm das Blatt mit Oscars Klageschrift und sah sich unschlüssig um, wo sie es verstecken könnte. Es klein zusammenfalten und in ihre Hosentasche stopfen wollte sie nicht, das wäre ihr respektlos erschienen. Aber finden sollte Oscar die Seite auch nicht. Noch nicht jedenfalls.

Das ist keine Lüge, beruhigte sie sich selbst, als sie das Papier schließlich zwischen zwei dicke Steuerfachbücher schob. *Das ist lediglich eine Unterlassung.*

Danach studierte sie die Aktenordner im Regal. Ihr Herz machte einen Hüpfer, als sie einen mit der Aufschrift »Bank« entdeckte. Das hörte sich vielversprechend an.

Sie zog ihn heraus und blätterte ihn durch. Schon auf den ersten Blick sprangen ihr Zahlen diverser Wertpapiere und Policen ins Auge, die so lang waren, dass ein Zeigefinger nicht ausreiche, um sie komplett zu verdecken. Ellas Hände zitterten, sie war bei einem richtigen Krösus gelandet.

Natürlich hatte sie keine Ahnung, ob es sich dabei um Oscar de Witts Vermögen handelte oder ob das alles hier samt und sonders an die Bank verpfändet war – mit der Villa gleich obendrauf –, aber wenn das, was sie beim eiligen Überfliegen zusammenrechnete, auch nur in Ansätzen dem Finanzstatus ihres neues Chefs entsprach – dann waren die Mahnbescheide auf dem Schreibtisch erst recht nicht zu erklären. An mangelnder Liquidität konnte es dann jedenfalls nicht liegen.

Aber bevor sie sich eingehender mit den Unterlagen beschäftigte, blätterte sie weiter, ob sie einen Hinweis auf eine PIN zu Oscars EC- oder Kreditkarte fand.

Ganz hinten im Ordner hatte sie Glück, und zwar in gleich mehrfacher Hinsicht: Ordentlich in einer Plastikhülle steckten hier nicht nur zwei Schreiben von seiner Bank mit den Geheimnummern für beide Karten, sondern auch sämtliche Zugangsdaten fürs Online-Banking. Damit würde Ella in Zukunft gut arbeiten können.

Sie nahm die Zettel mit den PINs aus der Folie, stellte den Ordner zurück ins Regal und wollte sich schon auf den Weg nach draußen begeben, als ihr Blick noch einmal auf die zwei dicken Bücher fiel, zwischen die sie das Blatt gesteckt hatte. Eine weiße Ecke davon lugte vor, das Versteck schien nicht wirklich ideal, also zog sie es wieder heraus.

Doch zusammenfalten und in die Hosentasche? Oder könnte sie Oscar überzeugen, dass es besser wäre, wenn sie sein Büro vorerst abschloss? So, wie sie ihn einschätzte, würde er das nicht zulassen, sondern auch hier den freien Zugang fordern.

Unterm Schreibtisch entdeckte sie einen schwarzen Rollcontainer, im Schloss der obersten Schublade steckte ein Schlüssel. Den könnte sie unauffällig an sich nehmen, der Container wäre halt einfach abgeschlossen. Pech.

Ella zog das Fach auf, um die Seite hineinzulegen. Sie stutzte. Nahm einen kleinen länglichen Kasten heraus und betrachtete ihn interessiert. Schockiert.

Ein silberner Kinderlöffel ruhte auf rotem Samt gebettet unter dem durchsichtigen Deckel aus Plexiglas. Einer, wie man ihn Eltern zur Geburt oder Taufe eines Babys schenkt. *Henri* war auf dem Griff eingraviert. Und ein Datum. Ella überschlug im Kopf die Zahl. Acht Jahre, der Junge musste acht Jahre alt sein.

Sie legte Oscars Zettel in die Schublade und packte

den Löffel dazu. Dann sperrte sie zu und ließ den Schlüssel in der Tasche ihrer Jeans verschwinden.

Henri, dachte sie, als sie nach draußen zu Oscar ging. *Wer bist du, Henri, acht Jahre? Und vor allem: wo?*

14

»Ich will ja nichts sagen, Ella. Aber Sie haben dem Smart gerade die Vorfahrt genommen. Nicht dass der gegen mein Auto eine Chance hätte – aber nett war das trotzdem nicht.«

»Wie bitte?« Ella warf Oscar, der vom Beifahrersitz aus ihre Chauffeurskünste kommentierte, einen konfusen Blick zu.

»Bei Ihnen ist ja schon wieder Licht aus«, stellte er schmunzelnd fest. »Ich bin mir nicht sicher, ob jemand, der so verträumt ist wie Sie, für den Straßenverkehr tauglich ist. Vielleicht sollte ich mich lieber ans Steuer setzen.«

»Dürfte schwierig werden.« Sie deutete auf seinen eingegipsten Arm.

»Mit Automatik ist das doch kein Problem.«

»Wenn ich da richtig informiert bin«, erwiderte sie, »gelten Sie mit Ihrer Verletzung als fahruntüchtig, Automatik hin oder her.« Sie lächelte süffisant. »Und *mir* sieht man meine *Untauglichkeit* ja wenigstens nicht an.«

»Es reicht mir schon, dass *ich* sie bemerke. Wenn Sie mir also den Gefallen tun würden, Ella, sich auf den Verkehr zu konzentrieren und von dort zurückzukehren, wo Sie gedanklich gerade sind. Wo auch immer das ist.«

»Ja, natürlich.« Sie umklammerte das Lederlenkrad fest mit beiden Händen, kniff die Augen zusammen und fixierte die Straße. Wo sie gedanklich gerade war? Bei Henri, acht Jahre. Und bei der Frage, ob es sich dabei um Oscar de Witts Sohn handeln könnte. Warum sonst sollte er den silbernen Löffel in einer Schublade im Rollcontainer unter seinem Schreibtisch aufbewahren?

Andererseits: Es gab im gesamten Haus nicht einen einzigen Hinweis auf ein Kind. Keine Fotos, keine Rennautos oder die ausgelatschten Fußballschuhe eines Jungen, keine Buntstiftkritzeleien oder Aufkleber an den Wänden oder verräterischen Striche im Türrahmen, mit denen in unregelmäßigen Abständen die Größe gemessen wurde. Nein, nichts. Selbst, wenn Francine de Witt – zu ihrem Namen passte die französische Form von Henry, also Henri, ganz ausgezeichnet – den Jungen mitgenommen haben sollte, müsste sich dann nicht *irgendein* Hinweis auf ihn finden? Sogar die Katze, die es nicht gab, hatte immerhin Spuren in Form von Whiskas-Dosen und einem Kratzbaum hinterlassen.

Wenn Ella sich allein Oscars Mercedes ansah: keine Sitzerhöhung, kein rumfliegendes Spielzeug oder Kekskrümel, die darauf hindeuteten, dass mit diesem Auto jemals ein Grundschüler transportiert worden war. Der Wagen sah vielmehr aus, als sei er erst gestern im Werk vom Band gerollt (was Ella nach dem Zustand der Villa überaus erstaunt hatte), hier war noch nie eine Capri-Sonne im hohen Bogen von der Rückbank nach vorn geflogen und hatte ihren klebrigen Inhalt über die Windschutzscheibe verteilt. Die Autos der wenigen Paare mit Nachwuchs, die Ella kannte, ähnelten hingegen allesamt dem de Wittschen Anwesen, wie es *vor* ihrem Einsatz ausgesehen hatte.

Andererseits: das Foto in Oscars Portemonnaie. Das von ihm und seiner Frau, bei dem an der rechten Seite sichtbar ein Stück abgetrennt worden war. War dort mal ein kleiner Junge zu sehen gewesen? Aber wer machte denn *so etwas*? Behielt das Bild der entschwundenen Gattin, schnitt das Konterfei des eigenen Sprösslings aber ab? Den umgekehrten Fall, den konnte Ella sich gut vorstellen. Also, dass die Erinnerungen an den Partner eliminiert, die ans Kind aber aufgehoben wurden, das schon. Das Gegenteil davon machte emotional gesehen nicht den geringsten Sinn.

Vielleicht war ja aber auch alles ganz anders. Es gab gar kein Kind, und das Foto hatte Oscar lediglich zurechtgeschnitten oder -gerissen, damit es in seine Brieftasche passte. Der silberne Löffel? Für den konnte es viele Erklärungen geben. Ein Taufgeschenk für das Kind von Freunden, das aus irgendwelchen Gründen nicht überreicht worden war. Ein Zerwürfnis nach einem bösen Streit; weiter entfernt lebende Bekannte und nie den Weg zur Post geschafft; den Namen falsch eingraviert, der wurde doch mit Y geschrieben, oder …

»ELLA!«

Erschrocken zuckte sie zusammen und stieg mit Wucht in die Eisen. Der Wagen kam quietschend zum Stehen, Ella und Oscar wurden in ihren Sitzen nach vorn gegen ihre Gurte und Richtung Armaturenbrett geschleudert, beiden entwich die Luft mit einem lauten »Arf«.

Als sie wieder hochschaute, stellte sie fest, dass sie halb auf einem Fußgängerüberweg stand; die für sie gültige Ampel zeigte auf Rot, und direkt vor der Kühlerhaube des

Mercedes reckte ein junger Mountain-Bike-Fahrer seinen gestreckten Mittelfinger in die Höhe, ehe er auf sein Rad stieg und davonstrampelte.

»Mir reicht es«, kam es wütend von rechts. »Steigen Sie aus, ab sofort fahre ich. Das ist ja lebensgefährlich mit Ihnen! Vor allem für die Leute draußen.«

»Tut mir leid«, gab Ella kleinlaut zurück. »Den habe ich nicht gesehen.«

»Genauso wenig wie die rote Ampel.« Oscar schnallte sich ab, griff mit der linken Hand über sich hinweg zum Türöffner und machte Anstalten, auszusteigen.

»Bitte«, wollte sie ihn zurückhalten, »ab jetzt passe ich auf.«

»*Ab jetzt* war schon vor drei Kreuzungen«, pampte er sie an. »Ich fahre, keine Widerrede!«

Ergeben löste sie ihren Gurt. Wenn sie ehrlich war, war sie sogar froh, dass Oscar übernahm. Denn tatsächlich ging es in ihrem Kopf seit dem Löffelfund so dermaßen drunter und drüber, dass sie als Gefährdung der öffentlichen Sicherheit gelten musste. Da war er trotz gebrochenem Handgelenk die bessere Alternative.

»Wo genau müssen wir noch mal hin?«, fragte er unwirsch, sobald sie in neu verteilten Rollen Platz genommen hatten.

»Zum Bahnhof Altona«, antwortete Ella. »Wissen Sie, wo der ist?«

»Ja«, kam es knapp zurück. Schon gab Oscar de Witt Gas und fädelte sich einhändig und souverän in den fließenden Verkehr ein.

Unauffällig musterte Ella ihn von der Seite, wie er den Wagen schweigend und konzentriert Richtung Altona lenkte. Konnte so einer ein *Vater* sein? Sicher, mit neunundreißig Jahren war er dafür allemal alt genug. Aber sonst? Sie betrachtete seine ebenmäßigen, nahezu aristokratischen Züge, die erst jetzt – ohne Bart – so richtig zur Geltung kamen; die gerade Nase, das energische Kinn mit dem Grübchen darin, die schlanke, fast schon etwas zu dünne Statur, die feingliedrigen Hände – zumindest die linke, die auf dem Lenkrad lag –, das volle schwarze Haar mit den wenigen silbernen Strähnen, die dichten langen Wimpern und die dunklen, fast schwarzen Augen (die Ella von der Seite zwar kaum sehen konnte, von denen sie aber wusste, dass sie da waren) und nicht zuletzt der meist etwas spöttisch bis grimmig wirkende Schwung seiner Lippen.

Das hätte gut zu einem Model für noble Herrenmode gepasst. Einem *Best Ager*, der morgens seinen Espresso in Mailand genoss, sich zum Mittag im Pariser Ritz traf und abends im exklusiven Berliner Soho House ein paar Cocktails kippte. Das alles konnte Ella sich bei dem Mann am Steuer vorstellen, das alles passte zu Oscar de Witt. Oder immerhin zu dem Oscar de Witt, der er jetzt war – in sauberen Designerjeans und einem perfekt sitzenden Hemd, die sie aus seinem Schrank geholt hatte. Und der maßgefertigte Herrenschuhe trug, die Ella ebenfalls dort entdeckt und einmal kurz übergeputzt hatte.

Aber konnte sie sich auch ausmalen, wie Oscar de Witt vor einigen Jahren auf allen vieren durch seine Villa gekrabbelt war, auf dem Rücken einen freudig juchzenden Knirps, der ein ums andere Mal gefordert hatte, sein Papa solle noch einmal »brüllen wie ein Löwe«? Der sich von seinem Sohn mit Fingerfarben hatte beschmieren lassen oder mit Nudeln in Tomatensoße bewerfen? Der morgens vom heißen Atem eines Kindes in seinem Nacken geweckt worden war, von zarten Ärmchen, die ihn umschlangen? Und der später, als der Junge schon älter war, mit ihm auf dem Bolzplatz ein paar Bälle gekickt hatte? Der ihm das Fahrradfahren oder auch Schwimmen beigebracht hatte? Und der Henri als Baby – ganz der emanzipierte Mann – die Windeln gewechselt und das Fläschchen gegeben hatte?

Nein, das alles passte nicht zu ihm. Rein optisch verkörperte Oscar de Witt das, was man früher vermutlich als »Lebemann« bezeichnet hätte. Einen eingefleischten Single in den besten Jahren, in dessen Mercedes man auf der Rückbank eher eine Golftasche als einen Kindersitz vermutete.

Andererseits waren das alles nicht mehr als Klischees. Was hieß das schon? Einen verwahrlosten Kerl, der inmitten von Mülltüten, alten Zeitungen und Pizzakartons hauste – den hätte Ella sich, wenn sie es nicht mit eigenen Augen gesehen hätte, genauso wenig bei ihm vorstellen können. Sie seufzte. Sie war also genauso schlau wie zuvor.

»So schwer, das Leben?«, wollte Oscar wissen.

»Nein«, gab sie zurück. »Nur etwas unübersichtlich.«

Er warf ihr einen kurzen Seitenblick zu. »Erzählen Sie doch mal!«

»Was soll ich erzählen?«

»Was gerade so unübersichtlich ist.«

»Sie meinen, bis auf die Tatsache, dass mein neuer Chef einen Unfall mit anschließendem Gedächtnisverlust hatte?«

Er lachte. Oscar war ihr ein echtes Rätsel, eben noch harsch und gebieterisch, gab er sich nun wieder so, als sei rein gar nichts gewesen. »Davon abgesehen, ja, das meine ich.«

»Das würde etwas zu weit führen.«

»Inwiefern zu weit?«

»Da ist es«, rief Ella und streckte einen Arm nach vorn, froh darüber, dass in diesem Moment der Vorplatz des Bahnhofs in Sichtweite kam. »Gucken Sie mal, ob Sie da eine freie Lücke finden, sonst fahren wir ins Parkhaus.«

»Zu Befehl.«

»Uff, das war anstrengend!« Zwei Stunden später ließ Oscar sich im Wohnzimmer aufs Sofa plumpsen, während Ella damit beschäftigt war, die fünf großen und schweren Tüten, die bei ihrem Einkauf zusammengekommen waren, in die Küche zu wuchten. »Ich würde Ihnen ja gern helfen!«, rief er ihr von der Couch aus zu, »aber die sind für mich leider wirklich zu …«

»Ja, ja, schon gut«, unterbrach sie ihn ächzend, weil sie gerade die Tasche mit den Getränkeflaschen auf die Arbeitsfläche hievte. »Sie sind entschuldigt!«

»Tut mir leid!«, tönte es von nebenan aus zu ihr herüber.

»Ja, ja«, wiederholte Ella, diesmal leise und nur für sich. Sie war es gewohnt, Einkäufe zu schleppen und auch sonst alles im Haushalt allein zu erledigen, das bereitete ihr keinen Kummer. Klar hatte Philip ihr auch mal schwere Lasten abgenommen – wenn er denn zugegen gewesen war. Aber meist hatte sie, wenn er abends von der Arbeit kam, bereits alles erledigt und ein leckeres Essen für ihn auf dem Tisch gehabt. Sie war halt ein Organisationstalent, eine wahrhaftige *gute Fee*.

Sofort wanderten ihre Gedanken zu ihrem Philip ab und zu ihrem Gespräch, in dem er festgestellt hatte, sie habe sich seine weitere finanzielle Unterstützung ja auch *irgendwie verdient*. Schlagartig wallte die Wut wieder in ihr hoch. Irgendwie verdient! Das, was sie leistete, war kein *Irgendwie*! Aber so war die Welt, sie blickte auf Frauen, die »nur« Hausfrau – und vielleicht dazu »nur« Mutter – waren, herab, als wäre das nichts. Als würden sie den ganzen Tag Serien glotzen und sich dabei die Fußnägel lackieren, während der Gatte draußen in der Wildnis einen Säbelzahntiger nach dem anderen erlegte. Dabei sah man ja, was bei einem Mann herauskam, um den sich niemand kümmerte. Ein barfüßiger und verwirrter Oscar de Witt in zerknitterten und miefenden Klamotten.

Sofort fragte Ella sich, wie es Philip nun ohne sie ergehen würde. Stünde er auch bald ohne Schuhe an den Landungsbrücken? Sie musste über sich selbst und ihre Gedanken lachen und schüttelte den Kopf, denn das war natürlich Unsinn. Nicht jeder alleinstehende Mann verwahrloste so wie Oscar, bei ihrem neuen Chef lag eindeutig noch ein anderes Problem vor. Außerdem – und die Vorstellung allein fuhr ihr schmerzhaft in die Magengrube – war Philip ja möglicherweise gar nicht allein?! War er jetzt mit C. zusammen? War sie – Panik stieg in ihr auf – etwa sogar schon im Philosophenweg eingezogen?

Ella musste sich beherrschen, nicht sofort zu ihrem Handy, das sie mittlerweile wieder »repariert« hatte, zu greifen, ihn anzurufen und genau das zu fragen. Denn das wäre nicht nur würdelos, sondern auch kontraproduktiv. Nein. Sie schnaubte einmal aus und machte sich dann lieber daran, die Einkäufe einzuräumen. Besser, sie blieb weiter auf ihrem Kurs und hielt sich exakt an das Drehbuch, das sie in ihrem Kopf entworfen hatte.

Doch als hätten jemandem drüben in Othmarschen die Ohren geklingelt, ging in diesem Moment ihr Mobiltelefon los, das auf der Arbeitsplatte lag. Ein Blick aufs Display bestätigte ihre Vermutung: Philip.

Kurz überlegte sie, es so lange klingeln zu lassen, bis die Mailbox ansprang. Als eine Art Statement. Doch das wäre es ja gar nicht, es wäre nur ein nicht beantworteter Anruf. Also schnappte sie sich das Handy – und drückte das Gespräch weg. So. *Das* war ein Statement. Als es wenige Sekunden später erneut bimmelte, tat Ella dasselbe. Und beim nächsten Klingeln noch einmal. Danach blieb es still. Philip hatte verstanden. Hatte begriffen, dass sie nicht aus Versehen auf den falschen Knopf gekommen war, sondern dass sie schlicht und ergreifend nicht mit ihm sprechen *wollte*. Auch, wenn in ihrem Inneren alles das Gegenteil schrie, dass sie *so gern* mit ihm geredet und seine Stimme gehört hätte. Dass sie ihn vermisste, vermisste, vermisste, so unendlich schlimm vermisste! Nur hatte sie keine andere Wahl, als diesbezüglich ihm und sich selbst gegenüber hart zu bleiben, das Drehbuch schrieb es vor. Und der Zweck heiligte die Mittel.

Nachdem Ella mit dem Einräumen fertig war, machte sie sich daran, für Oscar und sich ein spätes Frühstück vorzubereiten. Und zwar genau so, wie sie es sich zuvor zusammenfantasiert hatte: Rührei mit Bacon, Kirschtomaten und Toast, Krabbensalat, Porridge und frisch gepresster Orangensaft. Nachdem sie den Kaffee aufgesetzt hatte, ging sie rüber zu Oscar ins Wohnzimmer, der lang ausgestreckt und mit geschlossenen Lidern auf dem Sofa lag. Aber er schlief nicht, sondern schlug die Augen auf, sobald sie hereinkam.

»Frühstück ist gleich fertig«, teilte sie ihm mit.

Er warf einen Blick auf seine Armbanduhr und bedachte sie mit einem strengen Blick. »Um Viertel nach eins?«

»Sie sind ein …«

»Das war ein Witz!«, unterbrach er sie, bevor sie sich erneut über ihn aufregen konnte. »Das ist ganz wunderbar. Allein bei dem Duft, der da aus der Küche kommt, läuft mir das Wasser im Mund zusammen.«

»Geht sofort los. Sie müssen mir nur noch verraten, wie Sie Ihren Kaffee trinken.« Sie hatte den Satz noch nicht ganz ausgesprochen, als sie sich schon auf die Lippen biss. Und Oscars frustriertem Gesichtsausdruck nach war sie tatsächlich wieder mit Anlauf in einen dicken Fettnapf gesprungen. »Sie wissen es nicht, richtig?«

»Nein«, er seufzte und ließ die Schultern sinken. »Nicht mal das kann ich Ihnen sagen. Es ist zum Wahnsinnigwerden. Wenn ich es nicht schon längst bin.«

Ella dachte einen Moment nach, dann drehte sie sich um und ging zurück in die Küche. »Warten Sie kurz, ich hab da eine Idee!«

Minuten später trug sie ein großes Tablett mit Oscars und ihrem Frühstück herein und stellte es auf dem Couchtisch ab. Dann verschwand sie erneut in der Küche und kam mit einem zweiten Tablett zurück, auf dem insgesamt neun Tassen standen (der *Oder kannst du das auch nicht?*-Becher war ebenfalls dabei, denn Ella waren die Tassen ausgegangen). Unter jeder davon steckte ein Zettel, auf den sie etwas geschrieben hatte.

»Was ist das?«, wollte Oscar wissen und deutete auf die Getränke. »Erwarten wir etwa Besuch?« Er drehte den Kopf, um die Schrift zu entziffern.

»Nein«, gab sie zurück. »Der hier ist für mich«, sie nahm eine Tasse zur Hand und nippte daran. »Kaffee mit viel Milch und ohne Zucker, so mag ich ihn am liebsten.« Dann zeigte sie auf die anderen acht Becher. »Und hier haben wir Kaffee schwarz, Kaffee schwarz mit Zucker, Kaffee mit wenig Milch, Kaffee mit viel Milch, Kaffee mit wenig Milch und Zucker, Kaffee mit viel Milch und wenig Zucker, Kaffee mit wenig Milch und viel Zucker und Kaffee mit viel Milch und viel Zucker.«

»Oh.« Oscar betrachtete die Tassenansammlung und wirkte nahezu erschlagen. Dann trat ein Strahlen auf sein Gesicht, und er grinste Ella an. »Sie sind echt super!«, stellte er fest. »Was für eine tolle Idee! Wirklich, Frau Faust, Sie sind ja *doch* zu was zu gebrauchen!«

»Vielen Dank.« Sie merkte, wie sie leicht errötete. Und freute sich über ihren Geistesblitz. »Ach, Mist!«, rief sie eine Sekunde später. »Kaffee schwarz mit wenig Zucker hab ich vergessen!«

»Werden Sie nicht albern«, beruhigte er sie. »Man kann es mit seinem Perfektionismus auch übertreiben.« Eifrig machte er sich daran, eine Tasse nach der nächsten zu probieren. Nahm einen kleinen Schluck, ließ ihn im Mund hin und her wandern, schmatzte dezent und spürte mit geschlossenen Augen dem jeweiligen Geschmackserlebnis nach. Wie ein Sommelier bei der Weinverkostung, Ella hätte es nicht gewundert, wenn er fachmännisch so etwas wie »Jahrgang 1984, Südhang, tiefgründige kalkhaltige Lösslehme mit Kieseinlagerungen« von sich gegeben hätte. Aber er sagte nichts, nahm sich einfach nur Kaffee um Kaffee und nippte daran. Und als er mit allen acht durch war, fing er noch einmal von vorne an, was Ella ein wenig irritierte. Zumal sich seine Miene dabei vom Genießerischen ins Mürrische wandelte. Was stimmte jetzt schon wieder nicht?

»Und?«, wollte sie ungeduldig wissen, nachdem er die achte Tasse zum zweiten Mal abgestellt hatte und sie schon befürchtete, er würde noch einen dritten Durchlauf starten.

»Ich weiß es nicht.«

»Fehlt doch der Kaffee schwarz mit wenig Zucker? Soll ich den noch machen?«

»Nein«, er schüttelte den Kopf. »Das ist es nicht, es ist nur ...« Er wollte sich erneut die erste Tasse nehmen, doch Ella legte eine Hand auf seine und stoppte ihn so.

»Ich denke, der ist mittlerweile kalt, das wird es nicht leichter machen«, sagte sie. »Haben Sie denn gar keine Präferenz?«

»Also«, setzte er an und betrachtete sie etwas unglücklich. »Ich befürchte fast, ich bin ein Teetrinker.«

»Tee?«

Er nickte.

»Oje«, sagte sie und überlegte kurz, wie viele verschiedene Teesorten es gab. Und wie viele Arten, sie aufzubrühen. »Wird ein paar Jahre dauern, bis Sie sich da durch sämtliche Möglichkeiten getestet haben.«

Er lachte, lehnte sich auf dem Sofa zurück und schlug die Beine übereinander. »Das macht nichts«, stellte er fest. »Ich habe Zeit.« Dann schob er ein »Glaube ich jedenfalls« hinterher.

Aber ich nicht, dachte Ella. *Ich will zurück zu meinem Philip!* Der seinen Kaffee im Übrigen immer als doppelten Espresso mit aufgeschäumter Milch und einer Süßstofftablette zu sich nahm.

Ella holte ihrem Chef fürs Erste ein Glas Leitungswasser, dann machten sie sich über das kalt gewordene Frühstück her.

»Das war ausgezeichnet«, behauptete Oscar trotzdem, nachdem er den letzten Löffel Porridge gegessen und sich mit einer Serviette den Mund abgetupft hatte. »Vielen Dank noch einmal dafür.«

»Gern geschehen.«

»Und jetzt«, er streckte sich, »könnte ich einen kleinen Mittagsschlaf halten. Oder auch einen großen.«

»Tun Sie sich keinen Zwang an. Sie sind der Boss.«

»Aber gehört sich das gegenüber einer Dame?«

»Ich bin Ihre Angestellte.«

»Und eine Dame.« Er zwinkerte ihr zu, und Ella stellte nicht zum ersten Mal fest, dass sie Gefahr lief, bei Oscars Launen ein Schleudertrauma zu erleiden.

»Das ist nett von Ihnen, aber in erster Linie sind Sie tatsächlich mein Chef. Legen Sie sich also ruhig hin, ich habe jetzt sowieso in der Küche und danach noch weiter im Haus zu tun.«

»Dabei fällt mir ein«, sagte er. »Was zahle ich Ihnen denn so?«

»Äh ... Was meinen Sie?«

»Ihr Gehalt meine ich natürlich! Auf was hatten wir uns da geeinigt? Ich kann mich, Sie werden es kaum glauben, überhaupt nicht daran erinnern.«

»Ich ... also, ich ...« Sie geriet ins Stottern.

»Ist es sooo viel?«, wollte er wissen und zwinkerte ihr ein weiteres Mal zu, um seine Augen bildeten sich zahlreiche feine Lachfältchen.

»Nein, das nicht, aber ...« *Verdammt, verdammt, verdammt!* Was sollte sie sagen? Sie hatte doch keine Ahnung! Ihre letzte bezahlte Stelle lag so lange zurück, dass sie spontan nicht einmal mehr sagen konnte, was sie da verdient hatte. Und ihr *Verdienst* bei Philip – nun, darüber hatte sie sich ja schon zur Genüge geärgert. Aber natürlich hatte Oscar recht. *Hätten* sie ein Vorstellungsgespräch gehabt und *hätte* er sie als Haushälterin engagiert, dann *hätten* sie selbstverständlich auch ein Gehalt vereinbart, und sie, Ella, *hätte* mit Sicherheit gewusst, wie hoch es ist. Es sei denn, sie *hätte* bei Oscars Unfall auch einen kleinen Schlag gegen den Kopf abgekriegt.

»Jetzt sagen Sie schon, ich sitze doch« Er lehnte sich noch etwas weiter, noch ein wenig entspannter zurück.

»Nun ...« *Denk nach, denk nach, denk nach! Oder sag irgendwas. Ist doch egal, muss ja nur so ungefähr hinhauen.* »Wir hatten da, ehrlich gesagt, noch gar nichts ausgemacht.«

»Noch gar nichts?«

Sie schüttelte den Kopf. »Nein. Die Abmachung war, dass ich erst einmal einen Monat lang zur Probe arbeite und Sie mir dann mitteilen, was ich Ihnen wert bin. Und ich mir überlegen kann, ob das für mich so in Ordnung ist.«

»Ach ja?« Seine Augenbrauen wanderten in die Höhe. »Das klingt ja sehr ... modern.«

»Ich *bin* eine moderne Frau!«, erwiderte sie. »Außerdem zahlen Sie mir das Gehalt natürlich rückwirkend für die ersten Wochen nach.«

»Aber Sie müssen doch schon jetzt von etwas leben!«

»Kost und Logis habe ich hier ja frei.«

»Und was ist mit, äh ...« Er suchte nach den richtigen Worten. »Also, mit einer Art Taschengeld?«

»Dafür bin ich gern zu haben«, antwortete sie. Und fühlte sich dabei schlecht, schlecht, schlecht. Wie eine Betrügerin. Eine Gangsterin. Eine, die einen armen und wehrlosen Mann ausnahm wie eine Weihnachtsgans. Dann aber dachte sie an die vielen, vielen Stunden, die sie hier bereits gewirbelt hatte – okay, vielleicht doch keine so *ganz* schlimme Betrügerin.

»Gut. Dann ziehen Sie einfach mit meiner EC-Karte den Betrag, den Sie während Ihrer Probezeit brauchen.« Er lachte. »Meine Geheimnummer kennen Sie ja.«

»Das spreche ich selbstverständlich vorher mit Ihnen ab«, versicherte sie eilig.

Nun wurde er schlagartig wieder ernst. »Das brauchen Sie nicht, Ella. Ich vertraue Ihnen da.«

»Das ist schön.« Sie schluckte schwer.

Er erhob sich. »Und nun werde ich mich wirklich mal ein bisschen hinlegen, ich bin hundemüde. Sie können dann in aller Ruhe hier schalten und walten.«

»Gut«, sagte sie und gab sich Mühe, nicht darüber nachzudenken, wo und wie sie Oscars Vertrauen bereits missbraucht hatte. Auch nicht darüber, dass sie es, sobald er eingeschlafen war, gleich wieder tun würde.

15

Was also hatte es mit dem Silberlöffel auf sich? War der nur ein vergessenes Geschenk, oder hatte Oscar tatsächlich einen Sohn namens Henri? Und was war in dem verschlossenen Zimmer? Das zweite Geheimnis in diesem Haus, und für Ella die Frage, die es als Erstes zu klären galt. Zwar ging sie nicht davon aus, dort wirklich die abgeschlagenen Köpfe irgendwelcher Ehefrauen vorzufinden – aber sie war sich zu annähernd hundert Prozent sicher, hinter der Tür etwas zu entdecken, das eine Menge Licht ins Dunkel bringen könnte.

Sobald sie Frühstücksgeschirr, Besteck, Töpfe und Pfannen in die Spülmaschine geräumt und in der Küche alles blitzblank gewienert hatte, schlich sie ins Obergeschoss und horchte an Oscars Zimmer. Ein deutliches Schnarchen war zu vernehmen.

Sie tapste weiter zur Tür am Ende des Flurs, drückte noch einmal die Klinke hinunter und war nicht überrascht, dass sie noch immer abgeschlossen war. Ein weiteres Mal sah sie sich überall um, konnte aber nirgends einen Schlüssel finden. Ob sie schon jetzt – wie von Oscar beauftragt – einen Fachmann bemühen sollte? Für so etwas gab es ja Notdienste, die gegen entsprechendes Entgelt auch am Wochenende kamen. Allerdings wollte Ella erst allein einen Blick in den Raum werfen, um sicherzugehen, dass darin nichts lauerte, was Oscar in eine tiefe Krise stürzen könnte. Und das Risiko, dass er von seinem Nickerchen erwachte, während ein Schlosser gerade dabei war, die Tür zu knacken, erschien ihr schlicht zu groß.

Ratlos wanderte sie ins Erdgeschoss. Ging in die Küche, um sich einen Tee zu kochen. Sie selbst bevorzugte, sehr klassisch, Darjeeling. *First Flush*, mit 95 Grad heißem Wasser aufgebrüht, Ziehzeit drei Minuten, auf keinen Fall länger.

Mit der heißen Tasse in der Hand lehnte sie sich rücklings gegen die Arbeitsplatte und hing ihren Gedanken nach. Genauer gesagt nur zwei Gedanken, nämlich, was sich in dem Zimmer befand und was es mit dem silbernen Löffel auf sich hatte – und ob das eine etwas mit dem anderen zu tun hatte. Sie hatte einen Verdacht, einen sehr konkreten, und sie wollte unbedingt herausfinden, ob sie damit richtiglag.

Die Leiter. Ihr Blick fiel auf die Leiter, die sie nach der morgendlichen Inspektion der Schränke in eine Ecke gestellt hatte. Das war die Lösung! Eilig stellte sie die Tasse ab, so heftig, dass eine Pfütze *First Flush* hinausschwappte. Sie machte sich nicht die Mühe, sie aufzuwischen, sondern griff sich die Leiter und schleppte sie zur Haustür hinaus. Draußen stapfte sie rechts um die Villa herum, keuchend, denn die Alluminiumstiege war zwar nicht schwer, aber doch unhandlich. Als sie die Stelle erreicht hatte, an der sie das geheimnisvolle Zimmer vermutete, richtete sie ihren Blick nach oben. In etwa drei Metern Höhe war ein Fenster – das musste es sein.

Wie zuvor in der Küche lehnte Ella die Leiter gegen die Wand, prüfte durch Ruckeln die Standfestigkeit und machte sich an den Aufstieg. Sie war froh, dass sie nicht an Höhenangst litt, hoffte aber trotzdem, dass der unter ihr liegende Rasen einen Aufprall im Fall des Falles ihren *Fall*, ha, ha, etwas abfedern würde.

Sie erklomm Sprosse für Sprosse und musste zwischendurch etwas hysterisch kichernd innehalten – auf die Idee, dass sie jemals in ihrem Leben fensterln würde, wäre sie nie gekommen.

Kurz darauf stand sie oben und versuchte, einen Blick durch die Scheibe zu werfen, die zwar schon länger keinen Putzlappen mehr zu Gesicht bekommen hatte, durch die man aber noch gucken konnte. Zum Glück versperrten auch keine Vorhänge die Sicht, und Ella sah sich in ihrem Verdacht bestätigt, was sie regelrecht euphorisch stimmte – und gleichzeitig tieftraurig werden ließ.

Hinter dem Fenster lag ein Kinderzimmer.

Der Einrichtung nach für einen Jungen. Auf dem Fußboden in der Mitte lag ein runder Teppich mit aufgedrucktem Minion, Technikbausteine und eine Minidrohne flogen darauf herum, zusammen mit roten zusammengeknüllten Socken. An den Wänden hingen Poster von Fernsehserien für Kids, ein blauer Kleiderschrank war über und über mit Stickern beklebt, aus diversen Kisten und Regalen quoll ein Durcheinander aus Spielzeug hervor, und über dem Kinderbett in Form eines roten Rennautos mit zerwühlter Bettwäsche entdeckte sie – ein weiteres, in Teilen abgeblättertes Wand-Tattoo mit der Aufschrift *He ri*.

Als wäre das alles noch nicht Beweis genug, dass Oscar de Witts Villa mal das Zuhause eines Achtjährigen gewesen war, stand auf dem Nachttisch neben dem Bett das gerahmte Foto eines Jungen mit dunklen Locken, der gerade dabei war, hingebungsvoll mit einer rotweiß getigerten Katze zu kuscheln.

Ella rekapitulierte: Oscar hatte eine Frau – sie war weg. Er hatte ein Kind – es war weg. Und das Tier war ebenfalls abgängig. Wo steckten sie nur alle?

»Ella? Ella!!!« Sie geriet ins Taumeln, als sie Oscar ihren Namen brüllen hörte. Er klang aufgebracht, panisch. Genauso aufgebracht und panisch, wie sie sich schlagartig fühlte, denn sie wollte von ihm auf keinen Fall dabei erwischt werden, wie sie auf einer Leiter stand und durch ein Fenster spähte.

»Ich komme!«, schrie sie und kletterte eilig von ihrem Ausguck hinunter. In ihrer Hektik rutschte sie zweimal fast ab, landete schließlich heil auf der Erde und schnappte sich die Leiter.

»Ella!«, brüllte Oscar erneut. »Kommen Sie! Schnell!« Mittlerweile hörte er sich so alarmiert an, dass sie darauf verzichtete, die Stiege zurück in die Küche zu tragen, sondern sie kurzerhand in ein Gebüsch hinterm Haus warf und dann so schnell es ging zum Eingang raste.

Die Treppe nach oben nahm sie mit drei Stufen auf einmal, Sekunden später riss sie die Tür zu Oscars Zimmer auf und kam schwer atmend vor seinem Bett zum Stehen.

»Ella«, stöhnte er nun schwach und sah sie mit schmerzverzerrter Miene an. Seine Lider flatterten, er wirkte blass und grau, sein Gesicht glänzte vor Schweiß, die Haare waren ebenfalls verschwitzt und klebten ihm am Kopf. »Wo waren Sie?«

»Im Haus unterwegs. Was ist denn los?«

»Ich habe starke Schmerzen.« Er berührte mit einer Hand seine Schläfe, krümmte sich auf dem Bett zusammen. »Bin aufgewacht und habe gedacht, mein Kopf explodiert.«

»Der Tag war zu viel für Sie«, stellte Ella fest, »wir haben Sie überanstrengt.«

»Was auch immer«, ächzte er, »ich halte das gerade kaum aus.« Sein Körper zuckte, er zog die Beine noch dichter an seinen Brustkorb heran.

»Warten Sie, ich hole Ihnen was.« Sie drehte sich um und wollte aus dem Zimmer laufen, um nachzusehen, ob sie in dem Medikamentenkarton, den sie von zu Hause mitgenommen hatte, ein stärkeres Mittel wie etwa Novalgin finden konnte.

»Nein!«, flehte Oscar schwach. »Bitte bleiben Sie bei mir!«

»Aber ich bin doch nur kurz nebenan.«

»Gehen Sie nicht weg! Auch nicht kurz.«

Ella trat wieder an sein Bett und blieb einen Moment unschlüssig davor stehen. Dann setzte sie sich neben ihn auf die Matratze und begann, sein feuchtes Haar und seine Wangen zu streicheln. Oscar schloss die Augen, atmete tief ein und aus, schien sich unter ihrer Berührung etwas zu entspannen. Sie rückte noch ein Stückchen näher, winkelte die Beine an, hob vorsichtig seinen Kopf und bettete ihn in ihren Schoß, ohne mit dem Streicheln aufzuhören.

»Wir müssen behutsam mit Ihnen sein«, sagte sie leise und fing an, sanft über seine Stirn zu pusten, wie ihre Mutter es früher bei ihr getan hatte, wenn sie krank war.

»Was machen Sie da?«, murmelte er.

»Das ist der Wind, der den Schmerz wegträgt«, erklärte sie und pustete erneut. »Er fliegt einfach davon, weit, weit weg.«

»Ja«, sagte er matt und ließ seinen Kopf noch schwerer und tiefer in Ellas Schneidersitz sinken, »ich kann es spüren, er fliegt davon ...«

»Schsch«, machte sie. »Bleiben Sie ganz ruhig liegen und lassen Sie mich das Aua wegpusten.«

Anstelle einer Antwort gab er ein Schmatzen von sich. Ella streichelte und pustete weiter, registrierte, wie sich die Härchen auf Oscars Armen aufstellten.

»Das tut gut«, flüsterte er nach einer Weile, und sein Atem ging ruhiger und gleichmäßiger. Allerdings fing sein Körper im nächsten Moment erneut an zu zucken, und Ella brauchte einen Moment, um zu begreifen, dass Oscar weinte. Unter seinen geschlossenen Lidern quollen Tränen hervor. Er bekam nicht nur feuchte Augen, nein, es waren richtig große, dicke Tropfen, die sich ihren Weg über seine Wangen bahnten. Dann begann der Mann in ihren Armen laut und hemmungslos zu schluchzen.

»Schsch«, wiederholte sie und zog ihn näher zu sich heran. »Nicht weinen, Oscar. Es wird alles gut.«

»Gar nichts wird gut!« Rotz lief ihm aus der Nase, den Ella in Ermangelung eines Taschentuchs mit einem Ärmel ihres Pullis fortwischte.

»Vielleicht war es vorhin zu viel Kaffee und ...« Ihre Stimme erstarb, sie fühlte sich hilflos. Ungelenk.

»Ach was, der Kaffee!«, prustete er und schluchzte wieder auf. »Mein Leben liegt in Trümmern!«

»Unsinn«, widersprach sie ihm mit liebevoller Strenge. Kam sich dabei wie eine Lügnerin vor, wusste aber sonst auch nichts, was sie ihm zu seiner Beruhigung hätte sagen sollen. Mit Sicherheit nichts von dem, was sie seit Betreten der Villa alles entdeckt, entsorgt und herausgefunden hatte.

»Ich habe keine Ahnung, wer ich bin«, flüsterte er. »Nicht die geringste. Ich weiß nicht, was passiert ist, bin total verloren und verzweifelt, und diese Schmerzen bringen mich um ...« Ein noch größerer Schwall an Tränen floss, ein weiteres Mal musste Ella den Ärmel ihres Pullis zum Einsatz bringen.

»Ich helfe Ihnen, Oscar«, erneuerte sie ihr Versprechen vom Vortag. »Gemeinsam schaffen wir das, ich bin mir sicher.« Ein zittriger Atemzug entrang sich seiner Brust, einer, der aus seinem tiefsten Innern kam, von einem Geschüttelten, einem Gebeutelten.

Ella strich weiter über seinen Kopf und betrachtete ihn, diesen weinenden Mann, den sie hier hielt. Das war also der Oscar de Witt, der sich hinter der Fassade aus Spott und Zynismus versteckte; der Oscar, der die Fassung verlor und kapitulierte; der Oscar, der zuließ, was jeder normale Mensch in seiner Lage tun würde: Er offenbarte ihr seine Verzweiflung. Und so gerührt Ella in diesem Moment auch war, so abgrundtief schlecht kam sie sich vor. Schlechter als schlecht, wenn das überhaupt noch möglich war.

Der Zweck heiligt die Mittel, wiederholte sie stumm und gebetsmühlenartig. Der Zweck heiligt die Mittel. Wäre sie nicht ohnehin schon fest entschlossen gewesen, Oscar de Witt zu unterstützen – wenn auch hauptsächlich aus egoistischen Motiven, nämlich, dadurch für die Sicherstellung ihres weiteren Aufenthaltsortes Sorge zu tragen und gleichzeitig ihre karmische Aufgabe zu erfüllen –, spätestens jetzt wusste sie, dass es tatsächlich in ihrer Verantwortung lag, diesem resignierten und verwirrten Mann zur Seite zu stehen. Ihm zu seinem persönlichen Happy End zu verhelfen.

»Ich bin traurig, Ella«, sagte er. »Furchtbar traurig.«

»Das verstehe ich. Das verstehe ich sehr gut. Aber soll ich Ihnen was verraten?«

»Was denn?« In seinem Tonfall schwang unüberhörbar die Hoffnung auf eine Carrera-Bahn mit.

»Am Ende wird alles gut. Wenn es nicht gut ist, ist es nicht das Ende.«

Ein zaghaftes Lächeln breitete sich auf seinem Gesicht aus, sein Atem ging wieder ruhiger. »Das klingt schön«, gab er zurück. »Und es wäre noch schöner, wenn wirklich alles wieder gut wird.«

»Das wird es, Oscar«, versprach sie. »Lassen Sie mich einfach machen. Ich kümmere mich um alles, ja?«

Das zaghafte wandelte sich in ein deutliches Lächeln. »Ja, Ella. Tun Sie das.«

Eine halbe Stunde später, als Ella sicher sein konnte, dass Oscar wieder eingeschlafen war, verließ sie leise sein Zimmer.

Sie hatte da große Worte von sich gegeben – nun musste sie ihnen auch Taten folgen lassen. Dabei würde sie strategisch vorgehen und hatte sich dazu folgenden Plan zurechtgelegt:

Zuerst wollte sie versuchen, mehr über Oscar de Witt herauszufinden, und nachsehen, was Google zu dem Namen zu vermelden hatte. Dann würde sie sich um die Post, in erster Linie natürlich um Rechnungen, Mahnungen und Mahnbescheide kümmern. In einem der Ordner hatte sie ja bereits die Zugangsdaten für sein Online-Banking entdeckt, sollte sein Konto nicht leer sein, dürfte es also kein Problem darstellen, die Angelegenheiten zu regeln. Und zum Schluss – das war die schwierigste Aufgabe – musste sie herausfinden, wo Oscars Frau Francine und sein Sohn Henri steckten. Die Katze, das hatte Ella beschlossen, würde sie fürs Erste vernachlässigen.

Wenige Minuten später saß sie mit ihrem Notebook in seinem Büro und starrte auf das Ergebnis ihrer Internetrecherche. Ein überaus unbefriedigendes Ergebnis. Denn, ja, Oscar de Witt, der Name war in Hamburg bekannt: als einziger Spross einer alteingesessenen Reederfamilie, dessen Eltern bereits vor zehn Jahren verstorben waren und die ihm ein beträchtliches Vermögen sowie die Villa an der Elbchaussee hinterlassen hatten. Oscar selbst hatte seit Ende der 90-er eine florierende Wirtschaftsprüfungs- und Steuerberatungskanzlei betrieben, sie aber vor einem halben Jahr dichtgemacht. Ella stutzte und las noch einmal die dürre Meldung darüber. Ja, es stimmte, er hatte sie nicht verkauft – er hatte sie einfach eingestampft und damit nicht nur auf eine gewinnbringende Veräußerung verzichtet, sondern auch dreißig Arbeitsplätze vernichtet. Über die Beweggründe dafür hatte Oscar de Witt sich ausgeschwiegen, im Text hieß es nur, er sei zu einer Stellungnahme nicht bereit gewesen.

Ella schüttelte nachdenklich den Kopf, das kam ihr überaus seltsam vor. Noch seltsamer allerdings, dass es im Netz keinerlei private Informationen über Oscar gab.

Schienen seine Eltern noch rege am gesellschaftlichen Leben teilgenommen zu haben – sie entdeckte Fotos der beiden Herrschaften bei Schiffstaufen sowie diversen Festivitäten der High Society –, trat er selbst überhaupt nicht in Erscheinung. Nirgends war von seiner Frau oder gar einem Kind die Rede. Oscar de Witt hielt es mit der Wahrung seiner Privatsphäre offenbar noch genauer als der legendäre Albrecht-Clan, den Erfindern und Besitzern der Aldi-Filialen.

Da sie so nicht weiterkam, denn das Internet wusste über Oscar nicht wesentlich mehr als er selbst, holte sie als Nächstes den Ordner mit den Bankunterlagen aus dem Regal und nahm die Klarsichtfolie mit den Zugangsdaten für das Onlinebanking heraus.

Sie war nicht einmal erstaunt, als sie ein paar Mausklicks später schwarz auf weiß zu Gesicht bekam, was sie schon vermutet hatte. Oscar de Witt war nicht *wohlhabend* – er war *reich*. Fast schon unanständig reich. Wie der fleischgewordene einsame Prinz in einem verwunschenen Schloss, dem alles Gold dieser Welt nicht dabei helfen konnten, sein Glück zu finden.

Sie lehnte sich auf dem Schreibtischstuhl zurück und blickte hinaus in den zugewachsenen Garten. Francine. Henri. Waren sie der Grund für all das hier?

Nachdenklich griff sie nach dem ersten Stapel mit Post und ging ihn gründlicher als bei ihrem flüchtigen Sortieren durch. Bis auf die gelben Umschläge und einige Briefe, die mit dem Wort »Inkasso« im Absender nichts Gutes erahnen ließen, war nichts Auffälliges dabei. Die noch aktuellen Rechnungen wies sie online sofort an, die bereits überfälligen Mahn- und Vollstreckungsbescheide legte sie beiseite, um sich ab morgen darum zu kümmern, wenn die betreffenden Stellen wie Amtsgericht und Gerichtsvollzieher telefonisch zu erreichen wären.

Der nächste Stapel sah so ähnlich aus wie der erste. Ella machte sich an die Arbeit, auch hier alles zu regeln, was sich online und auf die Schnelle abhandeln ließ. Oscar de Witt konnte froh sein, dass heutzutage alles Wichtige per Dauerauftrag und Lastschrift erledigt wurde, in früheren Zeiten hätte man ihm Strom, Gas, Wasser und Telefon vermutlich schon abgestellt.

Beim dritten Stapel hatte Ella sich bereits eine gewisse Routine angeeignet, so dass sie sich schon bald erleichtert dem vierten Wust aus Briefen widmen konnte. Doch sie hatte sich zu früh gefreut. Anders als im Märchen waren drei Prüfungen nicht genug, um ans Ziel zu gelangen. Die größte Hürde kam erst noch.

Denn hier hielt sie mit einem Mal einen Umschlag in Händen, der sie erschrocken nach Luft schnappen ließ. In dem transparenten Sichtfenster war über Oscar de Witts Namen und seiner Adresse in sehr kleiner Schrift zu lesen, wer den Brief geschickt hatte.

Friedhofsgärtnerei Gruber. Fuhlsbütteler Straße, 22337 Hamburg-Ohlsdorf.

Ellas Hände zitterten, als sie mit Daumen und Zeigefinger vorsichtig den Klebeverschluss löste und den gefalteten Papierbogen herausnahm. Das hier war keine Rechnung. Sondern eine Bestätigung. Über den Zahlungseingang von gut 12.000 Euro für dreißig Jahre »Dauergrabpflege mit Bepflanzung«. Für die »Grabstelle de Witt«.

Ella ließ das Blatt sinken. Jetzt waren ihre Finger kalt. Eiskalt. Sie verspürte einen leichten Schwindel, ihr Kreislauf drohte zu kollabieren. Denn wenn sie sich nicht irrte – und ihr Bauch teilte ihr sehr deutlich mit, dass das nicht der Fall war –, hielt sie hier den Grund in Händen. Den Grund für die katastrophale Verfassung, in der Oscar sich bei ihrem »Kennenlernen« befunden hatte. Und in der er immer noch war. Ohne es zu wissen. Ohne es auch nur zu *ahnen*.

Henri, sein Sohn, war tot. Deshalb das verschlossene Zimmer. Darum das Verleugnen jeglicher Erinnerung, das Wegsperren aller Dinge, die schmerzhaft sein könnten. Francine, die ihn daraufhin verlassen hatte. Der Klassiker eines Beziehungsendes: Das gemeinsame Kind stirbt, die Ehe zerbricht daran. Kein Wunder, dass Oscar de Witt nicht bereit gewesen war, irgendwelchen Journalisten Rede und Antwort zu stehen, was seine Beweggründe waren, die Kanzlei zu schließen. Der Mann hatte alles verloren. Und jetzt, am Ende, auch noch sich selbst.

Ella schluckte schwer, der Schwindel wurde größer. Denn wie, um Himmels willen, sollte sie das anstellen? Wie sollte sie es schaffen, einen Menschen, der über dem Verlust des Liebsten, was es je in seinem Leben gegeben hatte – sein Kind! –, halb wahnsinnig geworden war; einen Menschen, der sich offensichtlich komplett aufgegeben, der mit seiner Existenz abgeschlossen hatte und der einfach alles laufen ließ – wie sollte sie, Emilia Faust, das Kunststück bewerkstelligen, so einen Menschen jemals wieder glücklich zu machen?

Erschöpft stützte sie sich mit den Ellbogen auf dem Schreibtisch ab und verbarg ihr Gesicht in beiden Händen. Sie dachte an den Mann, der oben in seinem Bett lag und hoffentlich gerade friedlich schlief. Denn alles, was die Welt jenseits des Reichs der Träume ihm zu bieten hatte, war grauenvoll. Grauenvoll und im wahrsten Sinne des Wortes – schmerzhaft.

Nun spürte sie, wie auch ihr die Tränen in die Augen schossen und ihr heiß über die Wangen kullerten. Bis vorgestern hatte Oscar de Witt in ihrem Leben überhaupt keine Rolle gespielt. Sie hatte noch nicht einmal seinen Namen gekannt. Und jetzt musste sie um ihn weinen, um ihn und sein Schicksal, an dem selbst die beste aller *guten Feen* nichts würde ändern können.

Für einen Moment, einen ganz, ganz kurzen, spürte Ella, wie in ihr die Versuchung wuchs, sich ihr Notebook zu schnappen; ihre Sachen in die Ikea-Tüten zu stopfen und sich so schnell wie möglich davonzumachen, egal wohin. Und sei es zu Philip in den Philosophenweg, wo sie sich ihm in einem Akt der Selbstaufgabe zu Füßen werfen und ihn anflehen würde, ihrem gemeinsamen Leben eine zweite Chance zu geben. Vor ihrem geistigen Auge sah sie sich schon im Taxi sitzend (auch wenn sie sich kurzfristig ein letztes Mal dafür Bargeld aus Oscars neuen Beständen leihen müsste) aufs Haus zurollen. Sah ihren (Ex-)Verlobten, der auf sie zugeeilt kam und sie kaum, dass sie aus dem Wagen gestiegen war, in seine Arme riss.

Doch dann setzte sie sich abrupt auf. Das kam ja ü-ber-haupt nicht in Frage! Erst einen Kerl umnieten, ihn damit quasi zum Pflegefall machen und bei der ersten Schwierigkeit kneifen? Na gut, »erste Schwierigkeit« war in Anbetracht der Umstände eine kleine Verniedlichung der Lage. Trotzdem: Das könnte Ella mit sich und ihrem Selbstbild und darüber hinaus mit ihrem Gewissen nicht vereinbaren. Außerdem war es laut den Gesetzen der Dramaturgie schlicht und ergreifend so: Kurz vorm glücklichen Ende sah alles nach einer Katastrophe aus.

Na bitte, die Katastrophe hatte sie schon mal. Sie würde nun einen Weg finden, doch noch alles zum Guten zu wenden. Mit Sicherheit. Irgendwie. Es war jedenfalls einen Versuch wert.

Hatte sie den Nieselregen, dieses laue Lüftchen an den Landungsbrücken, bereits als ihren »Ruf des Helden« empfunden? Das war ja lächerlich! Das hier, *das* war die echte Herausforderung, die es zu meistern galt, um ans Ziel zu gelangen. Und sie, Emilia Faust, würde den Ruf annehmen; würde sämtliche Drachen töten und Rätsel lösen und jedem Rumpelstilzchen, das sich ihr in den Weg stellen mochte, trotzig dessen Namen entgegenbrüllen.

Sie steckte den Brief der Friedhofsgärtnerei zurück in den Umschlag und beförderte ihn ebenfalls in die abschließbare Schublade zu dem von Oscar beschriebenen Blatt Papier und dem silbernen Löffel. Dann wandte sie sich wieder ihrem Notebook zu. Allerdings nicht, um es einzupacken. Nein, sie ging zurück zu Google, suchte nach einem Selfstorage-Anbieter in der Nähe und mietete einen Lagerraum von fünf Quadratmetern an. Als Nächstes fahndete sie nach einem Schlüsseldienst in der Umgebung und bat per Mail um einen dringenden Rückruf. Dieselbe Prozedur wiederholte sie bei einer Spedition, die Google Maps nur 1,5 Kilometer westlich des de Wittschen Anwesens verortete.

Abschließend überlegte sie, wie und wo und wann sie Oscar zwei bis drei Stunden lang parken könnte, um ihr Vorhaben unbehelligt in die Tat umzusetzen. Sie hielt nichts von Psychiatern, rein gar nichts, das stimmte schon – aber jetzt suchte sie nach einer Praxis, die im Gegensatz zu Schlüsseldienst, Lagerraum und Transportdienstleister möglichst *weit* von der Elbchaussee entfernt liegen sollte und deren Homepage keinen allzu professionellen Eindruck machte, was auf einen geringen Zulauf schließen ließ. Jedenfalls hoffte Ella das. Sie wurde in der Hamburger Innenstadt fündig und bat in einer weiteren Mail, in der sie mit knappen Worten den Fall schilderte (ohne die Erwähnung des toten Kindes oder der abwesenden Frau, dafür aber versehen mit dem magischen Wort *Selbstzahler*), ebenfalls um dringenden Rückruf.

Nachdem sie auf Senden gedrückt hatte, verschränkte sie die Arme hinterm Kopf und blickte erneut hinaus in den Garten. Mehr würde sie an einem Sonntag nicht bewirken können. Sie hoffte, gleich am nächsten Morgen Antworten auf ihre Anfragen zu erhalten. Es war Eile geboten, bevor Oscar sie noch einmal selbst an den Schlüsseldienst erinnern und darauf bestehen konnte, beim *Sesam-öffne-dich* höchstpersönlich zugegen zu sein. Das musste Ella verhindern. Im Namen des Zwecks und der Mittel und der Heiligkeit in Ewigkeit. Amen.

16

Dass das Wort *Selbstzahler* in Zeiten der Gesundheitsreform auf viele Ärzte nahezu aphrodisierende Wirkung hat, war Ella bewusst gewesen. Aber dass es ein *derart* unwiderstehlicher Lockstoff war, damit hatte sie nicht gerechnet. Sonst hätte sie in der Nacht ihr Handy ausgeschaltet. So aber wurde sie – draußen war noch nicht einmal die Sonne aufgegangen – unsanft aus ihren Träumen gerissen und hörte, kaum dass sie verschlafen und verwirrt den Anruf angenommen hatte, die begeisterte Stimme von Dr. Gunther Specht in ihr Ohr dröhnen.

»Guten Morgen, Frau Faust!«, schallte es ihr entgegen. »Gunther Specht am Apparat. Ich hoffe, ich habe Sie nicht geweckt!« Er vollendete den Satz mit Ausrufe- statt Fragezeichen und sprach sofort weiter, ohne ihre Antwort abzuwarten. »Ein hochinteressanter Fall, den Sie mir da zur Kenntnis gegeben haben, vielen Dank! Ich möchte wahnsinnig gern mit Ihrem Bekannten arbeiten. Wann will er in meiner Praxis vorbeikommen? Heute? So gegen 15 Uhr? Für eine Erstanamnese veranschlage ich in der Regel mindestens zwei Stunden, alles darunter bringt erfahrungsgemäß nichts.«

»Gut …« Sie räusperte sich, denn ihre Stimmbänder pappten noch zusammen und krächzten dementsprechend. »Guten Morgen, Herr Dr. Specht«, setzte sie erneut an, hielt sich das Telefon vors Gesicht und warf einen schnellen Blick auf die Digitalanzeige im Display. 6:49 Uhr. Kopfschüttelnd nahm sie den Hörer zurück ans Ohr. »Danke für Ihren Rückruf.«

»*Ich* habe zu danken. Wie gesagt, das, was Sie mir geschildert haben, klingt überaus faszinierend. Ein spannender Fall für jeden Vertreter meiner Zunft.«

»In erster Linie geht es um einen Menschen«, entfuhr es ihr unwillig, ehe sie sich bremsen konnte. Sie wollte den heiteren Dr. Specht nicht verärgern oder in seiner Euphorie bremsen, aber schließlich war Oscar keine Versuchsanordnung für einen verrückten Professor.

»Natürlich, natürlich!«, ruderte Dr. Jekyll zurück. »Aber Sie werden verstehen, dass so etwas extrem selten vorkommt und von daher für mich als Psychiater ungemein reizvoll ist.« Noch ein Lacher. »Die meisten haben ja heutzutage Depressionen oder Burn-out.« Die Worte »Burn-out« betonte er auf eine Art und Weise, dass sie unmissverständlich nach »Schraube locker« klangen.

»Hm, ja.« Beinahe hätte sie wortlos aufgelegt. Das war nicht einmal mehr Dr. Jekyll, nein, bei Gunther Specht hatte bereits *Mr. Hyde* das Ruder übernommen, er war vollkommen außer Rand und Band, als hätte er mit einer Manie zu kämpfen. Allerdings schien der Herr Doktor sofort und ohne großes Tamtam Zeit zu haben, und da Ella ohnehin nicht vorhatte, Oscar öfter als ein einziges Mal zu ihm zu schicken, ging sie geflissentlich darüber hinweg. Im Gegenteil, eigentlich kam ihr ein Seelenklempner, der selbst nicht ganz zurechnungsfähig war, sehr gelegen. Nicht auszudenken, ihr neuer Chef würde an einen Profi geraten, der binnen Sekunden all die Erinnerungen aus ihm herauskitzeln könnte, die sie vorerst vor ihm verbergen wollte. Dr. Spechts Ankündigung, er veranschlage für ein Erstgespräch mindestens zwei Stunden, tat ein Übriges, um ihn zum idealen Kandidaten für ihr Vorhaben zu machen. Mit Hin- und Rückfahrt zwischen Elbchaussee und Stadt bedeutete das für Ella locker drei Stunden Zeit oder mehr. »Prinzipiell eine gute Idee«, erwiderte sie deshalb. »Ich muss nur noch ein paar Dinge abklären. Bis wann müssten Sie für den 15-Uhr-Termin Bescheid wissen, ob das von unserer Seite aus klappt?«

»Ach, er kann einfach kommen oder auch nicht, ich bin sowieso hier.« Schien ja bombig zu laufen bei ihm.

»Das klingt prima, Herr Dr. Specht!«

»Dann hoffe ich mal, ich sehe Ihren Bekannten um drei! Wie ist denn sein Name?«

»Das sagt er Ihnen dann selbst«, antwortete sie ausweichend. »Zuerst muss ich mal mit ihm sprechen.«

»Verstehe«, kam es vom anderen Ende der Leitung. »Er weiß also nichts von Ihren Überlegungen, sich an einen Fachmann zu wenden?«

»Nicht direkt«, gab Ella widerstrebend zu, denn sie befürchtete, nun einen Vortrag zum Thema Selbstbestimmtheit und Krankheitseinsicht gehalten zu bekommen, abgeschlossen mit der Feststellung, eine therapeutische Sitzung würde nur dann Sinn ergeben, wenn der Patient sie auch selbst wolle.

Das allerdings war nicht der Fall. »Sie können ihm auch gern sagen, ich sei Allgemeinmediziner, der sich ein Bild von seinem generellen Wohlbefinden machen wird«, schlug er Ella vor.

»Das wäre aber gelogen.«

»Wäre es nicht«, erwiderte er. »Haben Sie sich meine Homepage denn nicht durchgelesen?«

»Ähm ... doch«, behauptete sie. Nein, hatte sie nicht. Ihr hatte es gereicht zu sehen, dass das Ding stümperhaft mit schlechten Templates im Do-it-yourself-Verfahren zusammengestöpselt worden war, mehr hatte sie gar nicht wissen müssen.

»Dann haben Sie vermutlich übersehen, dass ich Facharzt für Psychiatrie *und* für Allgemeinmedizin bin.« Er räusperte sich selbstgefällig. Oder vielleicht räusperte er sich auch nur, Ella wollte da nicht ungerecht werden.

»Ist das so?«

»Ja. Als ich festgestellt habe, dass ich über ein gutes Händchen für seelische Belange verfüge, habe ich den Psychiater noch draufgesattelt.«

»Wie schön.«

»Von daher ist es kein Problem. Schicken Sie Ihren Bekannten ruhig zu mir, ich nehme ihm Blut fürs Labor ab und mache ein EKG, dabei kommen wir ganz zwanglos ins Gespräch.«

»Zwei Stunden lang?«

»Das überlassen Sie mal mir.«

»In Ordnung, ich rede mit ihm und sage ihm das so, wie Sie es vorschlagen.« Sie verabschiedeten sich und legten auf. Alles in Ella sträubte sich dagegen, Oscar diesem seltsamen Vogel auszuliefern. Allerdings war die Sache mit dem Allgemeinmediziner tatsächlich von Vorteil, hatte er im Krankenhaus doch deutlich zum Ausdruck gebracht, dass er von Psychiatern ähnlich viel hielt wie Ella. Nämlich nicht das Geringste.

Sie rekelte sich unter ihrer Decke und gähnte herzhaft.

Zuerst einmal müsste sie ohnehin gucken, ob sie so kurzfristig für den Nachmittag die anderen Termine organisiert bekäme, sonst wäre es sinnlos, Oscar in ein Taxi zu setzen und zu Dr. Specht befördern zu lassen. Darüber hinaus kam es auch noch darauf an, wie es ihm heute ging. Gestern hatte sie ihn nicht mehr zu Gesicht bekommen, er hatte durchgeschlafen, und auch jetzt herrschte im Haus friedliche Stille.

Noch einmal streckte sie sich ausgiebig, dann stand sie auf und nahm eine Dusche. Zwanzig Minuten später war sie angezogen, ging auf den Flur und horchte an Oscars Tür. Leises Schnarchen. Gut so, je mehr er schlief, desto besser. Für ihn. Und auch für sie.

Auf dem Weg in die Küche überlegte sie, dass sie sich einen leckeren Kaffee kochen und es dann telefonisch bei Schlüsseldienst und Spedition versuchen würde. Im Gegensatz zu dem Arzt hatte sie mit ihrer schriftlichen Anfrage dort noch niemanden in helle Aufregung versetzt, also würde sie fernmündlich nachfassen müssen. Ab acht Uhr sollte sie am Montagmorgen in beiden Fällen jemanden erreichen. Und um zehn würde sie Oscar wecken, falls er bis dahin nicht von allein aufgestanden war. Und ihm wieder ein gutes Frühstück servieren, damit er was auf die Knochen bekam und bald seine Kräfte zurückerlangte.

Ella klatschte beschwingt in die Hände. Das Gefühl, die Dinge in den Griff bekommen zu können, hob ihre Stimmung deutlich, und sie begann, den Refrain von *Eine neue Liebe ist wie ein neues Leben* zu summen. Dann allerdings wechselte sie zu *Ein bisschen Spaß muss sein* und dachte an Dr. Specht.

Neunzig Minuten später war Ellas Laune auf ihrem Höhepunkt. Sie hatte mit Schlüsseldienst und Transportunternehmen einen Termin für 14:30 Uhr vereinbart, hatte mit einer Dame der Selfstorage-Firma telefoniert und mit ihr ausgemacht, dass sie am Nachmittag dem Möbelunternehmen Zugang zu dem von Ella angemieteten Lagerraum gewähren würde. Sie hatte es also binnen kürzester Zeit geschafft, sämtliche Logistik auf die Beine zu stellen, die nötig war, um Henris Zimmer übergangsweise auszulagern. Nun musste sie nur noch Oscar davon überzeugen, sich um zwei Uhr ein Taxi zu nehmen und zum Seelenklemp… Allgemeinarzt zu fahren, dann wäre alles geritzt.

Sie machte sich nicht wirklich Sorgen darüber, ob ihr das gelänge. Emilia Faust hatte gerade einen Lauf, das Schicksal war ihr hold und würde es auch bleiben. Jawohl.

Sie wollte nach oben gehen, um Oscar zu wecken, als ihr Handy klingelte. Die Nummer im Display sagte ihr nichts, außer, dass sie zu einem Mobiltelefon gehörte. Ella nahm den Anruf entgegen, vermutlich jemand vom Schlüsseldienst, der Einlagerungsfirma oder noch einmal der fröhliche Dr. Specht.

»Faust«, meldete sie sich.

»Ella? Bist du das?«, fragte eine Frau.

»Ja?«, erwiderte sie. »Und mit wem spreche ich bitte?«

»Cora.«

»Cora?« Sie machte eine erstaunte Pause. »*Die* Cora?«

»Genau die«, bestätigte ihre vormals beste Freundin, deren Stimme sie nun auch erkannte.

»Die Nummer kenne ich gar nicht«, sagte Ella, weil es das Erste war, was ihr auf diesen unverhofften Anruf in den Sinn kam.

»Hab schon seit einer Weile eine neue.«

»Ach so.«

»Was ist los?«, kam Cora ohne Umschweife zur Sache, bevor Ella fragen konnte, was ihr nach so langer Zeit die Ehre verschaffte. »Und wo steckst du?«

»Was soll los sein?«

»Philip hat gerade in der Agentur angerufen.«

»Hat er?« Sofort begann ihr Herz wild zu klopfen.

»Ja«, antwortete Cora. »Er hat mich gefragt, ob ich kurzfristig eine neue Haushälterin für ihn hätte.«

»Ach so«, sagte Ella zum zweiten Mal, die Enttäuschung schnürte ihr die Kehle zu.

»Von daher frage ich mich, was passiert ist.«

»Nichts«, erwiderte sie, konnte aber selbst hören, wie frustriert diese einzige kleine Silbe klang. Das war alles, was Philip von Cora gewollt hatte? Eine neue *gute Fee*, die ihm den Haushalt schmiss? Ella war entsetzt. Freitagnacht war sie aus seinem Leben entschwunden – und als erste Amtshandlung, direkt am Montagmorgen, rief er Cora an, um sich Ersatz für sie zu besorgen? War es das, worum es ihm ging? Alles, was er in Ella sah?

»Nichts?« Cora ließ ein Schnauben verlauten. »Es hat sich nicht im Geringsten nach *Nichts* angehört.«

»Nein?« Hoffnung keimte in Ella auf, Hoffnung, dass Philip versucht hatte, Cora ein wenig auszuhorchen.

»Er hat mir erzählt, du hättest ihn aus dem Nichts verlassen und wärst abgehauen.«

Nun musste Ella losprusten, so sehr, dass dem Lachen ein hektischer Schluckauf folgte. »*Das* hat er dir erzählt?«, brachte sie hicksend hervor.

»Ja«, bestätigte sie. »Hat mich auch gewundert, wir

sind ja nicht gerade dicke miteinander. Aber scheinbar ist er total durch den Wind, sonst wäre ihm das mit seiner Art bestimmt nicht so rausgerutscht.«

»Welche Art denn?«

»Na ja, ich kenne ihn nicht gut, aber ich halte ihn für eher beherrscht und wohltemperiert.«

»Ja«, sagte Ella und blies sich eine störrische Haarsträhne aus dem Gesicht, die ihr immer wieder in die Augen fiel, »das ist er.«

»Jedenfalls«, fuhr Cora fort, »war ich eben extrem überrascht.« Sie machte eine Pause. »Und noch überraschter war ich, als er mir erzählt hat, du seist mit einem Kerl durchgebrannt.«

»Was?!«

»Ja. Mit irgendeinem Oscar, bei dem du von jetzt auf gleich eingezogen bist.«

»So kann man das natürlich auch drehen«, erwiderte Ella und sprach mehr zu sich als zu Cora. »Die Sache verhält sich ein kleines bisschen anders«, teilte sie ihr dann mit. »Hat er sonst noch was gesagt?«

»Er wollte wissen, ob ich eine Ahnung habe, wer dieser Oscar ist«, fuhr ihre frühere Freundin fort. »Aber dazu konnte ich ihm nichts sagen, weil du und ich ja schon ewig keinen Kontakt mehr miteinander haben. Genau wie Philip und ich.«

»Umso erstaunter bin ich, dass du mich gleich anrufst.«

»Ich bitte dich!« Erneut ein Schnauben. »*Natürlich* rufe ich dich sofort an, ich mache mir doch Sorgen!«

»Wirklich?«

»Zweifelst du daran?«

»Nun«, sie räusperte sich, »du hast dich seit über sechs Jahren nicht bei mir gemeldet, da können einem schon Zweifel kommen.«

»Tut mir leid«, sagte Cora, »aber es war wohl eher so, dass du dich *bei mir* mehr als sechs Jahre nicht mehr gemeldet hast.«

»Nachdem du mir die Freundschaft gekündigt hast, ja«, gab Ella zurück.

»Was habe ich?«, rief sie verwundert aus.

»Du hast zu mir gesagt, dass ich eines Tages feststellen werde, dass Philip nur ein quakender Frosch ist.«

Cora kicherte. »Daran kann ich mich zwar nicht erinnern, aber möglich ist es.«

»Siehst du?«

»Gar nichts sehe ich«, kam es empört vom anderen Ende der Leitung. »Die Tatsache, dass ich Philip als Frosch bezeichnet habe, hat ja nichts mit dem Kündigen einer Freundschaft zu tun!«

»Und dass ich die Enttäuschung deines Lebens bin? Das hast du auch gesagt.«

»Ja, das warst du damals für mich. Aber das heißt doch nicht, dass ich keinen Kontakt mehr wollte, wo nimmst du sowas denn her?«

»Also, ich ...« Ella wusste nicht, wie der Satz weitergehen sollte. Denn es stimmte, einen direkten Zusammenhang gab es da nicht. Trotzdem hatte sie es so empfunden, dass Cora damit einen Schlussstrich unter ihre und Ellas Geschichte gezogen hatte. »Ich hab halt gedacht, dass unsere Freundschaft für dich erledigt ist.«

Kurz schwieg Cora, dann kam ein leises: »Siehst du, Ella? Und mir ist es ganz genauso gegangen.«

»Hm. Da sind wir scheinbar beide ...« Sie wusste nicht, was sie beide waren, deshalb wechselte sie die Richtung. »Ich glaube, ich habe auf irgendein Zeichen von dir gewartet.«

Ein Lachen dröhnte durch den Hörer. Dieses haltlose, glucksende und fröhliche Lachen aus voller Kehle mit einem tiefen und schnarrenden Unterton, das für Cora so typisch war und das Ella jahrelang vermisst hatte. *Heimat*, ging es ihr durch den Kopf. Auch Coras Lachen war für sie immer ein Stückchen Heimat gewesen. »Na bitte«, prustete sie jetzt, »hier hast du dein Zeichen!«

»Sehr witzig.« Doch tatsächlich musste Ella schmunzeln. Erst in diesem Moment, in dem sie Cora an der Strippe hatte, wurde ihr bewusst, wie sehr ihr die Stimme ihrer Freundin gefehlt hatte. Wie gut ihr deren direkte, schnörkellose und trockene Art tat, dieses Geerdete, das immer im ziemlichen Gegensatz zu Ellas Hang zur Träumerei gestanden hatte.

»Also, was ist jetzt?«, unterbrach Cora ihre Gedanken. »Hatte ich recht oder hatte ich recht?«

»Womit?«

»Damit, dass Philip ein Frosch ist.«

»Nein!«, antwortete sie ohne das geringste Zögern.

»Nein?« Sie klang verwirrt. »Und warum bist du dann mit einem anderen durchgebrannt?«

»Bin ich gar nicht.«

»Ach, schade.« Cora hörte sich aufrichtig enttäuscht an. »Und ich hatte gedacht, du hättest diesen Schnösel endlich abserviert und dir einen echten Kerl gesucht.«

»Philip *ist* ein echter Kerl.«

Anstelle einer Antwort kam ein noch lauteres und glucksenderes Lachen.

»Ist ja auch egal«, sagte Ella. »Auf jeden Fall schön, dass du dich meldest.« Sie meinte es *genau so.* »Wie geht es dir denn?«

»Gut, alles bestens. So leicht kommst du mir allerdings nicht davon. Keine Ablenkungsmanöver, ich will sofort wissen, was los ist! Wer ist denn nun Oscar?«

Ella seufzte. »Es ist alles ziemlich kompliziert.«

»Ich traue mir zu, dir folgen zu können.«

»Das ist nichts fürs Telefon.«

»Dann lass uns treffen! Wo steckst du? Ich komm dahin.«

»Geht gerade nicht«, erwiderte sie. Die Vorstellung, Cora nach so langer Zeit wiederzusehen, verursachte ihr ein warmes Kribbeln im Bauch. Doch der Gedanke, sie könnte nun auch noch in das bereits vorhandene Chaos platzen, bewirkte eher das Gegenteil.

»Ach, komm schon«, drängte ihre Freundin. »Ich habe heute ein bisschen Zeit, ein Kaffee müsste doch möglich sein!«

»Leider nein, ich bin komplett durchgetaktet.«

»Bei Oscar?«, kam Cora auf das ursprüngliche Thema zurück. So war sie – wenn sie etwas wissen wollte, ließ sie nicht locker. Überhaupt konnte sie sehr energisch sein. Die Idee zu *Die gute Fee* war damals auch von ihr gekommen, Ella hätte sich das allein nicht zugetraut. Aber mit einem Menschen wie Cora Schuster als Partner konnte einem gar nichts passieren.

»Hör zu«, machte Ella Anstalten, das Gespräch zu beenden, denn ein Blick auf die Küchenuhr zeigte ihr, dass es bereits kurz nach zehn war. »Wir müssen ein anderes Mal weiterreden, jetzt habe ich keine Zeit mehr.«

»Sag mir wenigstens, was mit Philip und dir los ist!«, insistierte Cora.

Sie holte tief Luft und war für den Bruchteil einer Sekunde versucht, alles zu erzählen. Von dem Brief und Philips Aussage, dass er so nicht mehr mit ihr leben könne, was *in der Tat* nach so vielen Jahren und im Zeitfenster zwischen Verlobung und Hochzeit etwas *Froschiges* hatte. Sie spürte das Verlangen, einer Freundin anzuvertrauen, wie sie Oscar gleich zweimal über den Haufen gerannt und so bei ihm einen Gedächtnisverlust verursacht hatte; dass er offenbar ein verzweifelter Messie war, von der Frau verlassen, der Sohn verstorben, ein Leben bestehend aus Schutt und Asche, an das er sich allerdings derzeit nicht erinnern konnte, und dass sie, Ella, von daher im Moment alles daransetzte, damit das selige Vergessen noch so lange anhielt, bis sie ein bisschen was – wenigstens *ein bisschen was* – wieder ins Lot gebracht und ihn schonend auf sein trauriges Dasein vorbereitet hatte; damit er nicht sofort, sobald er wieder alles wusste, erneut barfuß an den Landungsbrücken stand und sich in die Fluten stürzen wollte, denn dass Oscar genau das an jenem Abend vorgehabt hatte, davon war Ella mittlerweile zweifelsfrei überzeugt. Wie sollte man sich auch nicht das Leben nehmen wollen, wenn man sein Kind verloren hatte?

Doch statt all diese Dinge zu sagen; statt Cora in einem eruptiven Akt ihr Herz auszuschütten – antwortete sie lediglich: »Da ist gar nichts los. Nur ein blödes Missverständnis, es ist alles in bester Ordnung.«

»Echt?« Mehr Enttäuschung ließ sich in einem einzigen Wort kaum zum Ausdruck bringen.

»Ja«, wiederholte Ella. Es blieb ihr ja auch nichts anderes übrig. Zum einen war das Telefon wirklich nicht das passende Kommunikationsmittel für ein derartiges Gespräch. Zum anderen wollte sie nicht, dass Cora von der Misere überhaupt erfuhr. Eine Misere, die sich doch schon bald in Wohlgefallen auflösen würde, nämlich dann, wenn alles wieder in geregelte Bahnen kam, mit Oscar, mit Philip und mit ihr. Wenn sie ihr von den Ereignissen erzählte, hätte sie nur für unnötige Aufregung gesorgt, hätte in Cora im übertragenen Sinn schlafende Hunde geweckt, deren Gebell hier niemand gebrauchen konnte.

Jetzt, da die Freundin zurück in ihrem Leben war – wenn auch bisher nur per Telefon, aber dabei würde es ja hoffentlich nicht bleiben –, war es absolut vorstellbar, dass Philip und sie Cora zu ihrer Hochzeit einladen würden. Der *Schnösel*? Geschenkt, das hatte ihre Freundin doch nur im Affekt dahingesagt, das war nicht weiter von Belang. Wie aber sollte sie sich als Gast einer Feier verhalten mit dem Wissen, dass der Bräutigam die Braut in der Nacht vor seinem Antrag betrogen hatte? Dass er Briefe erhalten hatte von einer gewissen C. mit der Bitte, von der Heirat Abstand zu nehmen, dass er sich beinahe von Ella hatte trennen wollen? Nein, das wäre kompromittierend, für alle Beteiligten.

Ohnehin hielt Ella sich vor anderen schon immer mit Beschwerden über den eigenen Partner zurück. Denn wenn die Freunde sich solidarisch zeigten; wenn sie im gemeinsamen Schulterschluss einstimmten in den Beschimpfungschor über den Schuft, das Scheusal (oder

Schlimmeres), man selbst aber längst versöhnt war mit Schuft, Scheusal oder Schlimmerem und wieder Händchen haltend mit ihm über eine Blumenwiese hüpfen wollte – dann blieben am Ende nur lange Gesichter und verlegenes Schweigen. Mit Glück.

Oft blieben auch handfeste Ressentiments gegenüber dem Liebsten, die sich nicht mehr aus der Welt räumen ließen und entspannte Unternehmungen in geselliger Runde unmöglich machten. Nein, da war es besser, den Mund zu halten, denn so manches Desaster entpuppte sich mit etwas Abstand betrachtet als *Viel Lärm um nichts*, um den alten Bill Shakespeare zu zitieren. *Much Ado About Nothing*.

»Bist du noch dran?«, mischte sich die Stimme ihrer Freundin in ihre Gedanken.

»Natürlich, wo soll ich denn sein?«

»Ich habe dich dreimal gefragt, wann wir uns denn nun sehen wollen, aber du hast nicht geantwortet.«

»Tut mir leid, die Verbindung ist schlecht.«

»Ich kann dich glasklar verstehen.«

»Aber ich dich nicht.«

»Okay. Also wann passt es dir?«

»Kann ich noch nicht sagen. Ich melde mich, ja?«

»Mach das. Ich würde mich wirklich freuen.«

»Ganz bestimmt tue ich das.«

»Prima!«, rief sie. »Und, Ella?«

»Ja?«

»Wenn ich dir irgendwie helfen oder etwas für dich tun kann, lass es mich bitte wissen.«

»Lieb von dir, vielen Dank.« Schon wollte sie auflegen, als ihr noch etwas einfiel: »Cora?«

»Was ist noch?«

»Hast du Philip denn helfen können?«

»Helfen? Philip?«

»In Sachen neue Haushälterin.«

Erneut erklang ihr fröhliches Lachen. »Nein«, antwortete sie, »ich hab niemanden für ihn.«

»Läuft ja gut bei dir, wenn du so ausgebucht bist.«

»Es läuft sogar sehr gut«, bestätigte Cora. »Allerdings hätte ich schon jemanden gehabt. Aber ich bin ja nicht bescheuert und schicke ihm die Nächste, die er sich mit Haut und Haaren unter den Nagel reißt.«

»Oh.«

»Genau. Philip Drechsler steht als Kunde auf meiner schwarzen Liste.«

»Oh«, sagte Ella erneut. Erstaunt darüber, wie viel Groll nun doch in Coras Stimme mitschwang. Die Sache damals – sie musste sie schwer getroffen haben.

Sie verabschiedeten sich und legten auf, Ella runzelte die Stirn. Da hatte sie *einiges* zu verdauen. Zum einen die Erkenntnis, dass das Zerwürfnis zwischen Cora und ihr überhaupt nicht nötig gewesen war. Dass die Freundin in ihrem Leben geblieben wäre, hätte Ella sich dazu durchgerungen, über ihren Schatten zu springen und sich bei ihr zu melden. Hatten sie ohne jede Not über sechs Jahre verloren? Ella beschloss, es nicht so zu sehen, sondern so, dass sich erst durch diesen Umstand die *wahre* Qualität, die Tiefe ihrer Freundschaft zeigte. Sie war nicht wenig gerührt darüber, dass Cora nach Philips Anruf sofort zum Hörer gegriffen und sich nach ihrem Befinden erkundigt hatte; dass ihre Freundin sie nicht nur treffen wollte, sondern ihr auch noch Hilfe und Unterstützung anbot – gab es einen besseren Beweis dafür, *wie sehr* Ella ihr noch immer am Herzen lag?

Philips Anruf bei Cora, seine Bitte um eine neue Haushälterin – das war der zweite Punkt, der sie beschäftigte. Stimmte es wirklich, wie sie in ihrer ersten Wut gedacht hatte, dass er Ella so schnell wie möglich ersetzen wollte? Oder hatte er nicht vielmehr deshalb Cora Schuster angerufen, weil Eifersucht und Unwissenheit ihn in den Wahnsinn trieben? Weil er so verzweifelt war, nicht einmal die Peinlichkeit zu scheuen, seine Erzfeindin nach seinem vermeintlichen Rivalen zu befragen?

So könnte es sein, nein, so *musste* es sein. Denn Ella hatte ihr Heim im Philosophenweg in tadellosem Zustand verlassen, sämtliche seiner Hemden waren gebügelt, alle Anzüge hingen griffbereit im Schrank, der Papierkram war auf dem neuesten Stand, das Haus erst vor drei Tagen von der Reinigungsfrau von oben bis unten blitzblank geputzt worden. Und die würde ja auch weiterhin kommen, ihre Perle Frau Reimers hatte mit Ellas Weggang nichts zu tun, sie war seit Jahren eingearbeitet und überaus kompetent. Es bestand also überhaupt kein akuter Handlungsbedarf für ihren Exverlobten, der einen Anruf am Montagmorgen um neun bei Coras Agentur notwendig gemacht hätte. Keinen – bis auf die Tatsache, dass Ellas Plan *wahrhaftig* funktionierte, dass Philip bereits überlegte, wie er sie zurückgewinnen könnte.

Fröhlich pfeifend machte sie sich auf den Weg ins Obergeschoss der Villa, um jetzt – es war immerhin schon zwanzig nach zehn – Oscar aus den Federn zu werfen.

Auf dem oberen Treppenabsatz blieb sie abrupt stehen, denn wie sie sah, hatte ihr Patient das bereits selbst erledigt. Er stand angezogen in Jeans und Pulli am Ende des Flurs und war gerade dabei, einen Schlüssel in die Tür des geheimen Zimmers zu schieben.

»Oscar!«, rief Ella in Panik und rannte zu ihm. »Was machen Sie da?«

Er drehte sich um, sein Hosenstall stand offen, mit nur einer Hand war es ihm offenbar nicht gelungen, Knopf und Reißverschluss zu schließen. »Gucken Sie mal, was ich gefunden habe!«, sagte er und streckte ihr triumphierend den Schlüssel entgegen. »Der lag in meiner Nachttischschublade. Und ich wette, er passt!« Mit diesen Worten machte er sich wieder daran, den Beweis für seine These anzutreten und die Tür aufzusperren.

Ella konnte nichts anderes tun, als ohnmächtig zuzusehen, wie der Schlüssel im Schloss verschwand und Oscar begann, ihn nach rechts zu drehen.

Doch nichts tat sich.

»Passt nicht?«, fragte sie, darauf bedacht, nicht allzu erleichtert aufzuatmen.

»Doch, doch, ich glaube schon«, antwortete er zu ihrem Entsetzen. »Er klemmt nur ein bisschen, und ich fürchte, ich habe nicht genug Kraft in der linken Hand. Können Sie es mal versuchen?«

»Natürlich!« Das Schicksal, es war ihr ein weiteres Mal hold. Oscar trat zur Seite, Ella umfasste den Schlüssel und täuschte eine Drehbewegung vor, aufs Peinlichste bemüht, nur ja keinen Druck auszuüben. »Hm«, sie legte möglichst viel Enttäuschung in diesen Laut, »da bewegt sich nichts.«

»Lassen Sie mich noch mal!«

Sie hielt den Schlüssel fest umklammert und ruckelte

daran, bereit, ihn mit ihrem Leben zu verteidigen. Denn wenn sie zuließ, dass Oscar ohne jede Vorwarnung das Zimmer seines kleinen Jungen betrat; wenn sie nicht verhinderte, dass er diesem Schock ausgesetzt wurde – und ein solcher würde es mit Sicherheit für ihn sein –, dann hatte sie die Bezeichnung *gute Fee* nicht länger verdient.

»Nein, Oscar, da ist echt nichts zu machen«, erklärte sie ihm lapidar, zog den Schlüssel ab und ließ ihn blitzschnell in ihrer Hosentasche verschwinden.

»Aber ...«

»Kommen Sie«, forderte sie ihn auf, drehte sich um und marschierte zur Treppe. »Frühstück ist fertig.«

17

Es war nicht leicht gewesen, Oscar davon zu überzeugen, dass der Schlüssel beim besten Willen nicht passte. Aber nach dem zweiten Lachsbrötchen hatte er beides geschluckt, das Brötchen und Ellas Schutzbehauptung zu seinem, ja, Schutze.

Noch schwieriger war es jedoch gewesen, ihm den Besuch bei Dr. Specht schmackhaft zu machen.

»Warum soll ich zum Arzt?«, hatte er gefragt. »Mir geht es wunderbar.«

»Darf ich Sie daran erinnern, wie Sie sich gestern im Bett vor Schmerzen gekrümmt haben?«

»Das war gestern«, hatte er erwidert. »Heute geht es mir bestens.«

»Tut mir leid«, hatte Ella die nächste Stufe gezündet. »Ich muss darauf bestehen. Die Verantwortung ist mir schlicht zu groß, wenn ich hier mit Ihnen allein im Haus bin, schließlich habe ich keine notfallmedizinische Ausbildung. Also entweder, Sie lassen sich von Dr. Specht einmal durchchecken – oder Sie gehen zurück ins Krankenhaus.«

»Dazu können Sie mich nicht zwingen.«

»Stimmt. Aber ich kann Sie hier allein sitzen lassen.«

»Entschuldigen Sie mal!«, hatte er losgepoltert. »Ich habe den Eindruck, Sie bringen gerade durcheinander, wer von uns beiden bei wem angestellt ist.«

»Auf Probe«, hatte sie ihn unschuldig lächelnd erinnert. »Im Moment arbeite ich auf Probe und ohne Gehalt. Und das bedeutet, dass ich jederzeit aufhören kann.« Das Herz hatte ihr bis zum Hals geschlagen, als er sie sekundenlang abschätzig gemustert hatte. Und sie hatte schon damit gerechnet, dass er sie – starrsinnig, wie sie ihn bisher kennengelernt hatte – daraufhin auffordern würde, mit ihren Tüten zurück zu Ikea zu gehen.

Doch das war nicht passiert. Stattdessen hatte er ein mauliges »In Ordnung, Sie Nervensäge« von sich gegeben. Sie dann allerdings noch gefragt: »Aber warum muss ich zu einem Arzt in der Innenstadt? Und weshalb kann ich nicht einfach selbst hinfahren, sondern soll ein Taxi nehmen?«

»Zum einen ist mir Herr Dr. Specht als echte Koryphäe empfohlen worden ...«

»Von wem?«

»Zum anderen«, war sie auf seine Frage nicht weiter eingegangen, »sind Sie zwar gestern gefahren, aber das war ja auch eine Ausnahmesituation. Wenn man Sie mit Ihrer Hand dabei erwischt, wird es mächtig Ärger geben. Darüber hinaus brauche ich heute Ihren Wagen, um einige Dinge zu erledigen.«

»Die da wären?«

»Herr de Witt«, hatte sie ihn zur Ordnung gerufen. »Das, was Sie hier betreiben, ist doch reine Makulatur!«

Er hatte sie erstaunt angesehen. Sehr erstaunt. »Makulatur?«

Sie hatte genickt.

»Diesen Begriff habe ich schon länger nicht mehr gehört«, hatte er gesagt. »Aber es kommt mir vor, als hätte ich ihn früher selbst häufig benutzt. Ich weiß nur nicht mehr, in welchem Zusammenhang.« Dann hatte er kopfschüttelnd seine Schüssel Porridge zu sich herangezogen und angefangen, den Haferbrei in sich hineinzulöffeln.

Danach war alles wie am Schnürchen gelaufen. Oscar hatte sich im Wohnzimmer aufs Sofa gelegt und versucht, ein bisschen zu lesen (er hatte sich den Thriller *Der Brief* von Sebastian Fitzek vorgenommen, den er wahllos aus dem Bücherregal neben dem Fernseher gezogen hatte), hatte es aber schnell wieder aufgegeben, weil die Kopfschmerzen zurückgekehrt waren. So hatte er einfach nur so dagelegen, Löcher in die Luft gestarrt und war immer mal wieder eingenickt. Ella hatte in der Zwischenzeit übers Internet einen Reinigungsdienst organisiert, der am nächsten Morgen um zehn seine Arbeit im Haus beginnen würde. Dann hatte sie herumtelefoniert und den Großteil in Sachen Mahn- und Vollstreckungsbescheide geregelt. Sie hatte sogar mit dem Obergerichtsvollzieher des Amtsgerichtes Blankenese telefoniert, dort kurz die Sachlage geschildert, die bisher zum Ausbleiben der Zahlungen geführt hatte, und versichert, bis zum Ende der Woche sämtliche Forderungen auszugleichen. Sprich: Sie hatte eine ganze Menge Kühe vom Eis geholt.

Danach hatte sie für Oscar und sich ein gesundes Mittagessen gezaubert: Hähnchenbrustgeschnetzeltes mit frischem Marktgemüse; gut, mit frischem *Discountergemüse*. Sie würde noch herausfinden müssen, wo sich der nächste Bio-Laden befand, um dort die Lebensmittel zu besorgen, die sie nicht im Supermarkt kaufen wollte.

Schon war es zwei Uhr gewesen, das Taxi war vorgefahren und hatte Oscar – dank der Kopfschmerzen ohne weiteres Murren seinerseits – eingesammelt und Richtung City zu Dr. Specht gebracht. Kaum war der Wagen am Ende der Auffahrt um die Ecke gebogen, war Ella mit dem Schlüssel in den ersten Stock geflitzt, hatte das Zimmer aufgesperrt und angefangen, schon einmal alles, was in ihre drei Ikea-Tüten passte, einzupacken. Das Foto von Henri und der Katze hatte sie dabei eine ganze Weile in der Hand gehalten und betrachtet. Das rotweiß getigerte Tier hatte eine weiße Schnauze und drei weiße Pfoten, ein besonders niedliches Exemplar. Vielleicht war die Katze auf dem Bild aber auch noch ein Baby, denn Henri wirkte eher wie vier oder fünf und nicht wie acht. Der Anblick hatte sie sehr traurig gestimmt. Dieser kleine Junge, der sein Haustier im Arm hielt, den Kopf dicht ans Fell gekuschelt; Henri de Witt, für immer und ewig ein Kind, das mit seinen schwarzen Haaren und den dunklen Augen ein ziemliches Abbild seines Vaters war; ein hübscher Kerl, der jetzt ...

Ella hatte schwer geschluckt, hatte das Foto eilig in eine der blauen Tüten gelegt und versucht, nicht weiter darüber nachzudenken, was mit dem Jungen passiert sein konnte. Aber es war ihr nicht gelungen, die Gedanken daran zu verscheuchen, natürlich nicht. War er krank gewesen? Hatte er einen Unfall gehabt? Was war geschehen? Was, um Himmels willen, war der Familie de Witt so derart Schreckliches widerfahren, dass Oscars Seele keinen anderen Ausweg wusste, als die Erinnerung daran auszulöschen? Sie wegzusperren wie alles in diesem Zimmer hier, an einen geheimen Ort zu verbannen, von wo aus sie ihn nicht länger quälen konnte?

Immer wieder hatte Ella beim Packen innegehalten, hatte sich bei jeder Playmobil-Figur, jedem Rennauto, jedem T-Shirt und jedem zerfledderten Batman-Comic die Frage gestellt, ob das, was sie hier tat, richtig war. Ob es für Oscar das Beste war, ihn vorerst zu »schonen«, so lange, bis er etwas stabiler wäre. Oder ob die »brutale« Methode, ihn ohne Vorwarnung in seine Vergangenheit zu schubsen, ihn mit dem, was war und ist, gnadenlos zu konfrontieren, ihm nicht doch mehr helfen würde. Wie eine Schocktherapie, die den Patienten entweder heilt – oder ihn zerbricht. Allerdings war genau das der Punkt: Die Möglichkeit des Zerbrechens hielt Ella für ein viel zu großes Risiko, um es in Kauf zu nehmen. Ohnehin war sie nun schon so weit gegangen, viel zu weit, als dass es noch einen Weg zurück geben könnte. Und so hatte sie weiter die Sachen des kleinen Jungen zusammengeräumt und auf die Ankunft der Spedition gewartet.

Die war fast pünktlich um Viertel vor drei erschienen (dem Schlüsseldienst hatte Ella abgesagt, er war ja nicht mehr vonnöten gewesen). Zwei Männer hatten zunächst Henris restliche Habseligkeiten in mitgebrachte Kartons gepackt, sämtliche Möbel zerlegt und im Anschluss alles in einen Sprinter getragen. Auf Ellas Bitte hin hatten sie sogar noch die Löcher in den Wänden zugespachtelt, dann waren sie mit dem verladenen Kinderzimmer vom Hof gerollt, um die Sachen in den angemieteten Lagerraum zu bringen. Die gesamte Prozedur mit der Transportfirma hatte nicht mal eine Stunde gedauert. Weniger als sechzig Minuten für das Beseitigen eines Kinderreichs, in der Tat eine logistische Meisterleistung.

Danach hatte Ella das Zimmer von der Decke bis

zum Boden akribisch gereinigt, hatte Dielen und sogar die Wände abgesaugt, hatte die aufgeklebte Schmuckbordüre mit Smileys, die einmal rund durch den Raum verlief, abgezogen, hatte das Fenster geputzt, hier und da eine Buntstiftkrickelei – hier waren sie, die verräterischen Zeichen! – mit Scheuerpulver von der Tapete geschrubbt. Dabei waren Flecken entstanden, das hatte sich nicht verhindern lassen; aber es waren eben nur Flecken und keine Hinweise mehr auf eine kleine Kinderhand, die sich hier mit Stiften ausgetobt hatte.

Zum Schluss hatte sie erschöpft im Türrahmen gestanden und mit einer Mischung aus Zufriedenheit und Angst ihr Werk betrachtet. Jetzt war hier nur noch ein leerer Raum, der anscheinend keine Funktion erfüllte. Irgendwann würde sie Oscar sagen, was sich darin befunden hatte. Würde mit ihm zum Lager fahren und ihm die Sachen seines Sohnes zeigen. Eines Tages. Nur jetzt nicht, nur nicht heute.

Sie ging in die Küche, um sich einen Tee zu kochen. Als ihr *First Flush* fertig war, wanderte sie mit der Tasse rüber ins Wohnzimmer, stellte den Becher auf dem Couchtisch vorm Sofa ab, knipste die Stehlampe daneben an und legte sich hin. Dieser Moment der Rast tat ihr gut, sie fühlte sich, als hätte sie persönlich Henris Möbel geschleppt. Vielleicht, weil die Entscheidung, die sie getroffen hatte, mindestens genauso schwer wog wie Kinderbett und -schrank.

Für einen kurzen Moment schloss Ella die Augen. Dann warf sie einen Blick auf ihr Handydisplay, es war halb fünf, und sie fragte sich, wann sie mit Oscars Rückkehr rechnen konnte. Um sich die Zeit bis dahin zu vertreiben, griff sie nach dem Thriller von Fitzek, den Oscar hier hatte liegen lassen. Nicht wirklich ihr Geschmack, aber sie war zu schlapp, um sich erneut zu erheben und sich ein anderes Buch aus dem Regal zu suchen.

Sie schrak zusammen, als gefühlte Sekunden später ihr Mobiltelefon klingelte. Sie nahm es zur Hand, um festzustellen, dass es bereits kurz nach sechs war – erst jetzt bemerkte sie, dass vor den großen Terrassentüren Dunkelheit herrschte – und dass es sich bei dem Anrufer mal wieder um Philip handelte.

Schon wollte sie ihn erneut abweisen, entschied sich dann aber anders und nahm das Gespräch entgegen.

»Hallo, Philip«, begrüßte sie ihn kühl.

»Ella! Endlich gehst du mal ran! Warum drückst du mich immer weg?«

»Ich war beschäftigt«, erklärte sie.

»Du hättest ja mal zurückrufen können.«

Sie stieß einen Seufzer aus. »Ist es so schwer für dich zu begreifen, dass ich im Moment nicht mit dir reden *will*?«

Kurzes Schweigen, dann ein leises »Nein, ist es nicht.« Gefolgt von einem »Ich möchte doch einfach nur wissen, wie es dir geht.«

»Deshalb hast du ja auch Cora auf mich angesetzt.«

»Was habe ich?«

»Cora. Sie hat mich heute früh angerufen.« Das hatte sie ihm eigentlich nicht sagen wollen, hatte die Tatsache, dass sie wieder Kontakt zueinander hatten, für sich behalten wollen. Sei's drum, nun war es raus.

»Aber bestimmt nicht, weil ich sie auf dich *angesetzt* habe. Du weißt ja selbst, dass wir seit der Sache damals nicht die besten Freunde sind, wir haben ja nicht mal mehr was voneinander gehört. Ich hatte sie nur kontaktiert, weil …«

»Weil du Ersatz für mich suchst, das hat sie mir bereits berichtet.«

»Ich suche doch keinen Ersatz für dich!«, rief er aufgebracht.

»Sondern?«

»Ich … ich … Also, wenn ich ehrlich bin, wollte ich sie fragen, ob sie diesen Oscar kennt und mir etwas über ihn sagen kann.«

»Warum?«

»Warum??? Weil mir das alles sehr seltsam vorkommt. Du ziehst Hals über Kopf zu einem Mann, dessen Namen ich noch nie im Leben gehört habe, und da …«

»Nein, Philip«, schnitt sie ihm das Wort ab. »Daran ist überhaupt nichts seltsam. Das Einzige, was hier seltsam ist, ist der Umstand, dass es schon länger eine andere Frau in deinem Leben gibt und du nicht mehr weißt, ob du mich noch liebst und mich heiraten willst.«

Schweigen.

»Philip?«

Schweigen.

»Phi-lip?!«

»Ja, ich weiß.«

»Also komm du mir bitte nicht damit, bei *mir* wäre etwas seltsam. Aktion und Reaktion, sagt dir das was?«

»Ja.« Sie hörte ihn tief Luft holen. »Ich hätte einfach nur gern noch einmal mit dir geredet.«

»Hat sich denn an der Situation irgendetwas verändert, was ein weiteres Reden notwendig oder sinnvoll macht?« Ein Wagnis, diese Frage so direkt zu stellen, doch Ella konnte nicht anders.

»Wie meinst du das?« Offenbar nicht direkt genug.

»Triffst du C. noch?«

»Ella, ich …« Er verstummte.

»Also«, wiederholte sie ihre Frage. »Triffst du sie noch?«

»Wir sehen uns, ja.« Dann fügte er eilig hinzu. »Sie ist eine Kollegin von mir, da geht es gar nicht anders.« Eine Kollegin, also doch! Das hatte sich Ella schon gedacht, immerhin war der *Vorfall* nach dem Frühjahrsfest der Kanzlei passiert. Schon war sie versucht, mit dem Handy am Ohr zu ihrem Notebook zu gehen und auf der Homepage der Kanzlei nachzusehen, ob sie dort eine Mitarbeiterin fand, deren Vorname mit »C« begann – aber dann blieb sie auf dem Sofa liegen. Denn mit einer Sache hatte Philip recht: Es war nicht wichtig. Ob sie eine Kollegin war oder nicht oder wer sich überhaupt hinter dieser namenlosen Frau verbarg – das spielte gar keine Rolle. Es ging vielmehr um etwas anderes.

»Lass mich die Frage so formulieren: Triffst du sie auch außerhalb des Büros?«

»Na ja«, antwortete Philip, und Ella konnte durchs Telefon hindurch sehen, wie er sich wand, »wir hatten nach den jüngsten Ereignissen natürlich auch einiges zu besprechen, und da haben wir uns mal auf ein Glas Wein getroffen.«

»Dann gibt es im Moment nichts, was wir zwei miteinander zu klären hätten«, bellte sie ins Telefon. Vor Wut über Philip und sich selbst kickte sie das Fitzek-Buch mit einem Tritt vom Sofa, so dass es klatschend auf den Boden fiel und der Schutzumschlag zerknickte. Sie hätte ihn das nicht fragen sollen, nicht fragen *dürfen*! Es war viel zu früh dafür, mit Philip wieder auf die Beziehungsebene zu gehen. Im Gegenteil, nun wusste er, wie sehr sie das Thema beschäftigte, dass sie emotional noch involviert war. Okay, jedem, der nicht an Gefühlslegasthenie litt, müsste ohnehin klar sein, dass man den Wechsel von Verlobung zur Trennung – garniert mit dem Geständnis eines Seitensprungs – nicht mal kurz binnen achtundvierzig Stunden schulterzuckend wegsteckte. Jedenfalls die wenigsten der Spezies Homo sapiens, sprich, die wenigsten Menschen mit Herz und Hirn. Aber ihn mit der Nase darauf zu stoßen, wie aufgewühlt sie war, das war eindeutig nicht nötig gewesen, das warf sie von ihrem lässigen Abgang am Samstag meilenweit zurück. Hätte sie seinen Anruf bloß nicht angenommen!

»Ella, bitte, du musst doch ...«

»Nein«, unterbrach sie ihn. »Ich muss gar nichts. Nicht mit dir, Philip.«

»Sag mir wenigstens noch ...« Klick. Sie hatte aufgelegt. Sie würde ihm in nächster Zeit überhaupt nichts mehr sagen, sondern sich voll und ganz auf ihre große Aufgabe konzentrieren. Damit hatte sie genug zu tun.

»Wer ist Philip?«, erklang Oscars Stimme. Ella fuhr herum, die große Aufgabe stand grinsend in der Tür zum Wohnzimmer. »Und was müssen Sie nicht?«

»Gar nichts«, antwortete sie eilig und setzte sich auf. Sie spürte, wie ihr die Röte ins Gesicht schoss. Wie viel von ihrem Telefonat hatte er mitgehört?

»So, so«, gab er in süffisantem Tonfall zurück, schlenderte zu ihr hinüber und pflanzte sich direkt neben sie aufs Sofa. »Eins ist mal sicher«, stellte er dann fest. »Sie scheinen auf diesen Philip mächtig sauer zu sein.«

»Möglich«, gab sie ausweichend zurück.

»Ein abgelegter Liebhaber?«

»Nein«, erwiderte sie. *Er ist viel mehr als das*, schob sie in Gedanken hinterher.

»Lassen Sie sich doch nicht alles aus der Nase ziehen!« Seine dunklen Augen fixierten sie, nagelten sie regelrecht an der Rückenlehne der Couch fest. Doch ehe sie etwas erwidern konnte, bildete sich eine steile Falte zwischen seinen Augen. »Was ist das?«, fragte er und bückte sich.

»Was denn?«

»Das hier!« Er hielt ihr das Fitzek-Buch unter die Nase und deutete mit vorwurfsvoller Miene auf den zerknickten Schutzumschlag.

»Muss mir runtergefallen sein.«

»Gehen Sie doch bitte etwas sorgfältiger mit meinen Sachen um, das war ein Geschenk von …« Schlagartig erhellte sich seine Miene, er stieß ein lautes »Ha!« aus und warf das Buch derart schwungvoll in die Höhe, dass es in der Luft einen Salto vollführte und danach auf den Dielen aufschlug, noch zerknickter als zuvor. Oscar de Witt ignorierte es und strahlte Ella stattdessen an. »Er hatte recht!«

»Wer hatte recht?«

»Na, Dr. Specht. Von dem komme ich doch gerade.«

»Richtig, ja. Ich hatte mich schon gefragt, wo Sie so lange bleiben.«

»Der Mann ist phänomenal!«, teilte Oscar ihr mit.

»Ist er das?«

»Absolut! Wir haben stundenlang geredet, und er hat mir Mut gemacht.«

»Hat er?« Ella wurde flau im Magen.

Oscar nickte. »Wir haben gemeinsam mein Unterbewusstsein aktiviert. Mit einem Hypnoseverfahren. Mit dieser Methode, so hat er mir erklärt, hätten wir gute Chancen, mein Gedächtnis Stück für Stück zurückzugewinnen.«

»Ich dachte, er wollte Ihnen nur Blut abnehmen und ein EKG machen?«

»Hat er auch. Aber wussten Sie, dass Dr. Specht nicht nur Allgemeinmediziner, sondern darüber hinaus auch noch Psychiater ist?«

»Davon hatte ich keine Ahnung«, behauptete sie. Neben der Röte im Gesicht verspürte sie nun im gesamten Körper eine aufwallende Hitze.

»Doch, doch.«

»Tut mir leid! Hätte ich das gewusst, hätte ich Sie da nicht hingeschickt.«

»Wieso nicht?«

»Weil Sie im Krankenhaus sagten, dass Sie von Seelenklempnern nichts halten«, erinnerte sie ihn.

»Ach, papperlapapp!« Er machte eine wegwerfende Handbewegung. »Was kümmert mich mein Geschwätz von gestern? Dr. Gunther Specht ist eine Sensation!«

»Erzählen Sie mal!«

»Sie haben es ja gerade selbst erlebt, sein Verfahren scheint zu funktionieren. Ich hatte eine Erinnerung!« Er zeigte auf das Buch. »Ich weiß, dass ich es geschenkt bekommen habe. Und sogar von wem.«

»Ehrlich?«, krächzte sie.

»Der Mann heißt Jonathan Grief. Ein Hamburger Verleger, der Fitzek unter Vertrag hat.«

»Tatsächlich?« Sie musste husten, das war schon eine sehr konkrete Erinnerung. Eine, die ihr Angst machte. Nicht dass sie sich nicht wünschte, dass Oscar sein Gedächtnis zurückerlangte – aber das hier ging ihr eindeutig zu schnell. »Und Sie sind mit diesem Herrn Grief befreundet?«

»Das kann ich Ihnen nicht sagen«, erklärte er. »Ich habe nur ganz deutlich das Bild vor Augen, wie er mir das Buch überreicht. Ich glaube, er hat sogar etwas hineingeschrieben.« Er bückte sich erneut nach dem Thriller, nahm ihn zur Hand und schlug ihn auf. »Da steht es«, sagte er und deutete mit dem Zeigefinger auf die handschriftliche Widmung. »Jonathan N. Grief. Ha!« Mit einem lauten Knall klappte er das Buch wieder zu, legte es auf den Couchtisch und grinste sie an. »Ich habe zwar keine Ahnung, wer das ist – aber es ist ein Anfang, oder?«

»Ja«, stimmte sie ihm zu. *Und jedem Anfang wohnt ein Zauber inne …*

Er erhob sich, ging hinaus in den Flur, kam Sekunden später mit dem Mobilteil des Telefons zurück und setzte sich wieder neben sie. »Dann rufe ich mal die Auskunft an und frage nach diesem Grief.«

»Wenn der mal keine Geheimnummer hat.« Sie ging schwer davon aus, wer ließ sich heutzutage noch im Telefonbuch eintragen?

»Das werden wir dann ja sehen.« Oscar fing an, die Tasten zu drücken. »Sagen Sie, Ella«, fragte er währenddessen. »Weshalb habe ich eigentlich kein Handy?«

»Das weiß *ich* doch nicht!«

»Kommt mir seltsam vor. Hatte ich keins bei mir?«

»Ich habe jedenfalls nichts gefunden.«

»Das kann ich mir überhaupt nicht vorstellen.«

»Vielleicht haben Sie es ja bei den Landung … bei der Landung auf Ihrem Hintern verloren. Also, als Sie hier auf der Treppe gestürzt sind.« Blut, Schweiß, Tränen. Sie schwitzte schon wieder.

»Dann hätte es ja vorm Haus liegen müssen.«

Sie zuckte mit den Schultern. »Tut mir leid, da war nirgends ein Handy.«

»Hm«, er hob den Hörer ans Ohr. »Eigenartig.« Er schüttelte den Kopf. »Besorgen Sie mir bitte eins, ja?«

»Mach ich.«

Eine Sekunde später sprach er mit der Auskunft und erkundigte sich nach dem Anschluss von Jonathan N. Grief. Danach bedankte er sich und legte auf.

»Kein Eintrag.«

»Habe ich mir schon gedacht.«

»Dann versuche ich es bei seinem Verlag.«

»Wissen Sie denn, welcher das ist?«

Er betrachtete sie amüsiert. »Sie haben noch nie ein Buch in der Hand gehalten, was?«

»Äh, wieso?«

»Weil da in der Regel vorn ein Impressum abgedruckt ist, in dem man ganz einfach nachschauen kann.«

»Ja, stimmt, natürlich.« Herrjeh, kam sie sich blöd vor!

Er griff nach dem Thriller und schlug die betreffende Seite auf. »Da ist es doch! Griefson & Books, na bitte!«

»Es ist aber nach halb sieben, da erreichen Sie bestimmt niemanden mehr.«

»Ausprobieren«, gab er zurück. »Kann ja sein, dass Herr Grief als Verleger länger im Büro sitzt. Und wenn nicht, rufe ich morgen noch einmal an.« Erneut wählte er die Nummer der Auskunft.

Ellas Eitelkeit und der Drang danach, ihm auseinanderzusetzen, dass sie *sehr wohl* schon ein Buch in der Hand gehalten hatte, einige sogar – gerade *sie*, Emilia Faust, war schließlich überaus belesen und hatte nur ein wenig auf dem Schlauch gestanden –, dieses Bedürfnis musste sie kurzfristig hintanstellen. Denn Oscar hielt sich schon wieder den Hörer ans Ohr. Und bevor er nun gleich die Nummer hätte, als nächste Amtshandlung im Verlag anrufen und trotz vorgerückter Stunde Jonathan Grief an die Strippe bekommen würde, woraus sich dann ein Gespräch des Inhalts »*Oscar, mein alter Freund! Ich bin immer noch erschüttert über den Tod deines Sohns! Und dass dich deine Frau deshalb verlassen hat, also, das ist wirklich schrecklich ...*« entspinnen könnte, musste sie handeln.

Also nahm sie ihm sanft aber bestimmt das Telefon ab, legte auf und lächelte ihn milde an.

Er sah sie verdutzt an. »Können Sie mir bitte erklären, was das soll?«

»Oscar«, sagte sie und strich ihm flüchtig über die Hand. »Ich kann verstehen, dass Sie darauf brennen, mit diesem Verleger zu sprechen. Aber halten Sie das wirklich für eine gute Idee?«

»Klar halte ich das für eine gute Idee! Sie etwa nicht?«

Bedauernd schüttelte sie den Kopf. »Nein. Denn solange Sie noch rein gar nichts über sich selbst wissen, stellt das ein gewisses Risiko dar.«

»Risiko?« Er musterte sie verständnislos. »Welches Risiko denn?«

»Wollen Sie tatsächlich, dass jeder über Ihren Zustand

Bescheid weiß?«, stellte sie die Gegenfrage. »Obwohl Sie die Folgen noch gar nicht absehen können?«

»Hm«, er dachte einen Moment lang nach, »Sie meinen, ich könnte mich damit in eine unangenehme Lage bringen?«

»Sie haben es erfasst!«, bestätigte sie erfreut. »Solange Sie nicht wissen, wer Freund ist und wer Feind, würde ich das schön für mich behalten.«

»Dieser Jonathan Grief hat mir aber doch ein Buch geschenkt«, begehrte er auf. »Mit Widmung!«

»Tja«, sie warf ihm einen vielsagenden Blick zu. »Und irgendjemand hat Ihnen auch einen Sprüche-Becher von Rudis Resterampe vermacht.«

Sein Mund klappte zu einer Erwiderung auf. Und wieder zu. Wieder auf. Und zu.

»Sehen Sie«, noch einmal tätschelte sie seine Hand, »wir sollten abwarten, bevor wir uns zu unüberlegten Aktionen hinreißen lassen.«

»Ja«, gab er zurück. »Da haben Sie vermutlich recht.« Erneut zeichnete Resignation seine Miene. Doch im nächsten Moment lächelte er schon wieder. »Ist ja aber auch egal. Die Hauptsache ist doch«, er tippte sich mit dem linken Zeigefinger gegen die Schläfe, »dass das hier oben wieder in Gang kommt. Dr. Specht sei Dank! Gleich morgen früh fahre ich wieder zu ihm hin.«

»Morgen schon?«

»Natürlich! Wenn sich bereits nach einer einzigen Sitzung mit ihm die ersten Erinnerungen bei mir regen – dann sollte ich diesen Weg unbedingt weiterverfolgen.«

»Unbedingt.« *Na gut*, sagte sie sich und gab sich Mühe, gelassen zu bleiben. *Neue Regeln, aber das gleiche*

Spiel. Sollte Oscar am nächsten Tag ruhig zu Dr. Specht fahren, sie würde seine Abwesenheit dazu nutzen, sich weiter über ihn schlauzumachen. Außerdem müsste sie das Grab von Henri de Witt aufsuchen, um sich ein Bild davon zu machen. Wo genau es lag, ob es gut gepflegt war, ob da irgendetwas lauerte, das Oscar aus dem Gleichgewicht bringen könnte. Also, noch mehr aus dem Gleichgewicht als die Tatsache, dass sein Sohn verstorben war und seine Frau ihn verlassen hatte, es ohnehin tun würde.

Wenn sein Gedächtnis wirklich in so rasantem Tempo zurückkehrte, wie es gerade zu befürchten stand – dann wollte Emilia Faust auf alles vorbereitet sein, auf das sie dann im nächsten Schritt Oscar, nun ja, vorbereiten musste. Und ein gemeinsamer Gang zur Ruhestätte seines Sohnes war für sie dann Pflicht, das konnte sie ihn unmöglich allein bewältigen lassen. So etwas gehörte sich nicht für eine gute Fee!

Blieb nur die Frage, ob Oscar auf ihre zauberhafte Anwesenheit überhaupt noch Wert legen würde, wenn er wieder wüsste, wie sich ihr Kennenlernen ganz konkret zugetragen hatte. Aber auch in diesem Fall hielt Ella es ganz mit Margarethe Schlommers: *Mach dir immer erst Gedanken, wenn es so weit ist!*

18

Um zehn nach elf erreichte Ella die Friedhofsgärtnerei Gruber in Hamburg-Ohlsdorf. Sie hatte nicht früher aufbrechen können, denn sie hatte zu Hause noch die zwei jungen Männer vom Reinigungsdienst hereinlassen und kurz einweisen müssen, dann erst war sie mit quietschenden Reifen Richtung Norden losgedüst. Oscar war bereits um neun Uhr zu einer »intensiven Arbeitssession« mit Dr. Specht aufgebrochen, wie er es genannt hatte.

Auf Ellas Frage, was der lieber Herr Doktor pro Session denn so berechnen würde, hatte Oscar nur unbekümmert »Keine Ahnung« erwidert. »Ich habe ihm gesagt, er soll eine Rechnung schicken. Sie kümmern sich darum.« Unglaublich, Oscar de Witt schien sich keine Sekunde lang Gedanken um das Thema Geld zu machen. Noch unglaublicher fand sie allerdings, wie schnell er sich mit ihr als sein »Mädchen für alles« arrangiert hatte und nach Gutsherrenart darüber verfügte, dass sie sich kümmern würde. Denn er fragte nicht, er wies an. Doch ihr sollte es recht sein, so hatte sie in allen Belangen freie Hand. Und für den Fall, dass Gunther Specht überzogene Forderungen stellen sollte (rein intuitiv ging Ella davon aus), wäre es an ihr, sein Honorar auf ein angemessenes Maß zurechtzustutzen.

Sie manövrierte den Mercedes in eine Parkbucht vor der Gärtnerei und stieg aus. Die Bestätigung der Dauergrabpflege hatte sie dabei für den Fall, dass man mehrere Ruhestätten des Namens »de Witt« betreute. Das hielt sie zwar für unwahrscheinlich, aber man konnte ja nie wissen. Mit Hilfe der Kundennummer dürfte es ein Leichtes sein, das betreffende Grab zu ermitteln.

Eine Viertelstunde später irrte Ella mit einem Lageplan in der Hand übers Friedhofsgelände. Mit einer Gesamtfläche von vierhundert Hektar hatte das Areal zweimal die Größe von Monaco, sogar Linienbusse verkehrten hier, und so war es kein Wunder, dass Ella sich vorkam wie in einem Labyrinth, in dem sie kreuz und quer über verschlungene Sandwege vorbei an Hecken und Sträuchern stolperte. Jetzt hätte sie gute Verwendung für ein weißes Kaninchen gehabt, das ihr den richtigen Weg durch das Dickicht wies. Zumal es wieder regnete, was die Suche nicht angenehmer gestaltete. Ihre Frage, ob es ihm nicht möglich wäre, sie zu dem Grab zu führen, hatte der mürrisch dreinblickende Besitzer der Gärtnerei mit einem knappen Kopfschütteln abschlägig beschieden und stattdessen mit schwieligen Händen besagten Plan auf den Tresen gedonnert, das Rechteck L-J 10 mit rotem Kuli umrandet, mittendrin ein Kreuzchen gemalt und ihr erklärt, der Rosenhain wäre zu Fuß keine zehn Minuten entfernt.

Ob es an ihren Füßen lag oder an ihrem Orientierungssinn – Ella erreichte die Stelle erst nach gut einer Stunde, mittlerweile bis auf die Knochen durchnässt, ihre Stimmung der Örtlichkeit durchaus angemessen. Grabstätte für Grabstätte schritt sie ab, studierte die Inschriften der Steine und nahm verwundert zur Kenntnis, dass sämtliche *Bewohner* dieser letzten Heimat erst im hohen

Alter verschieden waren. Sie hatte angenommen, der Rosenhain sei ein spezieller Ort für Kinder, hatte sich innerlich schon für Plüschtiere, bunte Windräder, kleine Putten und laminierte Fotos niedlicher Knirpse gewappnet, die solche Gräber häufig zierten. Doch von Bertha Riemann (verblichen mit stolzen zweiundneunzig Jahren) über Christian Petersen (einundachtzig) bis hin zu Hein Hansen (respektable sechsundneunzig) waren hier ausschließlich die Überreste von Menschen gebettet, die ihr Leben vollumfänglich bis zum verdienten Ende geführt hatten.

Erst ganz hinten, am Ende einer Reihe, konnte sie ein Grab ausmachen, das in Frage käme – frisch bepflanzt und mit einer rötlichen Marmortafel, die im Oktoberregen wie neu glänzte.

Sie war noch einige Meter entfernt, als sie sich in ihrer Vermutung bestätigt sah, »de Witt« war in großen geschwungenen Lettern in den Stein gemeißelt. Erst als sie direkt davorstand, konnte sie den kleineren Vornamen darüber entziffern.

Francine.

Auf dem Grabstein stand *Francine*.

Warum hast du mich verlassen? Warum hast du mich verlassen? Warum hast du mich verlassen? Warum hast du mich ...

Nun verstand Ella überhaupt nichts mehr. Nicht Oscars Sohn lag hier zur ewigen Ruhe, sondern seine Frau? Oder etwa – beide? Nein, da stand nur *Francine de Witt*, darunter *geborene Dubois*. Scheinbar wirklich Französin. Oder Nachfahrin aufrechter Hugenotten. Sechsunddreißig war sie nur geworden, nicht halb so alt wie Bertha,

Christian oder Hein. Und so traurig es auch war, hier vor dem Grab von Oscars junger Frau zu stehen (sie schämte sich, dass sie nicht daran gedacht hatte, Herrn Gruber ein paar Blümchen abgekauft zu haben), hüpfte in diesem Moment dennoch ihr Herz. Denn das bedeutete, dass der Junge lebte. Führte Ella allerdings sogleich zu der Frage nach dem *Wo*.

Noch einmal suchte sie den gesamten Rosenhain ab, stapfte mit mittlerweile schlammigen Schuhen über den Gottesacker, wollte sich vergewissern, dass sich hier nicht doch irgendwo das Grab eines Henris befand. Nach weiteren dreißig Minuten war sie sicher, nichts übersehen zu haben – zumal sie sich ohnehin nicht vorstellen konnte, dass man Mutter und Kind im Tod voneinander getrennt und nicht gemeinsam beerdigt hatte.

Auf dem Weg zurück zu Oscars Wagen sprangen Ellas Gedanken hin und her wie Flipperkugeln, ließen sich weder einfangen noch bändigen. Henri lebte also, Francine nicht. Alles, was an seinen Sohn erinnerte, hatte Oscar weggeschlossen, ein Foto seiner Frau trug er hingegen im Portemonnaie. Seltsam war das, überaus seltsam, sie konnte sich keinen Reim darauf machen.

Auch nicht darauf, was er denn nun barfuß an den Landungsbrücken gewollt hatte. Sich wahrhaftig das Leben nehmen? Tat man das als Vater? Als jemand, der Verantwortung trägt für einen kleinen Menschen? Wie groß musste da die Verzweiflung sein? Unermesslich groß, das wusste sie.

Ella dachte an die bekannte Spiegel-Rubrik: *Was war da los, Herr de Witt?* Nun, was konnte es gewesen sein? Sie erreichte das geparkte Auto, stieg ein, ließ den Motor an und fuhr los. Und während sie sich Mühe gab, auf dem Heimweg niemanden zu überfahren, arbeitete sie im Kopf die Geschichte aus. Die Geschichte, wie sie gewesen sein könnte. Wie sie vermutlich tatsächlich auch war:

Francine de Witt, nach Krankheit oder Unfall verstorben, vollkommen überraschend und unerwartet. Der Witwer, Oscar, grambeugt, halb wahnsinnig über diesen Verlust. Er versucht, die Trümmer seines Lebens zusammenzuhalten, irgendwie – doch es gelingt ihm nicht. Mehr und mehr driftet er ab in seine Trauer, lässt alles schleifen, letztlich auch sich selbst. Und Henri, das Kind, den heißgeliebten Sohn, den gibt er ebenfalls auf. Nicht freiwillig, das nicht, aber er schafft es nicht mehr, ihn gut zu versorgen, für ihn zu kochen, ihn zu waschen, anzuziehen, sein Pausenbrot zu schmieren, seinen Ranzen zu packen, für ihn verlässlich da zu sein. Als Vater. Als der einzige Mensch, den der Junge noch hat. Drei- oder viermal fällt Henri in der Schule auf, bemerken die Lehrer die fortschreitende Verwahrlosung des Kindes, sprechen zuerst mit Oscar, der abstreitet, ein Problem zu haben, und schalten das Jugendamt ein. Es kommt, wie es kommen muss, ein Hausbesuch bei Oscar de Witt, das Enttarnen der katastrophalen Zustände, in denen man kein Kind belassen kann. Dann Familiengericht, ein Urteil, Henris Inobhutnahme, der Junge wird seinem Vater entrissen, kommt zu Pflegeeltern oder, schlimmer noch, ins Heim. Oscar, verzweifelter denn je, kämpft und kämpft um sein einziges Kind, doch hat er die Kraft nicht und verliert. Nicht nur Henri, sondern damit auch endgültig den letzten Sinn, den sein Leben noch hätte ergeben können.

So geht er los, eines Abends und allein, sucht seinen

Weg an die Landungsbrücken, ans Ufer der Elbe, zieht die Schuhe aus, legt die Jacke ab, blickt hinunter in den dunklen und reißenden Strom. Schließt die Augen, holt Luft, will springen, ein Satz nur, danach ist alles vorbei.

Und dann? Dann passiert etwas, irgendwas. Eine letzte Erinnerung an Henris Lachen? Verbunden mit dem übermächtigen Wunsch, ihn einmal noch – nur *einmal* noch – zu sehen, ihn in die Arme zu schließen? Oder ist es ein lärmender Junggesellenabschied, der Oscar abhält von seinem finsteren Plan, der ihn dazu bringt, den Blick vom Wasser loszulösen? Eilig, nahezu gehetzt, stürzt er fort von dem todbringenden Ort, lässt sogar Stiefel und Jacke liegen, will einfach nur zurück ans sichere Land, dorthin, wo das Licht, wo das Leben auf ihn wartet. Und wo ihm dann, das Schicksal hat ein Händchen für feine Ironie, Emilia Faust ... *begegnet.*

Tränen rannen über Ellas Wangen, als sie nach vierzig Minuten die Villa erreichte, sie weinte so sehr, dass sie kaum noch etwas sehen konnte. Trotzdem oder vielleicht gerade deshalb stellte sie den Mercedes dieses Mal in der Garage ab, ließ das Rolltor herunterfahren, lief hinüber zum Haus, schloss die Tür auf, stolperte blind durch die Halle und die Treppe hinauf, den zwei Mitarbeitern vom Reinigungsdienst nur flüchtig zuwinkend, ehe sie sich oben, in der Sicherheit ihres kleinen Zimmers, aufs Bett warf, das Gesicht im Kissen vergrub und lauthals schluchzte. Es herausschluchzte, dieses grässliche Gefühl der Ohnmacht und des Kummers, mit den Fäusten auf die Matratze trommelnd, den Mund zu einem stummen Schrei geformt.

Dann irgendwann, nach einer gefühlten Ewigkeit, die

Putzmänner hatten von unten längst schon hochgerufen, dass sie gehen würden und die Haustür hinter sich geräuschvoll ins Schloss gedonnert, hatte sich Ellas innerer Aufruhr gelegt. Es war wieder Ruhe eingekehrt in ihr Herz und ihre Gedanken, sie hatte sich vom Bett erhoben, im Bad ihr Gesicht gesäubert und die Haare gekämmt. Und hatte beim Blick in den Spiegel dreimal fest, ganz fest die Augen zusammengekniffen und sich zum zweiten Mal ein Versprechen gegeben. Das Versprechen, dass sie Henri finden, dass sie Oscar sein Kind zurückbringen würde. Denn das wäre das einzig richtige Happy End. Der Junge lebte, es war also noch nicht zu spät, es war noch alles möglich. Alles.

So ging sie jetzt, in frischen Jeans und Pulli, beschwingt die Treppe nach unten, sprang regelrecht von Stufe zu Stufe, verspürte erneut jenen Tatendrang, der sie normalerweise dazu brachte, einen Schlager anzustimmen. Nur dass ihr gerade kein passendes Lied einfiel.

Ihr Weg führte sie schnurstracks in Oscars Büro, denn sie hatte sich vorgenommen, nun jeden Papierstapel, jeden Aktenordner und jede Schublade aufs Gründlichste zu inspizieren in der Hoffnung, Informationen über Henri de Witt beziehungsweise dessen Verbleib aufzuspüren, die ihr weiterhelfen konnten. *Irgendetwas* müsste es doch geben, mit dem Ella bei ihrer Suche ansetzen könnte, ein Schreiben von Gericht oder Jugendamt, mit Glück sogar die Adresse von Henris derzeitigem Aufenthaltsort. Und wenn sie im Büro jede Fußleiste abschrauben müsste, sie würde etwas finden!

Gerade hatte sie auf dem Schreibtischstuhl Platz genommen und ließ ihren Blick über die große Regalwand schweifen, um zu entscheiden, wo sie anfangen sollte, als sie das Klappen der Haustür vernahm.

Kurz darauf wurde sie von Oscar gerufen. »Ella? Wo sind Sie?«

Seufzend erhob sie sich. Musste er denn jetzt schon wieder zurück sein? Das also stellte sich Dr. Specht unter einer »intensiven Arbeitssession« vor? Gerade mal – sie zog ihr Handy aus der hinteren Hosentasche ihrer Jeans, warf einen Blick darauf und musste grinsen – sechs Stunden?

»Hallo, Oscar«, begrüßte sie ihn, als sie zu ihm in die Halle kam. Er war in Mantel und Schuhen, tropfte ein bisschen, machte aber keinerlei Anstalten, sich auszuziehen. »Wie war es denn?«

»Toll!«, rief er aus. »Das erzähle ich Ihnen unterwegs.«

»Unterwegs?«

»Ja, wir müssen sofort wieder los.«

»Äh, wohin denn?«

»Wie gesagt, das erkläre ich Ihnen dann. Draußen wartet das Taxi, also schnappen Sie sich schnell Ihren Mantel und ziehen Sie Ihre Schuhe an, wir fahren gleich weiter.«

»Muss das …«

»Ja«, unterbrach er sie in einem Tonfall, der keine Widerrede duldete. »Es muss.«

Innerlich maulend, äußerlich dienstbeflissen nahm Ella ihre Regenjacke vom Haken und wollte in ihre Sneaker schlüpfen, die neben der Tür auf der Fußmatte standen. Da die Schuhe aber von ihrer Friedhofsexpedition noch immer nass und matschig waren, entschuldigte sie sich, rannte nach oben in ihr Zimmer und kehrte kurze Zeit später in Gummistiefeln mit Blümchenmuster zurück, die sie vor Jahren in der Zeitschrift *Landlust* entdeckt und dann sofort bestellt hatte.

»Sehr niedlich«, kommentierte Oscar Ellas Schuhwerk, dann riss er bereits die Haustür auf. »Los geht's.«

»Verraten Sie mir denn nun, wohin es geht?«, bat Ella, als sie neben ihm auf der Rückbank des Taxis Platz genommen hatte.

»Und mir bitte auch!«, mischte sich der Fahrer ein.

»Aber gern doch.« Oscar strahlte. »Zum Fähranleger Teufelsbrück.« Der Wagen startete.

»Und was machen wir da?«

»Was wohl?« Er lachte. Dann summte er eine Melodie.

»Kenn ich nicht«, stellte Ella fest. Und auf Ratespielchen hatte sie auch keine Lust.

»Nein?« Er schüttelte verwundert den Kopf. »Ist ein echter Klassiker.«

»Schätze, ich bin zu jung, um den zu kennen.«

»Nicht nur Sie, der ist aus den dreißiger Jahren« erklärte er grinsend. Um im nächsten Moment mit Text zu singen. »Eine Seefahrt, die ist lustig, eine Seefahrt, die ist schön …«

»Aha, wir fahren also Boot?«

»Exakt!«

»Jetzt verstehe ich nur leider immer noch nicht, weshalb.«

»Weil ich«, er griff in seine Jackentasche und holte einen kleinen orangefarbenen Zettel hervor, »in meinem Portemonnaie ein wichtiges Puzzleteil entdeckt habe.« Er hielt Ella das Papier entgegen. »Offenbar habe ich am Freitagabend an der Station Teufelsbrück um kurz vor neun ein HVV-Ticket gekauft.«

Sie starrte auf die Fahrkarte. Ja, verdammt, das hatte er, da stand es schwarz auf weiß. Ihr wurde flau im Magen, denn sie ahnte, was das bedeuten könnte. Wieder eine Erinnerung, die kurz davor war, bei ihm aufzuploppen.

»Dr. Specht hatte die Idee, dass wir mal meine Brieftasche auf den Kopf stellen, dabei haben wir das alte Ticket gefunden.«

»Toll!«, rief sie aus. *Warum habe ich nicht genauer nachgesehen?*, ärgerte sie sich. Das Foto hatte sie herausgenommen, aber der Gedanke, dass sich darin noch weiteres explosives Material befinden könnte, war Ella gar nicht gekommen. Nicht schlecht, dieser Dr. Specht, das musste sie zugeben. Nicht schlecht – und damit überhaupt nicht gut für sie. Jedenfalls nicht, wenn der Fahrschein etwas mit den Landungsbrücken zu tun hatte. Was sie vermutlich tat, denn Ella wusste, wohin die Fähren fuhren, war im Sommer selbst schon oft mit ihnen unterwegs gewesen, weil man darauf so gemütlich über die Elbe tuckern konnte und so zu einem unschlagbar günstigen Preis in den Genuss einer Hafenrundfahrt kam.

»Ich bin also für drei Euro zwanzig von Teufelsbrück aus irgendwohin gefahren.«

»Hm, ja«, stimmte sie ihm lahm zu. »Das scheint zumindest ein Indiz dafür zu sein.«

»Die Frage ist natürlich, wohin das gewesen sein könnte. Also haben Dr. Specht und ich im Internet die HVV-Pläne studiert.«

»Ich dachte, er arbeitet mit Ihnen an Ihrem Unterbewusstsein! Und zwar hypnotisch!«, warf sie ein. Ihr fiel selbst auf, wie verärgert sie klang, und auch Oscar bedachte sie mit einem erstaunten Blick.

»Das tun wir, ja«, erwiderte er. »Aber Dr. Specht ist darüber hinaus sehr praktisch veranlagt.«

»Klingt so«, gab sie bissig zurück.

»Jedenfalls haben wir bei unserer Recherche herausgefunden, dass in Teufelsbrück nur die Linie 64 ablegt.«

»Und wo geht die hin?«, krächzte Ella.

»Zuerst bis Finkenwerder, dort steigt man dann um in die 62 und kommt über Neumühlen, Dockland und den Fischmarkt bis zu den Landungsbrücken.«

Landungsbrücken. Da war es, das böse Wort. Dreimal Augen auf und zu.

»Wenn man Richtung Stadt fährt«, warf sie ein in dem verzweifelten Versuch, ihn auf eine andere Fähre, nein, Fährte zu bringen. »Und was ist mit stadtauswärts?«

»Gibt's von Teufelsbrück aus nicht, das ist die Endstation der Schiffe.«

»Ach so.« Dann ein nächster Gedanke: »Vielleicht sind Sie ja aber gar nicht mit dem Boot gefahren, sondern mit dem Bus! Da gibt's in Teufelsbrück auch eine Haltestelle.«

»Ja, darüber haben Dr. Specht und ich natürlich auch diskutiert. Aber in meinem Kopf spuken schon die ganze Zeit Bilder von Schiffen herum, ohne dass ich mir bisher erklären konnte, was ich damit verbinde.«

Ich schon, dachte Ella, *du entstammst ja immerhin einer Reeder-Familie.* Darauf wollte sie ihn nun aber nicht auch noch stoßen, sondern war froh, dass Dr. Specht nicht auf die Idee gekommen war, gemeinsam mit seinem Patienten Recherchen über dessen Herkunft anzustellen.

»Meine Eltern hatten eine Reederei.«

»Ja?« Oh. Sie waren *doch* auf die Idee gekommen.

»Ja«, Oscar nickte. »Über mich selbst haben wir allerdings nur sehr, sehr wenige Informationen im Netz gefunden. Ich hatte offenbar eine Kanzlei für Wirtschaftsprüfung und Steuerwesen, sie aber vor einem halben Jahr geschlossen, wie einer kleinen Meldung zu entnehmen war. Zu den Gründen dafür habe ich laut des Artikels allerdings keinerlei Auskunft erteilt.« Er lachte auf. »Ich scheine ein ziemlicher Geheimniskrämer zu sein.«

»Nun, ich, äh ...« Was sollte sie darauf auch erwidern? Etwa, dass sie selbst ebenfalls schon längst versucht hatte, sich über ihn schlauzumachen? Und dass sie sogar noch viel mehr wusste, nämlich, dass seine Frau tot war und sein Kind verschwunden, dass sie es ihm aber aus Gründen der Seelenhygiene derzeit noch vorenthielt? Eher keine gute Idee.

»Jedenfalls«, sprach Oscar gut gelaunt weiter, »habe ich eine gewisse Affinität zu Schiffen, so oder so. Allerdings haben Dr. Specht und ich dann ziemlich schnell aufgehört, weiter in meiner Vergangenheit zu forschen, weil ich gemerkt habe, dass es mir ein eher ungutes Gefühl beschert. Sogar Kopfschmerzen und ein bisschen Schwindel.« Für einen Moment verdunkelte sich seine Miene, aber dann lächelte er schon wieder. »Also haben wir uns zunächst auf diesen ersten Anhaltspunkt, die Fahrkarte konzentriert. Dr. Specht ist der Ansicht, es ist am besten, wenn meine Erinnerungen ganz langsam, Stück für Stück und aus mir selbst heraus zurückkehren.«

»Aus Ihnen selbst heraus«, wiederholte Ella.

»Genau. Weil meine Psyche dann das Tempo bestimmt und mich nur nach und nach mit den Informationen konfrontiert, die ich auch bewältigen kann.«

»Klingt einleuchtend.« Nun lächelte sie ebenfalls. Denn damit hatte sie die Bestätigung dafür, dass das, was sie tat, goldrichtig war. Dass sie Oscar die Dinge, die sie bereits herausgefunden hatte, nicht einfach so vor den Latz knallen durfte, nach dem Motto »Friss, Vogel, oder stirb!« Nein, das wäre nicht zu verantworten, auf Dr. Gunther Spechts Expertenmeinung war mit Sicherheit Verlass.

»Er hat mir daher empfohlen, mich in so genannte Trigger-Situationen zu begeben.«

»Trigger?« Ella sah ihn fragend an und schämte sich ein bisschen dafür, so zu tun, als hätte sie dieses Wort zum ersten Mal gehört. Aber nur ein bisschen, der Zweck heiligt ...

»Ein Auslöser«, erklärte Oscar. »Etwas, das mir aus meiner Vergangenheit vertraut ist und so den Anstoß zu einer Erinnerung liefern kann.«

»Deshalb wollen Sie noch einmal mit der Fähre fahren?«

»Ha!«, rief Oscar strahlend aus. »*Endlich* hat sie es begriffen!«

»Vielen Dank.«

»Bitte sehr.«

»Warum wollen Sie die Tour denn unbedingt mit mir machen? Wäre Dr. Specht da nicht die bessere Begleitung?«

»Schon möglich«, sagte er. »Aber er hat einen Stundensatz von zweihundertachtzig Euro. Und auch, wenn wir ja noch nicht genau wissen, was ich Ihnen zahlen werde, schienen Sie mir da die günstigere Alternative zu sein.«

Ella sagte nichts, sondern schnappte nur nach Luft. Zweihundertachtzig Euro. Pro Stunde? Sie würde in der Tat mit dem Herrn Doktor über seine Honorarvorstellungen sprechen müssen. Und in ihrem nächsten Leben, das schwor sich Emilia Faust, würde sie Seelenklempner werden.

Sie erreichten den Schiffsanleger, das Taxi hielt, Oscar bezahlte, und sie stiegen aus. Während sie auf dem schaukelnden Ponton standen und auf den Wasserbus warteten – es war windig, regnete aber wenigstens nicht mehr –, fühlte sie sich zerrissen. Zerrissen zwischen dem Wunsch, einerseits Oscar helfen zu wollen – und der Angst, ihre kleine Bootsfahrt könnte bei ihm zu Erkenntnissen führen, die die gesamte Angelegenheit, nun ja, unnötig verkomplizieren könnten.

Nach einer Viertelstunde legte eine Fähre der Hadag an, Ella und Oscar gingen an Bord und lösten zwei Tagestickets, denn sie hatte im Kopf überschlagen, dass das ein wenig günstiger als Einzelkarten für Hin- und Rückfahrt wäre. Dann legte das Boot langsam ab, begann seinen Weg einmal quer über die Elbe rüber nach Finkenwerder und dem riesigen Airbus-Gelände. Sie lehnten nebeneinander an der Reling und ließen sich den Wind um die Nase wehen. Oscar zuversichtlich lächelnd. Ella … Ella halt so, eben.

19

»Ganz ehrlich, Ella, viel schöner geht es nicht, oder?«

»Ja«, stimmte sie ihm zu und betrachtete versonnen das Ufer, an dem sie gemächlich entlangschipperten. Mittlerweile waren sie auf die Linie 62 umgestiegen, die, wie Oscar gesagt hatte, von Finkenwerder aus Richtung Stadt bis zu den Landungsbrücken fuhr. Sie befanden sich auf Höhe des Elbstrandes bei Övelgönne, dort, wo das Tor zur Welt sich von seiner malerischsten Seite zeigt: Hübsche alte Kapitäns- und Lotsenhäuser standen dicht an dicht an der Uferpromenade, hier und da flatterte eine Hamburgflagge im Wind, auf der einen oder anderen Veranda sah man einen Bewohner in seinem Schaukelstuhl sitzen und die letzten Sonnenstrahlen genießen. Das Herbstlicht war warm und weich, tauchte alles in eine Bullerbü-Szenerie, friedlich und ruhig, herzerwärmend. Nur vor dem beliebten Ausflugslokal Strandperle herrschte reges Treiben, hunderte von Hanseaten hatten sich, kaum dass der Regen aufgehört hatte, die Himmelsleiter hinunter zu dem kleinen Kiosk begeben, um den Tag bei Alsterwasser und Erbsensuppe ausklingen zu lassen.

Ella seufzte. Sie liebte diesen Ausblick, schon als Kind war sie mit ihrer Mutter manchmal hier entlanggefahren, als abschließendes Highlight ihrer Besuche in der »großen Stadt«. Immer wieder hatte sie von Selma Faust wissen wollen, warum sie denn nicht von Wolfrade nach

Hamburg ziehen könnten, vielleicht sogar in eines dieser kleinen Kapitänshäuser, ja, das hätte Ella sich wie den Himmel auf Erden vorgestellt. Aber ihre Mutter hatte stets nur lächelnd abgelehnt und ihr gesagt, dass sie dort, wo sie jetzt lebten, am besten aufgehoben waren. Eben *fernab der Welt Getümmel.*

»Erzählen Sie mir ein bisschen über sich«, forderte Oscar sie auf und drehte sich an der Reling seitlich zu ihr.

»Über mich?«, wollte sie wissen. »Was soll ich da erzählen?«

»Keine Ahnung.« Er zuckte mit den Schultern. »Wie Ihr bisheriges Leben so war. Wo Sie herkommen, Ihr Werdegang – alles, was Sie so ausmacht.«

»Das Wesentliche habe ich Ihnen ja schon beim Vorstellungsgespräch gesagt«, behauptete Ella ausweichend.

»Määäp!«, rief Oscar lachend aus. »Das war mal wieder ein Volltreffer.«

»Ja, natürlich.« Sie war aber auch zu dämlich, ein Vorstellungsgespräch, an das er sich nicht erinnern konnte – und das ja auch nie stattgefunden hatte – ins Feld zu führen.

»Dann machen wir einfach ein Frage- und Antwortspiel.«

»Also, ich weiß nicht …«

»Wie alt sind Sie?«

»Oscar, ich …«

»Ach, kommen Sie!« Er verdrehte ungnädig die Augen. »Sie wohnen in meinem Haus, gehen meine Post durch, haben Zugang zu meinen Konten und meinem kompletten Leben, ich bin Ihnen nahezu hilflos ausgeliefert – und darf nicht einmal wissen, wie alt Sie sind?«

Ella schmunzelte. »Zweiunddreißig.«

»Na bitte, das war doch nicht so schwer, oder? Und wo sind Sie geboren?«

»In Hamburg.«

»Geschwister?«

»Nein.«

»Wo aufgewachsen?«

»Außerhalb.«

»Außerhalb? Geht das noch ein bisschen genauer?«

Ihr entfuhr ein genervter Laut. »Die meiste Zeit war ich im Internat.«

»Oh, ein Internat! Also ganz was Exklusives. Hatte mich schon gewundert, woher Ihr beeindruckender Bildungsgrad kommt.«

»Mein was?«

»Die Art, wie Sie sich ausdrücken. Makulatur, zum Beispiel. Das erwartet man bei einer Haushälterin nicht unbedingt.«

»Staatlich geprüfte hauswirtschaftliche Betriebsleiterin, wenn ich bitten darf.«

»Ja, gut, von mir aus auch das. Aber es ist nunmal überraschend.«

»Warum?« Sie musterte ihn verärgert. »Denken Sie, jemand, der nicht an der Uni war, kann nur einen Putzlappen schwingen und höchstens bis drei zählen?«

Er hob abwehrend die Hände und lachte. »Nein, Frau Faust, da haben Sie mich missverstanden. Es war eher als Kompliment gemeint, also kein Grund, sich gleich so aufzuregen.«

»Tolles Kompliment, Sie Snob!«

»Tut mir leid, wenn Sie das in den falschen Hals bekommen haben.« Er warf ihr einen versöhnlichen Blick zu, seine dunklen Augen bekamen von jetzt auf gleich etwas Weiches. »Außerdem bekenne ich mich schuldig, dass ich offenbar in dem einen oder anderen Klischee denke.«

»Scheint mir auch so zu sein«, gab sie zurück, immer noch verschnupft. »Wissen Sie, Herr de Witt, es gibt Menschen, die nicht den klassischen Bildungsweg hinter sich haben. Weil sie in jungen Jahren zu faul waren oder aber, weil ihnen das Leben schlicht nicht alles auf dem Silbertablett serviert hat.«

»Wie bei mir, meinen Sie?«

»Darüber erlaube ich mir kein Urteil. Es ist halt nicht jede Biographie glatt, da gibt es durchaus mal Brüche.«

»Ha!«, rief er grinsend aus. »Zumindest in Sachen *Brüche* kann ich ja seit neuestem locker mithalten.« Er wedelte mit seinem Gipsarm vor ihrer Nase herum.

»Stimmt«, musste sie ihm zugestehen und konnte nicht verhindern, dass sich ihre Mundwinkel nach oben zogen. »Ich hab schon immer viel gelesen«, erklärte sie dann. »Und ich hatte eine sehr schlaue Mutter.«

»Und wo ist diese schlaue Mutter jetzt? Lebt sie auch in Hamburg?«

»Sie ist tot«, gab Ella knapp zurück.

»Das tut mir leid«, sagte er und sah sie betreten an. »Ich wollte nicht …«

»Ist schon viele Jahre her«, beruhigte sie ihn.

»Waren Sie deshalb auf einem Internat? Also, weil Ihre Mutter so früh gestorben ist?

»Nein«, antwortete sie.

»Was ist das eigentlich?«, wechselte Oscar unvermittelt das Thema.

»Was denn?«

»Na, das da.« Er deutete auf ihr Handgelenk. Ohne es zu merken, hatte Ella den Ärmel ihrer Regenjacke ein Stück nach oben geschoben und geistesabwesend die Stelle massiert, an der sich ihre Tätowierung befand. »Dieses Semikolon, meine ich. Was soll es bedeuten?«

»Ach, das!« Sie lachte nervös auf. »Das Semikolon ist ein vom Aussterben bedrohtes Satzzeichen«, setzte sie zu ihrer Standarderklärung an, »und deshalb ...« Doch dann unterbrach sie sich. Schüttelte den Kopf. Und holte tief Luft. Einmal wollte sie die Wahrheit sagen, nur ein einziges Mal. Nicht beschwipst und gefühlsduselig, sondern bewusst und bei klarem Verstand. »Es erinnert mich an meine Mutter«, erklärte sie leise.

»Das ist schön.« Mehr sagte er nicht. Kein *Wieso*, kein *Warum*, kein *Weshalb*. Einfach nur: *Das ist schön.*

Und gerade weil er nicht fragte, gerade weil er sie nicht dazu drängte, es weiter zu erklären, hatte Ella das Bedürfnis, genau das zu tun.

»Es erinnert mich daran, dass hinter einem Semikolon immer noch etwas Neues kommt. Die Geschichte ist da nicht zu Ende wie bei einem Punkt, sondern sie wird weitererzählt.«

»Haben Sie sich das nach dem Tod Ihrer Mutter stechen lassen?«, wollte er nun doch wissen.

Ella nickte. »Ja, habe ich.«

»Mögen Sie mir von ihr erzählen?«

»Sie war eine wunderschöne Frau, wie eine Königin«, begann Ella. Eine Windböe blies ihr die Haare ins Gesicht, die sie mit einer Hand wieder nach hinten strich und dann in dem Versuch, sie etwas zu bändigen, im Nacken zusammendrehte. »Natürlich war sie das«, sprach sie weiter. »Alle Mamas sind wunderschöne Frauen.«

»Ja«, gab Oscar ihr recht. »Schade, dass ich mich an meine Mutter im Moment überhaupt nicht erinnern kann. Dr. Specht hat mir im Internet ein Foto meiner Eltern gezeigt, aber das waren für mich nur fremde Menschen.«

»Das muss schlimm sein.«

Er nickte und schluckte. »Schlimm nicht, aber seltsam. Erzählen Sie bitte weiter, Ella!«

»Meinen Vater habe ich nie kennengelernt«, setzte sie ihre Geschichte fort. »Meine Mutter hat immer gesagt, er sei ein Prinz gewesen. Ein stolzer und ein tapferer Prinz, der uns verlassen musste, als ich noch ein Baby war.« Sie räusperte sich. »Als Kind habe ich das geglaubt, aber heute ist mir natürlich klar, dass mein Erzeuger vermutlich schlicht kein Interesse an mir hatte. Oder dass er tot ist.«

Er warf ihr einen Blick zu, den sie nicht zu deuten wusste. »Sie wissen nicht, wer er ist?«

Ella schüttelte den Kopf. »Nein. Auf meiner Geburtsurkunde steht nur ›Vater unbekannt‹.«

»Muss ein schlimmes Gefühl sein.«

»Keine Ahnung«, sie zuckte mit den Schultern. »Muss es das? Für mich hat es ihn einfach nie gegeben, das war halt so. Also habe ich auch niemanden vermisst oder mich nach ihm gesehnt. Und meine Mutter war immer für mich da, hat sich um alles gekümmert, mir eine sorgenfreie Kindheit und Jugend ermöglicht. Sie war die Königin – und ich ihre Prinzessin. Sie hat mich sogar«, vertraute sie ihm an, »ihre kleine Cinderella genannt. Daher auch mein Spitzname, Ella. Jedenfalls war unser Leben, Mamas und meins, wunderbar.«

»Das Leben irgendwo außerhalb«, warf Oscar ein.
»Ja«, sagte sie. »In Wolfrade.«
»Wo ist das denn?«
»Das ist ein Kaff in Schleswig-Holstein«, erklärte sie mit einer wegwerfenden Handbewegung. Und war gleichzeitig erstaunt darüber, dass sie das Oscar anvertraute. Philip und Cora, die hatten ebenfalls gewusst, wo sie ihre Kindheit verbracht hatte. Zumindest Teile davon. Aber ansonsten gab sie sich stets alle Mühe, diesen Ort am Ende der Welt aus ihren Erinnerungen zu streichen.
»Wie ging es dann weiter mit der Königin und ihrer Prinzessin?«
»Irgendwann ... irgendwann hat meine Mutter sich noch einmal sehr verliebt. In einen tollen Mann, der aber in Buenos Aires lebte.«
»Verstehe. Die große späte Liebe.«
»Genau die.«
»Und dann sind Sie gemeinsam nach Südamerika gegangen?«
»Nein«, antwortete Ella. »Sie ist zu ihm gezogen, ich bin in Deutschland geblieben.«
»Allein?«
»So kam ich dann auf das Internat.«
Er sah sie irritiert an. »Wie alt waren Sie da?«
»Zwölf, beinahe dreizehn.«
»Also noch ein Kind!«, rief er aus.
»Eher ein Teenager.«
»Trotzdem«, sie konnte ihm die Empörung ansehen. »Man lässt doch seine kleine Tochter nicht zurück, um am anderen Ende der Welt ein neues Leben mit seiner *großen Liebe* zu beginnen!«

Ella stöhnte auf. Diese Diskussion kannte sie mit Philip schon zur Genüge und hatte wenig Lust, sie nun auch mit Oscar zu führen. »Das war damals *meine* Entscheidung, verstehen Sie? *Ich* habe das so gewollt. Meine Mama hat sich jahrelang für mich aufgeopfert – da hatte sie ein kleines bisschen Glück verdient.«

»Ich weiß nicht«, er schüttelte gedankenverloren den Kopf. »Ob es richtig ist, eine Zwölfjährige eine solche Entscheidung treffen zu lassen …«

Ella musste sich schwer beherrschen, ihm nicht ein »Machen Sie sich mal lieber Gedanken um Ihren Achtjährigen und darüber, wo der gerade steckt!« an den Kopf zu werfen. Sie versuchte, ruhig ein- und auszuatmen und sich nicht aus der Fassung bringen zu lassen.

»Die beiden haben mich regelmäßig besucht und ich sie. Ich hatte es im Internat sehr gut. Dort habe ich, wie Sie ja bereits feststellen durften, eine ausgezeichnete Schulbildung genossen.«

»Wo genau waren Sie denn?«

»An der Ostsee.«

»Louisenlund?«, fragte er und sah ansatzweise beeindruckt aus. Klar, das norddeutsche Pendant zu Schloss Salem mit monatlichem Schulgeld, das in die Tausende ging, das sagte Oscar de Witt – bei allem Trauma bedingtem Gedächtnisverlust – natürlich etwas.

»Nein«, musste sie ihn enttäuschen. »Ich war woanders. Da haben wir aber trotzdem Lesen, Schreiben und Rechnen gelernt, im Zahlenraum eins bis zehn bin ich sogar relativ sicher.«

»Jetzt seien Sie bitte nicht gleich wieder eingeschnappt«, ruderte er zurück. »Ich wollte nur fragen.«

»Und ich habe nur geantwortet.«

»Okay, eins zu null für Sie.« Er schmunzelte, obwohl Ella ihn immer noch verärgert ansah. »Und woran ist Ihre Mutter dann letztlich gestorben? Und wie?«

»Sind wir bald mit der Fragestunde am Ende?«

»Wir nähern uns ihrem Abschluss.«

»Bei einem Flugzeugabsturz über den Anden sind sie und ihr Mann ums Leben gekommen. Das war vor über zehn Jahren.«

»Wie überaus pittoresk.« Kaum hatte er das gesagt, schlug er sich schon mit seiner gesunden Hand vor den Mund und sah sie entsetzt – entsetzt über sich selbst – an. »Tut mir leid, Ella, das wollte ich gar nicht sagen.«

»Doch«, widersprach sie ihm böse. »Das wollten Sie. Und das haben Sie ja auch.«

»Ich kann mich für diese Bemerkung nur entschuldigen. Es ist mir ein Rätsel, was da in mich gefahren ist.«

»Vielleicht der Oscar, der Sie in Wahrheit sind und an den Sie sich deshalb nicht mehr erinnern wollen?« Nun war es an ihr, ein kleines bisschen entsetzt über sich selbst zu sein. Aber nur ein kleines bisschen.

»Autsch«, kam es prompt von ihm, und er verzog das Gesicht zu einer schmerzerfüllten Grimasse. »Na gut, das habe ich vermutlich verdient.«

»Haben Sie«, pflichtete sie ihm bei.

»Nur gut, dass da vorn die Endstation ist.« Er deutete auf die alten Tuffsteingebäude der Landungsbrücken, auf die die Fähre gerade zutuckerte. »Wenn wir nicht bald von Bord kommen, lassen Sie mich sonst noch über die Planke gehen.«

»Könnte passieren.«

»Und?«, wollte Ella wissen, als sie irgendwann am Ende von Brücke 8 standen. Schweigend war sie hinter Oscar hergestiefelt, als er ziellos von Anleger zu Anleger marschiert war, überall eine Weile am Ufer gestanden und nachdenklich aufs Wasser gestarrt hatte. »Regt sich bei Ihnen etwas?«

»Nein. Leider nicht das Geringste.«

»Schade.« Bei Ella hingegen regte sich eine ganze Menge. Ihr Herz raste, denn sie rechnete jeden Moment damit, dass Oscar zu ihr herumfahren und mit anklagendem Zeigefinger auf sie deuten würde. »SIE!«, würde er brüllen. »Sie haben mich hier über den Haufen gerannt! Haben mich die Treppen hinuntergeschubst und mich dabei verletzt! Jetzt weiß ich endlich wieder alles. Ich weiß, dass sie mich belogen haben, Sie verdammtes, Sie niederträchtiges Weib, Sie!«

Niederträchtig? Woher dieses Wort ursprünglich stammte? Hatte es irgendetwas mit *Tracht* zu tun? Also, dass die Herkunft, der Stand eines Menschen in früheren Zeiten an seiner Tracht zu erkennen war und dass deshalb Leute mit einer niedrigeren Tracht ... Oder lag seine Herkunft in der Tierwelt, in der man ja nicht von Schwangerschaft, sondern von Trächtigkeit spricht, und deshalb ...

»Kommen Sie«, unterbrach Oscar ihre konfusen Gedanken. »Suchen wir uns ein Taxi und fahren nach Hause, das hier führt ja zu nichts.«

»Wir haben doch Tagestickets«, erwiderte sie. »Und gleich da drüben ist die S-Bahn.«

Anstatt zu widersprechen, womit sie gerechnet hatte, zuckte er nur mit den Schultern und setzte sich in Bewegung. Sie spazierten entlang der Hauptstraße hinüber zur Bahnstation. Oscar war sichtlich traurig und enttäuscht, während Ella sowohl eine unglaubliche Erleichterung als auch erneute Anspannung verspürte. Diese Situation hier war gerade noch mal gut gegangen – aber wie viele würden davon noch kommen? Wie würde er zum Beispiel auf das leere Kinderzimmer zu Hause reagieren? Davon hatte sie ihm noch gar nichts erzählt, war nach seiner überfallartigen Ausflugsidee schlicht nicht dazu gekommen, ihm zu erklären, dass der Schlüssel nun doch gepasst hätte und sie – oh Wunder! – hinter der Tür nur diesen verwaisten Raum entdeckt hätte, der weniger für Aufschluss sorgte als vielmehr für weitere Rätsel. Diese Aufgabe lag noch vor ihr. Sie hoffte, sie betete, dass ihr schauspielerisches Talent ausreichte, ihr eigenes Erstaunen darüber überzeugend zum Ausdruck zu bringen. Und dass der Anblick des Zimmers – ob nun leer oder nicht – bei Oscar nicht einen gewaltigen Flashback auslösen würde.

Sie passierten den großen Pegelturm. Beinahe wehmütig dachte Ella daran zurück, wie sie erst vor wenigen Tagen darauf zugerannt war in der Hoffnung, ihn bis Mitternacht zu erreichen, damit alles wieder gut werden konnte. Und wie damit alles erst *so richtig* schlecht geworden war. *Das Schicksal ist ein mieser Verräter.* Auch so ein Buch, das Ella vor Jahren mal für *Better Endings* umgeschrieben hatte. Die Geschichte über die krebskranken Jugendlichen Hazel und Gus, die sich ineinander verlieben, bis Gus eines Tages stirbt und Hazel dann vermutlich auch (das wurde in dem Roman zwar nicht explizit gesagt, war aber zwischen den Zeilen deutlich herauszulesen gewesen) – das hatte sie natürlich nicht auf sich beruhen lassen können, da hatte sie Hand anlegen *müssen*. Sie versuchte, sich ins Gedächtnis zu rufen, welche Zukunft sie sich für Hazel und Gus erdacht hatte. Aber Ellas Happy End war weg, einfach verschwunden, es wollte ihr beim besten Willen nicht mehr einfallen, sosehr sie ihre grauen Zellen auch bemühte. In diesem Moment wurde ihr zu einem klitzekleinen Bruchteil klar, wie Oscar sich derzeit fühlen mochte.

»Sagen Sie«, beendete Ella nach einer Weile das Schweigen in dem Versuch, Oscar von seinen trüben Gedanken abzulenken, »Sie haben mir noch gar nicht erzählt, was es denn nun mit der Geschichte über den Barbierjungen auf sich hat.«

»Habe ich nicht?« Ihr Plan schien aufzugehen, sofort trat ein schelmisches Grinsen auf sein Gesicht.

»Nein«, bestätigte sie. »Und ich platze immer noch vor Neugier.«

»Das würde ich ja gern mal sehen«, stellte er fest.

»Nun kommen Sie schon! Sie haben es versprochen.«

»Also gut, ich will mal nicht so sein. Soweit ich mich erinnere, handelt das Märchen von einem reichen Kaufmann, der in ein Wirtshaus kommt und dort nach einem Barbier fragt, der ihn gegen einen guten Lohn rasieren kann.«

»Nie gehört«, gab Ella zu.

»Der Kaufmann kündigt allerdings im Vorfeld an, denjenigen, der ihm den Bart abnimmt, sofort zu erstechen, sobald er ihn mit der Klinge auch nur aus Versehen ritzt.«

»Lassen Sie mich raten? Daraufhin erklärt sich niemand bereit, den Mann zu bedienen.«

»Doch«, widersprach er. »Ein junger Mann übernimmt den Job, rasiert ihn und macht seine Sache gut.«

»Ist ja nicht so spannend, Ihre Geschichte.«

»Warten Sie's ab! Am Ende will der Kaufmann von dem Barbierjungen wissen, weshalb er im Gegensatz zu den anderen keine Angst hatte, von ihm erstochen zu werden.« Hier legte er eine dramatische Pause ein.

»Und?«, fragte Ella, um ihm eine Freude zu machen.

»Tja, da erklärt der Junge ihm: Hätte ich dich verletzt, hätte ich dir mit dem Rasiermesser sofort die Kehle durchtrennt, bevor du auch nur die Hand hättest heben können.«

»Oh!«, rief Ella aus und schüttelte sich bei der Vorstellung angewidert.

»Sehen Sie?«, er grinste sie an. »Deshalb habe ich Ihnen das Märchen erst hinterher erzählen wollen.«

»Weil Sie Sorge hatten, ich würde sonst auf die Idee kommen, Sie zu meuchelmorden? Hätte ich Sie mit dem Plastikrasierer in die Schlagader pieksen sollen?« Sie musste an ihren wirren Traum denken und kicherte.

Oscar hingegen lachte so laut, dass es von den Tuffsteinwänden widerhallte, und knuffte sie freundschaftlich in die Seite. Sein Rempler brachte sie fast zum Stürzen, im letzten Moment griff er nach ihrem Arm und hielt sie fest. »Hupsa«, rief er, immer noch lachend, »jetzt hätte ich doch beinahe eine Parkuhr umgeschubst!«

»Sehr witzig, Herr de Witt«, gab sie keuchend zurück. »Sehr witzig!« Arm in Arm setzten sie ihren Weg Richtung S-Bahn fort.

»Ella!« Sie fuhr erschrocken zusammen, als jemand ihren Namen brüllte. »Ella!« Irritiert sah sie sich um, konnte aber nicht erkennen, woher die Stimme kam.

»Da«, sagte Oscar, ließ sie los und zeigte auf die andere Straßenseite. »Da drüben ruft jemand nach Ihnen. Und winken tut er auch.« Ihr Blick folgte seinem ausgestreckten Arm. Sie erstarrte. Schräg gegenüber, am Fuß des Hamburger Bergs, direkt neben der Willi-Bartels-Treppe, stand Philip. Mit hocherhobenen Händen hüpfte er an der roten Ampel auf und ab und lief los, sobald sie auf Grün sprang.

»Ella!« Schnaubend und schwer atmend wie nach einem Dauerlauf kam Philip vor ihnen zum Stehen, beugte sich vor und stemmte beide Hände in die Hüften. »Was machst du denn hier?«

»Genau die gleiche Frage wollte ich dir gerade auch stellen.«

»Na ja«, japste er. »Ich habe mein Fahrrad gesucht. Oder vielmehr das, was davon noch übrig ist.« Er warf ihr in gebückter Haltung von unten einen schiefen Blick zu. »Du hast ja einfach aufgelegt, bevor ich dich danach fragen konnte.«

Oscar sah interessiert von einem zum anderen, aber Ella würde den Teufel tun, die Männer einander vorzustellen. Nein, sie pfiff auf alle Regeln des Anstands und wollte die zwei lieber so schnell wie möglich voneinander trennen.

»Das liegt da drüben unter dem Busch neben der Busstation«, zeigte sie ihm die Stelle, wo sie das Rennrad versteckt hatte. »Wir müssen jetzt leider weiter, ich kann dich ja später mal anrufen.« Mit diesen Worten griff sie nach Oscars Arm und wollte ihn hinter sich her Richtung

S-Bahn ziehen, aber ihr Patient blieb wie festgewachsen stehen und ließ sich keinen Millimeter bewegen. Keine Chance bei 1,58 Meter gegen 1,90 Meter, nicht die geringste. Sanft aber bestimmt machte er sich von ihr los.

»Sie haben hier ein Rad verloren?«, fragte er.

»Nicht ganz.« Philip richtete sich zu seiner vollen Größe von immerhin auch 1,85 Meter auf. »Meine Freundin hatte hier am Freitag einen Unfall damit und hat es dann irgendwo abgelegt, weil es nicht mehr fahrtüchtig war.«

»Einen Unfall?« Nun sah Oscar Ella fragend an. Was er nicht fragte, aber deutlich mitschwang, war ein *Freundin*? Und, natürlich: *am Freitag*?

»So in der Art«, murmelte sie und senkte den Blick zu Boden, bereit, die Katastrophe, die nun gleich über sie hereinbrechen würde, demütig in Empfang zu nehmen.

»Das war doch hier, oder?«, wollte Philip unnötigerweise wissen. Sie kannte ihn zu gut, als dass ihr nicht klar wäre, dass er bemerkt haben musste, wie unangenehm ihr die Situation war. Und in diese Schwachstelle schlug er – ganz gewiefter Anwalt – sofort seinen Haken ein. »Hast du mir nicht erzählt, du wärst auf der Willi-Bartels-Treppe über den Mann gestolpert?«

Ella sagte nichts, sondern nickte nur stumm.

»Ach?«, kam es nun von Oscar. »Hier haben Sie *auch* jemanden umgerannt? Passiert Ihnen das öfter?«

Diesmal unterließ sie das Nicken und beschränkte sich einfach nur darauf, ihre Schuhspitzen zu fixieren. Und zu hoffen, dass sich der Asphalt unter ihr öffnen und sie mit Haut und Haaren verschlingen würde.

»Entschuldigen Sie bitte.« Das war jetzt Philip. »Wie

unhöflich von mir. Ich bin Philip Drechsler. Und Sie sind ...?«

»Oscar de Witt.«

»*Oscar* de Witt?«

»Ja.«

Sie konnte hören, wie die Männer sich die Hände schüttelten.

»Tut mir leid«, sagte Oscar, »bei mir geht es nur mit der Linken. Sie sehen ja ...«

»Das macht doch nichts«, Philip ließ ein gönnerhaftes Keckern verlauten, »Oscar.« Er trug eine Selbstsicherheit zur Schau, die Ella unangenehm war.

»Und Sie, Herr Drechsler«, sie registrierte durchaus, dass Oscar ihn beim Nachnamen nannte, »sind also der Freund von Frau Faust?«

Ruckartig blickte sie wieder auf, betrachtete die Männer, die sich noch immer bei den Händen hielten, als wollten sie sich gegenseitig davon abhalten, mit der rechten beziehungsweise der gesunden einen Colt zu ziehen. »So«, ging sie energisch dazwischen, »das war jetzt genug der Vorstellerei, Oscar und ich müssen nun wirklich nach Hause.«

»Nach Hause?«, wollte Philip mit spöttischem Unterton wissen und beendete das Marathon-Händeschütteln.

»Ja«, bestätigte Oscar ihm. »Frau Faust ist meine neue Hauswirtschafterin.«

»Ach?« Philip starrte Ella an und riss erstaunt die Augen auf. »Tatsächlich?«

»Hat Sie Ihnen das nicht erzählt?« Oscar hüstelte süffisant. »Sie scheinen da in Ihrer *Beziehung* ein kleines Kommunikationsproblem zu haben. Nun ja, das geht mich nichts an, das klären Sie lieber untereinander.« Nun richtete er seinen Blick ebenfalls auf Ella. »Außerhalb Ihrer Arbeitszeiten, nicht wahr, Frau Faust?«

»Selbstverständlich, Herr de Witt.«

»Das ging ja schnell«, stellte Philip fest und gab sich keine Mühe, seine Verärgerung zu verbergen. »Von einem Nest ins andere!«

»Das musst du gerade sagen!«, giftete sie ihn an. »Wer hat denn gestern Morgen sofort bei Cora angerufen? War ich das etwa?«

»Das hattest du ja gar nicht nötig, du *bist* ja bereits bestens untergekommen.«

»Ich habe dir doch gesagt, wo ich hingehe.«

»Aber nicht, dass das schon ein neuer Arbeitgeber ist!«

»Mit Betonung auf *Arbeitgeber*«, schoss sie zurück. »Ist mal was Neues im Vergleich zu *Sklavenhalter*!«

»Ich …«

»Sooo«, mischte Oscar sich mit sanfter Stimme ein. Wie ein Erzieher, der zwei streitende Kleinkinder voneinander trennen muss. »Ich denke wirklich, Sie klären das ohne die Gegenwart von unbeteiligten Dritten.«

»Ja«, schnappte Ella. »Das denke ich allerdings auch.«

»Dann würde ich vorschlagen«, sagte ihr neuer Chef, »Sie, Herr Drechsler, suchen weiter Ihr Fahrrad. Und wir gehen jetzt.«

»Ich rufe dich an«, versprach sie Philip erneut, »und …« Perplex registrierte sie, wie sich Oscars Hand in ihre schob. »Und, äh …« Die Berührung brachte sie aus dem Konzept.

»Einen schönen Tag noch«, sagte ihr Boss und zog sie langsam zur Seite.

»Moment!«, rief Philip aus. Auf einmal wirkte er überhaupt nicht mehr selbstsicher, sondern hilflos. Beinahe panisch. »Können wir bitte noch kurz miteinander reden? Allein?«

Ella wollte schon ergeben zustimmen, aber da kam Oscar ihr zuvor. »Das können Sie gern«, teilte er ihnen beiden mit, »allerdings, wie gesagt, außerhalb Ihrer Arbeitszeiten.« Dann nickte er Philip verbindlich zu, verstärkte den Griff um Ellas Hand und führte sie regelrecht ab. »Einen schönen Tag noch, Herr … Herr …«, rief er Philip über die Schulter zu.

»Drechsler«, antwortete Philip. Dabei klang er – traurig.

20

»So«, begann Oscar de Witt das Gespräch, als sie nach einer quälend langen und schweigsamen Taxifahrt – kurz vorm Eingang zur S-Bahn-Station hatte er einen Wagen herangewinkt und Ella mit einem »ist, glaube ich, doch besser so« aufgefordert einzusteigen – wieder die Villa erreicht und im Wohnzimmer mit einer Tasse Tee Platz genommen hatten.

Ella war im Auto sehr froh darüber gewesen, dass Oscar nichts gesagt und auch nichts gefragt hatte, hatte es ihr doch die Möglichkeit gegeben, darüber nachzudenken, wie sie ihm dieses seltsame Zusammentreffen an den Landungsbrücken erklären könnte. Aber sosehr sie auch gegrübelt und gegrübelt und gegrübelt hatte – ihr war nichts eingefallen. Außer alle viere von sich zu strecken und in einem vollumfänglichen Geständnis, in einem wahrhaftigen Offenbarungseid sämtliche Sünden der vergangenen Tage zu beichten. Und da käme schon so *einiges* zusammen. Als Oscar sie dann in aller Seelenruhe darum gebeten hatte, für ihn und sich einen Tee aufzusetzen, hatte sie sich kurz der Hoffnung hingegeben, er würde über die Episode an der Elbe vielleicht nonchalant hinweggehen. Aber natürlich war es nicht so. Kaum hatten sie sich hingesetzt – sie auf dem Sofa, er auf dem Sessel gegenüber –, eröffnete er das Kreuzverhör mit besagtem »So«.

»Ich hätte da jetzt mal fünf bis acht Fragen an Sie«,

sprach er weiter. »Und ich möchte Sie um ehrliche Antworten bitten.« Seine dunklen Augen fixierten sie, nagelten sie mal wieder auf dem Sofa fest wie eine dieser grellen Schreibtischlampen, mit denen Verdächtigen in Filmen immer mitten ins Gesicht geleuchtet wird. Also, nur dass es eben dunkle Augen waren, demnach das genaue Gegenteil, aber in der Wirkung trotzdem ... »Was ist am letzten Freitag passiert? Als wir hier zu Hause unseren Zusammenstoß hatten?«

»Genau das«, sagte Ella. Ihre Stimme quakte, sie räusperte sich. »Ich bin rausgelaufen, Sie wollten gerade herein, da sind wir irgendwie ... Ich weiß nicht mal mehr genau, ob wir uns überhaupt berührt haben, aber denkbar ist es schon. Jedenfalls sind Sie die Treppe hinuntergestürzt und haben sich dabei verletzt.«

»Aha«, sagte er, wiegte den Kopf hin und her und nahm einen Schluck von seinem Tee. »Das war demnach ja der Abend, an dem Sie bei mir eingezogen sind.«

»Ja, genau.«

»Vorher waren Sie aber noch an den Landungsbrücken. Mit dem Fahrrad.«

»Ähm, ja.«

»Und da haben Sie ebenfalls einen Mann umgerannt? Oder hat Ihr ... *Freund* da etwas missverstanden?«

Ihr brach der Schweiß aus. Gleichzeitig tat sich vor ihr in diesem Moment die Möglichkeit zu einer Lösung auf. Sie könnte tatsächlich einfach behaupten, Philip hätte sich vertan. Dass sie zwar an den Landungsbrücken sein Fahrrad zu Schrott gefahren, den Zusammenstoß mit einem Mann, also Oscar, aber erst später bei ihm zu Hause gehabt hätte.

Ach was, sie könnte auch sagen, Philip hätte einen Knall, wäre ein verrückter Stalker und würde ihr schon seit Jahren keine Ruhe lassen; würde immer dort auftauchen, wo sie gerade war und die krudesten Geschichten erfinden, sie wäre schon drauf und dran, die Polizei einzuschalten und überhaupt. Die Wahrscheinlichkeit, dass die zwei Männer sich bei einem gemütlichen Bier über die wahren Begebenheiten des Freitagabends austauschen würden, stufte sie als eher gering ein ... Aber sie ließ es bleiben. Denn es half ja alles nichts. So oder so hatte sie sich bereits um Kopf und Kragen geredet, da wollte sie nicht noch mehr Unsinn verbreiten. Sie beschloss, einen mutigen Schritt zu wagen. Und Oscar die Wahrheit zu sagen. Oder – zumindest so dicht wie nur irgend möglich bei ihr zu bleiben.

»Also, Herr de Witt«, begann sie und klang einhunderttausendmal souveräner, als ihr zumute war, »ich will Ihnen reinen Wein einschenken.«

»Ich bitte darum!« Er nahm seine Tasse, lehnte sich im Sessel zurück und sah sie erwartungsvoll an.

»Wo fange ich nur an?« Sie überlegte kurz. Denn tatsächlich war das Wirrwarr in ihrem Kopf mittlerweile so unübersichtlich, dass sie gar nicht wusste, wo und wie sie beginnen sollte, um alle Fäden zusammenzuhalten und logisch miteinander zu verknüpfen. Zum Glück kam ihr da ihre langjährige Erfahrung als Geschichtenerzählerin zu Hilfe, sie war recht gut darin, im Kopf mit Handlungssträngen zu jonglieren. »Beginnen wir mit Philip«, sagte sie schließlich.

»Dann hole ich mir besser noch schnell einen neuen Tee«, warf Oscar ein, »scheint ja ein längerer Abend zu werden.«

»Herr de Witt!« Sie bedachte ihn mit einem strengen Blick.

»Ich bin ganz Ohr.« Er schlug die Hacken zusammen, verursachte dabei allerdings kein Geräusch, weil sowohl er als auch Ella in der Halle die Schuhe ausgezogen hatten. Sie hatte darauf bestanden, nachdem der Reinigungsdienst alles blitzblank geputzt hatte und man sich im Marmorfußboden im absolut wörtlichen Sinn spiegeln konnte.

»Das heißt, nein«, korrigierte sie sich. »Ich möchte mit etwas anderem anfangen. Mit einer Art Prolog.«

»Prolog?«

»Halten Sie bitte mal für dreißig Sekunden den Mund, ja?«

Oscar nickte, stellte seine Tasse ab und verschloss mit der linken Hand seine Lippen mit einem imaginären Reißverschluss.

»Mit Prolog meine ich, dass ich meiner Erklärung noch etwas voranstellen möchte.«

Er holte Luft, sagte aber nichts, sondern erneuerte bloß die Reißverschlussgeste.

»Oscar, Sie haben mir gesagt, dass Sie mich sofort rausschmeißen, wenn Sie mich noch ein einziges Mal bei einer Lüge erwischen.«

Kein Ton, nur ein Nicken.

»Von daher möchte ich Ihnen versichern, dass ich seit diesem Gespräch mit Ihnen nicht mehr geschwindelt habe. Allerdings habe ich Ihnen ganz zu Beginn unserer Begegnung ein paar Dinge ganz bewusst verschwiegen.«

Er riss die Augen auf, ließ den Mund aber weiterhin zu.

»Ich tat dies einzig und allein zu Ihrem Besten, das müssen Sie mir glauben. Für mich ist die Situation, es mit jemandem zu tun zu haben, der sich an nichts mehr erinnern kann, ja vollkommen neu. So etwas hatte ich noch nie, und ich fühle mich überfordert. Verstehen Sie das, Oscar?«

Erst ein kurzes Zögern, dann ein Nicken. Ein sehr schwaches und zurückhaltendes zwar – aber ein Nicken.

»Es stimmt«, fuhr sie fort und nahm noch einmal sämtlichen Mut zusammen. »Ich habe Sie bereits an den Landungsbrücken umgerannt.« So, damit war es gesagt.

»Das verstehe ich nicht!«, posaunte Oscar nun doch aus und sah sie empört an. »Dann haben Sie mich also wirklich angel…«

»Mooooment, Oscar!«, fuhr sie ihn harsch an. »Geben Sie mir bitte die Chance, Ihnen alles zu erklären! Ich denke, die habe ich verdient, ja?«

Wie ein bockiges Kind presste er die Lippen aufeinander. Er sah so aus, als würde er sie am liebsten sofort rausschmeißen, aber stattdessen lehnte er sich erneut in seinem Sessel zurück und verschränkte die Arme vor der Brust. Das heißt, er versuchte, sie zu verschränken, konnte seine rechte Seite aber auch ohne die störende Schlinge noch nicht weit genug für diese Geste beugen, so dass er die Hände wieder sinken ließ und einfach links und rechts auf den Lehnen ablegte. »Bitte schön, ich höre Ihnen weiter zu und schweige.«

»Es ist alles so, wie ich es Ihnen gesagt habe. Fast jedenfalls. Ich habe mich bei Ihnen als Haushälterin vorgestellt, Sie haben mir den Job gegeben. Zu genau den Konditionen, die ich Ihnen erläutert habe, nämlich, dass ich zunächst vier Wochen auf Probe arbeite, wir dann sehen, wie das mit uns beiden läuft, und auf dieser Grundlage ein Gehalt aushandeln.« Sie machte eine kurze Pause, um ihm die Gelegenheit zu geben, alles zu verstehen und zu verdauen. Und sich selbst natürlich auch. Dann sprach sie weiter. »Die genauen Umstände meiner Stellensuche habe ich Ihnen deshalb nicht erläutert, weil sie meiner Meinung nach nicht von Belang sind. Aber nachdem Sie ja nun schon die große Freude hatten, meinen Exfreund kennenzulernen«, bei der Bezeichnung *Exfreund* wanderten seine Augenbrauen erneut in die Höhe, aber er sagte nichts dazu, »kann ich Ihnen ruhig anvertrauen, dass ich auch deshalb so dringend einen neuen Job gesucht habe, weil ich in den vergangen sechs Jahren für Philip tätig war und nach unserer Trennung so schnell wie möglich bei ihm aufhören wollte.«

»Sie waren also seine Freundin *und* seine Haushälterin?«, wollte er nun doch wissen.

»Genau.«

»Das hat er ja schlau eingefädelt.«

»Das tut nichts zur Sache«, sagte sie und sah ihn streng an.

»Natürlich nicht, das ist Ihre Privatangelegenheit.«

»So ist es.«

Trotzdem schien Oscar noch weiter über das eben Gesagte nachzudenken, seine Stirn zeigte jedenfalls deutliche Falten. »Verstehe ich das richtig?«, fragte er dann auch prompt. »Sie haben bis Freitag bei Ihrem Freund gewohnt und für ihn gearbeitet – dann haben Sie bei mir angefangen und sind auch gleich eingezogen?«

»So könnte man es sagen, ja.«

»Und Ihr Philip ...«

»Mein Ex-Philip.«

»Ihr Ex-Philip – der wusste das bis jetzt gerade überhaupt nicht? Also, dass Sie jetzt für mich arbeiten?«

»Die Sache ist etwas komplizierter.«

»Klingt gar nicht so kompliziert. Sie haben sich ohne sein Wissen nach einer neuen Stelle umgesehen und ihn dann, sobald Sie eine hatten, Hals über Kopf verlassen.« Oscar hörte sich an wie beim Verlesen einer Anklageschrift, was Ella ein wenig irritierte. Weshalb regte ihn das so auf?

»Philip hat mich betrogen«, teilte sie ihm mit, obwohl sie ihm das gar nicht hatte sagen wollen. Aber die Art und Weise, wie er sie ansah; die Art und Weise, wie er den bisherigen Sachverhalt zusammenfasste, versetzte sie in die Defensive. »Seit Monaten schon«, fügte sie hinzu, wenngleich bisher ja nur von einer einzigen Nacht die Rede gewesen war. Aber die lag bereits Monate zurück, von daher stimmte diese Aussage sehr wohl. Darüber hinaus hatte Philip zugegeben, dass er C. weiterhin treffen würde. Und ›Treffen‹ – das war ein dehnbarer Begriff. »Nachdem er mit einer anderen Frau geschlafen hatte«, klärte sie ihn weiter auf, »hat er mir am nächsten Morgen aus lauter schlechtem Gewissen einen Heiratsantrag gemacht.« So, Oscar de Witt!

»Oh.« Er nagte auf einer Unterlippe herum. »Das klingt übel.«

»Das klingt nicht nur übel, das *ist* übel. Verstehen Sie jetzt, warum ich so schnell wie möglich von ihm wegwollte?«

Er nickte heftig, wirkte beschämt. »Ja, ja, natürlich.«

Sein Blick verdüsterte sich. »Sieht man ihm gar nicht an, Ihrem Philip.«

»Er ist nicht mehr *mein* Philip«, korrigierte sie ihn. »Und außerdem: Wem sieht man so etwas schon an?«

»Auch wieder wahr.«

»Aber kommen wir zurück zu dem Abend an den Landungsbrücken.« Nun wurde die Sache heikel, ab hier war ein wenig Freestyle gefragt. »Ich bin also am Freitag mit meinen ersten Sachen zu Ihnen gekommen. Und Sie …« Ella hüstelte. »Sie waren irgendwie seltsam drauf, ein bisschen fahrig und von der Rolle.«

»Fahrig? Von der Rolle?«

»Ich kann es gar nicht richtig erklären, Sie kamen mir halt komisch vor.«

»Hatte ich etwas getrunken?«

»Den Eindruck machten Sie mir nicht. Und im Krankenhaus wurde darüber auch nichts gesagt.«

»Gut«, meinte er. »Ich war also fahrig und von der Rolle.«

»Genau«, bestätigte Ella. »Aber ich habe natürlich nicht gefragt, was los ist. Ich meine, wir kannten uns ja kaum – genau genommen kennen wir uns immer noch nicht …«

»Und ich kenne mich erst recht nicht!«, warf er ein.

»Stimmt.« Sie lachte unbeholfen auf. »Jedenfalls habe ich mich zuerst nicht weiter darum gekümmert. Wissen Sie, Oscar, in meinem Beruf kommt man doch manchmal sehr, sehr nah an seine Kunden und ihre Intimsphäre heran.«

Oscar gab einen glucksenden Laut von sich, den sie geflissentlich überhörte. Sie wusste ja, dass ihn das Wort

Intimsphäre zum Kichern brachte, in solchen Belangen entwuchsen Männer *nie* der Pubertät.

»Da ist es wichtig«, erläuterte sie stoisch weiter, »dass ich mich unsichtbar mache. Ich bin gar nicht da, verstehen Sie? Wie ein Einrichtungsgegenstand, der nichts hört und nichts sieht.«

»Ein hübscher Einrichtungsgegenstand, wenn ich das mal erwähnen darf.« Ein spitzbübisches Grinsen breitete sich auf seinem Gesicht aus. »Ganz die Mama, die Frau Königin.«

»Ähm, danke.« Ihr stieg die Röte ins Gesicht, und sie musste sich kurz sammeln. Okay, das war dann etwas, bei dem *Frauen* nie so ganz der Pubertät entwuchsen. Sie räusperte sich. »Gegen acht Uhr haben Sie mir mitgeteilt, dass Sie noch einmal nach draußen gehen würden. Auch das kam mir überaus eigenartig vor.«

»Was ist denn eigenartig daran, wenn jemand noch einmal rausgehen will?«

»Das allein natürlich nicht«, gab Ella ihm recht. »Allerdings machten Sie mittlerweile einen ziemlich hektischen Eindruck auf mich. Sie erklärten mir, dass Sie zu den Landungsbrücken wollen.«

»Das habe ich gesagt?«

»Ja.«

»Habe ich Ihnen auch verraten, was ich da wollte?«

»Leider nicht. Und als ich dann auch noch gesehen habe, wie Sie zu Fuß losgingen und nicht Ihr Auto nahmen – da fing ich langsam an, mir Sorgen zu machen. Zumal es an dem Abend in Strömen regnete, ich konnte mir auf das alles keinen Reim machen.«

»Haben Sie denn nicht versucht, mich aufzuhalten?«

»Nein, Oscar, das stand mir ja nun wirklich nicht zu.«

»Hm.« Er sah in etwa so verwirrt aus, wie sie sich fühlte, denn sie musste ihre gesamte Konzentration aufbringen, um jetzt nicht den Faden zu verlieren und aus der Kurve getragen zu werden.

»Drei Stunden später waren Sie immer noch nicht wieder zurück, und ich wusste einfach nicht, was ich tun sollte. Da ich mir das Fahrrad meines Exfreundes geliehen hatte ...« Sie schickte ein kurzes Stoßgebet gen Himmel, dass Oscar und Philip sich nie, nie, nie miteinander austauschen würden. Einfach *nie*.

»Sie haben Ihren Umzug mit dem Fahrrad gemacht?«

»Nein, natürlich nicht! Am Freitag bin ich zuerst nur mit einem Rucksack zu Ihnen gekommen. Den Großteil meiner Sachen habe ich ja am Samstag mit Ihrem Auto geholt. Ich selbst habe leider keins.«

»Ach ja, das hatte ich vergessen.«

»Jedenfalls hab ich mir kurzerhand das Fahrrad geschnappt und bin zu den Landungsbrücken gestrampelt, weil ich die Hoffnung hatte, Sie dort irgendwo zu finden.«

»Was Sie ja offenbar auch getan haben.«

»Ja«, bestätigte sie und versuchte sich an einem schiefen Lächeln. »Allerdings leider etwas anders, als ich es mir gewünscht hätte. Ich bin obenrum gefahren, über die Reeperbahn. Und als ich hinterm Hotel Hafen Hamburg Philips Rad geschultert habe und die Treppe hinuntergelaufen bin, da standen Sie auf einmal vor mir und dann ... BÄHM!« Sie klatschte in beide Hände.

»Nein!«

»Doch!«

»Gibt's ja gar nicht!«

»Das habe ich auch gedacht.« Sie kicherte ungelenk. »Aber *genau so* war es!«

»Irre!«

»Ja, nicht wahr?«

»Und wie dann weiter?«

»Ich war kurz weggetreten, und als ich wieder zu mir kam, waren Sie verschwunden und Philips Fahrrad Schrott. Da habe ich mir ein Taxi geschnappt und bin wieder hierhergefahren. Sie waren aber noch nicht da. Eine Weile habe ich gewartet, dann bin ich wieder rausgerannt, Sie kamen mir entgegen, um dann, zum zweiten Mal ...«

»BÄHM!«, vollendete er ihren Satz.

»Genau, bähm«, wiederholte sie. »Tja. Und ab da kennen Sie die ganze Geschichte.«

»Wie bin ich denn von den Landungsbrücken aus so schnell nach Hause gekommen? Zu Fuß hätte ich doch Stunden gebraucht, da wäre ich erst morgens wieder hier gewesen.«

»Das weiß ich nicht. Haben Sie vielleicht Bus und Bahn genommen? Die fahren am Wochenende ja auch nachts. Aber, wie gesagt, ich habe keine Ahnung. Fragen konnte ich Sie nicht mehr, weil ...«

»Weil ja BÄHM!«

»So ist es.«

Einen Moment lang sagte Oscar nichts. Sah sie einfach nur an, musterte sie ausdruckslos und schien seine Gedanken im luftleeren Raum umherfliegen zu lassen. Dann, sehr langsam, nahm er erneut seine Teetasse zur Hand – das Getränk musste mittlerweile ziemlich kalt sein –, trank einen Schluck, verzog angewidert das Gesicht und stellte sie zurück.

Noch immer schweigend erhob er sich aus seinem Sessel und ging Richtung Tür.

»Oscar?«, fragte sie verwundert.

Er blieb stehen und drehte sich zu ihr um. Dann sprach er endlich. »Ich bin sehr müde, Ella, deshalb lege ich mich jetzt hin. Das, was Sie mir da gerade erzählt haben, ist mit großem Abstand die allerwildeste Räuberpistole, die ich je im Leben gehört habe. Ich schlage daher vor, Sie überlegen sich bis morgen früh gut, ob Sie mir nicht doch die Wahrheit erzählen wollen. Das – oder Sie können Ihre Sachen packen.«

Mit diesen Worten verließ er das Wohnzimmer. Ella blieb zurück. Erschöpft und ratlos. Denn sooo schlecht hatte sie selbst ihre Geschichte gar nicht gefunden.

»Ella?« Zwei Minuten später rief er sie noch einmal von oben. Hastig sprang sie auf, lief nach draußen in den Flur und eilte die Treppe hoch in den ersten Stock.

Natürlich, Oscar stand im leeren Kinderzimmer und blickte sie fragend an.

»Ach so, ja«, stotterte sie, »ich bin noch gar nicht dazu gekommen, Ihnen zu erzählen, dass der Schlüssel aus dem Nachttisch doch zu der Tür passt.«

»Und das hier haben Sie vorgefunden?«

Sie zuckte mit den Schultern. »Ja.«

»Weshalb sollte ich ein leeres Zimmer absperren?«

»Keine Ahnung.«

Erneut sah er sie lange und schweigend an, als würde er in ihrem Gesicht nach verräterischen Zeichen dafür suchen, dass sie wieder log. Dann seufzte er.

»Ich bin wirklich entsetzlich müde, und mir schwirrt der Kopf.«

»Das kann ich verstehen, ich ...«

»Morgen früh«, unterbrach er sie. »Morgen früh will ich die ganze Wahrheit wissen. Die Wahrheit – oder Sie gehen.«

Better Endings

Über mich | Ellas Geschichten | Ellas Leben | Ellas Hamburg

Mittwoch, 9. Oktober, 09:03 Uhr

Wie viele Geheimnisse erträgt die Liebe?

Liebe Netzgemeinde,
jetzt, da es mit P. und mir langsam ernst wird; jetzt, da die Vorbereitungen für unsere Hochzeit so richtig ins Rollen kommen, habe ich oft sehr viele nachdenkliche Momente (an dieser Stelle möchte ich Bloxxx darum bitten, auf zynische Kommentare zu verzichten, denn ich meine das, was ich hier schreibe, sehr, sehr ernst). Alle möglichen Themen ploppen in mir hoch, und in den letzten Tagen ging es dabei vor allem um die Frage, ob man in einer glücklichen Ehe (oder auch »nur« Beziehung) dem Partner gegenüber immer ehrlich sein sollte. Ob er alles wissen darf und muss, was in einem vorgeht – oder ob zu einer harmonischen Zweisamkeit nicht auch das eine oder andere Geheimnis gehört. Oder sogar manchmal auch eine Lüge.
Versteht mich nicht falsch, ich rede hier nicht von Seitensprüngen oder davon, dass man irgendwo ein Konto in der Schweiz hat, auf dem man seine Millionen parkt, von denen der oder die Liebste nichts ahnt. Und, nein, es gibt auch nichts zwischen P. und mir, was ich großartig vor ihm verheimlichen müsste, und ich bin mir absolut sicher, dass es ihm genauso geht (JA, Bloxxx, das bin ich WIRKLICH!). Ich rede von eigentlich »harmlosen« Dingen, die man dem anderen verschweigt. Um ihn zu schützen, beispielsweise. Oder von Notlügen, weil die Wahrheit ihm überhaupt nicht helfen, sondern ihn nur verletzen würde.
Eine paar Beispiele: Wenn man findet, dass der Liebste unglaublich

hässliche Füße hat – muss man ihm das sagen? Spielt es eine Rolle? Die Füße werden davon nicht schöner, und wenn die Gefühle trotzdem da sind, ist es doch auch egal. Weshalb dem Partner erzählen, dass man früher mal mit jemandem zusammen war, der wahnsinnig gut küssen konnte? Es scheint ja Gründe dafür zu geben, dass die Geschichte vorbei ist und man jetzt eine Beziehung mit einem Menschen hat, der vielleicht nicht ganz so ein großer Knutscher ist. Und sollen die Herren der Schöpfung uns immer ungeschönt die Wahrheit sagen, wenn wir bei einem kritischen Blick in den Spiegel von ihnen wissen wollen, ob wir zugenommen haben? Naaa?

Fehler, die wir begangen haben, die aber nicht mehr wichtig sind; Ereignisse in der Vergangenheit, die nicht bis in die Gegenwart wirken; kleine Sünden, großer Bockmist, Situationen, in denen wir uns nicht gerade mit Ruhm bekleckert haben; last but not least: unrealistische Träumereien von einem Segeltörn mit Ryan Gosling oder Bradley Cooper – das alles hat nichts in den Gedanken des Partners verloren, oder?

Ich finde, solche Geheimnisse sind okay. Nein, sie sind mehr als das, sie sind *gut*. Sie sind *wichtig*. Nicht nur, um den anderen zu schützen – sondern auch, um bei aller Liebe trotzdem noch man selbst zu bleiben. Neben jedem großen *Wir* braucht es auch immer noch ein *Ich*. Denn nur, wo zwei Menschen noch ein Stückchen voneinander entfernt stehen, können sie immer wieder aufeinander zugehen.

Ich wünsche euch einen wunderschönen Tag und freue mich auf eure Meinungen! Und weil ich im Moment keine neue Geschichte habe, stelle ich <u>hier</u> einen Text ein, der schon ein paar Jahre älter ist, der mir neulich aber einfach so wieder eingefallen ist. Ein neues Ende von Johns Greens *Das Schicksal ist ein mieser Verräter*.

Keine Anspielung. Auf nichts.

Denn:
Am Ende wird alles gut.
Wenn es nicht gut ist, ist es nicht das Ende.

Alles Liebe
Ella Cinderella

Kommentare (13)

Little_Miss_Sunshine_and_Princess, 09:17 Uhr
Liebe Ella, ausnahmsweise muss ich dir heute einmal widersprechen: Ich sehe es komplett anders als du! Mein Schatzi und ich, wir haben überhaupt keine Geheimnisse voreinander und können uns alles sagen. Und immerhin sind wir schon seit acht Jahren glücklich miteinander ♥ ♥ ♥

Sweet Mondträumerin, 09:28 *Uhr*
*Da schließe ich mich Little an! Ich bin zwar Single, aber ein Partner, der mir etwas verheimlicht oder mich sogar belügt – der geht gar nicht, von dem würde ich mich sofort trennen. Selbst, wenn er meine Füße hässlich findet, würde ich das wissen wollen.
Schönes neues Ende von* Das Schicksal ist ein mieser Verräter. *Bei dem Buch habe ich damals ohne Ende geflennt, und beim Film war's sogar noch schlimmer!*

Glitzer-Elfe XXL, 10:02 Uhr
Vielleicht liegt es daran, dass ich schon ein bisschen älter bin, aber ich bin voll und ganz Ellas Meinung! Man muss sich in einer Beziehung nicht alles sagen, ein paar Geheimnisse können sogar belebend wirken. Jemand, der für uns wie ein offenes Buch ist, ist doch auch schrecklich lang-wei-lig! Und eine aufrichtige Antwort

auf die Frage, ob ich zugenommen habe, will ich erst recht nicht hören ;-)

BLOXXX BUSTER, 10:33 Uhr
Scheiße, Mädels, was ist los? Kollektives PMS? Da kippt mir ja glatt schon wieder das Bier aus dem Becher, wenn ich das hier so lese. Mimimimimiiiii. »Wenn mein Schnuckiputzi mir sagt, dass ich einen fetten Arsch habe, ist sofort Schluss!«
Elli Cinderelli, ich dreh durch! »Weshalb dem Partner erzählen, dass man früher mal mit jemandem zusammen war, der wahnsinnig gut küssen konnte?« Ach, komm, mal ehrlich, bist du zwölf? Warum nicht das Kind beim Namen nennen? Küssen, hahaha, geht's nicht eher darum, dass der frühere Lover im Bett der Knaller war und der neue eine totale Niete ist? Aber ich sehe schon, wir bleiben hier garantiert jugendfrei, ich tausche mein Bier mal schnell gegen eine Limo, zuckerfrei natürlich ...

Ella Cinderella, 10:45 Uhr:
BLOXXX! Zum letzten Mal: Noch so ein Kommentar, und ich sperre dich hier!

BLOXXX BUSTER, 10:51 Uhr
Ella! Wie kannst du so gemein sein, mir das einfach so unverblümt um die Ohren zu hauen? Das verletzt meine Gefühle! Ich finde, das hättest du jetzt wirklich für dich behalten können!

Alle weiteren 7 Kommentare lesen

21

Es war schon kurz vor elf, als Ella sich aus ihrem Zimmer wagte. Als sie genug Mut gesammelt hatte, um Oscar gegenüberzutreten und ihm die Wahrheit zu gestehen.

Sie traf ihn unten im Wohnzimmer an. Er saß in seinem Stressless-Sessel, hatte die Füße hochgelegt und war in *Der Brief* von Sebastian Fitzek vertieft, den er auf der linken Armlehne platziert hatte, um ihn mit seiner gesunden Hand festhalten zu können. Als sie zaghaft gegen den Türrahmen klopfte, blickte er nicht einmal auf, sondern befeuchtete stattdessen in aller Seelenruhe seinen Zeigefinger, blätterte eine Seite um und las weiter. Erst als sie direkt vor ihm stand und sich geräuschvoll räusperte, hob er den Blick.

»Ah, Frau Faust!«, rief er aus, klappte das Buch zu und lächelte sie freundlich an. »Ich habe mich schon gefragt, ob ich Sie heute noch zu Gesicht bekomme.« Er sah demonstrativ zu der großen Standuhr in der Ecke hinüber. »Um zwölf muss ich nämlich schon in der Stadt sein, ich treffe Dr. Specht zum Lunch.«

Genau so sagte er es. Zum *Lunch*. Doch statt sich gedanklich über diese etwas affige Formulierung zu amüsieren, kam Ella ohne Umschweife zur Sache und ratterte ihre Entschuldigung sowie ihre Erklärung herunter wie eine Maschinengewehrsalve. Als wäre sie jemand, der sich nach langen und qualvollen Stunden des Hin- und

Herüberlegens, der Selbstkasteiung und der verzweifelten Suche nach einem Ausweg nun doch dazu durchgerungen hatte, eine unermesslich schwierige Hürde zu nehmen, und der es nun so schnell wie möglich hinter sich bringen wollte. Unsinn, *als wäre*. Sie *war* genau dieser jemand!

»Oscar«, stieß sie mit vor Anspannung zitternder Stimme hervor, »Sie haben recht, dass ich Sie angelogen habe. Ich habe es aber nicht aus Boshaftigkeit getan, sondern weil ich mir nicht anders zu helfen wusste und überhaupt keine Ahnung hatte, wie ich mich in der Situation verhalten sollte.«

»Das, liebe Ella, haben Sie mir gestern schon gesagt.«

»Darf ich bitte weiterreden?«

»Natürlich«, antwortete er. Und schob noch ein gönnerhaftes »Überraschen Sie mich!« hinterher.

»Das, was ich Ihnen erzählt habe, entspricht in Teilen der Wahrheit. Ich war tatsächlich in den vergangenen sechs Jahren für meinen Exfreund als Haushälterin tätig. Und dass er mich betrogen hat, stimmt auch. Am letzten Freitag musste ich das erfahren, und ich war wie vor den Kopf gestoßen. Deshalb habe ich mir sein Fahrrad geschnappt und bin einfach abgehauen, ich wollte nur weg, raus an die frische Luft.« Ihr Atem ging schwer, und sie musste erst kurz Luft holen, ehe sie weitersprechen konnte. »Ich bin dann zu den Landungsbrücken, weil es mich immer beruhigt, aufs Wasser zu schauen. Tja, und dann …« Die Wette mit sich selbst verschwieg sie lieber, das klang für Außenstehende möglicherweise etwas seltsam. »Dann wollte ich zum Hafen, habe das Fahrrad geschultert und bin damit die Treppe runtergelaufen. Es hat geregnet, es war dunkel, das Rad hat mich behindert – deswegen bin ich auf Sie gefallen, als Sie mir entgegenkamen.«

»Okay«, sagte Oscar. »War ich da schon barfuß?«

»Ich glaube nicht«, erwiderte sie und hoffte, dass ihre Nase nicht wuchs wie bei Pinocchio. Aber *diesen* Teil der Geschichte – dass sie Oscars Schuhe und Jacke letztlich an einem Betonpoller am Schiffsanleger gefunden hatte –, den wollte, den *konnte* sie ihm nicht erzählen. Denn das hätte sofort die Frage nach dem Warum aufgeworfen, danach, weshalb er am Ufer gewesen war und sich dort halb entkleidet hatte. Und damit auch die Frage nach seinem Zustand und allem anderen, für das es Ellas Meinung nach – bei aller Wahrheitsliebe – zu früh, noch *viel* zu früh war. »Nach dem Sturz war ich kurz weggetreten, und als ich wieder zu mir kam, waren Sie verschwunden. Einzig Ihre Jacke und Ihre Schuhe lagen noch unten an der Treppe.«

»Die habe ich also bei dem Unfall verloren?«

»Keine Ahnung.« Sie zuckte so überzeugend wie möglich mit den Schultern. »Es könnte sein.«

»Ich hatte doch Schnürstiefel an.«

»Mich hat's mal beim Skifahren nach einem Sturz aus den Schnallenschuhen gehauen«, erwiderte sie. »Da können Kräfte wirken, die unglaublich sind.«

»Hm«, meinte Oscar und betrachtete sie wenig überzeugt.

»Vielleicht hatten Sie sie bloß nicht zugebunden. Oder nach dem Aufprall, als ich noch bewusstlos war, ausgezogen und Ihre Jacke auch – ich weiß es einfach nicht.«

»In Ordnung«, gab er sich damit zufrieden. »Wie ging's dann weiter?«

»Ich wusste nicht, was ich tun sollte. Habe kurz überlegt, die Polizei zu rufen, aber dann bin ich zuerst mit dem Taxi zu Ihnen nach Hause gefahren.«

»Die Adresse hatten Sie aus meinem Portemonnaie?«

»Genau, da war ja Ihr Ausweis drin. Und Ihren Schlüssel hatte ich auch, deshalb bin ich ins Haus hineingegangen, als mir niemand öffnete.«

»Einfach so?« Seine Augenbrauen – das kannte Ella mittlerweile schon gut von ihm – wanderten eine Etage höher.

Sie seufzte. »Was heißt hier *einfach so*? Ich war doch total konfus und fertig mit den Nerven. Vor lauter Panik konnte ich kaum klar denken und dachte, dass Sie womöglich verletzt und hilflos in Ihrem Haus rumliegen.«

»Okay, das verstehe ich«, lenkte er ein.

»Na ja«, fuhr sie fort. »Der Rest ist schnell erzählt: Als ich wieder raus bin, weil niemand da war, sind wir draußen auf der Treppe zum zweiten Mal zusammengestoßen, und diesmal hat es Sie dann scheinbar richtig heftig erwischt. Sie waren nicht mehr bei Bewusstsein, ich habe einen Rettungswagen gerufen, Sie am nächsten Tag im Krankenhaus besucht – und das war's.«

»Nicht ganz«, korrigierte er sie. »Denn der interessante Teil kommt ja erst noch.« Das hatte Ella befürchtet. Nein, sie hatte es *gewusst*. Gewusst, dass Oscar de Witt sich damit natürlich nicht abspeisen lassen würde. »Bleiben wir in der Reihenfolge«, setzte er die Inquisition fort, »Sie haben mich im Krankenhaus besucht und behauptet, Sie seien meine Schwester. Warum?«

»Besucht habe ich Sie, weil ich wissen wollte, wie es Ihnen geht«, erwiderte sie wahrheitsgemäß. »Und als Ihre

Schwester musste ich mich ausgegeben, damit ich auf alle Fälle zu Ihnen konnte. Ich wollte das auch sofort aufklären, sobald ich in Ihrem Zimmer wäre.«

»Was Sie aber nicht getan haben.«

»Nein«, gab sie zu. »Da ging es so schnell. Der Arzt sagte das mit dem Gedächtnisverlust, Sie selbst wirkten sehr verwirrt – da habe ich spontan beschlossen, vorerst bei meiner Geschichte zu bleiben.«

»Aber was war der Grund dafür?«

»Ja, ähm …« Sie suchte nach den richtigen Worten. Nach den richtigen Worten, die es erklärten, aber trotzdem nicht zu viel verrieten. Zum Beispiel, dass ihr da schon längst klar gewesen war, wie schlecht es um Oscar bestellt sein musste. »Ich wollte Ihnen einfach helfen«, sagte sie schließlich. »Der Arzt drohte Ihnen mit Psychiatrie oder Betreuung, das konnte ich doch nicht zulassen. Zumal es ja auch meine Schuld war, dass Sie überhaupt im Krankenhaus lagen.«

Der Hauch eines Lächelns stahl sich auf sein Gesicht. Der Hauch eines Hauchs. »Das stimmt«, pflichtete er ihr bei. »Aber im Auto hätten Sie mich dann aufklären können.«

»Hab ich doch! Ich habe Ihnen sofort gesagt, dass ich nicht Ihre Schwester bin.«

»Und sich im gleichen Atemzug zu meiner neuen Haushälterin gemacht, die ich angeblich eingestellt hatte und die sogar bei mir wohnen sollte.«

»Ja«, gab sie kleinlaut zurück. »Aber was hätte ich denn sonst sagen sollen?«

»Auf die Gefahr hin, mich zu wiederholen: die Wahrheit.«

»Das hätte sich doch absolut verrückt angehört!«, brauste sie auf. »*Entschuldigen Sie bitte, aber ich habe Sie nicht nur einmal, sondern gleich zweimal umgenietet. Deshalb habe ich auch Ihre Sachen und bin in Ihrem Haus. Aber wenn ich jetzt schon mal da bin, passt das doch ganz hervorragend zusammen: Sie kommen allein nicht zurecht, ich habe derzeit kein Dach überm Kopf und keine Einkünfte, weil mein Verlobter, für den ich auch gearbeitet habe, eine andere Frau vögelt und wir uns deshalb getrennt haben. Sollen wir daraus nicht für uns beide eine Win-win-Situation stricken? Ich kümmere mich um Sie – und Sie bewahren mich davor, unter einer windigen Brücke mein Lager aufschlagen zu müssen?*« Erneut atmete sie schwer, erschöpft von dem Wortschwall, der sich Bahn gebrochen hatte.

Jetzt wurde aus dem Hauch ein breites Grinsen. Er bedachte sie mit einem überaus amüsierten Blick und nickte. »Genau so, Frau Faust. *Genau so* hätten Sie mir das sagen können.«

»Ach? Und Sie hätten mich dann nicht hochkant rausgeschmissen?«

»Keine Ahnung«, gab er zu. »Auf jeden Fall hätten wir dann beide von Anfang an gewusst, woran wir sind. So aber war es reichlich unfair mir gegenüber.«

»Es tut mir leid«, sagte sie und warf ihm einen zerknirschten Blick zu.

»Das glaube ich Ihnen sogar«, stellte er fest. »Allerdings scheinen Sie mir eine überaus routinierte Lügnerin zu sein, und ich weiß nicht, ob mir das gefällt.«

»Was heißt hier *Lügnerin*?«, brauste sie wieder auf.

»Das, was es heißt. Sie erzählen Lügen.« Sein Grinsen war verschwunden.

»Ich würde es höchstens als kreatives Auslegen der Wahrheit bezeichnen.«

»Ist mir, offen gestanden, herzlich egal, als was Sie es bezeichnen möchten.«

»Also gut.« Sie gab sich geschlagen. »Dann werde ich mal gehen.« Mit hängenden Schultern wandte sie sich ab, bereit, den Weg in ihr Zimmer anzutreten, um dort ihre Siebensachen zusammenzusammeln. Sie hatte keine Ahnung, wo sie unterkommen könnte, zurück zu Philip war keine Option. Aber vielleicht wäre es möglich, nach ihrem Telefonat mit Cora nun die frühere Freundin anzurufen und sie zu fragen, ob sie ihr übergangsweise Asyl gewähren würde.

»Wo wollen Sie denn hin?«, erklang Oscars Stimme hinter ihr. Sie drehte sich zu ihm um, er hatte sich aus seinem Sessel erhoben und sah Ella erstaunt an.

»Na, ich packe meine Klamotten und ziehe aus.«

»Das ist ja nun Quatsch«, rief er und schüttelte verständnislos den Kopf. »Das habe ich doch gar nicht von Ihnen verlangt.«

»Sie sagten, ich sei eine Lügnerin.«

»Ja, stimmt, das sind Sie. Und ich sagte, es wäre besser gewesen, wir hätten beide von Anfang an gewusst, woran wir sind.« Er kam ein paar Schritte auf sie zu, blieb ziemlich dicht vor ihr stehen und musterte sie spöttisch von oben herab. »Jetzt wissen wir es aber, also spricht nichts dagegen, dass Sie sich weiterhin um mich *kümmern*.«

»Aber ... aber ich dachte ...«

»Es sei denn, Sie möchten das nicht mehr?« Augenbrauen nach oben, steile Falte auf der Stirn.

Für einen Moment war sie sprachlos. Dann, aus einem Reflex heraus, den sie nicht unterdrücken konnte, fiel sie ihm um den Hals, schlang beide Arme um seinen Oberkörper und drückte sich fest gegen ihn.

»Autsch!«, schrie Oscar auf, während Ella gleichzeitig »Danke! Danke! Danke!« jubelte.

Sofort ließ sie ihn wieder los und trat einen Schritt zurück. »Verzeihung«, murmelte sie und sah ihn betreten an.

»Kein Problem.« Er rieb sich mit der Hand über den Gips und biss dabei sichtbar die Zähne zusammen. »Nur gehen Sie in Zukunft bitte etwas behutsamer mit mir um, ja?«

»Das werde ich, Oscar«, versprach sie, »das werde ich.«

»In Ordnung.« Er warf erneut einen Blick zur Standuhr. »Dann rufe ich mir jetzt mal ein Taxi und fahre zu meiner Verabredung. Ich weiß noch nicht, wann ich zurück bin, könnte länger dauern. Und Sie … Sie tun solange halt das, was eine Haushälterin so tut.«

»Kein Problem«, sagte Ella. »Da gibt es eine Menge.«

»Dann sehen wir uns heute Abend.« Nun war es an ihm, Richtung Wohnzimmertür zu gehen. »Ach, Ella.« Er blieb stehen und sah sie an. »Ab sofort zahlen Sie sich dann bitte ein Gehalt, ja? Ich hatte da an viertausend Euro gedacht, wenn das für Sie in Ordnung ist.«

»Pro Monat?«

»Natürlich. Was denken Sie denn? Etwa pro Woche? Das erscheint mir dann doch etwas …«

»Nein, nein«, unterbrach sie ihn eilig, »Das ist sehr großzügig von Ihnen.«

»Gut, dann also viertausend.« Er nickte ihr verbindlich zu. »Und dieser ganze Krempel mit Sozialversicherung und Krankenkasse, Sie wissen schon. Kümmern Sie sich einfach darum.« Er machte eine komische Handbewegung, dieses affektierte Wedeln mit dem Arm, wie man es aus alten Mantel-und-Degen-Filmen kennt, wenn ein Adliger dem Bediensteten das Zeichen gibt, sich entfernen zu dürfen. Allerdings nur kurz, dann ließ Oscar den Arm wieder sinken und lächelte Ella verlegen an – vermutlich war ihm aufgegangen, dass *er* ja derjenige war, der sich entfernen und in die Stadt fahren wollte. »Bis später«, sagte er daher nur noch knapp und entschwand ihrem Blickfeld. Eine Sekunde später stand er schon wieder vor ihr. »Sagen Sie bitte noch, Ella ...«

»Ja?«

»Was ist eigentlich mit meinem Handy?«

»Dazu bin ich«, gab sie bemüht freundlich zurück, »bisher noch nicht gekommen.«

»So?« Die Augenbraue, natürlich kam wieder die Augenbraue! »Genug Zeit dafür wäre aber schon gewesen.«

Hatte *der* eine Ahnung! »Ja, Oscar, ich regele das sofort.«

»Prima, danke.« Mit diesen Worten ging er wieder nach draußen, kurz darauf hörte sie ihn mit der Taxizentrale telefonieren, und Minuten später fiel die Haustür der Villa ins Schloss.

Ella ließ sich erschöpft auf das Sofa sinken. *Viertausend Euro.* Sie konnte es nicht fassen. Viertausend! Pro Monat! Ha! Sie, Emilia Faust, war eine gemachte Frau. Die Freude währte allerdings nur einen Augenblick, schon brachen unschönere Gedanken über sie herein und erinnerten sie daran, zu welchem Preis sie sich dieses Gehalt erschlichen hatte.

Sie schloss die Augen und konzentrierte sich auf ihren Atem, so wie sie es mal in einem YouTube-Tutorial gesehen hatte. Dabei versuchte sie, an nichts zu denken. Nicht daran, dass Oscar noch immer nur einen Bruchteil der Wahrheit kannte, dass er keine Ahnung von seinem Dasein als Messie, dem Verlust seiner Frau und dem Verschwinden seines Sohns hatte. Ella versuchte, nicht daran zu denken, dass es vielleicht besser gewesen wäre, ihm im Rahmen einer groß angelegten Generalbeichte auch diese Dinge zu gestehen; versuchte, nicht daran zu denken, dass es nicht nur allein darum ging, Oscar vor einem Zusammenbruch zu bewahren, sondern auch sich selbst vor dem sicheren Rauswurf. Versuchte, nicht daran zu denken, dass sie damit möglicherweise für den einen oder anderen Außenstehenden ein charakterliches Defizit aufwies, weil sie neben Oscars Wohl auch ihr eigenes im Sinn hatte. Und sie versuchte, nicht darüber nachzudenken, welche dieser beiden Motivationen für ihr Handeln schwerer wog. *Viertausend Euro*. Na gut, das hatte sie nicht gewusst oder auch nur ahnen können, als sie den Entschluss gefasst hatte, Oscar weiterhin die wirklich schlimmen Tatsachen zu verheimlichen. War es deshalb moralisch weniger verwerflich?

Gegen all diese Gedanken versuchte sie anzuatmen, wollte sie vertreiben und sich einfach nur dem inneren Frieden hingeben – während ein Dutzend rosa Elefanten durch ihren Kopf eine fröhliche Polka tanzten. Nach zehn Minuten gab sie den Versuch auf und setzte sich hin. Sie wusste nicht, wie Yogis oder andere Erleuchtete es schafften, sogar bei größter Anspannung ihren Kopf von jeglicher Sorge freizuhalten, sie selbst hatte diese Bewusstseinsstufe jedenfalls noch nicht erreicht. Es mochte daran liegen, dass Yogis und andere Mitglieder der Ommm-Bewegung schlicht ihr gesamtes Leben über nicht ansatzweise so viel Mist bauten wie Ella allein in den vergangenen vier Tagen – aber was auch immer der Grund dafür sein mochte, dass es in ihren Gehirnwindungen ratterte und ratterte und ratterte, war letztlich irrelevant. Vom angstfreien Atmen auf dem Sofa wurde es nicht besser – also würde sie es mit angstvollem Tun probieren.

Sie sprang auf und marschierte hinüber in Oscars Büro, um dort ihren ursprünglichen Plan, es bei der Suche nach Hinweisen auf Henri de Witt auf den Kopf zu stellen, in die Tat umzusetzen.

Drei Stunden später lag Ella erneut auf der Couch. Sie hatte beschlossen, es *doch* noch einmal mit dem Atmen zu versuchen und dabei sogar ein leises »Ommm« vor sich hin zu summen. Denn es war nicht zu fassen, sie hatte nichts, rein *gar nichts* über Oscars Sohn finden können. Der Silberlöffel war und blieb das einzige Indiz seiner Existenz. Und das ausgeräumte Kinderzimmer, das natürlich auch. Kein Ordner mit der Aufschrift »Henri«, keine Geburtsurkunde, kein Untersuchungsheft, keine Schreiben von Kita oder Grundschule, nichts, nichts, nichts. Selbst in Oscars Konto hatte sie sich noch einmal eingeloggt in der Hoffnung, Überweisungen der Familienkasse fürs Kindergeld zu finden – Fehlanzeige. Möglich, dass all diese Dinge über Francine de Witt gelaufen waren, aber von Oscars verstorbener Frau hatte sie ebenfalls nichts entdeckt, keine Heiratsurkunde, Versicherungen, Kontoauszüge oder Mutterpass. Auf ihre Existenz deuteten lediglich das Foto aus Oscars Portemonnaie, der halb verwaiste Kleiderschrank, die Friedhofsrechnung und nicht zuletzt ihr Grabstein auf dem Ohlsdorfer Friedhof hin.

»Ommm.« Es war verrückt, es war *vollkommen* verrückt! Als wären hier Profis eines Zeugenschutzprogrammes am Werk gewesen, die alles, aber wirklich *alles*, was auf Oscar de Witts Dasein als Familienvater auch nur den geringsten Hinweis geben könnte, vernichtet hatten. Sie hatte sogar sein Notebook aufgeklappt, hatte schon frohlockt bei dem Gedanken, Zugang zu irgendwelchen Dokumenten oder Mails zu erhalten, die ihr weiterhelfen würden. Aber nachdem sie den Computer gestartet hatte, hatte sie der Editor selbstverständlich zur Eingabe eines Passwortes aufgefordert. Oscars Geburtsdatum, Henris Geburtsdatum, Francines Geburts- und Sterbedaten, vorwärts wie rückwärts, mal mit und mal ohne Vornamen und/oder Nachnamen kombiniert, in Groß- und in Kleinschreibung – und zum Schluss, in einem Akt der Verzweiflung, sogar *Maunzi* – Fehlanzeige, der Sperrbildschirm hatte sich unnachgiebig gezeigt.

Dann, nach diesem Schuss in den Ofen, hatte sie noch einmal das gesamte Haus abgesucht. Nach allem, was ihr auch nur in Ansätzen privat erschien, nach Briefen, Kondolenzschreiben, nach wenigstens so etwas wie einem Telefonbüchlein mit Einträgen wie »Tante Inge« oder »Onkel Heinz«, nach irgendjemandem, den sie befragen könnte. Aber sie wurde nicht fündig, Oscar schien nicht einmal Freunde zu haben, was ihr seltsam vorkam. Andererseits: Sie selbst hatte ja auch keine.

Ella hatte überlegt, zum Lagerraum zu fahren und Henris zerlegtes Zimmer zu durchforsten. Allerdings hatte sie beim Ausräumen sämtliche seiner Sachen in den Händen gehalten, und da waren keinerlei Papiere dabei gewesen. Und ob ihr eine Plastikfigur von *Lego Ninjago* oder *Star Wars* weiterhelfen könnte, bezweifelte sie doch stark. Auch wenn sie für den Bruchteil einer Sekunde in ihrer Verzweiflung sogar in Erwägung gezogen hatte, trotzdem nach diesem Strohhalm zu greifen, sich Darth Vader zu schnappen und ihn mit hypnotischem Blick anzubrüllen: »Nun hilf mir schon! Möge die Macht mit mir sein!« Schwachsinn, natürlich, aber in der Not fraß der Teufel Fliegen, und Emilia Faust dachte über irre Maßnahmen nach.

Dann war ihr die Idee gekommen, bei einem Nachbarn zu klingeln und dort ihr Glück zu versuchen. Aber sie hatte den Gedanken sofort wieder verworfen. »Nachbar« war hier draußen, mit Grundstücken jedes so groß wie der Freistaat Bayern, ein dehnbarer Begriff – und sie konnte nicht wissen, ob man sich überhaupt kannte und mochte. Nicht auszudenken, sie geriet dabei an irgendjemand, dem die de Wittsche Buchsbaumhecke, die zwei Zentimeter zu weit in sein Anwesen ragte, schon immer ein Dorn im Auge war, und der dann, mit Ellas Auftauchen, die willkommene Gelegenheit sah, Oscar mal so richtig eins reinzuwürgen. Sie ahnte zwar, dass ihre Fantasie wieder mit ihr durchzugehen drohte, aber sie wollte jedes Risiko vermeiden, dass ihr Chef von irgendeinem anderen Menschen als von ihr die ganze grauenhafte Wahrheit erfuhr.

So blieb ihr nichts anderes übrig, als auf dem Sofa zu

liegen und auf Oscars Rückkehr zu warten, der gerade mit Dr. Specht beim *Lunch* saß. Sie hoffte inständig, der Seelenklempner möge nicht noch mehr auf dem Kasten haben und bei Oscar weitere Lämpchen zum Erleuchten bringen. Doch gleichzeitig, während sie sich bang die Frage stellte, wie wahrscheinlich das war, kam ihr eine andere Erkenntnis: Es war ja überhaupt nicht mehr schlimm, wenn der Arzt Oscars Gedächtnis auf die Sprünge half! Die wahren Umstände ihres Zusammentreffens hatte sie bereits gebeichtet, da war sie also auf der sicheren Seite. Und dass sie längst wusste, dass Oscar Frau und Sohn gehabt hatte und es vor ihm verheimlicht hatte – das müsste ihr erst einmal jemand *beweisen*. Sie könnte sich schlicht und ergreifend komplett ahnungslos und überrascht geben, sobald es ihm wieder einfallen würde.

Abrupt setzte sie sich auf und klatschte erfreut in die Hände, ihr konnte ja gar nichts mehr passieren! Im Gegenteil, sie sollte alles daransetzen, den guten Dr. Specht zu unterstützen! Am besten, sie würde so bald wie möglich ebenfalls einen Termin bei ihm vereinbaren, um mit ihm zu besprechen, wie genau ihre Rolle in Sachen »Wir heilen Oscars Amnesie« aussehen könnte.

Das Kinderzimmer, spukte es ihr durch den Kopf. Seufzend legte sie sich wieder hin. Käme Oscars Erinnerung zurück, wüsste er dann natürlich auch, dass der Raum oben nicht leer gewesen war. Dass vermutlich er selbst ihn abgeschlossen hatte, um alles, was sich darin befand, vergessen zu können. In Ordnung, das war ein Problem – aber keines, das nicht zu lösen wäre. Sie würde die Sachen einfach wieder vom Lager zurückbringen lassen und so tun, als wäre nichts gewesen. Wenn sie schnell war, würde sie das in den nächsten zwei Stunden noch hinbekommen!

Erneut sprang sie auf, zu allen Schandtaten bereit. Und legte sich drei Sekunden später wieder hin. Nein, Unsinn, das ging ja gar nicht. Sie hatte doch bereits mit Oscar in dem Zimmer gestanden und ihm erklärt, dass sie es so vorgefunden hatte. Würde sie ihm glaubhaft weismachen können, er habe das nur geträumt, er würde einer Halluzination aufsitzen, einer Fata Morgana, einer wahnwitzigen Idee? Sie hielt es für wesentlich wahrscheinlicher, dass Oscar de Witt sie daraufhin in den Türrahmen tackern würde ...

»Ommm, ommm, ommmmm.« Sie fuhr hoch, sie *konnte* hier nicht so liegen bleiben. Sie musste etwas tun. Irgendwas. Sie stand auf, wanderte rastlos im Wohnzimmer umher, warf unwillkürlich einen Blick in sämtliche Ecken, um sich davon zu überzeugen, dass der Reinigungsdienst gute Arbeit geleistet hatte, um wenigstens etwas Sinnvolles zu machen.

Neben Oscars Stressless-Sessel blieb sie stehen. Sah das Buch auf der Lehne. *Der Brief* von Sebastian Fitzek. Ein Geschenk von ... Ella nahm es zur Hand und schlug es vorn auf der ersten Seite auf.

Lieber Oscar de Witt,

wie gewünscht ein Exemplar des ersten Thrillers von Sebastian Fitzek bei Griefson & Books. Ich wünsche Ihnen damit spannende Unterhaltung!
Ihr
Jonathan N. Grief

22

Zwar hatte sie Oscar davon abgeraten, diesen Jonathan Grief zu kontaktieren, ehe er nicht mehr über seine eigene Vergangenheit wusste – aber das traf auf sie selbst natürlich nicht zu. Sie würde ihn anrufen und hoffte, durch geschickte, aber unverfängliche Fragen etwas mehr über ihren Chef, dessen Frau und deren gemeinsamen Sohn herauszufinden.

Ella ging mit dem Buch in Oscars Büro und setzte sich vor ihr Notebook, suchte die Kontaktdaten vom Verlag Griefson & Books und fand sie auf Anhieb, sogar die direkte Durchwahl von Jonathan Grief. Es war kurz nach drei, demnach herrlichste Bürozeit, also wählte sie die Nummer und wartete mit klopfendem Herzen das Tuten ab.

»Griefson & Books, Jonathan Griefs Büro«, meldete sich eine weibliche Stimme nach dem zweiten Klingeln. »Schröder am Apparat.«

»Ja, guten Tag«, sagte Ella. »Mein Name ist Emilia Faust, und ich hätte gern Herrn Grief gesprochen.«

»In welcher Angelegenheit?«, kam es etwas zickig zurück.

Das geht dich nichts an, dachte Ella, sagte stattdessen aber brav: »Das ist privat.«

»Privat?« Noch zickiger, sie konnte acht Fragezeichen mitschwingen hören, Herr Grief schien nicht oft persönliche Anrufe zu erhalten. Erneut musste Ella sich auf die Lippen beißen, um dieser Frau Schröder kein »Ja, ich möchte wissen, wann Herr Grief eigentlich gedenkt, mir endlich Unterhalt für sein uneheliches Kind zu zahlen!« um die Ohren zu hauen. Ha! *Das* wäre ein Spaß! Nur leider wenig zielführend. »Da muss ich kurz mal nachfragen«, teilte die Frau ihr mit. »Wie war noch einmal Ihr Name?«

»Emilia Faust«, wiederholte sie gehorsam. Rief dann aber, als ihr klar wurde, dass ihr Name Jonathan Grief nichts sagen würde, ein »Es geht um Oscar de Witt!« hinterher.

»Einen Augenblick bitte.«

Dumm, didumm, didummdidummdidummmmm, legte *Die kleine Nachtmusik* los, die Großmutter aller Warteschleifen. Ella massierte sich mit den Fingern eine Schläfe. In der Leitung erklang ein Knacken.

»Jonathan Grief.« Die Stimme war angenehm und freundlich. Nicht zu tief und nicht zu hell. »Was kann ich für Sie tun, Frau Faust?«

Hui, er hatte sich gleich ihren Namen gemerkt, ein Kavalier der alten Schule.

»Entschuldigen Sie bitte die Störung«, sagte Ella. »Ich rufe an, weil ich hoffe, dass Sie mir in einer Angelegenheit helfen können.«

»Dann legen Sie mal los!«

»In Ordnung.« Und dann wusste sie nicht mehr, was sie sagen sollte. Erst jetzt wurde ihr klar, dass sie in ihrer Euphorie zum Hörer gegriffen hatte, ehe sie sich überlegt hatte, was genau sie diesem Jonathan Grief eigentlich erzählen wollte. Mist. Die Wahrheit über Oscars Amnesie kam nicht infrage; sie wusste ja gar nicht, in welchem Verhältnis die beiden zueinanderstanden. Aber was dann? *Was – dann?*

»Sind Sie noch dran, Frau Faust?«

Sie räusperte sich. »Ja, natürlich.« Wieder Flipperkugeln im Kopf. Ach. *Was soll's?*, dachte sie. Jonathan Grief hatte Oscar ein Buch geschenkt – tat man das, wenn man denjenigen nicht ausstehen konnte? Eher nicht. Sie hatte keine Kraft mehr für komplizierte Lügenkonstrukte, sie brauchte jetzt jemanden, dem gegenüber sie aufrichtig sein konnte. Einen *Partner in Crime*, wie Oscar es genannt hatte. Und wenn Jonathan Grief ein Freund war, dann würde er zumindest die Sache mit der toten Frau und dem verschwundenen Kind ja ohnehin schon wissen.

Also legte sie los, erzählte diesem fremden Mann, von dem sie nicht mehr wusste, als dass er einen Verlag und eine angenehme Telefonstimme hatte, alles, was sie bedrückte. Von dem Unfall und Oscars Gedächtnisverlust, von seinem verwahrlosten Haus und dass er selbst aufgrund seines Zustands keine Ahnung hatte, dass seine Gattin nicht mehr lebte und sein Sohn sonst wo steckte.

Jonathan Grief sagte die ganze Zeit über nichts, gab nur hin und wieder ein erstauntes »Oh« von sich, ließ sie aber ansonsten reden und reden und reden. Und es tat gut, dieses Reden, es tat *so gut*. Möglicherweise hätte ein Anruf bei der Telefonseelsorge den gleichen Effekt gehabt, vielleicht sogar, wenn Ella in irgendeine Warteschleife hineingeplappert hätte (nur nicht gerade zu den Klängen der *Kleinen Nachtmusik*), denn es war, als würde sich in ihr ein Ventil öffnen, so dass das, was sich in ihr angestaut hatte, herausströmen konnte, was ihr große Erleichterung verschaffte.

»Ich habe diesen Blog, wissen Sie?«, kam sie schließlich vom Hölzchen aufs Stöckchen.

»Ja«, erwiderte Jonathan Grief. Vermutlich aus purer Höflichkeit, denn er konnte natürlich keine Ahnung haben, dass Ella einen Weblog betrieb.

»*Better Endings*, da schreibe ich Romane und Filme um, die nicht gut ausgehen. Ich überlege mir ein neues Ende und stelle es dann für meine Leser ein. Weil ich überzeugt davon bin, dass unser aller Leben so viel schöner, so viel besser ist, wenn es mehr Happy Ends im Universum gibt. Und weil ich daran glaube, wünsche ich mir für Herrn de Witt eben auch ein Happy End, wenn Sie verstehen, was ich meine. Das kann es aber nur geben, wenn ich seinen Sohn finde und die beiden wieder zusammenbringe.« Mittlerweile schluchzte sie, was ihr ein bisschen peinlich war, aber sie konnte es nicht verhindern. Die Schleusen waren geöffnet, und Jonathan Grief bekam nun die Bugwelle ab.

Doch statt sie zu fragen, ob sie noch ganz richtig tickte, hörte sie ihn nur leise lachen.

»Also hoffe ich, dass Sie mir helfen können und eventuell wissen, wo Henri de Witt steckt. Oder ob Sie jemanden kennen, der es weiß«, beendete sie ihren Vortrag. »Dabei möchte ich Sie darum bitten, dass das, was ich Ihnen gerade erzählt habe, unter uns bleibt und Sie es auf gar keinen Fall Oscar erzählen, wenn das möglich ist.«

»Natürlich nicht«, kam es sofort vom anderen Ende der Leitung, und Ella atmete erleichtert auf. »Es gibt da nur ein Problem«, sagte der Mann.

»Nämlich?«

»Ich kenne gar keinen Oscar de Witt.«

»Nein?«

»Ich bedaure, nein.«

»Aber wieso hat man mich dann zu Ihnen durchgestellt?«, rief sie und hörte selbst, wie entsetzt sie dabei klang. »Als Ihre Sekretärin von mir wissen wollte, worum es geht, habe ich ihr den Namen Oscar de Witt genannt – und, schwupps, hatte ich Sie am Apparat.«

Wieder lachte er. »Sie hätten auch sagen können, es ginge um den Papst«, erklärte er ihr. »Ich lasse anrufende Damen nicht von meinem Vorzimmer abwimmeln.« *Das solltest du mal der lieben Frau Schröder mitteilen*, dachte Ella, wollte sich aber nicht mit Nebenkriegsschauplätzen aufhalten. »Tatsache ist, dass mir kein Oscar de Witt bekannt ist.«

»Das kann nicht sein!«, beharrte sie. »Sie haben ihm doch ein Buch geschenkt! Ich halte es hier«, als könnte er es sehen, wedelte sie mit Fitzeks Thriller hin und her, »in meiner Hand.«

»Frau Faust«, er klang gütig und sanft, »mir gehört ein Verlag. Haben Sie eine Vorstellung davon, wie viele Bücher ich verschenke?«

»Ich dachte immer, Verlage *verkaufen* Bücher!«

Erneut erklang ein fröhliches und warmes Lachen. »Ja, natürlich.« Er senkte die Stimme. »Verraten Sie es niemandem, aber ich als Verleger darf tatsächlich umsonst welche rausrücken.«

»In das hier haben Sie sogar etwas hineingeschrieben!«

»Auch das tue ich öfter.«

»Wie stehen Sie denn wirtschaftlich so da?«

»Wie meinen Sie?«

»Ach, vergessen Sie es!«, sagte sie frustriert. »Das war nur ein blöder Scherz.«

»Hören Sie, Frau Faust, ich möchte Ihnen wirklich gern helfen, zumal die Geschichte, die Sie mir erzählt haben, überaus dramatisch klingt.« Er schmunzelte. »Fast so, als sei sie einem Roman entsprungen.«

»Leider nicht«, entgegnete sie seufzend. »Es ist die traurige Wahrheit.«

»Um welches Buch handelt es sich denn? Also das, was ich verschenkt habe? Und was habe ich hineingeschrieben?«

Ella nannte ihm Autor und Titel und las ihm die Widmung vor.

»Hm«, erwiderte er. »Den Fitzek habe ich sehr oft verschenkt. Sie müssen wissen, dass wir sehr stolz waren, ihn als Autor für unseren Verlag gewinnen zu können, da habe ich in meiner Begeisterung eine Menge Freiexemplare unter die Leute gebracht.«

»Schade.« Ellas Frustration stieg ins Unermessliche.

»Es geht um einen achtjährigen Jungen, sagen Sie? Der verschwunden ist?«

»Ja«, bestätigte sie. »Henri. Henri de Witt.«

»Warten Sie ...« Er machte eine Pause, dachte offenbar nach. »Meine Freundin Hannah hat in Hamburg einen Kinderladen«, erklärte er.

»Mit Klamotten und so?«

»Nein, nein, mehr eine private Kita. Die *Rasselbande*, da können Eltern ihren Nachwuchs stundenweise pa...« Er unterbrach sich, und Ella ahnte, dass ihm beinahe das Wort *parken* herausgerutscht wäre. »... von ausgebildeten

Erziehern und bei einem tollen Programm betreuen lassen. Und ich meine ... ich meine ... ich meine ...« Erneut schwieg er einen Moment. »Ja, doch, jetzt weiß ich es wieder!«, rief er dann aus. »Vor einiger Zeit, so gegen Anfang des Jahres, habe ich Hannah im Laden besucht. Dabei traf ich auf einen etwas aufgebrachten Vater, der seinen Sohn einsammeln wollte und gerade mit meiner Freundin diskutierte. Wenn ich mich recht erinnere, ging es darum, dass die Mutter des Jungen ihn nicht als Abholer angegeben hatte und Hannah natürlich zuerst klären musste, ob sie ihm das Kind überhaupt mitgeben darf.«

»Und deshalb war er aufgebracht?«

»Ganz genau kann ich es Ihnen nicht sagen. Ich glaube, er stand unter Zeitdruck und musste dringend los, irgend so etwas. Jedenfalls habe ich ihn mir geschnappt, mich draußen mit ihm auf eine Bank gesetzt und mit ihm geplaudert, während Hannah versucht hat, die Mutter zu erreichen. Tja«, er räusperte sich, »bei unserem Gespräch hat sich herausgestellt, dass er ein ziemlicher Fitzek-Fan ist, und weil ich gerade ein paar Exemplare im Auto dabeihatte, habe ich ihm eins geholt und auch was reingeschrieben. Gut möglich, dass der Mann de Witt hieß – aber das weiß ich wirklich nicht mehr.«

»Das war er bestimmt!«, rief Ella euphorisch aus.

»Die Frage ist nur, was uns das bringt.«

»Stimmt«, gab sie ihm recht, und sofort sank ihre Stimmung wieder auf den Nullpunkt. »Leider rein gar nichts.«

»Vielleicht aber doch.«

»Nämlich?«

»Rufen Sie doch mal meine Freundin an, Hannah

Marx. Wenn der Junge bei ihr betreut wurde, muss sie auch seine Daten haben.«

»Gute Idee! Geben Sie mir den Kontakt?«

»Nein.«

»Was?«

»Ein Scherz, Frau Faust. Haben Sie etwas zu schreiben?« Er nannte ihr Rufnummer und Adresse der *Rasselbande*, und Ellas Hand zitterte regelrecht, während sie alles notierte.

»Vielen Dank, Herr Grief!«

»Keine Ursache. Ich wünsche Ihnen viel Glück! Ihnen – und Herrn de Witt.«

Sie verabschiedeten sich, sofort wählte Ella die Nummer der *Rasselbande*. Doch bevor sich die Verbindung aufgebaut hatte, legte sie auf. Es wäre besser, persönlich in dem Kinderladen vorbeizuschauen.

Gerade hatte sie die Haustür hinter sich zugezogen, als ihr Handy klingelte. Sie fischte es aus ihrer Handtasche und warf einen Blick aufs Display. Philip. Kurz überlegte sie, ob sie den Anruf wieder wegdrücken oder ins Leere laufen lassen sollte, zumal es ihr unter den Nägeln brannte, so schnell wie möglich zur *Rasselbande* zu kommen. Andererseits war Ella auch neugierig, was Philip nach ihrem gestrigen Zusammentreffen wollte, und in welcher Stimmung er war. Also drückte sie auf den grünen Hörer.

»Hallo, Philip«, begrüßte sie ihn. »Warte bitte einen Moment.« Sie griff erneut in die Tasche und kramte ihre Kopfhörer hervor, steckte sie ins Handy und drückte die Stöpsel in ihre Ohren. So würde sie mit Philip sprechen, aber trotzdem schon losfahren können. »Da bin ich«, sagte sie, während sich das Garagentor öffnete.

»Du wolltest mich doch anrufen.«

»Ja«, stimmte sie ihm zu. »Aber die Rede war nicht *von gleich morgen*.« Sie zielte mit dem Autoschlüssel auf die Türen des Mercedes, klickte sie auf und nahm am Steuer Platz.

»Tut mir leid«, sagte Philip. »Ich will dich auch nicht nerven, aber das Warten macht mich ganz verrückt.«

»Kann ich verstehen.« Und das konnte sie wirklich. Ahnungslos im luftleeren Raum zu hängen war auch für Ella nur schwer auszuhalten. Gab es überhaupt einen Menschen, der so etwas gut ertragen konnte? »Allerdings weiß ich gar nicht so genau, worauf du wartest.«

»Na, dass wir noch einmal in Ruhe über alles reden.«

»Für Ruhe ist gerade nicht der richtige Zeitpunkt.« Mit diesen Worten ließ sie den Wagen an und rollte nach draußen auf den Kiesweg.

»Wo bist du eigentlich?«

»Bei Oscar«, erklärte sie und meinte, ein unzufriedenes Grummeln von ihm zu vernehmen. Vielleicht war es aber auch nur ein Motorengeräusch.

»Ich muss zugeben, dass mich unsere Begegnung gestern ziemlich aufgewühlt hat.«

»Hast du denn dein Fahrrad gefunden?«

»Was?«

»Deshalb warst du doch da«, sagte sie. »Um dein Fahrrad zu suchen.«

»Jetzt vergiss mal das blöde Rad!«

»Entschuldigung, ich wollte es ja nur wissen.«

»Ja«, erwiderte er. »Hab ich. Und es gleich auf dem Sperrmüll entsorgt.«

»Oh, so schlimm?«

»Egal! Das Ding ist mir vollkommen egal. Aber *du* bist mir nicht egal.«

»Seit wann das denn?«

»Schon immer!«, rief er aus. »Was ist denn das für eine Frage?«

»Eine berechtigte, wie ich finde.«

Einen Moment lang sagte er nichts, dann sprach er mit leiser Stimme weiter. »Ella, seit gestern denke ich eine ganze Menge nach.«

»Seit gestern immerhin schon? Respekt!«

»Hör mir bitte zu!« Nun klang seine Stimme erstaunlich scharf. »Dieser de Witt … Irgendwie gefällt mir der nicht. Ich kann dir gar nicht genau sagen, weshalb, aber es ist so.«

Ella musste ein Prusten unterdrücken, nahm eine Hand vom Lenkrad und biss sich in die Faust, um nicht laut loszulachen »Philip«, sagte sie dann so ruhig wie möglich, »diese C. gefällt mir auch nicht. Im Gegensatz zu dir kann ich aber durchaus sagen, was der Grund dafür ist. Ich glaube, es hat etwas damit zu tun, dass sie mit meinem Verlobten geschlafen hat und ihn außerdem davon abhalten will, mich zu heiraten, während ich voller naiver Freude unsere Hochzeit vorbereite.« Gedankenverloren nickte sie mit dem Kopf. »Doch«, fügte sie hinzu. »Ich glaube, das ist so ziemlich genau der Punkt, der mir an ihr nicht gefällt.«

»Ich habe mit ihr Schluss gemacht.«

Vor Schreck hätte Ella beinahe das Steuer verrissen und schaffte es nur mit Mühe und Not, das Schlingern des Wagens abzufangen und ihn zurück auf die Straße zu lenken. »Du hast was?«, entfuhr es ihr, während ihr Herz gefühlt mehrere Schläge lang aussetzte.

»Ich habe die Sache beendet«, bestätigte er. »Weil es nicht richtig war.«

»Mir war gar nicht klar, dass es da etwas zu beenden *gab*. Du hast doch behauptet, ihr hättet keine Beziehung!«

Schweigen.

»Philip?«

»Ella, ich bekomme gerade einen Anruf über die andere Leitung rein«, sagte er gehetzt. »Ich melde mich gleich noch einmal.«

»Brauchst du nicht!«, rief sie in den Hörer. Aber da hatte er schon aufgelegt.

Im weiteren Verlauf der Fahrt musste Ella sich erneut sehr konzentrieren, um weder Leib noch Leben irgendwelcher anderen Verkehrsteilnehmer oder aber Oscars Mercedes zu gefährden. Sie verspürte Übelkeit, ihre Hände waren eiskalt, und während sich ihr Herz gerade eben erst angefühlt hatte, als würde es seinen Dienst quittieren, raste es nun schon wieder in ihrer Brust. Philip hatte die Sache also beendet. *Beendet?* Was sollte das bedeuten? Dass es mit dieser C. viel mehr als nur ein Ausrutscher gewesen war, er in Wahrheit schon seit Monaten eine Parallelbeziehung mit ihr führte? So etwas konnte sich Ella beim besten Willen nicht vorstellen, es passte schlicht nicht zu ihrem Philip. Andererseits passte da gerade so einiges nicht zusammen, Ella war vollkommen konfus und hatte keine Ahnung, was sie noch denken sollte, was sie noch *glauben* konnte. War das, was Philip ihr verschwiegen hatte, in Wirklichkeit noch viel, viel schlimmer als angenommen? Und was hatte ihn dann dazu getrieben, ein regelrechtes Doppelleben zu führen? Von dem sie, Ella, nichts das Geringste bemerkt hatte?

Wie viel Chuzpe, wie viel Skrupellosigkeit war nötig, um so etwas durchzuziehen?

Ganz kurz, nur für die Dauer eines Wimpernschlags, flüsterte ihr eine leise Stimme zu, dass sie selbst auch nicht gerade ein Veilchen im Moose war, wenn es um solche Dinge ging. Aktuell nicht Oscar gegenüber, und auch bei Philip ... Aber auf diesen Gedanken ließ sie sich erst gar nicht ein, denn die Situation war mit dieser hier nicht mal in Ansätzen zu vergleichen.

Ihr Handy klingelte erneut, sie nahm den Anruf ohne jedes Zögern an, denn nun war sie fest entschlossen, den Stier bei den Hörnern zu packen.

»So, du hast also mit ihr Schluss gemacht?«, blökte sie aus dem Stand los. »Und warum hast du mir dann erzählt, dass ihr gar keine Beziehung habt, du Lügner?«

Philip sagte nichts, mit ihren Worten schien sie ihm den Wind aus den Segeln genommen zu haben.

Oder aber: Es war gar nicht Philip.

»Mit wem habe ich Schluss gemacht?« Cora. Sofort erkannte Ella die Stimme ihrer Freundin. »Tut mir leid, ich verstehe nur Bahnhof.«

»Ach, du bist es!«

»Wow! Mit so viel Enttäuschung wurde ich schon lange nicht mehr begrüßt.«

»Tut mir leid, ich hatte einen Rückruf von Philip erwartet.«

»Ihr sprecht also wieder miteinander?«

»Streiten«, korrigierte Ella, »wir streiten miteinander.«

»Klingt nicht so gut.« Cora konnte den frohlockenden Unterton in ihrer Stimme nicht verbergen.

»Freu dich nicht zu früh«, gab Ella zurück.

»Wie kommst du darauf, mich würde das freuen?«

»Tut es das nicht?«

»Doch.«

»Na siehste.« Gegen ihren Willen musste Ella schmunzeln.

»Sag mal«, wechselte Cora das Thema. »Ich wollte dich eigentlich nur fragen, was du heute Abend machst.«

»Keine Ahnung. Vielleicht kaufe ich mir einen Baseballschläger und statte Philip einen Besuch ab.«

»Da habe ich eine bessere Idee.«

»Nämlich?«

»Ich habe einen Tisch bei Da Riccardo reserviert und wollte dich fragen, ob wir uns um sieben zum Essen treffen können. Lass uns doch mal Nägel mit Köpfen machen, okay?«

»Cora, ich weiß nicht ...« Da Riccardo war jahrelang Coras und Ellas Lieblingsitaliener gewesen, bei dem sie regelmäßig, wenn auch selten – dafür waren die Preise einfach zu gesalzen – essen gegangen waren, wenn es etwas zu feiern gab. Zuletzt, so erinnerte sich Ella dunkel, war das passiert, nachdem sie die Gründung von *Die gute Fee* unter Dach und Fach gebracht hatten.

»Komm schon!«, drängte Cora. »Um der alten Zeiten willen. Ich lad dich auch ein.«

»Du lädst mich ein?«

»Japp.«

»Okay, ich bin um sieben da!«

Nachdem sie das Gespräch beendet hatten, hatte sich Ellas innerer Aufruhr wie von Zauberhand gelegt. Möglich, dass Philip ein verlogener Idiot war – aber die Tatsache, dass ihr das Schicksal unverhofft die langjährige Freundin zurückbrachte, versöhnte sie ein wenig. Sie zwinkerte dreimal nacheinander, diesmal als eine dankbare Geste.

Dann fädelte sie sich in den Verkehr auf der Alsenstraße ein und drückte aufs Gaspedal. Laut Navi hätte sie in zehn Minuten den Kinderladen im Eppendorfer Weg erreicht – sie war sehr gespannt darauf, welche Erkenntnisse ihr dieser Besuch bringen würde. Ihr Bauch funkte ihr recht eindeutig, dass sie kurz davor war, ein weiteres wichtiges Puzzlestück des großen Rätsels um Oscar de Witt zu finden. Und es mit etwas Glück mit ein paar anderen Teilen zusammenfügen zu können.

23

Im Gegensatz zu Jonathan Grief reagierte Hannah Marx, eine hübsche Frau mit wilden roten Locken, schockiert, als Ella eine gute halbe Stunde später vor ihr saß und ihr von Oscar, Francine und Henri berichtete. Sie hatte die *Rasselbande,* ein liebevoll eingerichteter Kinderclub im Herzen von Hamburg, auf Anhieb gefunden. Bei ihrer Ankunft war sie von dem Lärmpegel im Laden zunächst wie erschlagen gewesen. Eine Horde von kreischenden und lachenden Knirpsen hatte sich in einem großen Spielzimmer zu lautstarker Musik eine Kissenschlacht geliefert, bei der auch zwei erwachsene Frauen mitgemischt hatten. Hannah hatte Ella auf ihre Frage, ob sie mit ihr reden könnte, in eine kleine Teeküche geführt. Dort hatte sie der Erzieherin dann erzählt, was sie bereits Jonathan Grief am Telefon gesagt hatte.

»Nein!«, kommentierte Hannah Marx tonlos, sobald Ella ihr die Ereignisse geschildert hatte. »Francine de Witt ist – tot? Das kann ich gar nicht glauben!«

»Leider ist es so«, bestätigte Ella.

»Aber wie denn? Und wann?« Die Kindergärtnerin war kreidebleich.

»Vor einem halben Jahr. Wie es passiert ist, kann ich Ihnen nicht sagen.«

»Die arme Frau«, sagte Hannah und wischte sich verstohlen mit dem Handrücken über die Nase. »Und der arme Henri.«

»Dann war der Junge also bei Ihnen?«

»Ja«, antwortete sie. »Nicht oft, eigentlich war er für uns schon zu alt, wir betreuen nur bis zum Alter von sechs Jahren. Wir haben ihn dann trotzdem aufgenommen, weil seine Mutter einen so verzweifelten Eindruck gemacht hat.«

»Verzweifelt?«

Hannah Marx nickte. »Ja, Frau de Witt war vor etwa einem Jahr zum ersten Mal mit Henri bei uns und sagte, sie sei beruflich extrem unter Druck, weil sie an einem wichtigen Projekt arbeiten würde. Deshalb suche sie dringend nach einer Betreuung außerhalb der Schulzeiten, vor allem spätnachmittags, abends und hin und wieder am Wochenende. Zu Hause mit Babysitter würde das nicht funktionieren.« Sie zuckte mit den Schultern. »Wie gesagt, da haben wir dann eine Ausnahme gemacht, weil sie wirklich sehr hilflos wirkte und wir sowieso gerade noch Kapazitäten frei hatten.«

»Was für ein Projekt war das denn?«

»Keine Ahnung, ich habe sie nicht danach gefragt. Geht mich ja auch nichts an.«

»Und was war mit Henris Vater?«

Die Erzieherin zog die Stirn kraus. »Das war, rückblickend betrachtet, etwas seltsam. Das heißt, der Mann war irgendwie seltsam.«

»Seltsam?«, hakte Ella nach, obwohl sie Oscar de Witt ja ebenfalls etwas seltsam fand. Manchmal, jedenfalls. In Phasen. Blaubart und so.

»Ich habe ihn nur einmal erlebt, aber da hatte er hier einen ganz komischen Auftritt.«

»Inwiefern?«

»Also …« Dann unterbrach sie sich und sah Ella entschuldigend an. »Ach, wissen Sie, ich weiß gar nicht, ob es richtig ist, Ihnen das zu erzählen.«

»Ich behalte es für mich«, versprach sie.

Doch sie schüttelte den Kopf. »Darum geht es nicht, Frau Faust. Ich kann hier nicht über Eltern sprechen, die uns ihre Kinder anvertrauen.«

»Bitte!«, sagte Ella und war versucht, nach der Hand der Erzieherin zu greifen, tat es aber nicht. »Ich will doch nur Henri finden und verstehen, was da passiert ist! Vielleicht kann ich ja helfen.«

Hannah Marx zögerte noch immer. Doch dann gab sie sich einen Ruck. »In Ordnung. Aber nur, weil die ganze Sache echt eigenartig ist und ich mich frage, wo Henri steckt und ob es ihm gut geht.« Sie machte eine kurze Pause, als würde sie ihre Gedanken sortieren. »Also«, fing sie dann erneut an, »das alles ist schon eine Weile her, aber wenn ich mich recht erinnere, war es so, dass Frau de Witt Henri hin und wieder gebracht und auch immer selbst abgeholt hat. Einen Vater hat sie nie erwähnt, ich war eigentlich davon ausgegangen, dass sie alleinerziehend ist. Gerade für Single-Mütter sind wir natürlich ein Segen, weil sie keinen Partner haben, der sie entlastet. Und sei es nur, um auch mal ein bisschen Zeit für sich selbst zu haben.«

»Ja«, sagte Ella, »das kann ich gut verstehen.«

»Umso überraschter war ich, als dieser de Witt eines Tages unangekündigt auftauchte und die Herausgabe seines Sohnes verlangte. Ich weiß noch, dass seine Frau den

Jungen kurz zuvor gebracht hatte und ihn erst Stunden später abholen wollte, deshalb war ich über den Auftritt ihres Mannes umso erstaunter.«

»Und dann?«

»Ich habe ihm gesagt, dass ich das mit seiner Frau klären müsse. Schließlich hatte sie ihn nicht als Abholperson angegeben, und da musste ich sicher sein, dass alles seine Richtigkeit hatte. Wissen Sie, es gibt ja auch getrennte Elternteile, die sich ums Sorgerecht streiten oder sonst wie über Kreuz liegen, da brauche ich eine Genehmigung und kann ein Kind nicht einfach seinem vermeintlichen Papa mitgeben.«

»Klingt logisch.« Ihr Magen krampfte sich bei der Vorstellung zusammen. Erwachsene Menschen, die ihre Konflikte miteinander auf dem Rücken ihrer Kinder austrugen, fand sie einfach nur … einfach nur … nur.

»Zum Glück kam mein Freund gerade vorbei. Jonathan, mit dem Sie ja vorhin telefoniert haben. Er hat sich mit Herrn de Witt nach draußen gesetzt und mit ihm gewartet, bis ich Henris Mutter erreicht hatte.«

»Und das ist Ihnen gelungen?«

»Ja. Ich habe sie angerufen und ihr die Sachlage geschildert.«

»Wie hat sie reagiert?«

»Na ja«, Hannah Marx schlug sich mit den Händen auf die Oberschenkel, »damals dachte ich, sie sei einfach nur überrascht, dass ihr Mann bei uns aufgekreuzt ist, denn sie hat zweimal nachgefragt, ob ich ganz sicher bin. Das war ich, denn ich hatte mir seinen Ausweis zeigen lassen. Außerdem hatte Henri seinen Vater schon gesehen und freudig begrüßt.«

»Warum soll sie dann überrascht gewesen sein?«

»Das weiß ich natürlich nicht, aber ich hab halt angenommen, bei den beiden hätte es ein Missverständnis gegeben oder so. Kommt ja auch mal umgekehrt vor.«

»Umgekehrt?«

»Na ja, dass *gar keiner* auftaucht. Die Mutter denkt, der Vater holt das Kind, der Vater denkt, die Mutter macht das – und letztlich kommt dann niemand.«

»Also haben Sie gedacht, die Eltern hätten sich nur schlecht abgesprochen, und der Vater hätte Henri entweder gar nicht abholen sollen oder war zu früh dran?«

»Ach, wissen Sie, Frau Faust«, erneut klatschte sie sich auf die Oberschenkel, »wenn ich ehrlich bin, habe ich gar nichts groß gedacht. Nachdem Frau de Witt mir sagte, ich könne den Jungen seinem Vater mitgeben, war das Thema für mich erledigt. Erst jetzt, nachdem Sie mir das alles erzählt haben, kommt es mir eben komisch vor.« Sie wiegte den Kopf hin und her. »Vor allem die letzte Bemerkung von Herrn de Witt, als er für die eine Stunde, die Henri letztlich nur da gewesen war, bezahlte.«

»Was hat er denn gesagt?«

»Er hat sich bedankt und mir mitgeteilt, dass sie unsere Dienste in Zukunft nicht mehr in Anspruch nehmen würden.« Ein schiefes Lächeln stahl sich auf ihr Gesicht. »So ungefähr jedenfalls hat er es formuliert, wahnsinnig höflich, aber total steif. ›Wir werden Ihre Dienste nicht mehr in Anspruch nehmen‹.« Sie schmunzelte. »Von Jonathan kenne ich diese gestelzte Ausdrucksweise auch, das ist so ein typischer Hanseaten-Sprech der Herren aus vermeintlich gutem Hause.« Sie lachte. »Und der Herren in den besten Jahren.«

Nun musste Ella ebenfalls lachen. »Mein Freund hat so etwas auch drauf«, meinte sie. »Und das liegt nicht an den besten Jahren, das ist vermutlich eher eine Art der vorzeitigen Vergreisung.« Sie grinsten sich verschwörerisch an, mit einem Mal hatte Ella das Gefühl, bei ihrer Mission einen weiteren *Partner in Crime* gefunden zu haben.

Und sie sollte mit dieser Einschätzung richtigliegen, denn im nächsten Moment schlug Hannah Marx sich mit einer Hand gegen die Stirn und sprang von ihrem Stuhl hoch. »Mensch, jetzt hab ich eine Idee!«, rief sie aus und stürzte nach draußen in den Vorraum der *Rasselbande*. Eine Minute später kehrte sie mit einem weißen Aktenordner zurück, den sie bereits aufschlug, während sie sich hinsetzte. »Darin sind die Anmeldebögen für alle Kinder«, erklärte sie auf Ellas fragenden Blick.

»Und darin suchen Sie jetzt nach Henri de Witt?«

»Exakt«, bestätigte Hannah Marx und blätterte Seite für Seite um. Dann hielt sie inne. Und lächelte breit. »Da haben wir es ja schon.« Sie drehte den Ordner auf ihrem Schoß so herum, dass Ella das Anmeldeformular lesen konnte. »Bingo!«, sagte sie. »Wir haben einen Notfallkontakt.«

Ella ließ ihren Blick über die handschriftlich ausgefüllten Felder wandern, bis sie die Zeile »Im Notfall zu kontaktieren« erreichte. Tatsächlich stand da nicht der Name Oscar de Witt. Sondern Olivier und Kathrin Dubois. »Vielleicht Francine de Witts Bruder?«, mutmaßte sie. »Ihr Mädchenname war Dubois.«

»Gut möglich. Oder ihre Eltern oder sonst wer.«

»Das ist nicht weit entfernt von hier«, meinte Ella,

denn neben einer Handynummer war als Adresse der Leinpfad notiert. Sie kannte die hübsche Straße, die entlang eines Alsterarmes an der Grenze zu Winterhude verlief. Einige imposante Gründerzeitvillen standen hier, auch Familie Dubois schien also wie Oscar gut begütert.

»Wie dem auch sei«, sagte Hannah Marx, nahm den Ordner wieder an sich und klappte ihn geräuschvoll zu. »Ich würde jedenfalls denken: Wenn Sie Henri de Witt finden wollen, sollten Sie vermutlich dort mit Ihrer Suche beginnen.« Dann beugte sie sich ein Stückchen vor und senkte verschwörerisch die Stimme. »Aber tun Sie mir einen Gefallen – die Info über diesen Notfallkontakt haben Sie nicht von mir, okay?«

»Natürlich nicht«, gab Ella zurück und lächelte ihren *Partner in Crime* an. »Ich weiß gar nicht, wer Sie sind!«

»Dann haben wir uns ja verstanden.«

Beide standen auf, Hannah Marx streckte ihre rechte Hand aus. Doch statt sie zu schütteln, trat Ella aus einem Impuls heraus einen Schritt vor, schloss die Erzieherin in die Arme und drückte sie kurz an sich. »Vielen Dank!«, sagte sie über deren Schulter hinweg.

»Bitte schön«, sagte Hannah und erwiderte das Drücken. »Es wäre toll, wenn Sie mich auf dem Laufenden halten, falls Sie den Jungen finden.« Sie löst sich von Ella und sah sie nachdenklich an. »Mir liegt hier jedes einzelne Kind am Herzen.«

»Das glaube ich Ihnen«, antwortete Ella und warf einen Blick hinüber zu den tobenden Knirpsen, die mittlerweile eine der Betreuerinnen gefesselt hatten und mit wildem Indianergeheul um sie herumtanzten. »Man kann es sehen.«

Was man ebenfalls sehen konnte, war, dass es sich bei Olivier Dubois um Francine de Witts Vater handelte. Kaum hatte er auf Ellas Klingeln hin – das Anwesen war tatsächlich ein hübsches Stadthaus am Alsterlauf mit gepflegtem Vorgarten, in dem sogar ein aufgebocktes Kanu stand – geöffnet, stach ihr die Ähnlichkeit ins Auge. Jedenfalls dem Foto aus Oscars Portemonnaie nach zu urteilen. Zwar war Olivier Dubois nicht mehr blond, sondern grauhaarig, aber mit seinen strahlend blauen Augen und den schmalen Gesichtszügen ein männliches Ebenbild seiner Tochter. Und rein objektiv betrachtet überaus attraktiv. Typ Sky du Mont, auch vom Alter her schätzte Ella ihn auf Anfang siebzig.

Für einen kurzen Moment war sie bei seinem Anblick sprachlos, denn obwohl er als älterer Herr nicht zu der Sorte Männer zählte, die sie als Frau nervös machten, tat er trotzdem genau das. Ella fühlte sich, als sei sie wahrhaftig wie *Alice im Wunderland* in einen Kaninchenbau gefallen und dann durch eine geheimnisvolle Tür gestolpert, nur dass sie dabei nicht im Wunderland, sondern in eine Folge der Serie *Reich & Schön* geraten war. Erst Oscar, nun das hier – das war noch eine deutlich andere Liga als ihr bisheriges Leben an Philips Seite im Philosophenweg. Diese Leute hier waren nicht nur wohlhabend, nein, sie waren tatsächlich so *richtig* reich.

In Gedanken strich sie das »Reich« allerdings sofort wieder, denn auch, wenn sie hier eindeutig vor einem weiteren Heim der oberen Zehntausend stand – allein die Art und Weise, wie Olivier Dubois sie ansah, ließ erkennen, dass vor ihr ein armer Mann stand. So viel Traurigkeit hatte sie noch nie in einem Gesicht gesehen.

»Ja, bitte?«, fragte er, öffnete die Tür ein bisschen weiter, um hinaus auf den Treppenabsatz zu treten.

Ella löste sich aus ihrer Starre. »Entschuldigen Sie bitte die Störung«, begann sie artig und fuhr sich wie im Reflex mit einer Hand über ihre Zöpfe. Sie verfluchte sich dafür, dass sie sich am Morgen aus reiner Bequemlichkeit für ihre Pocahontas-Frisur entschieden hatte, denn in diesem Moment hätte sie Herrn Dubois gern etwas »erwachsener« gegenübergestanden. Aber sie jetzt noch schnell aufzulösen kam natürlich erst recht nicht in Frage, also fuhr sie tapfer fort. »Hätten Sie ein paar Minuten Zeit für mich?«

»Worum geht es denn?«

»Könnte ich kurz hereinkommen? Ich möchte das ungern auf der Türschwelle besprechen.«

»Nein«, sagte der Mann freundlich, aber bestimmt. »Das können Sie nicht.« Kein Akzent, nicht einmal ein Hauch. Eher eine leicht norddeutsche Einfärbung.

»Bitte, Herr Dubois. Es ist wichtig.«

»Für wen von uns?«

»Äh ...« Verdammt, der Mann war ein Fuchs.

»Olivier?«, erklang eine weibliche Stimme aus dem Innern des Hauses. »Wer ist denn da?« Sekunden später erschien hinter ihm eine Frau. Nein, eine Dame. Etwa sein Alter, ganz in Schwarz gekleidet. Elegant und unendlich zerbrechlich sah sie aus, die blonden Haare hochgesteckt, ungeschminkt und schmucklos, trotzdem von nahezu ätherischer Schönheit. Im Ausdruck die gleiche Traurigkeit wie bei ihrem Mann. Sie trat neben ihn und umfasste seine Hand. »Wer sind Sie denn?«, wollte sie wissen.

»Emilia Faust«, wiederholte sie, »ich habe Ihren Mann gerade darum gebeten, kurz mit Ihnen sprechen zu dürfen.«

»Wir brauchen nichts«, teilte die Frau ihr mit und zupfte ihren Gatten am Ärmel.

»Ich will Ihnen nichts verkaufen, wirklich nicht«, versicherte Ella schnell. »Ich bin nur auf der Suche nach jemandem.«

»So?«, frage Olivier Dubois. »Nach wem denn?«

»Henri de Witt«, antwortete sie schlicht, denn es brachte ja nichts, um den heißen Brei herumzureden. Wenn sie überhaupt eine Chance haben wollte, mit Francines Eltern ins Gespräch zu kommen, blieb ihr nur die Flucht nach vorn.

Die beiden tauschten einen kurzen und überraschten Blick miteinander aus, dann wandte sich Olivier Dubois wieder Ella zu. Nun zeigte seine Miene keine Trauer mehr, sondern unverhohlene Abwehr. »Was wollen Sie von unserem Enkel?«

»Ich suche ihn nur.«

»Warum?«

»Das ist eine längere Geschichte.«

»Das macht nichts«, sagte Kathrin Dubois, ihre Stimme klang mit einem Mal schneidend. »Wir haben Zeit.«

»Aber bitte nicht hier draußen, können wir dazu nicht lieber kurz ins Haus ...« Sie verstummte und schüttelte den Kopf. So, wie die zwei sie ansahen, gab es nicht den geringsten Zweifel daran, dass sie *nicht* im Haus darüber reden könnten. »Ich arbeite für Ihren Schwiegersohn«, streckte sie von daher die Waffen.

»Das habe ich mir schon gedacht«, stellte Olivier Dubois in unfreundlichem Tonfall fest. »Er hat Sie also geschickt. Was will er denn auf einmal?«

»Er hat mich nicht geschickt, und er will auch nichts«, erwiderte sie wahrheitsgemäß.

Kathrin Dubois lachte meckernd auf. »Das können Sie sonst wem erzählen! Natürlich hat er Sie geschickt! Und Sie dürfen Oscar gern ausrichten, dass ...«

»Nein«, unterbrach Ella sie. »Wirklich nicht! Er weiß nicht einmal, dass ich hier bin.« Dann murmelte sie leise: »Er weiß, ehrlich gesagt, überhaupt nichts mehr.« Dann sprach sie wieder lauter. »Ihr Schwiegersohn hat bei einem Unfall sein Gedächtnis verloren und kann sich nicht mal mehr daran erinnern, wer er überhaupt ist.« Unsicher sah sie die beiden an, suchte in ihren Mienen nach einem Zeichen der Zugänglichkeit, die diese Mitteilung möglicherweise bei ihnen wecken würde.

Fehlanzeige. Es wurde etwas geweckt. Allerdings kein bestürztes Interesse, kein Mitgefühl, keine versöhnliche Aufgeschlossenheit angesichts dieser doch recht schockierenden Neuigkeit. Sondern – *Freude*. Ella glaubte ihren Augen kaum, aber sobald sie den letzten Satz vollendet hatte, wanderten die Mundwinkel sowohl bei ihm als auch bei ihr merklich in die Höhe.

»Ach ja?«, fragte Olivier Dubois nach. »Tatsächlich? Der liebe Oscar hatte einen Unfall und kann sich an nichts mehr erinnern?« Sein Lächeln wurde noch breiter. »Nun, das ist schade.« Er wandte sich seiner Frau zu. »Ist das nicht schade, mein Liebling?«

Madame Dubois schien nicht ganz so hart gesotten zu sein wie ihr Gatte. Auch, wenn sie im ersten Moment ebenfalls erfreut gewirkt hatte, zeigte sie nun immerhin ein wenig Anteilnahme. »Wie genau ist das denn passiert?«, wollte sie wissen und klang dabei einigermaßen besorgt.

»Das tut nichts zur Sache«, sagte Ella, denn nach der Klatsche, die sie soeben kassiert hatte, wollte sie Oscars Schwiegereltern ganz sicher nicht in weitere Details einweihen, selbst, wenn Frau Dubois nun etwas Herz zeigte. Innerlich verfluchte sie sich dafür, dass sie überhaupt etwas über Oscars Amnesie gesagt hatte, aber das konnte sie nicht mehr ändern. Sie tröstete sich mit dem Gedanken, dass es unwahrscheinlich war, dass Herr und Frau Dubois nach Ellas Entschwinden zum Hörer greifen, ihren Schwiegersohn anrufen und ihm brühwarm von ihrem Auftritt berichten würden. Zwischen ihnen herrschte ganz offensichtlich Eiszeit. »Ich bin auch nur aus einem einzige Grund zu Ihnen gekommen«, sprach sie weiter und kam sich dabei ungemein mutig vor, »um mich nach dem Verbleib von Henri de Witt zu erkundigen. Ich denke, Oscar hat ein Recht darauf zu erfahren, wo sein Sohn ist.«

Olivier Dubois lächelte noch immer. »Das weiß er, Frau, äh ...«

»Faust«, half sie ihm auf die Sprünge.

»Das weiß er, Frau Faust.«

»Eben nicht«, gab sie heftig zurück. Eine Sekunde später wollte sie sich dafür schon auf die Zunge beißen.

»Hat er wirklich *alles* vergessen? Weiß er nicht einmal, dass er überhaupt einen Sohn *hat*?«, fragte Olivier Dubois prompt.

»Doch«, behauptete Ella, wenngleich sie damit natürlich ihrer eigenen Behauptung widersprach, Oscar würde sich an nichts mehr erinnern. Es schien den beiden allerdings nicht aufzufallen. »Er hat nur keine Ahnung, wo Henri steckt. Dass es ihn gibt, weiß er durchaus noch.«

»Dann ist das eine überaus erfreuliche Entwicklung«, mischte sich nun Kathrin Dubois ein, jegliche Anzeichen von Mitgefühl waren verschwunden. »Früher hat er das nämlich nicht gewusst.«

»Äh …« Ella war so perplex, dass ihr im ersten Moment nichts einfiel, was sie darauf erwidern konnte. »Das kann ich mir nicht vorstellen«, murmelte sie schließlich schwach.

»Doch, Frau Faust«, bekräftige Olivier Dubois die Aussage seiner Frau. »Das sollten Sie sich vorstellen. Oder sagen wir es anders: Möglich, dass er von Henris Existenz *wusste* – sie hat ihn nur nie sonderlich interessiert. Und jetzt entschuldigen Sie uns bitte.« Er nickte seiner Gattin zu, beide wandten sich von Ella ab und machten Anstalten, zurück ins Haus zu gehen.

»Warten Sie bitte!«

»Es gibt nichts mehr zu bereden«, sagte Herr Dubois, ohne sich nach ihr umzudrehen.

»Aber das ist grausam!«, rief sie in ihrer Verzweiflung aus.

Nun fuhr sein Kopf doch zu ihr herum. »Erzählen Sie uns nicht, was grausam ist!«, schrie er sie wütend an und wurde dabei so laut, dass Ella erschrocken zusammenzuckte.

»Bitte!«, wiederholte sie trotzdem, obwohl ihre Stimme dabei zitterte. »Sagen Sie mir, wo der Junge ist und ob es ihm gut geht.«

»Hier finden Sie ihn jedenfalls nicht«, teilte er ihr mit.

»Aber zu Ihrer Beruhigung kann ich Ihnen versichern, dass es unserem Enkel bestens geht.« Mit diesen Worten zerrte er seine Frau regelrecht hinter sich her ins Innere des Hauses. Bevor er die Tür mit einem lauten Donnern ins Schloss knallte, konnte Ella Kathrin Dubois noch aufschluchzen hören.

Einen Moment lang blieb sie wie ein begossener Pudel vor dem Anwesen stehen. Dann schlich sie mit hängenden Schultern zurück zu Oscars Mercedes. Dieser Besuch war ja ein voller Erfolg gewesen!

Sie stieg ins Auto und schnallte sich an. Allerdings konnte sie sich nicht dazu durchringen, den Motor zu starten und loszufahren, wollte einfach nur sitzen bleiben in der Hoffnung, dass sich der Aufruhr in ihrem Innern etwas legen würde. Was war hier los? Was, verdammt, war hier bloß los? Warum lehnten die Dubois Oscar so dermaßen ab? Sie warfen ihm ja scheinbar vor, sich nicht um Henri gekümmert zu haben. Aber war das allein schon Grund genug, den Schwiegersohn zu verteufeln? Sicher nicht! Und Ella konnte sich auch gar nicht vorstellen, dass Oscar sich für seinen Sohn nicht interessiert hatte. Denn: Wäre Henri ihm egal – hätte er dann konsequent alles vernichtet oder weggeschlossen, was ihn an sein Kind erinnerte? Tat man so etwas? Oder wäre es nicht vielmehr so, dass man sich schlicht nicht mehr darum kümmern würde? Das Zimmer so ließ, wie es war, und sich in seinem Selbstmitleid verkroch? Und nicht zuletzt: Ging man zu den Landungsbrücken, zog seine Schuhe aus, um dann ... Sprich: Zerbrach ein Mensch daran, wenn ihm sein Kind nicht wichtiger war als alles andere auf der Welt?

Warum hast du mich verlassen, warum hast du mich verlassen?

Für Ella stand mittlerweile fest, dass sich dieser Brief, diese Klageschrift, nicht auf Francine bezog. Oder zumindest nicht *nur* auf sie. Nein, sie war überzeugt davon, dass es dabei auch um den verlorenen Sohn gehen musste. Henri, den man Oscar weggenommen, den man ihm entrissen hatte. Seine Schwiegereltern hatten etwas damit zu tun, das war überhaupt keine Frage. Die Feindseligkeit, die Ella bei ihnen entgegengeschlagen war, der unverhohlene Hohn, mit dem vor allem Olivier Dubois auf Oscars Unfall und seine Amnesie reagiert hatte – er und seine Frau wussten ganz genau, wo Henri steckte, und wollten es ihr schlicht nicht sagen. Wollten einem Vater den Kontakt zu seinem Kind verwehren!

Allein der Gedanke rief in Ella zittrige Wut hervor. Wie konnte man nur? Wie konnte man einem Menschen so etwas antun? Selbst, wenn Oscar nicht gerade Anwärter auf den Titel »Vater des Jahres« gewesen sein sollte – und das traf, so ehrlich musste man sein, auf viele Männer zu; nicht jeder bewährte sich gleichberechtigt neben der Frau an allervorderster Wickelfront –, gab das irgendjemandem das Recht, ihm sein eigen Fleisch und Blut vorzuenthalten?

Und außerdem: Was war da in der *Rasselbande* los gewesen? Weshalb hatte Francine de Witt ihren Mann nicht als Notfallkontakt angegeben, hatte seine Existenz komplett verschwiegen und stattdessen nur Telefonnummer und Adresse ihrer Eltern in den Anmeldebogen eingetragen? Waren sie und Oscar bereits getrennt gewesen und hatten sich eine üble Scheidungs- und Sorgerechtsstreitschlacht geliefert? Waren Francines Eltern deshalb so schlecht auf ihren Schwiegersohn zu sprechen? Aber dann ergab es ja überhaupt keinen Sinn, was Hannah Marx Ella erzählt hatte. Nämlich, dass Francine bei ihrem Anruf zwar überrascht gewesen war, aber sofort zugestimmt hatte, dass Oscar seinen Sohn mitnimmt.

Wie war sie gestorben? Woran und warum war sie gestorben? Was war in den vergangenen Monaten in Oscars Leben passiert?

In Ellas Kopf ging es drunter und drüber, ihre grauen Zellen würden noch Muskelkater kriegen. Sosehr sie sich auch bemühte, die verschiedenen Puzzleteile zu einem Großen und Ganzen zusammenzusetzen, es wollte ihr nicht gelingen. Im Gegenteil, je weiter sie in die ganze Geschichte eintauchte, auf desto mehr Sackgassen schien sie zu stoßen. Es war zum Verzweifeln! Fragen über Fragen, und nicht eine einzige davon konnte sie beantworten. Jedenfalls nicht ohne Oscars Hilfe.

Aber selbst, wenn sie ihm nun doch gestand, was sie alles wusste; selbst, wenn er sie dann nicht ohne Umschweife und in hohem Bogen rauswarf (was sie sehr, sehr überraschen würde); selbst, wenn er begriff, dass das, was sie getan hatte, nur zu seinem eigenen Besten gewesen war – was würde es ihr und ihm nützen? Nichts, rein gar nichts, denn er würde über das, was geschehen war, ja gar nichts sagen *können*, weil ihm jegliche Erinnerung fehlte. Ein Geständnis ihrerseits brächte sie also keinen einzigen Schritt weiter, außer, dass Oscars Vertrauen in sie nachhaltig erschüttert wäre.

Erschöpft ließ sie den Kopf aufs Lenkrad sinken, schreckte allerdings sofort wieder hoch, weil sie dabei aus

Versehen die Hupe erwischte und das Signalhorn markerschütternd durch die Straße dröhnte. Mit angehaltenem Atem beobachtete Ella die Haustür der Dubois, erwartete schon, sie jeden Augenblick auf sich zustürzen zu sehen, schreiend und mit in die Luft gereckten Fäusten. Als nichts geschah, ließ sie erleichtert die Luft aus ihrer Lunge strömen, schloss die Augen und legte ihr Gesicht erneut – diesmal ganz, ganz vorsichtig – auf dem Steuer des Mercedes ab.

Eine ganze Weile verharrte sie so, drehte ihre Gedanken von rechts nach links und von links nach rechts. Und mehrfach im Kreis. Ob Oscar jetzt gerade noch mit Dr. Specht zusammensaß? Gelang es dem Arzt vielleicht just in diesem Moment, seinem Gedächtnis einen weiteren und diesmal bahnbrechenden Anstoß zu geben? Ella hoffte und fürchtete es zur gleichen Zeit. Sollte sie ihn mal anrufen, besser noch, persönlich aufsuchen und ihn teilhaben lassen an ihrem Wissen in der Hoffnung, dass er ihr eine hilfreiche Strategie aufzeigen könnte? Doch dann dachte sie an seine abfällige Art, über Depressionen und Burn-out zu sprechen, dachte an seine Wucherpreise und machte sich klar, dass Dr. Gunther Specht mehr ein Scharlatan als ein seriöser Arzt sein dürfte. Gut genug als Ablenkungsmanöver für ihren Chef, viel zu schlecht als weiterer *Partner in Crime*.

Sie hob den Kopf, straffte die Schultern und ließ nun doch den Motor an. So oder so, hier kam sie vorerst nicht weiter, sie würde also nach Hause fahren. Ella setzte den Blinker und wollte los, checkte im Rückspiegel, ob hinter ihr ein Auto oder Radfahrer des Weges kam oder ob sie gefahrlos auf die Straße rollen konnte.

Da sah sie die Katze.

Rotweiß getigert.

Mit drei weißen Pfoten und weißer Schnauze.

Henris Kuschelkamerad vom Foto!

Leichtfüßig flitzte das Tier quer über die leere Fahrbahn, tapste durch den Vorgarten der Dubois und verschwand links um eine Ecke hinterm Haus.

Wütend ballte Ella die Fäuste. *Hier finden Sie ihn jedenfalls nicht.* Schwachsinn! Lüge! Denn dort, wo die Katze war – da war auch das Kind!

Schon wollte sie die Fahrertür aufreißen, aus dem Wagen springen, aufs Haus zusprinten, Sturm klingeln und Mr. und Mrs. Distinguiert zur Rede stellen, wollte ihnen ihre Lügen um die Ohren hauen und verlangen – ja, *verlangen!* –, dass sie Oscar seinen Sohn zurückgaben.

Sie hatte die Hand bereits am Türöffner liegen, als sie sich besann. Nein, das würde sie anders machen. Nun hatte sie wieder einen Wissensvorsprung, und den würde sie nutzen. Zuerst aber müsste sie mehr erfahren, müsste Genaueres herausfinden über die Umstände, die dazu geführt hatten, Henri von seinem Vater zu trennen. Wenn sie sich jetzt nicht ruhig und überlegt verhielt, würde sie Francines Eltern damit höchstens in die Karten spielen.

Also fuhr sie langsam davon. Innerlich jubilierend, denn sie hatte nun ein entscheidendes Mosaik-Steinchen entdeckt. Auch, wenn sie noch keine Ahnung hatte, wie und wo sie es einsetzen könnte – ein Anfang war gemacht.

Ihr Handy klingelte, sie griff auf den Beifahrersitz nach ihrem Kopfhörer und fummelte die Stöpsel in die Ohren, ehe sie auf »Annehmen« drückte.

»Tut mir leid«, sagte Philip, »hat etwas gedauert.«

Schon wollte sie ihm sagen, dass er sich keine Gedanken mehr zu machen brauchte, dass sie Wichtigeres zu tun hatte, als darüber nachzugrübeln, mit wem und warum er so lange telefoniert hatte (Mit C.? Gerade war ihr das herzlich egal). Doch dann, als müsste ihr das Schicksal mit Gewalt in den Hintern treten, machte es bei Ella klick, und das nächste Mosaiksteinchen fiel an seinen passenden Platz. Familienrechtler! War Philip, der treulose Schuft, nicht Fachanwalt für Familienrecht?!

»Philip«, unterbrach sie ihn barsch, denn er war noch immer dabei, sich wortreich für seinen späten Rückruf zu entschuldigen. »Jetzt vergiss das mal bitte alles, und hör mir zu!«

»Äh, ja?«, gab er irritiert zurück.

»Wenn du eine Aussprache mit mir willst … wenn du auch nur ansatzweise eine Chance haben möchtest, dass das mit uns beiden jemals wieder etwas werden könnte – dann musst du etwas für mich tun.«

24

»Nein!« Cora starrte sie aus weit aufgerissenen Augen an, nachdem Ella ihr bei Da Riccardo einen kurzen Abriss über die Ereignisse der vergangenen Jahre, insbesondere der letzten Tage, gegeben hatte. »Du nimmst mich auf den Arm!«

»Mitnichten«, sagte Ella müde lächelnd, »es ist genau so, wie ich es dir erzählt habe.«

Schwungvoll ließ Cora eine flache Hand auf die Tischplatte sausen, so energisch, dass ihre Weingläser klirrten. »Das ist ja der *Hammer*!«, rief sie aus.

Ebenfalls der Hammer war, wie wenig Cora sich seit ihrer letzten Begegnung verändert hatte. Nämlich gar nicht. Schon als sie sich vorm Eingang des Restaurants begrüßt hatten – erst schüchtern mit zurückhaltendem Handschlag, Sekunden später waren sie sich dann aber doch lachend um den Hals gefallen –, war es Ella vorgekommen, als hätte sie die Freundin erst gestern noch gesehen.

Alles an Cora war so, wie sie es in Erinnerung gehabt hatte: Sie trug ihre dunklen glatten Haare wie früher zu einem kurzen Bob geschnitten, ihre bernsteinfarbenen Augen mit den grünen Einsprengseln blitzten immer noch abenteuerlustig, da waren noch das niedliche Grübchen in ihrer linken Wange (wohin hätte das auch verschwinden sollen?) und das große Muttermal an der rechten Schläfe (na gut, das hätte sie entfernen lassen können, früher hatte es sie manchmal gestört), und sie lachte noch immer das gleiche fröhliche Lachen, das Ella ohne jeden Umweg mitten ins Herz traf. Und sie war, wie sie ohne jedes Bedauern erzählt hatte, immer noch Single; von gelegentlichen »Techtelmechteln« (sie hatte exakt dieses altmodische Wort benutzt) mal abgesehen. Mit diesem Zustand war sie aber glücklich und zufrieden, weil sie neben der Arbeit für *Die gute Fee* ohnehin keine Zeit hätte, sich »um einen nutzlosen Kerl zu kümmern«. Alles wie immer also, wie gehabt, so wie es bei Cora von jeher gewesen war.

Nur eine Sache, die war neu, und als Ella sie entdeckte, da hatte sie im ersten Moment schwer schlucken und im zweiten schon wieder gegen ein paar Tränen ankämpfen müssen. Denn nachdem sie an ihrem Tisch Platz genommen hatten und die Ärmel von Coras weißer Bluse ein Stückchen nach oben gerutscht waren, während sie sich ihrer Jacke entledigte, hatte Ella etwas an ihrem linken Handgelenk bemerkt. Ein Semikolon. Das Zeichen. *Ihr* Zeichen.

»Mir war einfach danach«, hatte Cora ihr lapidar erklärt, als sie Ellas fassungslosen Blick registriert hatte, und dabei nur mit den Schultern gezuckt, als sei das *nichts*. »Nachdem du aus meinem Leben verschwunden warst, wollte ich etwas haben, das mich an dich erinnert. Mir hat deine Erklärung damals, dass es nach einem Semikolon weitergeht, schon immer gut gefallen. Deshalb habe ich mir auch eins stechen lassen, auch, weil ich es unglaublich stylish fand.« Obwohl sie bei dieser Erläuterung in aller Seelenruhe ihre Serviette aufgeschlagen und über ihrem Schoß ausgebreitet hatte, hatte sie das leichte Vibrato ihrer Stimme verraten, als sie hinzugefügt hatte: »Und irgendwie habe ich das halt immer geglaubt. Dass du und ich ... dass uns nur ein Semikolon voneinander trennt und kein endgültiger Punkt.«

Bevor Ella ihr erneut um den Hals hatte fallen können, hatte Cora sie mit erhobenen Händen gestoppt und sie aufgefordert, ihr lieber alles zu berichten, und zwar »*pronto*«! Wie die Dinge zwischen ihr und Philip stünden. Wer denn nun dieser Oscar sei und was bei ihnen »ginge«. Und warum sie eigentlich so »durch den Wind« aussehen würde und »immer noch« diese albernen Pippi-Langstrumpf-Zöpfe trug, die mit Anfang zwanzig ja niedlich gewesen sein mochten, aber jetzt, mit über dreißig, ein bisschen »würdelos und albern«.

Und so hatte Ella drauflos erzählt, hatte ihrer Freundin wie zuvor schon Jonathan Grief und Hannah Marx das Herz ausgeschüttet; nein, mehr noch, denn während sie dem Verleger und der Erzieherin nichts von ihrem Beziehungsdebakel verraten hatte – das wäre dann in der Tat deutlich zu weit gegangen –, hatte sie sich hier und jetzt, an ihrem Lieblingstisch bei Da Riccardo, endlich alles, was ihr auf dem Herzen lag, von eben jenem Herzen reden können. Und natürlich – natürlich! – waren dabei irgendwann doch ein paar dicke Tränen gekullert. Ella konnte es nicht ändern, sie *wollte* es nicht ändern, dass sie in manchen Belangen ein emotionales Weichei war.

Als sie an dem Punkt angelangt war, an dem sie Cora von ihren Erkenntnissen rund ums Thema Henri de Witt berichten konnte, hatte sich das Weinerliche in ihrer

Stimme allerdings ins Kämpferische gewandelt. Sie hatte ihrer Freundin empört von den »herzlosen« Dubois berichtet, die ihrem Schwiegersohn das Kind weggenommen hatten, und dass sie, Ella, nun Philip dazu verdonnert hatte herauszufinden, ob ein Urteil oder eine Klage oder ein sonst was existierte, das Aufschluss darüber geben konnte, was genau mit Henri passiert war oder was man seinem Vater zum Vorwurf machte, das ein Entziehen des Kindes rechtfertigen würde.

»Und?«, wollte Cora nun wissen und nahm einen großen Schluck des köstlichen Gavi, den beide tranken. »Hat er was entdeckt?«

»Leider nein«, erwiderte Ella. »Er hat mich schon eine Stunde später zurückgerufen und mir gesagt, dass er all seine Verbindungen hat spielen lassen und dass es rein gar nichts zu diesem Namen gibt.«

»Was entweder bedeutet, dass Philips Verbindungen nicht so gut sind«, interpretierte Cora, »oder dass da nichts aktenkundig ist.«

»Ich gehe vom Zweiten aus«, sagte Ella. »Denn man kann von Philip ja halten, was man will – und frag mich bitte nicht, was *ich* derzeit von ihm halte –, aber als Anwalt ist er spitze und echt gut vernetzt. Wenn es da was gäbe, hätte er es gefunden.«

»Hm. Das scheint mir alles ziemlich dubios zu sein.«

Ella seufzte. »Das kannst du laut sagen, ich bin absolut ratlos.«

»Und Oscar hat von alldem keine Ahnung?«

»Nicht die geringste.«

»Ich denke, es wird das Beste sein, wenn du mit ihm sprichst«, schlug Cora vor.

»Auf gar keinen Fall!«, rief Ella aus. »Das Risiko, dass er dann zusammenbricht, ist viel zu groß.«

Ihre Freundin legte den Kopf schief. »Sagt Diplom-Psychologin Dr. Dr. Emilia Faust oder wer?«

»Nein. Das sagt mir meine Lebenserfahrung.«

»Aha.« Cora bedachte sie mit einem leicht spöttischen Blick, dann lehnte sie sich über den Tisch, griff nach Ellas Hand und drückte sie. »Das geht doch alles nicht«, sagte sie sanft. »Du bringst dich selbst in Teufels Küche. Ehrlich gesagt hast du das schon längst getan. Wie viele Lügen willst du noch übereinanderstapeln, ehe dir alles um die Ohren fliegt?«

»Das sind keine Lügen«, setzte sie zu einer Verteidigung an, »das sind Schutzbehauptungen, um Oscar zu helfen!«

Einen Moment lang sah Cora sie nachdenklich an. »Warum?«, wollte sie dann wissen.

»Warum was?«

»Warum willst du diesem Oscar unbedingt helfen? Du kennst ihn doch gar nicht.«

»Weil … weil … weil …« Sie rang mit den Worten. »Weil er sonst niemanden hat.«

Sie warf ihr einen erstaunten Blick zu. »Bist du jetzt Mutter Teresa?«

»Nein«, fauchte Ella und merkte selbst, wie giftig sie dabei klang. »Ich bin eine *gute Fee*.« Sie entzog Cora ihre Hand.

Die Freundin lachte auf und lehnte sich in ihrem Stuhl zurück. »Süße! Das ist kein Grund, sich gleich so aufzuregen! Ich werde doch mal nachfragen dürfen, warum du dich mit solcher Energie in die Angelegenheiten eines fremden Menschen stürzt, obwohl du gerade selbst genug Sorgen hast.« Nun beugte sie sich wieder etwas vor. »Oder liegt es daran, dass du nicht weißt, wo du sonst hinsollst? Du kannst für den Übergang sofort bei mir einziehen, das ist gar kein Problem.«

»Lieb von dir.« Ella bemühte sich, ruhiger zu werden, wenngleich in ihrem Innern die widerstreitendsten Gefühle miteinander rangen, sich regelrechte Schlachten lieferten. Wie schön war die Vorstellung, dieses ganze Kuddelmuddel hinter sich zu lassen! Ihm zu entfliehen, ihre Siebensachen zu packen und in Coras gemütliche Wohnung in der Schanze zu ziehen – wenn sie denn dort noch wohnte. Ella hatte sie das bisher nicht einmal gefragt. Aber egal, wo ihre Freundin mittlerweile lebte, sie wusste, dass sie es miteinander wunderbar haben würden. Sie würden gemeinsam kochen und entspannte Abende auf dem Sofa bei einem Glas Rotwein verbringen; würden TV-Serien gucken oder sich beim *Dschungelcamp* kaputtlachen; würden Klamotten tauschen – nein, das eher nicht, Cora war gut und gern eineinhalb Köpfe größer als sie; aber sie würden sich gegenseitig unterstützen und stärken, vielleicht würde Ella sogar wieder bei *Die gute Fee* anfangen, das war ja absolut denkbar. Ach, das wäre schön. Sooo schön!

Dann aber tauchte vor ihrem inneren Auge das Gesicht von Oscar auf. Sein *trauriges* Gesicht. Wie er ausgesehen hatte, als er am späten Nachmittag nach Hause gekommen war. Blass und fahl, mutlos und eingefallen, optisch um mehrere Zentimeter geschrumpft. Vollkommen frustriert und resigniert hatte er Ella erzählt, dass sein heutiges Treffen mit Dr. Specht nichts, aber auch rein gar nichts gebracht hatte, dass sie nur stundenlang im Nebel herumgestochert und dabei keine einzige neue Erkenntnis zu Tage gefördert hätten.

»Sie dürfen nicht ungeduldig werden«, hatte Ella einen halbherzigen Versuch unternommen, ihn zu trösten, und sich dabei mal wieder wie eine komplette Heuchlerin gefühlt. Denn sie war ja *froh* über das Ausbleiben weiterer Erkenntnisse.

»Ach!«, hatte Oscar sie unwirsch angeblafft und sich rücklings aufs Sofa gehievt. »Das ist doch alles Schwachsinn und bringt nichts! Außer Herrn Dr. Specht, dem bringt das ein hübsches Honorar ein. So ein Scharlatan!«

»Sie waren doch so begeistert von ihm«, hatte sie ihn erinnert und war über sein harsches Urteil einigermaßen erschrocken gewesen. Nicht wegen der Bezeichnung an sich, tatsächlich hatte sie den lieben Dr. Specht ja selbst schon unter der Kategorie *Scharlatan* abgelegt – aber darüber, wie schnell Oscar de Witt seine Meinung änderte und von einem Extrem ins andere fiel. Schleudertrauma, man konnte es wirklich nicht besser beschreiben. »Ich finde, Sie müssen ihm und sich etwas mehr Zeit geben«, hatte sie Oscar deshalb geraten. Zum einen, weil sie generell daran glaubte, dass ein gewisses Durchhaltevermögen in sämtlichen Lebenslagen nur von Vorteil sein konnte, zum anderen – Emilia Faust, die Heuchlerin, Teil II bis V –, weil *sie* noch mehr Zeit brauchte, um ihre Recherchen voranzutreiben. Wenn Oscar den Arzt weiterhin regelmäßig und über Stunden konsultierte, ließ ihr das den nötigen Handlungsspielraum, und wenn die Therapieerfolge dabei vorerst stagnierten – umso besser für sie. Letztlich damit ja auch für Oscar. Irgendwie jedenfalls.

Doch Oscar war in seiner düsteren Stimmung geblieben, hatte sich die Decke vom Fußende des Sofas geschnappt und sie sich bis unters Kinn hochgezogen. Ella war in die Küche gegangen, um ihm einen Tee zu kochen, als sie aber mit der Tasse in der Hand zu ihm zurückgekehrt war, hatte er bereits geschlummert. Nicht friedlich allerdings, seine Miene hatte deutliche Anzeichen der Anspannung gezeigt, und seine geschlossenen Lider hatten wie unter schlimmen Albträumen gezuckt. Sie hatte sich neben ihn an den Rand des Sofas gesetzt, hatte ihn sorgenvoll betrachtet, sich schließlich über ihn gebeugt und sanft über seine Stirn gepustet, so lange, bis sein Gesicht anfing, sich merklich zu entspannen und sein Atem gleichmäßiger ging.

Dabei hatte sie ihren Schwur erneuert, dass sie diesem armen Mann, dem so viel Unglück, so viel Unrecht widerfahren war, helfen würde. Dass ihr etwas einfallen würde, seinen Sohn zu finden und sie wieder zu vereinen, dass sie dafür sorgen würde, dass alles, alles, *alles* wieder gut wurde. Dann hatte sie eine Nachricht für ihn geschrieben und auf dem Couchtisch deponiert, dass sie sich mit einer Freundin zum Essen treffen und spätestens um Mitternacht, zur *Geisterstunde*, zu Hause sein würde.

Während sie in Oscars Wagen Richtung Innenstadt gedüst war, hatte sie sich weiter den Kopf darüber zermartert, wie sie es nur anstellen könnte, diese traurige Geschichte in ein Happy End umzuwandeln. Es musste einen Weg dafür geben, es musste, es musste, es *musste*! Nicht zuletzt – und so ging es hinter *ihrem* Semikolon ja noch weiter –, um für Philip und sich ebenfalls ein gutes Ende zu erwirken. Auch, wenn ihr Freund oder Exfreund oder Verlobter und Exverlobter, oder wie auch immer man ihn nennen wollte, sich derzeit wie ein Idiot aufführte: Er war und blieb nun einmal der Mann ihres Lebens.

»Currywurst«, unterbrach Cora ihre Überlegungen.

»Was?«

Ihre Freundin lächelte breit. »Du isst in Gedanken gerade schon wieder eine Currywurst, obwohl du dir eigentlich einen Griechischen Salat ausgesucht hattest.«

»Tut mir leid«, sie spürte die altbekannte Hitze in ihrem Gesicht.

»Kein Problem«, sie machte eine wegwerfende Handbewegung. »So kenne und so liebe ich dich. Aber was hältst du jetzt von meiner Idee?«

»Welche Idee denn?«

Cora verdrehte die Augen. »Na, dass du zu mir ziehst!«

»Ach, das! Also, nein, das geht nicht, aber vielen Dank!«

»Wir hätten eine Menge Spaß.«

»Den hätten wir bestimmt«, pflichtete Ella ihr bei. »Aber es geht halt nicht. Ich bleibe bei Oscar, ich hab's versprochen.«

»Versprochen? Wem? Ihm?«

Mist! Das war ihr nur so rausgerutscht. »Nein«, erwiderte sie zögernd, nach den richtigen Worten tastend. »Jedenfalls nicht direkt. Es ist nur ... nur ...«

»Emilia Faust!« Nun musterte Cora sie mit strengem Blick, ihre Miene ein einziger erhobener Zeigefinger. »Du hast doch nicht etwa schon wieder so eine schwachsinnige Wette mit dir selbst abgeschlossen, oder?«

»Nein«, antwortete sie wie aus der Pistole geschossen und lachte nervös. »Ganz sicher nicht.«

»Doch, hast du«, widersprach Cora und verschränkte

die Arme vor der Brust. »Ich dachte, diese Marotte hättest du mittlerweile abgelegt.«

»Von welcher Marotte sprichst du denn?«

»Deinen Glauben daran, dass du das Schicksal beeinflussen kannst. Das solltest du schleunigst vergessen, denn das kannst du nicht. Niemand kann das.«

»Natürlich nicht!« Noch einmal entrang sich ihr ein nervöses Lachen. »So was ist ja auch vollkommen lächerlich.« Cora sagte nichts, betrachtete sie nur misstrauisch, sogar ein wenig vorwurfsvoll. »Okay, okay.« Ella hob ergeben beide Hände. »Es kann schon sein, dass ich etwas in die Richtung denke.«

»Etwas in die Richtung?«

»Na ja, dass Glück und Zufriedenheit sich verbreiten, je mehr man davon selbst zu geben hat.«

»Du klingst wie ein Feel-Good-Guru.«

»Pfff«, gab sie eingeschnappt zurück. »Für mich hat es etwas mit Karma zu tun. Es geht um eine *Chain of Happiness*.«

»Eine Glückskette? Was denn bitte für eine Glückskette?«

»Wenn wir alle nur Gutes in die Welt tragen, erfährt auch jeder Gutes.«

Erneut verdrehte Cora die Augen. »Ich sag's ja: Guru.«

»Du hältst das also für Unsinn?«

»Nein«, sagte sie. »Den Ansatz an sich finde ich plausibel. Nur erschließt sich mir nicht ganz, warum du deswegen unbedingt diesem Oscar de Witt helfen willst. Was hast du denn davon?«

»Das habe ich bereits erklärt. Es dient meiner karmischen Entwicklung.«

»Aha.« Sie trommelte mit einer Hand auf die Tischplatte, sah Ella provozierend an. »Und sonst noch?«

»Was denn sonst noch?«

»Ich kenne dich viel zu gut«, sagte ihre Freundin. »Was ist der Deal mit dir selbst?«

»Da gibt's keinen.« Sie senkte den Blick und spielte mit ihrem Dessertlöffel herum.

»Raus mit der Sprache!«, forderte Cora.

»Nein, ehrlich, da ist nichts, was ich dir erzählen könnte.« Nun waren Pfeffer- und Salzstreuer dran.

»Emilia Faust!« Erneut schlug sie mit der flachen Hand auf den Tisch. »Jetzt hör mir mal zu: Ich bin bereit, dir bei der ganzen Sache zu helfen, denn für dich allein ist das alles eine Nummer zu groß. Aber zuerst will ich wissen, welche dämliche Wette du schon wieder mit dir selbst eingegangen bist.«

Sprachlos sah Ella ihre Freundin an. Zählte innerlich ganz langsam bis zehn. *Einundzwanzig, zweiundzwanzig, dreiundzwanzig ...* »Philip«, gab sie dann leise zu. »Es geht um Philip.«

Bähm! Der nächste Schlag auf den Tisch, dieses Mal fiel eines des Gläser um, der gute Gavi ergoss sich übers edle Tafeltuch. »Ha!«, brüllte Cora, so laut, dass sich fast alle Gäste des kleinen Restaurants zu ihnen umdrehten, was Ella ganz schön unangenehm war. »Ich wusste es! Ich – wusste – es!«

»Schschsch!«, wisperte sie Cora zu. »Könntest du bitte ein bisschen leiser schreien?«

»Sorry«, sie grinste und bedachte die Umsitzenden einen nach dem anderen mit einem entschuldigenden Blick, ehe sie sich wieder Ella zuwandte. »Du glaubst also ernsthaft, wenn du Oscar de Witt auf die Reihe kriegst, renkt sich das mit dir und Philip auch wieder ein?«

»Es ist jedenfalls nicht ausgeschlossen.«

»Im Gegenteil, es ist kompletter Irrsinn. Das eine hat mit dem anderen rein gar nichts zu tun, da gibt es keinerlei Zusammenhang. Das muss einem intelligenten Menschen wie dir doch klar sein!« Sie schnaubte laut aus. »Davon mal abgesehen ist es außerdem noch Irrsinn, dass du Philip überhaupt zurückhaben willst. Erst recht nach dem, was du mir da gerade alles erzählt hast.«

Nun war es an Ella, die Arme vor der Brust zu verschränken und ihre Freundin streng anzusehen. »Ist mir egal, was du davon hältst. Ich liebe ihn.«

»Aber warum nur?«

»Darum.«

»Dich verstehe, wer will.«

»Du musst mich nicht verstehen«, zischte sie. »Die Hauptsache ist, du hilfst mir.«

»Das werde ich mit Sicherheit nicht tun!«

»Du hast es versprochen.«

»Da wusste ich ja noch nicht, worum es geht.«

»Spielt keine Rolle, versprochen ist versprochen!«

»Nein«, sie schüttelte energisch den Kopf. »Egal, was ich gesagt habe – ich werde dir nicht dabei helfen, diesen spießigen und, wie ich ja nun weiß, sogar noch untreuen Idioten zurückzugewinnen!«

»Ach?« Ella zog in gespieltem Erstaunen die Augenbrauen in die Höhe, so wie Oscar es an dieser Stelle getan hätte. »Ich denke, für dich gibt es da keinen Zusammenhang.«

»Wobei gibt es für mich keinen Zusammenhang?« Sie

sah ihre Freundin verständnislos an. »Jetzt kann ich dir doch nicht mehr ganz folgen.«

»Zwischen Oscar de Witt und Philip«, erklärte Ella. »Wenn du mir dabei hilfst, Oscars Angelegenheiten zu regeln, hat das deiner Meinung nach ja nicht das Geringste mit meiner Beziehung zu Philip zu tun.«

»Stimmt«, musste Cora ihr recht geben.

»Na, siehste.« Sie grinste breit. »Alles, was ich von dir möchte, ist, dass du mir bei meinem neuen Chef unter die Arme greifst. Mit Philip hast du dabei ü-ber-haupt nichts zu tun.«

Sie konnte ihr ansehen, wie die kleinen Rädchen in ihrem Kopf wild rotierten. »Versprochen?«, wollte sie nach einer kurzen Weile wissen.

»Versprochen.«

»Okay.« Cora streckte ihr über den Tisch die Hand entgegen, und Ella ergriff sie. Dann sagten beide zur gleichen Zeit: »Deal.«

Danach gossen sie sich mehr Gavi ein und stießen lachend an.

»Also«, fragte Ella, nachdem sie einen Schluck getrunken hatten. »Wie gehen wir jetzt weiter vor? Hast du eine Idee?«

»Ich denke schon. Du bist dir also sicher, dass Henri bei seinen Großeltern ist?«

»Sie haben die Katze, also ist das Kind ebenfalls bei ihnen.«

»Der Zusammenhang erschließt sich mir nur bedingt.«

»Ich habe ein Foto von Henri mit dem Tier gesehen, auf dem sie innig miteinander kuscheln.«

»Na und?«

Ella rang verzweifelt mit den Händen. »Wo andere ein Herz haben, hast du nur Hirn!«

»Was soll das heißen?«

»Denk doch mal nach, Cora! Ein Junge, der seine Mutter verloren hat, den du von seinem Vater wegholst – trennst du den dann auch noch von seinem geliebten Haustier?«

»Eher nicht«, gab Cora zu.

»Sag ich doch. Und deshalb gibt es für mich nicht den geringsten Zweifel daran, dass Henri de Witt bei seinen Großeltern lebt.«

»Na dann.« Cora hob eine Hand und winkte den Kellner heran.

»Was willst du machen?«

»Was wohl? Ich zahle – und dann packen wir den Stier bei den Hörnern und besuchen die Dubois!«

»Jetzt noch?« Ella warf einen Blick auf ihre Uhr. »Es ist schon nach neun.«

»Umso besser«, erklärte Cora knapp. »Dann rechnen sie nicht mehr mit so spätem Besuch.«

Obwohl Ella noch verhalten protestierte, war ihre Freundin von ihrem Plan nicht abzubringen. Sie beglich die Rechnung, schnappte sich ihre Jacke und zerrte Ella nahezu hinter sich aus dem Laden.

Kurz vorm Ausgang wurde Ella von einer Frau gerufen, sie drehte sich um und erkannte Hannah Marx, die mit einem Mann an einem kleinen Ecktisch saß. Die Welt war eine Kaffeetasse!

»Guten Abend, Frau Marx«, begrüßte Ella die Erzieherin. »Herr Grief, nehme ich an?«, fragte sie ihren Begleiter, der daraufhin nickte.

»Was für ein Zufall!«, sagte Hannah und lächelte sie an. »Kommen Sie öfter her?«

»Früher schon, jetzt war ich schon länger nicht mehr hier. Und Sie?«

»Das ist unser Lieblingsitaliener, ein ganz besonderer Ort für uns«, erklärte Jonathan Grief und sah seine Freundin dabei auf eine Art und Weise an, die mehr als tausend Worte sagte. Ella wurde kurz ganz feierlich zumute, so viel Liebe, so viel Gefühl in einem einzigen Blick – das hatte wirklich Seltenheitswert. Hatte sie jemals ein Mann so betrachtet? Philip, ja, doch, natürlich, Philip, sicher, bestimmt hatte er das.

»Haben Sie heute noch etwas erreichen können?«, wollte Hannah wissen. »Ich meine, bezüglich Henri de Witt?«

»Ja«, antwortete sie. »Ich bin da auf einer heißen Spur.«

»Das höre ich gern. Wie gesagt, halten Sie mich bitte auf dem Laufenden!«

»Das mache ich.«

Cora zupfte an ihrer Hand. »Wir müssen jetzt los.« Sie lächelte Hannah und Jonathan verbindlich zu. »Ihnen noch einen schönen Abend!«

»Einen Moment noch, bitte!«, sagte der Verleger und griff in die Innentasche seines Jacketts. Dann reichte er Ella eine elegante Visitenkarte. »Ich habe über Ihren Blog nachgedacht, dieses *Better Endings,* und es mir vorhin gleich mal angesehen.« Er strahlte sie an. »Eine schöne Idee! Und beachtlich hohe Zugriffszahlen, Chapeau! Wenn Sie mögen, melden Sie sich mal bei mir, vielleicht kann man da auch etwas in Buchform draus machen.«

»Ach, echt?« Ella stand wie vom Donner gerührt und starrte auf das bedruckte Rechteck in ihrer Hand. »Ich hab ja auch schon manchmal überlegt ...«

»Wie gesagt, melden Sie sich einfach. Und, übrigens«, er zwinkerte ihr vergnügt zu, »herzlichen Glückwunsch zu Ihrer bevorstehenden Vermählung! Sehr interessant, welche Tipps Sie da geben. Da kann ich mich schlau lesen, wenn es bei Hannah und mir demnächst so weit ist.«

»Sooo«, ging Cora dazwischen, versetzte ihrer Freundin einen sanften Stoß in den Rücken und schob sie Richtung Ausgang. »Sie ruft Sie bestimmt bald an. Auf Wiedersehen!«

»Sag mal«, hörte Ella Hannah Marx noch fragen, bevor sich die Tür des Restaurants hinter ihnen schloss, »sollte das gerade ein verkappter Heiratsantrag sein?«

»Oh«, erwiderte Jonathan Grief, »sag bloß, ich hab vergessen, dich zu fragen!«

25

»Das ist ja mal 'ne fette Karre!« Cora war sichtlich beeindruckt, als sie auf den Beifahrersitz von Oscars Mercedes kletterte. »Und die gehört deinem neuen Chef?«, fragte sie und schnallte sich an.

»Nein. Hab ich auf dem Kiez geklaut.« Ihre Freundin warf ihr einen irritierten Seitenblick zu. »*Natürlich* ist das seine!«

»Und eine große Villa hat er auch?«

»Ja, hat er.«

»Dann frage ich mich umso mehr, was der Unsinn mit Philip soll. Du hast da offensichtlich gerade einen Kerl an der Angel«, sie begann, mit Hilfe ihrer Finger aufzuzählen, »der verwitwet ist und laut deiner Aussage sensationell attraktiv. Er hat ein schickes Auto und ein tolles Haus, darüber hinaus auch noch einen süßen Sohn und eine Katze, ist also sowohl kinder- als auch tierlieb – mal ehrlich, Ella, *mehr* Cinderella geht doch gar nicht! Schnapp ihn dir!«

»Sehr witzig«, gab sie knapp zurück, ließ den Wagen an und fuhr los.

»Ist gar nicht witzig gemeint«, sagte Cora und klammerte sich am Haltegriff oberhalb des Türrahmens fest. »Sondern über alle Maßen ernst.«

»Also, hör mal«, entgegnete Ella und klang dabei, als würde sie einem störrischen Kleinkind einen Vortrag halten, »der Mann ist verwirrt, ein seelisches Wrack.«

»Da schaffst du ja gerade Abhilfe.«

»Außerdem ist er nicht mein Typ.«

»Das hast du am Anfang auch von Philip behauptet.«

Nun war es an Ella, ihr einen irritierten Blick zuzuwerfen. »Hab ich?«

Cora grinste sie fröhlich an. »Ach, ups, nein, das war ja *ich*.«

»Na bitte.«

»Egal, du hast gesagt, du findest Oscar attraktiv, das lasse ich also nicht gelten.«

»Ich habe ihn extrem belogen und tue es noch«, setzte Ella ihre Liste fort. »Das taugt nicht als Fundament für eine Beziehung.«

»Keine Lügen, sondern Schutzbehauptungen«, konterte ihre Freundin kichernd. »Widersprich mir nicht, es sind deine eigenen Worte!«

»Doch«, entgegnete sie trotzdem. »Es gibt da einfach keine Basis. Was mit einer Lüge beginnt, hält mit Sicherheit nicht ein Leben lang. Mal ganz davon abgesehen, dass Oscar es mir kaum verzeihen wird, sobald er die ganze Wahrheit erfährt.«

»Papperlapapp«, wischte Cora diesen Einwand fort. »Wenn er die Gründe dafür erst kennt, wird er dir umso mehr verfallen. Du bist schließlich auch bereit, Philip seinen Seitensprung zu vergeben – und den finde ich viel schlimmer. Außerdem«, ein weiteres Kichern erklang, »wer spricht hier schon von *ein Leben lang*? Sowas gibt's doch eh nur noch im Märchen.«

»Cora!«, rief sie empört.

»Ist ja schon gut. Mach weiter, was spricht noch dagegen?«

»Das Kind. Ich möchte keine Mama sein.«

»Du hast es ja noch nie ausprobiert.«

»Mutterschaft *probiert* man doch nicht aus!«

»Okay, anders gefragt: Wenn Philip nun zu dir käme, dir sagen würde, dass er dich über alles liebt, sich ein Leben ohne Kinder aber beim besten Willen nicht vorstellen kann – was würdest du dann tun?«

»Die Frage ist unfair.«

»Finde ich nicht.«

»Er hat immer behauptet, es ist in Ordnung für ihn, wenn wir nur zu zweit bleiben.«

»Da scheint er seine Meinung ja geändert zu haben.«

»Hm, ja«, musste sie widerstrebend zugeben.

»Also, wie lautet deine Antwort?«

»Bitte, Cora, lass uns damit aufhören. Ich bin auch so schon nervös genug.«

»Und du kennst mich und weißt, dass ich eh nicht lockerlasse, bevor wir hiermit fertig sind.«

»Na gut«, gab Ella sich geschlagen, »wenn es sein allergrößter Herzenswunsch ist, dann wäre ich *vielleicht* bereit, mich umstimmen zu lassen.«

»Damit wäre der nächste Punkt, der gegen Oscar de Witt spricht, erledigt.«

»Nicht ganz«, widersprach sie ihr. »Denn mit Philip hätte ich *eigene* Kinder. Bei Henri wäre ich nur die böse Stiefmutter.«

»Ob du böse bist oder nicht, entscheidest doch nur du. Und gerade *du* bist doch große Klasse darin, selbst der bösesten aller bösen Königinnen noch ein edles Motiv unterzujubeln. Wenn ich an deinen Blog denke, da machst du doch ...«

»Was?« Sie stieg so energisch in die Bremsen, dass sie und Cora noch heftiger nach vorn geschleudert wurden als sie zuvor mit Oscar de Witt. Direkt hinter ihnen erklang ein lautes Hupen, Sekunden später zog ein Mini mit quietschenden Reifen an ihnen vorbei, der Fahrer hielt die Hand mit eindeutiger Geste aus dem geöffneten Fenster. »Was?«, fragte Ella und sah ihre Freundin schwer atmend an. »Was hast du da gerade gesagt?«

»Dein Blog«, wiederholte Cora und grinste beschämt. »Dein *Better Endings*.«

»Du kennst *Better Endings*?! Das habe ich doch erst vor vier Jahren gegründet, als du und ich schon längst ...«

»Ich weiß«, sagte Cora und legte ihr eine Hand auf den Arm.

»Aber woher kennst du ihn denn?«

»Die Idee dazu hattest du ja schon früher mal, und ich habe halt hin und wieder im Netz nachgesehen, ob du *Better Endings* mittlerweile ins Leben gerufen hast.« Sie lächelte. »Und eines Tages habe ich den Blog dann entdeckt.«

»Du hast danach gesucht, obwohl wir keinen Kontakt mehr hatten?«

Sie machte eine wegwerfende Handbewegung. »Weißt ja, wie neugierig ich bin, das ist alles.« Die Röte, die ihr in die Wangen schoss, strafte ihre Worte Lügen.

»Und hast du darin auch gelesen?«

»Ehrlich gesagt lese ich ihn immer noch.«

»Echt?«

Cora nickte. »Und wenn ich noch ehrlicher bin«, ihre Wangen färbten sich um einiges dunkler, »schreibe ich bei *Better Endings* sogar mit.«

»Du kommentierst auch?!«

»Ähm, ja.«

»Wer bist du? Los, sag es mir sofort!«

Ihre Freundin schüttelte grinsend den Kopf.

»Raus damit!«, forderte Ella erneut. Dann schlug sie sich mit einer Hand vor den Mund. »Du bist doch nicht etwa ...«

»*Bloxxx*? Himmel, nein, natürlich nicht! Wie kannst du so etwas auch nur denken? Nein, nein, nein, mit diesem Idioten habe ich nichts zu tun! Wobei ich mich natürlich auch frage, wer dahinterstecken könnte.«

»Ich frage mich eher, hinter welchem Namen *du* stecken könntest!«

Cora zögerte einen Augenblick. Dann stieß sie einen ergebenen Seufzer aus. »Ich bin *Little Miss Sunshine*.«

Das verschlug Ella die Sprache, allerdings nur kurz. »Du?«, wollte sie fassungslos wissen. »Du bist *Little Miss Sunshine*?«

»*And Princess*«, ergänzte Cora, »ja.«

»Ich glaub's ja nicht!« Sie donnerte mit beiden Fäusten gegen das Lenkrad, dann brach sie in johlendes Gelächter aus. »Ausgerechnet *du* bist *Miss Sunshine*? Du?«

»Hab ich doch gesagt, ja.«

»Aber ... aber ... aber ... das verstehe ich nicht.« Doch dann verstand sie es mit einem Mal umso besser – gerade Miss Sunshine hatte sie immer verteidigt. Hatte sich nach ihrem Befinden erkundigt und sich mit Bloxxx angelegt, hatte sich wie eine *Freundin* verhalten. In diesem Moment, als ihr die Dimension klar wurde, was Coras Geständnis bedeutete, da gab es für Ella nun wirklich kein Halten mehr. Und für ihre Freundin keine Chance auf Gegenwehr. Mit einem »Komm her, du blöde Kuh!« riss Ella sie schluchzend in ihre Arme, umschlang sie, so fest sie nur konnte, vergrub das Gesicht an ihrer Schulter und strich ihr mit einer Hand übers Haar. »Du Verrückte«, prustete sie und scherte sich nicht darum, dass sie vermutlich Coras Jacke vollsabberte, »du unfassbar verrückte und saudämliche Kuh!«

»Selber Kuh!«, kam es schluchzend zurück.

Eine ganze Weile hielten sie sich fest im Arm und kümmerten sich nicht darum, dass ein ums andere Mal wild hupende Autos an ihnen vorüberfuhren. Ella konnte Coras Herzschlag spüren, *dadamm, dadamm*, und stellte fest, dass er synchron mit ihrem eigenen war.

Nach einer halben Ewigkeit lösten sie sich voneinander und lächelten sich an. Cora wischte sich verstohlen ein paar Tränen aus den Augenwinkeln und lehnte sich auf dem Beifahrersitz zurück. »So«, sagte sie, »und jetzt lass uns endlich weiterfahren, sonst wird es für die Dubois wirklich zu spät.«

»Alles klar.« Ella fuhr wieder los, schüttelte dabei immer noch den Kopf über diese unglaubliche Unglaublichkeit, die sie soeben erfahren hatte. »Sag mal«, fiel ihr dann noch ein, »eine Sache musst du mir aber noch erklären.«

»Welche denn?«

»Was war denn das für ein Kommentar neulich von wegen ›Mein Schatzi und ich sind seit acht Jahren zusammen und haben überhaupt keine Geheimnisse voreinander‹?«

Cora kicherte. »Ach so, den meinst du!« Sie zuckte mit den Schultern. »Da hab ich mir nur einen Spaß erlaubt.«

»Aha.«

Sie erreichten den Leinpfad, Ella setzte den Blinker und bog in die Straße ein. »Es fehlt uns übrigens noch ein Punkt«, sagte sie, während sie das Auto in eine Parkbucht kurbelte.

»Was für ein Punkt?«, wollte Cora wissen.

»Der letzte Punkt auf der Liste mit Gründen, die gegen Oscar de Witt sprechen.«

»Nämlich?«

»Die Katze. Ich *hasse* Katzen!«

»Tust du nicht«, widersprach Cora energisch.

»Tu ich doch.«

»Nein, das ist gelogen. Ich erinnere mich noch allzu gut daran, wie oft du mich gezwungen hast, mit dir *Frühstück bei Tiffany* zu gucken – und dass du immer zu heulen angefangen hast, wenn Audrey Hepburn den Kater im Regen aus dem Taxi schmeißt.«

Mist. Cora Schuster kannte sie einfach gut. Fast ein bisschen *zu* gut.

»Frau Faust?« Die Queen war nicht *amused*. Und sie war auch gar nicht die Queen, sondern der King, denn auf Ellas erneutes Klingeln bei den Dubois war es wieder der Herr des Hauses, der öffnete und nach draußen trat. »Haben Sie eine Ahnung, wie spät es ist?«

»Halb zehn«, meldete sich Cora zu Wort.

»Und wer sind, bitte, Sie?«

Sie streckte ihm die rechte Hand entgegen. »Cora Schuster«, sagte sie, »Jugendpflege Hamburg Nord.« Es war – natürlich! – ihre Idee gewesen, sich den Dubois so vorzustellen.

»Wir müssen den Druck erhöhen«, hatte sie gesagt,

nachdem sie im Auto noch eine kurze Lagebesprechung abgehalten hatten, »und das gelingt uns am besten, wenn wir ein wenig amtlich daherkommen.«

»Ich weiß nicht«, hatte Ella widersprochen, »ich fürchte, mit sowas handeln wir uns eher amtlichen Ärger ein.«

»Quatsch!«, hatte Cora gesagt. »Die sollten sich lieber Sorgen machen, ob sie mit *uns* nicht Ärger bekommen!«

»Mit uns? Weshalb?«

»Wenn ich dich richtig verstanden habe, hat Philip nichts über Henri finden können, oder?«

»Nein, hat er nicht.«

»Dann ist der Fall doch klar!«, hatte sie erläutert. »Oscar de Witt hat nach wie vor das Sorgerecht für seinen Sohn. Als Witwer jetzt das alleinige, denn Francine ist ja nun nicht mehr.«

»Seit wann kennst du dich mit solchen Dingen aus?«

»Seit die Agentur sich zum Rettungsanker vieler Alleinerziehender gemausert hat, die Job, Haushalt und Kinder nicht mehr unter einen Hut bekommen. Da führt man mit seinen Kunden hin und wieder schon mal Gespräche über dies und das.«

»Verstehe.«

»Jedenfalls: Wenn der Junge bei seinen Großeltern lebt, ist das ohne jede rechtliche Grundlage.«

»Du meinst, das ist so gar nicht erlaubt?«

»Exakt! Das wäre ja auch noch schöner, wenn alle Omas und Opas, die mit dem Erziehungsstil ihrer Kinder nicht einverstanden sind, ihre Enkel einfach kidnappen dürften.«

»Na ja, kidnappen ist jetzt vielleicht …«

»Du weißt doch, was ich meine!«, hatte Cora sie unwirsch abgewürgt.

»Ja, sicher. Allerdings, *Erziehungsstil* … Bei Oscar sah es bei meinem Eintreffen ehrlich gesagt so aus wie im Katastrophengebiet, da hätte ich auch kein Kind lassen wollen.«

»Mag sein. Aber dafür gibt's ja Einrichtungen wie Jugendamt und Familiengericht, um solche Entscheidungen zu treffen, da ist nix mit Selbstjustiz. Und außerdem weißt du gar nicht, wann *genau* dein Oscar so abgeschmiert ist. *Bevor* sie Henri da rausgeholt haben – oder *weil* sie es getan haben.«

»Du hast recht.«

»Natürlich hab ich recht.«

»Dann gehen wir mal klingeln.«

»Moment, eine Frage hab ich noch.«

»Schieß los!«

»Was genau hast du Philip eigentlich gesagt, damit er das für dich herausfindet? Beziehungsweise, damit er herausfindet, dass es nichts herauszufinden gibt?«

»Du meinst, ob ich ihm gesagt habe, worum es geht?«

»Genau. Denn wenn du nicht willst, dass Oscar jetzt schon die Wahrheit erfährt, ist jeder Mitwisser ein potentielles Risiko.«

»Erst recht einer, der ein bisschen eifersüchtig ist?«

»Du bist wie immer eine Schnellmerkerin.« Sie grinsten sich verschwörerisch an.

»Ich hab ihm die Wahrheit erzählt.«

»Alles?« Cora musterte sie entsetzt.

»Ja«, bestätigte Ella. »Danach habe ich ihm genau erklärt, was passiert, wenn er das nicht für sich behält.«

»Und was wäre das?«

»Eine Kopie des Briefes von C. landet bei seiner Kanzlei am schwarzen Brett. Und im Posteingang seiner Kollegen.«

»Böses Mädchen!«

»Falsch«, korrigierte sie. »Ein Mädchen mit Sinn für dramatische Wendungen.«

»Dann jetzt los«, hatte Ella gesagt, »starten wir in den zweiten Akt.«

»Jugendpflege Nord?«, fragte Dubois nun an Cora gerichtet und sah nicht im Mindesten beeindruckt aus. »Was soll das sein?«

»Wir ...«, setzte Cora an, aber Ella ging dazwischen.

»Herr Dubois, wir wissen, dass Oscar de Witts Sohn Henri bei Ihnen ist«, sagte sie ohne Umschweife.

»So?«, erwiderte er gedehnt. »Und woher wissen Sie das?«

»Lassen Sie es mich so formulieren. In Anbetracht der Uhrzeit gehe ich davon aus, dass der Junge gerade in seinem Bettchen liegt und schläft. Entweder, Sie sind bereit, sich mit uns zu unterhalten – oder ich veranstalte hier gleich einen solchen Rabatz, dass er davon aufwachen wird. Und sämtliche Ihrer Nachbarn gleich mit dazu!« Jetzt sah Oscars Schwiegervater zumindest verdutzt aus, allerdings nur für den Bruchteil einer Sekunde. Im nächsten Moment trug er offene Feindseligkeit zur Schau. »Ich habe keine Ahnung, wer Sie sind«, zischte er leise und in drohendem Tonfall, »aber wenn Sie nicht auf der Stelle verschwinden, rufe ich die Polizei.«

»Machen Sie das gern«, schaltete sich nun Cora wieder ein. »Dann können die Beamten gleich die Frage nach dem Sorgerecht klären.«

»So?« Seine Miene wechselte von erbost zu amüsiert. »Für wen auch immer Sie zwei sich halten, ich fürchte, Sie sind auf dem Holzweg.«

»Ein Kind gehört zu seinem Vater!«, hörte Ella sich nun in Fuß-Aufstampf-Manier plärren.

»Oscar ist nicht in der Lage, sich um Henri zu kümmern.«

»Ach, und deshalb ist es richtig, ihm den Jungen einfach wegzunehmen?«, karrte sie nach. »Wie wäre es, wenn Sie ihm stattdessen lieber helfen?«

»Diese Entscheidung müssen Sie schon uns überlassen, so leid es mir tut.«

»Herr Dubois«, versuchte Ella es nun ruhig und sachlich. Und ein bisschen mitfühlend, so schwer es ihr bei diesem ... diesem ... eben diesem Gegenüber auch fiel. »Ich verstehe ja, wie schmerzhaft der Verlust Ihrer Tochter für Sie gewesen sein muss. Aber immerhin war sie Oscars Frau, für ihn ist es doch auch ...«

»Können Sie«, unterbrach er sie mit rauer Stimme und ließ dabei zum ersten Mal hinter seine eisige Fassade blicken, »jetzt bitte gehen?«

»Nein, Herr Dubois«, sagte sie sanft, aber bestimmt. »Zuerst möchte ich wissen, was mit Henri ist.«

»Es geht ihm gut«, wiederholte Oscars Schwiegervater seine Worte vom Nachmittag. Fügte allerdings noch hinzu: »Besser, als es ihm bei seinem Vater gehen würde.«

»Hören Sie«, Ella seufzte, »ich will mich in nichts einmischen, was mich nichts angeht.« Aus den Augenwinkeln nahm sie wahr, dass Cora sich angestrengt ein Grinsen verkneifen musste. Am liebsten hätte sie sie in die

Seite geboxt, aber das ging gerade natürlich nicht. »Und ich weiß auch nicht«, sprach sie weiter, »wie Ihr Verhältnis zu Oscar war oder wie es in der Ehe der beiden ausgesehen hat. Vielleicht fühlte Francine sich manchmal von ihrem Mann alleingelassen, war überfordert mit Kind und einem anstrengenden Job, und das ...«

»Meine Tochter hat nicht gearbeitet«, wurde sie von Olivier Dubois unterbrochen.

»Äh ... nein?«

Er schüttelte den Kopf. »Das hätte dieser verrückte Despot überhaupt nicht zugelassen. Oscar hat unsere Francine an der kurzen Leine gehalten. An der ganz kurzen. Er hat sie überwacht und kontrolliert.«

»Aber ...«, stotterte Ella konfus. »Aber, ich ...« Ihr fiel nichts mehr ein. Denn von ihrem Besuch bei der *Rasselbande* und der Auskunft, die sie dort von Hannah Marx erhalten hatte, nämlich, dass Francine de Witt ihren Sohn dort abgegeben hatte, um Zeit für ein wichtiges »Projekt« zu haben, konnte sie ja nichts erzählen, ohne die nette Erzieherin damit in die Pfanne zu hauen. Olivier Dubois machte den Eindruck, als würde er jemanden ohne Skrupel wegen Verstößen gegen das Datenschutzgesetz anzeigen.

»Lassen Sie uns das mal abkürzen.« Cora sprang ihrer sprachlosen Freundin zur Seite. »Ob die Ehe zwischen Ihrer Tochter und Oscar de Witt gut war oder schlecht, ob Sie Ihren Schwiegersohn mögen oder ihn am liebsten zum Mond schießen würden – das spielt alles keine Rolle, wenn es um Henri geht. Da gibt es Gesetze, und an die müssen Sie sich halten. Wenn Sie es nicht tun, werden wir das wohl oder übel von einem Gericht klären lassen müssen.« Sie vollendete den Satz mit einem entschlossenen Nicken.

Herr Dubois betrachtete sie schweigend, nachdenklich. Dann wanderte sein Blick zu Ella, danach wieder zu Cora. Er wirkte erschöpft, resigniert. Schließlich hob er die Hände, ließ sie gleich darauf sinken und seufzte. »In Ordnung«, sagte er. »Es geht Sie zwar rein gar nichts an – aber bitte warten Sie einen Augenblick.« Er verschwand im Haus, nicht ohne die Tür hinter sich zu schließen.

»Ob er jetzt die Bullen ruft?«, wisperte Ella Cora zu.

»Nie im Leben«, gab ihre Freundin zurück. »Der hat doch Schiss!«

»Ich hoffe, du hast recht.« Denn sie, Emilia Faust, hatte durchaus Schiss, um es mit Coras Worten zu sagen. Waren sie zu weit gegangen? Würden sie in wenigen Minuten abtransportiert von finster dreinblickenden Uniformierten? Dann ab in eine kahle Zelle, in der sie die Nacht verbringen mussten, bis man sie morgen früh nach Hause schickte zusammen mit je einer Anzeige wegen Amtsanmaßung? Hausfriedensbruch? Nötigung? Erpressung? Versuchtem Menschenraub?

Doch bevor Ella sich noch weiter in ihre Ängste hineinsteigern konnte, erschien Olivier Dubois erneut in der Tür. In der Hand hielt er ein Blatt Papier, das er Ella und Cora reichte.

»Hier«, forderte er die beiden auf. »Lesen Sie das.«

Cora schnappte sich den Zettel, gemeinsam beugten sie sich darüber und überflogen den Inhalt. Es war die Kopie einer handgeschriebenen Verfügung, die Schrift erkannte Ella eindeutig als die von Oscar.

Vollmacht

Als Witwer der verstorbenen Frau Francine de Witt, geborene Dubois, übe ich das Sorgerecht für meinen Sohn Henri de Witt alleine aus.

Als alleinsorgeberechtigter Vater für das Kind erteile ich hiermit meinem Schwiegervater Herrn Olivier Dubois und seiner Ehefrau Kathrin Dubois, geborene Haferkamp, Vollmacht, jeweils gemeinsam die für das Kind erforderlichen Erklärungen in den Bereichen

- Gesundheitsfürsorge
- Pass- und Meldeangelegenheiten
- Sozialleistungen
- Kindergarten und Schule
- Ausbildung und Ausbildungshilfen
- Religion
- Vermögenssorge (Auflösung und Begründung von Konten, Sparbüchern etc.)
- Freizeitaktivitäten

und in allen weiteren in Betracht kommenden Angelegenheiten für mich abzugeben und mich vollumfänglich, gleich einem Sorgeberechtigten, zu vertreten. Gleichzeitig übe ich mein Aufenthaltsbestimmungsrecht dahingehend aus, dass Henri seinen gewöhnlichen Aufenthalt bei den Bevollmächtigten an deren jeweiligem Wohnsitz haben soll.

Erschüttert betrachtete Ella das Dokument, das mit Datum vom 3. Juni dieses Jahres von Oscar unterschrieben worden war. Ihre Kehle schnürte sich so eng zusammen, dass sie befürchtete, gleich keine Luft mehr zu bekommen und jeden Moment umzukippen.

»Ja, und was soll uns dieser Wisch sagen?«, blaffte Cora Oscars Schwiegervater an.

»Dieser *Wisch*«, sagte Olivier Dubois leise und entriss Ellas Freundin das Blatt Papier, »ist die Antwort auf Ihre Frage, weshalb Henri bei mir und meiner Frau lebt und das auch so bleiben wird. Denn die Sache ist ganz einfach: Oscar hat kein Interesse an seinem Kind.«

»Aber«, setzte Cora an, Ella selbst konnte gar nichts mehr sagen.

»Ich wünsche Ihnen noch einen schönen Abend.« Sprach's, verschwand erneut im Haus – und schloss die Tür.

»Fuck«, entfuhr es Cora, während sie beide noch vollkommen perplex auf den Schmuckkranz starrten, der am Eingang hing und sachte von links nach rechts schaukelte. »Was für ein Arsch!«

»Wen genau meinst du?«, wollte Ella wissen. »Olivier Dubois? Oder doch eher den lieben Oscar?«

Better Endings

Über mich | Ellas Geschichten | Ellas Leben | Ellas Hamburg

Donnerstag, 10. Oktober, 11:59 Uhr

Hänsel und Gretel – oder »Ding Dong, die Hex ist tot!«

Liebe Netzgemeinde,
heute wird es hier schon wieder ernst, denn ich möchte mit euch über Märchen reden. Und darüber, weshalb Geschichten, die wir unseren *Kindern* vorlesen, oft so grausam sind. Wie ihr schon wisst, hat meine Mutter mir Märchen immer nur in der »geschönten« Variante erzählt. Einfach, weil sie der Ansicht war, dass Wölfe, die Großmütter und kleine Geißlein fressen und die zur Strafe mit Wackersteinen im Bauch im See versenkt werden, nur bedingt förderlich für die empfindsame Kinderseele sind ...
Aber egal, ich will hier nicht über meine Mutter schreiben (Ja, ja, Bloxxx, meine »Happy-End-Sucht« habe ich von ihr geerbt, lass stecken und leg dich wieder hin!), sondern eben über Märchen und was das überhaupt soll. Besonders schlimm sind dabei natürlich Erzählungen der Kategorie »schwarze Pädagogik«, wie zum Beispiel der Struwwelpeter, die dem Nachwuchs eins mit dem Erziehungsholzhammer überbraten: Paulinchen spielt mit Streichhölzern – und verbrennt. Konrad werden die Daumen abgeschnitten, weil er das Nuckeln daran nicht lassen kann, der Suppenkaspar verhungert, weil er nicht essen will. Und so weiter und so fort – dass so etwas auch heute noch in der Kinderbuchabteilung und nicht im Regal »Horror ab 18« steht, ist mir ein Rätsel!
Vielleicht wusste man sich früher, als Märchen und moralische »Lehrstücke« erfunden wurden, schlicht nicht anders zu helfen. Vor Jahr-

hunderten gab es noch kein Druckmittel wie »Wenn du nicht gleich dein Zimmer aufräumst, kommt die Playstation weg!« oder »Das WLAN-Passwort gibt es nur gegen erledigte Hausaufgaben«. Aber was auch immer, ich schweife ab.

Zurück zum Thema: Märchen. Genauer gesagt: Zu *Hänsel und Gretel*. Wisst ihr, was an dieser Geschichte das *wirklich* Grausame ist? Nicht die Hexe, die nicht. Die tut halt das, was böse Hexen so tun, sie will die Kinder auffressen. Das ist ihr Job, und niemand erwartet etwas anderes von ihr. Das *tatsächlich* Furchtbare bei *Hänsel und Gretel* sind meiner Meinung nach – die Eltern!

Sie setzen die Kinder allein im Wald aus und hoffen, dass sie dort sterben werden, weil zu Hause das Essen nicht für alle reicht. Zur Erinnerung:

»Wir wollen morgen in aller Frühe die Kinder hinaus in den Wald führen, wo er am dicksten ist. Da machen wir ihnen ein Feuer an und geben jedem noch ein Stückchen Brot, dann gehen wir an unsere Arbeit und lassen sie allein. Sie finden den Weg nicht wieder nach Haus, und wir sind sie los.«

Ich bitte euch, wer tut denn sowas? Vergesst echt mal die blöde Hexe und regt euch über die Eltern auf, denn die sind doch wirklich gruselig! Egal, ob das Essen nicht reicht, egal, wie schlimm auch immer die Lage ist – es gibt keinen einzigen Grund, keine Entschuldigung dafür, seine Kinder aufzugeben. So eine Mama und so ein Papa gehören in den Knast. Oder in den Hexenofen, auch keine schlechte Lösung.

Hänsel und Gretel kehren im Märchen am Ende nach Hause zurück, die böse Stiefmutter (natürlich nicht die leibliche, immerhin), die überhaupt erst die Idee dazu hatte, sie auszusetzen, ist mittlerweile tot. Und dieses Weichei von Vater, das vor seiner Frau gekuscht und die Kinder tatsächlich allein im Wald zurückgelassen hatte, freut sich ein Loch in den Bauch, weil die Geschwister wieder da sind. Von da an lebten sie glücklich bis ans Ende aller Tage und blaaa … Nein, das ist für mich

kein Happy End, der Vater ist genauso schuldig wie seine verstorbene Gattin. Weil Kinder über alles gehen, und wer nicht um sie kämpft, ist ein schlechter Mensch.
So sehe jedenfalls ich das. Und bin auf eure Meinungen gespannt!

Trotzdem will ich auch heute versöhnlich schließen, denn ihr wisst ja: Am Ende wird alles gut.
Wenn es nicht gut ist, ist es nicht das Ende.

Alles Liebe,
eure Ella Cinderella

Kommentare (4)

BLOXXX BUSTER, 12:15 Uhr
???

Glitzer-Elfe XXL, 12:23 Uhr
Hätte nicht gedacht, dass ich mich Bloxxx mal anschließen muss, aber: ??? Was ist los, Ella?

Ella Cinderella, 12:30 Uhr:
Gar nichts, Leute. Man wird ja wohl mal emotional werden dürfen ;-) Keine Sorge, alles gut!

Loveisallaround_82, 12:44 Uhr
Ich verstehe dich total gut, Ella! Ich fand die Eltern auch immer zum Ko... ♥

26

Ja, gut. Sie war in der Tat emotional geworden. Vielleicht sogar ein bisschen dramatisch. *Eltern in den Knast* und so, da war sie unter Umständen ein wenig übers Ziel hinausgeschossen. Aber der gestrige Schock zu später Stunde steckte ihr noch immer in den Knochen und hatte ihr eine schlaflose Nacht beschert, obwohl sie nach dem hektischen Tag regelrecht erschossen gewesen war. Die Erkenntnis, dass die Dubois das Kind nicht gegen Oscars Willen an sich gerissen hatten, sondern der Vater seinen Sohn sogar von sich aus abgeschoben hatte – Ella kam und kam darüber schlicht nicht hinweg. Und was hatte Herr Dubois noch gesagt? Oscar sei ein verrückter Despot? Gut, ihr neuer Chef war manchmal etwas launisch, aber ansonsten schien ihr die Meinung, die sein Schwiegervater von ihm hatte, doch etwas drastisch und übertrieben zu sein.

Sie lag auf ihrem Bett, starrte an die Zimmerdecke und versuchte zum etwa hunderttausendsten Mal eine logische, eine nachvollziehbare Erklärung für das alles zu finden. Aber sosehr sie sich auch bemühte, der Geistesblitz blieb aus. Einzig der Spruch des Wand-Tattoos über ihr ging ihr wieder und wieder durch den Kopf:

Sorge dafür, dass das kommt, was du liebst. Andernfalls musst du lieben, was kommt.

Tja, das war wirklich ein schönes Zitat. In diesem Moment leider nur wenig erhellend. Hatte Francine es dort angebracht? Oscar mit Sicherheit nicht, also musste seine Frau die Idee dazu gehabt haben. Wer war sie gewesen? *Wie* war sie gewesen? Eine liebevolle, eine warmherzige Frau? Eine, die alles getan hatte für ihr Kind? Olivier Dubois hatte gestern gesagt, dass seine Tochter nicht berufstätig gewesen war. Weshalb hatte sie dann Hannah Marx gegenüber behauptet, sie bräuchte Zeit für ein »wichtiges Projekt«? Was für ein Projekt könnte das gewesen sein? Ausgedehnte Shopping-Touren? Latte Macchiato und Aperol Spritz mit Freundinnen im Alsterpavillon? Hatte sie bei der *Rasselbande* einen Job vorgetäuscht aus Sorge, dass man den eigentlich zu alten Henri sonst nicht betreuen würde, wenn sie die Zeit »nur« nutzen wollte, ein paar Stunden für sich allein zu haben? Doch dann verstand Ella nicht, warum sie auch ihrem Mann nichts davon erzählt oder ihn als abholberechtigt angegeben hatte. Warum hatte sie ein Geheimnis daraus gemacht? Stimmte es am Ende tatsächlich, und Oscar war ein Despot, der so etwas nicht geduldet hätte?

Gut, er hatte ihr gegenüber schon zweimal auf das Einhalten ihrer Arbeitszeiten gepocht. Allerdings hatte Ella nicht den Eindruck gehabt, dass ihr Chef das absolut bierernst gemeint hatte (das eine Mal an den Landungsbrücken war es ja auch viel eher darum gegangen, sie aus der Situation mit Philip zu befreien). Und selbst wenn er da strenge Maßstäbe anlegte, war es nur sein gutes Recht und von der Bezeichnung »Despot« noch Lichtjahre entfernt. Aber war vielleicht der *alte* Oscar – also der *vor* dem Gedächtnisverlust – einer gewesen? War die Ehe deshalb wirklich am Ende gewesen, und die de Witts hatten nicht mehr miteinander gesprochen?

Warum hast du mich verlassen, warum hast du mich verlassen?

Wem hatte Oscars Verzweiflungsschrei denn nun gegolten? Doch seiner Frau? Das aber spräche gegen eine Zerrüttung der Beziehung, zumindest von seiner Seite aus. Das passte dann aber wiederum nicht zum »Despot«. Oder eben genau doch? *Der Feind in meinem Bett* – SIE wird von ihm terrorisiert, ER hält das für Liebe.

Nein. Nein, nein, nein, da hätte Oscar de Witt nicht nur sein Gedächtnis verlieren, sondern eine komplette charakterliche Metamorphose durchleben müssen, so hatte Ella ihn bisher schlicht nicht erlebt. Der Mann spielte Klavier! Er – spielte – Klavier! Na gut, auch ein schlechtes Beispiel, wenn sie an den einen oder anderen Prominenten dachte, der ein begnadeter Künstler sein mochte, als Privatperson aber ... von eher zweifelhaftem Wesen.

Sie lenkte ihre Gedanken zurück zu Henri. Warum hatte Oscar getan, was er nun mal getan hatte? Weshalb hatte er das Sorgerecht für seinen Sohn auf seine Schwiegereltern übertragen? Ella hatte gestern Abend noch bei Philip angerufen, ihm von der Vollmacht erzählt in der Hoffnung, dass er lachen und ihr versichern würde, so ein Schrieb wäre das Papier nicht wert, auf dem es stand.

Zu ihrem Entsetzen hatte er ihr erklärt, dass ein solches Dokument wirklich gültig war und – schlimmer noch – es überhaupt nicht einfach wäre, diese Vereinbarung zurückzunehmen.

Natürlich war es tragisch, wenn die Ehefrau starb. Aber wie auch immer das passiert war (das würde Ella noch herausfinden müssen) – es war doch kein Grund, sich dann auch von seinem Kind abzuwenden! Nein, ganz im Gegenteil, so ein Ereignis hätte Vater und Sohn erst recht zusammenschweißen müssen. Schließlich war sie, Ella, ja auch mit nur einem Elternteil aufgewachsen, und ihre Mutter hatte sie geliebt. *Geliebt!* Nie im Leben hätte sie ihre Tochter freiwillig weggegeben!

Ella erinnerte sich an Oscars empörte Reaktion auf der Fähre, als sie ihm erzählt hatte, dass Selma Faust nach Südamerika ausgewandert und sie daraufhin ins Internat gegangen war. Wie hatte er das noch einmal kommentiert? *Man lässt doch seine kleine Tochter nicht zurück, um am anderen Ende der Welt ein neues Leben mit seiner großen Liebe zu beginnen!*

Nun, wie auch immer, man ließ auch seinen kleinen Sohn nicht zurück oder gab ihn zu den Großeltern, weil die *große Liebe* verstorben war. Selbst, wenn man sich allein mit Kind überfordert fühlte, selbst, wenn man in ein tiefes Depressionsloch fiel. Nein und nein und nein! Für eine Weile, für eine Übergangszeit, bis man sich seelisch wieder stabilisiert hatte, ja, es mochte angehen, dass man sich in einer solchen Ausnahmesituation nicht anders zu helfen wusste, als den Nachwuchs ein paar Wochen woanders unterzubringen. Aber das Sorgerecht abtreten? Für immer? Nein und nein und nochmals *nein*! Noch dazu, wenn man über die finanziellen Mittel eines Oscar de Witt verfügte, da wäre es doch ein Leichtes gewesen, sich Hilfe zu holen. Fünf Nannys, drei Haushälterinnen, irgendwas, Hauptsache, das Kind bleibt da, in Hollywood wurde doch täglich vorgemacht, wie so etwas ging! Natürlich gab es Menschen, die den Ehrgeiz hatten, alles allein und ohne Hilfe zu schaffen. Gehörte Oscar dazu? So stolz, dass er eher bereit dazu gewesen war, seinen Sohn aufzugeben, statt um Unterstützung zu bitten?

Warum hast du mich verlassen? Wenn sich diese Frage auf Henri bezog, passte das aber erst recht nicht. Hätte Oscar ihn tatsächlich abgeschoben, dann müsste er sich diese Frage überhaupt nicht stellen, denn dann wüsste er ja die Antwort auf dieses »Warum«. Von daher glaubte Ella das harte Urteil, das Olivier Dubois über ihn gefällt hatte, dass er sich für Henri nicht interessierte, auf gar keinen Fall. Oscar fühlte sich *verlassen*, nicht wie jemand, der keine Lust hatte, Verantwortung für das eigene Kind zu übernehmen.

Ella setzte sich auf, schwang die Beine aus dem Bett und stellte beide Füße auf den Boden. Nach der durchwachten Nacht war sie zwar immer noch hundemüde, aber da Oscar bereits um halb neun gegen ihre Tür geklopft und gerufen hatte, dass er nun doch noch einmal zu Dr. Specht fahren würde, hielt sie die Rückkehr ihres Chefs für jederzeit möglich. Blöd, dass sie die Schnitzeljagd durch Oscars Leben bisher davon abgehalten hatte, ihm ein Handy zu besorgen, sonst hätte sie ihn anrufen und fragen können, wann er wieder zu Hause wäre. So aber tat sie gut daran, sich endlich anzuziehen und getreu dem Motto *Allzeit bereit* eine gewisse Geschäftigkeit an den Tag zu legen, wenn sie nicht wollte, dass bei Oscar der Eindruck entstand, sie würde ihren Job eher laisser-faire betreiben. Schon gestern war sie erst spät aus ihrem Zimmer gekommen, da sollte er sie heute nicht schon wieder im Schlafanzug antreffen. Sie nahm sich vor, ihrem Boss nun schnellstens ein neues Mobiltelefon zu organisieren, ohne Handy war man ja heutzutage kein richtiger Mensch mehr! Mal ganz davon abgesehen, dass sie auf eine weitere spitze Bemerkung von Oscar, weshalb sie das nicht schon längst erledigt hatte, gut verzichten konnte.

Während sie unter der Dusche stand und *Eckstein, Eckstein, alles muss versteckt sein* aus dem Song *Augen auf, ich komme* von Oomph vor sich hin brummte (nicht im engeren Sinn ein Schlager, aber irgendwie war sie scheinbar noch in ihrer Hänsel-und-Gretel-Assoziation gefangen), ging sie in Gedanken ein weiteres Mal Oscars und ihr Gespräch auf der Fähre durch. Seine Empörung war echt gewesen, da war sie ganz sicher, die hatte er nicht gespielt, um sich in ein besonders moralisches Licht zu rücken. Konnte eine Amnesie auch dafür sorgen, dass sich ureigensten Überzeugungen veränderten? Alle Werte? Die gesamte Persönlichkeit?

Ella konnte sich beim besten Willen nicht vorstellen, dass so etwas möglich war. Dass es nur einen ordentlichen Schlag auf den Hinterkopf brauchte, und aus Dr. Jekyll wurde tatsächlich Mr. Hyde oder umgekehrt.

»Raaaah!«, brüllte sie laut und stampfte mit dem Fuß auf, so dass das Wasser in alle Richtungen davonspritzte. Es war zum Verrücktwerden, das war es wirklich – egal, wie sehr sie grübelte, sie bekam keine schlüssige Geschichte zusammen. Sie fühlte sich wie damals, als ihre Mutter ihr einen alten Zauberwürfel geschenkt und an dem sie stundenlang herumgedreht hatte – von links nach rechts und von rechts nach links, eine Reihe hin, eine andere her, eine hoch und eine runter. Geendet hatte es damit, dass sie das Ding kreischend in eine Ecke gepfeffert hatte, wo es in seine einzelnen Bestandteile auseinandergeflogen war. Immerhin – danach hatte Ella ihn ganz leicht korrekt zusammensetzen können. Ob sie mit Oscar ähnlich verfahren könnte? Bei dem Gedanken musste sie kichern. Sie müsste ihn einfach nur noch einmal über den Haufen rennen, dann würde es bei ihm bestimmt klick machen, und alles wäre wieder in Reih und Glied, alles genau da, wo es hingehörte.

Sie drehte das Wasser ab, schnappte sich ein Handtuch, wickelte es sich um und stellte sich vor den beschlagenen Spiegel, den sie mit einer Hand freiwischte.

»Okay«, sagte sie zu sich selbst. »Konzentrier dich, Emilia Faust. Und fang noch einmal ganz von vorn an. Lass dich von deinem Bauch leiten – was genau ist hier los?«

Warum hast du mich verlassen? Warum hast du mich verlassen?

Von wem war die Rede? Francine? Henri? Von beiden? Und warum?

Dann – es war mehr ein Gefühl als eine Gewissheit, aber es war so stark, dass es in Ella augenblicklich zu einer Überzeugung wurde – schoss ihr dieser eine, dieser alles erklärende Satz durch den Kopf, und die Erkenntnis traf sie wie ein Schlag: Es ging um ihn, um Oscar! *Er* hatte sich selbst verlassen! Hatte sich schlicht verloren in dem, was ihm widerfahren war, und fand keinen Weg mehr zurück.

Eine Viertelstunde später nahm Ella an dem kleinen Schreibtisch in ihrem Zimmer Platz und klappte ihr Notebook auf, wilder entschlossen denn je. Nachdem sie nun mit absoluter Sicherheit wusste, was sie zu tun hatte, brannte sie regelrecht darauf, dass ihr Chef bald nach Hause kommen würde, damit sie endlich gemeinsam loslegen könnten. Sie surfte zur Homepage ihrer früheren Schule, loggte sich als Mitglied ein und hatte nach wenigen Minuten den richtigen Bereich gefunden. Hier stand alles, was sie wissen musste. Beziehungsweise alles, was sie, Ella, bereits wusste – und was sie jetzt Oscar de Witt vermitteln würde.

Ihr Handy klingelte, gut gelaunt nahm sie den Anruf entgegen.

»Ein bisschen melodramatisch, findest du nicht?«, fragte Cora, ohne sich mit einer Begrüßung aufzuhalten.

»Sprichst du gerade von Hänsel und Gretel, Miss Sunshine?«

»So ist es.« Sie lachte. »Hast du dich von gestern etwas erholt?«

»Ja, mir geht es wunderbar!«

»Da bin ich überrascht«, gab ihre Freundin erstaunt zurück. »Ich hatte gedacht, du würdest dir noch verzweifelt die Haare raufen.«

»Das Gegenteil ist der Fall.«

»Du bist doch nicht etwa zur Vernunft gekommen?«

»Genau das bin ich!«

Cora stieß einen erleichterten Seufzer aus. »Super! Wann soll ich dich abholen?« Gestern, nach dem Debakel bei den Dubois, hatte ihre Freundin noch zwei Stunden lang auf sie eingeredet wie auf einen lahmen Gaul. Hatte versucht, sie davon zu überzeugen, dass sie nun wahrlich genug getan hatte für Oscar de Witt – sie hatte eine unvergleichliche Art, *genug* wie *viel zu viel* klingen zu lassen – und dass sie bitte, bitte, bitte ablassen sollte von ihrem *schwachsinnigen* Plan der Vater-Sohn-Zusammenführung. Weil sie doch nun schwarz auf weiß gesehen hätte, dass Oscar überhaupt nicht zusammengeführt werden *wollte*, weil sie sich in Dinge einmischte, die sie rein gar nichts angingen, und weil es deshalb das Beste wäre, ihren Chef seinem Schicksal und den Ärzten zu überlassen und ansonsten zuzusehen, dass sie Land gewann.

»Wirklich, Ella«, hatte Cora gesagt, »du übernimmst dich da, du *kannst* dem Mann nicht helfen! Nicht nur, dass er krank ist – bei dem gesamten Clan scheint doch so einiges im Argen zu liegen. Und wenn du da auch noch mitmengst, führt das meiner Meinung nach nicht dazu, dass bei diesem de Witt wieder alles ins Lot kommt, sondern das Ergebnis wird sein, dass du komplett unter die Räder gerätst.«

»Ich muss darüber nachdenken«, hatte Ella erwidert. »Ich muss nach Hause und in aller Ruhe überlegen, was ich jetzt noch tun kann.«

»Du sollst mich nicht abholen«, antwortete Ella ihrer Freundin nun auf ihre Frage.

»Wie, nicht abholen?«

»Ich bleibe hier.«

»Aber du hast doch gerade gesagt, dass du zur Vernunft gekommen bist!«

»Bin ich auch.«

»Dann verstehe ich nicht ...«

»Die Sache ist ganz simpel«, fiel Ella ihr ins Wort. »Oscar hat seinen Sohn weggegeben, weil es ihm so schlecht ging, dass er sich nicht mehr um sein Kind kümmern *konnte*. Das ist die einzig mögliche Erklärung!«

»Aber ...«

»*Können*, verstehst du? Nicht *wollen*!«, sprach sie weiter. »Das ist ein himmelweiter Unterschied. Er war verzweifelt, am Boden zerstört, sah keinen Ausweg mehr, als Hänsel und Gretel im Wald auszusetzen, wenn du verstehst, was ich meine.«

»Ja, ich verstehe. Du bist übergeschnappt.«

»Ganz im Gegenteil!«, rief sie aus. »Ich bin so klar wie nie zuvor.«

»Aha.«

»Mein Plan ist ganz einfach: Ich werde Oscar zurück in den Wald prügeln und dafür sorgen, dass er die Kinder wieder einsammelt und sich um sie kümmert. Wie ein richtiger Vater das tun sollte.«

»Übergeschnappt, ich sag's ja.«

»Hör mir doch mal zu, Cora!«, appellierte sie nun an ihre Freundin. »Als ich zum ersten Mal Oscars Haus betreten habe, war ich entsetzt darüber, wie es hier aussah. Keine Ahnung, ob er schon so abgeschmiert ist, bevor er Henri zu seinen Schwiegereltern gegeben hat oder erst danach, aber das spielt jetzt auch erst einmal keine Rolle. Fakt ist: Ich bin in einen Mann hineingerannt, der allein offenbar nicht überlebensfähig ist.«

»Er hat genug Geld«, warf Cora ein. »Dann soll er sich halt eine Rundum-Haushälterin besorgen und gut.«

»Hat er doch, ich bin ja da!«

»Aber du bist dafür meiner Meinung nach nicht die richtige, denn du bist ... emotional zu sehr involviert.«

»Es geht doch aber gar nicht nur darum, dass es hier sauber und ordentlich ist«, warf Ella ein.

»Nein? Geht es nicht?«

»Nein. Es geht darum, dass jemand Oscar wieder auf die Schiene setzen muss. Er braucht wieder Selbstvertrauen. Selbst*wert*. Da reicht es nicht, ihm den Haushalt zu schmeißen, da muss man ganz neu ansetzen, viel tiefer, an der Wurzel.«

»An der Wurzel«, wiederholte Cora und klang verwirrt.

»Genau. Jemand muss ihm vermitteln, dass das Leben lebenswert ist, dass es Spaß macht, dass es Freude bringt. Und das fängt eben damit an, dass Oscar lernt, dieses Leben ganz allein zu wuppen – und damit letztlich auch zusammen mit Henri. Er muss aus der Erfahrung, was er alles bewerkstelligen kann, Kraft und Zuversicht schöpfen.«

»Und dieser Jemand, der ihm all das vermittelt, willst jetzt also du sein?«

»Richtig. Ich werde ihn anleiten und ihm beibringen, wie ein gut organisierter Haushalt funktioniert, damit er diese Aufgabe irgendwann selbst übernehmen kann. Hilfe zur Selbsthilfe, wenn du so willst, Oscar de Witt ist mein Entwicklungsland.«

»Dein Entwicklungsland?«, hörte sie Cora kreischen. »Du bist nicht nur übergeschnappt, du bist ...«

»Doch«, unterbrach sie ihre Freundin erneut. »Glaub mir, das ist der beste Weg. Ich stelle Oscar wieder vernünftig auf die Beine, und wenn mir das gelungen ist, führe ich ihn langsam und vorsichtig an die Tatsache heran, dass er einen Sohn hat.«

»Entwicklungsland«, wiederholte Cora tonlos. »Ich *fasse* es nicht.«

»Wir können ihn auch meine *My Fair Lady* nennen«, sagte Ella und kicherte. »Ich sehe uns schon gemeinsam die Staubwedel schwingen. Und wie wir dabei ›Es grünt so grün, wenn Spaniens Blüten blühen‹ singen.«

»Übergeschnappt«, kam es vom anderen Ende der Leitung, »einfach nur total übergeschnappt. Und noch dazu kriminell!«

»Kriminell?«

»Na ja, du lässt dir von ihm ein stattliches Gehalt zahlen und führst ihn gleichzeitig an der Nase herum.«

»Weil es zu seinem eigenen Besten ist.« Sie stellte fest, dass ihr bei Coras letzter Bemerkung doch ein wenig mulmig wurde.

»Tja, dann bin ich mal gespannt, ob Oscar das am Ende des Tages, wenn du ihm die komplette Wahrheit präsentierst, auch so sieht. Ich rechne ja eher mit einer Anzeige wegen Betrugs statt mit großer Dankbarkeit.«

»Hm«, gab Ella zurück und kaute auf ihrer Unterlippe herum. Sicher, dass Oscar ausflippen würde, statt ihr um den Hals zu fallen, dieses Risiko bestand natürlich, das musste sie zugeben. Nur: Wo kam man denn im Leben hin, wenn man nicht bereit war, auch Risiken einzugehen? Allerdings reichten die Worte ihrer Freundin aus, um erneut Zweifel in ihr zu wecken, ob ihre Idee wirklich so großartig war – obwohl sie doch noch Sekunden zuvor bombenfest davon überzeugt gewesen war. Blöde Cora! »Aber eine andere Idee habe ich nun mal nicht«, sagte sie betrübt. »Und ich muss doch …«

»Das mag ja sein, dass du keine andere Idee hast«,

wurde sie unterbrochen. »Aber ich bitte dich, nein, ich flehe dich an: Denk über all das noch einmal nach. Für mich klingt das wie der reine Wahnsinn, und dein Plan *kann* doch nur in einer totalen Katastrophe enden. Bitte, Ella! Schreibe deinem Oscar einen Zettel, dass es dir leidtut, und pack deine Sachen. Ich hole dich ab, und wir vergessen die ganze Sache einfach, okay?«

»Ich kann doch nicht ...«

»Doch, Ella, das kannst du. Du ziehst zu mir und fängst wieder bei *Die gute Fee* an.« Sie lachte. »Und von mir aus geh auch zurück zu deinem Philip. Ist ja egal, was ich von ihm halte, Hauptsache, du bist glücklich mit ihm.«

»Ich bin mir ja gar nicht sicher, ob er mich überhaupt wiederhaben will.«

»Natürlich will er das!« Cora schnaubte. »Der dreht durch vor Eifersucht, das hast du doch gemerkt! Er hat die Sache mit dieser C. beendet, hat dir an den Landungsbrücken aufgelauert ...«

»Da hat er nur sein Fahrrad gesucht!«

»Unsinn!«, widersprach sie. »Es war der einzige Anhaltspunkt, den er hatte. Vermutlich hat der arme Kerl da bereits seit zwei Tagen gezeltet in der Hoffnung, dich irgendwann zu erwischen.«

»Glaubst du wirklich?«

»Auf jeden Fall! Er hat sich sofort an die Strippe gehängt, um dir bei deinen Nachforschungen über Henri zu helfen, obwohl er weiß, dass er damit indirekt etwas für Oscar tut, den er mit Sicherheit auf den Tod nicht ausstehen kann, weil er ihn instinktiv für einen Rivalen hält. Außerdem will er sich ständig mit dir aussprechen – was brauchst du denn noch? Soll er tausend rote Rosen und ein Streichquartett schicken?«

»Keine schlechte Idee.«

»Ich bitte dich, Ella«, rief Cora aus. »Der Mann will *sowas* von zurück zu dir, da gibt es gar keine zwei Meinungen.« Dann senkte sie die Stimme. »Und wenn es nach deinem Glauben geht – der für mich zwar nicht nachvollziehbar ist, aber sei's drum –, ist die Tatsache, dass Philip wieder auf Ella-Kurs ist, ein bombensicheres Indiz dafür, dass es auch mit Oscar wieder aufwärtsgeht.«

»Hm, ja, stimmt.« Nun kaute sie noch hektischer auf ihrer Unterlippe herum.

»Siehst du!« Sie hörte, wie ihre Freundin am anderen Ende der Leitung in die Hände klatschte. »Dann ist doch alles wunderbar und paletti! Also sammel jetzt bitte deine Sachen zusammen, ich bin in einer Stunde da. Nur die genaue Adresse müsstest du mir noch geben.«

»Nicht so schnell«, bremste Ella sie aus. »Ich muss mir das alles noch einmal in Ruhe durch den Kopf gehen lassen.«

»Dann tu das und ruf mich an. Aber überleg nicht zu lange, okay? Bei langwierigem Grübeln ist noch nie etwas Vernünftiges herausgekommen.«

»Ich melde mich in einer Stunde«, versprach Ella, verabschiedete sich und legte auf.

Danach begann sie, natürlich!, zu grübeln. Das, was Cora gesagt hatte, entbehrte tatsächlich nicht einer gewissen Logik. Philip hatte deutliche Annäherungstendenzen gezeigt. Oscars Haus war soweit in Ordnung, es schien ihm seelisch gut zu gehen, und außerdem hatte er Dr. Specht. Um seine gebrochene Hand würde sich ein

Orthopäde kümmern, das nötige Kleingeld, sich eine andere Hilfe zu engagieren, hatte er ebenfalls. In der Hinsicht war er nicht auf Ella angewiesen.

Und was die ganze Sache mit Henri betraf, so war das ja in der Tat ein heikles Thema, an dem sie sich leicht die Finger verbrennen könnte.

Ja, es war nicht von der Hand zu weisen, das alles *könnte* in eine Katastrophe führen. Also wäre es wirklich das Beste, sie würde aus Oscars Leben wieder verschwinden? Vielleicht schon. Allerdings nicht so, wie Cora es vorgeschlagen hatte, sie würde nicht einfach ihren Krempel packen und mit einer kleinen Notiz an Oscar das Weite suchen. Nein, wenn, dann würde sie für sofortigen Ersatz sorgen und eine ordentliche *Übergabe* machen.

Sie nahm ihr Handy zur Hand und suchte Philips Nummer heraus. Es war an der Zeit, sich mit ihm zu treffen und in Ruhe über alles zu reden.

»Ella?«, meldete er sich nach dem zweiten Klingeln. »Das ist ja eine Überraschung!«

»Passt es bei dir gerade oder bist du in einem Termin?«

»Nein, es geht, ich muss erst in einer halben Stunde zum Gericht.«

Sie holte tief Luft. »Ich habe über unsere Aussprache nachgedacht und wollte vorschlagen, dass wir uns heute Abend treffen.«

»Heute Abend?«, fragte er. »Da ist es ehrlich gesagt schlecht.«

»Oh.« Sie kämpfte tapfer die Enttäuschung nieder. »Und morgen?«, schlug sie so heiter wie möglich vor.

»Auch nicht so gut«, kam es zurück.

»Irgendwann am Wochenende?«

»Ja, ähm ...« Er geriet ins Stottern.

»Philip?«, frage sie streng. »Was ist los?«

»Es ist ... äh ...« Er räusperte sich. »Christin, sie hat ...«

»Christin?«, schrie Ella auf. »So heißt sie also, Christin?«

»So heißt sie wohl.«

»Wohl?«

»So heißt sie.«

»Und was hat die liebe Christin getan?«

»Sie hat ein Sylt-Wochenende für uns gebucht.«

»Ach.« Ellas Mund klappte auf. »Hat sie das?«

»Ja.« Er klang unglücklich und unbeholfen.

»Und du fährst mit ihr dahin?«

»Ich hab's ihr versprochen.«

»Versprochen?«, wiederholte Ella fassungslos. »Ich denke, du hast dich von ihr getrennt!«

»Hab ich ja auch«, kam es gehetzt zurück. »Wir wollen nur reden und so, über das, was zwischen uns gewesen ist. Das konnte und wollte ich ihr nicht abschlagen, verstehst du? Ich meine, sie ist ja auch noch meine Kollegin, wir sehen uns jeden Tag in der Kanzlei, und da ...«

»Klar verstehe ich das«, blaffte Ella in den Hörer. »Dann wünsche ich euch viel Spaß! Kannst dich ja melden, wenn du mal zehn Minuten Zeit hast, um mit deiner *Exverlobten*, mit der du *mehr als sechs Jahre* zusammen warst, über all das zu reden, was zwischen dir und ihr war!«

»Ella, ich ...« Doch da hatte sie bereits aufgelegt.

Ungläubig starrte sie auf das Telefon in ihrer Hand und war versucht, es so wie damals diesen bescheuerten Zauberwürfel in eine Ecke zu pfeffern. Aber sie tat es nicht, sie brauchte es ja noch.

Ein Sylt-Wochenende? Mit Christin? Philip *tickte* doch nicht mehr richtig! Sie ballte die Hände zu Fäusten, konzentrierte sämtliche Kräfte darauf, ruhig zu bleiben; darauf, nicht aufzuspringen und in ihrem Zimmer alles kurz und klein zu schlagen. Oder in Philips Büro zu fahren und dort selbiges zu tun.

»Okay«, sagte sie leise zu sich selbst. »Okay, Emilia Faust, was nun?«

Missmutig wandte sie sich wieder ihrem Notebook zu, studierte die Seite ihrer Hauswirtschaftsschule, überflog die dort zusammengefassten Lernmodule. Ja, genau. Sie würde wieder zu Plan A zurückkehren und alles genauso machen, wie sie es sich unter der Dusche überlegt hatte. Philip Drechsler konnte sie mal! Zumindest in nächster Zeit. Und Cora? Cora glaubte ja eh schon, sie sei übergeschnappt – und nach deinem Glauben soll dir geschehen, nicht wahr?

Um Viertel nach fünf tauchte ein gut gelaunter Oscar in der Villa auf.

»Hallo, Ella!«, begrüßte er sie schwungvoll in der Halle, wo sie gerade damit beschäftigt war, den langen Läufer von ein paar hartnäckigen Flecken zu befreien, die der Reinigungsservice nicht herausbekommen hatte. »Wie geht's, wie steht's?«

»Danke, gut«, erwiderte sie, richtete sich auf und stemmte beide Hände in den schmerzenden Rücken.

»Hier!« Er hielt ihr einen hübschen Herbstblumenstrauß entgegen.

»Oh, Dr. Specht schenkt Ihnen jetzt auch schon Blumen?«, fragt sie und nahm den Strauß. »Für die werde ich gleich mal eine Vase suchen und sie anschneiden.«

»Ella!« Er lachte ungläubig. »Die sind doch nicht von Dr. Specht – die sind für Sie!«

»Für mich?«

Er nickte. »Ja, natürlich.«

»Vielen Dank.« Bei näherer Betrachtung kam ihr der Strauß jetzt noch ein bisschen hübscher vor. »Ist dann wohl gut gelaufen, Ihre Sitzung heute, wenn Sie so euphorisch sind?«

»Teils, teils«, antwortete er.

»Und das heißt?«

»Also, neue Erinnerungen habe ich nicht. Dafür aber neue Erkenntnisse.«

»Ach ja? Da bin ich ja mal gespannt.«

»Gunther meint ...«

»Sie sind schon beim Du?«

»Na ja, wenn man so intensiv miteinander arbeitet, bleibt das nicht aus«, erklärte er. Und schob dann grinsend ein »Frau Faust« hinterher.

»Was meint er denn nun?«, ging sie geflissentlich über seine Anspielung hinweg.

»Gunther sagt, es ist sinnlos, wenn ich mir im Moment den Kopf über meine Vergangenheit zermartere und mir die Frage stelle, wer ich mal war.«

»Ach?« Sie sah ihn erstaunt an. »Ich dachte, genau darum würde es gehen, also, dass Sie Ihre Erinnerungen an Ihr Leben zurückerlangen.«

»Ja, sicher, das auch. Aber erst im zweiten Schritt. Im ersten geht es darum, dass ich in meiner Lage in aller Ruhe herausfinden kann, wer ich überhaupt *bin*. Oder, besser gesagt, wer ich sein *will*.«

»Ich fürchte, ich kann Ihnen nicht mehr ganz folgen.«

»Ella«, gab er ungeduldig zurück, »die Sache liegt doch total auf der Hand!«

»Tut sie das?«

»Sehen Sie doch mal: Mein Zustand ist genau genommen ein echtes Geschenk! Ein Segen!«

»Ein Geschenk? Ein Segen?«

»Ja, natürlich!«, jubelte er. »Bei mir ist alles auf Anfang, alles auf null.«

»Über genau diese Tatsache waren Sie bis heute früh noch sehr verzweifelt.«

»Jetzt aber nicht mehr, denn dank Dr. Specht habe ich erkannt, welche Vorteile das mit sich bringt. Dazu muss ich nur die Perspektive wechseln, schon erscheint das alles in einem vollkommen anderen Licht.«

»Das müssen Sie mir erklären.«

»Das würde ich ja gern, aber Sie unterbrechen mich ständig.«

»Ich bin schon still.«

»Nun«, setzte er an. »Die eine Seite der Medaille ist, dass ich mein Gedächtnis verloren habe – die andere, dass da deshalb auch kein Ballast mehr ist. Nichts aus meiner Vergangenheit, über das ich mich grämen oder mir auch nur Gedanken machen müsste. Nichts, nada, niente. Ich muss mir nicht die Frage stellen, welche Fehler ich früher begangen habe oder ob ich wirklich so ein Ekelpaket war, wie Sie neulich mal angedeutet haben.«

»Ich ...«

»Mund halten!«, brachte er sie grinsend zum Schweigen. »Ich habe die einmalige Chance, mich komplett neu zu erfinden. Ohne dabei von irgendwelchen Altlasten oder ehemaligen Mustern behindert zu werden. Nein, ich bin im wahrsten Sinne des Wortes frei. Frei, genau der Mensch zu sein, der ich sein will. Ich kann einfach auf meinen Bauch hören, denn auf meinen Kopf ist momentan ja kein Verlass.« Er zwinkerte ihr zu. »Deshalb auch die Blumen für Sie. Mir war schlicht danach, Ihnen welche zu schenken – also habe ich sie gekauft.«

Nun war Ella einen kurzen Moment sprachlos. Aus dieser Warte hatte sie die ganze Angelegenheit tatsächlich noch nicht betrachtet. Und es hatte was, das ließ sich nicht leugnen, es hatte *absolut* was! »Seliges Vergessen«, sagte sie dann und lächelte dabei versonnen.

»Und seliges Neuentdecken«, fügte Oscar hinzu. »Deshalb hat Dr. Specht mir als Hausaufgabe mitgegeben, dass ich ab sofort sehr genau in mich hineinhorche und mir bei allem, was ich sage oder tue oder denke, die Frage stelle, ob das wirklich ich, Oscar de Witt, bin, der das sagen oder tun oder denken will.« Er grinste sie an. »Ihre Idee neulich mit dem Kaffee, die war schon mal goldrichtig: Einfach alles ausprobieren und entscheiden, ob ich es wirklich gut finde oder nicht. Wenn nicht, dann weg damit. Dann gibt's halt Tee, wenn Sie verstehen, was ich meine.«

»Klingt nach einem schönen Ansatz.« Fast war sie ein bisschen neidisch auf ihren Chef. Denn wer würde es nicht reizvoll finden, noch einmal ganz von vorn anfangen zu können? Alles zu überdenken und sich neu auszurichten, aus sämtlichen über Jahre eingefahrenen Mustern aussteigen. Alle Fehltritte der Vergangenheit ausradiert und vergessen, so als hätte es sie nie gegeben. Aber natürlich lag da ein kleiner Denkfehler vor, denn nur, weil Oscar sich derzeit an nichts erinnern konnte, waren die Tatsachen ja trotzdem da. Und die eine »Tatsache« saß gerade irgendwo bei seinen Großeltern herum und sehnte sich vermutlich ganz schrecklich nach seinem Papa. Aber Ella würde den Teufel tun, Oscar in seiner Euphorie zu bremsen. Im Gegenteil, seine »Jetzt starte ich neu durch«-Stimmung war wunderbar für das, was sie nun mit ihm vorhatte. »Gut, Herr de Witt«, sagte sie deshalb. »Ich freue mich, dass Sie nun einen ganz neuen Ansatz gefunden haben und drücke Ihnen die Daumen bei der Umsetzung. Was uns betrifft, habe ich mir auch ein paar schöne Sachen überlegt.«

»Die da wären?«

»Das erfahren Sie morgen früh um neun. Den restlichen Tag haben Sie heute frei.«

»Frei?«, wiederholte er und sah sie irritiert an.

»Ich meine, zur freien Verfügung. Aber morgen um neun, da brauche ich Sie.«

»Das geht nicht, da bin ich bei Dr. Specht.«

»Dann verlegen Sie den Termin.«

»Ich weiß nicht, ob das möglich ist.«

»Herr de Witt! Der Mann nimmt zweihundertachtzig Euro die Stunde! Wenn Sie ›Spring!‹ zu ihm sagen, dann erwarte ich, dass seine Antwort lautet ›Wie hoch?‹!«

»Okay.« Er lachte. »Ich ruf ihn an und verlege es auf elf.«

»Besser auf fünfzehn Uhr.«

»Sie haben wohl Größeres vor.«
»Davon können Sie ausgehen.«

Erst spät am Abend, als Ella schon im Bett lag, zufrieden mit sich und der aktuellen Entwicklung im Hause de Witt, fiel ihr siedend heiß ein, dass sie Cora versprochen hatte, sich in einer Stunde bei ihr zu melden. Und diese Stunde lag nun schon einige Stunden zurück.

Sie schnappte sich ihr Handy und tippe eilig eine SMS an ihre Freundin:

Tut mir leid, dass ich nicht mehr angerufen habe, hier ist so viel passiert. Also, ich bleibe bei Oscar und ziehe die Sache durch. Das ist für alle die beste Lösung. Sei mir nicht böse und fühl dich umarmt.

Dreißig Sekunden später kam eine Antwort zurück:

Übergeschnappt. Vollkommen übergeschnappt!

Lächelnd legte Ella das Telefon auf dem Nachttisch ab, drehte sich zur Seite – und war nach wenigen Atemzügen eingeschlafen.

27

Freitag, 11. Oktober

»Also, Oscar«, sagte sie und stülpte sich ein Paar grüne Gummihandschuhe über. »Unser erstes Modul für heute und die kommende Woche sieht etwas Einfaches vor. Und zwar das Reinigen und Pflegen von Räumen.«

»Ella, ich weiß nicht, ob es Ihnen schon aufgefallen ist – aber ich habe einen Gipsarm.«

»Der kommt am Montag ab, ich habe für Sie schon einen Termin beim Orthopäden gemacht. Danach ist es wichtig, dass Sie Ihre Finger und Ihren Arm langsam wieder an Bewegungen gewöhnen«, erwiderte sie, zog nacheinander an den Bündchen ihrer Handschuhe und ließ sie mit einem lauten Schnalzen zurückflitschen. »Und außerdem erledigen Sie sowas doch mit links!«

»Aber«, wendete er als Nächstes ein, »wir haben doch jetzt einen Putzservice, warum soll ich dann überhaupt lernen, wie man das macht?«

»Weil ein guter Chef zu allem, was er an seine Angestellten delegiert, auch selbst in der Lage sein sollte. Er muss schließlich wissen, wovon er spricht.«

»Entschuldigen Sie, Ella, aber das ist Unsinn!«, entgegnete er kopfschüttelnd. »Wenn mein Auto kaputt ist, lege ich mich doch auch nicht selbst darunter, sondern gebe es in eine Werkstatt.«

Sie sah ihn provozierend an. »Und können Sie sich nicht vorstellen, dass Sie, wenn Sie zum Beispiel nachts um drei irgendwo draußen in der Pampa mit dem Wagen liegenbleiben, sehr froh wären, wenn Sie das Problem selbst lösen könnten?«

»Nein«, gab er gelassen lächelnd zurück. »In dem Fall rufe ich den ADAC.«

»Ihr Handy ist aber leer, kaputt oder mal wieder verloren.«

»So viel Pech auf einmal gibt's gar nicht.«

»Oscar«, herrschte sie ihn an, »ich gebe mir hier gerade sehr viel Mühe, Ihnen zu helfen – könnten Sie das bitte mal anerkennen?«

»Aber ich ...«

Ein Blick von ihr brachte ihn zum Schweigen.

»Na gut«, sagte er und setzte eine ergebene Miene auf. »Ich habe zwar nicht die geringste Ahnung, was das hier soll, aber wenn Sie sich dann besser fühlen, legen Sie los.«

Sie verzichtete darauf, Oscar auseinanderzusetzen, dass es nicht darum ging, dass sie, Emilia Faust, sich besser fühlte – sondern um ihn, Oscar de Witt. Stattdessen tat sie genau das, wozu er sie aufgefordert hatte. Sie legte los. »Wir unterscheiden zwischen Sichtreinigung, Unterhaltsreinigung und Grundreinigung.«

»Muss ich das mitschreiben?«

»Nein. Sie bekommen am Ende von mir ein Handout.«

»Da bin ich aber froh!«

»Ein Raum wird immer von oben nach unten gereinigt, denn so können Schmutz und Staub, die auf den Boden fallen, zum Schluss entfernt werden. Man beginnt auf der einen Seite eines Zimmers und arbeitet sich systematisch zu der anderen vor, dabei putzen Rechtshänder entgegen dem Uhrzeigersinn, Linkshänder genau andersherum.«

»Und Einhänder«, warf er ein, hielt seinen Gips hoch und grinste sie an, »beauftragen einen Reinigungsdienst.«

»Oscar!«

Samstag, 12. Oktober

Dudeldi-dudeldi-daaaa.

»Hallo?«

»Ella, ich bin's, Philip.«

»Oh, hallo! Bist du gar nicht auf Sylt?«

»Doch. Aber gerade bin ich mal allein, und da wollte ich dich ...«

Klick.

Sonntag, 13. Oktober

»Bevor man morgens sein Bett macht, ist es wichtig, Decken und Kissen auszuschütteln und sie gründlich zu lüften.«

»Ella?«

»Ja?«

»Ich weiß nicht, ob es Ihnen schon aufgefallen ist – aber heute ist Sonntag.«

»Der Wochentag ist Ihrem Bett egal.«

»Mir aber nicht. Am siebten Tag soll der Mensch ruhen.«

»Genau! In einem frisch gemachten Bett.«

»Warum? Warum soll ich morgens die Decken aufschütteln, das Laken glattziehen und alles wie im Hotel herrichten, wenn ich mich abends sowieso wieder reinlege?«

»Das kann ich Ihnen erklären. Zum einen, weil es schöner aussieht. Und weil es sich besser anfühlt, in ein ordentlich gemachtes Bett zu schlüpfen. Darüber hinaus hebt es sogar die Stimmung. Wissenschaftler haben für eine Studie 68.000 Menschen befragt, und das Ergebnis war eindeutig: Diejenigen, die ihr Bett jeden Morgen herrichteten, gaben zu 71 Prozent an, glücklich zu sein. Im Vergleich dazu bezeichneten sich 62 Prozent der Leute, die ihr Bett nicht machten, als unglücklich.«

»Mit *sowas* beschäftigen sich Wissenschaftler?«

»Hab ich neulich erst gelesen, ja.«

»Gibt's nichts Wichtigeres? Den Weltfrieden zum Beispiel?«

»Der fängt bei jedem mit innerem Frieden an.«

»Amen.«

»Es ist einfach so, Oscar: Wenn man morgens sein Bett ordentlich herrichtet, hat man bereits eine Aufgabe erfolgreich bewältigt und startet wesentlich beschwingter in den Tag.«

»Bewältigt? Entschuldigen Sie Ella, das ist meiner Meinung nach ein ziemlich großes Wort fürs Bettenmachen. Was gibt's denn da zu *bewältigen*?«

»Sehen Sie? Ich hab ja gesagt, das machen Sie mit links, also schnappen Sie sich Ihre Decke!«

»Liefern wir uns eine Kissenschlacht?«

»OS-CAR!«

Montag, 14. Oktober

»Philip hier, leg bitte nicht wieder gleich auf! Ich bin zurück in Hamburg, und ...«
Klick.

Donnerstag, 17. Oktober

»Beim Abwasch ist vor allem die Reihenfolge wichtig, in der man das Geschirr im Becken reinigt. Man beginnt mit gering verschmutzten Dingen wie zum Beispiel Gläsern, dann Besteck und Teller und erst zum Schluss Töpfe und Pfannen. Als Faustregel gilt also: je fettiger und verdreckter, desto später.«

»Ich weiß nicht, ob es Ihnen schon aufgefallen ist – aber ich habe eine Spülmaschine.«

»Ja, hier bei Ihnen zu Hause. Aber was, wenn Sie zum Beispiel mal Urlaub in einer Ferienwohnung machen, in der es keine gibt?«

»Ich glaube, ich bin eher der Hotel-Typ.«

»Die ideale Temperatur zum Handspülen sind 45 Grad Celsius, wobei es natürlich auch auf das persönliche Wärme- und Kälteempfinden ankommt.«

»Ella, haben Sie gehört, was ich gesagt habe?«

»Ja, habe ich. Und jetzt fangen Sie bitte mit den Gläsern an.«

»Okay. Aber Sie trocknen ab.«

»Das ist gar nicht nötig. Wenn man das Geschirr auf eine Abtropffläche stellt, dann muss man zum Schluss nur noch mit einem Tuch kurz drüberwischen.«

»Gucken Sie mal bitte? Ist das Wasser nicht zu kalt, sollten wir ein bisschen heißes nachlaufen lassen?«

»Nein, fühlt sich noch gut an.«

»Sind Sie sicher?«

»Ja, bin ich. Und könnten Sie meine Hand wieder loslassen?«

»Ihre Hand? Verzeihung, ich dachte, das wäre ein Teller. Ich fürchte, ich hab noch nicht wieder richtig viel Gefühl in den Fingern.«

»LOSLASSEN, Oscar!«

Dienstag, 29. Oktober

»Es riecht nach Füßen. Nein, es riecht nicht nur, es *stinkt*.«

»Das ist normal, Cora, wir sind in einer Turnhalle. Da riecht es eben so.«

»So ganz verstehe ich immer noch nicht, weshalb wir hier auf einer Bank hocken und irgendwelchen Kindern beim Bockspringen und Seilhüpfen zusehen.«

»Hab ich dir doch erklärt. Weil ich herausgefunden habe, dass Henri de Witt immer dienstagnachmittags nach der Schule hierhergebracht wird.«

»Dann sollten wir zusehen, dass wir verschwinden.«

»Wieso?«

»Na, wenn der gleich mit seinen Großeltern hier auftaucht, werden die dich unangespitzt in den Boden rammen. Und zumindest Olivier Dubois mich gleich mit.«

»Keine Sorge. Henri wird von einem Au-pair-Mädchen zur Schule gebracht und abgeholt, und sie kümmert sich auch um seine anderen Aktivitäten.«

»Ist ja toll von Oma und Opa. Warum machen sie das nicht selbst? Die haben doch sonst sicher nichts zu tun!«

»Keine Ahnung, gehört sich vielleicht nicht in solchen Kreisen. Oder sie haben noch jede Menge um die Ohren mit Charity oder so. Ist ja aber auch egal, uns spielt das super in die Karten.«

»Und wo steckt der Junge jetzt?«

»Der kommt bestimmt jeden Moment.«

»Ich bin vermutlich zu doof, aber Sinn und Zweck der Sache erschließt sich mir trotzdem nicht.«

»Ist doch ganz einfach! Wenn ich Henris Tagesabläufe kenne, kann ich zwischen ihm und seinem Vater eine zufällige Begegnung arrangieren, bei der es bei Oscar klick machen könnte. Dauert nicht mehr lange, und ich habe ihn so weit, dass er wieder alltagstauglich ist. Und seine generelle Stimmung steigt ebenfalls von Tag zu Tag, ich lag mit meiner Theorie über das Selbstwertgefühl total richtig.«

»Das ist ja schön. Und ich will dich in deiner Euphorie auch bestimmt nicht bremsen – aber wie genau stellst du dir denn eine *zufällige* Begegnung beim Kinderturnen vor?«

»Darüber denke ich nach, wenn es so weit ist.«

»Dann mach das. Ich muss hier raus, sonst ersticke ich gleich an akuter Vergiftung durch Käsemauken.«

»Warte bitte noch kurz. Henri taucht mit Sicherheit gleich auf!«

»Sorry, aber …«

»Da! Da drüben ist er! Der Junge mit den dunklen Locken, er kommt gerade mit seinem Au-pair herein.«

»Der? Ach Gott, der ist aber echt niedlich!«

»Nicht so laut! Sonst hört er dich noch!«

»Hier? Nie im Leben! Hier stinkt's nicht nur, hier wird auch gegen jede Lärmschutzverordnung verstoßen.«

Mittwoch, 30. Oktober

»WassollicheigentlichmitdeinerPostmachen?«

»Hallo Philip! Warum sprichst du denn so schnell?«

»Damit du nicht gleich wieder auflegst.«

»Was für Post denn? Ich habe doch schon längst einen Nachsendeantrag gestellt.«

»Scheint nicht zuverlässig zu greifen.«

»Was Wichtiges dabei?«

»Keine Ahnung, ich mach ja deine Briefe nicht auf. Soll ich sie dir vorbeibringen?«

»Woher kennst du meine Adresse?«

»Die hast du mir selbst gesagt, als ich über Henri de Witt nachforschen sollte.«

»Ach so, ja, stimmt. Schick mir einfach alles.«

»Ich bin nachher aber sowieso in Blankenese.«

»Wie gesagt: Schick mir die Sachen.«

»Jetzt komm schon! Ich will dir nur deine Post geben und dich bestimmt nicht stalken. Großes Ehrenwort!«

»So groß wie ›Ich möchte den Rest meines Lebens mit dir verbringen‹?«

»Ella, ich …«

Klick.

Donnerstag, 7. November

»Bei der Textilreinigung spricht man vom so genannten *Sinnerschen Kreis*. Dabei geht es um das Zusammenwirken von vier Faktoren: Zeit, Mechanik, Temperatur und Chemie. Zeit liegt ja auf der Hand, nämlich, wie lange die Wäsche gewaschen wird, Mechanik ist …

»Ich weiß nicht, ob es Ihnen schon aufgefallen ist – aber ich höre Ihnen heute gar nicht zu.«

»… davon abhängig, welches Programm man bei der Maschine wählt, denn bei Koch- und Buntwäsche wird die Trommel häufiger gedreht als zum Bespiel bei Feinwäsche …«

»*Das ist Wahnsinn! Warum schickst du mich in die Hölle? Hölle, Hölle, Hölle, Hölle!*«

»Es ist wirklich erstaunlich, wie selektiv Ihre Erinnerung funktioniert.«

»Selektiv?«

»Schlagertexte sind offenbar bei Ihnen hängengeblieben. Neulich habe Sie unter der Dusche *In einem Taxi nach Paris* gesungen.«

»Das haben Sie gehört? Jetzt schäme ich mich.«

»Müssen Sie nicht, es kann halt nicht jeder singen.«

»Wie meinen Sie das denn?«

»Dafür können Sie Klavier spielen. Das heißt, Sie *konnten* es mal.«

»Und Sie können *mich* mal.«

»Zurück zur Textilreinigung, Oscar.«

»Jawohl, Frau Faust.«

»Wissen Sie, was ich bei dieser Arbeit am meisten liebe?«

»Verraten Sie es mir!«

»Der Duft von frischer Wäsche, der ist einfach wunderbar! Stecken Sie mal Ihre Nase einen Moment lang in Kleidung, die Sie von der Leine abnehmen oder in Handtücher, die Sie aus dem Trockner holen – das ist ein nahezu sinnliches Erlebnis.«

»Hmmm ... Ja, stimmt.«

»Was machen Sie denn da?«

»Ich schnuppere an Ihnen. Riecht wirklich gut!«

»OS-CAR!«

»Tut mir leid, Sie haben recht! Sie hingen ja gar nicht auf der Leine oder waren im Trockner ...«

Samstag, 16. November

»Nein, Ella. Ich werde heute *nicht* mir dir zum Freundschaftsspiel der Winterhuder Kickers gegen die Tibarger Teufel gehen. Auf gar keinen Fall!«

»Bitte, Cora! Ein Fußballspiel wäre *perfekt* für eine zufällige Begegnung. Und ich will doch auch nur kurz gucken, ob sich der Platz von Henris Verein dafür eignet.«

»Das kann ich dir auch so sagen. Er eignet sich *nicht*.«

»Woher willst du das wissen?«

»Weil kein erwachsener Mann als Freizeitvergnügen zu einem Turnier der E-Jugend geht, um ein paar Achtjährigen dabei zuzusehen, wie sie einen Fußball malträtieren. Allein die Vorstellung ist absurd! Warte, bis Henri für den HSV spielt und schlepp Oscar dann ins Volksparkstadion.«

»Also, wenn überhaupt, dann geh ich mit ihm zu St.

Pauli am Millerntor. Will ihn ja nicht gleich in die nächste Lebenskrise stürzen. Außerdem habe ich kaum so viel Zeit, darauf zu warten, ob und wann Henri Profispieler wird.«

»Und wie genau willst du Oscar die Winterhuder Kickers schmackhaft machen?«

»Ich bin ja nicht blöd, Cora! Das verkaufe ich ihm als Scherz. Sage ihm, dass ich Tickets für ein cooles Fußballspiel habe, so dass er *denkt*, es ginge zu St. Pauli oder zum HSV. Und dann, *tadaaa!*, sind's eben irgendwelche niedlichen Knirpse, und Oscar lacht sich schlapp darüber, dass ich ihn so reingelegt habe.«

»Super Idee!«

»Sag ich doch.«

»Nein, Ella! Das ist Schwachsinn! Mal abgesehen davon, dass er dir nie, nie, *nie* im Leben glauben wird, dass dann ausgerechnet *rein zufällig* sein Sohn da mitspielt. Also, falls er ihn überhaupt erkennt.«

»Okay, das ist ein Punkt. Ich denke darüber noch mal nach.«

»Ich bitte darum. Und jetzt möchte ich gern noch ein bisschen schlafen, es ist nicht mal acht.«

»Tut mir leid, aber das Turnier beginnt schon um neun, und da dachte ich …«

Klick.

Montag, 25. November

»Also, Oscar. Diese Woche beginnen wir mit dem Thema Kochen. Damit werden wir uns mindestens bis Weihnachten immer mal wieder beschäftigen, weil es doch recht umfangreich ist. Schließlich geht es dabei auch ums Einkaufen und die Warenlagerung. Beenden werden wir dieses Modul dann mit ›Leckere und gesunde Mahlzeiten für Kinder selbst zubereiten‹.«

»Ella, ich weiß nicht, ob es Ihnen schon aufgefallen ist – aber ich *habe* gar keine Kinder!«

»Was nicht ist, kann ja noch werden.«

»Das geht mir jetzt ein bisschen zu schnell, Frau Faust.«

»Wie bitte?«

»Also, bevor wir über gemeinsame Kinder nachdenken, sollten wir erst einmal miteinander ausgehen. Vielleicht ins Kino?«

»Das Wichtigste beim Kochen ist die Vorbereitung eines übersichtlichen Arbeitsbereiches.«

»Wir könnten auch ans Meer fahren.«

»Das heißt, nein, Unsinn. Am Anfang erstellen Sie immer erst einen Wochenplan, denn zuerst müssen Sie ja die verschiedenen Gerichte festlegen und dafür einkaufen.«

»Ich verstehe schon, was Sie meinen. Ende November ist nicht der beste Zeitpunkt für einen Spaziergang an der Ostsee. Aber gerade im Winter kann das wildromantisch sein.«

»Würden Sie bitte mal aufhören? So wird das hier nichts.«

»Wir könnten uns einen verlassenen Strandkorb suchen, ihn aufknacken und dann in eine Decke eingemummelt aufs Wasser gucken. Auf dem Weg dorthin könnten wir noch im Feinkostladen ein paar Leckereien und Champagner besorgen ...«

»OS-CAR!«

Dienstag, 3. Dezember

»So, ich hab die Sache jetzt mal in die Hand genommen.«

»Was hast du in die Hand genommen?«

»Das mit Henri. Die Ideen, die du bisher hattest, sind meiner Meinung nach wenig zielführend.«

»Ach, findest du? Dann bin ich ja mal auf deinen Gegenvorschlag gespannt.«

»Ich war in seiner Schule.«

»*Wo* warst du?«

»In Henris Schule.«

»Bist du verrückt geworden, Cora? Was, wenn dich jemand gesehen hat?«

»Dann hat jemand eine Frau gesehen, die vermutlich ihr Kind abholen wollte.«

»Die aber gar kein Kind *hat*!«

»Steht ja zum Glück nicht auf meiner Stirn geschrieben.«

»Trotzdem! So eine Kamikaze-Aktion ist ein viel zu großes Risiko!«

»Wieso? Du und ich, wir haben doch auch beim Kinderturnen rumgesessen.«

»Mit jeder Menge anderen Eltern, also sind wir gar nicht weiter aufgefallen.«

»Es wird dich schockieren, Ella, aber in einer Grundschule laufen zur Abholzeit auch jede Menge Mamas und Papas herum. Also reg dich wieder ab, ja?«

»Okay, okay. Und welche Idee hast du jetzt gehabt?«

»Eine ziemlich gute. Am Info-Board hing die Teilnehmerliste für einen Schulausflug. Am Freitag vorm dritten Advent. Irgendein weihnachtlicher Kunsthandwerkermarkt im Freilichtmuseum, es gibt Basteln und Spiele für Kinder, ein Nikolaus kommt auch und verteilt was. Und jetzt rate mal, wessen Name da stand!«

»Henris?«

»Genau! Die Kinder werden um 9:00 Uhr mit einem Bus an der Schule abgeholt und um 15:00 Uhr wieder dort abgesetzt.«

»Du meinst ...«

»Exakt. Es wird Zeit für einen Ausflug mit Oscar!«

»Genau das hat er letzte Woche auch vorgeschlagen!«

»Dass ihr ins Freilichtmuseum geht?«

»Nicht ganz. Er wollte mit mir ans Meer fahren.«

»Was? Und das erzählst du mir so nebenbei?«

»Ist ja keine große Sache.«

»Von wegen. Der flirtet dich an!«

»Tut er gar nicht. Er hatte nur keine Lust, kochen zu lernen, und hat versucht, mich davon abzulenken.«

»Klar, sicher.«

»Lass uns mal wieder über deinen Plan reden. Wann genau findet dieser Schulausflug statt?«

»Am 13. Dezember.«

»Das ist ja schon Ende nächster Woche!«

»Du hast doch gesagt, dass Oscar wieder alltagstauglich ist.«

»Ja, schon, aber ...«

»Nichts, aber! Eine bessere Gelegenheit kommt so schnell nicht wieder. Henri wird ohne Au-pair oder Großeltern unterwegs sein, und ein Besuch beim Kunsthandwerkermarkt ist zur Weihnachtszeit wesentlich unauffälliger als wenn du Oscar zum Kinderturnen oder den Winterhuder Kickers schleifst.«

»Wenn man mal davon absieht, dass ich Kunsthandwerk *hasse*.«
»Das wird ja Oscar nicht wissen.«
»Hm, nein, das nicht.«
»Dann würde ich sagen, der 13. Dezember gilt!«

Donnerstag, 5. Dezember

»Ella? Jetzt bin ich überrascht! Warum rufst du mich an, was verschafft mir die Ehre?«
»Ich denke, es ist genug Zeit vergangen, Philip. Und wenn du noch reden willst, können wir das gern tun.«
»Klar will ich! Wann denn?«
»Ginge es jetzt am Samstag? 14 Uhr an der Strandperle?«
»Ich werde da sein!«

Freitag, 6. Dezember

»Heute möchte ich mit Ihnen über Ihre Zukunft reden. Genauer gesagt darüber, was Sie beruflich machen wollen.«
»Beruflich?«
»Ja. Ihr Bruch verheilt gut, Dr. Specht ist laut Ihrer eigenen Aussage der Ansicht, dass Sie seelisch stabil sind – also können Sie bestimmt ab nächstem Frühjahr wieder arbeiten.«
»Wenn ich Sie richtig verstanden habe, Ella, verfüge ich über ein so umfangreiches Vermögen, dass ich gar nicht arbeiten *muss*.«

»Es geht ja dabei nicht nur ums Geldverdienen.«

»Sondern?«

»Na ja. Um Erfüllung. Um einen Sinn. Darum, eine Aufgabe zu haben.«

»Sobald das mit der Hand wieder vollkommen in Ordnung ist, dachte ich eher an Golf oder Segeln.«

»Sinn, Oscar! Ich rede von einem *Sinn*!«

»Denken Sie, dass ein Akkord-Arbeiter am Fließband einen Sinn in seiner Tätigkeit sieht?«

»Seien Sie bitte nicht so überheblich.«

»Sollte es nicht sein. Aber ich glaube, ich habe keine Lust, mich wieder mit Steuern und Wirtschaftsrecht zu beschäftigen. Mal abgesehen davon, dass ich das vermutlich gar nicht mehr kann und so gut wie alles neu lernen müsste.«

»Es muss ja nicht Ihr alter Beruf sein. Wie Sie schon sagten: Sie sind reich, können also tun und lassen, was Sie wollen.«

»Dann plädiere ich fürs Lassen.«

»Argh!«

»Okay, Ella, ich werde darüber nachdenken. Versprochen.«

»Wann?«

»Bald.«

»Soll ich Ihnen einen Termin beim Jobcenter besorgen? Zur Berufsberatung?«

»Himmel, bloß nicht! Ich schwöre hoch und heilig, dass ich darüber zeitnah nachdenken werde!«

»In Ordnung.«

»Was ist denn eigentlich mit Ihnen?«

»Was soll mit mir sein?«

»Sind Sie von dem, was Sie tun, erfüllt? Sehen Sie einen Sinn darin?«

»Ja.«

»Das kam ja jetzt sehr schnell.«

»Weil es so ist.«

»Es erfüllt Sie also, mich zu drangsalieren?«

»Absolut.«

»Dabei müssen Sie gar nicht so blöd grinsen.«

»Ich grinse gar nicht blöd.«

»Doch, das tun Sie.«

»Gar nicht.«

»Wohl!«

»Huch! Was soll das, Oscar? Sie können mich doch nicht einfach in den Schwitzkasten nehmen, so kriege ich ja keine Luft mehr! Hören Sie bitte auf damit!«

»Erst, wenn Sie zugeben, dass Sie blöd gegrinst haben.«

»Ich lasse mich nicht erpressen.«

»Dann lasse ich Sie nicht los.«

»Tja, sieht so aus, als müssten wir noch eine ganze Weile hier so stehen bleiben.«

»Ella?«

»Oscar?«

»Jetzt hab ich's!«

»Was haben Sie?«

»Ich weiß, was mich erfüllt!«

»Ach? Und was ist es?«

»Blöd grinsende Damen in den Schwitzkasten nehmen.«

»Sehr witzig.«

»Ja, oder?«

28

Als sie am Samstag um kurz nach zwei über die steile Himmelsleiter hinunter zur Elbe lief, war Ella nervös. Sehr nervös sogar. So nervös, dass sie, als sie den Torbogen zur Strandperle durchquerte und Philip in der Ferne bereits am Ufer auf und ab gehen sah, beinahe umgekehrt, zurück zur Hauptstraße gerannt und in den nächsten Bus nach Hause gestiegen wäre. Was lächerlich war, denn sie hatte sich in den vergangenen Wochen nach ihm gesehnt und ihn vermisst, hatte sich oft gefragt, was er gerade tat und ob er dabei an sie dachte. Was bei Tageslicht betrachtet ebenfalls lächerlich war – er hätte sie nicht ständig angerufen, wenn er *nicht* häufig an sie gedacht hätte.

Und so absurd es klang (so absurd und *menschlich*, denn genau diese Absurdität macht uns ja überhaupt erst aus): Die Tatsache, *dass* Philip sich permanent bei ihr gemeldet hatte, hatte es Ella um ein Vielfaches erleichtert, jeden seiner Versuche, mit ihr in Kontakt zu treten, im Keim zu ersticken. Denn sie konnte sicher sein, dass er es wieder probieren würde. Und wieder und wieder und wieder. Dass letztlich *sie* nun diejenige gewesen war, die dieses Treffen vorgeschlagen hatte, fühlte sich gut und richtig an. Sie, Emilia Faust, hatte die Zügel ihres Lebens zurück in der Hand, saß fest im Sattel, hatte wieder volle Peilung, war *back on track*, wusste … Fast wäre sie über einen kleinen Stein gestolpert und gestürzt, denn bei aller Peilung – nervös war sie trotzdem.

Nun sah sie ihn also unten am Strand unruhig auf und ab wandern und fragte sich, ob er jetzt so weit war. Hatte er begriffen, dass es an der Zeit war, sich auf das verdammte Pferd zu schwingen, diesen blöden Drachen zu suchen und ihn zu erlegen?

»Hallo, Philip«, begrüßte sie ihn, als sie direkt hinter ihm stand.

Er fuhr herum, ein strahlendes und gleichzeitig unsicheres Lächeln auf den Lippen, wie auch immer er diese Kombination hinbekam. »Hallo«, erwiderte er. Dann, nach einem kurzen Zögern, beugte er sich vor und küsste sie auf beide Wangen. »Du siehst toll aus.«

»Du auch«, sagte sie. Und das stimmte auch. Anscheinend war er extra noch beim Friseur gewesen und hatte sich frisch rasiert, er trug einen beigen Kamelhaarmantel, den Ella noch nie an ihm gesehen hatte, dazu einen azurblauen Wollschal, der seine Augen besonders gut zur Geltung brachte, war leicht gebräunt (Solarium?), und die Sommersprossen in seinem Gesicht leuchteten regelrecht in der weichen Wintersonne.

»Danke«, sagte er. »Wollen wir ein Stück gehen?«

»Gern.«

Sie schlenderten am Strand entlang, zwar nicht Arm in Arm oder Hand in Hand, aber doch irgendwie miteinander vereint. *Heimat.* Ella konnte es nicht anders bezeichnen, in Philips Gegenwart hatte sie – immer noch – sofort dieses Heimatgefühl. Wie auch nicht? Über sechs Jahre. Über – sechs – Jahre! Das war nichts, was man abstreifen konnte wie ein Kleidungsstück, das nicht mehr passte.

»Wie geht es dir?«, wollte er nach einer Weile wissen, und hundert andere Fragen schwangen in dieser einen einzigen mit.

»Gut.«

»Und Oscar?«

»Auch gut.«

»Schön.«

»Wie geht's Christin?« Sie hatte das nicht fragen wollen, nie und nimmer hat sie das, hatte sich vorgenommen, diesen Namen für alle Zeiten totzuschweigen. Und hatte es nun doch getan, nicht mal zehn Minuten nach ihrem ersten »Hallo«.

»Das weiß ich nicht, wir haben keinen Kontakt mehr zueinander.« Sie bemerkte ein unsicheres Zucken um seinen Mund. »Auf Sylt haben wir uns ausgesprochen, und ich habe ihr meine Freundschaft angeboten. Die wollte sie nicht, und danach habe ich nichts mehr von ihr gehört. Am nächsten Tag ist sie nicht im Büro erschienen, weil sie angeblich krank war, und zwei Wochen später habe ich dann von den Kollegen erfahren, dass sie bei einer anderen Kanzlei anfängt. Keine Ahnung, wie sie das mit der Kündigungsfrist gemacht hat, das muss...«

»Philip?«

»Ja?«

»Vielen Dank, aber das ist gerade mehr Information, als ich haben wollte.«

»Oh, Entschuldigung, natürlich.«

Schweigend spazierten sie weiter, nach einer Weile blieb er stehen, hob einen flachen Stein vom Boden auf, schleuderte ihn Richtung Elbe und ließ ihn übers Wasser hüpfen. Dann nahm er den nächsten und warf ihn hinterher. Das wiederholte er insgesamt fünfmal, ehe er sich Ella zuwandte.

»Es tut mir leid«, sagte er, sein Blick war ernst und unendlich traurig. »Du ahnst gar nicht, *wie* leid es mir tut. Ich habe alles kaputtgemacht, alles, was wir hatten.«

»Du hast mich sehr verletzt.« Ihr schossen die Tränen in die Augen. Auch das, hatte sie sich vorgenommen, würde ihr heute nicht schon wieder passieren.

»Ich weiß.«

»Dabei kann ich gar nicht sagen, was schlimmer war. Die Sache mit Christin – oder dass ich dadurch erfahren musste, wie du mich siehst.« Während sie es aussprach, wurde ihr bewusst, dass das tatsächlich die Wahrheit war. Sicher, Philips Seitensprung und alles, was damit zu tun gehabt hatte, die Lügen und die Heimlichkeiten über Monate hinweg, hatten ihr den Boden unter den Füßen weggezogen. Aber am meisten, am allerallermeisten hatte sie getroffen, was in diesem grässlichen Brief gestanden hatte. *Dass sie so eine Träumerin ist und du nicht sicher bist, ob ihr auf Dauer wirklich gut zueinander passt.* Und dass er dem nie widersprochen hatte, dass er im Gegenteil fast genau das Gleiche zu ihr gesagt hatte. *Ich wünsche mir einfach eine Partnerin, die in der Wirklichkeit lebt und nicht in einem Wolkenkuckucksheim.* Das war es, was ihr diese tiefe und klaffende Wunde ins Herz gerissen hatte.

»Das verstehe ich«, sagte Philip. »Glaub mir, heute verstehe ich das.«

»Heute?« Sie musterte ihn fragend. »Was hat sich denn geändert?«

»Ella«, er fasste sie an beiden Händen, zog sie etwas näher zu sich heran und sah ihr auf eine Art und Weise so tief in die Augen, dass ihr dabei schwindelig wurde. »Ich war in Wolfrade.«

Sie wollte etwas sagen, aber sie konnte nicht. Augenblicklich setzte in ihrem Kopf ein Rauschen ein, vernebelte ihr Gehirn und jeden klaren Gedanken, brachte ihren Puls zum Rasen und verstärkte den Schwindel so sehr, dass sie umgefallen wäre, hätte Philip nicht ihre Hände gehalten.

»In den vergangenen Wochen, in denen ich dich nicht zu Gesicht bekommen habe, bin ich fast durchgedreht. Du hast mir so unendlich gefehlt! Irgendwann habe ich mich dann ins Auto gesetzt und bin einfach hingefahren. Um dir wenigstens ein bisschen nahe zu sein, dort, wo du deine Kindheit verbracht hast. Du wolltest mir den Ort ja nie zeigen, also habe ich ihn mir allein angesehen. Und jetzt weiß ich eben alles.«

»Du …«, brachte sie nun doch krächzend hervor, »du … weißt …«

»Ein paar frühere Nachbarn von euch haben es mir erzählt, sie konnten sich noch gut an die Ereignisse von damals erinnern.« Er sah sie traurig an. »Das ist der Grund, nicht wahr? Der Grund, warum du keine Kinder möchtest. Nicht, weil du es dir für dich nicht vorstellen kannst. Sondern, weil du Angst hast. Vor der Verantwortung. Du hast Angst, ihnen vielleicht nicht gerecht zu werden.«

»Ja«, flüsterte sie. Und noch einmal: »Ja.«

Er riss sie regelrecht in seine Arme, umschloss sie sicher und warm, gab ihr Halt und fing das heftige Schluchzen auf, von dem sie nun geschüttelt wurde. »Es ist gut«, murmelte er und küsste sie wieder und wieder aufs Haar. »Alles ist gut, mein Schatz. Ich liebe dich und will für dich da sein. Für den Rest meines Lebens, für immer und ewig, bis ans Ende aller Tage.«

»Wirklich?«, stieß sie mit erstickter Stimme aus und presste sich noch dichter an ihn.

»Natürlich, Ella, natürlich. Ich war so ein Riesenidiot. Und hätte ich gewusst, hätte ich auch nur *geahnt* ... Cinderella, ich werde dir nie wieder Unrecht tun.«

Sie brauchte eine geschlagene halbe Stunde, ehe sie sich dazu durchringen konnte, ihren Hausschlüssel in die Tür der Villa zu stecken. Ihr war klar, dass Oscar schon lange auf sie wartete, sie hatte ihm gesagt, sie sei um spätestens sechs Uhr zurück, und jetzt war es schon nach acht.

Sie hatte ihm nichts von ihrem Treffen mit Philip erzählt, hatte ihn nicht beunruhigen, ihn nicht nervös machen wollen. Stattdessen hatte sie behauptet, sie würde ins Elbe-Einkaufszentrum gehen, um dort ein bisschen zu bummeln. Daraufhin hatte er sie verwundert gemustert, denn so gut kannte er sie bereits, dass Shopping nicht gerade eine ihrer Lieblingsbeschäftigungen war. »Mit Cora«, hatte sie noch eingeworfen, und da hatte sich seine Irritation in Wohlgefallen aufgelöst, denn Ellas beste Freundin war ihm mittlerweile ebenfalls bekannt. Bei ihr konnte er sich offensichtlich besser vorstellen, wie sie ziellos von Schaufenster zu Schaufenster schlenderte auf der Suche nach Dingen, die sie zwar nicht brauchte, aber dringend haben musste. Er hatte Ella angeboten, dass sie gern sein Auto nehmen könne, doch das hatte sie abgelehnt. Schlimm genug, dass sie ihn beschwindelt hatte – zum *Tatort* wollte sie nicht auch noch mit seinem Wagen fahren.

Nun stand sie also auf dem obersten Absatz der Freitreppe zum Haus, ein weiterer Ort, an dem Teile dieser verrückten Geschichte ihren Anfang genommen hatten. Auch er, Oscar, hatte zu Ellas Standhaftigkeit Philip gegenüber einiges beigetragen. Nicht wegen ihrer Wette mit sich selbst, die es noch einzulösen galt; nicht weil sie vor lauter Programm mit ihm ohnehin nicht viel zum Grübeln gekommen war – sondern weil die Zeit mit ihm dahingeflogen war wie nichts. So viel Spaß, so viel Vergnügen hatte sie schon lange nicht mehr gehabt wie bei ihren Frotzeleien und Schlagabtäuschen.

Ja, Cora hatte durchaus recht: Er flirtete mit ihr. Und sie auch mit ihm. Aber – und das hätte sie ihrer Freundin kaum begreiflich machen können, und Philip schon mal gar nicht – auf liebevolle, auf völlig platonische Art und Weise. Oscar wusste ja, dass ihr Herz gerade erst gebrochen worden war, und sie, Ella, wusste, dass es ihm nicht anders ging, auch, wenn er davon noch immer keinen Schimmer hatte. Sie waren eben *Partners in Crime*, eine Zweckgemeinschaft derer, die da sind mühevoll und beladen, und die sich gegenseitig stützen auf ihrer langen, langen Reise über den *Boulevard of Broken Dreams*, mit Neckereien als Durchhalteparolen.

Nun stand sie also hier und fragte sich, ob sie selbst schon am Ende des gelben Steinwegs wäre, dort, wo sie nur noch ihre roten Schuhe dreimal aneinanderschlagen und mit geschlossenen Augen sagen müsste: »There's no place like home.«

Nach dem Treffen mit Philip; nachdem er ihr gesagt hatte, dass er nun *alles* wusste; nachdem er ihr seine ewige Liebe – und auch Treue – geschworen hatte; nach alldem war es Ella unendlich schwergefallen, ihn überhaupt nur für eine einzige Sekunde wieder zu verlassen. Ihr Happy End zu unterbrechen, zu Oscar zu fahren und sich der »Aufgabe« zu stellen, die hier noch auf sie wartete.

Philip hatte sie auch nicht gehen lassen wollen, natürlich nicht. Hatte sie gebeten, die Nacht bei ihm zu verbringen, in ihrem Zuhause im Philosophenweg. Doch das hatte sie nicht gekonnt, egal, wie sehr sie es auch gewollt hatte. Sie hatte Philip erklären müssen, dass sie es Oscar schuldig war, noch weiter für ihn da zu sein, so lange, bis die Sache mit seinem Sohn geregelt wäre, so lange, bis auch Oscar Aussicht auf ein gutes Ende hätte oder vielmehr die Chance auf einen guten Neuanfang.

Nachdem Ella Philip bei einem langen, langen Spaziergang von der Strandperle bis zum Falkensteiner Ufer erzählt hatte, was in der Zwischenzeit alles geschehen war und was sie herausgefunden hatte; nachdem sie mit eiskalten Händen, roten Nasen und klirrenden Ohren zurück bis zum Hirschpark gestapft waren und er sie schließlich am Tor zum de Wittschen Anwesen verabschiedet hatte; nachdem sie ihm mehrfach versichert hatte, dass es keinen Grund zur Eifersucht gab, nicht den geringsten, nur dass sie nunmal eine Verantwortung trug gegenüber einem hilflosen Menschen, der doch niemanden hatte außer ihr – da hatte er verstanden, dass sie jetzt nicht einfach so gehen konnte. Oder zumindest hatte er es eingesehen, wenn auch nur widerstrebend.

Ella straffte die Schultern, holte tief Luft und blinzelte dreimal fest mit den Augen. Und noch einmal, nur zur Sicherheit. Sie hatte beschlossen, Oscar vorerst nichts zu erzählen von ihrer und Philips Versöhnung. Das war ja auch gar nicht möglich, außer, sie würde behaupten, ihn zufällig im Elbe Einkaufszentrum getroffen und sich dann mit ihm ausgesprochen zu haben. Nein, sie wollte den 13. Dezember abwarten und hoffte, dass sich dann alles, nach und nach, zum Guten wenden würde. Dass Oscar seinen Sohn vielleicht erkannte, sich an ihn erinnerte; oder dass er wenigstens, wenn Ella ihm alles erzählte, bereit wäre, um sein Kind zu kämpfen. Wie sie Cora schon erklärt hatte: Er war mittlerweile *alltagstauglich* – und er müsste ja auch nicht auf sie als Haushälterin verzichten. Sie würde ihm zwar sagen müssen, dass sie zurück zu Philip in den Philosophenweg zog. Aber natürlich würde sie weiter für ihn arbeiten, wenn er es denn wollte. Gemeinsam würden sie es schon meistern, Henri ein schönes Heim, eine *Heimat* zu schaffen. Zweieinhalb Jahre lang war Ella für eine Familie mit drei Kindern tätig gewesen, da würde ein Männerhaushalt bestehend aus Vater und Sohn sie mit Sicherheit nicht ins Schwitzen bringen.

Ein letztes Mal wiederholte sie ihr Blinzelritual, dann nahm sie den Schlüssel zu Hand, öffnete die Tür und betrat das Haus.

Als erstes fiel ihr der seltsame Geruch auf, der ihr entgegenschlug, eine Mischung aus verbrannt und köstlich. Dann nahm sie die leise Musik wahr, die aus dem Wohnzimmer plätscherte, und sie ging hinüber, um nachzusehen, was Oscar dort trieb.

Er trieb gar nichts, sondern lag in seinem Stressless-Sessel, selig schlafend, einen neuen Thriller von Sebastian Fitzek auf seinem Schoß. Er trug ein weißes Hemd und eine dunkle Anzugshose, seine Füße steckten in frisch geputzten Schuhen. In der Anlage lief eine CD, irgendein klassisches Stück aus einer »Best of«-Compilation. Ella trat an ihren Chef heran, nahm das Buch und legte es zu Seite, ging dann zum Sofa, um eine Decke zu holen. Doch als sie sie über Oscar ausgebreitet hatte, wachte er auf. Sah sie an, zuerst kurz verwirrt, dann lächelnd, und sagte: »Da sind Sie ja endlich! Ich muss eingeschlafen sein.«

»Scheint so«, stimmte sie ihm zu.

Ein wenig mühsam schob er die Decke zur Seite und erhob sich, strich sich das leicht zerknitterte Hemd wieder glatt. »Wie spät ist es denn?«

»Gleich halb neun.«

»Ich hatte Sie um sechs erwartet.«

»Tut mir leid, hat alles etwas länger gedauert.«

»Haben Sie denn etwas Schönes gefunden?«

»Was meinen Sie?«

»Bei Ihrem Einkaufsbummel. War er von Erfolg gekrönt?«

»Ach so!« Sie räusperte sich. »Nein, leider nicht. Aber Cora hat in einer Boutique zwei Schnäppchen gemacht.«

»Wenigstens etwas«, gab er zurück. Dann nickte er mit dem Kopf Richtung Esszimmertisch. »Ich hoffe, Sie haben Hunger.«

Sie folgte seinem Blick und entdeckte erst jetzt die für zwei Personen eingedeckte Tafel. Hübsch hergerichtet, mit weißem Tischtuch und Kerzenleuchtern, in der Mitte sogar eine Vase mit drei dunkelroten Dahlien darin. Dazu das *gute* Geschirr aus dem Sideboard, funkelnde Weingläser und zum Tafelspitz aufgestellte Stoffservietten auf den

Tellern. »Was ist los?«, fragte sie. »Hab ich irgendwas verpasst?«

Er lachte. »Gar nichts, Ella. Nur ein kleines Dankeschön für die vergangenen Wochen.«

»Oh!« Ihre Wangen wurden heiß. »Das ist aber wirklich nicht nötig.«

»Doch«, sagte er, umfasste mit beiden Händen ihre Schultern und dirigierte sie behutsam zum Tisch. »Das ist es. Und deshalb habe ich für uns gekocht.«

»Was denn?«, wollte sie wissen, während sie sich an den Platz setzte, den er ihr zuwies.

»Coq au vin«, erwiderte er, »nach einem Rezept aus dem Internet. Ich hoffe, Sie haben Hunger!« Mit diesen Worten entschwand er in der Küche, kurz darauf konnte sie ihn klappern und hantieren hören.

Ella stützte die Ellenbogen auf den Tisch, legte ihr Kinn auf den gefalteten Händen ab und betrachtete versonnen das liebevolle Arrangement. Sogar das Silberbesteck hatte Oscar herausgeholt und auf Hochglanz poliert, einige Blütenblätter hatte er als dunkelrote Farbtupfer auf dem weißen Damast verteilt. Sie freute sich, freute sich unbändig, dass er sie so überraschte. Dabei dachte sie zur gleichen Zeit an Philip und den Nachmittag mit ihm und daran, was sie Oscar nun bald offenbaren müsste, und spürte schon wieder den altbekannten Schwindel in sich aufsteigen.

»Tadaa!«, wurde sie in ihren Gedanken unterbrochen, Oscar trug ein Tablett mit einer Auflaufform und eine Schüssel herein und stellte es in der Mitte der Tafel ab. Erwartungsfroh beugte Ella sich vor, tatsächlich knurrte ihr mittlerweile der Magen, denn über das lange

Gespräch mit Philip hatte sie das Abendessen vergessen. Sie stutze, als sie sah, was sich in den Porzellanschalen befand. »Fischstäbchen?«, fragte sie irritiert.

Oscar nickte. »Und Kartoffelpüree.«

»Hatten Sie nicht was von Coq au Vin gesagt?«

Ein weiteres Nicken. »Dass ich welches gekocht habe, ja. Aber nicht, dass es mir gelungen ist.« Er zwinkerte ihr grinsend zu. »Deshalb gibt es jetzt Menü Nummer 2.« Noch immer grinsend legte er ihr vier Fischstäbchen auf den Teller, dann folgte ein Klacks Püree. »Selbst gestampft«, erklärte er. »Immerhin.«

»Prima«, erwiderte sie und unterdrückte ein Lachen.

Er tat sich ebenfalls auf, öffnete die Flasche Weißwein, die in einem Weinkühler am Ende der Tafel stand, und goss ihr und sich einen Schluck davon ein. Dann nahm er Ella gegenüber Platz. »Ich wünsche guten Appetit!« Er hob sein Glas, sie tat es ihm gleich, und sie stießen an.

»Vielen Dank.« Sie stach mit ihrer Gabel ins Kartoffelpüree und führte sich einen großen Haps in den Mund. »Lecker«, stellte sie kauend fest. Und das war es auch. Es schmeckte sogar ziemlich himmlisch.

Beim Essen plauderten sie angeregt über dies und das, und Ella ergriff die Gelegenheit beim Schopf, Oscar zu erzählen, dass am nächsten Freitag ein weihnachtlicher Kunsthandwerkermarkt wäre, zu dem sie gern mit ihm hinfahren würde. Er stimmte ihrem Vorschlag zu, auch, wenn das »nicht ganz das Gleiche wie ein Strandkorb am Meer« war. Er berichtete ihr von seiner heutigen Sitzung bei Dr. Specht, und Ella bemerkte, dass sie kaum den Blick von ihm abwenden konnte, so gut sah er aus in seinem weißen Hemd, während seine dunklen Augen im Kerzenschein glänzten und der Wein und die Musik ihre Sinne umnebelten. Es fühlte sich beinahe an wie ein Date, aber es war noch viel besser als das: Als Oscar gut gelaunt erzählte, er hätte sich heute nach seiner Therapie ein Tagebuch gekauft, um dort ab sofort jeden Abend die neuesten Erkenntnisse zu notieren über das, was er mochte und was nicht – da versprühte er eine solche Energie, einen derartigen Tatendrang, dass sie nicht umhinkonnte, ein kleines bisschen stolz auf sich zu sein. Denn das war bis zu einem gewissen Grad auch ihr Verdienst. Nicht nur Dr. Specht, sondern auch sie, Ella, hatte ihm dabei geholfen, der zu werden, der er nun war oder zumindest von Tag zu Tag mehr wurde. In Gedanken gab sie sich scherzhaft den Beinamen *Pygmalion* und betrachtete verzückt ihr Werk.

Nach dem Essen erhob sie sich und machte Anstalten, den Tisch abzuräumen, wurde aber von Oscar gestoppt.

»Lassen Sie einfach alles stehen«, sagte er, stand ebenfalls auf und streckte ihr eine Hand entgegen. »Es wartet noch ein weiterer Programmpunkt auf Sie.«

Ella ließ sich von ihm führen, durch die Halle zur Treppe in den ersten Stock, oben angelangt ging er Richtung Musikzimmer vor und bat sie, draußen zu warten. Als er sie kurze Zeit später rief, brannten auch hier überall Kerzen, der Deckel des Flügels war hochgeklappt, davor hatte Oscar den Sessel aus seinem Schlafzimmer gerückt.

»Setzen Sie sich«, forderte er Ella auf, was sie nur allzu gern tat.

»Bekomme ich ein Privatkonzert?«

»Nun ja«, er räusperte sich. »Ein ganzes Konzert wird

es nicht werden, aber ich habe heimlich ein bisschen geübt.« Ein entschuldigender Ausdruck trat auf sein Gesicht. »So gut es mir in meinem Zustand möglich war.«

Dann nahm er auf der Klavierbank am Flügel Platz, senkte einen Moment lang den Kopf, bevor er ihn wieder hob, die Hände auf die Tasten legte und begann.

Ella erkannte das Stück schon nach den ersten zwei Tönen, und es überraschte sie nicht, denn natürlich spielte Oscar *Mia & Sebastian's Theme* aus *La La Land*. Sie lehnte sich im Sessel zurück und schloss die Augen, sah Ryan Gosling und Emma Stone vor der atemberaubenden Kulisse von Cathy's Corner in Hollywood tanzen, sah sie wie im Film durch den Himmel des Planetariums schweben, sich zu einem Walzer hin und her wiegen und sich dabei unsterblich ineinander verlieben.

Sie blickte auf, bemerkte, dass Oscar wieder vollkommen versunken war in die Musik, wie seine Finger mit traumwandlerischer Sicherheit – wenn auch hier und da ein wenig holpernd, was dem Hörgenuss aber seltsamerweise keinen Abbruch tat – ihren Weg von Taste zu Taste fanden. Und als er die letzten Töne gespielt hatte und sie beide ihrem Verklingen noch nachspürten, da konnte Ella nicht anders, als tief und sehnsuchtsvoll zu seufzen.

»Das ist sooo ein schönes Lied«, stellte sie fest. »Vielen Dank, Oscar! Damit haben Sie mir wirklich eine große Freude gemacht.«

Er strahlte sie von seiner Klavierbank aus an. »Gern geschehen.« Dann fügte er etwas verschämt hinzu: »Wenn's auch manchmal geklappert hat.«

»Hat es gar nicht«, bemühte sie eine *Schutzbehauptung*.

»Doch, doch«, er klatschte sich lachend mit beiden Händen auf die Oberschenkel, quittierte diese Bewegung aber sofort mit einem schmerzverzerrten Gesicht, weil sein Handgelenk noch nicht wieder ganz in Ordnung war. »Aber ist auch egal«, brachte er etwas angespannt hervor, »jetzt können Sie mir dafür einen Gefallen tun.«

»Welchen denn?«

»Ich habe«, er stand von der Bank auf und kam auf sie zu, »*La La Land* aus der Online-Videothek runtergeladen, Popcorn steht auch schon bereit. Wie sieht's aus?« Nun hielt er ihr erneut eine Hand entgegen, um ihr aus dem Sessel hochzuhelfen. »Machen wir uns noch einen gemütlichen Filmabend und schließen bei mir diese Wissens- oder Gedächtnislücke?«

»Auf gar keinen Fall!« Sie musste es recht schockiert ausgerufen haben, denn er sah sie ziemlich erschrocken an.

»Oh, äh, ich dachte … tut mir leid …«

»Nein, Oscar«, korrigierte sie sich eilig und stand nun ebenfalls auf. »Die Idee an sich ist gut, und der Film ist auch wirklich wunderschön. Nur das Ende, das ist ganz grauenhaft.«

»Grauenhaft?«

Sie nickte. »Ja, sehr traurig und unbefriedigend, denn zum Schluss kriegen sie sich nicht.«

Nun lächelte er wieder. »Jetzt haben Sie mir ja schon alles verraten!«

»Sorry, ja, das war blöd von mir. Aber ich *kann* mir den nicht noch einmal ansehen.«

»Dann schalten wir einfach aus, bevor er zu Ende ist.«

»Nützt nichts«, erwiderte sie, »denn ich *weiß* ja, wie

er ausgeht. Das ist dann trotzdem in meinem Kopf, und ich finde keine Ruhe. Dabei habe ich mir sogar schon einmal einen neuen Schluss für *La La Land* ausgedacht, nur ist dieser Film leider so schön und gerade deshalb auch so schrecklich traurig, dass selbst das Umschreiben damals nicht geholfen hat.«

»Wie? Sie haben den umgeschrieben?«

»Ähm, ja.« Nun war es ihr rausgerutscht. Verdammt, verdammt, *verdammt*!

»Machen Sie das öfter?«, wollte er wissen. »Also, neue Enden für Filme erfinden?«

»Ja«, gab sie leise zu und senkte den Blick. »Auch bei Büchern und Erzählungen mache ich das. Bei allem, was irgendwie traurig ist.«

Einen Moment schwieg er. Dann hörte sie ihn »Was für eine tolle Idee!« sagen.

Überrascht sah sie ihn an. Er betrachtete sie anerkennend, da war nicht ein Hauch von Ironie. »Finden Sie?«, fragte sie sicherheitshalber noch einmal nach.

»Ja«, bestätigte er. »Die Einstellung ist doch richtig gut! Frei nach dem Motto: Wenn das Leben dir Zitronen gibt, mach Limonade daraus.«

Ella lachte erleichtert auf, er hielt sie nicht für vollkommen plemplem.

»Ich habe«, traute sie sich nun sogar ihm anzuvertrauen, »einen eigenen Blog namens Better Endings, da stelle ich die umgeschriebenen Geschichten ein.«

»Wirklich? Klingt ja spannend!«

»Auf alle Fälle macht es Spaß.«

»So, wie Sie aussehen, wenn Sie davon erzählen, scheint es Ihnen nicht nur ein bisschen Spaß zu machen.«

Er grinste sie an. »Das erfüllt Sie wohl noch mehr, als mich zu drangsalieren?«

Ella nickte heftig.

»Darf ich mal sehen? Also, Ihren Blog?«

Kurz dachte sie darüber nach, aber nur ganz kurz. Dann nickte sie ein weiteres Mal. »Klar, warum nicht?«

Zehn Minuten später saßen sie nebeneinander am Schreibtisch in Ellas Zimmer vor ihrem Rechner, und Oscar las sich durch diverse Beiträge und Geschichten. »Sie haben ja eine riesige Fan-Gemeinde«, stellte er bewundernd fest.

»Hat sich mit den Jahren so entwickelt.«

»Ich bin beeindruckt, das muss ich wirklich sagen.«

»Vielen Dank!«

»Allerdings«, er zwinkerte ihr zu, »dürften Ihre Anhänger gerade ein wenig traurig sein, Ihr letzter Beitrag ist ja schon ewig her. Was ist denn los?«

»*Sie* sind los!«, erwiderte sie lachend. »Für meine Texte brauche ich Zeit, die ich im Moment nicht habe.«

»Hm«, er wiegte den Kopf hin und her. »Das stimmt natürlich, sowas schreibt sich vermutlich nicht mal so zwischendurch. Ist ja beinahe schon philosophisch, Ella, das finde ich echt ganz, ganz toll!«

»Hören Sie auf, ich werde gleich rot!«

»Ich sage nur die Wahrheit.« Wie, um seine Worte zu untermauern, deutete er mit dem Zeigefinger auf den Bildschirm. »Nehmen Sie doch zum Beispiel das hier über Hänsel und Gretel – da schwingt ein regelrechter Subtext mit.«

»Subtext?«, fragte sie arglos, obwohl ihr sofort klar war, was er meinte. Warum hatte sie nicht daran gedacht, was sie da zuletzt geschrieben hatte, bevor sie Oscar so freimütig ihre Seite gezeigt hatte? Vermutlich, weil sie sich schlicht gefreut hatte, dass er sich dafür interessierte, und nun hatte sie den Salat.

»Da verlässt Sie die gute Internatsbildung, was?«, zog er sie auf.

»Keinesfalls«, schnappte sie gespielt beleidigt zurück. »Das ist die Aussage, die unter der Aussage liegt. Die Bedeutung, die zwischen den Zeilen steht.«

»Sehr gut, Frau Faust, sehr gut mit Sternchen. Und was ist es nun?«

»Was ist was?«

»Na, die Bedeutung zwischen den Zeilen! Was wollten Sie eigentlich mit diesem Text sagen?«

»Gar nichts«, behauptete sie. »Nur dass die Eltern von Hänsel und Gretel grausam waren.«

»Das glaube ich Ihnen nicht«, widersprach er. »Das ist Ihnen nicht einfach so eingefallen.«

»So leid es mir tut, Sie enttäuschen zu müssen – genau so ist es gewesen.«

»Na gut«, gab er sich geschlagen. Allerdings nicht ganz. »Ich werde das schon noch aus Ihnen herauskriegen.«

»Werden Sie nicht«, erwiderte sie, »weil's da nichts herauszukriegen gibt.«

»Wir werden sehen.« Er stupste sie mit einem Ellbogen in die Seite. »Und wer ist eigentlich dieser Bloxxx?«, wollte er als Nächstes wissen.

»Das«, sie stieß einen Seufzer aus, »habe ich mich auch schon oft gefragt.«

»Klingt nach einem ziemlich frustrierten Kerl.«

»Kann sein.« Sie zuckte mit den Schultern.

»Was treibt manche Leute nur dazu, so etwas zu tun? Wenn der Ihren Blog so doof findet, warum vergeudet er dann seine Zeit, alles zu lesen und auch noch zu kommentieren? Hat der nichts Besseres zu tun?«

»Schätze, der reagiert sich hier ab.«

»Warum sperren Sie den nicht einfach? Oder geht das nicht?«

»Ach, ich weiß nicht, das wäre ja Zensur – und das will ich nicht.«

»Entschuldigen Sie mal, Ella«, brauste er auf. »Der Kerl pinkelt Ihnen quasi in den Vorgarten, da ist es doch keine *Zensur*, wenn Sie ihm sagen: ›So nicht, mein Lieber!‹«

Sie prustete los. »Ein hübsches Bild, das Sie da malen.«

»Ist doch aber wahr.« Oscar schüttelte empört den Kopf. »Ich würde mir sowas jedenfalls nicht gefallen lassen.«

»Das glaube ich Ihnen aufs Wort.«

»Was soll das nun wieder heißen?«

»Gar nichts.« Ella musste noch immer kichern.

Er knuffte sie erneut in die Seite. »Sie blöde Kuh.«

»Sie blöder Ochse!« Sie knuffte ihn zurück, dann giggelten beide wie Teenager nach zu viel Asti Spumante.

»Eine Sache müssen Sie mir aber noch erklären«, kam er japsend wieder zu Wort.

»Was denn?«, japste sie ebenfalls.

»Sie schreiben hier über Ihre geplante Hochzeit, dabei findet die doch gar nicht mehr statt.«

Augenblicklich verschluckte sie sich an ihrem Lachen, gab stattdessen ein krächzendes Husten von sich. »Hm, ja…«, presste sie nach Luft schnappend hervor.

»Alles okay?«, wollte er wissen und klopfte ihr dabei sanft auf den Rücken.

»Geht schon wieder«, behauptete sie, dabei war das Gegenteil der Fall. Denn sie hatte ja tatsächlich trotz der Trennung von Philip weiterhin im Netz über die bevorstehende Feier fabuliert. Wenn sie Oscar gegenüber aufrichtig sein wollte, wäre nun eigentlich der Moment gekommen, in dem sie ihm gestehen müsste, dass sie und ihr Exverlobter sich zusammengerauft hatten und sie ihn vermutlich *doch* heiraten würde. Vielleicht nicht mehr im nächsten Jahr, aber sie rechnete damit, dass Philip sie über kurz oder lang wieder fragen würde. Dann allerdings romantischer als beim ersten Mal und mit Sicherheit auch nicht aus nagendem Gewissen nach einem betrunkenen Ausrutscher. Doch sie konnte es Oscar nicht sagen, noch nicht und jetzt nicht, von daher wiederholte sie das, was sie auch Philip erklärt hatte. »Wissen Sie«, sie fühlte sich bereits verlogen und schlecht, noch *während* sie es aussprach, »die Ella, die ich den Usern zeige, hat nur bedingt etwas mit der echten Ella zu tun. Da kehre ich nicht mein Innerstes nach außen, sondern schreibe das, was die Leute lesen wollen.«

»Klar«, erwiderte er und nickte verständnisvoll. »Wie es in Wahrheit in einem aussieht, geht eben nicht jeden etwas an.«

»So ist es.«

»Schätze, das würde ich genauso machen.« Er betrachtete sie nachdenklich. Und in diesem Augenblick, für den Bruchteil einer Sekunde, stieg in Ella ein Verdacht auf. Ein ungeheuerlicher und unfassbarer Verdacht. Litt Oscar wirklich unter Amnesie? Hatte er tatsächlich keinen blassen Schimmer über seine Vergangenheit? Oder tat er nur so, als ob? War das möglich? War es denkbar, dass ihm die Situation gefiel? Dass er sich angefreundet hatte mit dem *seligen Vergessen*, weil ihn das jeglicher Verantwortung enthob? Weil er einfach so tun konnte, als wäre das, was nun einmal geschehen war, überhaupt nicht passiert, nicht existent?

»Nein«, sagte sie leise und merkte dabei nicht, dass sie es laut aussprach.

»Nein?«, wollte Oscar prompt von ihr wissen.

Sie zuckte zusammen. »Ich meine, ja«, korrigierte sie sich eilig. »Das geht niemanden was an.«

Er zwinkerte ihr zu. »Dann meinen Sie ja doch eher nein.«

»Oder so.«

»Und was machen wir nun mit dem angebrochenen Abend?«

Ella war einen Blick auf ihre Uhr. »So ›angebrochen‹ ist der gar nicht, es ist ja schon nach halb elf.«

»Na und? Es ist Samstag – lässt man da normalerweise nicht die Puppen tanzen?«

»Kann ich Ihnen nicht sagen«, erwiderte sie, »das ist bei mir schon länger her.«

»Also, ich wollte Sie jetzt auch nicht auf die Reeperbahn schleppen. Aber ins Bett möchte ich auch noch nicht. Sollen wir uns nicht doch einen Film ansehen? Wäre sonst schade ums Popcorn.«

»Okay«, willigte sie ein. »Allerdings auf keinen Fall *La La Land*.«

Er hob abwehrend die Hände. »Nein, natürlich nicht, das habe ich schon begriffen.«

»Wie wäre es …«, sie dachte einen Moment nach. Und beschloss, mit Oscar die Probe aufs Exempel zu machen. »Können wir mal nachsehen, was es in Ihrer Online-Videothek so alles gibt?«

»Klar«, sagte er, »sicher können wir das.«

29

»Weißt du, woran es bei dir fehlt, du armes Ding ohne Namen? Du hast Angst! Du hast keine Courage. Du bist ein Kind, das Angst hat, alles so zu nehmen, wie es ist. Menschen verlieben sich nun mal. Menschen gehören zusammen. Weil das die einzige Möglichkeit ist, ein bisschen glücklich zu werden.«

Sie hatten das Sofa vor den Fernseher gerückt, lagen nebeneinander unter der flauschigen Decke, eine große Schüssel Popcorn zwischen sich, und starrten beide gebannt auf die letzte große Abschlussszene von *Frühstück bei Tiffany*. Das heißt, Oscar starrte gebannt, Ellas Blick hingegen wanderte immer wieder verstohlen zu dem Mann an ihrer Seite hinüber, der da so vollkommen gefangen war von der Geschichte des Films. Der entsetzt die Augen aufriss, als Holly Golightly den Kater bei strömendem Regen aus dem Taxi warf; der zusammenzuckte, als Paul Varjak der Frau, die er liebte, zuerst die gnadenlose Wahrheit sagte, um dann ebenfalls den Wagen zu verlassen und die Tür mit einem lauten Knall für immer und ewig zuzuschlagen. Und dem – Ella konnte es kaum fassen –, als Paul, Holly und der Kater schließlich fest umarmt im New Yorker Regen standen und sich küssten, Tränen über die Wangen kullerten. Oscar weinte ohne jede Scheu vor ihr, als zum letzten Mal *Moon River* erklang und man mit einem tiefen Gefühl der Glückseligkeit sicher sein konnte, dass nun alles, alles gut werden würde.

Da blieb ihr, Ella, gar nichts anderes übrig, als die Popcornschüssel auf den Boden zu stellen, Oscars Hand zu nehmen und sie fest zu umschließen. Und er – er erwiderte die Berührung. Verschränkte seine Finger mit ihren, hielt sie fest oder sie ihn, so genau ließ sich das nicht auseinanderhalten. Und dann, wie in filmreifer *Slow Motion*, zog er sie an sich, glitt sie unaufhaltsam unter der Decke zu ihm hinüber, bis sie dicht an dicht lagen und ihre Nasen gegeneinanderstießen; beide unsicher glucksend, fast ein bisschen albern schon. Endlich legte er ihr eine Hand in den Nacken, schloss die Augen und streifte mit seinen Lippen sanft und vorsichtig, so *unendlich* sanft und vorsichtig, über ihren Mund. Sie spürte seinen warmen Atem auf ihrem Gesicht, genoss das Kribbeln und die Gänsehaut, die von ihr Besitz ergriffen, lauschte ihrem eigenen Herzschlag, der ruhig und aufgeregt zugleich im Rhythmus ihrer Gefühle pochte.

Nun nahm er sie richtig in die Arme, sein Kuss wurde fester, eindeutiger. Und sie, Emilia Faust, konnte sich nicht dagegen wehren. Weil sie sich gar nicht wehren *wollte*. Weil er, Oscar de Witt, alles in ihr berührte, was es zu berühren gab; weil sie in diesem Moment auf dem Sofa in seiner Villa schlicht nichts anderes tun wollte, als ihn zu küssen, zu küssen, zu küssen. Und ein bisschen zu kichern, denn in ihrem Kopf entspann sich der Klassiker aller Liebesgeschichten: eine Frau zwischen zwei Männern. Eine Frau, die sich nicht entscheiden kann. Die keine Wahl treffen will zwischen Herz und Vernunft, und die ...

Abrupt schob sie Oscar von sich fort, was er zuerst mit

einem unwilligen Laut und dann mit einem fragenden Blick quittierte. Was hatte sie da gerade gedacht?

»Alles in Ordnung?«, wollte er wissen. Und weil gar nichts in Ordnung war, überhaupt gar nichts, rückte sie erneut an ihn heran, damit er dort weitermachen konnte, wo sie soeben aufgehört hatten.

Diesmal waren seine Küsse noch vorsichtiger und zarter – und damit noch süßer, noch viel inniger. Es waren die fast unschuldigen Berührungen eines Mannes, der Sorge hatte, etwas zu zerbrechen, sowohl bei ihr als auch bei sich selbst.

Irgendwann, nach Minuten oder Stunden, bettete Ella ihren Kopf an seiner warmen Brust, fühlte seine streichelnde Hand auf ihrem Haar und hörte, während sie schon sanft hinüber in die Traumwelt dämmerte, wie er leise flüsterte: »Ich habe mich in dich verliebt.«

Es klingelte in Ellas Traum. Laut und schrill und immer wieder. Ein Wecker? Ein Handy? Eine Tür? Voller Panik fuhr sie hoch, blickte sich verwirrt um und erfasste erst nach zwei Sekunden, dass sie noch immer auf dem Sofa war, nackt unter der weißen Kuscheldecke. In der dritten Sekunde bemerkte sie Oscars Abwesenheit, in der vierten sah sie ihn gerade noch mit engen Boxershorts und seinem Hemd bekleidet vom Wohnzimmer nach draußen in die Halle entschwinden.

Die Sekunden fünf, sechs und sieben verstrichen, ein weiteres Klingeln dröhnte durch die Villa.

Acht und neun.

»Herr Drechsler! Guten Morgen, was machen Sie denn hier?«

»Ebenfalls guten Morgen, Herr de Witt. Habe ich Sie geweckt? Das tut mir leid!«

»Nein, ist schon gut.«

»Ist Ella da?«

So schnell hatte man noch nie Bewegung in einen Menschen kommen sehen. Sie sprang vom Sofa auf, hüllte sich in die Decke, raffte ihre Kleidung zusammen und flitzte hinüber zur Küchentür. Erst dort angelangt wurde ihr klar, dass auch von hier der einzige Weg zur Treppe ins Obergeschoss mitten durch die Halle führte, und sie hoffte, nein, mal wieder *betete* sie, dass Oscar so geistesgegenwärtig war, Philip nicht gleich hereinzubitten.

Das Schicksal war ihr hold. Sie hörte ihn sagen: »Können Sie kurz draußen warten, damit ich mich anziehen kann?« Dann klickte die Haustür, und sie atmete auf.

Sie ging hinaus zu Oscar, der sie ratlos ansah, das Hemd schief zugeknöpft. »Was will *der* hier?«, fragte *er* sie, und die feine Nuance zwischen *der* und *er* unterlief ihm mit Sicherheit nicht aus Versehen.

»Ich weiß es nicht«, sagte sie, die Decke fester um sich ziehend. Das war nicht einmal gelogen, das war es nicht, denn auch, wenn sie sich gestern mit Philip ausgesöhnt hatte, wenn sie bereit war, ihrer Liebe noch eine Chance zu geben, war es ihr dennoch ein Rätsel, warum er nun vorm Haus stand. Hatte sie ihn nicht gebeten, ihr noch die Zeit zu geben, für Oscar alles zu regeln? Und hatte er dem nicht zugestimmt? »Ich weiß es nicht«, wiederholte sie, und ihre Stimme zitterte dabei merklich. Was für ein schrecklicher, was für ein peinlicher Moment! Sie, halb nackt, von ihrer gemeinsamen Nacht noch zer- und aufgewühlt, er, in Unterhose und falsch geknöpftem Hemd und damit ebenfalls alles andere als korrekt gekleidet, mit der überdeutlichen Frage im Gesicht, was zum Teufel Ellas Exverlobter hier, auf seinem Anwesen, wollte.

»Soll ich ...«, setzte Oscar an.

»Nein«, fiel sie ihm hektisch ins Wort. »Das ist lieb von Ih... dir, aber ich kläre das.«

Sie lief zur Treppe, sprang wie schon so oft mehrere Stufen auf einmal nehmend nach oben, stürmte in ihr Zimmer, riss wahllos Unterwäsche, Socken, Jeans und Pullover aus dem Schrank. Beim Anziehen warf sie einen Blick aus dem Fenster, sah Philip unten vorm Haus warten, wie er mit mürrischer Miene die Eingangstür fixierte.

Im Bad richtete sie eilig ihre Haare, schlang sie im Nacken zu einem Zopf zusammen, gönnte sich ein 5-Sekunden-Zähneputzen, rannte dann wieder nach unten in die Halle, wo Oscar immer noch stand, mittlerweile allerdings auch mit der Hose vom Vorabend bekleidet.

»Ich mache das wirklich am besten allein«, teilte sie ihm in bittendem Tonfall mit, während sie in ihre Schuhe schlüpfte. Er musterte sie verunsichert, vergrub beide Hände in den Hosentaschen, wippte auf nackten Füßen sachte auf und ab.

»Wirst du es ihm erzählen? Das mit uns?«

»Keine Ahnung«, gab sie wahrheitsgemäß zurück.

»Okay«, sagte er und lächelte schwach. »Viel Glück.« Er ging einen Schritt auf sie zu, machte Anstalten, sich zu ihr hinunterzubeugen, und sie dachte schon, dass er sie nun küssen würde – doch dann legte er ihr nur eine Hand auf die Schulter, sah sie noch einmal lange an und verschwand in der Küche.

Ein letztes Mal atmete Ella tief durch, dann ging sie hinaus zu Philip.

»Liebling!« Sofort schloss er sie in seine Arme und küsste sie, so schnell, dass sie es nicht verhindern konnte. Es gelang ihr lediglich, mit einer freien Hand die Tür hinter sich zuzuziehen, so dass Oscar sie nicht würde sehen können. »Stimmt was nicht?«, wollte Philip wissen. Offenbar war ihm nicht verborgen geblieben, dass Ella sich unter seiner Berührung augenblicklich versteifte.

»Allerdings«, sagte sie, befreite sich aus seiner Umklammerung und sah ihn vorwurfsvoll an. »Was willst du hier?«

»Dich sehen«, antwortete er im Tonfall der vollkommenen Arglosigkeit.

»Philip«, sagte sie, ihren Blick noch immer streng auf ihn gerichtet, »ich hatte dich gebeten, mir Zeit zu geben, hier alles in Ordnung zu bringen.«

»Das mache ich doch!«, rief er aus und sah sie dabei so überrascht an, dass sie fast geneigt war zu glauben, dass er das wirklich war. »Ich bin ja nicht gekommen, um deinem Chef irgendetwas zu erzählen!«

»Schsch, nicht so laut!«, fuhr sie ihn an und drehte sich ängstlich um, aus Sorge, Oscar könnte hinter der Tür stehen und sie belauschen. »Lass uns bitte ein Stück gehen.«

»Gern«, erwiderte Philip, reichte ihr seinen rechten Arm, was sie geflissentlich übersah. Stattdessen eilte sie, ohne ihn auch nur zu berühren, an ihm vorbei die Treppe hinunter.

Sie lief ein ganzes Stück auf den Kiesweg vor, um möglichst viel Abstand zur Villa zu gewinnen, nur für den Fall, dass Oscar irgendwo unter einem gekippten Fenster hockte, um etwas von ihrem Gespräch mitzubekommen. Nicht dass sie dachte, er würde so etwas tun – aber sie, Ella, hätte da keinerlei Skrupel.

Philip folgte ihr und schloss atemlos auf.

»Du hast gesagt, du würdest mich nicht stalken«, zischte sie ihm zu.

»Tue ich auch gar nicht.«

»Dann frage ich mich allerdings, was du hier treibst.«

Er hob entschuldigend die Hände. »Mir war nicht klar, dass ich dich nicht besuchen darf. Und weil du sonntags doch wohl frei hast, wollte ich dich fragen, ob wir etwas miteinander unternehmen wollen.«

»Du hättest mich anrufen können.«

»Hab ich, aber du bist nicht rangegangen.«

»Hast du?«

Er nickte.

»Das hab ich dann nicht gehört.« Wie auch? Ihr Handy war noch für ihr Treffen mit Philip auf lautlos gestellt und lag in ihrer Tasche, gestern Abend war sie vor ... aus diversen Gründen nicht mehr dazu gekommen, den Ton wieder einzuschalten.

»Was ist?«, fragte Philip unvermittelt.

»Was soll sein?«

»Du wirst rot.«

»Es ist kalt.«

»Okay. Jedenfalls wollte ich dich nicht stalken, sondern nur nachsehen, ob du vielleicht hier bist und Zeit hast.« Ihr fiel auf, dass Philip konsequent die Bezeichnung »zu Hause« vermied, wenn er von Oscars Villa sprach.

»Und da hast du dir gedacht, du tauchst einfach mal unangemeldet auf«, stellte sie fest und merkte dabei selbst, wie übertrieben erbost sie klang. Dass er vorbeigekommen war, war ihr unangenehm – aber ein Verbrechen war es nun nicht gerade.

»Ich kann mich nur wiederholen«, gab er prompt verstimmt zurück, »mir war nicht klar, dass ich zuerst einen schriftlichen Antrag stellen muss.«

»Ach, Philip«, seufzte sie, denn ihr war selbst klar, dass sie für ihn nicht ganz nachvollziehbar reagierte. Sie ging neben ihm dem Kiesweg entlang, das de Wittsche Anwesen wie ein Mahnmal im Rücken. Dann kam ihr urplötzlich ein weiterer Gedanke. »Wie bist du eigentlich aufs Grundstück gekommen? An der Straße ist doch ein Tor.«

Er blieb stehen, und sofort war ihm anzumerken, dass ihn nun doch ein schlechtes Gewissen heimsuchte. »Ich habe geklingelt, und als niemand geöffnet hat, bin ich drübergeklettert«, gab er schulterzuckend zu.

»Das nennst du nicht *stalken*?«

»Was hätte ich denn tun sollen?«

»Wieder nach Hause fahren? Es schien ja niemand da zu sein.«

»Wart ihr aber doch.«

»Was du nicht wissen konntest.«

»Mensch, Ella, was soll ich denn sagen?«, rief er aus, rang die Hände und warf ihr einen unglücklichen Blick zu. »Dass ich Sehnsucht nach dir hatte? Ja! Dass ich eifersüchtig bin? Ja, das auch! Dass ich einfach mal schauen wollte, wie dieser Oscar lebt und wo du jetzt deine Zeit verbringst? Ja, ja, ja! Schuldig in allen Punkten der Anklage.«

»Philip ...« Am liebsten hätte sie ihn in den Arm genommen und getröstet, so jämmerlich sah er gerade aus, wie der viel zitierte begossene Pudel. Aber das ging nicht, denn sie waren noch in Sichtweite vom Haus. Aber auch, wenn sie es nicht gewesen wären, ging es trotzdem nicht, weil es ... weil es eben nicht ging. Ella wusste selbst nicht mehr, was sie denken oder fühlen sollte, nach dem gestrigen Nachmittag mit Philip und dem anschließenden Abend mit Oscar – und, natürlich, vor allem nach der Nacht! – war sie absolut konfus und durch den Wind.

Er schien ihr die Verwirrung anzumerken, denn nun griff er doch noch einmal nach ihrer Hand, um sie an sich zu ziehen. Sie wehrte ihn heftiger als beabsichtigt ab und stieß ein barsches »Lass das bitte!« aus.

Mit gekränkter Miene wich er einen Schritt vor ihr zurück, ging regelrecht auf Sicherheitsabstand. »Ella, warum ...?«

»Oscar könnte uns sehen«, sagte sie, und es klang in ihren eigenen Ohren hohl.

»Na und? Er ist doch nur dein Chef, und du hast heute frei. Wollte dich ja auch nicht hier und jetzt ...«

Dann begriff er.

Schüttelte den Kopf und betrachtete sie verständnislos. Schloss einmal kurz die Augen, als würde er sichergehen wollen, nicht einem Trugbild aufzusitzen, und als er sie wieder ansah, lag in seinem Blick eine tiefe, tiefe Verletztheit. Entsetzen. Enttäuschung. Verzweiflung. Das alles war darin zu lesen.

»Ist er für dich mehr als dein Chef?«, wollte er leise wissen.

»Nein!«, entgegnete sie wie im Reflex. Um sich sofort zu korrigieren und – ihre Schuhspitzen betrachtend – ebenfalls leise »Ich weiß es nicht« zu murmeln.

»Wie kannst du das nicht wissen?«, fuhr er sie so lautstark und heftig an, dass Ellas Kopf erschrocken in die Höhe schnellte. Binnen Sekunden war aus dem begossenen Pudel ein Racheengel geworden. »Was läuft da zwischen euch, Ella? Hm? Was läuft da? Sag es mir! Sofort!«

»Bitte, Philip, ich ...«

»Lass mich raten«, unterbrach er sie, »das ist deine Retourkutsche für Christin! Das konntest du nicht auf dir sitzen lassen, oder? Also Auge um Auge, Zahn um Zahn?«

»Unsinn«, wollte sie ihm widersprechen, doch er hatte sich bereits in Rage geredet.

»Ja, ich habe dich betrogen. Aber ich habe es tausendfach bereut, habe mich nächtelang hin und her gewälzt und mich gefragt, wie ich nur so ein riesiger Idiot sein konnte. Habe mich ...«

»Philip«, wiederholte sie, nun etwas lauter, aber er wurde immer wütender.

»Ach, ja, das hätte ich fast vergessen!« Nun lachte er auf und zeigte Richtung Villa. »Bei ihm hast du es ja *noch* besser als bei mir! Der noble Herr de Witt mit seinem herrschaftlichen Anwesen und seinem protzigen Auto, das ist natürlich was anderes als ein kleiner Anwalt mit Haus und Hypothek.« Ein weiteres Lachen, ein zynisches, böses. »Emilia Faust kommt ganz groß raus! Von der kleinen Haushälterin zur ...«

»PHILIP!«, schrie sie ihn an, ihre Stimme überschlug sich dabei und geriet zu einem schrillen Kieksen.

Vor Überraschung verschluckte er sich, hielt aber danach die Klappe.

»Das ist es alles nicht«, sagte sie so ruhig wie möglich, »und du kennst mich gut genug, um das auch zu wissen.« Sie schielte über seine Schulter hinweg zum Haus in der bangen Erwartung, Oscar dort gleich die Treppe heruntereilen zu sehen. Aber alles blieb ruhig, er hatte also entweder nicht das Ohr am Fenster oder sich erstaunlich gut im Griff. Oder verfügte nicht über das »Eine holde Maid in Not, die ich retten muss«-Gen.

»Nein?« Er sackte sichtlich in sich zusammen. »Aber wenn nicht das – was dann?«

Sie antwortete nicht. Denn was sollte sie dazu auch sagen? Philip war ohnehin klar, was es war, denn der verzweifelte Ausdruck war auf sein Gesicht zurückgekehrt.

»Ich verstehe das nicht«, sagte er nun trotzdem. »Gestern, da hast du doch noch … und wir haben … ich habe dir gesagt, dass ich jetzt alles weiß, dass ich in Wolfrade war, und du …« Er seufzte und legte den Kopf schief, als wäre er ein Hund, der darum bettelt, dass man ihn hinter den Ohren krault.

»Ich verstehe es selbst nicht«, gab sie zu. Und das war die reine Wahrheit.

»Träumst du denn nicht mehr von unserem Happy End?«

»Doch«, sagte sie. »Nur bin ich nicht mehr sicher, ob es auch das *richtige* Ende für uns ist.«

»Und diese Erkenntnis ist dir in nur einer einzigen Nacht gekommen? Was ist seit gestern passiert, dass du auf einmal alles in Frage stellst?«

»Nicht erst seit gestern«, erwiderte sie und sah ihn

traurig an. »Wenn ich ehrlich bin, war es nicht in einer einzigen Nacht.«

»Aber ...«

»Bitte, Philip, lass uns damit aufhören. Wir quälen uns nur beide.«

»Ich kann aber nicht aufhören!«, gab er fast bockig zurück. »Kann dich nicht aufgeben, einfach so.« Er schnipste mit den Fingern.

»Doch, Philip«, erinnerte sie ihn, »vor zwei Monaten hast du genau das getan – und es war für dich ganz leicht, oder?«

»Ich habe dir doch schon gesagt, dass das ein Riesenfehler war!« Der weinerliche Unterton, der dabei mitschwang, stand ihm alles andere als gut.

»Vielleicht war es gar kein Fehler«, stellte sie fest und sah ihn nachdenklich an.

»Wie kannst du nur so ruhig und abgeklärt sein?«

»Bin ich gar nicht«, versicherte sie ihm. »Ich bin alles andere als das.«

»Weiß Oscar«, er zögerte, als würde er nach den richtigen Worten suchen, »weiß er jetzt schon alles? Das mit seinem Sohn und seiner Frau?«

Ella schüttelte den Kopf. »Nein«, antwortete sie wahrheitsgemäß.

Nun reckte er sein Kinn vor, nahm eine kämpferische Pose ein. »Ich könnte also in die Villa marschieren und ihm alles erzählen. Ihm verraten, dass du ihn seit Wochen an der Nase herumführst.«

»Könntest du«, gab Ella ihm recht und spürte, wie ihr das Blut in die Kniekehlen sackte. »Würdest du aber nicht.«

»Ach? Und warum nicht? Du hast mir immerhin auch damit gedroht, die Sache mit Christin öffentlich zu machen!«

»Das hätte ich ebenfalls nie getan.«

»Das habe ich schon für dich übernommen!«, schleuderte er ihr nun entgegen und setzte dabei eine stolze Miene auf.

»Du? Das verstehe ich nicht ganz.«

»Ja, ich hab's getan.« Er nickte ihr entschlossen zu. »Ich habe reinen Tisch gemacht. Tabula rasa. Hab meinen Kollegen erzählt, was ich für einen Bockmist gebaut habe und dass ich alles daransetze, die Sache wieder geradezubiegen.«

»Die *Sache*?«

»Du weißt schon, was ich meine.«

»Ich habe nie von dir verlangt, dass du irgendwem gegenüber einen Offenbarungseid leisten sollst.«

»Du nicht. Aber ich. *Ich* fand, dass das nötig ist – damit ich wieder in den Spiegel schauen kann. Damit wir, Ella, noch einmal ganz von vorn anfangen können, ohne Geheimnisse, ohne Altlasten. Deshalb, und nur deshalb, mussten alle die Wahrheit kennen. Denn die Frau meines Lebens soll mit hocherhobenem Haupt an meiner Seite stehen können.« Wie zur Bekräftigung seiner Worte folgte ein weiteres energisches Nicken.

»Das war … sehr edel und mutig von dir.« Auf die Idee, dass Ella sich blöd fühlen könnte, wenn sie nun für alle die gehörnte Verlobte war, war er scheinbar nicht gekommen. Oder ihm war klar gewesen, dass sie es nicht schlimm finden würde, was sie tatsächlich nicht tat. Obwohl … sie fand es doch schlimm. Richtig, richtig schlimm. Denn der Umstand, dass er das gemacht hatte, zeigte ihr, dass Philip bereit war, alles für sie und ihre Liebe zu tun. Für seine Verhältnisse war das durchaus mit dem Töten eines Drachens gleichzusetzen. Und genau das war das Schlimme daran, denn sein heldenhafter Einsatz um ihre Gunst kam – zu spät.

»Also, Ella«, holte er sie ins Hier und Jetzt zurück und sah sie provozierend an, »was denkst du, wie dein Oscar auf die komplette Wahrheit reagieren wird? Ich finde, das sollten wir mal ausprobieren! Willst du sie ihm sagen – oder ich?«

»Glaubst du ernsthaft, damit könntest du mich zurückgewinnen?«

Er schwieg. Drehte sich noch einmal zum Haus um. Und wieder zu ihr, das Kinn noch immer vorgestreckt. Dann, als würde sämtliche Kraft aus ihm entweichen, ließ er Kopf und Schultern hängen und murmelte leise: »Ich liebe dich, Ella. Und ich werde es mir nie verzeihen, dass ich dich verloren habe, denn das war der größte Fehler meines Lebens und wird es immer bleiben.«

Nun konnte sie nicht anders, als ihn in ihre Arme zu schließen, egal, ob da drüben im Haus nun jemand aus dem Fenster spähte oder nicht. Sie umschlang ihn, drückte ihn an sich, spürte zum letzten Mal diesen Mann in ihren Armen, von dem sie geglaubt hatte, dass sie bis ans Ende aller Tage mit ihm zusammenbleiben würde. Nach einer Weile löste er sich von ihr, trat einen Schritt zurück und sah sie traurig an. Aber er weinte nicht, nein, Philip Drechsler war niemand, dem die Tränen kamen. Weder leicht noch überhaupt. Noch etwas, was ihr Herz so sehr berührt hatte, als Oscar vor ihr ohne jede Scham haltlos geschluchzt hatte. Der Vergleich war unfair, das wusste sie, aber so fühlte sie nun einmal. Und eben weil es ein bisschen unfair war, stellte sie sich als eine Art »Wiedergutmachung« für ihre Gedanken auf die Zehenspitzen, umfasste sein Gesicht mit beiden Händen und gab ihm einen zarten Kuss.

»Mach's gut, Philip«, sagte sie.

»Du auch, Emilia.« Er seufzte schwer. »Falls du deine Meinung ändern solltest, bin ich da.«

»Das ist schön zu wissen.«

Einen kurzen Moment zögerte er, als hoffte er, sie würde doch noch ins Wanken geraten. Als sie es nicht tat, nickte er ihr zu. »Ich gehe dann jetzt.«

»Den Öffner fürs Tor findest du auf der rechten Innenseite«, erklärte sie, damit er wenigstens nicht zum zweiten Mal klettern musste.

»Danke, Ella. Vielen Dank.« Er ging los.

Sie sah ihm noch eine Weile nach, wie er langsam über den Kiesweg zurück zur Ausfahrt trottete, blieb auch noch stehen, als er längst hinter einer Kurve verschwunden war. Erst als sie sicher sein konnte, dass er nicht zurückkommen würde, ging sie wieder zum Haus.

Die Tür war verschlossen, sie klopfte zaghaft an, weil sie keinen Schlüssel mitgenommen hatte. Als nichts passierte, klopfte sie erneut. Doch Oscar kam nicht zum Eingang, er öffnete ihr nicht, also betätigte sie die Klingel. Und noch einmal. Und noch einmal. Nichts. Das Herz wurde ihr schwer, hatte er sie und Philip doch gesehen? Hatte er Teile ihre Unterhaltung gehört, hatte das mit ihrer gestrigen Versöhnung aufgeschnappt? Oder sogar – ihr wurde heiß und kalt – die Sache mit seinem Sohn und seiner Frau? Dass es etwas gab, über das sie ihm nicht die Wahrheit sagte? Ja, dass sie ihn sogar bewusst belog? Mehr als einmal hatte er betont, dass er bei der nächsten Lüge keine Gnade mehr kennen würde. War seine Weigerung, Ella ins Haus zu lassen, nun seine Art, ihr mitzuteilen, dass sie endgültig gehen sollte?

»Oscar!«, rief sie und klopfte ein weiteres Mal, läutete danach mehrfach Sturm. »Bitte, Oscar, ich kann dir das alles erklären!« Drinnen rührte sich nichts, er schien von ihr keine Erklärung mehr hören zu wollen.

Voller Panik rannte sie los, lief auf die linke Seite der Villa, schlug sich an wild wuchernden Büschen vorbei auf die Rückseite des Hauses in der Hoffnung, auf eine offene Terrassentür zu stoßen, wenngleich sie wusste, dass sie alle zu waren. Aber vielleicht würde sie Oscar durch eines der Fenster ausmachen und ihn mit Blicken erweichen können, damit er bereit wäre, sie einmal noch, nur *einmal* noch, anzuhören. Und wenn sie sich, verdammt, durch die Katzenklappe von *Maunzi* zwängen müsste!

Tatsächlich entdeckte sie Oscar. Sie konnte ihn durch die große Glasfront des Wohnzimmers sehen, er lag auf seinem Stressless-Sessel, hatte die Augen geschlossen und wirkte herrlich entspannt. Er hatte ein paar riesige Kopfhörer auf den Ohren, sein rechter Fuß wippte einen lautlosen Takt. Nun musste sie lachen, so laut und ungehemmt, dass die Fensterscheibe vor ihrer Nase fast vibrierte, und als hätte Oscar das nun endlich gehört – was natürlich ausgeschlossen war –, schlug er die Augen auf und bemerkte sie. Sofort trat ein Strahlen auf sein Gesicht, er legte die Kopfhörer ab, stand auf, kam zur Tür und ließ sie herein.

»Hast du geklingelt?«, fragte er und grinste breit. »Das habe ich leider nicht mitbekommen. Wollte Philip und dir ein bisschen Privatsphäre lassen.«

Statt ihm zu antworten, warf sie einfach ihre Arme um seinen Hals, zog sich an ihm hoch und küsste ihn so innig und lange, dass er danach aufjapsend nach Luft schnappen musste.

»Okay, okay«, sagte er und schmunzelte dabei. »Wenn das das Ergebnis ist – dann sperre ich dich in Zukunft öfter aus.«

»Wage es nicht«, erwiderte sie, hob in gespielter Drohgebärde den Zeigefinger und fuchtelte damit vor seiner Nase herum. »Und damit du es weißt: Ich denke, ich bin auch in dich verliebt.«

30

Freitag, der 13.

Ella konnte es nicht fassen. Wieso hatte sie das nur übersehen? Als Cora die Idee mit dem Kunsthandwerkermarkt gehabt hatte, war ihr nicht eine Sekunde lang aufgefallen, dass dieser Termin auf einen Freitag, den 13. fiel.

Das ging doch nicht. Das – ging – doch – nicht!

Nein, sie neigte nicht zum Aberglauben, nicht besonders jedenfalls. Sie hatte kein Problem mit schwarzen Katzen, zerbrochenen Spiegeln, verschüttetem Salz oder damit, unter einer Leiter durchzugehen. Aber Freitag, der 13.? Das war ... das war ... irgendwie was anderes. Ein so wichtiges Vorhaben, wie es heute anstehen sollte, auf einen solchen Tag zu legen – das konnte man mit Fug und Recht schon als »grob fahrlässig« bezeichnen.

Und so saß sie nun in ihrem Zimmer, horchte auf das Freizeichen ihres Handys, während Oscar bereits unten in der Halle stand, abfahrbereit und »in Hut und Schleier«, wie ihrer Mutter immer zu sagen gepflegt hatte. Unter dem Vorwand, noch kurz einen wichtigen Termin für Montag klären und dafür oben in ihren Kalender schauen zu müssen, hatte sie sich zurückgezogen und in Windeseile Coras Nummer gewählt. Nach dem fünften Klingeln nahm ihre Freundin endlich ab.

»Ella?«, fragte sie erstaunt. »Seid ihr noch nicht unterwegs?«

»Nein«, antwortete sie. »Mir ist was Wichtiges eingefallen.«

»Mir auch. Es ist gleich schon zehn. Laut Programm tritt der Nikolaus um elf Uhr auf, und da werden sich mit Sicherheit alle Kinder versammeln, also solltest du dich beeilen.«

»Freitag, der 13.!«, rief Ella ungeduldig in den Hörer.

»Was?«

»Heute ist der 13.!«

»Na und?«

»Cora, ich bitte dich! Selbst eine Ignorantin wie du wird wissen, was es mit diesem Datum auf sich hat!«

»Meinst du jetzt von wegen Unglückstag und so?«

»Genau das meine ich.«

Ihr unbekümmertes Lachen erklang. »Das ist nicht dein Ernst, oder?«

»Und ob!«, gab sie aufgebracht zurück. »Wir *können* das heute unmöglich machen!«

»Quatsch! Heute ist so gut wie an jedem anderen Tag!«

»Ist es nicht.«

»Geh mir nicht auf die Nerven.«

»Ich finde nicht, dass man so ein schlechtes Omen komplett außer Acht lassen darf. Hier geht es immerhin um alles oder nichts, da sollten wir zu hundert Prozent auf Sicherheit setzen.«

Sie hörte ihre Freundin gereizt ausschnauben. »Ella«, sagte sie, und ihr war anzuhören, dass sie Mühe hatte, nicht aus der Haut zu fahren, »ich kann ja verstehen, wenn du dir Sorgen machst. Aber such doch bitte nicht nach billigen Ausreden, um die ganze Sache abzublasen.«

»Ich mache mir ganz bestimmt keine Sorgen«, behauptete sie. »Und ich suche auch nicht nach billigen Ausreden.«

Cora schwieg.

»Okay«, gab Ella zu, »vielleicht bin ich ein kleines bisschen nervös, nur finde ich wirklich …«

»Und ich finde«, wurde sie von ihrer Freundin unterbrochen, »du ziehst das jetzt durch. Der Termin ist perfekt, so eine Gelegenheit kommt so schnell nicht wieder.«

»Mein Gefühl sagt mir, dass wir länger warten sollten. Oscar ist noch nicht so weit.«

»Das fällt dir ja früh ein.«

»Hauptsache, nicht zu spät.«

»Ja, was denn nun?«

»Wie, was denn nun?«

»Liegt's jetzt am 13. oder daran, dass Oscar noch nicht so weit ist?«

»An beidem.«

»Pfff.«

»Ernsthaft, Cora! Ich befürchte, es könnte in einer Katastrophe enden.«

»Das befürchte *ich* ja sowieso schon die ganze Zeit. Aber das liegt weder am Datum noch an Oscar, sondern daran, dass ich von Anfang an der Meinung war, dass du dich in Dinge einmischst, die dich nichts angehen. Aber du hast es nun mal getan, also bring es nun auch zu Ende.«

»Ich könnte es auch ganz bleiben lassen.«

»Wie meinst du das denn nun wieder?«

Ella zuckte mit den Schultern, wenngleich Cora das nicht sehen konnte. »So wie ich es sage. Ich glaube, Oscar und ich, wir haben eine echte Chance miteinander, die letzten Tage mit ihm waren wunderschön.« Und das war fast noch eine Untertreibung. Sogar vor dem Hintergrund, dass es Ella für Philip sehr, sehr leidtat, schwebte sie seit ihrer ersten gemeinsamen Nacht mit ihrem »Chef« durch ihr ganz persönliches Planetarium. Tagsüber hatten sie weiter Ellas »Haushaltsprogramm« durchgezogen, nur unterbrochen von den regelmäßigen Terminen, die Oscar nach wie vor bei Dr. Specht wahrgenommen hatte. Sie hatten ausgedehnte Spaziergänge gemacht – entgegen seiner ursprünglichen Aussage hatte Oscar nämlich durchaus etwas dafür übrig –, hatten abends zusammen gekocht und stundenlang geredet/Musik gehört/Filme geguckt oder … höm. Sie waren glücklich, anders oder besser konnte man es nicht beschreiben. »Wir sind glücklich«, stellte sie nun auch Cora gegenüber fest.

»Das ist schön für euch«, sagte sie. »Hat nur leider mehrere Haken.« Sie begann, die Haken aufzuzählen. »Zum einen musst du jederzeit damit rechnen, dass Oscar sein Gedächtnis zurückerlangt – und dann könnten in deinem Himmel voller Geigen ziemlich üble Dissonanzen entstehen.«

»Ob und wann er sich wieder erinnern kann, weiß ja niemand«, warf Ella ein.

Ein weiteres Schnauben erklang. »Das ist ein toller Ansatz! Du hoffst also, dass Oscar sein restliches Leben ahnungslos durch die Gegend läuft?«

»Nein«, gab Ella kleinlaut zurück. »Nur ein bisschen noch.«

»Okay. Und was ist mit Henri?«

»Was soll mit dem sein?«

»Denkst du auch an den Jungen? Du hast die Dubois doch erlebt – kannst du es verantworten, dass er auch nur einen Tag länger als nötig bei diesen verknöcherten Herrschaften bleibt und von seinem Vater getrennt ist?«

»Ist ja gar nicht sicher, dass unser Plan funktioniert und ich die zwei wieder zusammenbringen kann.«

»*Dein* Plan«, stellte Cora fest. »Das war von Anfang an und ausschließlich *dein* Plan. Ich will mich da nicht wiederholen und sagen, dass ich immer der Meinung war und auch noch bin, dass ...«

»Schon gut, schon gut«, würgte Ella sie ab. »Ich weiß, was du meinst.«

»Dann ist es ja gut.«

»Ella?«, hörte sie Oscar aus der Halle rufen. »Was ist jetzt? Geht's los, oder kann ich noch eben einen Roman schreiben?«

»Momeeent!«, schrie sie zurück.

»Danke, ich bin taub«, sagte Cora.

»Sorry.«

»Reicht's noch für eine Kurzgeschichte?«, kam es von unten.

Sie hielt eine Hand über das Mikrophon ihres Handys. »Bin sofort bei dir!«

»Ihr fahrt da jetzt hin«, schaltete ihre Freundin sich wieder ein, »und dann guckst du, was passiert.«

»Ach, Cora!« Sie seufzte ein bisschen unglücklich. »Ich habe tatsächlich furchtbar Schiss, dass es ganz schrecklich wird.«

»Okay. Dann lass es uns einmal durchspielen.«

»Eine Ballade?«, rief Oscar. »Ein kurzes Gedicht?«

»MO-MENT!«

»Also«, setzte Cora an, »Ihr geht auf diesen Markt, und um elf Uhr kommt der Nikolaus. Die Kinder sind begeistert und scharen sich um ihn, ihr könnt die Truppe in aller Ruhe beobachten. Und was passiert dann?«

»Genau das weiß ich ja eben nicht.«

»Entweder gar nichts, weil es in Oscar nichts anstößt – oder der Anblick tritt etwas in ihm los. Was genau das sein könnte, weiß niemand, das wirst du herausfinden müssen.«

»Ich bin mir halt nicht sicher, ob das eine gute Idee ist.«

»Tut mir leid, aber zum dritten Mal möchte ich mich wirklich nicht wiederholen.«

»Henri könnte seinen Vater sehen und zu ihm rennen!«, fiel es Ella mit einem Mal ein. »Und es wäre doch furchtbar, wenn das Erkennen nicht auf Gegenseitigkeit beruht!« War er das, ihr Rettungsanker?

»Ja, Mensch, dann stellst du dich mit Oscar in irgendeine Ecke, in der die Kinder euch nicht sehen. Das wirst du doch noch hinkriegen!«

»Ich mach das doch mit dem Roman!«, erklang Oscars Stimme erneut, diesmal ziemlich genervt. »Das erste Kapitel hab ich schon.«

»Los, Ella! Du schaffst das! Schließ eine Wette mit dir selbst ab oder was auch immer, Hauptsache, du kneifst nicht.«

»Gut, okay«, lenkte sie ein. »Ich zieh das durch.« Sie atmete tief ein und aus, vollführte ihr Blinzelritual.

»Und ruf mich hinterher unbedingt an.«

»Auf gar keinen Fall.«

»Was?«

»Natürlich mache ich das!«

Sie legten auf, und Ella dachte angestrengt über eine Wette nach. *Wenn ich ... wenn ich ... also, wenn heute ...*

»ELLA!«

»Bin schon unterwegs!«

»Sag mal, stimmt irgendwas nicht?« Oscar musterte sie irritiert von der Seite, als sie um zwanzig vor elf vom Parkplatz des Museums Hand in Hand Richtung Eingang schlenderten.

»Doch, alles in Ordnung. Wieso?«

»Du läufst so komisch.«

»Ja?« Sie warf einen Blick nach unten. Und bemerkte erst jetzt, dass sie unbewusst dazu übergegangen war, sämtliche Rillen zwischen den Platten zu umschiffen. Sie hob den rechten Fuß und wollte ihn direkt auf eine Fuge setzen, quasi, um ein Exempel zu statuieren. Doch sie schaffte es nicht, wie von einer fremden Macht gesteuert landete er mittig auf dem nächsten Stein. »Neue Schuhe«, erklärte sie.

»Die hast du schon, seit ich dich kenne.«

»Hab mir das gleiche Modell noch mal gekauft.«

»Aha.«

Hinter dem Kassenbereich betraten sie eine Art mittelalterlichen Marktplatz. Kleine Fachwerkhäuser standen dicht an dicht, im Zentrum ein alter Dorfbrunnen, darum ringförmig angeordnet mehrere Verkaufsstände sowie Buden, die Crêpes, Bratwurst und Glühwein anboten. Überall blinkte und glitzerte weihnachtliche Dekoration, aus unsichtbaren Lautsprechern schallte *In dulci jubilo* über die Szenerie.

»Hübsch«, kommentierte Oscar, und Ella warf ihm einen überraschten Blick zu in der Annahme, dass er diese Bemerkung ironisch meinte. Aber so, wie er lächelte, schien das nicht der Fall zu sein. »Komm«, sagte er und umfasste ihre Hand etwas fester, »dann lass uns mal gucken, was es hier so gibt.«

Sie wanderten von Stand zu Stand, und nicht zum ersten Mal in ihrem Leben stellte Ella sich die Frage, wer eigentlich Geschmacklosigkeiten kaufte wie
a) kleine Steinmännchen aus flachen Kieseln, in diesem Fall mit aufgeklebter Weihnachtsmannmütze und Bart
b) diese scheußlichen geschnitzten Figuren aus Baumwurzeln, deren Anblick sie schaudern ließ
c) Strohsterne und -engel
d) kleine Häuser oder ganze Dörfer aus Keramik, die man von innen mithilfe eines Teelichts beleuchten konnte
e) orangefarbene Salzkristalllampen (angeblich aus dem Himalaya)
f) Marmoraschenbecher, hauptsächlich in Dunkelgrün.

»Komm, Schatz«, sagte Oscar und hielt ihr einen Strohengel unter die Nase. »Sollen wir den mitnehmen und an unsere Haustür hängen?«

»Tolle Idee!« Sie strahlte ihn an, und gegen ihren Willen wurde ihr warm ums Herz. Denn in diesem ganz speziellen Fall wäre das ja nicht nur irgendwelcher Tinnef, sondern ein Schutzheiliger, den sie sehr gut gebrauchen konnten.

Oscar reichte dem Mann am Stand den betreffenden Betrag und nahm die Papiertüte mit der Strohfigur entgegen.

In diesem Moment hörte Ella das Klingeln zarter Glöckchen, und wie zur Bestätigung kiekste von irgendwoher eine aufgeregte Kinderstimme »Der Nikolaus kommt!«.

»Gib mal her«, sagte sie und griff nach der Tüte, sie musste nun dringend einen Engel umklammern. Dann nahm sie Oscar wieder bei der Hand, um ihn ein wenig zur Seite und halb hinter einen der Verkaufsstände zu ziehen, damit sie vom Marktplatz aus nicht so leicht entdeckt werden konnten.

»Wo willst du denn hin?«, frage er verwundert. »Von hier aus sehen wir ja gar nicht so gut.«

»Weißt du, was Coulrophobie ist?«

»Du meinst die Angst vor Clowns?«

Ella nickte. »Sowas in der Art habe ich. Bezieht sich allerdings auf Nikoläuse und Weihnachtsmänner, deshalb wahre ich da lieber Sicherheitsabstand.«

»Äh … ach so.« Oscar wirkte verwirrt, sagte aber nichts mehr dazu, sondern legte stattdessen beschützend einen Arm um ihre Schulter.

Nun kam eine altertümliche Pferdekutsche auf den Markt gerollt, oben auf dem Bock ein Mann in rotem Mantel und mit langem weißem Rauschebart. Er brachte sein Gefährt zum Stehen, richtete sich zu seiner vollen Größe auf und rief mit dröhnender Stimme ein »Ho, ho, ho!« in die Menge. Kaum hatte er sich zu dem Jutesack gebeugt, der hinter ihm auf der Ladefläche des Wagens lag, war er von einer Kinderschar umringt, ein Gewirr aus schnatternden Stimmchen schwirrte durch die Luft.

Ella musste sich auf die Zehenspitzen stellen, um von ihrem Beobachtungsposten aus nach Henri de Witt zu suchen. Ihr Blick wanderte von Kindergesicht zu Kindergesicht, halb enttäuscht und halb erleichtert, als sie ihn nirgends entdecken konnte. War er doch nicht hier? Wieder und wieder scannte sie die Kleinen ab. Aber Oscars Sohn war nicht dabei.

»Komm«, wollte sie bereits zu ihrem Chef und Liebsten sagen, »wir haben unseren Engel, lass uns nach Hause gehen« –, da bemerkte sie ihn. Er stand wie sie und Oscar etwas abseits der Menge, dicht gegen die Beine einer Frau – vermutlich eine Lehrerin – gedrückt, die beide Hände auf seinen Schultern liegen hatte und sich zu ihm hinunterbeugte, um ihm etwas ins Ohr zu sagen, vielleicht eine sanfte Aufforderung, sich ebenfalls beim Nikolaus eine Süßigkeit abzuholen.

Auf der Stelle zog sich Ellas Herz zusammen, denn wie der Junge so dastand, beschützt von einer Frau, die gleichzeitig versuchte, ihn raus in die »große weite Welt« zu schubsen – da erinnerte er sie schmerzhaft an sich selbst. Auch sie hätte als Mädchen das bunte Treiben eher vom Rand aus beobachtet, zu ängstlich, sich mitten hineinzustürzen. Sie formte ihre Lippen zu einem stummen »Los!«, feuerte Henri de Witt ohne hörbare Worte an, sich zu trauen und ein paar Schokotaler zu sichern.

Erst jetzt fiel Ella auf, dass es nicht nur ihr Herz war, das sich unter Schmerzen zusammenzog. Auch ihre Schulter tat weh. Weil Oscar sie so fest an sich drückte, dass es sich anfühlte, als würde sie in einer Schraubzwinge stecken. Sie sah zu ihm auf – und wurde schlagartig von dem ihr bereits sehr vertrauten Schwindel erfasst.

Sein Blick ging in genau dieselbe Richtung wie ihrer noch Sekunden zuvor. Auch Oscar fixierte den schüchternen Jungen, und sein Gesicht war dabei leichenblass, von jetzt auf gleich eingefallen.

»Oscar?«, wollte sie zaghaft wissen. Und stellte die unnötigste aller Fragen: »Ist alles in Ordnung mit dir?«

Einen Moment lang reagierte er überhaupt nicht auf sie, als hätte sie gar nichts gesagt oder er sie nicht gehört. Doch dann kam hektische Bewegung in ihn, sein Kopf fuhr ruckartig zu ihr herum, er sah sie aus weit aufgerissenen Augen an, bellte ein atemloses »Lass uns gehen!« und zog sie ohne jeden weiteren Kommentar hinter sich her auf den Ausgang des Museums zu.

Beinahe brutal zerrte er sie zum Auto, wieder und wieder geriet Ella ins Stolpern, ihre Füße schleiften über eine Fuge nach der nächsten, und zweimal wäre sie fast gestürzt. Endlich hatten sie den Mercedes erreicht und stiegen ein, Oscar donnerte mit einem Knall die Fahrertür zu, startete die Zündung und fuhr mit quietschenden Reifen los.

Die gesamten zwanzig Minuten, die ihre Heimfahrt dauerte, gab er nicht einen einzigen Laut von sich. Und Ella traute sich ebenfalls nicht, das Wort an ihn zu richten, weil er den Eindruck machte, als würde er bei jeder unbedachten Silbe explodieren.

Oder eher zusammenbrechen, denn als sie beim Haus ankamen und er den Wagen davor und nicht in der Garage parkte; als er den Motor ausstellte und einen Moment lang reglos sitzen blieb; als er sich zu ihr drehte, sie eine scheinbare Ewigkeit nur schweigend ansah, das Gesicht immer noch aschfahl, mit Augen, in denen als Spiegel seiner Seele eine so abgrundtiefe Traurigkeit und so viel Kummer lagen, dass es sie innerlich zerriss; als er sie an sich zog, seinen Kopf in ihre Schulterbeuge bettete und erst leise, dann immer lauter und verzweifelter zu weinen begann – da wusste sie, da *wusste* sie, dass sie etwas angerichtet hatte, was nicht gutzumachen wäre. Dass sie etwas zerstört hatte, das nicht mehr repariert werden konnte. Nie wieder.

»Was ist denn los?«, fragt sie dennoch und streichelte ihm sanft den Nacken.

Stumm weinte er weiter, klammerte sich noch fester an sie, so dass sie fast keine Luft mehr bekam. Vor wenigen Tagen erst hatte sie, Ella, sich genauso an Philip geklammert – und nun wiederholte sie auch genau seine Worte.

»Schsch«, flüsterte sie. »Es ist gut. Alles ist gut.«

»Nein«, gab er erstickt zurück, löste sich wie in Zeitlupe von ihr, richtete sich auf, sah sie an. »Es ist nicht gut.« Er schluckte schwer. »Da, auf diesem Markt, das war … da war ein kleiner Junge, den ich erkannt habe.«

»Was für ein Junge?«, wollte sie wissen, und jedes dieser vier kurzen Worte klang in ihren eigenen Ohren nach Lüge, Lüge, Lüge, Lüge.

»Sein Name ist Henri.« Er griff nach Ellas Händen, ließ sie aber sofort wieder los, weil er stattdessen das Gesicht in seinen vergrub und erneut zu schluchzen begann. »Und er ist mein Sohn.«

»Dein Sohn?«, stieß sie in gespielter Überraschung hervor.

»Ja«, bestätigte er und nickte. »Ich habe einen Sohn. Er heißt Henri, ist acht Jahre alt und war da gerade auf diesem Markt. Ich habe ihn gesehen und erkannt.«

»Oscar!«, rief sie aus und klatschte in die Hände. »Du erinnerst dich!«

»Oh ja«, gab er ihr recht und wischte sich die Tränen fort. »Ich erinnere mich.«

»Das ist ja großartig! Also, nicht nur, dass du einen Sohn namens Henri hast, sondern auch dass du es wieder weißt!«

»Stimmt«, erwiderte er und lachte kurz auf, allerdings auf eine nahezu hysterische Art.

In diesem Moment wollte Ella ihm alles gestehen; wollte ihm sagen, dass sie bereits lange davon gewusst und nach einem Weg gesucht hatte, ihm zu helfen, und dass sie es jetzt, da er sein Gedächtnis zurückerlangt hatte, weiterhin tun würde; dass nun der wichtigste Schritt auf seinem Weg zur Genesung getan war und sie ihn dabei unterstützen würde, seinen Sohn zurückzubekommen; dass sie es gemeinsam schaffen würden, sein Leben und das von Henri wieder auf solide Füße zu stellen.

Erst da bemerkte sie seinen Blick. Erst da fiel ihr auf, dass er nicht mehr traurig aussah, sondern finster. Wütend. Verbittert.

»Henri hasst mich«, teilte er ihr mit. »Er hasst mich und will nichts mit mir zu tun haben.«

»Was?«, entfuhr es ihr entsetzt.

»Er hasst mich«, wiederholte Oscar, »weil ich seine Mutter getötet habe.«

31

Es war kein Märchen, was Oscar ihr dann, im Auto vor seiner Villa, mit stockenden Worten offenbarte. Keine schöne Geschichte, keine Erzählung vom verlorenen Sohn und dessen Vater, die nach langer und leidvoller Trennung nun endlich die Chance hatten, erneut zueinanderzufinden. Nein, das, was er ihr anvertraute – immer wieder den Faden verlierend und sich selbst unterbrechend, sichtlich angestrengt davon, das Chaos in seinem Kopf zu ordnen –, war eine Tragödie. Eine Tragödie, die letztlich erschreckend viel Sinn ergab. Und die vor allem eines war: echt. Sie war wirklich passiert.

Oscar berichtete von seiner Ehe mit Francine, die wie so viele andere verlaufen war. Anfangs glücklich und verliebt, dann Heirat, ein Baby, der Alltag junger Eltern schlich sich ein. Er vergrub sich tiefer und tiefer in seine Arbeit, flüchtete sich – so ehrlich war er – in unnötige Geschäftstermine, redete sich wider besseren Wissens ein, es sei als Familienoberhaupt seine Pflicht, für die finanzielle Absicherung Sorge zu tragen, die ja aber ohnehin durch sein Erbe schon gegeben war. Francine blieb zurück, kümmerte sich um Haus und Kind, fühlte sich zunehmend einsam und isoliert, erst recht, als sie nach Henris Eintritt in Kita und Schule keine richtige Aufgabe mehr hatte. Wut und Frust kamen hinzu, die Vorwürfe gegenüber Oscar, sie hätte sich für ihn aufgegeben. Dabei hätte sie, und hier wich er von der Schilderung seiner Schwiegereltern ab, jederzeit wieder in ihrem früheren Beruf als PR-Referentin anfangen können. Oder aber, nachdem sie auf die Unmöglichkeit hingewiesen hatte, in dieser Branche eine Teilzeitstelle zu finden, die einmalige Chance gehabt, etwas Eigenes auf die Beine zu stellen, er hätte sie gern dabei unterstützt. Doch das hatte sie abgelehnt, hatte sich stattdessen bequem eingerichtet in ihrem Selbstbild von der vernachlässigten und unverstandenen Ehefrau.

Dann, eines Tages, das Gefühl, dass etwas nicht stimmte. Dass irgendwas anders war, dass *sie* anders war. Immer häufiger war sie außer Haus, angeblich mit Henri unterwegs, der Junge dabei zunehmend verstockt, aus ihm war nichts herauszubekommen. Ein erstes Misstrauen keimte in Oscar auf. Und es wuchs, wild wuchernd und quälend, bis es irgendwann von jedem einzelnen seiner Gedanken Besitz ergriffen hatte und schließlich an seinem Geburtstag im vergangenen März zur Gewissheit wurde. Als Henri ihm diese Tasse geschenkt hatte, diese gottverdammte Frühstückstasse mit dem geschmacklos-abgedroschenen Spruch. Sein Sohn begeistert in die Hände klatschend, ahnungslos, was das überhaupt bedeuten sollte – Francine, die mit einem hintergründigen Lächeln erklärte, sie hätten sie in einem kleinen Laden in der Innenstadt entdeckt und Henri hätte »die lustige Tasse« unbedingt für seinen Vater haben wollen. Gelogen war das, natürlich war es das, es war der Genugtuung seiner Frau anzusehen, dass dahinter eine gezielte Gemeinheit ihrerseits steckte. Doch Francine würde schon gewusst haben, wie Henri dazu zu bringen gewesen war, diese Geschenkidee als seine eigene zu deklarieren.

Oscar hatte es nicht verstanden. Hatte sich nicht erklären können, woher diese nahezu offene Feindseligkeit kam. Zumal jeder Versuch, mit seiner Frau zu reden und von ihr zu erfahren, was es sein könnte, das da unausgesprochen zwischen ihnen stand, sich stets verlaufen hatte in ihrer Beteuerung, es wäre »rein gar nichts«. Aber auch da, gestand er Ella, hätte er energischer nachfragen, mehr auf einer Klärung bestehen müssen.

Die Tasse, wie gesagt, hatte ihn dann doch zum Handeln bewegt. Da hatte er angefangen zu suchen. Zu suchen nach Hinweisen, die ihm etwas über den Zustand seiner Ehe verrieten, etwas, was Francine ihm nicht sagen wollte. Und er hatte nicht mal ausgiebige Nachforschungen anstellen müssen, er war fast sofort fündig geworden. Zig Nachrichten in ihrem Handy von irgendeinem Kerl, der sich nach ihr verzehrte und wissen wollte, wann sie sich das nächste Mal sehen könnten. Wann sie ihn, den »Despoten«, endlich verlassen würde. Dazu ihre Antworten, die keinerlei Spielraum für Interpretationen ließen. Dass es bald so weit wäre, schon ganz bald, dass er nur noch ein wenig Geduld haben solle, dass eine ganze Menge »auf dem Spiel« stünde – ohne jeden Zweifel sprach sie dabei von Oscars Vermögen und nicht von ihrem gemeinsamen Kind – und dass sie ihn liebe, liebe, liebe, »über alles liebe«. Wie in einem schlechten Film war er sich vorgekommen, wie in der runtergekurbelten Komödie eines Privatsenders. Aber der endgültig letzte Beweis war der Vertrag mit einem Kinderladen gewesen, dem er hatte entnehmen können, dass Francine während ihrer häufigen Aushäusigkeit überhaupt nicht mit Henri unterwegs war, sondern ihn am späten Nachmittag und in den frühen Abendstunden, manchmal sogar am Wochenende irgendwo in Eppendorf parkte, um weiß Gott was allein zu unternehmen. Nein, nicht weiß Gott was – er hatte sich sehr genau vorstellen können, was sie in diesen Zeiten tat. Da war er ins Auto gestiegen, hatte zuerst seinen Sohn abgeholt, und als Henri im Bett gelegen hatte, von Francine eine Aussprache gefordert.

»Es kam zum Streit«, erzählte er nun stockend. »Natürlich stritten wir uns, das ist ja klar. Warfen uns gegenseitig sämtliche Verletzungen um die Ohren, die sich über die Jahre auf beiden Seiten angesammelt hatten. Und über die wir vermutlich schon viel früher einmal hätten sprechen müssen ... aber zu diesem Zeitpunkt war es natürlich bereits zu spät.« Er umklammerte das Lenkrad mit beiden Händen, so fest, dass seine Fingerknöchel weiß hervortraten. »Ich habe ihr gesagt, dass ich die Scheidung will. Dass ich ihr diesen Vertrauensbruch, ihre Lügen nicht verzeihen kann. Und dass sie nichts bekommen würde, rein gar nichts, keinen Cent von dem Geld, auf das sie es ja offenbar abgesehen hatte. Da hat sie mich nur ausgelacht, mir gesagt, dass sie das zwar gar nicht nötig habe, sie käme ja selbst aus wohlhabendem Hause, ich aber trotzdem besser daran getan hätte, auf einen Ehevertrag zu bestehen.«

»Oh«, warf Ella ein, schockiert über die Geschichte, deren Zeugin sie seit zwanzig Minuten war.

»Das alles wäre mir ja noch egal gewesen«, fuhr er fort. »Aber als sie mir dann sagte, dass sie Henri auch erstmal nicht mehr sehen will, dass sie jetzt Zeit nur für sich braucht, da ist irgendetwas in mir ausgerastet. Ich habe ihr gedroht, ihr gesagt, dass sie mich gern verlassen kann, aber nicht ihren Sohn. Dass ich mich voll und ganz um Henri kümmern werde, dass sie von mir aus ganze Tage am Stück wegbleiben kann ...« Hier lachte Oscar bitter auf. »Aber dass sie an mindestens zwei Tagen die Woche für unseren Sohn da sein müsse. Dass ich eine verbindliche Abmachung mit ihr will. Für Henri. Ich wollte nicht, dass sie auch sein Herz bricht.« Nun schluckte er, ließ das Steuer los und faltete seine Hände im Schoß wie zum Gebet zusammen. »Sie wollte nichts davon hören. Hat immer nur davon geredet, dass sie sich lang genug aufgeopfert hat und jetzt auch mal dran wäre. Ohne Kind. Da habe ich rumgebrüllt, als wäre ich von allen guten Geistern verlassen. Habe meine Frau angeschrien und sie das allerletzte Stück Dreck genannt.«

Ella nickte stumm. Denn ja, das konnte sie verstehen.

Sein Atem ging schwer, als er weitererzählte. »Ich bin in unser Schlafzimmer gestürzt, habe ihre Klamotten aus dem Schrank gerissen und in eine Tasche gestopft, während sie lautstark versucht hat, mich davon abzuhalten. Aber sie hatte keine Chance gegen mich, ich habe sie einfach am Handgelenk gepackt und hinter mir her die Treppe nach unten gezerrt, habe die Haustür aufgerissen und sie mitsamt ihren Sachen nach draußen geschubst. Zum Schluss habe ich ihr noch die Handtasche nachgeschmissen und gebrüllt, sie solle sich hier nie, nie wieder blicken lassen.«

»Oscar!« Nun berührte sie seine Hände und streichelte sie sanft, ehe sie ihre Finger mit seinen verschränkte.

»Kurz darauf habe ich gehört, wie sie mit ihrem Auto weggefahren ist. Und dann ...« Oscar unterbrach sich, räusperte sich und fuhr sich mit der Zungenspitze über die Lippen. »Und dann ...« fing er erneut an, wobei das Zittern in seiner Stimme verriet, wie schwer es ihm fallen musste, überhaupt weiterzusprechen, »... dann habe ich mich umgedreht und Henri gesehen, der weinend oben am Treppenabsatz stand.« Auch ihm kamen wieder die Tränen. »Da stand er, mein kleiner Mann, in seinem Comic-Schlafanzug mit nackten Füßen, das Gesicht rot und verrotzt und ...« Er musste sich ein weiteres Mal unterbrechen. »Ich bin zu ihm hochgerannt«, setzte er seinen Bericht fort, »habe ihn an mich gedrückt und ihm versichert, dass alles wieder gut wird, dass Mami und Papi nur einen ganz blöden Streit hatten, der aber nichts bedeuten würde. Habe meinen Sohn angelogen und ihm erklärt, dass es keinen Grund gäbe, sich Sorgen zu machen.«

Sie seufzte, drückte seine Hand noch fester.

»Da habe ich schon gemerkt, habe *gespürt*, dass mit Henri etwas passiert war. Sein gesamter Körper war steif, voller Abwehr, er ließ sich nur widerwillig von mir umarmen.«

»Wie viel hat er an dem Abend denn mitbekommen?«

»Ich weiß es bis heute nicht, darüber wollte er mit mir nicht sprechen. Aber scheinbar genug, um zu denken, dass sein Vater schuld an allem ist.«

»Das ist aber doch nicht wahr!«

»Was ist denn wahr, Ella?« Er sah sie traurig an. »Wahr ist«, sagte er, »dass ich Francine aus dem Haus geworfen habe. Und dass am nächsten Morgen zwei Polizisten vor unserer Tür standen, die mir mitteilten, sie habe einen Unfall gehabt. Sie ist auf der A7 an der Ausfahrt Stellingen mit überhöhter Geschwindigkeit in einen Lastwagen gekracht und noch am Unfallort verstorben.«

»Nein«, flüsterte Ella entsetzt.

»Doch«, bestätigte er. »Und damit brauchte niemand mehr eine Antwort auf die Frage nach der Schuld. Der, der überlebt, muss sie auf sich nehmen.«

»Unsinn!«, gab sie heftig zurück. »Du hast sie ja nicht selbst unter den Laster gestoßen!«

»Lass es gut sein, Ella, das ist schon lange vorbei.«

»Wo wollte Francine denn hin?«

»Das weiß ich nicht, ich habe auch nicht versucht, es herauszufinden. Nicht mal den Mann, mit dem sie sich geschrieben hat, habe ich kontaktiert, und er hat sich nie bei mir gemeldet. Ich wollte einfach nur gemeinsam mit Henri weiterleben. Doch selbst daran bin ich gescheitert.«

»Weil dein Sohn dir vorgeworfen hat, du hättest seine Mutter auf dem Gewissen?«

»So direkt hat er das nie gesagt. Er ist ja erst acht, damals noch sieben, dazu noch schwer traumatisiert. Aber ich habe es halt gefühlt, dass das Band zwischen uns zerrissen war, dass ich keinen Zugang mehr zu ihm fand. Gleichzeitig klammerte er sich extrem an Francines Eltern, und sie taten natürlich ein Übriges, den ›Mörder‹ ihrer Tochter auszubooten.« Er lachte bitter auf. »Mit großem Erfolg, mittlerweile lebt Henri bei ihnen.«

Sie musste sich auf die Zunge beißen, damit ihr nicht ein »Ich weiß« herausrutschte. Stattdessen fragte sie: »Warum?«

»Ich wusste mir irgendwann nicht mehr zu helfen. Habe ihnen das Sorgerecht übertragen in dem Glauben, dass es für Henri so das Beste sein würde.«

»Nein!«, platzte Ella aufgebracht heraus. »Ein Kind

gehört zu seinen Eltern, mindestens aber zu Mutter oder Vater!«

»Und wenn das Kind das gar nicht will?«, fuhr er sie an. »Wenn es dir mit jedem Blick, mit jeder Geste und Berührung zeigt, dass es dich ablehnt? Dass es das Leben mit dir einfach unerträglich findet?« Er schüttelte den Kopf. »Nein, glaub mir, Ella, ich habe die richtige Entscheidung getroffen. Ich hatte ja auch niemanden, der mich unterstützt hätte. Meine Eltern sind schon eine ganze Weile tot, meine einzige Schwester lebt in der Schweiz, und von Francines Eltern hatte ich nichts zu erwarten, im Gegenteil. Wenn überhaupt, dann hätten sie es vielleicht geschafft, Henri und mich behutsam wieder zusammenzubringen – aber gerade die beiden hassen mich wie die Pest.« Er grinste spöttisch. »Keine Ahnung, was Francine ihnen zu ihren Lebzeiten alles über mich erzählt hat, sie waren schon seit Jahren keine allzu großen Fans von mir.«

»Du hättest das alles aufklären können, hättest es aufklären *müssen*!«, insistierte sie. »Allen die Wahrheit sagen, damit sie verstehen, was damals tatsächlich geschehen ist.«

»Hätte ich?« Er sah sie aus seinen dunklen Augen an. »Hätte ich einem kleinen Jungen sagen sollen, dass seine Mutter ihn nicht mehr sehen wollte, zumindest *erstmal* nicht? Weil sie ein neues Leben mit einem anderen Mann beginnen wollte, weil ihr das wichtiger war als er? Und hätte ich zwei alten Menschen, die ihre einzige Tochter verloren haben, zusätzlich zu ihrem Kummer auch noch das Wissen um die genauen Umstände ihres Todes aufbürden sollen?« Erneut schüttete er den Kopf. »Nein, Ella, das konnte ich nicht. Einer muss in diesem Spiel nun mal der Buhmann sein, und der bin dann eben ich.«

»Hm«, sagte sie nur. Denn sie verstand. »Wie ging es weiter?«

Er rieb sich mit beiden Händen die Schläfen und schloss die Augen, wiegte den Kopf hin und her, Ella konnte seine Halswirbel knacken hören.

»Ist es zu viel für dich?«, wollte sie besorgt wissen. »Sollen wir eine Pause machen?«

Er lächelte sie dankbar an. »Nein, auf keinen Fall. Diese Erinnerungen sind schlimm, aber ich bin trotzdem froh, dass sie kommen. Nur prasseln sie quasi ungefiltert auf mich ein, mein gesamtes Leben schießt mir wie im Zeitraffer durch den Kopf, und es ist nicht leicht, das alles zu sortieren.«

»Dann sollten wir erst recht unterbrechen.«

»Nein!«, wiederholte er, nun etwas heftiger, griff wieder nach ihrer Hand und umklammerte sie. »Lass mich bitte weiterzählen! Es tut so unendlich gut, dass du gerade da bist und mir zuhörst.«

Sie beugte sich vor und küsste ihn. »Natürlich bin ich da.«

»Nach Francines Tod habe ich sofort meine Steuerkanzlei dichtgemacht«, setzte er seinen Bericht dann fort. »Viel Spaß hatte ich an der Sache ohnehin schon lange nicht mehr, finanziell war es nicht nötig, also habe ich einfach aufgehört. Damals dachte ich ja auch noch, dass ich so jede Menge Zeit für Henri hätte. Aber nach ein paar Wochen war klar, dass er das gar nicht will, deswegen ist er erst einmal zu seinen Großeltern gezogen. Und dann, Anfang Juni, habe ich den Dubois – so heißen sie – eine

Vollmacht erteilt, ab sofort im vollen Umfang für Henri sorgeberechtigt zu sein.« Er machte eine Pause, bevor er leiser weitersprach. »Glaub mir, ich habe mich gleichzeitig dafür gehasst, aber einen anderen Ausweg konnte ich nicht mehr sehen. Danach«, nun lächelte er sie hilflos an, »bin ich total ausgerastet. Ich erinnere mich dunkel – wirklich nur dunkel –, dass ich wie im Wahn hier im Haus gewütet habe. Habe alles weggeschmissen oder in Kartons verpackt, was mich auch nur ansatzweise an meinen Sohn erinnert. Ich bin sogar sämtliche Akten durchgegangen, habe Dokumente wie Geburtsurkunde, Zeugnisse, Impfpässe und Untersuchungsheft in einen Umschlag gesteckt und meinen Schwiegereltern geschickt, habe jedes noch so kleine Indiz, das auf seine Existenz hinweist, vernichtet. Und auch alles, was mit Francine und unserer Ehe zu tun hatte, weg damit, weg, weg, weg! Ich wollte jede Erinnerung aus meinem Leben und meinem Herzen reißen, Ella, kannst du das verstehen?«

Mittlerweile pochte ihre Hand, so fest hielt er sie nun gedrückt. »Ja, Oscar«, krächzte sie. Allerdings nicht aus Schmerz. Sondern aus Angst. *Das Zimmer*, dachte sie in Panik. *Henris Zimmer!* Gleich fällt es ihm ein und dann …

»Nur ein Foto von uns dreien habe ich behalten«, sprach er weiter, Ella ließ zitternd ihren angehaltenen Atem ausströmen, »um es wenigstens hin und wieder anzuschauen. Doch selbst das war zu viel, ich musste Henri davon abschneiden, so wie ich ihn ja auch von mir abgeschnitten hatte.« Er lachte bitter. »Ach ja, und die Tasse! Diese dämliche und böse Geschenktasse, die habe ich auch nicht weggeworfen. Keine Ahnung, warum. Ein Akt der Selbstkasteiung? Ich glaube, sie war wie ein Mahnmal für mich. Oder ... ich kann es mir selbst nicht genau erklären.«

Ella nickte. Und dachte an die Tätowierung auf ihrem Arm, die eine ganz ähnliche Aufgabe erfüllte. Eine Erinnerung an etwas, was man nie, nie, niemals vergessen will – und trotzdem und aus tiefstem Herzen so gern würde.

»Danach hab ich mich komplett hängenlassen«, erzählte er. »Stunden über Stunden damit zugebracht zu grübeln, mir das Hirn zu zermartern, wie alles so hatte kommen können. Ob ich nicht doch etwas anders hätte machen können, ob Francines und meine Ehe – unsere Familie – wirklich von Anfang an zum Scheitern verurteilt war. Habe mich sonst um nichts mehr gekümmert, habe nicht mehr gelebt, sondern nur noch gehaust, ohne Henri war mir alles egal, selbst dass mein Heim zu einem Dreckloch verkommt ...« An dieser Stelle stutzte er nun doch. Legte die Stirn in Falten. Sein Mund formte ein erstauntes »Oh«.

»Ja, ähm«, stotterte sie, denn ihr war klar, was das bedeutete. »Das wollte ich dir die ganze Zeit schon sagen, dass ...«

»Du hast das gewusst, nicht wahr?«, fiel er ihr ins Wort. »Du warst ja damals in der Nacht hier im Haus und hast gesehen, in welchem Zustand es war!«

»Also, ich, es war so ...«

Doch ehe sie noch weiter ausführen konnte, warum und wieso, hatte er sie schon wieder umschlungen, hielt sie minutenlang fest, um sich dann sanft von ihr zu lösen und sie voller Rührung anzuschauen. »Natürlich hast du das!«, rief er aus und lächelte, während Ella sich fragte, weshalb er nicht ausflippte und sie niedermachte. Denn sie hatte immer gedacht, dass genau das hier des Pudels Kern sein würde, nämlich, dass sie in der Tat die ganze Zeit gewusst hatte, was Sache ist. »Du bist wirklich ein Engel und eine gute Fee«, stellte er als Nächstes fest und gab ihr einen sehr, sehr zärtlichen Kuss.

»Dann bist du nicht sauer auf mich?«, fragte sie unsicher nach.

»Sauer? Nein. Warum denn auch?«

»Na ja«, sagte sie, »ich hab vermutet, dass du böse bist, wenn ich dir das alles verheimliche.«

»In meinem Zustand hätte ich doch einen Schock erlitten, wenn ich erfahren hätte, dass ich auf einer Müllhalde lebe. Nein, du hast es genau richtiggemacht, mir das vorerst zu verschweigen.« Sein Blick wandelte sich ins Verschämte. »Muss ja eine Heidenarbeit gewesen sein, das ganze Haus auszumisten und so herzurichten, wie du es getan hast. Und ich hab mich noch über irgendwelchen Staub beschwert, hab dir sogar unterstellt, mich zu belügen.« Nun sah er sie entschuldigend an. »Es tut mir leid, ich wusste das alles ja nicht.«

»Kein Problem«, gab sie zurück. Dann nahm sie allen Mut zusammen, um den heikelsten Aspekt des Themas anzusprechen, denn er stand ja ohnehin kurz davor, die ganze Sache zu enttarnen. »Und was deinen Sohn Henri betrifft, da ...« Sofort verdüsterte sich seine Miene, so dass sie den Satz unvollendet im Raum stehen ließ.

»Ach, Ella«, seufzte er. »Ich fürchte, da ist im Moment nichts zu machen.« Er legte ihr eine Hand an die Wange, strich darüber und küsste sie danach ein weiteres Mal. »Weißt du, an dem Abend, an dem du mich auf dieser Treppe umgerannt hast, da war ich vorher auf der Pontonanlage direkt am Elbufer ...« Seine Stimme erstarb.

Augenblicklich wurde Ella flau im Magen. Denn nun verstand sie, warum er nicht ausgerastet war. Weil er davon ausging, dass sie »nur« von seinem Messie-Haus wusste und nicht, dass er in die Elbe hatte springen wollen. Das verschwundene Foto aus seiner Brieftasche und das leere Kinderzimmer schienen ihm ebenfalls nicht in den Sinn zu kommen. Noch nicht. Gegen das dreimalige hektische Blinzeln war sie machtlos, denn sie sah, wie die Katastrophe unausweichlich auf sie zugerast kam. *Wenn ...*, dachte sie. *Wenn ich ...* Erneut wollte sich kein »Wenn-dann«-Gedanke einstellen, und so schickte sie nur ein verzweifeltes Gebet ans Universum, in dem sie demütig darum flehte, Oscar möge – aus welchen Gründen auch immer – nie einen Zusammenhang zwischen Ellas Auftauchen, dem Foto und Henris Zimmer herstellen. Wie auch immer das Universum das bewerkstelligen würde, es war ihr egal. Und wenn es Ella nur eine weitere kleine Galgenfrist verschaffte, so lange, bis ihr eine logische, eine verständliche Erklärung für ihr Handeln eingefallen war. Oder dass es Oscar partielle Gedächtnislücken bescherte und bei ihm alles löschte, was gegen ihrer beider Liebe stünde. Weil der Zweck doch die Mittel heiligte, verdammt!

»Was hast du da gemacht?«, forderte sie ihn tapfer auf, weiterzuerzählen.

»Ich wollte«, er suchte nach Worten. »Wie soll ich es erklären? An dem Abend war ich so entsetzlich traurig und mutlos. Hatte keine Ahnung, wie mein Leben weitergehen sollte. Wie es überhaupt weitergehen *konnte*.« Er zuckte hilflos mit den Schultern. »Irgendwann bin ich losgegangen, bin draußen durch den Regen spaziert, runter bis nach Teufelsbrück. Und weil gerade eine Fähre anlegte, habe ich sie genommen. Zuerst hatte ich gar nicht vor, zu den Landungsbrücken zu fahren, die Idee ist mir erst unterwegs gekommen. Francine und ich haben damals am Hafen geheiratet, und ich schätze, ich war irgendwie nostalgisch drauf.«

»Deshalb also.« Obwohl es kompletter Unsinn war, spürte sie einen kleinen Stich der Eifersucht, als er seine Hochzeit erwähnte.

»Als ich da war, bin ich erst einmal nur so rumgeirrt. Aber schließlich bin ich auf der Pontonanlage gelandet, hab mich dort auf einen Poller gesetzt und aufs Wasser geguckt.« Er seufzte. »Tja, ich weiß gar nicht, wie ich es anders beschreiben soll. Aber mit einem Mal war ich wie fremdgesteuert. Irgendetwas in mir hat übernommen. Ich bin aufgestanden, habe mein Handy in hohem Bogen ins Wasser geschleudert, dann meine Jacke und Stiefel ausgezogen und mich direkt an die Kante der Kaimauer gestellt. Wie lange ich da so stand, weiß ich nicht mehr. Ich weiß nur, dass ich beinahe gesprungen wäre.«

»Warum hast du es nicht getan?«

Er warf ihr einen betretenen Blick zu. »Ich habe an Henri gedacht.«

»Daran, dass du ihn dann nie wiedersehen wirst«, sagte sie und sprach damit aus, was sie schon vermutet hatte.

»Nein«, erwiderte er zu ihrer Überraschung. »Daran, dass *er* mich nie wiedersehen wird.«

»Er dich?«

Oscar nickte. »Ja. Ich habe gedacht, wie leicht es für mich wäre zu springen, und dass ich damit meinem Kummer ein Ende bereiten kann. Aber dass es feige wäre, so unglaublich feige. Weil ich für meinen Sohn Verantwortung trage, egal, ob er bei mir wohnt oder nicht. Weil ich es ihm verdammt noch mal schuldig bin durchzuhalten, weil dieser letzte und endgültigste aller Auswege nun einmal versperrt sein sollte für jeden, der Kinder hat. Weil ich ihm nicht die Chance nehmen *darf*, mich eines Tages vielleicht doch wieder in seinem Leben haben zu wollen.«

Erschüttert starrte Ella ihn an, versuchte, den dicken Kloß, der sich bei seinen letzten Worten in ihrem Hals gebildet hatte, hinunterzuschlucken. Aber es gelang ihr nicht.

»Was ist?«, wollte er von ihr wissen. »Du siehst regelrecht schockiert aus.«

Sie schüttelte stumm den Kopf, denn sie war nicht schockiert. Sie war traurig, traurig, traurig. Mit nur einem einzigen Wort in ihren Gedanken: *Wolfrade*.

»Den Rest der Geschichte kennst du ja«, sprach Oscar weiter. »Ich bin da einfach abgehauen und wollte zurück nach Hause. Hatte es so eilig, von dort wegzukommen, oder war auch bloß so verwirrt, dass ich alles liegen gelassen habe und losgerannt bin.« Er lächelte schief. »Auf der Treppe bist du mir dann begegnet, und an alles Weitere kann ich mich kaum noch erinnern. Nur schemenhaft, wie ich nach dem Sturz aufgestanden und danach wohl noch einen Nachtbus genommen habe, aber so ganz genau ...« Er tippte sich mit einem Finger gegen die Schläfe.

»Hier drin herrscht schon noch ein ziemliches Durcheinander.«

Erst jetzt, mit recht großer Verzögerung, kullerten bei Ella ebenfalls die Tränen. Liefen ihr so aus den Augen, ohne Schluchzen, liefen und liefen und liefen.

»Mein Liebling«, sagte er leise und zog sie erneut an sich. »Nicht weinen, bitte«, murmelte er. »Sonst fange ich auch gleich wieder an.«

»Ich freue mich nur so«, flüsterte sie, »dass du noch da bist.«

»Ja«, gab er zurück. »Ich bin auch froh, dass du da bist.« Sie küssten sich noch einmal lange und zärtlich, dann stiegen sie aus und gingen Hand in Hand zur Villa hinauf.

»Aber«, sagte Oscar und blieb unvermittelt stehen, »du hast mir doch erzählt, du hättest meine Sachen an der Willi-Bartels-Treppe gefunden!«

»Das war nicht die Wahrheit«, gab sie zu und spürte sofort neues Herzrasen einsetzen. »Nach unserem Zusammenstoß warst du verschwunden, und ich habe dich überall gesucht. Dabei habe ich deine Stiefel und deine Jacke am Ufer entdeckt und mir gleich gedacht, was das zu bedeuten hat. Deshalb habe ich mich nicht getraut, es dir zu erzählen, weil ich nicht wusste, was es in deinem Zustand bei dir auslöst, wenn ich dir sage, dass du dich vermutlich umbringen wolltest.«

»Hast du dich denn nicht gefragt, warum ich so verzweifelt war?«

»Doch, klar habe ich das!«, versicherte sie ihm. »Es war mir alles ein totales Rätsel. Dein verwahrlostes Haus, deine Sachen an der Elbe ... Aber ich konnte dich ja nicht danach fragen.«

»Natürlich«, sagte er, »das konntest du nicht.«

»Tut mir leid«, sagte sie, und es hörte sich in ihren eigenen Ohren hektisch an. Hektisch und schuldig. »Das war ein Fehler von mir.«

»Nein«, erwiderte er. »Für dich muss das ja auch total verwirrend gewesen sein.« *Ist es noch,* dachte Ella, sagte aber nichts. Er beugte sich zu ihr hinunter, nahm ihr Gesicht in beide Hände und stupste mit seiner Nase gegen ihre. »Emilia Faust«, sagte er in feierlichem Ton, »was auch immer passiert ist und was auch immer noch auf mich zukommt – ich bin froh und dankbar für meine gute Fee. Mit dir an meiner Seite habe ich die Hoffnung, dass ich nicht ganz verloren bin.«

»Das bist du nicht«, sagte sie, und ihre Stimme bebte. »Das bist du nicht.« Noch einmal küssten sie sich, dann schloss er die Tür auf, ließ ihr den Vortritt und folgte ihr ins Innere des Hauses.

Und während sie aufatmete; während sie dachte, dass sie eventuell Glück hätte, das Universum sie erhörte und am Ende doch alles gut ausging; dass sie Oscar helfen könnte, seinen Sohn zurückzugewinnen (wobei es ihr schleierhaft war, wie sie das anstellen sollte, aber da würden sie sich gemeinsam etwas überlegen); während sich die riesige Anspannung, die sie seit Wochen mit sich herumschleppte, langsam löste; während sie das erste Mal wagte, sich auf all das, was nun kommen könnte, zu freuen – da packte Oscar sie unvermittelt bei den Schultern und schleuderte sie so abrupt zu sich herum, dass sie beinahe gestürzt wäre.

»Du!« Er stand vor ihr und sah sie auf eine Art und Weise an, dass sie fast Angst hatte, er würde sie schlagen.

»DU!« Jetzt schrie er regelrecht. Dann deutete er mit seinem Kinn Richtung Treppe. Zu der Treppe, die nach oben führte, hoch in den ersten Stock. »Was hast du mit Henris Zimmer gemacht?«

32

Ich bin ein Teil von jener Kraft, die stets das Gute will und stets das Böse schafft.

Ella wusste, dass das Zitat aus Goethes *Faust* falsch war. Dass Mephisto es genau andersherum gesagt hatte, nämlich, dass er Böses schaffen wollte und Gutes damit bewirkte. Nun, in ihrem Fall war es so, dass sie für Oscar wirklich, wirklich nur das Allerbeste gewollt hatte. Und, ja, für sich selbst natürlich auch. Das war doch nicht verboten.

Dabei hatte sie leider nur das gegenteilige Ergebnis erzielt. Mephisto wäre stolz auf sie gewesen. Sie hatte alles zerstört, hatte Oscars Leben und ihres gleich mit in Schutt und Asche gelegt. Egal, wie pathetisch das klang – es fühlte sich genau so an.

Fünf Tage waren vergangen, seit er sie rausgeschmissen hatte. Seit er nicht ein einziges Wort mehr von ihr hatte hören wollen, außer ihrem Versprechen, dass sie für immer aus seinem Leben verschwinden würde. Es hatte ihn nicht interessiert, als sie darum gebeten hatte, ihm alles erklären zu dürfen – und das hatte sie nachvollziehen können. Denn ihr Schweigen angesichts Henris Existenz und Francines Tod, das hätte wohl niemand vergeben. Egal, welche noch so guten Gründe es dafür gab. Für so etwas war keine Erklärung gut genug. Sicher, hätte es mit Henri ein Happy End gegeben, hätten Vater und Sohn sich in den Armen gelegen, wäre es vermutlich etwas anderes; dann hätte die Freude das Entsetzen über Ellas Vertrauensbruch wettgemacht. So aber hatte sie scheinbar zu viel aufs Spiel gesetzt. Und auf ganzer Linie verloren.

Sie hatte nicht versucht, ihn noch einmal zu kontaktieren, den Mut hätte sie nie im Leben aufgebracht. Er hatte sich ebenfalls nicht mehr bei ihr gemeldet, und er würde es auch nicht tun. Das wusste sie. Selbst, wenn er sie in einem Winkel seines Herzens noch so sehr vermisste; selbst, wenn er sich genauso schrecklich nach ihr sehnte, wie sie sich nach ihm – nie im Leben würde er zum Hörer greifen und sie anrufen. Nein, da war Oscar – wie in so vielen anderen Dingen auch – konsequent. *Aufrecht in den Tod*, hätte Margarethe Schlommers dazu gesagt. Eine Eigenschaft, die Emilia Faust normalerweise schätzte, die ihr aber nun, in der akuten Situation, schier das Herz zu brechen drohte.

Hatte sie nicht vor wenigen Wochen gedacht, mit ihrem Einzug bei Oscar stünde sie wieder ganz am Anfang? Da hatte sie falsch gedacht. Jetzt erst war sie dort, zurückgeworfen auf das Niveau einer Zwanzigjährigen. Sie hockte auf dem Schlafsofa in Coras Wohnzimmer, hatte ihr Notebook auf den Knien und sah sich in der Endlosschleife ihre Lieblingsszene aus *Tatsächlich … Liebe* an. Die, in der dieser Schauspieler, dessen Namen sie sich nie merken konnte, Keira Knightley seine Gefühle gestand. Indem er zum Gesang von *Stille Nacht*, denn die Geschichte spielte in der Weihnachtszeit, selbstgemalte Schilder hochhielt. Versehen mit der romantischsten Liebeserklärung der Filmgeschichte: *Für mich bist du vollkommen. Und mein geschundenes Herz wird dich lieben, bis du so aussiehst.* Dann folgte ein Plakat mit dem Bild einer Mumie, und spätestens an dieser Stelle wusste Ella jedes Mal, dass sich so, und zwar *nur so*, dieses größte und wichtigste aller Gefühle äußern musste.

Dabei stürzte sie die Szene, so wundervoll sie auch sein mochte, gleichzeitig in einen inneren Konflikt. Sie kamen leider nicht zusammen, der romantische Schildermaler und seine vollkommene Angebetete, denn sie war bereits mit einem anderen verheiratet – mit seinem besten Freund. Stundenlang hatte Ella schon darüber gebrütet, wie man diese Situation zum Guten wenden könnte, aber keine befriedigende Lösung gefunden. Erhörte Keira ihren Verehrer, müsste sie dafür ihren Mann verlassen. Es würde also in jedem Fall irgendeinen Verlierer geben.

Bevor sie erneut in Überlegungen abdriftete, wie man alle Beteiligten glücklich machen könnte, spulte Ella die Szene zurück und drückte ein weiteres Mal auf Start. *Und zu Weihnachten sagt man die Wahrheit*, hielt der Mann sich gerade vor die Brust.

Das kam natürlich noch hinzu, diese fürchterliche Feiertagsstimmung, die durch jede Ritze ihrer Seele kroch, die Einlass begehrte, nur, um sich dort wie eine giftige und klebrige Masse festzusetzen und alles zu ersticken. Schon immer hatte Ella Weihnachten gehasst. Nein, nicht ganz, sie hatte dieses *Familienfest* gehasst, seit sie es ohne, genau, *Familie* hatte verbringen müssen. Weder Vater noch Mutter unterm Tannenbaum. Welches Kind bekommt bei der Aussicht auf einen solchen Heiligabend schon glänzende Augen?

Henri. In diesem Augenblick musste sie an Oscars Sohn denken, der nun ganz allein bei seinen Großeltern saß, mit einer Katze als einzigem Weggefährten. Und egal, wie sehr der Junge seinen Vater auch ablehnen mochte, wie sehr er der Überzeugung war, Oscar sei schuld am Tod seiner Mutter – Ella war überzeugt davon, dass Henri seinen Papa trotzdem unendlich vermisste. Sie wusste das, weil auch sie damals nächtelang geheult und geschrien hatte aus lauter Wut über die Entscheidung ihrer Mutter. Und weil sie dennoch alles darum gegeben hätte, sie bei sich zu haben und sie in den Arm nehmen zu können.

Henri. Entschlossen klappte Ella das Notebook zu und rappelte sich von ihrem Lager hoch. Mittwoch, der 18. Dezember. Also noch sechs Tage bis zur großen Bescherung. Eilig schrieb sie eine Notiz für Cora, dass sie sich ihr Auto lieh, und legte sie auf den Küchentisch. Dann schlüpfte sie in ein Paar Winterstiefel, schnappte sich Mantel und Tasche und war eine Minute später aus der Tür. Wenn sie auch nichts mehr für sich selbst tun konnte – für Oscar und seinen Sohn konnte sie es vielleicht, trotz allem. Die Wahrheit.

Dieses Mal war Ella so schlau, von Coras Polo aus das Haus zu observieren und nicht gleich darauf zuzustürmen. Es war kurz vor elf, Henri würde vermutlich noch in der Schule sein. Aber wo steckten seine Großeltern? Hinter den Fenstern brannte jedenfalls Licht. Auf Olivier Dubois wollte sie nicht noch einmal stoßen, bei ihm rechnete sie sich keinerlei Chancen aus. Also setzte sie auf seine Frau, Kathrin, denn die hatte bei ihrer kurzen Begegnung zugänglicher und unsicherer gewirkt.

Angespannt trommelte Ella mit den Fingern auf dem

Lenkrad herum und sah den weißen Dunstwolken, die ihrem Mund entwichen, nach. Eisig war es, es herrschte bitterster Frost, und sie musste zwischendurch immer mal wieder den Motor starten, wenn sie nicht dem Kältetod erliegen wollte.

Irgendwann, ihr gesamter Körper fühlte sich schon so steif an wie ein Bügelbrett, ging die Haustür auf. Kathrin Dubois kam heraus und stieg die Treppe herunter. Ella fluchte leise, sie hatte gehofft, ihr Mann würde die Villa verlassen, so dass sie versuchen könnte, Francines Mutter allein zu sprechen. *Das Glück ist mit den Dummen,* schaltete sich Frau Schlommers ein, und so konnte sie sich wenigstens darüber freuen, dass sie nicht zu denen zu gehören schien.

Oder aber doch, denn Francine de Witts Mutter nahm weder Auto noch Fahrrad, sondern stapfte zu Fuß den Leinpfad entlang. Vorsichtig kletterte Ella aus Coras Wagen, drückte leise die Fahrertür zu und folgte der Frau mit größerem Sicherheitsabstand. Sie lief vor bis zur Hudtwalckerstraße, bog dort ein, setzte ihren Weg bis kurz hinter die U-Bahn-Brücke fort, um dann auf der linken Seite in einem Drogeriemarkt zu verschwinden.

Jetzt oder nie, feuerte Ella sich innerlich an, eilte ebenfalls zu dem Laden hinüber, nestelte ein Eurostück aus ihrer Manteltasche und schnappte sich einen Einkaufswagen. Perfekt, es war einfach perfekt! Sie würde Kathrin Dubois ganz zufällig begegnen.

Im vorletzten Gang bei den Reformhaus- und Gesundheitsprodukten kam es zu einer Beinahe-Kollision. Kathrin Dubois, mit einem blauen Tragekorb am Arm, hatte sich nach einer Packung Omega-3-Fettsäure-Kapseln gebückt und war dabei, sich aufzurichten, als Ella mit ihrem Wagen angerauscht kam. Gerade noch schaffte sie es abzubremsen, ehe sie Henris Oma ernsthaft verletzen konnte.

»Tut mir leid«, rief sie erschrocken aus, tatsächlich hatte sie bei ihrer hektischen Suche die kniende Dame übersehen.

»Nichts passiert«, gab diese freundlich lächelnd zurück und wollte sich wieder den Vitaminpräparaten zuwenden.

»Frau Dubois?«, nannte Ella sie beim Namen, das Blut pochte ihr lautstark in den Ohren.

»Ja?« Überrascht sah Francine de Witts Mutter sie an. Sie konnte sich also nicht an Ella erinnern, was sie nicht weiter verwunderte, schließlich war sie damals nur sehr kurz an der Tür erschienen.

»Emilia Faust«, stellte sie sich vor. »Die Haushälterin von Oscar de Witt.«

Schlagartig gefror Kathrin Dubois' Lächeln, wandelte sich in eine ablehnende Miene. »Was wollen Sie? Haben Sie mich etwa verfolgt?«

»Nein«, erwiderte Ella. *Und zu Weihnachten sagt man die Wahrheit.* »Doch«, gab sie zu. »Das habe ich.«

»Gehen Sie!«, fuhr Frau Dubois sie scharf an und machte Anstalten, sich an ihr vorbeizudrücken. »Gehen Sie, und lassen Sie mich in Ruhe!«

»Bitte.« Mehr sagte Ella nicht. Doch sie legte ihr ganz sanft eine Hand auf den Arm und sah sie an.

Um Viertel nach zwölf saß Ella wieder in Coras Polo, bereit, den nächsten Tagespunkt für heute in Angriff zu nehmen. Kathrin Dubois war tatsächlich einverstanden gewesen, Ella fünf Minuten ihrer Zeit zu schenken. Es war eine ganze Stunde geworden. Eine ganze Stunde, in der die zwei Frauen in einem Café neben der Drogerie gesessen und miteinander geredet hatten. Oder besser gesagt, in der hauptsächlich *Ella* geredet hatte.

Nein, bei aller weihnachtlicher Wahrheitsliebe, sie hatte Frau Dubois selbstverständlich *nicht* erzählt, was sie von Oscar über dessen Frau erfahren hatte. Wozu auch, was hätte das gebracht? Francines Mutter hätte ihr ohnehin kein Wort geglaubt, Beweise gab es keine mehr, und die Betroffene konnte man nicht mehr fragen. Es hätte Kathrin und ihrem Mann höchstens das Herz gebrochen, ihre Tochter auf einmal in einem anderen, in einem zweifelhaften Licht zu sehen. Und wie genau es dazu gekommen war, dass die Liebe zwischen Oscar und ihr zerbrochen war, wer Schuld daran hatte und wer nicht – wer wollte sich über diese Frage ein Urteil erlauben?

Stattdessen sprach Ella über sich selbst. Darüber, wie schlimm es für sie gewesen war, ohne ihre Eltern aufzuwachsen. Den leiblichen Vater nie gekannt, von der Mutter im Alter von zwölf Jahren verlassen.

»Glauben Sie mir, Frau Dubois«, hatte sie gesagt, »so etwas lässt einen Menschen wurzellos werden.«

»Aber Henri lehnt seinen Vater ab«, hatte Kathrin darauf erwidert.

»Denken Sie nicht, dass auch Sie darauf ein klein wenig Einfluss haben? Und dass Sie, wenn es Ihnen gelingen würde, über Ihren Schatten zu springen, dabei helfen können, zwischen den beiden wieder eine Brücke zu schlagen?«

»Oscar hat doch selbst bestimmt, dass der Junge zu uns kommt.«

Ella hatte voller Verzweiflung aufgelacht. »Doch nicht, um seinen Sohn loszuwerden! Sondern, weil er schlicht nur das Beste für ihn will. Er hat es aus Liebe getan, das war der einzige Grund dafür.«

Dazu hatte Kathrin Dubois nichts gesagt, sondern nur stumm die Lippen aufeinandergepresst, also hatte Ella einfach weitergesprochen.

»Was auch immer Sie von Oscar halten, wie groß auch immer Ihr Hass auf ihn und der Kummer über Ihre verstorbene Tochter ist – Sie müssen an Ihren Enkel denken. Daran, dass er seinen Vater braucht. Selbst wenn er im Moment durcheinander und wütend ist, bin ich mir sicher, dass er ihn trotzdem vermisst.«

Langsam, sehr langsam, hatte Henris Oma da genickt, und in Ella war Hoffnung aufgekeimt.

»Er hat doch schon seine Mutter verloren«, hatte sie an die ältere Dame als Nächstes appelliert, die mit zittrigen Händen ihren Kaffeebecher umfasst hatte, »nehmen Sie ihm nicht auch noch seinen Vater weg.«

»Frau Faust«, hatte Oscars Schwiegermutter erwidern wollen, aber dann war ihr die Stimme weggebrochen.

»Ich wünsche Ihnen und Ihrem Mann ein langes und gesundes Leben.« Bei diesen Worten hatte sie sich über den Tisch gebeugt und Kathrin Dubois sehr fest und entschlossen betrachtet. »Aber eines Tages werden Sie nicht mehr für Henri da sein können. Und was dann? Dann hat er nur noch einen Vater, der ihm vollkommen fremd ist?« Danach hatte sie sich auf ihrem Stuhl zurückgelehnt und abgewartet.

Nach einer halben Ewigkeit hatte Kathrin Dubois sich geräuspert und war aufgestanden. »Danke, Frau Faust«, hatte sie gesagt. »Ich werde mit meinem Mann reden. Wir denken mit Sicherheit darüber nach.« Zögernd hatte sie das Café verlassen, und Ella war mit dem Gefühl zurückgeblieben, nun selbst einen Drachen erlegt zu haben.

Es war kurz nach halb eins, als Ella Coras Auto in einer Parkbucht bei den Colonnaden abstellte. Im Laufschritt eilte sie die Einkaufsstraße entlang, suchte nach der richtigen Hausnummer, während sie gleichzeitig zum letzten Mal an ihrem Handy auf Wahlwiederholung drückte. Wie schon zuvor sprang lediglich der Anrufbeantworter an, also hoffte sie, gleich persönlich jemanden anzutreffen.

Sie entdeckte die Adresse, scannte die Klingelschilder ab, fand den gesuchten Namen und betätigte den dazugehörigen Knopf. Nichts. Noch einmal. Wieder nichts. Frustriert stampfte sie mit dem Fuß auf. Es musste jemand da sein, musste, musste, *musste*! Denn nachdem sie aus Coras Wohnung gestürmt war, unterwegs zu ihrer heiligen Mission, war ihr wie ein weiterer Fingerzeig des Schicksals der Satz eingefallen, unter dem sie in den vergangenen Wochen jeden Abend eingeschlafen und jeden Morgen aufgewacht war: *Sorge dafür, dass das kommt, was du liebst. Andernfalls musst du lieben, was kommt.* Und sie, Emilia Faust, war nun fest entschlossen, genau das zu tun. Dumm nur, dass das Schicksal es sich mittlerweile scheinbar anders überlegt hatte und ihr jetzt lieber einen Strich durch die Rechnung machen wollte. Aber das würde sie nicht zulassen. Und wenn sie hier, mitten auf den Colonnaden, zelten müsste.

Erneut stampfte sie mit dem Fuß auf, kniff einmal, zweimal, dreimal die Augen zusammen und drückte noch einmal auf den Klingelknopf. Eine Sekunde später flog die Tür nach innen auf, Ella stolperte in den Flur, denn sie hatte sich in Erwartung eines Summers dagegen gelehnt.

»Hoppla!«, rief eine fröhliche Männerstimme, Ella lag in den Armen eines Mannes um die sechzig mit spiegelglattem Kahlkopf, Ziegenbart und Nickelbrille.

»Sorry!«, gab sie ächzend zurück und richtete sich auf.

»Sie sind ja sehr schwungvoll unterwegs!« Er zwinkerte ihr zu.

»Ich will zu Herrn Dr. Specht«, platzte sie einfach so heraus. »Wissen Sie, in welchem Stock seine Praxis ist?«

»Hier«, erwiderte der Mann. »Das bin ich.«

»Sie?« Beinahe wäre sie vor Freude in die Luft gehüpft. »Das ist toll, denn ich muss dringend mit Ihnen reden. Bitte!«

»Das ist überaus schmeichelhaft«, sagte er und lächelte amüsiert. »Kommt nicht so oft vor, dass mir junge Damen regelrecht die Tür einrennen. Allerdings«, er warf einen Blick auf seine Armbanduhr, »ist es gerade schlecht. Ich bin unterwegs zu …«

»… einem Lunch?«

»Ja, genau! Woher wissen Sie das?«

»Das habe ich anhand der Uhrzeit erraten.«

»Ach so, ja, sicher, natürlich.« Er lachte vergnügt.

»Mit Oscar de Witt?«

Nun musterte er sie erstaunt. »Das haben Sie jetzt aber nicht aus der Uhrzeit geschlussfolgert.«

»Nein«, sie schüttelte den Kopf. »Ich bin Ella. Emilia Faust.«

»Ach! *Sie* sind das? Interessant!«

Zum zweiten Mal am heutigen Tag saß sie mit jemandem in einem Café. Dr. Specht hatte Oscar angerufen und ihren *Lunch* um eine halbe Stunde verschoben.

»Länger kann ich ihn nicht warten lassen«, hatte er bedauernd erklärt und dann hinzugefügt: »Und genau genommen dürfte ich auch gar nicht mit Ihnen sprechen. Ich mache das nur, weil mir die Lage doch einigermaßen verzwickt erscheint.«

Sie war ihm dankbar gewesen dafür, dass er seinen Hippokratischen Eid oder wie auch immer man das nennen mochte, hatte Eid sein lassen und bereit gewesen war, ihr zuzuhören. Also hatte sie ihm alles erzählt, wirklich alles. Hatte in halsbrecherischem Tempo – ihr blieben ja nur dreißig Minuten Zeit – die gesamte Geschichte heruntergerattert. Hatte aus ihrer Sicht geschildert, wie es zu den Ereignissen gekommen war. Sogar ihre Trennung von Philip hatte sie zum Thema gemacht und ihren Glauben daran, dass sich zwischen ihnen alles wieder einrenken würde, wenn es ihr gelänge, Oscars Leben ins Lot zu bringen. Und dass sie sich darüber leider in ihren Chef verliebt hatte und auf einmal alles so kompliziert geworden war, dass sie gar nicht mehr gewusst hatte, wo ihr der Kopf stand. Ganz zum Schluss, am Ende ihres langen Monologs, hatte sie von Dr. Specht wissen wollen, was sie tun konnte, um Oscar de Witt zurückzugewinnen.

»Nichts.« Er sah sie bedauernd an.

»Nichts?«, wiederholte sie entsetzt. Das war nicht die

Antwort, auf die sie gehofft, mit der sie insgeheim gerechnet hatte.

»So leid es mir tut«, bestätigte der Arzt, »ich fürchte, da ist nichts mehr zu machen.«

»Aber ... aber ...« Sie schnappte nach Luft wie ein Fisch auf dem Trockenen. »Es muss doch etwas geben, womit ich ihn dazu bringen kann, mir zu verzeihen. Irgendwas!«

»So gern ich Ihnen etwas sagen würde, Frau Faust, ich kann es nicht.«

»Ich hab es aber doch nicht böse gemeint! Alles, was ich wollte, war, ihm zu helfen.«

»Das verstehe ich. Nur ist es so, dass Sie Oscar an seiner empfindlichsten Stelle getroffen haben. Sein Vertrauen zerstört, ihn in einer Situation, in der er vollkommen hilflos war, verraten haben.«

»Nein«, begehrte sie auf. »Das hatte ich nie vor!«

»Wie gesagt: *Mir* ist klar, dass das nicht der Fall ist. Schon vor Ihrem Besuch habe ich mir das gedacht, und jetzt, nachdem Sie es mir erklärt haben, verstehe ich Sie voll und ganz. Aber *er* kommt damit nicht zurecht. Und ich glaube, das wird auch so bleiben, selbst wenn er Ihnen verzeihen wollte.« Der Arzt seufzte. »Frau Faust, die Sache ist überaus tragisch, denn ich bin mir sicher, dass Ihre Gefühle für ihn aufrichtig sind. Seine für Sie übrigens auch.« Nun zuckte er mit den Schultern. »Aber wie das so ist: Wir haben alle unsere Schatten und unsere blinden Flecken.«

»Blinde Flecken?«

»Oder nennen Sie es unsere Achillesferse. Wenn uns da jemand trifft, dann ...« Statt den Satz zu vollenden, beugte er sich zu ihr vor. »Wenn ich Ihnen einen Rat geben dürfte, Frau Faust?«

Sie schluckte. Allein sein Tonfall suggerierte ihr, dass mit einem Mal sie die Patientin war. »Ja«, erwiderte sie trotzdem mutig.

»Sie würden meiner Meinung nach gut daran tun, nach Ihren eigenen blinden Flecken zu forschen.«

»Nach meinen?«

»Ja«, bestätigte er. »Nach dem, was Sie mir gerade erzählt haben, scheinen Sie auch das eine oder andere Problem zu haben, wenn ich das mal so lax formulieren darf.«

»Probleme?« Sie lehnte sich zurück und sah ihn trotzig an. »Ich habe keine Probleme!«

»Doch«, widersprach er. »Die haben Sie. Nicht nur, dass Sie sich Oscar gegenüber absolut übergriffig verhalten haben. Auf eine Art und Weise, die jedes – ich betone, JEDES – normale Maß weit überschreitet. Nein, wenn Sie mich als Fachmann fragen, würde ich sagen, dass Sie unter magischem Denken leiden.«

»Magisches Denken?« Sie sah ihn groß an. »Was soll das nun wieder sein?«

»Darunter versteht man den kindlichen Aberglauben, allein durch die Kraft seiner Gedanken oder mit Hilfe von unsinnigen Ritualen den Lauf des Schicksals beeinflussen zu können.«

»So etwas glaube ich überhaupt nicht«, entgegnete sie.

»Ihre Geschichte erzählt mir etwas anderes«, erwiderte er und machte sich daran aufzustehen. »Ich muss jetzt leider los, denn Herr de Witt wartet schon auf mich.« Er klopfte ihr mit einer Hand auf die Schulter. »Sie scheinen ein sehr feiner Mensch zu sein, Frau Faust«, sagte er.

»Deshalb lautet mein ärztlicher und vollkommen kostenloser Rat an Sie: Ich bin mir sicher, dass es auch in Ihrem Leben etwas gibt, das Sie verleugnen. Etwas, das Sie nur schwer aushalten können. Ähnlich wie bei Oscar. Er hatte seine Amnesie – und Sie haben Ihren kindlichen Glauben. Aber es gibt nur einen Weg, seine Schatten loszuwerden – indem man sich ihnen stellt und lernt, mit der Wahrheit zu leben.«

Better Endings

Über mich | Ellas Geschichten | Ellas Leben | Ellas Hamburg

Dienstag, 24. Dezember, 12:49 Uhr

... und zu Weihnachten sagt man die Wahrheit.

Liebe Netzgemeinde,
ho, ho, ho! Ich wünsche euch ein frohes Fest!

Schon länger liegt mein letzter Beitrag zurück, aber in meinem Leben war eine ganze Menge los. Als kleine Entschuldigung für diese Abwesenheit – und dem Heiligabend durchaus angemessen – will ich euch ein Geschenk überreichen.

Und zwar die Wahrheit. Die Wahrheit über Better Endings. Und über mich. Denn, wie es ja schon in einem meiner Lieblingsfilme *Tatsächlich ... Liebe* heißt: *Zu Weihnachten sagt man die Wahrheit.*

Von daher kurz und knapp und ohne jeden Schnörkel: P. und ich sind nicht mehr verlobt, wir werden nicht heiraten. Das ist schon eine ganze Weile so, da habe ich euch an der Nase herumgeführt. Weder haben wir uns für eine Location entschieden, noch habe ich je nach einem Brautkleid gesucht, dazu kam es gar nicht mehr. Vieles von dem, was ich hier über mich und mein Leben geschrieben habe, stimmt trotzdem – aber vieles eben auch nicht.

Was in jedem Fall eine unverrückbare Tatsache ist: Ich habe durch meine Lügen einen Menschen verletzt und verloren, der mir sehr, sehr viel bedeutet. Nein, ich spreche nicht von P. Was ich getan habe, ist unverzeihlich, und ich kann es leider nicht rückgängig machen. Das Einzige, was ich tun kann, ist, in Zukunft bei der Wahrheit zu bleiben. Egal, wie schmerzhaft sie auch sein mag.

Unter diesem Beitrag nun also für alle, die es interessiert, eine neue Geschichte. *Meine* Geschichte.

In diesem Sinne entfällt heute mein Lebensmotto, denn es passt nicht mehr. Ich schließe lieber mit Hermann Hesse:

Wohlan denn, Herz, nimm Abschied und gesunde!

Eure Emilia Faust

Wir sehen uns beim Happy End

Es war einmal … eine Prinzessin, die lebte ganz allein mit ihrer Mutter, einer schönen Königin, in einem kleinen Haus inmitten eines Dorfes am Ende der Welt, fernab der Welt Getümmel.
»Warum denn in einem Haus?«, werdet ihr jetzt vielleicht fragen, »eine Prinzessin lebt doch in einem Schloss!«
Aber nein, das taten sie nicht, denn die beiden waren bettelarm. So bettelarm, dass noch nicht einmal irgendjemand in diesem Dorf am Ende der Welt auch nur ahnen konnte, dass sie Prinzessin und Königin waren. Für sie waren sie einfach nur Ella und Selma, die kaum jemand kannte, über die aber jeder alles wusste.
Die einen wussten zum Beispiel, dass Ellas Vater seine Frau für eine andere verstoßen hatte, sodass Selma mit

ihrer Tochter aus der großen Stadt hinaus aufs Land geflohen war. Die anderen hingegen waren sicher, dass Ella nur ein »Bastard« war und ihre Mutter eine »gefallene« Frau. Dann gab es Gerüchte, Ellas Vater sei tot, erschossen in einem Krieg in Übersee. Es war die Rede davon, dass Selma gar nicht die richtige Mutter wäre, sondern nur eine Tante, die das Mädchen großzog, als wäre es ihr eigenes.

Es wurde viel erzählt in diesem Dorf am Ende der Welt, viel gerätselt und getratscht. Doch die Wahrheit, die kannten nur diese zwei, Mutter und Tochter, die gemeinsam durchs Leben gingen und niemanden sonst brauchten für ihr kleines Glück.

Jeden Abend, wenn die Sonne untergegangen war, las Selma ihrer Tochter aus einem roten Buch vor. Einem Buch, in das sie selbst viele, viele Geschichten geschrieben hatte, solche, die schön waren und von Liebe und Glück handelten. Hunderte von Märchen standen darin, aber keine, die Kinder traurig machen konnten und wie Ella sie manchmal in der Schule hören musste, sondern nur solche, die jeden zum Lachen brachten. Selma selbst hatte sie aufgeschrieben, für ihre einzige Tochter, für ihr geliebtes Kind.

Eine Geschichte darin hatte es Prinzessin Ella besonders angetan. Natürlich die über ihren Vater, den noblen König, der schon lange oben bei den Engeln war und von dort über seine Frau und Ella wachte, bis sie eines Tages – an einem noch sehr, sehr fernen Tag – wieder alle drei miteinander vereint wären. Jedes Mal, wenn sie ihrer Tochter diese Erzählung vorgelesen hatte, musste Selma ein bisschen weinen. Aber das war nicht schlimm, überhaupt nicht schlimm, denn dann nahm die Prinzessin ihre

Mama ganz fest in den Arm und flüsterte ihr ins Ohr, woran sie beide für immer und ewig glaubten: »Am Ende wird alles gut.«

Doch dann gab es die Tage, in diesem kleinen Dorf am Ende der Welt, an denen Selma ganz schrecklich traurig war, weil sie Besuch vom »schwarzen Hund« bekam. Das war kein wirklich echter Hund, obwohl Ella zu gern einen gehabt hätte. Den hätte sie Blacky getauft, und dann wäre der schwarze Hund auch gar kein Grund mehr gewesen, so traurig zu sein, sondern vielmehr einer, sich zu freuen. So aber lag die Königin an diesen Tagen von morgens bis abends im Bett, konnte nichts anderes tun als weinen, weinen und nochmals weinen. Sie konnte nicht in die Küche gehen und Essen kochen für sich und ihre Tochter; oder ihre Kleider waschen oder dafür sorgen, dass Ella am Morgen pünktlich in die Schule kam; sie konnte an solchen Tagen nicht das Haus verlassen, um etwas einzukaufen oder Briefe zum Postamt des kleinen Dorfes zu bringen, konnte nicht einmal aufräumen oder putzen, konnte nichts von alledem tun, was Mütter normalerweise eben machen, das alles war nicht möglich, wenn der schwarze Hund gekommen war.

Die Prinzessin allerdings war ein schlaues Mädchen. Denn sie wusste, dass niemand im Dorf erfahren durfte, dass die Königin hin und wieder so traurig war, denn dann hätten sie sich erst recht ihre Mäuler zerrissen. Und weil Ella nicht nur schlau, sondern auch fleißig war, nahm sie ihrer Mama einfach die Arbeit ab. Sie kochte und putzte, wusch und bügelte, ging zum Einkaufen und zur Post, kümmerte sich um alles und auch um sich selbst, sodass da niemals ein Spatz sein würde, der von irgendeinem Dach pfeifen könnte, dass Selma den ganzen Tag nur schlief und weinte.

Mit der Zeit aber kam der schwarze Hund immer häufiger zu Besuch. Und Ella musste immer fleißiger kochen, putzen und waschen. Sie beschwerte sich nicht, kein einziges Mal. Nein, sie war froh, ihre Mama zu haben, und die Arbeit machte ihr nichts aus. Nur Selma vergoss darüber häufig bittere Tränen, und manchmal sagte sie auch gar nichts mehr, schien überhaupt nicht mehr von dieser Welt zu sein. Da half es dann nur, wenn die Prinzessin sich zu ihr ans Bett setzte und ihr Geschichten aus dem roten Buch vorlas, die nun sie, Ella, geschrieben hatte. Dann kam ihre Mutter jedes Mal zurück zu ihr und lächelte sie an, seufzte am Ende und sagte: »Eines Tages findest du deinen Prinzen, der dich mitnimmt auf sein Schloss und mit dem du für immer und ewig glücklich leben wirst.«

Davon allerdings wollte die Prinzessin nichts hören, denn sie war ja glücklich, jedenfalls die meiste Zeit. Ja, manchmal war auch sie ein wenig traurig und allein, wenn zum Beispiel die anderen Kinder im Dorf nicht mit ihr spielen wollten, wenn sie über ihre seltsamen Geschichten lachten. Dann sagte sich Ella trotzig, dass sie halt keine Ahnung hatten, dass das Einzige, was im Leben zählte, ein gutes Ende war. Den Beweis dafür sah sie schließlich Tag für Tag: Denn immer, wenn ihr eine Erzählung oder ein Märchen besonders gut gelungen war, immer, wenn sie nur Kraft ihrer Worte eine schönere Welt erschuf, wurde ihre Mutter ein kleines bisschen gesünder. Und so war ihr bald klar, welche Macht in Wahrheit in diesen Geschichten steckte.

An einem sehr warmen Sommertag begab es sich nun aber, dass Ella nach der Schule von ein paar Mädchen eingeladen wurde, mit ihnen an den See zu fahren. Das hatten sie noch nie getan, und die Prinzessin hatte große Lust dazu. Gleichzeitig musste sie aber an ihre Mutter denken, die zu Hause in ihrem Schlafzimmer lag, sich vor dem schwarzen Hund versteckte und auf die Heimkehr ihrer Tochter wartete. Allein, die Sehnsucht, mit den anderen Kindern schwimmen zu gehen, nur eine einzige Stunde lang, war so unermesslich groß, und so ging Ella mit ihnen, denn sie war sicher, dass Selma zu Hause ohnehin schlafen würde.

Doch als sie auf dem Heimweg war, sah sie schon aus der Ferne eine aufgeregte Menschenmenge vorm Haus. Alle redeten durcheinander, und Ellas Mutter, die Königin, lag blass und stumm auf einer weißen Trage und wurde gerade in den Bauch eines großen Autos geschoben. Ella schrie und wollte zu ihr, wollte sie herausholen aus dem Wagen, wollte sie wieder in ihr Zimmer bringen. Doch man hielt sie auf, man hielt sie fest, nahm sie einfach zur Seite und sagte ihr, sie müsse sich beruhigen.

Erst da erfuhr sie, was geschehen war. Erfuhr, dass ihre Mutter sie gesucht hatte, überall im Dorf. Dass sie im Nachthemd umhergelaufen war, wieder und wieder nach Ella brüllend, dass sie alle und jeden verzweifelt gefragt hatte, wo ihre Tochter nur sei. Und dass jemand einen Arzt gerufen hatte, einen studierten und gebildeten Mann, der bestimmt hatte, dass Selma ruhigzustellen und fortzubringen sei.

Die Prinzessin aber durfte nicht mit, durfte nicht an den Ort, zu dem man ihre Mutter brachte. Sie musste in dem

Dorf bleiben, bei den Familien der Kinder, die jetzt wieder nicht mit ihr spielen wollten, ob am See oder anderswo, die aber murrend hinnehmen mussten, dass Ella eine Weile bei ihnen wohnte, weil es – da war man sich einig am Ende der Welt – doch zu einem Akt der Nächstenliebe gehörte, dem armen und verstörten Kind ein Zuhause zu geben. Zumindest für eine Weile.

Jeden Tag fragte Ella, ob sie zu ihrer Mutter dürfe – und jeden Tag verbot man es ihr. Sagte, Selma bräuchte nun Ruhe und Zeit, man würde kommen und sie holen, sobald es so weit wäre. Jeden Tag las Ella deshalb in dem roten Buch, las Geschichte um Geschichte, schrieb neue und betete darum, dass deren Macht bewirken würde, was sie selbst nicht tun konnte: dass ihre Mama wieder gesund würde, dass wie wieder nach Hause käme.

Doch sie wurde nicht gesund. Und sie kam auch nicht nach Hause. Stattdessen kam nach einigen Wochen eine dünne und blasse Frau, die sich zu Ella setzte; die ihre Hand nahm, obwohl sie es nicht wollte, und die ihr mit erstickter Stimme erzählte, Selma sei jetzt »an einem besseren Ort«. Und die ihr zum Abschied einen Brief von ihrer Mutter gab, einen Brief, den Selma dort, wohin man sie gebracht hatte, geschrieben hatte.

Mein geliebter, mein einziger Schatz,
ich weiß, dass du sehr traurig sein wirst über den Entschluss, den ich gefasst habe. Aber das musst du nicht, denn für mich ist dieses Ende das Beste, was ich mir vorstellen kann.
Ich lebe in einer Welt der düsteren Schatten, und sosehr ich es auch versuche – sosehr ich es FÜR DICH versuche –, sie holen mich immer wieder ein, hüllen mich in dunkelste Finster-

nis und lassen nicht ab von mir, sie vergiften meine Seele und mein Herz.
Von daher wähle ich die Freiheit, die einzige heilsame Freiheit, die ich mir noch vorstellen kann.
Meine liebste Ella, meine Prinzessin: Nun bist auch du frei, zu tun und zu lassen, was immer du willst. Also geh raus in die Welt, singe und tanze auf den Straßen! Finde deinen Prinzen, mein Kind, finde für dich das Leben, das dich glücklich macht. Für mich ist nun alles gut, bitte glaub mir das. Und ich weiß ganz sicher: Eines Tages werden wir uns wieder begegnen und können dann einander in die Arme schließen.
Wir sehen uns beim Happy End!
Ich liebe dich über alles,
Mama

Sie hatte den Brief hinten in das rote Buch gelegt. Hatte ihn dort verwahrt, über viele Jahre lang, und ihn nie wieder hervorgeholt. Aber sie hatte immer gewusst, dass er dort war. Hatte sich bei allem, was danach kam – ihr Leben in Heimen und bei Pflegefamilien, dort, wo man eine Prinzessin zwar nicht für immer, aber eine Zeitlang haben wollte –, stets an diesen Brief geklammert und war ganz sicher gewesen: Am Ende wird alles gut.

Als Ella dann erwachsen war, ging sie zurück in die große Stadt, dorthin, woher ihre Mutter kam. Erfand sich neu, schrieb sich ein anderes Leben, eines, in dem es weder Tod noch Traurigkeit noch Mitleid gab, sondern nur Freude, Liebe und immerwährendes Glück; eines, das niemandem Grund geben würde, sich über sie das Maul zu zerreißen. Denn nur so, und daran glaubte sie fest, würde sie all das erreichen, was ihre Mutter, die Königin, sich für sie gewünscht hatte, würde sie damit deren letztes Vermächtnis erfüllen.

Ella erdachte weiter Geschichten, nicht für das rote Buch, aber für die ganze Welt da draußen, die nun nicht mehr am Ende, sondern ihr zu Füßen lag. Sie traf ihren vermeintlichen Prinzen auf einer Treppe – nur, dass nicht sie, sondern er dabei einen Schuh verlor (genau genommen sogar zwei), wähnte das Happy End schon zum Greifen nah – und musste dann doch erkennen, dass das Schicksal sich nicht befehligen lässt; dass das, was ihr ein Hofnarr an einem kalten Oktobertag zugeflüstert hatte, tatsächlich der Wahrheit entspricht: »Wir sind hier nicht bei ›Wünsch dir was‹, wir sind hier bei ›So isses‹.«

Also nahm Prinzessin Ella das rote Buch. Nahm es mit und ging fort. Fort, fort, fort – und niemand weiß, wohin …

Kommentare (417)

Loveisallaround_82, 12:56 Uhr
Schluck! ☹

Little_Miss_Sunshine_and_Princess, 13:03 Uhr
Mir fehlen gerade die Worte, liebe Ella, dass ich das alles nicht gewusst, dass ich es nicht einmal geahnt habe. Fühl dich auf die Schnelle einmal ganz fest gedrückt! Ich muss erst noch zu einem Kunden mit einem Christbaum-Problem, komme danach aber so bald wie möglich nach Hause geeilt! ♥ ♥ ♥

Sweet Mondträumerin, 13:09 Uhr

Liebe Ella, ich bin ein bisschen verwirrt. Ist das jetzt eine Geschichte – oder ist das echt? Wenn das nämlich nicht ausgedacht ist, dann finde ich das gar nicht schön ☹ Also, nein, auch ausgedacht finde ich es total traurig. Und was soll das heißen, dass du fortgehst? Hörst du mit Better Endings auf oder was? Kannst du mich bitte mal aufklären? DANKE! ☺

BLOXXX BUSTER, 13:17 Uhr

Was soll ich sagen? Groß, größer, Emilia Faust.
Ich ziehe meinen Hut vor dir. Allerdings: Hofnarr? Ich muss doch wohl sehr bitten!
@ Sweetie: Leg dich wieder hin und lies Arztromane.

Glitzer-Elfe XXL, 13:24 Uhr

Ohhhhhhhh, Ella! Ich kann gar nicht mehr aufhören zu weinen! Fühl dich gedrückt! Und: FROHE WEIHNACHTEN!

Sweet Mondträumerin, 13:36 Uhr

Ich noch einmal! Sorry, ich verstehe das echt nicht. Wer ist denn nun dieser Prinz? Dein P.? Aber wieso »vermeintlich«? Was für Schuhe denn??? Seid ihr jetzt noch verlobt oder nicht? * kopfkratz * Also, ich scheine ja echt auf dem Schlauch zu stehen, aber ich kapiere gerade gar nichts mehr.

O. d. W., 13:44 Uhr:

Kommen Sie sofort her, Frau Faust! SOFORT! Da ist eine große, fette Wollmaus in der Ecke! Iiiiiihhhhh!

Alle weiteren 248 Kommentare lesen

33

Jetzt hatte man noch nie so schnell Bewegung in einen Menschen kommen sehen. Kaum hatte Ella Oscars Kommentar gelesen – und Ella *betete*, dass er auch wirklich von Oscar war, ließ das Blinzeln aber bleiben –, da saß sie bereits im Taxi und war unterwegs zur Elbchaussee. Beinahe hätte sie dem Mann am Steuer ein »Fahren Sie, so schnell Sie können, ich zahle Ihnen jeden beliebigen Betrag!« zugerufen. Aber sie unterließ es, der Moment war auch so melodramatisch genug. Zumindest für sie, Emilia Faust. Die *neue* Emilia Faust.

Fünfzehn Minuten später erreichten sie das Tor, auf Ellas Klingeln hin wurde sofort geöffnet – und als der Wagen auf das Haus zurollte, kam Oscar ihr auf dem Weg entgegengerannt. Barfuß.

»Oscar!« Mit einem filmreifen Sprung flog sie in seine Arme, hätte ihn dabei fast wieder umgeworfen, aber er geriet nur lachend ins Taumeln und hielt sie fest.

»Da bist du ja«, sagte er leise und rieb seine Nase an ihrer.

»Ja. Da bin ich.« Schon wollte sie ihn küssen, aber er hielt sie mit einem »Moment!« davon ab. Unsicher sah sie ihn an.

»Eine Frage habe ich noch.«
»Welche?«
»Nur, um ganz sicher zu gehen: Also, der Prinz, über

den du am Ende deiner Geschichte schreibst, damit meinst du doch nicht ...«

»Halt die Klappe.«

Dann kam ein Kuss – ein so unfassbar schöner und zärtlicher und wunderbarer und überhaupt Kuss, dass Ella war, als würde sie von irgendwoher die Klänge von *Moon River* vernehmen ...

Später, viel später, als es draußen bereits dunkel war und andernorts gerade das Glöckchen fürs Christkind geläutet wurde, lagen sie Arm in Arm auf dem Ecksofa im Wohnzimmer, und er fragte Ella, was sie am 2. Weihnachtsfeiertag vorhatte.

»Weiß ich nicht«, antwortete sie. »Verbringe ich ihn möglicherweise mit dir?«

»Darüber würde ich mich sehr freuen.«

»Und was«, wollte sie dann wissen, während ein kleines besitzergreifendes Gefühl ihn ihr aufstieg, aber nur ein kleines, »ist mit morgen?«

»Morgen?« Er drehte sich zur Seite, rieb seine Nase an ihrer, wie er es so gern tat, und lächelte sie an. »Morgen besuche ich meinen Sohn.«

»Ja?«, rief sie überrascht.

»Ja.« Nun strahlte er. »Meine Schwiegereltern haben mich gefragt, ob ich kommen möchte.« Er sah sie zärtlich an. »Das habe ich dir zu verdanken, oder?«

»Mir?«, gab sie zurück. »Wie kommst du darauf?«

»Sie haben es zwar nicht gesagt«, erklärte er, »aber ich könnte mir vorstellen, dass du dabei deine Finger im Spiel hattest. Dr. Specht hat da so was angedeutet, sich allerdings auf seine ärztliche Schweigepflicht berufen.«

»Also«, erwiderte sie und war schon versucht, den Verdacht weit von sich zu weisen. Aber da man zu Weihnachten die Wahrheit sagt (und sie ja sowieso wusste, wie viel man auf Dr. Spechts Schweigepflicht geben konnte, diesem wunderbaren Scharlatan), antwortete sie stattdessen: »Das stimmt. Ich habe mit ihnen gesprochen.«

Nun lachte Oscar befreit, nahm ihr Gesicht in beide Hände und bedeckte es über und über mit Küssen. »Schon morgen«, sagte er, als er sich wieder auf den Rücken drehte und sie an sich zog, »sehe ich Henri. Das ist doch ein Anfang, oder?«

Sie nickte stumm, kuschelte sich in seinen Arm und schloss die Augen.

Und jedem Anfang wohnt ein Zauber inne.

Danksagung

Mein erster Dank geht an den Patmos Verlag und Max Rinneberg. Für die Recherche durfte ich sein Buch »Du wachst auf, und dein Leben ist weg. Die Geschichte meines Gedächtnisverlustes« bereits vorab lesen und damit für »Wir sehen uns beim Happy End« arbeiten. Das war eine sehr große Hilfe! Ich möchte dieses Buch jedem ans Herz legen, denn es ist toll geschrieben und beschäftigt sich in eindringlicher Weise mit dem Thema Identität. Wer sind wir, wenn wir es selbst nicht mehr wissen?

Max Rinneberg und Ulrich Beckers: »Du wachst auf und dein Leben ist weg. Die Geschichte meines Gedächtnisverlustes.« Patmos Verlag, 220 Seiten.

Und dann noch Dank an ...

... meine Lektorin Bettina Steinhage, die auch diesen Roman wieder mit mir »durchlitten« hat und die sich im Anschluss an die Arbeit mit mir einen mehrere Monate andauernden Urlaub verdient hat. Denke ich.

... das großartige Lübbe-Team, denn es ist eine Freude, mit Ihnen allen zu arbeiten: Claudia Müller, Franziska Paar, Barbara Fischer, Michaela Koßmann, Sonja Lechner, Klaus Kluge, Marco Schneiders, Thomas Schierack,

Christian Stüwe, Birgit Lübbe, Torsten Gläser, Stefanie Folle, Anja Hauser, Ines Reißaus, Bodo Horn-Rumold, Ricarda Witte-Masuhr, Momke Zamhöfer, Kerstin Kaiser und Helga Klemmt.

… Dr. Petra Eggers, Dirk Geisler und Daniel Mursa von der Agentur Petra Eggers, die mir als Einzelkämpferin jederzeit mit Rat und Tat zur Seite stehen.

… Lisa-Marie Dickreiter, die mich als Dramaturgin großartig betreut hat und deshalb auch sehr lange in die Ferien gehen darf.

… Alexandra Heneka, Dramaturgin, für ihre ebenfalls extrem hilfreichen Anmerkungen und ihr immer offenes Ohr.

… Bernd Othmer, Fachanwalt für Familienrecht und treuer Leser aus Leipzig, für seinen unermüdlichen Einsatz, mit dem er mich rund ums Thema Sorgerecht beraten hat.

… Oliver Scheer, der schon für »Dein perfektes Jahr« einen tollen Trailer geschnitten hat und der für »Wir sehen uns beim Happy End« erneut seine Kreativwerkstatt angeworfen hat.
ALLE bitte mal hier gucken: https://trailer-park.myportfolio.com

… Wibke Bode, Freundin, Mutter von Luzies Verlobtem Ebbe und nicht zuletzt Fachärztin für Innere Medizin, die immer, wenn ich vorgetäuscht habe, mit ihr nett Kaffee trinken zu wollen, in Wahrheit meine 100.000 medizinischen Fragen beantworten musste.

… Dr. Philipp Fischer-Riepe, Facharzt für Allgemeinmedizin, der übernahm, wenn Wibke Bode keine Zeit für einen »Kaffee« hatte.

… Dr. Peter Prange, Kollege und Freund, der sich geduldig die fünf verschiedenen Versionen meines Plots angehört und mich wieder und wieder dazu beraten hat.

… Dr. Julian Schröder, Neurologe am Hamburger UKE, den ich rund ums Thema Schädel-Hirn-Trauma und Amnesie befragen durfte. Und Nina Arrowsmith für das Vermitteln dieses Experten.

… Katja Lorenz, Obergerichtsvollzieherin des Amtsgerichtes Hamburg-Blankenese, die mir alles erklärt hat, was es über Mahn- und Vollstreckungsbescheide zu wissen gibt.

… das Team der Steuer- und Rechtsanwaltskanzlei Lepsius-Springorum. Hier wurde ich nicht nur beratend unterstützt, für ein »Schreib-Exil« durfte ich sogar dort arbeiten. Von daher nochmals Danke, ihr seid spitze: Adeline Lepsius-Springorum, Andreas Hornef, Anne Jannutsch, Nicole Speckmann, Stefanie Graf, Kay Hentschel und Rolf Göttsch.

… Christiane Marx, wunderbare Sprecherin für ihre noch wunderbarere Hörbuchfassung von »Wir sehen uns beim Happy End«.

… Aggi Gebhardt, Hauswirtschaftsmeisterin, für ihre Unterstützung, Anregungen und Beratung.

… Dr. Jens Jeep, Notar, für morgendliche Weckrufe und das Beantworten »mal eben zwischendurch« gestellter Fachfragen via Facebook.

… meine tollen Freunde und Kollegen: Sebastian Fitzek, Jana Voosen, Matthias Willig, Ursula Poznanski, Tina Wolf, Frauke Scheunemann, Claudia Thesenfitz, Bettina Hennig, Nicole Stroschein, Heike Lorenz, Jens-Stefan Hübel, Melanie Raabe, Sybille Schrödter, Nina Heuer, Nico Pabée, Sonja Vukovic, Arno Strobel, Kathrin Hürdler, Andrea Rast und Ramona Nicklaus, die alle Testleser waren und darüber nicht gemurrt, sondern mir hilfreiches Feedback gegeben haben. Ihr seid die Besten! (Und ich hoffe, ich habe niemanden vergessen; sonst bitte melden, dann kommt das in die nächste Auflage …).

… noch einmal Sebastian Fitzek, der es mit Humor nimmt, dass er in meinen Romanen ab sofort als »Running Gag« herhalten muss.

… Dr. Thomas Orthmann für seine professionelle Unterstützung beim Feilen am Klappentext.

… Prof. Dr. Heinz Glässgen und Tom Ockers für ihre kritischen und hilfreichen Anmerkungen zum Exposé.

… meine »Kita-Mädels« Kathrin Heratsch, Sonja Janßen, Nina Blunk, Tanja Pohlmann, Kaarina Hauer und Wibke Nagel, ohne deren selbstlosen Einsatz an der Betreuungsfront ich wirklich zwischendurch sehr aufgeschmissen gewesen wäre.

… Yuliia Khvorostiana, die mir ebenfalls den (Schreib-) Rücken freigehalten hat.

… an die »Schwarmintelligenz« meiner Facebook-Freunde, die ich immer um Hilfe bitten kann, wenn ich gerade mal nicht mehr weiter weiß.

… Amy Bleuel, die im Jahr 2013 nach dem Suizid ihres Vaters das »Project Semicolon« gegründet hat, um unter dem Leitsatz »Your story is not over« das Verständnis für psychische Erkrankungen wie Depression, Zwang, PTBS, Schizophrenie, Sucht oder Angststörung zu fördern. Damit gibt sie Betroffenen und Angehörigen die Möglichkeit, sich mit Hilfe eines (tätowierten) Semikolons solidarisch zu zeigen und unter https://projectsemicolon.com ihre Geschichte zu erzählen. Amy Bleuel nahm sich im März 2017 das Leben – ihr Projekt besteht weiter.

Zuletzt natürlich Dank an: Luzie, Luzie, Luzie! Einfach so. Und für das »Seepferdchen«. Ich bin stolz auf dich!

Ich wusste nicht, wann ich mich zuletzt so gut gefühlt hatte – so leicht, so wach, so lebendig. Vielleicht fühlte Glück sich so an?

Gail Honeyman
ICH, ELEANOR
OLIPHANT
Roman
Aus dem Englischen
von Alexandra Kranefeld
528 Seiten
ISBN 978-3-404-17679-3

Eleanor Oliphant ist anders als andere Menschen. Auf Äußerlichkeiten legt sie wenig Wert, erledigt seit Jahren klaglos einen einfachen Verwaltungsjob und verbringt ihre Freizeit grundsätzlich allein. Ein Leben ohne soziale Kontakte oder nennenswerte Höhepunkte – Eleanor kennt es nicht anders. Doch das ändert sich schlagartig, als Eleanor sich verliebt. Veränderungen müssen her! Nur wie? Der neue Kollege Raymond erweist sich als unerwartete Hilfe … und plötzlich findet sich Eleanor mittendrin im Leben.

Witzig, bewegend, unvorhersebar
JOJO MOYES

Bastei Lübbe

Ein hinreißend schöner Roman über einen Mann, eine Frau und die wirklich wichtigen Fragen im Leben.

Charlotte Lucas
DEIN PERFEKTES JAHR
576 Seiten
ISBN 978-3-404-17620-5

Was ist der Sinn deines Lebens? Falls Jonathan Grief jemals die Antwort auf diese Frage wusste, hat er sie schon lange vergessen. Was ist der Sinn deines Lebens? Für Hannah Marx ist die Sache klar. Das Gute sehen. Die Zeit voll auskosten. Das Hier und Jetzt genießen. Und vielleicht auch so spontane Dinge tun, wie barfuß über eine Blumenwiese zu laufen. Doch manchmal stellt das Schicksal alles infrage, woran du glaubst …

Bastei Lübbe

Die Community für alle, die Bücher lieben

Das Gefühl, wenn man ein Buch in einer einzigen Nacht verschlingt – teile es mit der Community

In der Lesejury kannst du

- ★ Bücher lesen und rezensieren, die noch nicht erschienen sind
- ★ Gemeinsam mit anderen buchbegeisterten Menschen in Leserunden diskutieren
- ★ Autoren persönlich kennenlernen
- ★ An exklusiven Gewinnspielen und Aktionen teilnehmen
- ★ Bonuspunkte sammeln und diese gegen tolle Prämien eintauschen

Jetzt kostenlos registrieren: www.lesejury.de
Folge uns auf Facebook:
www.facebook.com/lesejury